am wichtigsten – genau festlegen, wann die Ereignisse im einen Buch relativ zu denen im anderen überhaupt stattfinden.

Bisher scheint dieser Ansatz ganz gut zu funktionieren. Das heißt nicht notwendigerweise, dass ich damit weitermachen werde oder dass nichts geschehen wird, was mich in eine völlig andere Richtung ablenkt, aber im Augenblick rechne ich damit eigentlich nicht. Für die absehbare Zukunft zumindest wird die Serie sich nach diesem Muster entwickeln.

Und ich sollte vielleicht noch eine Warnung aussprechen: Für die gute Seite wird es in den nächsten Büchern erheblich rauer zugehen als bisher.

Mit besten Wünschen
David Weber

Vorbemerkung des Autors

Vielen Lesern wird auffallen, dass mehrere Anfangskapitel dieses Buches das Geschehen aus *Um jeden Preis* und *Auf Biegen und Brechen* neu erzählen oder dazwischen liegende Ereignisse ausführen. Das neu erzählte Material bildet nur einen sehr kleinen Teil des gesamten Buches, und mein Wahnsinn, diesen Weg zu wählen, hat eindeutig Methode.

Es war einmal eine Zeit, in der alles einfacher war und ich die Honor-Harrington-Serie gerade erst begonnen hatte. Damals war mir das Ausmaß des Vorhabens, auf das ich mich eingelassen hatte, noch nicht ganz bewusst. Ich kannte zwar immer die Geschichte, die ich erzählen wollte, und ich hatte von vornherein die Absicht, an dem Punkt ihrer Entwicklung anzukommen, zu dem dieses Buch gehört. Was ich aber nicht voraussehen konnte, sind der Umfang der Einzelheiten, die Vielzahl der Charaktere und die schiere Größe der Leinwand, die ich inzwischen auszufüllen beabsichtige.

Nicht viele Schriftsteller erhalten die Resonanz, die die Bücher um Honor Harrington hervorgerufen haben. Als sie mir zuteil wurde, empfand ich tiefe Dankbarkeit, und ich empfinde sie noch heute. Ich bin außerdem der Ansicht, dass bei solch begeisterter Unterstützung, der Autor nicht nur eine außergewöhnliche Beziehung zu seinen Lesern hat, sondern ihnen auch auf eine besondere Weise verantwortlich ist. Wenn eine Serie allerdings aus so vielen Bänden besteht (zwanzig, wenn man *Der Sklavenplanet* und die Bücher um HMS *Hexapuma* berücksichtigt), sieht sich der Verfasser manchmal zu Entwicklungen der Geschichte gezwungen, die nicht jedem Leser gefallen. Deshalb hat man ein heikles Gleichgewicht zu halten zwischen den Wendungen, die sich, wie man als Autor weiß, einfach ereignen *müssen,* und den Überlegungen, wie man diese spezielle Verantwortung für seine Leserschaft erfüllt. Und wenn ich ehrlich bin, hatte die Honor-Harrington-Serie diesen Punkt schon vor den letzten beiden »echten« Honor-Romanen erreicht.

Einige Leser, die auf Conventions mit mir gesprochen haben, wissen, dass Honor eigentlich in *Auf Biegen und Brechen* sterben sollte – jedenfalls in meiner Variante dessen, was Mentor von Arisia als »Vision über das Schicksal des Kosmos« zu bezeichnen pflegte. Ich wusste immer, dass Honors Tod ein riskanter Zug gewesen wäre und viele Leser der Serie wirklich zornig auf mich gemacht hätte, doch als ich den Ablauf von Honors Leben festlegte – noch ehe ich mit *Auf verlorenem Posten* begann –, hätte ich nie damit gerechnet, dass sie solch eine große, loyale Leserschaft für sich gewinnen würde. Und mir war auch nicht klar, wie sehr ich am Ende an der Figur hängen sollte. Trotzdem war ich fest entschlossen (und meine Frau Sharon könnte ein Lied davon singen, dass ich manchmal ein ganz klein wenig starrsinnig bin), meinen ursprünglichen Plan durchzuführen. Dass mir immer Horatio Nelson als Vorbild für Honor gedient hatte, bestärkte mich in meiner Absicht, denn die Schlacht von Manticore sollte das Gegenstück zur Schlacht von Trafalgar werden. Wie Nelson sollte Honor im Augenblick des Sieges, auf dem Höhepunkt der Schlacht fallen, in der das Sternenkönigreich von Manticore gerettet wurde, sodass sie fortan als größte Heldin der Royal Manticoran Navy gelten würde.

Andererseits hatte ich immer die Absicht, weiterhin Bücher zu schreiben, die im Honor-Harrington-Universum angesiedelt sind. Die große Herausforderung der späteren Bücher sollte fünfundzwanzig bis dreißig Jahre nach Honors Tod das Haupt erheben, und die Handlung sollte hauptsächlich aus Sicht ihrer Kinder Raoul und Katherine geschildert werden. Leider – oder zum Glück, je nach Standpunkt – vermasselte mir Eric Flint meinen ursprünglichen Zeitplan, indem er die

Figur Victor Cachats einführte und mich um einen Gegner bat, den manticoranische und havenitische Geheimagenten als Verbündete bekämpfen könnten, obwohl ihre Sternnationen sich im Kriegszustand befanden. Ich schlug Manpower vor, was sehr gut in Erics Story passte. Doch als ich Erics Figuren in die Romane der Hauptserie einarbeitete, und besonders, als Eric und ich beschlossen, *Der Sklavenplanet* zu schreiben, musste das Auftauchen besagter Herausforderung um zwei bis drei Jahrzehnte vorverlegt werden, und das bedeutete, dass keine Zeit blieb, Honor zu töten und ihre Kinder aufwachsen zu lassen, ehe Manticore mit der Bedrohung durch Manpower konfrontiert wurde.

Mir brach es nicht gerade das Herz, als mir klar wurde, dass ich keine andere Wahl hatte, als Honor eine Gnadenfrist zu gewähren. Dadurch senkte ich nicht nur die Gefahr, dass ihre Fans mich mit Mistgabeln und Fackeln besuchen kamen; je näher der Moment gerückt war, an dem ich sie tatsächlich hätte töten müssen, desto weniger hatte mir der Gedanke gefallen.

Allerdings ergab sich dadurch ein anderes Problem, denn Honor war mittlerweile längst zu ranghoch, um noch auf irgendwelche »Todesritte« geschickt zu werden. Ich brauchte zusätzliche, rangniedere Offiziere, die zu frischen Hauptfiguren an den Fronten werden konnten, eine Rolle, für die ich ursprünglich Raoul und Katherine vorgesehen hatte. Daher schrieb ich *Der Schatten von Saganami/An Bord der Hexapuma;* dieses Buch und *Der Sklavenplanet* hatte ich als die ersten Bücher zweier separater Serienableger vorgesehen. Sie sollten zeitlich parallel, aber getrennt von der »Hauptserie« ablaufen, in der Honor die zentrale Figur bleiben sollte. Ursprünglich hatte ich vorgehabt, eines ihrer Kinder die Führungsrolle in der militärischen Hälfte der Geschichte übernehmen zu lassen und das andere zum »Meisterspion« zu machen, was eine logische Teilung des Honor-Harrington-Universums in zwei getrennte, aber miteinander verbundene Erzählstränge erlaubt hätte. Außerdem wollte ich mithilfe dieser beiden Nebenserien den Umfang der »Hintergrundgeschichte« verringern, der in jedes Buch der »Hauptserie« eingefügt werden musste.

In gewisser Weise gilt dieser ursprüngliche Plan noch immer, aber ich habe mich gezwungen gesehen, ihn abzuändern. In den letzten Romanen habe ich bemerkt, dass ich, wenn ich die beiden Nebenserien in die Hauptserie mit einschließe, die Geschichte auf breiterer Front vorantreiben und mich in unterschiedlichen Romanen auf bestimmte Aspekte der gleichen Story konzentrieren kann. Daher befassen sich *Der Schatten von Saganami/An Bord der* Hexapuma und *Die Achte Flotte/Sturm aus den Schatten* vor allem mit dem Geschehen im Talbott-Sternhaufen und *Der Sklavenplanet* und *Torch of Freedom* mit dem »heimlichen Krieg« gegen die Gensklaverei und ihren moralischen Aspekten. Und *Mission of Honor*, das nächste Buch der »Hauptserie«, wird die Ereignisse in beiden Handlungssträngen verknüpfen und die Story insgesamt dem endgültigen Abschluss näher bringen (was nicht notwendigerweise den Tod von Honor Alexander-Harrington bedeuten muss).

Sowohl *Torch of Freedom* als auch *Mission of Honor* sind abgeliefert und befinden sich in Produktion, sodass zu hoffen steht, dass die Leser diesmal nicht so lange Wartepausen zwischen den Büchern in Kauf nehmen müssen.

Ein Aspekt meines neuen Masterplans ist jedoch, dass Szenen, die in dem einem Buch erschienen sind, durchaus – gewöhnlich aus der Perspektive einer anderen Figur – in einem weiteren enthalten sein können. Dabei geht es mir keinesfalls darum, mühelos zu dickeren Büchern zu kommen. Auf diese Weise möchte ich andere Figuren plastisch entwickeln und das Geschehen aus unterschiedlicher Sicht zeigen können, vorher fehlende Einzelheiten offenlegen und – und das ist vielleicht

EINS

»Sagen Sie mir etwas, John!«

Konteradmiral Michelle Henkes rauchige Altstimme klang scharf und abgehackt. Die Daten auf ihrem taktischen Wiederholdisplay hatten gerade eine Wendung ins Katastrophale genommen.

»Datenübertragung vom Flaggschiff noch nicht beendet, Ma'am«, meldete Commander Oliver Manfredi, der blonde Stabschef des Schlachtkreuzergeschwaders 81, anstelle des Operationsoffiziers, Lieutenant Commander John Stackpole. Manfredi stand hinter Stackpole und betrachtete die detaillierteren Displays der Operationsabteilung; im Moment hatte er erheblich mehr Zeit als Stackpole, sich mit der Lageaktualisierung zu befassen. »Ich bin mir nicht sicher, aber wie es aussieht ...«

Manfredi verstummte und biss die Zähne zusammen. Dann blähten sich seine Nasenflügel, und er drückte Stackpole kurz die Schulter, ehe er den Kopf drehte und seine Geschwaderkommandeurin ansah.

»Wie es aussieht, haben die Havies sich die Lektionen Ihrer Hoheit zu Herzen genommen, Ma'am«, sagte er grimmig. »Sie haben uns in einen Sidemore gelockt.«

Michelle sah kurz zu ihm, und ihr Gesicht spannte sich an.

»Oliver hat recht, Ma'am«, sagte Stackpole. Die im Wechsel befindlichen Lichtkennungen hatten sich schließlich stabilisiert, und er blickte von seinem Display auf. »Sie haben uns im Kasten.«

»Wie schlimm ist es?«, fragte sie.

»Die Havies schicken drei getrennte Gruppen herein«, antwortete Stackpole. »Eine genau achtern von uns, eine Polar-Nord, eine Polar-Süd. Das Flaggschiff nennt die systemeinwärts

Formation, die wir schon kennen, Bandit-Eins. Die Kampfgruppe systemnördlich ist Bandit-Zwo, die systemsüdlich Bandit-Drei und die achtern Bandit-Vier. Unsere Geschwindigkeit relativ zu Bandit-Vier liegt knapp über zwoundzwanzigtausend Kilometern pro Sekunde, aber die Entfernung beträgt weniger als einunddreißig Millionen Kilometer.«

»Verstanden.«

Michelle sah auf ihr eigenes, kleineres Display. Im Augenblick zeigte es das gesamte Solon-System und konnte daher nicht so detailliert sein wie Stackpoles. Auf einem Display, das sich aus der Armlehne eines Kommandosessels ausfahren lassen musste, war dafür kein Platz – jedenfalls nicht, wenn ein ganzes Sonnensystem angezeigt wurde. Trotzdem war der Plot detailliert genug, um zu bestätigen, was Stackpole gerade gesagt hatte. Die Haveniten hatten soeben exakt nachgestellt, was ihnen in der Schlacht von Sidemore zum Verhängnis geworden war, und das sogar noch ausgeklügelter. Solange nichts den Beschleunigungsfaktor von Kampfverband 82 verringerte, bestand für keine der drei gerade aus dem Hyperraum aufgetauchten Kampfgruppen Hoffnung, zu ihm aufzuschließen. Leider brauchten die Haveniten dies auch gar nicht zu tun, um ihn anzugreifen – denn ihre aktuellen Mehrstufenraketen besaßen aus der Ruhe eine Maximalreichweite unter Antrieb von mehr als sechzig Millionen Kilometern.

Und natürlich bestand immer die Möglichkeit, dass noch eine weitere havenitische Kampfgruppe im Hyperraum wartete, bereit, vor der Nase der Manticoraner zurück in den Normalraum zu stürzen, sobald sie sich der Hypergrenze näherten ...

Nein, entschied Michelle nach kurzem Nachdenken. *Wenn sie genügend Schiffe für eine vierte Kampfgruppe hätten, dann wären sie schon transistiert. Sie hätten uns nämlich* wirklich *in der Mausefalle, wenn sie uns von vier Seiten einschließen könnten. Natürlich ist es immer möglich, dass sie trotzdem noch eine weitere Kampfgruppe in Reserve halten – dass sie beschlossen haben, uns in Sicherheit zu wiegen und Nummer Vier zurückhalten, bis wir verraten haben, wohin wir fliehen. Das wäre allerdings eine Verletzung des Prinzips, einen Plan einfach und leicht verständlich zu halten, und zu diesem Fehler neigt diese Generation Havies leider überhaupt nicht mehr.*

Sie verzog das Gesicht bei dem Gedanken, aber es stimmte nun einmal.

Honor hat uns gewarnt, dass diese *Havies alles andere als dumm sind,* überlegte sie. *Nicht dass wir daran erinnert werden müssten – nicht nach Donnerkeil! Ich wünschte nur, dieses eine Mal hätte sie sich geirrt.*

Sie verzog die Lippen zu einem freudlosen Grinsen, doch gleichzeitig spürte sie, wie sie innerlich das Gleichgewicht wiederfand, und ihr Verstand schnurrte, während ihr taktische Möglichkeiten und Entscheidungsbäume durch den Kopf jagten. Dabei lag die Hauptverantwortung gar nicht bei ihr. Nein, diese Last ruhte auf den Schultern ihrer besten Freundin, und gegen ihren eigenen Willen war Michelle dankbar, dass es nicht ihre Schultern waren – was ihr ein ziemlich schlechtes Gewissen bereitete.

Eine Sache war qualvoll offensichtlich. Während der letzten dreieinhalb Monate war es operative Maxime der Achten Flotte gewesen, die zahlenmäßig überlegene Navy der Republik Haven zu einer Umgruppierung zu zwingen, sie in die Defensive zu drängen, während die gefährlich angeschlagene Manticoranische Allianz sich wieder in den Griff bekam. Dem Hinterhalt nach zu urteilen, in den der Kampfverband hineingeraten war, hatte diese Strategie offenbar Erfolg. Im Moment sah es nur leider so aus, als hätte sie davon ein wenig zu viel.

Alles war so viel einfacher, als wir ihnen einen Flaggoffizier nach dem anderen weggeschossen haben – und darauf zählen konnten, dass die Systemsicherheit uns die Arbeit abnahm. Leider gibt es keinen Saint-Just mehr, der jeden Admiral an die Wand stellen lässt, sobald er Initiative beweist, durch die er zur Gefahr für das Regime werden könnte … Ihre Lippen zuckten vor grimmiger Belustigung, als sie sich an die Erleichterung erinnerte, mit der sowohl Manticores große Denker als auch die Frau auf der Straße den Sturz des Komitees für Öffentliche Sicherheit zur Kenntnis genommen hatten. *Vielleicht waren wir da ein bisschen zu voreilig,* dachte Michelle. *Denn dadurch ist unsere operative Erfahrung diesmal gar nicht so viel größer als beim Gegner, und das zeigt sich.* Diese *Havies wissen wirklich, was sie tun. Verdammt sollen sie sein.*

»Flaggschiff befiehlt Kursänderung, Ma'am«, meldete Lieutenant Commander Braga, der Stabsastrogator. »Auf Zwo-Neun-Drei zu Null-Null-Fünf, sechs Komma null ein Kps Quadrat.«

»Verstanden«, sagte Michelle wieder und nickte anerkennend, als der neue Vektor sich durch ihren Plot streckte und sie Honors Absichten erkannte. Der Kampfverband brach mit Maximalbeschleunigung zum Systemsüden aus, und zwar auf einem Kurs, der ihn von Bandit-Zwo so weit wie möglich entfernte, während er den augenblicklichen Abstand zu Bandit-Vier nicht unterschritt. Der neue Kurs trug sie dennoch tief in die Raketenreichweite von Bandit-Eins, der Kampfgruppe, die den Planeten Artus schützte, dessen Orbitalindustrie das Angriffsziel von Kampfverband 82 gewesen war. Bandit-Eins bestand jedoch nur aus zwei Superdreadnoughts und sieben Schlachtkreuzern, die von weniger als zweihundert LACs begleitet wurden, und den Emissionssignaturen und dem Manövrierverhalten zufolge handelte es sich bei den Wallschiffen um gondellose Modelle. Verglichen mit den sechs offensichtlich modernen Superdreadnoughts und zwei LAC-Trägern in allen drei aus dem Hinterhalt aufgetauchten Kampfgruppen war Bandit-Eins die geringste Bedrohung. Selbst wenn seine neun hyperraumtüchtigen Kampfschiffe schwere Gondellasten schleppten, fehlte älteren Schiffen die nötige Feuerleitkapazität, um für die Raketenabwehr von Kampfverband 82 eine reale Gefahr darzustellen. Unter den gegebenen Umständen hätte Michelle an Honors Stelle die gleiche Entscheidung getroffen.

Ich möchte wissen, ob die Havies unser Flaggschiff identifiziert haben, überlegte Michelle. *So schwierig dürfte das nicht sein, bedenkt man die Medienberichterstattung und Honors »Verhandlungen« im Hera-System.*

Doch natürlich hatte auch das zur Strategie gehört. Die Entscheidung, Admiral Lady Dame Honor Harrington, Herzogin und Gutsherrin von Harrington, den Befehl über die Achte Flotte zu übertragen, war aufseiten der Admiralität sorgfältig durchdacht worden. Michelles Meinung nach war Honor zwar ohnehin die beste Wahl für das Kommando, doch die Bestallung war mit größtmöglicher Publicity einhergegangen, die nur einem Zweck diente: Jeden Havie wissen zu lassen, dass niemand anders als der »Salamander« auserwählt worden war, um systematisch die Industrie im havenitischen Hinterland zu vernichten.

Auf diese Weise nahmen die Havies die Bedrohung wenigstens ernst, dachte Michelle ironisch, als der Kampfverband, den Befehlen des Lenkwaffen-Superdreadnoughts HMS *Imperator,* Honors Flaggschiff, gehorchend auf den neuen Kurs kam. *Schließlich ist sie seit der Ersten Schlacht von Basilisk Station der große Albtraum aller Havies! Ich frage mich nur, ob sie bei Hera oder Augusta die Impellersignatur der* Imperator *aufgezeichnet haben? Vermutlich – zumindest bei Hera wussten sie genau, an Bord welches Schiffes Honor war. Das heißt aber wahrscheinlich auch, dass sie schon wissen, wen sie jetzt in der Falle haben.*

Michelle verzog das Gesicht. Kaum ein havenitischer Flaggoffizier hätte den zusätzlichen Anreiz benötigt, um den manticoranischen Kampfverband zu vernichten, wenn er nur konnte –

allein schon, um der ungebrochenen Reihe von Siegen der Achten Flotte ein Ende zu setzen. Auf jeden Fall würde es den havenitischen Eifer nicht dämpfen, wenn die Havies wussten, *wessen* Verband sie gleich zusammenschießen würden.

»Raketenabwehrplan Romeo, Ma'am«, sagte Stackpole. »Formation Charlie.«

»Nur Abwehr?«, fragte Michelle. »Kein Befehl, Gondeln auszusetzen?«

»Nein, Ma'am. Noch nicht.«

»Danke.«

Michelles Gesicht verdüsterte sich weiter. Die Raketengondeln ihrer eigenen Schlachtkreuzer waren mit Zweistufenraketen Typ 16 geladen. Damit hatte sie pro Gondel zwar eine große Anzahl Lenkwaffen, aber Typ 16 waren kleiner, mit leichteren Lasergefechtsköpfen bestückt und kurzreichweitiger als die Mehrstufenraketen eines Wallschiffs wie die Typ 23 an Bord von Honors Superdreadnoughts. Michelle wäre daher gezwungen, Raketensalven mit einem langen Intervall ballistischen Fluges zu feuern, und die größte taktische Schwäche eines Lenkwaffen-Schlachtkreuzers war der Umstand, dass er einfach nicht so viele Gondeln mitführen konnte wie ein echtes Großkampfschiff wie die *Imperator*. BatCruRon 81s begrenzten Munitionsvorrat nicht auf eine so große Entfernung zu erschöpfen, bei der eine sehr niedrige Trefferquote geradezu garantiert war, erschien durchaus sinnvoll. Trotzdem wäre Michelle an Honors Stelle ernsthaft versucht gewesen, Bandit-Vier wenigstens ein paar Salven ausgewachsener Mehrstufenraketen der Superdreadnoughts ins Gesicht zu feuern, und sei es nur, damit diese Kampfgruppe hübsch brav blieb. Doch andererseits …

Na ja, sie ist der Vier-Sterne-Admiral, nicht ich. Und ich gebe zu – sie musste über die Bissigkeit ihrer eigenen inneren Stimme lächeln –, *dass sie hin und wieder Ansätze einer Fähigkeit zum taktischen Denken an den Tag gelegt hat.*

»Raketenstarts!«, rief Stackpole plötzlich aus. »Multiple Raketenstarts! Schätzung elfhundert – eins eins null null – einkommend. Zeit bis Angriffsentfernung: sieben Minuten.«

Jeder der sechs havenitischen Superdreadnoughts in der Gruppe, die als Bandit-Vier bezeichnet wurde, konnte alle zwölf Sekunden sechs Gondeln gleichzeitig absetzen, und jede Gondel enthielt zehn Raketen. Da die havenitischen Feuerleitsysteme den manticoranischen nach wie vor unterlegen waren, konnte man auch im besten Fall mit nur geringer Treffsicherheit rechnen. Aus diesem Grund hatte der Kommandeur der Kampfgruppe sich entschieden, jeden Superdreadnought sechs Sechsergruppen absetzen zu lassen, die auf gestaffelten Start programmiert waren, sodass sämtliche Raketen gleichzeitig am Ziel eintrafen. Sie auszusetzen dauerte zweiundsiebzig Sekunden, doch dann rasten knapp über tausend Mehrstufenraketen auf Kampfverband 82 zu.

Zweiundsiebzig Sekunden später startete eine zweite, genauso massive Salve. Dann eine dritte. Eine vierte. Innerhalb von dreizehn Minuten feuerten die Haveniten knapp unter zwölftausend Lenkwaffen – fast ein Drittel des gesamten Raketenvorrats von Bandit-Vier – auf die zwanzig Sternenschiffe des manticoranischen Kampfverbandes.

Vor nur drei oder vier T-Jahren wäre solch eine Feuerwalze gegen so wenige Ziele von unausweichlicher Tödlichkeit gewesen, und Michelle spürte, wie sich ihre Bauchmuskeln anspannten, als der Sturm auf sie zujagte. Doch jetzt war nicht mehr vor drei oder vier T-Jahren. Die Raketenabwehrdoktrin der Royal Manticoran Navy wurde ununterbrochen weiterentwickelt und bei neuen Gefahren und beim Aufkommen neuer technischer Möglichkeiten ständig überprüft. Selbst in den sechs Monaten seit der Schlacht von Marsch war sie verbessert worden. Die LACs der *Katana*-Klasse, die den Kampfverband zu schützen hatten, manövrierten und richteten ihre Werfer auf den einkommenden Beschuss, aber ihre Antiraketen wurden noch nicht gebraucht. Nicht mit Schlüsselloch und der Antirakete Typ 31.

Jeder Superdreadnought und jeder Schlachtkreuzer setzte zwei Schlüsselloch-Steuermodule aus, eines durch jeden Seitenschild, und jedes dieser Steuermodule verfügte über genügend Steuerleitungen, um das Feuer *sämtlicher* Antiraketenwerfer seines Mutterschiffs gleichzeitig zu leiten. Gleichzeitig gestatteten sie den Schiffen des Kampfverbands, sich auf die Seite zu rollen und die undurchdringlichen Schilde ihrer Impellerkeile in die gefährlichsten Bedrohungsachsen zu legen, ohne die Abwehrfeuerleitung im Mindesten zu beeinträchtigen. Jedes Schlüsselloch-Modul bildete darüber hinaus eine hochgezüchtete Plattform zur funkelektronischen Kampfführung, die großzügig mit eigenen Nahbereichsabwehr-Laserclustern ausgestattet war. Und als zusätzlichen Pluspunkt schenkte das Rollen der Schiffe den Plattformen eine ausreichende »senkrechte« Aufspaltung, die nötig war, um an den Störungen durch die Impellerkeile der Antiraketensalven vorbeizublicken, wodurch es möglich wurde, diese Salven in weit kürzeren Intervallen abzufeuern, als es bisher technisch möglich war.

Die Haveniten hatten nicht bedacht, wie sehr die Eloka-Kapazität der Schlüsselloch-Plattformen die Zielgenauigkeit ihrer Angriffsraketen beeinträchtigen würde. Vor allem hatten sie nicht mehr als fünf Antiraketensalven gegen jede ihrer Salven erwartet. Da sie davon ausgehen mussten, dass ihren fliehenden Zielen nur der eingeschränkte Feuerleitungswinkel ihrer Heckhammerköpfe zur Verfügung stehen würde, waren lediglich durchschnittlich zehn Antiraketen pro Schiff und

Salve einkalkuliert. Ihr Beschießungsplan ging davon aus, dass sie mit in etwa eintausend von Schiffen abgefeuerten Antiraketen zu rechnen hatten, und dazu in etwa die gleiche Anzahl von auf dem Modell 31 basierenden Vipers von den *Katanas.*

Michelle Henke konnte nicht wissen, welche taktischen Voraussetzungen der Feind zugrunde gelegt hatte, doch sie war recht sicher, dass er nicht mit siebentausend Antiraketen allein von Honors Sternenschiffen rechnete.

»Das sind eine ganze Menge Antiraketen, Ma'am«, bemerkte Commander Manfredi leise.

Der Stabschef war auf dem Weg zu seiner Station neben Michelles Kommandosessel stehen geblieben, und sie sah zu ihm hoch, eine Augenbraue gewölbt.

»Ich weiß, dass unsere Magazine vergrößert wurden, damit wir sie aufnehmen können«, antwortete er auf die unausgesprochene Frage. »Dennoch haben wir nicht genügend Munition, um dieses Feuervolumen lange aufrechterhalten zu können. Und sie sind auch nicht gerade billig.«

Entweder sind wir ungeheuer selbstsicher, oder wir sind klapsmühlenreife Irre, die nur so tun, als könnten wir einander mit unseren Drahtseilnerven imponieren, dachte Michelle.

»Billig sind sie vielleicht nicht«, sagte sie und wandte ihre Aufmerksamkeit wieder ihrem Display zu, »aber immer noch erheblich billiger als ein neues Schiff. Ganz zu schweigen davon, was es kosten würde, uns zu ersetzen.«

»Das ist wahr, Ma'am«, stimmte Manfredi ihr mit einem schiefen Grinsen zu. »Das ist wohl wahr.«

»Außerdem«, fuhr Michelle mit beträchtlich fieserem Lächeln fort, als die vorderste Salve der havenitischen Mehrstufenraketen im Abwehrfeuer des Kampfverbands verschwand, »bin ich bereit zu wetten, dass Typ Einunddreißiger noch immer sehr viel weniger kosten als die vielen Angriffsraketen dort.«

Die zweite Angriffssalve folgte der ersten knapp vor dem inneren Abwehrring ins Nichts. Die dritte ebenfalls. Und die vierte.

»Sie haben das Feuer eingestellt, Ma'am«, verkündete Stackpole.

»Das überrascht mich nicht«, murmelte Michelle. Wenn sie überhaupt etwas erstaunte, dann, dass die Haveniten den Beschuss nicht schon früher beendet hatten. Andererseits war sie vielleicht nicht ganz fair zu ihren Gegnern. Die erste Salve hatte sieben Minuten gebraucht, um sich auf Angriffsreichweite zu nähern, lang genug, um ihr sechs weitere auf den Fersen folgen zu lassen. Und die Wirksamkeit der Verbandsraketenabwehr hatte selbst die Schätzungen von BuWeaps übertroffen. Wenn die Überraschung für die Haveniten so groß war, wie sie vermutete, dann durfte man vermutlich nicht erwarten, dass die andere Seite augenblicklich begriff, wie schwer der manticoranische Abwehrschild zu durchdringen war. Und die einzige Möglichkeit, seine Stärke zu messen, bestand natürlich darin, mit Raketen auf ihn einzuhämmern. Dennoch gefiel ihr der Gedanke, dass *sie* keine vollen sechs Minuten brauchen würde, um zu sehen, dass sie gutes Geld dem schlechten hinterherwarf.

Andererseits, dachte sie, *sind da noch neun Salven unterwegs. Ergehe dich mal nicht zu sehr in Selbstvertrauen, Mike! Die letzten Wellen haben wenigstens ein bisschen Zeit, sich an unsere Eloka anzupassen, nicht wahr? Und es ist nur ein Leck an der falschen Stelle nötig, und ein Alpha-Emitter geht hoch … oder sogar das Kommandodeck eines allzu optimistischen Konteradmirals.*

»Was wird man Ihrer Meinung nach als Nächstes versuchen, Ma'am?«, fragte Manfredi, als die fünfte, sechste und siebte Salve ebenso wirkungslos verpufften wie die vorhergehenden.

»Nun ja, die Havies hatten nun Gelegenheit, ein Gefühl zu bekommen, wie hart unsere neue Doktrin zu knacken ist«, antwortete sie und lehnte sich in den Kommandosessel zurück, ohne die Augen vom taktischen W-Display zu nehmen. »Wenn ich dort drüben wäre, würde ich es mit einer wirklich massiven Salve versuchen. Einer Salve, die so groß ist, dass sie unsere Abwehr übersättigt, weil uns die Steuerkanäle für die Antiraketen ausgehen, ganz egal, wie viele wir von denen haben.«

»Aber so etwas könnten die Havies ihrerseits nicht leiten«, wandte Manfredi ein.

»Das glauben *wir* zumindest«, verbesserte Michelle ihn fast geistesabwesend, während sie zusah, wie die achte und die neunte Welle ausgelöscht wurden. »Wissen Sie, ich glaube ja, dass Sie wahrscheinlich recht haben, aber das können wir einfach nicht wissen – noch nicht jedenfalls. Wir könnten uns irren. Und selbst wenn wir uns nicht irren, eine wie große Treffgenauigkeit ließe sich über diese Entfernung denn noch erzielen, auch wenn sie die Steuerung freigeben und die Vögelchen ganz ihren eingebauten Sensoren überlassen? Ohne schiffsgestützte Rechner zur Verfeinerung bekämen sie keine besonders guten Ziellösungen, aber gute Lösungen erhält man auf diese Entfernung ohnehin nicht, ganz gleich womit. Doch genügend *schlechte* Lösungen, mit denen man tatsächlich durchbricht, sind doch wahrscheinlich ein kleines bisschen nützlicher als perfekte Lösungen, mit denen man nicht an der Abwehr des Ziels vorbeikommt, oder sind Sie da anderer Ansicht?«

»Wenn man es so ausdrückt, ergibt es wahrscheinlich wirklich Sinn«, stimmte Manfredi zu, doch Michelle merkte ihrem Stabschef deutlich an, dass ihm die Vorstellung gegen die Berufsehre ging, sich auf letztlich ungezielten Beschuss einstellen zu sollen. Soweit es ihn betraf, sprach die schiere Primitivität dieser Vorgehensweise Bände über das Können jeder

Raumstreitkraft, die sich darauf verlassen musste – oder den Mangel daran.

Michelle setzte an, ihn dafür aufzuziehen, dann hielt sie inne. Inwieweit offenbarte dieses Denken eigentlich einen blinden Fleck aufseiten Manfredis – oder auch ihrerseits? Manticoranische Offiziere waren es gewöhnt, über havenitische Technik und die Primitivität des Geräts, die ihre Grenzen zur Folge hatten, die Nase zu rümpfen. Doch gegen eine primitive Technik, die zugleich *effizient* war, ließ sich nichts sagen. Die Republican Navy hatte der RMN bereits mehrere schmerzliche Lektionen erteilt, und es war höchste Zeit, dass Offiziere wie Oliver Manfredi – oder Michelle Henke – sich davon nicht jedes Mal, wenn es geschah, überraschen ließen.

»Ich habe nicht gesagt, dass es schön wäre, Oliver.« Sie gestattete sich einen ganz leicht tadelnden Unterton. »Aber für Schönheit werden wir auch nicht bezahlt, oder?«

»Nein, Ma'am«, sagte Manfredi einen Hauch zackiger als sonst.

»Nun, die da drüben auch nicht, da bin ich mir ziemlich sicher.« Mit einem Lächeln nahm sie dem Satz die Schärfe, die Manfredi vielleicht empfunden hätte. »Und seien wir ehrlich, sie haben noch immer die rote Lampe, was die Technik angeht. Unter den gegebenen Umständen haben sie ihre Möglichkeiten diesmal verdammt effizient genutzt. Erinnern Sie sich noch an Admiral Bellefeuille? Falls nicht, ich schon!« Sie schüttelte lächelnd den Kopf. »Diese Frau ist verschlagen, und sie hat aus allem, was sie hatte, das Äußerste herausgeholt. Leider sehe ich keinen Grund zu der Annahme, dass die übrigen havenitischen Flaggoffiziere es ihr nicht gleichtun könnten.«

»Sie haben recht, Ma'am.« Über Manfredis Gesicht zuckte nun auch ein Lächeln. »Ich will versuchen, beim nächsten Mal daran zu denken.«

»Beim nächsten Mal«, wiederholte Michelle und lachte leise. »Mir gefällt, was Sie damit sagen, Oliver.«

»Die *Imperator* und die *Intolerant* setzen Gondeln ab, Ma'am«, meldete Stackpole.

»Wie es scheint, ist Ihre Hoheit zu der gleichen Schlussfolgerung gekommen wie Sie, Ma'am«, sagte Manfredi. »Auf diese Weise können wir sie abhalten, eine allzu große Salve zu sammeln, um sie auf uns abzufeuern.«

»Vielleicht«, erwiderte Michelle.

Die große Schwäche von Raketengondeln war ihre Verwundbarkeit gegenüber Naheinschlägen, sobald sie sich einmal außerhalb der passiven Abwehr ihres Mutterschiffs befanden, und Manfredi hatte recht: Einkommende manticoranische Raketen konnten in der Tat gewaltige Zerstörungen unter den havenitischen Gondeln anrichten. Andererseits hatten sie bereits Zeit gehabt, etliche Gruppen davon zu »stapeln«, und Honors Raketen brauchten fast acht weitere Minuten, um den konstant größer werdenden Abstand zwischen dem Kampfverband und Bandit-Vier zu überbrücken. Doch immerhin, die Raketen waren unterwegs.

Der havenitische Kommandeur wartete nicht ab, bis das Feuer des Kampfverbands ihn erreichte. Vielmehr feuerte er fast im gleichen Augenblick, in dem Honor ihre erste Salve gegen ihn startete, und wo Kampfverband 82 knapp dreihundert Raketen gegen ihn sandte, brachte er beinahe elftausend Lenkwaffen auf die Reise.

»Verdammt«, sprach Commander Manfredi beinahe sanft, als der Gegner für jede Rakete, die KV 82 gerade auf ihn abgefeuert hatte, mit sechsunddreißig eigenen antwortete, dann sah er kopfschüttelnd Michelle an. »Unter normalen Umständen, Ma'am, ist es beruhigend, für jemanden zu arbeiten, der die Gedanken des Feindes lesen kann. Nur wünschte ich wirklich, Sie hätten diesmal sich geirrt.«

»Sie und ich, wir beide«, erwiderte Michelle. Sie las die Datenfelder, dann drehte sie sich mit dem Kommandosessel zu Stackpole um.

»Kommt es mir nur so vor, John, oder ist die feindliche Feuerleitung ein kleines bisschen besser, als sie sein sollte?«

»Ich fürchte, da haben Sie recht, Ma'am«, antwortete Stackpole erbittert. »Ja, es ist eine Einzelsalve, und sie kommt als Einzelwelle ein. Trotzdem scheinen die Havies sie in mehrere *Ballungen* aufgeteilt zu haben, und diese Ballungen werden offenbar besser geleitet, als ich es erwartet hätte. Wenn ich raten sollte, würde ich sagen, dass die Havies die Salve ausgedehnt haben, damit zu jeder Ballung eine ungestörte Verbindung besteht, und sie benutzen rotierende Leitungsverbindungen. Sie springen einfach zwischen den Gruppen hin und her.«

»Dazu bräuchten sie mehr Bandbreite, als wir bisher bei ihnen gesehen haben«, wandte Manfredi ein. Er wollte Stackpole nicht etwa widersprechen, er brachte nur seine Gedanken ein, und Michelle zuckte die Achseln.

»Wahrscheinlich«, sagte sie. »Aber vielleicht auch nicht. Wir wissen nicht genug darüber, was sie tun, um uns da festlegen zu können.«

»Ohne diese Bandbreite gingen sie das Risiko ein, dass die Steuerkanäle mitten im Flug vollständig ausfallen«, fügte Manfredi hinzu.

»Wahrscheinlich«, wiederholte Michelle. Sie entschied, dass es der falsche Zeitpunkt war, um bestimmte Entwicklungen in der Raketenfeuerleitung zu erwähnen, an der Sonja Hemphill und BuWeaps arbeiteten. Außerdem hatte Manfredi recht. »Andererseits«, sagte sie, »ist diese Salve zehnmal so groß wie alles, was sie bisher versucht haben, oder? Selbst wenn sie fünfundzwanzig oder dreißig Prozent davon verlieren, ist sie trotzdem immer noch sehr schwerer Beschuss.«

»Das meine ich auch, Ma'am«, stimmte Manfredi ihr zu und lächelte schief. »Noch eine dieser schlechten Lösungen, von denen Sie vorhin sprachen.«

»Genau«, sagte Michelle verbissen, als der aufkommende Sturm aus havenitischen Raketen die äußerste Abfangzone erreichte.

»Wie es aussieht, sind wir diesmal das erkorene Ziel, Ma'am«, ergänzte Stackpole, und sie nickte.

Als Erste erreichte die vorderste Raketensalve von KV 82 ihr Ziel.

Anders als die Haveniten hatte die Herzogin von Harrington sich entschieden, ihr gesamtes Feuer auf ein einziges Ziel zu konzentrieren. Als die manticoranischen Mehrstufenraketen darauf einlenkten, eröffnete die Raketenabwehr von Bandit-Vier das Feuer. Zwischen den Lenkwaffen waren manticoranische Eloka-Raketen verteilt, die weit wirksamere Durchdringungshilfen trugen als irgendeines ihrer havenitischen Gegenstücke. Doch deren Abwehr war seit dem letzten Krieg noch grundlegender verbessert worden als die manticoranische. Absolut gesehen blieb sie dem Gerät des Sternenkönigreichs weiterhin deutlich unterlegen, aber dennoch war die relative Verbesserung enorm, und der Unterschied zwischen dem Leistungsvermögen von KV 82 und dem, was die havenitischen Systeme vermochten, war weit kleiner als früher einmal. Shannon Forakers »gestaffelte Abwehr« konnte nicht auf manticoranische Präzision und technische Vollkommenheit bauen, und deshalb setzte sie allein auf die Dichte des Abwehrfeuers. Eine unfassbare Gewitterfront aus Antiraketen, abgefeuert von den eskortierenden LACs und den Superdreadnoughts selbst, schoss der Gefahr entgegen. Durch die zahllosen Impellerkeile ergaben sich so heftige Störungen, dass eine auch nur annähernd präzise Leitung des Abwehrfeuers unmöglich wurde, doch wenn so viele Antiraketen gleichzeitig im All waren, *mussten* einige von ihnen einfach etwas treffen.

Und sie trafen. Genauer gesagt trafen sie sogar etliche »Etwasse«. Von den zweihundertachtundachtzig Mehrstufenraketen, die die *Intolerant* und die *Imperator* auf RHNS *Conquete* abgefeuert hatten, fielen einhundertzweiunddreißig den Antiraketen zum Opfer, und dann waren die Lasercluster an der Reihe. Aufgrund der hohen Annäherungsgeschwindigkeit der Mehrstufenraketen konnte jeder Cluster nur einen einzigen Schuss abgeben. Die Lenkwaffen bewegten sich mit zweiundsechzig Prozent der Lichtgeschwindigkeit und brauchten von dem Augenblick, in dem sie in Reichweite der Lasercluster kamen, keine halbe Sekunde, bis sie sich der *Conquete* auf Angriffsentfernung genähert hatten. Doch die Superdreadnoughts und die Leichten Angriffsboote der *Cimeterre*-Klasse der Flankensicherung waren mit Tausenden dieser Kurzstreckenabwehrwaffen bestückt.

Trotz aller Bemühungen der überlegenen manticoranischen *Eloka* erwies sich Shannon Forakers Abwehrdoktrin als wirksam. Nur acht Raketen aus der Salve überlebten und konnten ihr Ziel angreifen. Zwei von ihnen detonierten zu spät und verschwendeten ihre Energie an das Dach des undurchdringlichen Impellerkeils der *Conquete*. Die anderen sechs detonierten fünfzehn- bis zwanzigtausend Kilometer vom Backbordbug des Schiffes entfernt, und energiestarke bombengepumpte Laserstrahlen fraßen sich brutal durch seinen Seitenschild.

Alarme kreischten durch das havenitische Schiff, als Panzerung zerschmettert und Waffen – und die Männer und Frauen, die sie bedienten – ausgelöscht wurden. Atemluft strömte aus den wunden Flanken der *Conquete*. Doch Superdreadnoughts sind darauf ausgelegt, genau solche Schäden zu überstehen, und das große Schiff schwankte nicht einmal in seinem Kurs, sondern behielt seine Position in der Abwehrformation von Bandit-Vier bei. Seine Antiraketenwerfer feuerten bereits auf die zweite Salve des manticoranischen Kampfverbands.

»Wie es aussieht, sind wenigstens ein paar durchgekommen, Ma'am«, sagte Stackpole. Mit aufmerksamen Augen studierte er die Meldungen der überlichtschnell sendenden Geisterreiter-Aufklärungssonden.

»Gut«, sagte Michelle. Natürlich hatten ein »paar« Treffer vermutlich nicht mehr ausgerichtet, als den Anstrich ihres Ziels zu zerkratzen, aber man konnte schließlich immer hoffen, und ein wenig Schaden war schon besser als überhaupt kein Schaden. Leider …

»Und da kommt die Antwort«, brummte Manfredi. Was, wie Michelle fand, recht untertrieben ausgedrückt war.

Von den havenitischen Mehrstufenraketen hatten sich sechshundert schlichtweg verirrt und bestätigten im Davontrudeln Manfredis Prophezeiung, was den Preis der gelösten Leitverbindungen betraf. Doch sechshundert waren keine sechs Prozent der Gesamtsalve – was die Gültigkeit von Michelles Gegenargument unterstrich.

Die Antiraketen des Kampfverbands vernichteten fast neuntausend Lenkwaffen, die sich nicht verirrt hatten, und das letzte Aufgebot der Lasercluster und der *Katana*-LACs vernichtete neunhundert weitere.

Damit blieben »nur« dreihundertzweiundsiebzig Raketen übrig.

Fünf davon attackierten die *Ajax*.

Captain Diego Mikhailov rollte das Schiff, legte sein Kommando weiter relativ zum einkommenden Beschuss auf die

Seite und bemühte sich, die Defensivbarriere des Impellerkeils zu nutzen. Die Sensorreichweite seiner Schlüsselloch-Module verlieh ihm einen beträchtlichen Manövriervorteil und verbesserte außerdem seine Feuerleitung. Er konnte Bedrohungen viel deutlicher und aus größerer Entfernung ausmachen, sodass ihm mehr Zeit blieb, um auf sie zu reagieren. Die meisten einkommenden Röntgenlaserstrahlen vergingen im Boden seines Keils. Eine der angreifenden Raketen schaffte es allerdings, diesem Schicksal zu entgehen. Sie schoss an der *Ajax* vorbei und detonierte keine fünftausend Kilometer vor ihrem Backbord-Seitenschild.

Der Schlachtkreuzer zuckte, als zwei Laserstrahlen der Raketen den Schild durchschlugen. Es lag in der Natur der Dinge, dass ein Schlachtkreuzer erheblich schwächer gepanzert war als ein Superdreadnought, und havenitische Lasergefechtsköpfe waren schwerer als ihre manticoranischen Gegenstücke, ein gezielter Versuch, die geringere Treffgenauigkeit auszugleichen. Panzerstahl zersprang, und Alarme heulten auf. Unheil verkündende rote Lichter erschienen auf den Schadensdisplays, doch gemessen am Umfang der Salve waren die Schäden an der *Ajax* bemerkenswert leicht.

»Zwei Treffer, Ma'am«, meldete Stackpole. »Wir haben Graser Fünf und zwo Nahbereichsabwehrcluster verloren. Lazarett meldet sieben Verwundete.«

Michelle nickte. Sie hoffte, dass keines der sieben Besatzungsmitglieder schwere Wunden erlitten hatte. Niemand erlitt gern Verluste, aber dennoch – nur sieben Verwundete, keiner davon schwer. Wie es bislang schien, war das ein fast unglaublich geringer Blutzoll.

»Der Rest des Geschwaders?«, fragte sie.

»Kein Kratzer, Ma'am!«, meldete Manfredi in frohlockendem Tonfall von seiner Kommandostation, und Michelle spürte den Ansatz eines Lächelns. Doch dann …

»Mehrere Treffer an beiden Superdreadnoughts«, meldete Stackpole, und Michelles Lächeln erstarb auf ihren Lippen. »Die *Imperator* hat zwo oder drei Graser verloren, aber im Wesentlichen ist sie intakt.«

»Und die *Intolerant?*«, fragte Michelle barsch, als der Operationsoffizier schwieg.

»Sieht nicht gut aus«, antwortete Manfredi, dem das taktische Datennetz des Kampfverbands gerade die Informationen auf den Schirm gelegt hatte. »Sie muss zwei oder drei Dutzend Treffer kassiert haben ... und wenigstens einer ist bis in den Raketenkern vorgedrungen. Schwere Verluste, Ma'am, darunter Admiral Morowitz und der Großteil seines Stabes. Und ihre Gondelschienen sind anscheinend unbrauchbar.«

»Flaggschiff beendet Raketengefecht, Ma'am«, sagte Stackpole leise.

Er sah von seinem Display auf und blickte ihr in die Augen. Sie nickte in bitterem Begreifen. Die Fähigkeit des Kampfverbands zu nachhaltigem Beschuss auf große Entfernungen war soeben halbiert worden. Nicht einmal manticoranische Feuerleitung konnte auf beinahe zwei Lichtminuten Distanz mit Salven, wie ein einzelner Lenkwaffen-Superdreadnought sie feuerte, etwas auszurichten hoffen, und Honor würde keine Munition mit dem Versuch verschwenden, das Unmögliche zu versuchen.

Und damit steht leider die Frage im Raum, was wir jetzt tun, oder?, dachte Michelle.

Mehrere Minuten verstrichen, in denen Michelle auf die knappen, nüchternen Gespräche im Hintergrund lauschte, während die Offiziere ihres Stabes und deren Helfer eine Einschätzung dessen erarbeiteten, was sich gerade ereignet hatte. Die Daten wurden nicht viel besser, überlegte sie mit einem Blick auf die Anzeigen, die sich änderten, je detaillierter die hereinkommenden Schadensberichte wurden.

Wie Manfredi bereits gemeldet hatte, war Michelles Geschwader bis auf das Flaggschiff von Schäden verschont geblieben, doch andererseits sah es immer mehr danach aus, als wären Stackpoles erste Abschätzungen der Schäden an HMS *Intolerant* noch zu optimistisch gewesen.

»Admiral«, sprach Lieutenant Kaminski sie plötzlich an. Michelle wandte sich dem Signaloffizier ihres Stabes zu. »Herzogin Harrington möchte Sie sprechen«, sagte er.

»Stellen Sie sie durch«, antwortete Michelle und sah auf ihren kleinen Combildschirm. Ein vertrautes Gesicht mit mandelförmigen Augen erschien darauf fast augenblicklich.

»Mike«, begann Honor Alexander-Harrington ohne Umschweife. Ihr forscher sphinxianischer Einschlag war nur ein klein wenig deutlicher zu hören als sonst. »Die *Intolerant* ist in Schwierigkeiten. Ihre Raketenabwehr hält nicht mehr stand, und wir nähern uns den Raketengondeln in der Umlaufbahn um Artus. Ich weiß, die *Ajax* hat selber ein paar Treffer abgekommen, aber lass dein Geschwader trotzdem an unserer Flanke ausschwärmen. Deine Nahbereichsabwehr muss zwischen die *Intolerant* und Artus. Bist du dazu in der Lage?«

»Natürlich.« Henke nickte nachdrücklich. Etwas derart Zerbrechliches wie einen Schlachtkreuzer zwischen einen beschädigten Superdreadnought und einen von Raketengondeln umschwärmten Planeten zu setzen war nichts, was man leichtfertig in Erwägung zog. Andererseits gehörte die Abschirmung von Wallschiffen zu den Aufgaben, für die Schlachtkreuzer gebaut wurden, und wenn man die von den Aufklärern gemeldete relativ geringe Zahl an Raketenbehältern in der Umlaufbahn um Artus zugrunde legte, dann stand ihnen wenigstens kein weiterer Lenkwaffenhurrikan bevor wie der, der soeben über den Kampfverband hereingebrochen war.

»Die *Ajax* ist als Einzige angeschlagen«, fuhr Henke fort, »und bei uns ist der Schaden ziemlich oberflächlich. Er hat keinerlei Auswirkungen auf unsere Raketenabwehr.«

»Gut! Andrea und ich verschieben die LACs ebenfalls, aber sie haben eine Menge Antiraketen gegen die beiden Monstersalven von Bandit-Vier verbraucht.« Honor schüttelte den Kopf. »Ich glaube nicht, dass sie so viele Gondeln gleichzeitig abfeuern konnten, ohne ihre Feuerleitung aufs Äußerste auszureizen. Anscheinend werden wir einiges überdenken müssen.«

»Das liegt in der Natur der Sache, oder?«, erwiderte Henke schulterzuckend. »Wir leben, um zu lernen.«

»Die von uns, die das Glück haben, zu überleben«, stimmte Honor ein wenig erbittert zu. Dann rief sie sich innerlich zur Ordnung. »Also gut, Mike. Setz deine Schiffe in Bewegung. Ende.«

»Ende«, bestätigte Michelle, dann drehte sie sich mit ihrem Sessel Stackpole und Braga zu. »Sie haben die Lady gehört«, sagte sie. »Los geht's.«

BatCruRon 81 setzte sich an die Flanke von Kampfverband 82, der weiterhin von seinen Verfolgern weg beschleunigte. Die letzten Schadensmeldungen kamen herein, und Michelle verzog das Gesicht, als sie sich ausmalte, was die Kommandeurin des Verbands angesichts dieser Berichte empfinden musste. Michelle Henke kannte Honor Harrington seit der ersten Klasse auf Saganami Island, wo Honor eine große, magere Midshipwoman gewesen war. Es war nicht Honors Schuld, dass es den Haveniten gelungen war, ihren Verband in eine Falle zu locken, aber Trost bot dieser Gedanke keinen. Nicht für eine Honor Harrington. Die beschädigten Schiffe waren ihre Schiffe, die Gefallenen waren ihre Leute, und im Augenblick, da war sich Michelle Henke sicher, fühlte sich Honor, als wären die Treffer, die der Kampfverband hatte einstecken müssen, direkt in sie eingeschlagen.

Nein, das empfindet sie nicht, verbesserte sich Michelle. *Im Moment wünscht sie sich, jeder einzelne Treffer wäre in sie eingeschlagen, und sie verzeiht sich nicht, in diese Falle hineingelaufen zu sein. Sie wird es sich noch lange nicht verzeihen, wenn ich sie richtig kenne. Trotzdem, ihre Entscheidungen wird es trotzdem nicht beeinträchtigen.*

Sie schüttelte den Kopf. Schade, dass Honor ihren Untergebenen Fehler, an denen sie keine Schuld trugen, viel besser verzeihen konnte, als sie es bei sich selbst vermochte. Leider war es zu spät, um sie noch zu ändern.

Und ehrlich gesagt, ich glaube nicht, dass es für irgendjemanden von uns sehr heilsam wäre, sie ändern zu wollen, dachte sie mit leisem Spott.

»Dreißig Sekunden bis Eintritt in die geschätzte Reichweite der Gondeln von Artus, Ma'am«, sagte Stackpole leise und riss sie aus ihren Gedanken.

»Danke.« Michelle schüttelte sich, dann setzte sie sich aufrechter hin.

»Bereit zur Raketenabwehr«, befahl sie.

Die Sekunden verstrichen, und dann ...

»Raketenstarts!«, rief Stackpole. »Multiple Raketenstarts, *multiple Quellen!*«

Bei den letzten beiden Wörtern verschärfte sich sein Ton, und Michelle riss den Kopf herum.

»Schätzung auf siebzehntausend, Ma'am!«

»Wiederholen Sie!«, fuhr Michelle ihn an. Im ersten Moment war sie sich sicher, ihn irgendwie missverstanden zu haben.

»OPZ sagt siebzehntausend Raketen, Ma'am«, sagte Stackpole rau und sah sie an. »Zeit bis Angriffsreichweite sieben Minuten.«

Michelle starrte ihn an, während ihr Verstand sich bemühte, diese unfassbare Zahl zu begreifen. Die Ortungssonden, die von den Aufklärern des Kampfverbands vor dem Angriff ausgesetzt worden waren, hatten in der Kreisbahn um Artus knapp vierhundert Raketenbehälter entdeckt. Das hätte maximal viertausend Raketen bedeutet, woher zum Teufel also kam eine mehr als vierfache Anzahl?

»Von Bandit-Eins kommen wenigstens dreizehntausend ein«, sagte Stackpole, als hätte er ihre Gedanken gelesen. Er klang mehr als nur ein wenig ungläubig, und ihre Augen weiteten sich entsetzt. Das war noch unglaublicher. Zwei Superdreadnoughts und sieben Schlachtkreuzer konnten so viele Raketen selbst dann nicht leiten, wenn sie allesamt gondeltauglich gewesen wären!

»Wie kann –«, begann jemand.

»Das sind keine *Schlachtkreuzer*«, sagte Oliver Manfredi plötzlich. »Das sind verfluchte *Minenleger!*«

Michelle begriff sofort, wovon er sprach, und sie presste zustimmend die Lippen zusammen. Wie bei der Royal Manticoran Navy basierten auch die schnellen Minenleger der Republik Haven auf Schlachtkreuzern. Manfredi hatte zweifellos recht. Statt mit der normalen Zuladung an Minen waren diese Schiffe bis zum Platzen mit Raketengondeln vollgestopft worden. Während sie hier zugesehen hatten, wie der Kampfverband vor Bandit-Vier in Richtung Bandit-Eins floh, hatte man dort die Gondeln ausgesetzt und zu einer gewaltigen Salve gestaffelt, die jetzt auf Kampfverband 82 zuraste.

»Tja«, sagte sie und hörte selbst, wie belegt ihre Stimme klang, »jetzt wissen wir, wie sie es geschafft haben. Damit haben wir nur noch die kleine Frage zu klären, was wir dagegen unternehmen. Führen Sie Hotel aus, John!«

»Abwehrplan Hotel, aye, Ma'am«, bestätigte Stackpole, und von HMS *Ajax* ergingen Befehle an den Rest ihres Geschwaders.

Michelle beobachtete ihren Plot. Ihr blieb keine Zeit, die Formation wesentlich zu verändern, aber sie hatte bereits Vorkehrungen für »Hotel« getroffen, auch wenn es unwahrscheinlich erschienen war, dass der Beschuss durch die Haveniten den Abwehrplan erforderlich machen könnte. Die Hauptaufgabe ihrer Schiffe lag nun im Schutz der *Intolerant*. Sich um sich selbst zu kümmern stand auf der Liste der Prioritäten natürlich ebenfalls recht weit oben, aber der Superdreadnought verfügte über größere Kampfkraft – und fast genauso viel Tonnage – wie ihr gesamtes Geschwader zusammengenommen. Deshalb staffelte sie durch Raketenabwehrplan Hotel die Schlachtkreuzer vertikal im All wie eine bewegliche Wand zwischen dem Planeten Artus und der *Intolerant*. Die Schiffe waren ideal platziert, um das einkommende Feuer abzuwehren – doch leider hatte das zur Folge, dass sie diesem Beschuss auch vollkommen ausgeliefert waren.

»Signal vom Flaggschiff, Ma'am«, sagte Stackpole unvermittelt. »Beschießungsplan Gamma.«

»Verstanden. Beschießungsplan Gamma ausführen«, sagte Michelle knapp.

»Aye, aye, Ma'am. Beschießungsplan Gamma wird ausgeführt«, antwortete Stackpole, und endlich setzte das Schlachtkreuzergeschwader 81 Gondeln aus.

Angesichts der Beschussmenge, die auf den Kampfverband zuhielt, war es keine große Feuererwiderung, doch Michelle spürte, wie sich ihre Lippen dennoch zufrieden von den Zähnen zurückzogen. Die Gamma-Sequenz, an der Honor und ihr taktischer Stab monatelang gearbeitet hatten, sollte die kurzreichweitigen Typ-16-Lenkwaffen der Schlachtkreuzer mit den Mehrstufenraketen der Superdreadnoughts koordinieren. Eine Typ-16-Rakete benötigte mehr als dreizehn Minuten, um Bandit-Eins zu erreichen, während eine Typ 23 der *Imperator* nur sieben Minuten brauchte. Beide Raketen setzten fusionsbetriebene Impellerantriebe ein, aber es war physikalisch unmöglich, drei komplette Antriebe in die engeren Maße der kleineren Raketen zu stopfen, und deshalb konnten sie nicht so lange beschleunigen wie ihre größeren Schwestern.

Nach Beschießungsplan Gamma wurden die Antriebe des ersten halben Dutzends gondelgestarteter Typ-23-Raketen der *Imperator* auf das Leistungsprofil der weniger ausdauernden Lenkwaffen der Schlachtkreuzer der *Agamemnon*-Klasse heruntergeregelt. Auf diese Weise konnte der Kampfverband sechs Salven aus je fast dreihundert Lenkwaffen der Typen 16 und 23 ins All schicken, ehe der Superdreadnought begann, Salven zu einhundertzwanzig Vögelchen mit der maximalen Leistung der 23 zu feuern.

Was alles schön und gut ist, dachte Michelle grimmig und sah zu, wie die Icons der Angriffsraketen vom Kampfverband fortstrebten. *Leider hilft uns das überhaupt nicht gegen die Vögelchen, die sie schon gestartet haben.*

Wie um ihren Gedanken zu unterstreichen, begann die *Ajax* sich zu schütteln, als Wellen von Antiraketen ihre Werfer verließen, die auf Dauerschnellfeuer geschaltet waren.

Die auf Grayson entwickelten LACs der *Katana*-Klasse feuerten ebenfalls und schickten ihre Antiraketen dem Angriff entgegen, doch selbst in den schlimmsten Albträumen hatte sich niemand ausgemalt, einmal einer einzelnen derart dichten Salve gegenüberstehen zu müssen.

»Sie kommt durch, Ma'am«, sagte Manfredi leise.

Michelle sah von ihrem Plot auf und presste die Lippen zusammen, als sie ihn erneut neben ihrem Kommandosessel stehen sah. Angesichts dessen, was gerade auf sie zuraste, hätte er eigentlich im Prallkäfig und der Panzerhaut seines eigenen Sessels sitzen sollen. *Und das weiß er selbst verdammt genau,* dachte sie mit vertrautem, schneidendem Ärger. Doch Manfredi war schon immer ein ruheloser Wanderer gewesen, und

Michelle hatte es irgendwann aufgegeben, ihn deswegen anzufahren. Er gehörte zu jenen Menschen, die sich bewegen müssen, wenn ihr Verstand auf vollen Umdrehungen arbeiten soll. Seine Stimme war zu leise, als dass ihn außer Michelle jemand hören konnte, während er auf ihr W-Display blickte, aber sein Blick war starr.

»Natürlich«, erwiderte sie genauso leise. Dem Kampfverband fehlten schlichtweg die Möglichkeiten, so viele Raketen innerhalb der verfügbaren Zeit zu stoppen.

»Wie zum Teufel leiten die Havies derart viele Raketen?«, fragte sich Manfredi laut, ohne die Augen vom Plot zu nehmen. »Sehen Sie sich die Struktur an: Das sind keine blinden Schüsse, sondern die Vögelchen befinden sich unter strenger Kontrolle, jedenfalls jetzt noch. Wie zum Teufel also bringen die Havies so viele Steuerkanäle zusammen?«

»Ich habe nicht die leiseste Ahnung«, gab Michelle zu. Sie klang geradezu geistesabwesend, während sie zusah, wie das Feuer des Verteidigers riesige Löcher in die Wolken einkommender Raketen riss. »Ich glaube, das sollten wir wirklich herausfinden. Meinen Sie nicht auch?«

»Da haben Sie vollkommen recht, Ma'am«, stimmte er ihr mit ernstem Lächeln zu.

Niemand innerhalb von Kampfverband 82 – oder innerhalb der restlichen Royal Manticoran Navy – hatte je von dem Steuersystem gehört, das Shannon Foraker nach einer Figur aus der Literatur vor Anbeginn der Raumfahrt »Moriarty« genannt hatte. Wäre es ihnen aber bekannt gewesen und hätten sie die Anspielung verstanden, so hätten sie vermutlich zugestimmt, dass der Name passend gewählt war.

Shannon Foraker konnte man ganz bestimmt einen Vorwurf niemals machen: dass sie zu klein denke. Das Problem war, eine

Raketensalve, die groß genug war, die ständig besser werdende manticoranischen Lenkwaffenabwehr zu durchbrechen, mit Feuerleitung auszustatten. Dabei musste sie hinnehmen, dass havenitischen Wallschiffen, darunter auch den neusten gondeltauglichen Superdreadnoughts, die nötigen Steuerkanäle schlichtweg fehlten. Daher war sie das Problem aus einer anderen Richtung angegangen. Da ihr die technischen Möglichkeiten fehlten, um die benötigten Kontrollanlagen in etwas wie das manticoranische Schlüsselloch-System zu zwängen, hatte sie akzeptiert, dass sie etwas Größeres bauen musste. Etwas viel Größeres. Und während sie darüber nachgedacht hatte, war ihr die Idee gekommen, dass sie genauso gut gleich eine Möglichkeit finden könnte, dieses »Größere« in die Abwehrinstallationen eines ganzen Sonnensystems zu integrieren.

»Moriarty« war die Antwort, auf die sie gestoßen war. Das System bestand aus ferngesteuerten Plattformen, die allen als Telemetrierelais und Steuerkanäle dienten. Sie wurden überall im Weltraum innerhalb der Hypergrenze Solons verteilt, und jeder von ihnen stand mit einer einzelnen Leitstation in Verbindung, die in etwa die Größe eines Schweren Kreuzers besaß – und nichts anderes enthielt als die besten Feuerleitrechner, die die Republik Haven bauen konnte.

Daran, dass die Verbindungen den Beschränkungen der Lichtgeschwindigkeit unterlagen, konnte Foraker nichts ändern, aber sie hatte eine Möglichkeit gefunden, genügend solcher Kanäle bereitzustellen, um wahrhaft massive Salven ins Ziel zu lenken. Und obwohl KV 82 davon nichts ahnte, nutzte die Raketensalve, die auf sie zuraste, die Kapazität Moriartys nicht einmal zur Hälfte aus.

Doch selbst wenn die Taktischen Offiziere des Kampfverbands davon gewusst hätten, echte Dankbarkeit empfunden hätten sie wohl kaum, nicht angesichts der Salve, die, Kapazitätsgrenzen hin oder her, auf sie zuraste.

Michelle sollte niemals erfahren, wie viele einkommende Raketen kurz vor ihrem Ziel vernichtet wurden, wie viele trotz aller Bemühungen Moriartys ihr Ziel verloren und sich verirrten, oder wie viele ein anderes Ziel erfassten als das, auf das sie ursprünglich programmiert waren. Ganz offensichtlich konnte die Abwehr des Kampfverbands einen gewaltigen Anteil von ihnen aufhalten. Leider wurde dadurch nur umso offensichtlicher, dass sie nicht genug havenitische Lenkwaffen gestoppt hatten.

Hunderte von ihnen stürzten sich auf die LACs – nicht etwa weil jemand Mehrstufenraketen an etwas so Kleines wie ein Leichtes Angriffsboot hatte verschwenden wollen. Raketen, die ihre ursprünglichen Ziele verloren hatten, reagierten auf die lichtschnellen Befehle Moriartys, als sie die Mindestentfernung überschritten. LACs, und das galt für manticoranische und graysonitische LACs besonders, waren schwierige Ziele für Raketen. Das bedeutete allerdings nicht, dass sie unmöglich zu treffen waren, und mehr als zweihundert von ihnen wurden vernichtet, als der Raketensturm in den Kampfverband eindrang.

Die meisten übrigen havenitischen Raketen waren auf die beiden Superdreadnoughts programmiert worden, und wie die Dämonen heulten sie auf ihre Ziele zu. Captain Rafe Cardones manövrierte Honors Flaggschiff, als wäre der klobige Superdreadnought ein Schwerer Kreuzer, riss ihn herum, um den Keil als Schild zu benutzen, während Störsender und Täuschkörper den Laserclustern in der letzten Abwehrfront beistanden. Die *Imperator* erschauerte und ruckte, als Lasergefechtsköpfe ihre Seitenschilde durchschlugen, doch obwohl sie schmerzhafte Wunden erlitt, kam sie verhältnismäßig unbeschadet davon. Selbst ihre schwere Panzerung war einem derartigen Hagel der Vernichtung nicht gewachsen, erfüllte aber ihre Aufgabe und schützte den Rumpfkern, sodass die lebenswichtigen Systeme intakt blieben. Gemessen an der Gewaltigkeit des Beschusses waren auch ihre Verluste an Menschenleben vergleichsweise gering.

Die *Intolerant* hatte weniger Glück.

Die früheren Schäden am Schwesterschiff der *Imperator* waren einfach zu ernst. Beim letzten Angriff hatte die *Intolerant* beide Schlüsselloch-Module verloren und dazu viele Antiraketenwerfer und Lasercluster. Ihre Sensoren waren beschädigt, sodass in der Nahüberwachung Löcher klafften, und ihre Systeme zur Elektronischen Kampfführung konnten die Abwehr allein nicht schultern. Sie war schlichtweg das größte, sichtbarste, verwundbarste Ziel innerhalb des gesamten Kampfverbands, und trotz aller Bemühungen von BatCruRon 81 warfen sich die beim Zielanflug kurzsichtigen havenitischen Mehrstufenraketen scharenweise auf das Ziel, das sie am deutlichsten erkennen konnten.

Der Superdreadnought saß in einem Mahlstrom aus detonierenden Lasergefechtsköpfen fest, die kohärente Röntgenstrahlung nach ihm schleuderten, als wären es tückische Harpunen. Immer wieder drangen sie in die *Intolerant*, zerfetzten und zermalmten, bohrten immer tiefer, während das große Schiff schon in den Todeszuckungen lag. Und schließlich fand einer dieser Laserstrahlen etwas, das er niemals hätte berühren dürfen, und die HMS *Intolerant* und ihre gesamte Besatzung verschwand in einem grellen Blitz der Vernichtung.

Und sie starben nicht allein.

HMS *Ajax* warf sich unbeschreiblich hin und her, als im Universum das Chaos ausbrach.

Verglichen mit dem Raketensturm, der sich auf die beiden Superdreadnoughts warf, wurden die Schlachtkreuzer nur von einer Handvoll Lenkwaffen angegriffen. Doch diese »Handvoll« zählte dennoch nach Hunderten, und die Schlachtkreuzer waren erheblich verletzbarere Ziele. Alarm gellte, als tödliche Laserstrahlen tief in die leichter gepanzerten Rümpfe schnitten. Die Schiffe der *Agamemnon*-Klasse waren Gondelleger. Konzeptionell bedingt war ihr Kern hohl, was sie noch zerbrechlicher machte als ältere, nur wenig mehr als halb so große Schlachtkreuzer. Michelle hatte sich schon oft gefragt, ob dieser Aspekt ihrer Konstruktion die Schiffe wirklich so verwundbar machte, wie Kritiker des Lenkwaffen-Schlachtkreuzers anführten.

Wie es aussah, sollten sie – und die Kritiker – es bald herausfinden.

Oliver Manfredi riss es von den Füßen, als die *Ajax* einen Satz machte, und Michelle Henke schlug heftig gegen den Prallkäfig ihres Kommandosessels. Drängende Stimmen, hoch und schrill trotz aller professionellen Haltung, die man ihren Besitzern anerzogen hatte, erfüllten die Comkanäle mit niederschmetternden Botschaften – Meldungen über Verluste, über vernichtete Systeme, die nur allzu oft mitten im Satz abbrachen, weil zu den Männern oder Frauen, die die Meldung erstatteten, ebenfalls der Tod kam.

Selbst in dem Anprall des Feuers sah Michelle, wie die Icons beider Schiffe ihrer Zwoten Division – *Priamos* und *Patrocles* – plötzlich von ihrem Plot verschwanden. Im gesamten Kampfverband verschwanden die angezeigten Schiffe, oder ihre Icons zeigten kritischen Schaden. Die Leichten Kreuzer *Fury, Buckler* und *Atum* verschwanden in grellen Vernichtungsblitzen, die Schweren Kreuzer *Star Ranger* und *Blackstone* wurden in manövrierunfähige Wracks verwandelt, die ohne Energie oder Impellerkeile mit ihrem letzten Geschwindigkeitswert auf ihrem letzten Kurs weitertrieben. Und dann ...

»Volltreffer im Kommandodeck!«, meldete jemand an Stackpole. »Keine Überlebenden, Sir! Schwere Schäden in

Beiboothangar Zwo, Beiboothangar Eins vollkommen vernichtet! Maschinenleitstand meldet …«

Michelle spürte es körperlich, wie die HMS *Ajax* plötzlich langsamer wurde.

»Wir haben den Heckring verloren, Ma'am!«, rief Stackpole rau. »*Komplett!*«

Michelle biss sich so fest innen auf die Unterlippe, dass sie Blut schmeckte. Solon lag mitten in einer Hyperraum-Gravitationswelle. Ohne beide Warshawski-Segel konnte kein Schiff in eine Gravwelle eintreten, dort manövrieren oder lange überleben – und ohne die Alpha-Emitter des Heckimpellerrings vermochte die *Ajax* kein Warshawski-Hauptsegel mehr zu erzeugen.

ZWO

»Signal von Ihrer Hoheit, Ma'am«, sagte Lieutenant Kaminski leise, und Michelle erhob sich. Sie hatte neben dem Sanitäter am Boden gekniet, der den bewusstlosen Manfredi versorgte.

»Ich nehme es bei Ihnen an, Albert«, sagte sie und ging rasch zur Station des Signaloffiziers. Über seine Schulter hinweg blickte sie in den Aufzeichner und sah Honor auf dem Display.

»Wie schlimm steht es, Mike?«, fragte Honor rasch.

»Das ist eine interessante Frage.« Michelle gelang das Zerrbild eines Lächelns. »Captain Mikhailov ist tot, und die Lage ist ... vorerst ein wenig verworren. Unsere Schienen und Gondeln sind noch intakt, und unsere Feuerleitung sieht ziemlich gut aus, aber unsere Nahbereichsabwehr und die Energiearmierung hat ziemlich viel eingesteckt. Am Schlimmsten scheint es aber beim Heckimpellerring zu sein. Totalausfall.«

»Kannst du ihn wieder in Gang setzen?«, fragte Honor drängend.

»Wir arbeiten dran. Immerhin scheint der Schaden in den Steuerleitungen zu stecken; die Emitter selbst sehen aus, als wären sie immer noch intakt, die Alphas eingeschlossen. Schlecht ist, dass wir im Heck eine Menge Rumpfschäden haben, und schon festzustellen, wo die Leitungen unterbrochen sind, wird ein Kampf erster Güte.«

»Bringt du sie raus?« Honors Stimme klang plötzlich weicher, als sie die einzige Frage stellte, die wirklich eine Rolle spielte, und Michelle sah ihrer besten Freundin vielleicht drei Herzschläge lang in die Augen, dann zuckte sie mit den Schultern.

»Ich weiß es nicht«, gab Michelle zu. »Offen gesagt sieht es nicht gut aus, aber ich bin nicht bereit, sie jetzt schon abzuschreiben. Außerdem«, sie zwang sich erneut zu einem Lächeln, »können wir nur schlecht von Bord.«

»Wie meinst du das?«

»Beide Beiboothangars liegen in Trümmern, Honor. Die Bosun sagt, sie kann den Heckhangar vielleicht freiräumen, aber das dauert wenigstens eine halbe Stunde. Und ohne Hangar ...«

Michelle zuckte erneut die Achseln und fragte sich, ob sie genauso betroffen aussah wie Honor. Nicht dass Honors Gesicht den meisten Menschen etwas verraten hätte, doch Michelle kannte sie einfach zu gut.

Sie sahen einander mehrere Sekunden lang in die Augen, und keine von ihnen wollte aussprechen, was sie beide wussten. Ohne wenigstens einen funktionierenden Hangar konnte kein Beiboot an der *Ajax* andocken, um die Besatzung von Bord zu bringen. Rettungskapseln führte der Schlachtkreuzer nur für gut die Hälfte seiner Besatzung mit. Es hatte keinen Sinn, mehr davon zu haben, denn nur die Hälfte aller Besatzungsmitglieder hatte Gefechtsstationen so dicht an der Außenhaut, dass ihnen eine Rettungskapsel im Notfall etwas nutzte.

Und die Flaggbrücke befand sich viel zu tief innerhalb des Rumpfes, um in diese Kategorie zu fallen.

»Mike, ich ...«

Honor schien die Gewalt über ihre Stimme zu verlieren, und Michelle schüttelte rasch den Kopf.

»Sag es nicht«, bat sie fast sanft. »Wenn wir den Keil wiederhaben, können wir wahrscheinlich mit allem Versteck spielen, was groß genug ist, um uns zu vernichten. Wenn wir ihn nicht wieder in Gang bekommen, kommen wir nicht aus dem Sonnensystem. So einfach ist das, Honor. Und du weißt so gut wie ich, dass du nicht den Rest des Kampfverbands zurückhalten kannst, um uns zu schützen. Nicht wo Bandit-Drei nach wie vor aufschließt. Selbst wenn du nur für die halbe Stunde hier bleibst, in der wir versuchen zu reparieren, was zu reparieren ist, kommst du in ihre Reichweite, und deine Raketenabwehr ist keinen Furz mehr wert.«

Sie sah es Honor an den Augen an. Honor wollte widersprechen, protestieren. Doch sie konnte es nicht.

»Du hast recht«, sagte Honor leise. »Ich wünschte, es wäre anders, aber du hast recht.«

»Weiß ich.« Henkes Lippen zuckten wieder. »Und wir sind wenigstens in besserer Verfassung als die *Necromancer*«, stellte sie fest. »Aber ich glaube, bei ihr sind immerhin die Beiboothangars intakt.«

»Nun ja, das stimmt«, erwiderte Honor. »Das ist der große Unterschied. Rafe kümmert sich gerade um die Evakuierung ihrer Besatzung.«

»Nett von Rafe«, entgegnete Michelle.

»Weich nach Systemnorden aus«, befahl Honor. »Ich werde unsere Beschleunigung für knapp fünfzehn Minuten senken.«

Michelle wollte zu einem Widerspruch ansetzen, doch Honor schüttelte rasch den Kopf.

»Nur fünfzehn Minuten, Mike. Wenn wir dann auf Maximalschub gehen, passieren wir Bandit-Drei wenigstens achtzigtausend Kilometer außerhalb seiner Reichweite mit angetriebenen Raketen.«

»Das ist zu dicht, Honor!«, erwiderte Michelle scharf.

»Nein«, entgegnete Honor tonlos, »das ist es nicht, Admiral Henke. Und nicht nur, weil die *Ajax* dein Schiff ist. Es sind noch siebenhundertfünfzig andere Männer und Frauen an Bord.«

Michelle wollte erneut widersprechen, doch dann hielt sie inne, holte tief Luft und nickte. Es gefiel ihr noch immer nicht, sie vermutete, dass Honors Freundschaft ihr Urteilsvermögen trübte. Doch es war genauso möglich, dass eben diese Freundschaft ihr eigenes, Michelles, Urteilsvermögen beeinträchtigte, und Honor hatte völlig recht damit, wie viele Menschen an Bord der *Ajax* noch in Lebensgefahr schwebten.

»Wenn die Haveniten sehen, dass unsere Beschleunigung fällt, werden sie annehmen, dass die *Imperator* genügend schweren Impellerschaden erlitten hat, um den Rest des Kampfverbands zu verlangsamen, und danach handeln«, fuhr Honor fort. »Bandit-Drei sollte uns auf dieser Grundlage verfolgen. Wenn du den Heckimpellerring innerhalb der nächsten fünfundvierzig Minuten bis einer Stunde wieder in Gang bekommst, solltest du dich von Bandit-Zwo fernhalten können, und Bandit-Eins ist mittlerweile nur noch Schrott. Aber wenn du ihn nicht in Gang bekommst ...«

»Wenn wir ihn nicht in Gang bekommen, können wir auch nicht in den Hyperraum«, unterbrach Michelle sie. »Ich glaube, das ist das Beste, was wir tun können, Honor. Danke.«

Honor presste die Lippen zusammen, aber sie nickte.

»Richte Beth meine besten Wünsche aus, für alle Fälle«, fügte Michelle hinzu.

»Das kannst du selber machen«, versetzte Honor.

»Mach ich auch«, entgegnete Michelle. Sanfter sagte sie: »Pass auf dich auf, Honor.«

»Gott segne dich, Mike«, antwortete Honor leise. »Ende.«

»Ma'am, Commander Horn möchte Sie sprechen«, sagte Lieutenant Kaminski. Commander Manfredi war ins Lazarett geschafft worden, und der Signaloffizier hatte Manfredis Aufgaben als Stabschef übernommen. Zwar war er längst nicht der ranghöchste Offizier des Stabes, der noch stehen konnte, aber seine Ressortaufgaben ließen ihm im Augenblick, unter den gegebenen Umständen, die meiste Zeit – und es war nicht so, als hätte Michelle weiterhin ein Geschwader, für das man einen Stabssignaloffizier benötigte.

»Danke, Al«, sagte sie und wandte sich rasch ihrem Combildschirm zu, als dort ein Gesicht erschien.

Commander Alexandra Horn war eine stämmige, grauäugige Frau mit kurz geschnittenem brünettem Haar. Sie hatte als Erster Offizier von HMS *Ajax* fungiert, bis der Tod Captain Diego Mikhailovs und sämtlicher Offiziere, Unteroffiziere und Mannschaften auf dem Kommandodeck es änderte: Nun war sie Kommandantin des Schiffes, und Henke sah hinter ihr die Ersatz-Kommandocrew im Hilfskontrollraum des Schlachtkreuzers. Er lag am der normalen Brücke entgegengesetzten Ende des Rumpfkerns der *Ajax*. Die Leute saßen über ihre Pulte gebeugt und arbeiteten hektisch.

»Ja, Alex?«

Horns Stimme war rau, die Wangen hohl vor Anspannung und Müdigkeit. »Admiral, ich glaube, es ist an der Zeit, jeden zu evakuieren, der Zugriff auf eine Rettungskapsel hat.«

Michelle spürte, wie ihre Miene zu einer Maske gerann, doch es gelang ihr, fast im Konversationston zu erwidern.

»Ist es also so schlimm?«

»Vielleicht ist es sogar schlimmer, Ma'am.« Horn rieb sich kurz die Augen, dann sah sie aus dem Display Michelle an. »Es sind einfach zu viele Trümmer im Weg. Gott allein weiß, wie alle vier Schienen noch arbeiten können, denn wir haben an wenigstens vier Stellen Lecks, die bis in den Raketenkern reichen. Vielleicht sind es auch sechs. Commander Tigh vermag noch immer nicht zu sagen, wo die Steuerleitungen unterbrochen sind, und schon gar nicht, wann er den Ring vielleicht wieder in Funktion setzen kann.«

Na, das ist doch eine ziemlich emphatische Antwort auf die große Zerbrechlichkeitsdebatte, oder, Mike?, fragte eine leise Stimme in Michelles Hinterkopf. *Unter den gegebenen Umständen ist es ein Wunder, wieso wir nicht gleich zusammen mit der* Patrocles *und der* Priamos *hochgegangen sind. Wie hat Honor das noch ausgedrückt?*

»Mit Vorschlaghämmern bewaffnete Eierschalen«, oder? Natürlich sprach sie damals von LACs und nicht von Schlachtkreuzern, aber trotzdem ...

Sie sah Horn an, während ihre Gedanken eilig den gleichen Logikbäumen folgten, die die Kommandantin bereits abgearbeitet haben musste. Lieutenant Commander William Tigh war der Leitende Ingenieur der *Ajax*, und Michelle wusste, dass er und seine Reparaturmannschaften im Moment auf der hektischen Suche nach dem Schaden, der die Alpha-Emitter von den Steuerleitungen abgetrennt hatte, einen Weg durch die Trümmer heckwärts des Mittschiffs stemmten, rammten und schnitten. Sie konnte nicht sagen, von Horns Vorschlag sonderlich überrascht zu sein, doch die Neuigkeit war ihr deshalb noch lange nicht willkommener.

Was Horn dachte, war unverkennbar. Sie konnten nicht zulassen, dass die Technik an Bord der *Ajax* den Haveniten in die Hände fiel. Haven hatte zu Beginn des Krieges genügend Exemplare manticoranischer Waffen und Elektronik erbeutet, doch die Systeme an Bord der *Ajax* und ihrer Schwesterschiffe waren allem, was damals aktuell gewesen war, weit überlegen. Die Allianz hatte bereits deutlich gespürt, wie rasch Haven alles, was es zu fassen bekam, zur Anwendung zu bringen verstand. Die Navy hatte die besten Sicherungssystem eingebaut, um sicherzustellen, dass so wenig Technik wie möglich zu analysieren war, wenn ein Schiff verloren ging, und so gut wie alle Molycircs konnten durch Eingabe der entsprechenden Befehlscodes augenblicklich gelöscht werden, doch keine Sicherungsmaßnahme war perfekt. Und wenn Tigh den Heckimpellerring nicht wieder zum Funktionieren brachte, ließ sich nur auf einem Weg verhindern, dass die *Ajax* und alles an Bord in havenitische Hände fiel.

»Was ist mit dem achteren Beiboothangar?«, fragte Michelle schließlich.

»Die Bosun ist noch immer mit dem Trümmerräumen beschäftigt, Ma'am. Im Moment sieht es so aus, als wäre das vergebliche Liebesmüh.«

Michelle nickte verständnisvoll. Master Chief Alice MaGuire war Bootsmann der *Ajax*, ihr ranghöchster Unteroffizier. Im Augenblick arbeiteten MaGuire und die ihr unterstellten Reparaturtrupps mit Höchsttempo daran, wenigstens einen Beiboothangar des Schlachtkreuzers wieder benutzbar zu machen. Solange das nicht gelang, ließ sich das Schiff nur in einer funktionstüchtigen Rettungskapsel verlassen.

Technisch lag die Entscheidung bei Horn, nicht bei Michelle. Der Commander war Kommandantin der *Ajax*; sie war für Schiff und Besatzung verantwortlich und nicht der Admiral, der sich zufällig gerade an Bord befand. Michelle glaubte allerdings keineswegs, dass Horn versuchte, die Last der Entscheidung auf sie abzuwälzen. Das hieß aber noch lange nicht, dass Horn nicht für jeden Rat dankbar gewesen wäre, den Michelle ihr vielleicht erteilen konnte.

»Angenommen, Sie setzen die Rettungskapseln aus, haben Sie dann noch genügend Mannstärke zum Weiterkämpfen?«, fragte sie ruhig.

»Ich fürchte, die Antwort auf diese Frage lautet ja, Ma'am«, sagte Horn bitter. »Wir verlieren unsere Ersatzbedienungsmannschaften an den Lafetten der Energiewaffen und Nahbereichsabwehrcluster, aber von unseren verbleibenden Lafetten ist im Augenblick sowieso keine einzige unter lokaler Steuerung. Und unsere Schienen sind davon überhaupt nicht betroffen. Innerhalb der gegebenen Grenzen hätten wir noch immer mehr Leute, als wir brauchen, um zu kämpfen.«

Michelle nickte erneut. Die Bedienungsmannschaften an den Lafetten erfüllten allein den Zweck, die Energiewaffen zu übernehmen, sollten sie von der zentralisierten Steuerung durch den Taktischen Offizier auf der Brücke abgeschnitten werden. Es bestand eine nur geringe Wahrscheinlichkeit, dass sie irgendetwas ausrichten konnten – insbesondere gegen die Bedrohung, die sich der *Ajax* mit der fast doppelten augenblicklichen Beschleunigung des lahmenden Schlachtkreuzers näherte, seit Bandit-Zwo seine Verfolgung des übrigen Kampfverband eingestellt hatte. Die Hauptbewaffnung des Schiffes, seine Raketengondeln, befanden sich tief in seinem Kern. Die Männer und Frauen, die sie bedienten, waren zu tief innerhalb des Rumpfkerns, als dass irgendeine Rettungskapsel sie in Sicherheit bringen konnte.

Worauf es tatsächlich hinauslief, überlegte Michelle traurig, war die Tatsache, dass es selbst dann schon zu spät war, wenn es Tigh irgendwie gelang, den Heckring wieder in Gang zu setzen. Das Schiff war nicht mehr zu retten. Bandit-Zwo war zu nahe. Keine zwanzig Minuten, und die sechs modernen Superdreadnoughts wären auf Mehrstufenraketenreichweite herangekommen. Sobald das geschah, starb die *Ajax*, so oder so. Verhindern ließe es sich nur, indem man sich dem Feind ergab, und in dem Fall gelangte sämtliche unschätzbar wertvolle technische Informationen in Form funktionstüchtiger Aggregate in havenitische Hand.

Ich frage mich, ob Horn kaltblütig genug ist, um den Befehl zum Sprengen zu erteilen? Bringt sie es wirklich über sich, wo sie weiß, dass die Hälfte ihrer Besatzung mit ihr stirbt?

Dass kein Untersuchungsausschuss und kein Kriegsgericht Manticores sie je dafür verurteilen würde, ihr Schiff ehrenvoll übergeben zu haben, machte das Dilemma des Commanders nur noch schlimmer. Wenn sie nicht kapitulierte – wenn sie ihr eigenes Schiff vernichtete, mit so vielen Mitgliedern ihrer Besatzung an Bord –, dann würde ihr Name sogar zweifellos in den Schmutz gezogen von zahllosen Personen, die nicht dabei gewesenen waren, die sich nie der gleichen Entscheidung hatten stellen müssen.

Aber sie braucht es gar nicht zu entscheiden, dachte Michelle fast reglos. *Wenn sie gegen derart große Feuerkraft zu kämpfen versucht, nehmen die Havies ihr die Entscheidung ab.*

»Wenn Ihr Schiff dann noch gefechtstüchtig ist, Captain«, sagte sie in förmlichem Ton zu Horn, »stimme ich Ihrer Idee unter allen Umständen zu. Angesichts der taktischen Lage wäre es die richtige Entscheidung, so viele Besatzungsmitglieder wie möglich per Rettungskapsel vom Schiff zu evakuieren.«

»Danke, Ma'am«, sagte Horn leise. Es war ihre Entscheidung, aber ihre Dankbarkeit für Michelles Zustimmung ging tief, das war ihr anzusehen. Dann holte sie tief Luft. »Wenn Sie und Ihr Stab nun die Flaggbrücke räumen wollen, Ma'am, bleibt uns genügend Zeit –«

»Nein, Captain«, unterbrach Michelle sie ruhig. Horn sah sie an, und sie schüttelte den Kopf. »Die Kapseln werden vom zugeordneten Personal benutzt, beziehungsweise von den Besatzungsmitgliedern, die ihnen im Moment des Räumungsbefehls am nächsten sind«, fuhr sie mit ruhiger Stimme fort.

Einen Augenblick lang glaubte sie, Horn würde Einwände erheben. Horn besaß sogar die nötige Autorität, um Michelle und ihrem Stab zu *befehlen,* das Schiff zu verlassen, und notfalls sogar Gewalt anzuwenden, um ihre Anordnung durchzusetzen. Doch als Michelle dem Commander in die Augen blickte, sah sie, dass Horn begriff. Wenn Michelle Henkes Flaggschiff vernichtet werden sollte, während Menschen an Bord waren, die es nicht verlassen konnten, dann würde Michelle Henke zu diesen Menschen gehören. Aus logischer Sicht war es sinnlos, doch das spielte keine Rolle.

»Ja, Ma'am«, sagte Horn und brachte fast ein Lächeln zustande. »Wenn Sie mich nun entschuldigen möchten, Admiral, ich habe Befehle zu erteilen.«

»Weitermachen, Captain. Ende.«

»Wissen Sie, Ma'am«, sagte Lieutenant Commander Stackpole, »mir ist zwar klar, dass wir ziemlich am Ende sind, aber ich würde wirklich gern zusehen, wie ein paar von denen mitgehen.«

Sein Ton klang geradezu launig, und Michelle fragte sich, ob ihm das klar war – oder ob er es ironisch meinte.

Ironie oder nicht, im Grunde stimmte sie ihm zu. Bandit-Zwo hatte seinen Versuch, den Rest des Kampfverbands zu verfolgen, nur so lange fortgesetzt, bis offensichtlich war, dass er die *Imperator* und die anderen Schiffe nicht einholen konnte. In diesem Moment hatte Bandit-Zwo – und zwar komplett – den Kurs geändert, um die *Ajax* zu verfolgen; die Kampfgruppe kam dabei auf einen Beschleunigungsvorteil von beinahe zweieinhalb Kilometern pro Sekundenquadrat. Durch die Schäden an dem manticoranischen Schlachtkreuzer und die Tatsache, dass Bandit-Zwo die Sehne des Kurses der *Ajax* hatte schneiden können, nachdem die Kampfgruppe die Verfolgung des übrigen Kampfverbands aufgegeben hatte, war es Bandit-Zwo gelungen, einen Geschwindigkeitsvorteil von mehr als zweitausend Kps aufzubauen. Mit solch einer Aufschließgeschwindigkeit und solch einem Beschleunigungsvorteil gegenüber einem Schiff, das selbst dann nicht in den Hyperraum entkommen konnte, wenn es ihm gelang, die Hypergrenze zu überschreiten, ehe es abgefangen wurde, konnte die Verfolgung nur zu einem einzigen Ende führen.

Maximalreichweite für havenitische Mehrstufenraketen lag knapp unter einundsechzig Millionen Kilometern, und der Abstand war bereits auf dreiundsechzig Millionen gefallen. Lange dauerte es nicht mehr, es sei denn …

»Ich frage mich gerade«, sagte Michelle, »wie nahe sie kommen wollen, ehe sie den Abzug drücken.«

»Nun, die Havies dürften wissen, dass unsere Schlachtkreuzer-Gondeln mit Typ 16 bestückt sind«, sagte Stackpole und blickte sie über die Schulter hinweg an. »Ich kann mir nicht vorstellen, dass sie gern in *unsere* Reichweite kommen wollen!«

»An ihrer Stelle würde ich das wirklich nicht wollen«, stimmte Michelle ihm zu. »Trotzdem, ihre Daten über die Leistung der Typ 16 dürften ja doch ein bisschen lückenhaft sein. Ich weiß natürlich«, sie winkte ab, »dass wir sie schon benutzt haben, aber die äußerste Reichweite unter Antrieb haben wir bisher nur ein einziges Mal ausgenutzt, und zwar hier, innerhalb von Beschießungsplan Gamma, und darin hatten wir mittendrin eine ballistische Komponente eingebaut. Es ist durchaus möglich, dass Bandit-Zwo noch keine vollständige taktische Analyse erhalten hat.«

»Sie wollen sagen, dass sie vielleicht doch in unsere Reichweite kommen, Ma'am?« Stackpole klang wie ein Subalternoffizier, der sein Bestes versucht, um sich seine Zweifel nicht allzu offensichtlich anmerken zu lassen.

»Das ist durchaus möglich, nehme ich an«, sagte Michelle. Dann schnaubte sie. »Natürlich ist genauso möglich, dass ich nach Strohhalmen greife!«

»Nun, Ma'am«, sagte Stackpole, »ich will ja kein Spielverderber sein, aber mir fällt wenigstens ein verdammt guter Grund ein, warum sie tun, was sie tun.« Sie sah ihn mit hochgezogener Augenbraue an, und er zuckte mit den Schultern. »Wenn ich eine halbwegs vernünftige Vorstellung hätte, wo die maximale Reichweite unter Antrieb unserer Lenkwaffen liegt, würde ich mich an ihrer Stelle auf keinen Fall beeilen. Ich würde versuchen, so dicht wie möglich heranzukommen und trotzdem außerhalb unserer Reichweite zu bleiben, ehe ich feuerte. Wenn wir natürlich anfangen würden, sie auf größere Entfernung anzugreifen, mit einer ballistischen Flugphase, dann würde ich mich mit dem Zurückschießen wahrscheinlich sehr beeilen.«

»Ich verstehe«, sagte Michelle.

Sie lächelte mit zusammengepressten Lippen, dann kippte sie mit dem Kommandosessel zurück. Im Grunde war es bemerkenswert, dachte sie. Was immer die Havies vorhatten, sie würde irgendwann im Laufe der nächsten Stunde sterben, und dennoch fühlte sie sich eigentlich ruhig. Dem Tode ergeben hatte sie sich noch nicht, sie wollte nicht sterben – irgendwo tief in ihr wehrte irgendein Überlebenszentrum den Gedanken vielleicht noch immer ab –, und doch wusste ihr Großhirn, was geschehen würde. Dennoch war ihr Verstand klar, erfüllt von einer Art bittersüßer Gelassenheit. Es gab so vieles, was sie sich vorgenommen hatte und was sie nun nie mehr tun könnte, und dafür empfand sie tiefes Bedauern. Für die anderen Männer und Frauen, die mit ihr an Bord der *Ajax* in der Falle saßen, empfand sie jedoch eine tiefere, dunklere Trauer. Dennoch, dieses Ende hatte sie an dem Tag als möglich akzeptiert, als sie in die Akademie eintrat, an dem Tag, an dem sie ihren Eid als Offizier der Royal Manticoran Navy ablegte. Sie konnte nicht so tun, als hätte sie nicht gewusst, dass er kommen konnte, und wenn sie sterben musste, hätte es in keiner besseren Gesellschaft geschehen können als der Besatzung von HMS *Ajax*.

Sie dachte an die Männer und Frauen, die in den verbliebenen brauchbaren Rettungskapseln des Schlachtkreuzers geflohen waren, und fragte sich, was sie dachten, während sie darauf warteten, vom Feind geborgen zu werden. Früher einmal war man bei der manticoranischen Navy nicht allzu sicher gewesen, ob havenitische Schiffe sich nach einem Gefecht tatsächlich mit Raumnotrettung aufhielten. Heute bezweifelte auf beiden Seiten niemand, dass der Sieger nach jedem Gefecht sein Bestes geben würde, um so viele Überlebende beider Seiten wie möglich zu bergen, und das trotz des Überraschungsangriffs, mit dem die Republik die Feindseligkeiten erneuert hatte.

Also hat es wenigstens doch ein bisschen *Fortschritt gegeben,* sagte sie sich sarkastisch. Dann riss sie sich innerlich zusammen. Das Letzte, was sie in einem Moment wie diesem tun sollte, war etwas anderes als Dankbarkeit zu empfinden, dass die Leute, die Commander Horn von der *Ajax* hatte schaffen können, überleben würden!

Seit Basilisk Station und Hancock Eins ist wirklich viel passiert, sagte sie sich. *Ja, sogar ...*

»John.« Sie stellte den Kommandosessel wieder aufrecht und drehte ihn zum Operationsoffizier herum.

»Jawohl, Ma'am?« Etwas in ihrer Stimme veranlasste ihn, mit dem eigenen Sessel zu ihr herumzufahren und ihr ins Gesicht zu sehen.

»Die Havies sind doch jetzt damit fertig, Anleihen bei Ihrer Hoheit Taktik von Sidemore zu machen, oder?«

»So kann man es ausdrücken«, stimmte Stackpole zu. Er kniff die Augen zusammen.

»Na dann«, sagte Michelle mit einem Haifischlächeln, »finde ich es an der Zeit, dass zur Abwechslung einmal wir Anleihen bei ihrer Taktik aus der Ersten Schlacht von Hancock Station machen. Wollen wir die Idee ein paar Minuten lang mit Commander Horn durchgehen? Schließlich« – ihr Lächeln wurde noch dünner – »ist es nicht so, als hätten wir Besseres zu tun, oder?«

»Gefällt mir gut, Hoheit«, sagte Alexandra Horn grimmig auf Michelles Combildschirm.

»Nach unseren besten Daten«, sagte Michelle, »haben wir noch etwa dreihundert Gondeln auf den Schienen.«

»Dreihundertsechs, Admiral«, korrigierte Commander Dwayne Harrison aus dem Hintergrund, der in dem Augenblick Taktischer Offizier der *Ajax* geworden war, in dem Horn zur Kommandantin des Schlachtkreuzers aufstieg.

»Knapp über zwölf Minuten brauchen wir, um sie alle rauszurollen.«

»Jawohl, Ma'am«, stimmte Horn zu. »Benutzen wir ihre Traktorstrahler, um sie am Rumpf zu verankern, bis wir sie alle auf einmal aussetzen?«

»Genau. Und wenn wir das tun wollen, dann sollten wir lieber bald anfangen.«

»Das meine ich auch.« Horn runzelte einen Augenblick lang die Stirn, dann verzog sie das Gesicht. »Ich habe im Moment zu viele andere Sachen zu tun, Admiral. Ich glaube, Sie und Commander Stackpole sollten das zusammen mit Dwayne übernehmen, während ich mich um die Reparaturtrupps kümmere.«

»Dem stimme ich zu, Alex.« Michelle nickte nachdrücklich, auch wenn Horn genauso gut wie sie wusste, dass alle Reparaturen in der Welt keinen großen Unterschied ausmachen würden. Master Chief MaGuire und ihre Reparaturtrupps schindeten sich noch immer, um wenigstens einen Hangar zu klarieren, aber nach der letzten Schätzung der Bosun würde es noch wenigstens eine Stunde dauern, wahrscheinlich zumindest ein bisschen länger. Es war ... unwahrscheinlich, dass die *Ajax* diese Stunde hätte.

»Verstanden, Ma'am.« Horn erwiderte das Nicken. »Ende«, sagte sie, und auf Michelles und Stackpoles Combildschirmen trat Harrisons Gesicht an ihre Stelle.

Die erbitterte Verfolgungsjagd näherte sich ihrem unausweichlichen Ende. Der Gedanke verwandelte Michelle Henkes Bauch in einen gewaltigen Eisenklumpen, und fast wurde ihr schwindlig. Angst herrschte natürlich vor in ihren Gefühlen – schließlich war sie nicht wahnsinnig. Aber trotzdem hielten Erregung und eine seltsame *Vorfreude* sie beinahe so fest gepackt wie die Furcht vor dem eigenen Tod.

Wenn das der letzte Schuss ist, den ich je abgebe, dann wird er wenigstens ein Prachtexemplar, sagte sie sich angespannt. *Und wie es aussieht, erlebe ich sogar noch, wie das Feuerwerk losgeht. Kaum zu glauben.*

Im Laufe der letzten siebenundvierzig Minuten war nur allzu deutlich geworden, wie genau Stackpole die Absichten des havenitischen Kommandeurs eingeschätzt hatte. Denn seit siebenundvierzig Minuten befand sich Bandit-Zwo auf eigener äußerster Raketenreichweite zur *Ajax*, aber der Feind hatte es eindeutig nicht eilig, den Feuerknopf zu drücken.

Und das hat auch seinen Grund, dachte Michelle. Die Haveniten besaßen jeden erdenklichen Vorteil – Schiffszahl, Beschleunigung, Feuerkraft, Antiraketenwerfer und Lasercluster, Raketenreichweite –, und nutzten ihn unbarmherzig. Michelle war, wenn sie ehrlich sein sollte, ein wenig überrascht, dass der Feind der Versuchung widerstanden hatte, früher zu feuern, doch sie begriff durchaus seinen Gedankengang. Wie Stackpole vermutet hatte, würden die havenitischen Schiffe zu einem Abstand aufschließen, auf den die *Ajax* sie mit manövrierfähigen Typ-16-Raketen gerade noch nicht erreichen konnte, und dann das Feuer eröffnen. Oder vielleicht zuvor die *Ajax* zum Streichen des Keils auffordern, denn für den Schlachtkreuzer wäre die Lage aussichtslos. Selbst für manticoranische Lenkwaffen hätte ohnehin eine Wahrscheinlichkeit von etwa Null bestanden, in Salven, wie ein einzelner *Agamemnon* sie feuern und leiten konnte, die Raketenabwehr von Bandit-Zwo zu durchdringen. Und wenn die Salve auch noch eine Phase des freien Falls durchlaufen musste, sank die Wahrscheinlichkeit noch weiter. Dahingegen mochte die *Ajax* über eine noch so gute Raketenabwehr verfügen, sie war und blieb ein einzelner Schlachtkreuzer, der sich zudem dreißig Millionen Kilometer innerhalb der Höchstreichweite von Bandit-Zwo befand. Die lichtgeschwindigkeitsbedingte Kommunikationsverzögerung wäre weit geringer, was sowohl die Feuerleitung des Gegners verbesserte als auch seine Fähigkeit, die überlegene manticoranische Eloka auszugleichen.

Natürlich könnten *sich in dieser taktischen Situation dennoch ein paar kleine Hindernisse verbergen, nicht wahr?,* dachte Michelle.

Erneut wandte sie sich mit dem Kommandosessel Stackpole zu. Ihr Operationsoffizier hatte die Schultern zusammengezogen, und seine Aufmerksamkeit galt ganz seinem Display. Michelle lächelte ihn mit bittersüßem Bedauern an. Er und Harrison hatten Michelles Ideen rasch und effizient umgesetzt. Jetzt …

Michelles Com piepte leise. Bei dem Geräusch erschrak sie und zuckte zusammen, dann drückte sie den Annahmeknopf. Auf dem Display erschien Alexandra Horn. Diesmal lag ein ganz anderer Ausdruck in den grauen Augen des Commanders. Sie leuchteten förmlich, und sie grinste Michelle breit an.

»Master Chief MaGuire hat den Heckhangar klariert, Ma'am!«, verkündete sie, ehe ihr Admiral etwas sagen konnte, und Michelle richtete sich auf. Die Bosun und die Arbeitstrupps hatten heldenhaft geschuftet, doch nach so langer Zeit hatte Michelle – wie gewiss jeder an Bord der *Ajax* – angenommen, dass MaGuires Leute schlichtweg keinerlei Aussicht auf Erfolg mehr hätten.

Michelles Augen schossen zu dem Countdown in der Ecke ihres taktischen Plots, der beständig hinunterzählte, und dann wieder zu Horn.

»Wenn das so ist, bringen Sie ab sofort Ihre Leute von Bord, Alex. Ich habe irgendwie das Gefühl, dass die andere Seite uns in etwa sieben Minuten gar nicht mehr leiden kann.«

Niemand an Bord der *Ajax* wäre auf Michelles Hinweis angewiesen gewesen.

Der Abstand zwischen dem Schlachtkreuzer und seinen übermächtigen Gegnern betrug 48 600 000 Kilometer, sodass die *Ajax* sich tief innerhalb der havenitischen Lenkwaffenreichweite befand. Ohne Zweifel hatten die Lenkwaffen-Superdreadnoughts achteraus bereits etliche Sätze Raketengondeln ausgesetzt und mit Traktorstrahlen innerhalb der Impellerkeile an den Rümpfen verankert, wo sie die Beschleunigung nicht beeinträchtigten. Der havenitische Kommandeur betrachtete ohne Zweifel aufmerksam seine taktischen Displays und wartete auf das erste Anzeichen dafür, dass die *Ajax* nicht mehr stillhielt und einen Raketenangriff auf äußerste Reichweite versuchte. Wenn er dergleichen beobachtete, würde er sofort die eigenen Gondeln absetzen. Und wenn nicht, begänne der Angriff wahrscheinlich ohnehin innerhalb der nächsten zehn bis zwölf Minuten.

Beiboote starteten aus dem Hangar, den Master Chief MaGuire und ihre Leute – irgendwie – wieder betriebsbereit gemacht hatten. Die schlechte Neuigkeit war, dass nicht allzu viele Beiboote zur Verfügung standen. Immerhin befanden sich nur noch dreihundert Besatzungsmitglieder an Bord des Schlachtkreuzers. Natürlich brauchten einige von ihnen ein wenig länger, um den Hangar zu erreichen, als andere.

»Admiral«, drang eine Stimme aus Michelle Henkes Com, »es ist Zeit, dass Sie aufbrechen.«

Die Stimme gehörte Commander Horn. Michelle blickte auf das Display und schüttelte den Kopf.

»Das denke ich nicht, Alex«, erwiderte sie. »Ich bin gerade ein wenig beschäftigt.«

»Quatsch.« Als Michelle das einzelne, knappe Wort hörte, riss sie den Kopf herum, und Horn sah sie mit ernstem Gesicht an. »Sie haben hier überhaupt nichts zu tun, Admiral. Nicht mehr. Also runter von meinem Schiff – und zwar sofort!«

»Ich denke nicht –«, begann Michelle erneut, doch Horn schnitt ihr das Wort ab.

»Das ist richtig, Ma'am. Sie denken nicht. Sicher, es war Ihre Idee, aber auf der Flaggbrücke haben Sie nicht einmal eine taktische Datenverbindung zu den Gondeln. Das heißt, es bleibt an mir und Dwayne hängen, und das wissen Sie auch. Jetzt noch zurückzubleiben ist nicht Ihre Aufgabe, Admiral. Und es hat nichts mehr zu tun mit Mut oder Feigheit.«

Michelle starrte sie an und wollte Einwände erheben. Doch das konnte sie nicht – jedenfalls nicht logisch. Nicht mit Vernunft. Ihr Bedürfnis, bis zum Ende an Bord der *Ajax* zu bleiben, hatte nur wenig mit Logik oder Vernunft zu tun. Ihr Blick maß sich mit dem Blick der Frau, die ihr letztendlich befahl, sie und ihren Taktischen Offizier dem sicheren Tod zu überlassen. Dadurch, dass bis vor Kurzem niemand erwartet hatte, eine Gelegenheit zur Flucht zu erhalten, schnitt ihr Schuldgefühl nur noch tiefer.

»Das kann ich nicht«, sagte sie leise.

»Seien Sie nicht dumm, Ma'am!«, rief Horn scharf. Dann wurde ihre Miene weich. »Ich weiß, was in Ihnen vorgeht«, sagte sie, »aber vergessen Sie es. Ich glaube sowieso nicht, dass Dwayne oder ich rechtzeitig den Hangar erreichen würden. Aber das ändert nichts an dem, was ich gerade sagte. Außerdem ist es Ihre Pflicht, das Schiff zu verlassen, wenn Sie es können, und sich für mich um meine Leute zu kümmern.«

Michelle hatte den Mund wieder geöffnet, doch als sie Horns letzte neun Wörter hörte, schloss sie ihn wieder. Mit brennenden Augen sah sie der älteren Frau offen ins Gesicht, dann atmete sie tief durch.

»Sie haben recht, Alex«, sagte sie leise. »Ich wünschte, es wäre anders.«

»Mir geht es genauso.« Horn brachte ein Lächeln hervor.

»Leider habe ich recht. Gehen Sie jetzt. Das ist ein Befehl, Admiral.«

»Aye, aye, Captain.« Das Lächeln, mit dem Michelle reagierte, geriet ziemlich schief, und sie wusste es. »Gottes Segen, Alex.«

»Ihnen auch, Ma'am.«

Der Combildschirm wurde dunkel, und Michelle sah ihre Stabsoffiziere und deren Assistenten an.

»Ihr habt den Captain gehört, Leute!«, rief sie, und ihre rauchige Altstimme klang grell und rau zugleich. »Gehen wir!«

Bandit-Zwo jagte HMS *Ajax* weiter hinterher. Auf solch große Entfernung genügte die Auflösung havenitischer Sensoren kaum, um eine kleine Impellerquelle wie eine Pinasse oder einen Kutter zu erfassen. Für die ferngesteuerten Ortungssatelliten, die die Kampfgruppe vorgeschickt hatte, sah das schon anders aus. Sie waren zwar nicht so leistungsfähig und haltbar wie ihre manticoranischen Gegenstücke, aber sie hatten in der letzten halben Stunde die *Ajax* genau beobachtet. Sie waren dicht genug, um nicht nur die Impellerkeile der Beiboote zu orten, sondern auch um zu bestätigen, dass es sich in der Tat um Beiboote handelte und nicht um Raketengondeln.

»Sie verlassen das Schiff, Sir.«

Admiral Pierre Redmont wandte sich seinem Operationsoffizier zu, eine Augenbraue hochgezogen.

»Eindeutig, Sir«, sagte dieser.

»Verdammt.« Der Admiral verzog das Gesicht, als hätte er gerade in etwas Saures gebissen, doch vermochte er keine Überraschung vorzuspiegeln. Überraschend war unter den gegebenen Umständen nur, dass die Mantys so lange gewartet hatten. Offensichtlich hatten sie doch nicht die Absicht, ihm das Schiff intakt in die Hände fallen zu lassen. Sie brachten die Besatzung von Bord, ehe sie es sprengten.

»Wir könnten ihnen befehlen, nicht von Bord zu gehen, Sir«, sagte der Operationsoffizier ruhig. Redmont sah ihn scharf an, und der zuckte die Achseln. »Sie sind tief innerhalb unserer Reichweite.«

»Ja, das sind sie, Commander«, erwiderte der Admiral ein wenig gereizt. »Und sie schießen nicht auf uns. Genauer gesagt können sie von dort gar nicht auf uns schießen – jedenfalls müssten wir keinen Schweißtropfen vergießen, wenn sie es täten. Was meinen Sie wohl, wie Admiral Giscard – oder noch schlimmer, Admiral Theisman – reagieren würde, wenn ich das Feuer auf ein Schiff eröffnete, das nicht zurückschießen kann, nur um die Besatzung am Vonbordgehen zu hindern?«

»Nicht sehr gut, Sir«, räumte der Commander ein. Dann schüttelte er mit schiefem Lächeln den Kopf. »Das war wohl keiner meiner besseren Vorschläge, Admiral.«

»Nein, war es nicht«, stimmte Redmont ihm zu, doch sein kurzes Lächeln entschärfte den Tadel fast völlig, und er wandte sich wieder seinen eigenen Displays zu.

Michelle Henke und ihr Stab hasteten durch den Gang zu den Liftröhren. Der Gang war bereits leer, Luken standen offen. Das Schiff lief fast ausschließlich ferngesteuert, während die überlebenden Besatzungsmitglieder zum klarierten Beiboothangar eilten. Plötzlich durchfuhr Michelle ein besorgter Gedanke.

Himmel! Was, wenn die Havies auf die Idee kommen, dass alles nur ein Trick ist? Dass wir jederzeit von Bord hätten gehen können, aber es nicht taten, weil . . .

Sie wollte sich umdrehen und nach ihrem Handcom greifen, doch es war zu spät.

Unversehens schrillte ein Alarm.

Der Taktische Offizier des Flaggschiffs riss erstaunt den Kopf herum, als er den Ton erkannte. Das war der *Annäherungsalarm,* und das konnte nicht sein! Doch obwohl ihm dieser Gedanke durch den Kopf zuckte, er war erfahren und professionell. Sein automatischer Unglaube hinderte ihn nicht, sich fast automatisch der Aktivortungsstation zuzuwenden.

»Radarkontakt!«, rief einer seiner Gasten, doch es war schon zu spät; die Warnung machte keinen Unterschied mehr aus.

Manticoranische Raketengondeln neuester Generation ließen sich außerordentlich schwer orten. Eine antriebslose Rakete konnte auf etwa eine Million Kilometer von aktivem Radar erfasst werden. Lenkwaffen waren allerdings nicht darauf ausgelegt, sich so gut verbergen zu können wie die Gondeln, die sie trugen. Schließlich wurde jeder Raketenangriff bemerkt und war dank der intensiven Ausstrahlung seines Impellerkeils mithilfe passiver Sensoren geradezu lächerlich leicht zu orten. Deshalb waren Überlegungen zu den Stealth-Eigenschaften einer Rakete Zeitverschwendung.

Bei einer Raketen*gondel* dagegen verhielt es sich ganz anders. Besonders bei Gondeln wie den neuen manticoranischen »Flatpacks« mit Bordfusionsreaktoren. Sie waren sowohl für die Systemverteidigungsrolle als auch für den Kampf Schiff gegen Schiff konzipiert worden, denn BuWeaps war der Ansicht, es sei sinnvoller, eine einzige Gondel zu entwickeln, die beide Einsatzgebiete abdeckte, solange dadurch kein Verwendungszweck eingeschränkt wurde. Auf diese Weise ließ sich die Produktion vereinfachen und die Kosten senken; im Zeitalter des Mehrstufenraketen-Gefechts war Letzteres wahrlich kein unwesentlicher Aspekt.

Infolgedessen konnten die havenitischen Radarcrews außerordentlich stolz sein, die Raketengondeln, die HMS *Ajax* als einzelnen, gewaltigen Satz ausgelegt hatte, überhaupt entdeckt zu haben. Ohne Zweifel hatte die Ausdehnung des Satzes trotz der Stealth-Eigenschaften der einzelnen Gondeln den Radarquerschnitt vergrößert, doch der Abstand betrug keine neunhunderttausend Kilometer mehr, als die Alarme gellten.

Leider war die Geschwindigkeit von Bandit-Zwo auf über siebenundzwanzigtausend Kilometer pro Sekunde gestiegen, und seine Sternenschiffe lagen mit der verfolgten *Ajax* seit über einer Stunde geradezu in Kiellinie. Die Raketengondeln waren in der Geschwindigkeit, die die *Ajax* ihnen beim Start mitgeteilt hatte, im freien Fall weitergetrieben, und die konstant beschleunigenden Einheiten Bandit-Zwos näherten sich ihnen mit einer Relativgeschwindigkeit von 19.838 Kps. Bei diesem Annäherungstempo blieben Bandit-Zwo genau 1,2 Minuten, um sie zu orten und auf sie zu reagieren, ehe sie eine halbe Million Kilometer hinter der Kampfgruppe lagen – und feuerten.

Es waren dreihundertsechs Gondeln, jede mit vierzehn Lenkwaffen Typ 16 bestückt. Von diesen mehr als viertausendzweihundert Raketen bestand circa ein Viertel aus Eloka-Drohnen. Die verbliebenen dreitausendzweihundert Lasergefechtsköpfe waren weit leichter als jene auf den Raketen der Großkampfschiffe; sie waren sogar *zu* leicht, um einem schwer gepanzerten und geschützten Wallschiff gefährlich zu werden. Doch die Flankensicherung der Lenkwaffen-Superdreadnoughts von Bandit-Zwo bestand aus Schlachtkreuzern, und *Schlachtkreuzer* waren nicht derart schwer gepanzert.

Den havenitischen Taktischen Offizieren blieben vierundachtzig Sekunden, um zu begreifen, was geschehen war. Vierundachtzig Sekunden, in denen auf ihren Displays Tausende angreifender Raketen aufleuchteten. Trotz der lähmenden Überraschung gelang es ihnen tatsächlich, ihre Abwehrdoktrin in die Tat umzusetzen, doch der Doktrin fehlte schlichtweg die nötige Zeit, um ihre Wirkung zu entfalten.

Der Raketensturm drang auf die havenitische Formation ein. Michelle Henke hatte in der Tat eine Anleihe bei Honor Harringtons und Mark Sarnows Taktik in der Schlacht von Hancock Station gemacht, und die Waffen, die ihr zur Verfügung standen, waren erheblich wirksamer als diejenigen, die Manticore seinerzeit besessen hatte. Obwohl der Typ 16 nicht eigens auf eine Rolle als raumgebietsverteidigende Mine ausgelegt war, besaß er Sensoren, die denen der meisten Minen überlegen war. Henke hatte sich weiterhin die verbesserten Aufklärungsdrohnen und Signalverbindungen zunutze gemacht. Zusammen mit den Raketengondeln hatte die *Ajax* ein halbes Dutzend Hermes-Bojen ausgesetzt – Signalrelais, die mit überlichtschnellen Gravimpulsempfängern und lichtschnellen Signallasern ausgestattet waren. Geisterreiter-Aufklärungsdrohnen hatten die Haveniten streng bewacht und der *Ajax* nahezu in Echtzeit Bericht erstattet, während die *Ajax* mithilfe ihres eigenen Überlichtcoms und der Hermes-Bojen den wartenden Raketengondeln pausenlos aktualisierte Lagebilder übermittelte.

Über eine derart improvisierte Steuerverbindung mit ihrer beschränkten Bandbreite und zusammengeschusterter Zielauswahl war jede Art von präziser Feuerleitung natürlich unmöglich. Sie genügte aber, um jeder einzelnen Rakete die Emissionssignaturen der Schlachtkreuzer einzuprogrammieren, die sie angreifen sollte. Die Erfassungsgenauigkeit mochte verglichen mit einem normalen Raketengefecht schlecht sein, und die Eloka-Drohnen und Durchdringungshilfen waren ohne individuelle Aktualisierungen aus den Bordrechnern der *Ajax* weitaus weniger effizient, doch der Abstand war unglaublich gering, sodass der Abwehr kaum Zeit blieb zu reagieren. Trotz aller Unzulänglichkeiten lag die Treffgenauigkeit dieser gewaltigen Salve weit höher als alles, was die havenitische Seite hätte erwarten können – und nicht eine einzige ihrer Raketen verschwendete sich an ein Wallschiff.

Admiral Redmont fluchte wild, als der Raketensturm über seinen Schirm schoss. Die Raketenabwehrrechner taten ihr Bestes, und in Anbetracht dessen, wie überrascht ihre menschlichen Herren waren und wie tödlich die Geometrie des Angriffs ausfiel, war dieses Beste in der Tat erstaunlich gut. Leider war es dennoch nicht einmal im Entferntesten gut genug.

Für Antiraketenstarts blieb keine Zeit, und da der Angriff von achteraus erfolgte, war die Anzahl der Lasercluster, mit denen die anvisierten Schlachtkreuzer verteidigt werden konnten, minimiert. Hunderte einkommender Raketen wurden vernichtet, doch sie kamen zu *Tausenden*, und ihre Ziele schlingerten im Todesschmerz, als Laser durch ihre Seitenschilde schlugen oder direkt durch die »Kilts« ihrer Impellerkeil trafen. Rümpfe barsten, erbrachen Atemluft und Trümmerstücke, und die zerbrechlichen Menschen, die diese Schiffe bemannten, verbrannten wie Stroh in einem Hochofen.

Zwei der acht Schlachtkreuzer von Bandit-Zwo starben spektakulär mit jedem einzelnen Menschen an Bord als blendende Blitze, als die teuflischen bombenbetriebenen Laser immer wieder auf sie einstachen. Die anderen sechs überlebten, doch vier davon waren nur noch wenig mehr als zerschmetterte Wracks ohne Impellerkeil und trieben im freien Fall weiter, während in ihnen geschockte und gelähmte Überlebende sich durch die Trümmer kämpften und darin angestrengt nach Besatzungsmitgliedern suchten, die den Feuerschlag ebenfalls überstanden hatten.

Die Kiefermuskeln des havenitischen Admirals traten hervor, als seine Schlachtkreuzer starben. Dann fuhr er herum und funkelte seinen Operationsoffizier an.

»Feuer frei!«

DREI

»Admiral Henke.«

Michelle Henke öffnete die Augen, und als sie sah, wer sie mit Namen angesprochen hatte, richtete sie sich hastig in dem Krankenhausbett auf. Es fiel ihr nicht leicht, denn ihr linkes Bein lag noch immer im Streckverband, während die Schnellheilung den zerschmetterten Knochen neu aufbaute. Sie waren einander zwar noch nie begegnet, doch Mike hatte genug Nachrichtenbilder gesehen, um die platinblonde Frau mit den Topasaugen zu erkennen, die am Fußende ihres Bettes stand.

»Lassen Sie nur, Admiral«, sagte Eloise Pritchart. »Sie sind verletzt, und mein Besuch ist nicht gerade offiziell.«

»Sie sind eine Staatschefin, Madame Präsidentin«, entgegnete Michelle trocken, setzte sich aufrecht hin und ließ sich erleichtert an das obere Ende des Bettes sinken, das sich automatisch ihren Schultern entgegen gehoben hatte. »Ihre Besuche sind immer offiziell.«

»Na, vielleicht haben Sie recht«, räumte Pritchart mit einem bezaubernden Lächeln ein. Dann wies sie auf den Stuhl am Bett. »Darf ich?«

»Aber sicher. Schließlich ist es Ihr Stuhl. Im Grunde« – Michelle wies auf das hübsche, wenn auch nicht gerade luxuriöse Krankenzimmer – »gehört Ihnen das ganze Lazarett.«

»Im übertragenen Sinn vielleicht.«

Pritchart setzte sich mit Anmut und regte sich einige Sekunden lang nicht. Sie hatte den Kopf leicht zur Seite geneigt, und ihr Gesicht zeigte einen nachdenklichen Ausdruck. Michelle erwiderte ihren Blick und fragte sich dabei, was diese Frau an das Krankenbett einer Kriegsgefangenen führte. Wie Michelle gerade erwähnt hatte, gehörte dieses Lazarett – das, wie sie zugeben musste, eine erheblich weniger unangenehme Erfahrung gewesen war als erwartet – der Republik Haven. Genauer gesagt gehörte es der Republican Navy und war aller Luftigkeit und aller in Pastellfarben gehaltenen Wände zum Trotz genauso sehr ein Kriegsgefangenenlager wie die weniger unverhohlen bewachten Einrichtungen, in denen man den Rest ihrer Leute untergebracht hatte.

Sie merkte, wie ihre Gesichtsmuskeln sich leicht zusammenzogen, als sie sich an die letzten Augenblicke ihres Flaggschiffs erinnerte. Dass die *Ajax* nicht allein gestorben war, bedeutete neben dem Verlust von zwei Dritteln der verbliebenen Besatzung des Schiffes nur einen sehr schalen Trost.

Ich und meine gottverdammt brillante Idee, dachte sie, hart gegen sich selbst. Sicher, wir haben sie nach Strich und Faden fertiggemacht, aber mein Gott! Kein Wunder, dass sie dachten, wir hätten sie absichtlich angelockt und dann die Räumung des Schiffes so abgepasst, dass wir sie damit von der Bedrohung ablenken! An ihrer Stelle hätte ich weiß Gott genau das angenommen.

Nicht zum ersten Mal ging sie diese peinigenden Gedanken durch. Und längst nicht zum letzten Mal, so viel wusste sie bereits. Nur wenn ihr Gewissen ihr nicht zusetzte, wusste die kühl und logisch denkende Taktikerin in ihr, dass in der gnadenlosen Rechnung des Krieges die Vernichtung zweier feindlicher Schlachtkreuzer und die Beschädigung von drei weiteren zur Abwrackreife den Verlust so vieler Menschenleben ausglich.

Wenigstens, dachte sie weiter, haben mir die Leute am Ende geglaubt. Oder ich nehme es wenigstens an. Vielleicht habe ich Alex und zu viele ihrer Leute in den Tod geführt, aber immerhin hat kein Einziger der Überlebenden auch nur die Befürchtung geäußert, wir könnten irgendwelche »Vergeltungsmaßnahmen« zu spüren bekommen. Es hätte mich wahrscheinlich nicht so sehr überrascht, wenn ich genauer auf das geachtet hätte, was Honor über Theisman und Tourville erzählt hat.

Noch immer konnte sie sich nicht genau erinnern, wie Stackpole und Braga sie in den Beiboothangar gebracht und von der *Ajax* geschafft hatten, ehe die rachsüchtigen havenitischen Mehrstufenraketen den Schlachtkreuzer in Stücke rissen. Die erste Salve hatte das Schiff wie mit Vorschlaghämmern getroffen, ehe sie den Beiboothangar erreicht hatten, und eine der Erschütterungen hatte Michelle von den Füßen gerissen und wie eine Puppe gegen ein Schott geworfen. Irgendwie hatten Stackpole und Braga sie in den Beiboothangar geschleppt und an Bord der letzten Pinasse gebracht, die das Schiff verließ. Sie waren die beiden einzigen Offiziere ihres Stabes, die die Vernichtung der *Ajax* überlebt hatten.

Aber die *Ajax* ist den Havies nicht in die Hände gefallen, und das war es wert. Da bin ich mir sicher, dachte sie bitter. Dann besann sie sich, dass im Augenblick ganz andere Sorgen anstanden.

»Welchem Umstand habe ich die Ehre Ihres Besuches zu verdanken, Madame Präsidentin?«, fragte sie und schob die nutzlosen Wenns und Hättes und die Selbstanklage rigoros beiseite.

»Mehreren. Erstens sind sie unsere ranghöchste Kriegsgefangene, und zwar in mehrerlei Hinsicht. Sie sind militärisch gesehen der ranghöchste Offizier, und außerdem sind Sie … was? Die Fünfte in der Erbfolge?«

»Seit der Ermordung meines älteren Bruders, ja«, antwortete Michelle ruhig, und ihr wurde die Genugtuung zuteil, dass Pritchart ganz leicht zusammenzuckte.

»Der Tod Ihres Vaters und Ihres Bruder tut mir aufrichtig leid, Admiral Henke«, antwortete sie ruhig und sah, während sie sprach, Michelle offen in die Augen. »Aus den Akten, die uns vorliegen, geht hervor, dass die Systemsicherheit tatsächlich für dieses Attentat verantwortlich war. Die Fanatiker, die es ausgeführt haben, sind zwar Masadaner gewesen, aber die SyS hat sie angeworben und mit Waffen versorgt. Soweit wir feststellen konnten, sind alle Personen, die direkt an der Entscheidung, diese Operation auszuführen, beteiligt waren, entweder tot oder hinter Gittern. Nicht«, fuhr sie fort, als Michelle ungläubig die Brauen wölbte, »wegen dieser speziellen Operation, sondern wegen eines ganzen Katalogs an Verbrechen, die sie an der Bevölkerung ihrer eigenen Sternnation begangen haben. Auch wenn es Ihren Zorn und Ihre Trauer wohl nicht mindert, möchte ich darauf hinweisen, dass diese Menschen für den Tod von unzähligen Tausenden – nein Millionen – ihrer eigenen Bürger verantwortlich waren. In der Republik Haven gab es von solchen Männern und Frauen mehr als genug.«

»Das glaube ich Ihnen«, erwiderte Michelle, während sie ihr Gegenüber sorgsam musterte. »Aber anscheinend haben Sie deren Methoden nicht so ganz abgeschworen.«

»In welcher Hinsicht?«, fragte Pritchart ein wenig scharf und kniff die Augen zusammen.

»Ich könnte zum Beispiel auf Ihre Diplomatie unmittelbar vor dem Krieg zu sprechen kommen, aber ich bin mir ziemlich sicher, dass wir uns darüber nicht einig werden«, antwortete Michelle. »Also beschränke ich mich darauf, auf Ihren Mordanschlag gegen die Herzogin von Harrington hinzuweisen. Die, wie ich Sie erinnern darf, zufällig eine enge Freundin von mir ist.«

Michelles Blick bohrte sich in Pritcharts topasfarbenen Blick. Ein wenig überraschte es sie, dass der Blick der havenitischen Präsidentin ihr standhielt.

»Ihre enge Freundschaft mit der Herzogin ist mir bekannt.«, fuhr Pritchart fort. »Sie ist sogar einer der erwähnten Gründe für dieses Gespräch. Einige meiner höchsten Offiziere, einschließlich Kriegsminister Theisman, Admiral Tourville und

Admiral Foraker, kennen Ihren ›Salamander‹. Sie haben eine sehr hohe Meinung von ihr. Wenn sie auch nur einen Augenblick glauben würden, meine Regierung hätte ihre Ermordung befohlen, wären sie sehr, sehr ungehalten mit mir.«

»Verziehen Sie, Madame Präsidentin, aber das ist nicht das Gleiche, als hätten Sie gesagt, Sie hätten den Anschlag nicht angeordnet.«

»Nein, tatsächlich nicht, was?« Pritchart grinste, und Michelle sah in diesem Grinsen aufrichtige Belustigung. »Einen Augenblick lang hatte ich vergessen, dass Sie gewohnt sind, sich im Sternenkönigreich auf höchster politischer Ebene zu bewegen. Sie haben das Ohr einer Politikerin, auch wenn Sie ›nur‹ Raumoffizier sind. Gut, ich will mich klarer ausdrücken. Weder ich noch sonst jemand in meiner Regierung hat ein Attentat auf die Herzogin von Harrington befohlen oder genehmigt.«

Michelle sah sie misstrauisch an. Wie Pritchart gesagt hatte, war sie es gewohnt, mit manticoranischen *Politikern* umzugehen, wenn auch nicht mit der Politik an sich. Sie mochte die Politik nicht, und deshalb war sie sehr froh, dass ihre Mutter, die Gräfinwitwe von Gold Peak, sie im Oberhaus vertrat. Dennoch, niemand konnte dem Thron so nahe stehen wie Michelle, ohne gezwungen zu sein, Politiker auf Händeschüttelentfernung an sich heranzulassen, und im Laufe der Zeit hatte sie einige außerordentlich glatte und gewandte Lügner kennengelernt. Doch wenn Eloise Pritchart zu ihnen gehörte, so zeigte es sich nicht.

»Das ist eine interessante Erklärung, Madame Präsidentin«, sagte sie nach kurzem Nachdenken. »Bei allem schuldigen Respekt, ich habe leider keine Möglichkeit zu überprüfen, ob sie zutrifft. Und selbst wenn Sie glauben, dass es stimmt, bedeutet es noch lange nicht, dass kein schwarzes Schaf innerhalb Ihrer Regierung den Anschlag befohlen hat.«

»Es überrascht mich nicht, dass Sie so denken, und wir in der Republik hatten sicher mehr Erfahrung mit von ›schwarzen Schafen‹ in Gang gesetzten Unternehmungen, als uns lieb ist. Ich kann dazu nur sagen, dass ich fest an das glaube, was ich sage. Und ich möchte hinzufügen, dass ich die Chefs der inneren und der äußeren Sicherheit durch Männer ersetzt habe, die ich seit Jahren kenne und in die ich das größtmögliche Vertrauen setze. Wenn eine Schattenoperation gegen die Herzogin von Harrington eingeleitet wurde, dann ohne ihr Wissen und ihre Billigung. Da bin ich mir hundertprozentig sicher.«

Aber sicher bist du das, dachte Michelle sarkastisch. *Keinem Havie fiele es auch nur im Traum ein, einen feindlichen Flottenkommandeur ermorden zu lassen! Und ganz sicher würde keiner von euch sich je überlegen, dass es doch so viel einfacher ist, im Nachhinein Vergebung zu erlangen als im Vorfeld Erlaubnis – und auf eigene Faust auf Honor zu schießen. Wie war noch mal der Satz, den Honor zitiert hat . . . Etwas wie: »Will mich niemand von diesem störrischen Priester befreien?«, oder so ähnlich.*

»Und wer sonst hätte Ihrer Ansicht nach ein Motiv, sie töten zu lassen?«, fragte Michelle. »Oder die Mittel, um zu versuchen, sie auf diese besondere Weise zu ermorden?«

»Wir kennen den Ablauf des Attentats nicht in allen Einzelheiten«, erwiderte Pritchart. »Nach allem, was mir vorgelegt wurde, scheinen sich die Spekulationen auf die Möglichkeit zu konzentrieren, dass ein junger Offizier – ein Lieutenant Meares, glaube ich – psychojustiert wurde, ihr das Leben zu nehmen. Wenn das zutreffen sollte, so fehlen *uns* die Mittel, die erforderlich gewesen wären. Jedenfalls in dem Zeitrahmen, der zur Verfügung stand, um die Justierung durchzuführen. Immer vorausgesetzt, dass wir von korrekten Informationen ausgehen.«

»Ich hoffe, Sie vergeben mir, Madame Präsidentin, wenn ich mich in diesem Fall mit meinem Urteil zurückhalte«, sagte

Michelle nach kurzem Schweigen. »Sie sind sehr überzeugend. Andererseits bewegen Sie sich wie ich auf der höchsten Ebene der Politik, und Politiker auf dieser Ebene *müssen* überzeugend sein. Ich werde aber im Hinterkopf behalten, was Sie gesagt haben. Ich darf davon ausgehen, Sie teilen mir all das in der Hoffnung mit, dass ich Ihre Nachricht an Königin Elisabeth weiterleite?«

»Nach allem, was ich über Ihre Cousine gehört habe, Admiral Henke«, entgegnete Pritchart ironisch, »bezweifle ich sehr, dass sie irgendeiner Behauptung von mir Glauben schenken würde, einschließlich der Feststellung, dass Wasser nass sei.«

»Wie ich sehe, sind Sie über Ihre Majestät bestens informiert«, sagte Michelle. »Allerdings ist das wahrscheinlich noch immer untertrieben«, fügte sie hinzu.

»Ich weiß. Dennoch, falls Sie die Gelegenheit erhalten, bitte ich Sie, ihr dies von mir auszurichten. Vielleicht glauben Sie mir nicht, Admiral, aber ich habe diesen Krieg wirklich nicht gewollt. Oh«, fuhr Pritchart rasch fort, als Michelle den Mund öffnete, »ich gebe zu, dass wir den ersten Schuss abgefeuert haben. Ich gebe auch zu, dass ich mit dem Wissen, das ich damals besaß, heute wieder so handeln würde. Das ist jedoch nicht das Gleiche, wie es tun zu *wollen,* und mir tut es um jeden Mann und jede Frau leid, die gefallen sind oder, wie Sie, verwundet wurden. Das kann ich nicht ungeschehen machen. Ich würde aber gerne glauben, dass es uns möglich ist, die Kämpfe zu beenden, ohne dass die eine Seite jeden auf der anderen Seite vorher töten muss.«

»Mir geht es genauso«, sagte Michelle ruhig. »Leider haben Sie, auch wenn wir die Manipulation unserer diplomatischen Korrespondenz außer Acht lassen, immer noch den ersten Schuss gefeuert. Elizabeth ist nicht die einzige Person auf Manticore – oder auf Grayson, oder im andermanischen Reich –, der es schwerfallen wird, das zu vergessen oder zu übersehen.«

»Und Sie sind eine dieser Personen, Admiral?«

»Ja, Madame Präsidentin, das ist richtig«, antwortete Michelle leise.

»Ich verstehe. Und ich weiß Ihre Offenheit zu schätzen. Dennoch unterstreicht gerade das die Natur unseres Dilemmas, nicht wahr?«

»Das nehme ich an.«

Schweigen senkte sich über das sonnenerhellte Krankenzimmer. Eigenartigerweise, bemerkte Michelle, wirkte dieses Schweigen beinahe gesellig. Sie erinnerte sich wieder an vieles, was Honor ihr von Thomas Theisman und Lester Tourville erzählt hatte, und rief sich ins Gedächtnis, dass Eloise Pritchart, wie auch immer sie wirklich sein mochte, zugleich die rechtmäßig gewählte Präsidentin war, der zu dienen diese beiden Männer sich entschlossen hatten. Vielleicht sagte sie wirklich die Wahrheit, wenn sie behauptete, den Anschlag auf Honor nicht genehmigt zu haben.

Aber vielleicht auch nicht. Nicht jeder schlechte, intrigante Politiker in diesem Universum läuft mit einem Holoschild herum, auf dem steht: »Ich bin der Böse!« Und niemand zwingt sie, so auszusehen wie High Ridge, dieser Hurensohn. Es wäre so schön, wenn alle schlechten Menschen aussehen würden wie schlechte Menschen oder sich immer so verhielten, aber so läuft das außerhalb eines wirklich schlechten HoloDramas nun mal nicht. Ich bin sicher, dass Adolf Hitlers und Rob Pierres engste Vertraute von sich allesamt glaubten, sie wären eine Seele von Mensch.

Nach vielleicht drei Minuten straffte sich Pritchart, atmete tief ein und stand auf.

»Ich will Sie wieder Ihrer Genesung überlassen, Admiral. Die Ärzte versichern mir, dass Sie auf dem besten Weg sind. Sie rechnen mit völliger Wiederherstellung und sagen, dass Sie in einer Woche aus dem Lazarett entlassen werden können.«

»Und dann geht's ab ins Stalag?«, fragte Michelle lächelnd.

Mit einer Hand wies sie auf die unvergitterten Fenster des Krankenzimmers. »Ich kann nicht sagen, dass ich mich auf die neue Aussicht freue.«

»Ich denke, wir haben wahrscheinlich schon etwas Besseres zu bieten als eine Nissenhütte hinter einem Gewirr aus Bandstacheldraht, Admiral.« In Pritcharts Topasaugen funkelte es tatsächlich. »Tom Theisman hat sehr feste Überzeugungen, was die angemessene Behandlung von Kriegsgefangenen betrifft – wie die Herzogin von Harrington vielleicht noch von dem Tag weiß, an dem sie einander im Jelzin-System begegnet sind. Ich versichere Ihnen, dass wir unsere Kriegsgefangenen ohne Ausnahme gut behandeln. Und nicht nur das, ich hoffe, dass es sich ermöglichen lässt, regelmäßig Kriegsgefangene auszutauschen, vielleicht auf Ehrenwortbasis.«

»Wirklich?« Michelle war erstaunt, und sie wusste, dass man ihr das anhörte.

»Wirklich.« Pritchart lächelte ein wenig traurig. »Was auch sonst geschehen ist, Admiral, und wie gering Ihre Königin vielleicht von uns denkt, wir sind nicht Rob Pierre oder Oscar Saint-Just. Verstehen Sie mich nicht falsch, wir haben unsere Fehler. Aus den Augen zu verlieren, dass auch Feinde Menschen sind, gehört meiner Meinung nach nicht zu ihnen. Guten Tag, Admiral Henke.«

Michelle senkte das Buchlesegerät, als es leise an ihrer Krankenzimmertür klingelte.

»Ja?«, sagte sie und drückte die Taste an ihrem Nachttischcom.

»Kriegsminister Theisman ist hier, Admiral«, hörte sie die ein klein wenig nervöse Stimme von Lieutenant Jasmine Coatworth, der Oberschwester ihres Flurs. »Wenn es Ihnen recht ist, bittet er Sie um einige Minuten Ihrer Zeit.«

Michelle hob die Augenbrauen. Der unerwartete Besuch Eloise Pritcharts lag etwas über eine Woche zurück. Während dieser Zeit hatte sie eine Handvoll weiterer Besucher empfangen, die meisten jedoch verhältnismäßig rangniedere Offiziere, die sie aufsuchten, um ihr in ihrer Eigenschaft als ranghöchste manticoranische Kriegsgefangene über den Zustand ihrer Leute und der anderen gefangenen Manticoraner zu berichten. Die Offiziere waren ausnahmslos professionell und höflich gewesen, doch sie hatte eine gewisse unvermeidliche Zurückhaltung empfunden, die über die normale Zurückhaltung eines untergeordneten Offiziers in Gegenwart eines Admirals hinausging. Niemand hatte indes die Möglichkeit erwähnt, dass Thomas Theisman sie persönlich aufsuchen könnte.

»Nun, Jasmine«, antwortete sie nach einem Augenblick mit einem Lächeln, das sie nicht ganz unterdrücken konnte (allerdings gab sie sich auch keine große Mühe), »dann lassen Sie mich einmal in meinen Kalender sehen.« Sie hielt einen Atemzug lang inne, während ihre Augen amüsiert tanzten, dann räusperte sie sich. »Durch einen höchst merkwürdigen Zufall habe ich heute Nachmittag ein wenig Zeit«, sagte sie. »Bitten Sie den Minister herein.«

Ein Moment völliger Stille folgte. Dann glitt die Tür auf, und Lieutenant Coatsworth sah in das Zimmer. Der Ausdruck auf ihrem Gesicht bedeutete fast das Ende von Michelles Selbstbeherrschung, die beinahe in schallendes Gelächter ausgebrochen wäre, sich jedoch gerade noch zügeln konnte. Dann wanderte ihr Blick zu dem untersetzten, braunhaarigen Mann in Zivilkleidung, den ein dunkelhaariger weiblicher Captain der Navy begleitete, deren Abzeichen sie als persönliche Adjutantin eines hohen Offiziers auswies.

»Ich freue mich, dass Sie es einrichten konnten, Admiral«, sagte der Braunhaarige trocken. Um seine Lippen schien ein Grinsen zu zucken, und Michelle schüttelte den Kopf.

»Verzeihen Sie mir, Minister Theisman«, sagte sie. »Man hat mir schon mehrmals gesagt, mein Sinn für Humor sei merkwürdig. Unter diesen Umständen konnte ich der Versuchung einfach nicht widerstehen.«

»Was vermutlich ein Zeichen dafür ist, dass ich niemanden maßregeln muss, weil er kriegsgefangene Patientinnen schikaniert oder misshandelt.«

»Im Gegenteil«, sagte Michelle in ernsterem Ton. »Alle in diesem Lazarett – besonders Lieutenant Coatsworth – haben unsere Verwundeten ganz genau so behandelt, wie sie jemanden von den eigenen Leuten behandeln würden. Ich bin sehr beeindruckt von ihrer Dienstauffassung und ihrer Liebenswürdigkeit.«

»Gut.«

Theisman trat in den Raum, sah sich einmal um, als wolle er sich persönlich überzeugen, dass das Zimmer für einen Admiral angemessen war, dann wies er auf den Stuhl am Bett.

»Darf ich?«

»Aber natürlich. Wie ich Präsidentin Pritchart bereits erläuterte, als sie die gleiche Frage stellte: Es ist Ihr Lazarett, Minister Theisman.«

»Davon hat sie mir gar nichts erzählt«, sagte er. Er setzte sich, lehnte sich zurück und schlug die Beine über. »Trotzdem haben Sie wohl nicht ganz unrecht.«

Er lächelte ihr zu, und fast widerwillig erwiderte Michelle sein Lächeln.

Thomas Theisman erinnerte sie sehr an Alistair McKeon, überlegte sie, während sie den Mann musterte, der leger auf dem Stuhl saß, während seine Adjutantin versuchte, sich nicht zu nah an ihren Vorgesetzten zu stellen, den sie ganz offensichtlich mehr als nur gern hatte. Weder Theisman noch McKeon konnte man einen Riesen nennen – wenigstens nicht körperlich. Beide jedoch hatten sie einen ruhigen Blick; Theismans Augen waren braun, McKeons grau. Beide strahlten sie eine Art unerschütterliche Tüchtigkeit aus, und beide – so ungern Michelle es auch eingestand – umgab die gleiche Aura stiller, unnachgiebiger Integrität.

Als noch jeder Havie, von dem ich etwas wusste, ein Dreckskerl war, war vieles einfacher, dachte sie. *Jetzt fällt es immer schwerer, nicht zu vergessen, dass sie es waren, die die Lügengeschichten über unsere Vorkriegsdiplomatie verbreitet haben.*

»Der eigentliche Grund meines Kommens, Admiral Henke …«, begann der Kriegsminister und unterbrach sich. »Es tut mir leid, Admiral, aber es fällt mir gerade erst ein, aber ist es noch korrekt, Sie als ›Admiral *Henke*‹ anzusprechen, oder sollte ich Sie lieber ›Admiral Gold Peak‹ nennen?«

»Technisch bin ich ›Admiral Gold Peak‹, seit mein Vater und mein Bruder ermordet wurden«, antwortete Michelle mit unbewegter Stimme. Seine Augen bestätigten, dass er verstanden hatte, was sie nicht aussprach, doch er blickte sie ruhig an, und sie fuhr in dem gleichen unbewegten Ton fort: »Trotzdem ist mir bei ›Henke‹ wohler zumute. So heiße ich, seit ich in die Akademie eingetreten bin.«

Sie setzte an, noch etwas hinzuzufügen, unterließ es dann aber mit einem knappen Kopfschütteln. Es gab keinen Grund, ihm anzuvertrauen, dass so lange, wie sie es unterließ, den Titel in allen Aspekten ihres Lebens zu führen, ihr Vater und ihr Bruder nicht ganz von ihr gegangen wären.

»Ich verstehe«, sagte Theisman und räusperte sich. »Wie ich sagen wollte, Admiral Henke, der eigentliche Grund meines Kommens ist mein Wunsch, Ihnen das Gleiche wie Präsidentin Pritchart zu versichern. Ich weiß, sie hat Ihnen bereits mitgeteilt, dass Ihre Leute gut behandelt werden. Andererseits weiß ich aber, dass Sie genauso gut wissen wie ich, wie selten das während des letzten Krieges der Fall war. Daher habe ich mir gesagt, ich sollte lieber selbst herbeikommen und mein

Sprüchlein aufsagen. Schließlich« – sogar sein *Lächeln* erinnerte sie an McKeon – »sind zumindest in diesem Fall wir die Katze, die beweisen muss, dass sie das Mausen aufgegeben hat.«

»Dafür bin ich Ihnen dankbar, Minister Theisman«, sagte Michelle. »Und ich weiß auch zu schätzen, dass man mir bereits gestattet hat, mit den ranghöheren Kriegsgefangenen zu kommunizieren. Die, das möchte ich ausdrücklich dazusagen, jedes Wort bestätigt haben, das ich von Ihnen und Präsidentin Pritchart gehört habe. Die Herzogin von Harrington hat uns allen versichert, dass Ihr Benehmen gegenüber Kriegsgefangenen nicht mit dem einer Cordelia Ransom oder eines Oscar Saint-Just zu vergleichen ist. Auch wenn ich nicht behaupten will, dass ich jetzt nicht lieber in Landing zum Abendessen zu Cosmo's gehen würde, bin ich doch froh darüber, dass sie recht hatte.«

»Vielen Dank.« Theisman sah für einen Augenblick weg und räusperte sich lauter als beim ersten Mal, dann sah er sie wieder an. »Vielen Dank«, wiederholte er. »Das bedeutet mir viel – zu wissen, dass Lady Harrington es gesagt hat, meine ich. Besonders in Anbetracht der Umstände bei den zwo Gelegenheiten, wo wir uns tatsächlich begegnet sind.«

»Niemand im Sternenkönigreich gibt Ihnen die Schuld für das, was die irrsinnigen Masadaner auf Blackbird angerichtet haben, Minister Theisman. Und wir erinnern uns, wer Honor – der Herzogin von Harrington, meine ich – gesagt hat, was dort vorging. Und wer bei den Prozessen Zeuge der Anklage war.« Sie schüttelte den Kopf. »Das erforderte mehr als nur Integrität, Sir.«

»Nicht so viel Integrität, wie ich gern hätte.« Theismans Lächeln geriet etwas schief, aber es war aufrichtig.

»Nein?« Michelle neigte den Kopf zur Seite. »Sagen wir einfach, ich hätte nicht der Offizier sein wollen, der sich hinstellte und eine große Zielscheibe auf seine eigene Brust malte, während er genau wusste, dass sämtliche höheren Ränge, unter denen es von Legislaturisten wimmelte, einen Sündenbock für eine verpfuschte Operation suchten.«

»Der Gedanke ist mir damals gekommen«, gab Theisman zu. »Andererseits hat es mir nicht gerade geschadet, dass die Masadaner wirklich so verrückt waren, wie Sie eben sagten. In gewisser Weise hat meine Aussage nur die Tatsache unterstrichen, dass die Operation durch den idiotischen Handstreich gescheitert ist, mit dem sie das Kommando über die *Donner Gottes* an sich brachten. Na ja, das und Lady Harrington. Außerdem«, er lächelte wieder, »gab Alfredo Yu einen viel besseren – und höherrangigen – Sündenbock ab als ich.«

»Wird wohl so sein. Ach, und wenn ich schon dabei bin, sollte ich wohl erwähnen, dass auch Admiral Yu zu den hohen Offizieren auf unserer Seite gehört, die gut über Sie reden.«

»Das freut mich.« Theismans Gesicht nahm einen versonnenen Ausdruck an, als Michelle seinen alten Mentor erwähnte. Dann wurde er wieder ernst. »Es freut mich, aber ich hätte es Lady Harrington nicht verübelt, wenn sie jeden positiven Eindruck, den sie von mir hatte, verworfen hätte, als ich tatenlos dabeistand und zusah, wie Ransom sie nach Cerberus verschleppte.«

»Und wie genau hätten Sie das verhindern sollen, Sir?«, fragte Michelle. Er sah sie an, als wäre er erstaunt, diese Frage von ihr zu hören, und sie schnaubte. »Vergessen Sie nicht, dass Warner Caslet von Cerberus mit ihr nach Hause kam, Minister Theisman. Nach seiner Schilderung war ziemlich offensichtlich, dass Ransom nur nach einem Vorwand suchte, um an Ihnen ein Exempel zu statuieren; das Gleiche galt für Admiral Tourville. Und Nimitz« – sie erinnerte sich gerade rechzeitig daran, den Namen des Baumkaters anstelle von ›Honor‹ zu verwenden – »konnte an Ihren Empfindungen ›schmecken‹, wie Sie zu dem Geschehen standen.«

Er kniff die Augen zusammen, und sie beobachtete ihn, während er ihre Bestätigung verdaute, dass die telempathischen Baumkatzen verlässlich die Emotionen aller Umstehenden zu spüren vermochten. Ohne Zweifel hatte der havenitische Geheimdienst gemeldet, dass in den Nachrichtensendungen des Sternenkönigreichs die Intelligenz der Baumkatzen gemeldet worden war, seit Nimitz und seine Partnerin Samantha gelernt hatten, sich durch Gebärdensprache zu verständigen. Doch das war längst nicht das Gleiche wie eine Bestätigung aus erster Hand und unabhängiger Quelle.

Ich nehme stark an, dass kein einziger dieser Berichte den unbedeutenden Umstand erwähnt hat, dass Honor selbst zur Empathin geworden ist, dachte sie. *Und das werde ich ihm ganz bestimmt nicht auf die Nase binden.*

»Es freut mich«, sagte er schließlich, »dass sie Verständnis für mich hat. Allerdings macht das auch nicht ungeschehen, dass die Volksflotte unter dem alten Regime ihre Pflichten nach interstellarem Gesetz nicht erfüllt hat.«

»Vielleicht nicht«, erwiderte Michelle, »aber andererseits haben Sie ja auch Ihren kleinen Teil dazu beigetragen, dass jenes Regime jetzt das ›alte Regime‹ ist. Und zu Oscar Saint-Justs recht plötzlichem ... Rücktritt. So habe ich es wenigstens gehört.«

Der weibliche Captain neben Theisman erstarrte, und ihr Gesicht zeigte mehr als nur ein wenig Empörung, dass Michelle es wagte, sich auf die (selbstverständlich unbestätigten) Gerüchte zu beziehen, der damalige Bürger Admiral Theisman habe während seines erfolgreichen Putsches den Vorsitzenden des Komitees für Öffentliche Sicherheit Saint-Just kaltblütig erschossen. Doch der Kriegsminister lachte nur leise.

»So könnte man es vielleicht nennen«, gab er zu, dann

wurde er nüchterner. »Andererseits habe ich nicht geholfen, Saint-Just zu stürzen, nur damit wir gleich darauf wieder aufeinander schießen.«

»Sir, bei allem Respekt, aber ich glaube nicht, dass das ein sonderlich ergiebiges Gesprächsthema ist«, sagte Michelle und sah ihm offen in die Augen. »Ich kann kaum ausdrücken, wie froh ich bin, zu erfahren, wie menschlich Sie Ihre Kriegsgefangenen behandeln, aber ich bin nicht bereit, über die Beschuldigungen und Aktionen zu sprechen, die zur Wiederaufnahme der Feindseligkeiten führten. Und«, fügte sie ohne mit der Wimper zu zucken hinzu, »ich glaube auch nicht, dass wir uns bei diesem Thema auch nur in einem Punkte einig werden.«

»Nein?« Theisman sah sie gelassen, beinahe abwägend an, während seine Adjutantin hinter ihm um Beherrschung rang. Dann schüttelte der havenitische Kriegsminister den Kopf. »Nun gut, Admiral Henke. Wenn das ein Thema ist, über das Sie im Moment nicht sprechen möchten, so bin ich bereit, mich Ihren Wünschen zu fügen. Ein andermal vielleicht. Und« – in seine Augen trat ein sehr merkwürdiger Ausdruck, fand Michelle – »Sie wären womöglich überrascht, wie dicht wir uns einer Übereinstimmung vielleicht doch annähern können.«

Er hielt inne, als warte er ab, ob sie auf den Köder ansprang, den sein letzter Satz darstellte. Und um ehrlich zu sein, war sie in Versuchung – in großer Versuchung. Gleichzeitig war sie sich aber auch bewusst, wie völlig ungeeignet sie für die Rolle einer Diplomatin war.

Honor *wäre dafür vielleicht die Richtige, wenigstens heutzutage,* dachte sie. *Aber von mir kann ich nur so viel sagen, dass ich immerhin schlau genug bin, um zu erkennen, dass er bei mir dafür ganz eindeutig an die Falsche geraten ist.*

»Nun, wie auch immer«, fuhr Theisman etwas lebhafter fort, »nach Auskunft der Ärzte werden Sie übermorgen aus dem

Lazarett verlegt. Ich bin sicher, Sie werden Ihre neue Unterkunft so bequem finden, wie man es unter den gegebenen Umständen erwarten kann. Außerdem möchte ich Sie offiziell zu einem Abendessen einladen, ehe wir Sie hinter Schloss und Riegel bringen. Ich verspreche Ihnen, es werden keine Wahrheitsseren im Wein sein, und mehrere Offiziere kommen, die ich Ihnen gern vorstellen möchte: unter anderem Admiral Giscard, Admiral Tourville und Admiral Redmont.«

»Admiral Redmont und ich kennen uns schon, Minister Theisman«, erwiderte Michelle.

»Das hörte ich.« Theisman lächelte gepresst. »Andererseits ist seitdem einige Zeit vergangen, und Admiral Redmont und ich hatten Gelegenheit zu einem … Gespräch über sein Verhalten bei der Schlacht von Solon.«

»Sir, Admiral Redmont hat nicht –«

»Ich habe nicht gesagt, dass mir nicht klar wäre, was dort geschehen ist, Admiral«, unterbrach Theisman sie. »Und wenn wir ehrlich sein wollen, hätte ich vielleicht sogar ähnlich reagiert. Zumindest wenn ich angenommen hätte, dass Sie die Räumung des Schiffes absichtlich hinausgezögert haben, bis sie sicher wussten, dass ich in Ihren Hinterhalt hinein fahre. Aber wenn wir Gräueltaten und Vergeltungsgräueltaten im Griff behalten wollen, dann muss jedes Mal, wenn so etwas vorkommt, die Sache offen angesprochen werden. Zweifellos hat sich Admiral Redmont korrekt verhalten, nachdem er Ihre Überlebenden aufgelesen hatte. Und ich bezweifle auch nicht, dass Sie einander mit der gebotenen Höflichkeit behandelt haben. Ich hoffe, dass Sie meine Einladung annehmen und uns allen Gelegenheit geben, den Zwischenfall und unsere Reaktionen darauf in einer … weniger aufgeladenen Atmosphäre zu besprechen.«

»Gewiss, Minister Theisman«, sagte Michelle. »Selbstverständlich nehme ich Ihre Einladung an.«

»Ausgezeichnet.« Theisman erhob sich und reichte ihr die Hand. Sie tauschten einen Händedruck, und er hielt seinen Griff noch ein, zwei Herzschläge länger aufrecht. Dann ließ er ihre Hand los und nickte seinem Adjutanten zu.

»Wir gehen nun lieber, Alenka«, sagte er.

»Jawohl, Sir.« Der Captain öffnete die Tür des Krankenzimmers, dann stellte sie sich stramm daneben, sodass ihr Vorgesetzter sie zuerst durchschreiten konnte.

»Bis morgen Abend also, Admiral«, sagte Theisman zu Michelle, dann war er verschwunden.

VIER

»... diesen Morgen, daher nehme ich an, die Lage ist unter Kontrolle, Mylady.«

»Verstanden.« Michelle neigte sich mit dem Stuhl hinter dem Schreibtisch zurück und betrachtete Commodore Arlo Turner innerlich schwankend zwischen Zufriedenheit und ungläubigen Ärger.

Turner, ein untersetzter, hellhaariger Mann Mitte fünfzig, stammte wie Michelle vom Planeten Manticore. Mehr als das, er war in Landing geboren, der Hauptstadt des Sternenkönigreichs, und sie hatte den Verdacht, dass er zu den Menschen gehörte, die die Tageszeitungen nur lasen, um sich über jene auf dem Laufenden zu halten, die man noch immer die »oberen Zehntausend« nannte. Als sie es zum ersten Mal bemerkte, war sie versucht gewesen, ihn als einen dummen Möchtegernaufsteiger abzutun, doch sie hatte rasch begriffen, dass sie ihm damit Unrecht tat. Die Klatschspalten mochten ihn fesseln, und sie bezweifelte nicht, dass er eine leise wehmütige Hoffnung nährte, eines Tages wenigstens in den Ritterstand erhoben zu werden, aber er war alles andere als dumm. Vielmehr handelte es sich bei ihm um einen der tüchtigsten Verwaltungsfachleute, mit denen sie je zu tun gehabt hatte, und ohne Zweifel war er auch ein kompetenter Taktiker, auch wenn er im Moment in einem Kriegsgefangenenlager der Republik Haven residierte. Immerhin hielt sich Michelle selbst für eine halbwegs fähige Taktikerin, und man brauchte nur zu schauen, wohin es sie verschlagen hatte.

Ihre Lippen zuckten, und das verborgene Lächeln brach sich fast Bahn, als ihr dieser Gedanke durch den Kopf ging, doch ihren Ärger hatte etwas anderes geweckt. Trotz seiner Tüchtigkeit und trotz ihrer recht deutlichen Hinweise, es zu unterlassen, konnte er nicht vergessen, dass sie eine Cousine ersten Grades der Königin und die Gräfin von Gold Peak war. Ihn der Schmeichelei zu bezichtigen, wäre höchst ungerecht gewesen, aber er ging ihr auf die Nerven, indem er darauf bestand, sie als »Admiral Gold Peak« anzureden, und statt das solide, zweckdienliche, in der Flotte übliche »Ma'am« zu benutzen, das Michelle bevorzugt hätte, ließ er sich von dem technisch korrekten »Mylady« nicht abbringen.

Andererseits ist das aber auch das Einzige, worüber ich mir bei ihm Gedanken machen muss. Für Beschwerden besteht kein echter Anlass. Kurz warf sie einen Seitenblick auf Lieutenant Colonel Ivan McGregor.

McGregor, der keine fünfhundert Kilometer von dem Gebiet, das zum Herzogtum Harrington werden sollte, geboren und aufgezogen worden war, bildete in fast jeder Hinsicht den genauen Gegensatz zu Turner. Wo Turner hellhaarig war und blaue Augen hatte, zeigte McGregor schwarzes Haar, dunkelbraune Augen und einen dunklen Teint. Während Turner untersetzt war – stämmig gebaut, nicht übergewichtig – und kaum einhundertzweiundsechzig Zentimeter erreichte, hatte McGregor die Figur eines Sprinters und ragte einhundertdreiundneunzig Zentimeter hoch auf. Und war Turner süchtig nach Klatsch, wies McGregor das typische Misstrauen des geborenen Gryphoners gegenüber der Mehrheit des manticoranischen Adels auf, und in seinen Augen stand gerade der gleiche Überdruss an Turners Anredegewohnheiten, den auch Michelle empfand.

Dennoch waren die beiden Männer eng befreundet und arbeiteten reibungslos zusammen.

Bis zu Michelles unerwarteter Ankunft war Turner ranghöchster Offizier von Camp Charlie-Sieben gewesen, und McGregor, der ranghöchste Offizier der Marines, hatte als sein Adjutant und Chef der internen Polizei von Camp Charlie fungiert. Diese beiden Aufgaben versah er weiterhin, und Turner war Michelles Erster Offizier geworden.

Wenn sie ganz ehrlich sein sollte, musste sie zugeben, dass ihre eigenen Aufgaben hauptsächlich darin bestanden, sich zurückzuhalten und die beiden einfach weitermachen zu lassen, denn in den dreizehn Monaten ihrer Gefangenschaft waren sie zu einem perfekt eingespielten Team geworden. Beide waren zu Anfang des havenitischen Unternehmens Donnerkeil kassiert worden, und Michelle war beeindruckt, wie sie sich beide von dem Umstand, so früh im Krieg gefangen genommen worden zu sein – wenn auch nicht durch eigene Schuld – nicht verbittern ließen.

Darin liegt eine Lektion, die ich unbedingt lernen sollte, so wie der Krieg zu verlaufen scheint. Bei dem Gedanken verschwand ihre Versuchung, zu lächeln.

»Also, Sie sind zufrieden, Arlo?«

Der Commodore nickte. »Jawohl, Mylady. Es war nur ein Missverständnis. Die Küche hat einen Fehler in der Dokumentation gemacht – sieht aus wie ein simpler Dateneintragsfehler. Ihnen zufolge hatten wir noch haufenweise frisches Gemüse. Ich glaube, Captain Bouvier ist etwas sauer, weil er nicht gemerkt hat, dass die Berichte angesichts des Lieferplans einfach falsch sein *mussten,* und er hat mir versichert, dass wir innerhalb der nächsten Stunden mit Lieferung rechnen können.«

Michelle nickte. »Gut.«

Captain Adelbert Bouvier war der »Verbindungsoffizier« der Republican Navy zu den Gefangenenlagern auf der Zentralwelt der Republik. Offen gesagt fand Michelle die havenitischen Bezeichnungen ein wenig ... merkwürdig. Technisch hätte man Bouvier als Lagerkommandant von Camp Charlie-Sieben betrachten müssen, aber man nannte ihn nicht so. Dennoch war er der havenitische Offizier mit Kommandogewalt über das Lager und seine Insassen. Immerhin schienen er und seine Vorgesetzten in Camp Charlie Ansätze von Autonomie zuzulassen, und das hatte Michelle bei ihrer Ankunft sehr erstaunt.

Aus dem Stegreif fiel ihr keine andere Sternnation ein, die sich nicht die Mühe machte, eigene Truppen auf dem Gelände eines Kriegsgefangenenlagers zu postieren, um die Insassen zumindest im Auge zu behalten, bei denen es sich immerhin um ausgebildete Soldaten handelte, die ein deutliches Interesse hatten, woanders zu sein. Allerdings war es im Falle von Charlie-Sieben gar nicht notwendig, eigene Leute abzustellen.

Erinnert mich ein bisschen an das, was Honor von Cerberus erzählt hat, überlegte sie und blickte aus dem Fenster ihres Büro im Hauptgebäude der Lagerverwaltung. *Nicht dass hier auch nur ein bisschen von der Art zu spüren wäre, wie diese dreckigen SyS-Verbrecher ihre Gefangenen behandelt haben – Gott sei Dank nicht! Aber die Havies ... – nein, Honor hatte auch da recht: Nennen wir sie Haveniten – scheinen es wirklich mit den Inseln zu haben.*

Camp Charlie-Sieben nahm eine ganze recht kleine, leicht kühle Insel im Vaillancourt-Meer des Planeten Haven ein. Festland war in jeder Richtung fast achthundert Kilometer entfernt, und daher bildete die See einen, wie Michelle zugeben musste, sehr wirkungsvollen Graben. Obwohl sich auf der Insel keinerlei Wächter befanden, war doch jedem Insassen völlig klar, dass ihre Insel unter ständiger Überwachung durch eigens abgestellte Satelliten und bodengestützte Fernsensoren stand. Selbst wenn auf der Insel jemand ein Boot zusammenstoppeln konnte, welches eine echte Chance hatte, über so viel Wasser hinweg das Festland zu erreichen, hätten die Sensornetze und Satelliten den Versuch, in See zu stechen, doch rasch entdeckt, und innerhalb von fünfzehn Minuten wären Republican Marines auf der Insel gelandet.

Angesichts dieser Sicherungsmöglichkeiten hatte Kriegsminister Theisman entschieden, seinen Gefangenen die Selbstverwaltung – kontrolliert aus der Ferne von Offizieren wie Captain Bouvier – zu gestatten, solange die Dinge ihren halbwegs reibungslosen Lauf nahmen. Diese Maßnahme mochte ohne Beispiel sein, doch sie erschien recht effizient, und weiter konnte man sich kaum von den Horrorgeschichten entfernen, die Michelle Henke von Manticoranern gehört hatte, denen das Unglück beschieden gewesen war, im vorherigen Krieg in havenitische Hände zu fallen.

Und genau aus diesem Grund hat er es getan. Ein wenig verwundert war sie noch immer. *Das ist ein Mann, der glaubt, noch immer einiges gutzumachen zu haben. Und nicht einmal etwas, das er selbst getan hätte. Honor hatte recht – Theisman ist ein anständiger Mensch.*

Michelle war in der Tat zu dem Schluss gekommen, dass die meisten Haveniten, die sie kennengelernt hatte, anständige Menschen seien. Fast wünschte sie, es wäre anders. Wenn man den Feind für den Abschaum der Galaxis halten konnte, war vieles einfacher. Darüber nachzudenken, dass die Menschen, die gerade Raketen auf einen feuerten – und auf die man mit Raketen zurückschoss –, genauso anständige Personen sein konnten wie jemand auf der eigenen Seite, konnte ... unangenehm sein.

Sie dachte an Theismans Dinnerparty. Wie versprochen war Admiral Redmont unter den Gästen gewesen, und unter Theismans wachsamem Blick hatte Redmont beim Wein nach dem Essen tatsächlich ein paar bescheidene Witze erzählt. Michelle war klar, dass sie noch immer nicht sehr hoch auf seiner Liste der beliebtesten lebenden Personen stand – wenig überraschend, nachdem die *Ajax* über sechstausend seiner Untergegebenen getötet hatte. Sie andererseits würde ihn sich ganz gewiss nicht zu ihrem lebenslangen Brieffreund wählen, nicht angesichts dessen, was aus ihrem Flaggschiff geworden war.

Aber wenigstens hatten sie beide zu gegenseitigem Respekt gefunden, und Michelle war ein wenig erstaunt, wie wenig Bitterkeit sie ihm gegenüber noch empfand.

Ihr Verhältnis zu den anderen Gästen war nicht von solchem Ballast belastet gewesen. Admiral Lester Tourville hatte sie überrascht. Nach allen Dossiers, die sie je gelesen hatte, sollte er eine Art Feuerfresser sein – eine farbenprächtige, überlebensgroße Gestalt, die auf der Brücke eines Schlachtkreuzers im Einzelgefecht (zwar ohne Augenklappe, Entermesser und Steinschlosspistolen, die er eigentlich wollte) mehr zu Hause wäre als beim Befehligen eines Kampfverbands oder einer Flotte. Eigentlich hätte ihr klar sein müssen, dass diese Berichte kaum zutreffend sein konnten – nicht angesichts der Erfolgsserie beim Kommandieren von Kampfverbänden und Flotten, die Tourville vorweisen konnte. Allein Honor hatte ihm je eine blutige Nase verpassen können, und soweit Michelle es sagen konnte, herrschte zwischen ihnen Punktegleichstand. Und das verstand sie viel besser, nachdem sie endlich die Gelegenheit erhielt, ihm in die Augen zu sehen und den abgebrühten, kühlen, berechnenden Taktiker zu entdeckte, der sich hinter der täuschenden lärmenden Fassade verbarg, von der Michelle nun vermutete, dass Tourville sie bewusst kultivierte. Sie hatte sogar feststellen müssen, dass sie ihn gut leiden konnte, und damit hatte sie wahrhaftig nicht gerechnet.

Alles in allem war sie nur froh, dass sie – damals – noch nicht gewusst hatte, wie meisterhaft das Sansibar-System und seine Verteidigungsanlagen von Tourville zerlegt worden waren.

Theismans andere beiden Dinnergäste – Vizeadmiral Linda Trenis und Konteradmiral Victor Lewis – waren ebenfalls angenehme Tischgefährten gewesen. Allerdings hatte Michelle eindeutig Dankbarkeit empfunden, dass Theisman ihr zugesichert hatte, dass die bei Tisch gereichten Getränke keine Wahrheitsdrogen enthielten. Sie war zwar recht sicher, dass die

Antidrogenpraktiken der Royal Manticoran Navy gegriffen hätten, doch auch ohne Wahrheitsseren hätten Trenis und Lewis – besonders Lewis – sie nach Strich und Faden ausgehorcht, wenn Theisman nicht beide daran erinnert hätte, dass der Anlass geselliger Natur war. Diese Fähigkeit, auch aus kleinsten Informationsbruchstücken ein schlüssiges Bild zusammenzusetzen, überraschte Michelle kaum, denn Trenis leitete das Planungsamt der Republican Navy, was sie zum Gegenstück von Zwoter Raumlord Patricia Givens machte, der Leiterin des Office of Naval Intelligence der Royal Manticoran Navy. Lewis hingegen stand dem Amt für Operative Forschung vor, dem wichtigsten Auswertungsdienst des Planungsamtes. Trotzdem war sie beeindruckt. Letzten Endes lautete für Michelle das Resümee des durchaus angenehmen Abends, dass der Führungsstab der Republican Navy eine deprimierend hohe Kompetenz aufwies.

Meistens fiel es ihr schwer zu glauben, dass diese Dinnerparty nun schon ganze sechs Wochen zurücklag. Michelle vermochte sich auf der Insel zu beschäftigen – bei einer Gesamtzahl an Gefangenen um die Neuntausend gab es trotz Turners Tüchtigkeit immer etwas, das ihre Aufmerksamkeit erforderte –, und auf diese Weise konnte sie meist der Langeweile Einhalt gebieten. Zudem lag die Insel von Camp Charlie-Sieben so weit nördlich, dass es gelegentlich zu einem interessanten Herbststurm kam. Einige Kriegsgefangene, das wusste Michelle, mochten diese Unwetter gar nicht, doch sie selbst gehörte nicht zu ihnen. Die stabilen, sturmsicheren Gebäude widerstanden dem heulenden Wind ohne Mühe, und die Brandung an den Felsstränden im Süden der Insel war wirklich beeindruckend. Michelle empfand die hiesigen Stürme als belebend, auch wenn McGregor ihr versicherte, sie seien im Vergleich zu einem echten *gryphonischen* Sturm nur linde Lüftchen.

Dennoch, in diesen Tagen senkte sich die Tatsache ihrer Gefangenschaft, so sehr sie sich auch von der Brutalität der SyS im letzten Krieg unterscheiden mochte, schwer auf ihre Schultern. Wenn sie aus dem Bürofenster blickte und nicht Himmel und Meer sah, sondern einen feindlichen Planeten, auf dem sie gefangen gehalten wurde, machtlos, unfähig, das Sternenkönigreich zu schützen, das sie liebte. Und das, so viel stand fest, würde in den Tagen, Wochen und Monaten, die vor ihr lagen, nur noch schlimmer werden.

Früher oder später werde ich richtig dankbar *sein, wenn sich ein Fehler in die Gemüselieferungen einschleicht,* dachte sie. *Mannomann! Sind das nicht tolle Aussichten?*

»Verzeihen Sie, Ma'am.«

Michelle zuckte zusammen und blickte gedankenverloren auf, als jemand den Kopf zur Bürotür hereinsteckte. Fraglicher Kopf gehörte zu einem der sehr wenigen ihr bekannten Männer, der wahrscheinlich genauso lange in der Navy war wie Chief Warrant Officer Sir Horace Harkness – und sich in jungen Jahren vermutlich noch mehr Disziplinarstrafen eingehandelt hatte.

»Ja, Chris?« Michelles Ton war freundlich, obwohl sie jedes Mal, wenn sie Master Steward Chris Billingsley ansah, ein Stich durchfuhr.

Ihr jahrelanger Steward, Clarissa Arbuckle, hatte die *Ajax* nie verlassen. Billingsley war ihr als Clarissas Nachfolger zugeteilt worden, nachdem Michelle in Camp Charlie eingetroffen war. Gut daran war, dass Billingsley sie äußerlich so wenig an Clarissa erinnerte, wie das nur möglich sein konnte. Er war etwa im gleichen Alter wie James MacGuiness und – wie MacGuiness – ein Prolong-Empfänger erster Generation. Im Gegensatz zu Clarissa war er stämmig, massig gebaut und trug einen üppigen Bart, den er sich seit seiner Gefangennahme stehen ließ. Das hätte schon mehr als ausgereicht, um ihn vor Michelles geistigem Auge von Clarissa abzusetzen, selbst wenn die ... gewissen anderen Unterschiede nicht gewesen wären. Wie von allen Kriegsgefangenen gab es in Charlie-Sieben keine Dienstakte von Billingsley, und das war in seinem Fall vielleicht gar keine schlechte Sache, denn er war ohne Zweifel etwas, das man in der Navy stets als »Original« bezeichnet hatte.

Tatsächlich gab es in der Navy eine Vielzahl dienlicherer – und wahrscheinlich auch zutreffenderer – Begriffe, um jemanden wie Master Steward Billingsley zu beschreiben. Michelle erschien er nur viel zu liebenswert, als dass sie es übers Herz gebracht hätte, einen davon auf ihn anzuwenden. Und um fair zu bleiben, musste man sagen, dass er die meisten seiner fragwürdigen Angewohnheiten offenbar hinter sich gelassen hatte. Allerdings hatte sie ihn im Verdacht, dass er während dieses Aufenthalts auf Haven seinen Mitgefangenen gelegentlich kleinere, aber höchst begehrte Luxusartikel durch nicht ganz legale Transaktionen mit den Havies verschafft hatte. Und wenn innerhalb eines halben Lichtjahrs ein Glücksspiel stattfand – besonders, wenn es mit Würfeln zu tun hatte –, dann wusste Master Steward Billingsley, wo, kannte die anderen Spieler und hatte einen Sitz in der Runde reserviert. Außerdem war da noch die Destille, zu deren Betreibern er gehört hatte, aber nur als Ausdrucksmittel seiner gesellschaftlichen Verantwortung; sein Ziel war, das medizinische Personal des Camps mit medizinischem Alkohol zu versorgen.

Trotz seiner Umtriebe und einer Vergangenheit, von der Michelle sicher war, dass ein klischeeverliebter Romanautor sie als »bewegt« bezeichnet hätte, gehörte er zu jenen Untergebenen, der stets sowohl bei seinen vorgesetzten Offizieren als auch den untergeordneten Mannschaften und Unteroffizieren beliebt war. Fast gegen ihren Willen hatte sich Michelle für seinen unleugbaren Charme erwärmt, und das, obwohl allein seine Gegenwart sie an Clarissas *Abwesenheit* erinnerte wie an eine Wunde, die nicht richtig heilen wollte. Das jedoch war nicht einmal ansatzweise Billingsleys Fehler, und Michelle vermutete sehr, dass er begriffen hatte, was sie empfand und warum, denn er war überraschend sensibel und rücksichtsvoll, was ihre Wunden anging.

»Ich störe Sie nur ungern, Ma'am«, sagte er, »aber ein Flugwagen ist unterwegs mit ETA zwanzig Minuten, und wir haben gerade eine Nachricht aus Captain Bouviers Dienststelle erhalten. Für Sie, Ma'am.«

»Was für eine Nachricht?« Michelle kniff neugierig die Augen zusammen.

»Ma'am, Captain Bouvier richtet Ihnen Minister Theismans Grüße aus und bittet Sie, dass Sie sich möglichst bald für den Minister zur Verfügung halten.«

Die Augen, die sie zusammengekniffen hatte, wurden groß, und sie sah kurz auf Turner und McGregor. Sie wirkten so überrascht, wie Michelle sich fühlte.

»Und darf ich annehmen«, sagte sie, indem sie sich wieder Billingsley zuwandte, »dass die bevorstehende Ankunft des Flugwagens etwas mit ›möglichst bald‹ zu tun hat?«

»Das würde ich für sehr wahrscheinlich halten, Ma'am«, antwortete Billingsley ernst. »Zumal in der Nachricht von Captain Bouvier ausdrücklich verlangt wurde, dass ich für Sie einen Koffer packe, und für mich auch.«

»Verstanden.« Michelle musterte ihn kurz, dann atmete sie tief durch. »Also gut, Chris. Wenn Sie dafür sorgen wollen; Commodore Turner, Colonel McGregor und ich haben noch ein paar Einzelheiten zu besprechen, ehe ich aufbreche, wohin immer es auch geht.«

»Jawohl, Ma'am.«

Der Flugwagen traf pünktlich ein, und unter diesen Umständen fand Michelle es beachtlich, dass Billingsley und sie den Chauffeur keine zehn Minuten lang warten ließen. Sie konnte nicht sagen, ob der Pilot des Flugwagens wusste, wie kurzfristig sie von seiner bevorstehenden Ankunft unterrichtet worden waren, doch er und seine Begleiter erwarteten sie respektvoll. Die Begleitung bestand aus einem Commander der Navy in makelloser Uniform und zwei bewaffneten Marines, die den Transport eskortierten, um bei den Kriegsgefangenen jede Versuchung, die Maschine zu kapern, im Keim zu ersticken. Sie hinkte zur Einstiegsluke (ihre Beinverwundung war noch längst nicht ausgeheilt), und der Commander nahm Haltung an.

»Minister Theisman hat mich angewiesen, wegen der kurzen Vorwarnzeit um Verzeihung zu bitten, Admiral Henke«, sagte er, während er ihr höflich die Luke öffnete. Michelle bedankte sich mit einem Nicken und ließ sich auf den Sitz sinken, während Billingsley das Gepäck im Frachtraum verstaute. Auf einen Wink des Commanders kletterte der Steward auf den hintersten Sitz. Dann folgte der havenitische Offizier, schloss die Luke und nahm auf dem Sitz Michelle gegenüber Platz, während der Wagen zurück in die Luft stieg.

»Minister Theisman lässt mich außerdem ausrichten, er glaube, dass Sie den Grund für die Hast verstehen werden, nachdem Sie Gelegenheit zu einem Gespräch mit ihm hatten, Ma'am«, fügte er hinzu.

»Darf ich daraus schließen«, entgegnete Michelle, den Kopf mit leisem Lächeln zur Seite geneigt, »dass wir bereits zu einem Treffen mit dem Minister fliegen?«

»Jawohl, Ma'am. Ich glaube, das dürfen Sie daraus schließen«, erwiderte der Commander.

»Und der Flug zu diesem Treffen wird wie lange dauern?«

Der Commander blickte auf sein Chrono und sah zu ihr auf.

»Ich glaube, wir werden in dreiundvierzig Minuten eintreffen, Ma'am.«

»Verstanden.« Dreiundvierzig Minuten reichten nicht für einen Flug nach Nouveau Paris, der Hauptstadt, und das warf mehrere interessante Fragen auf. Allerdings erschien es ihr nicht sehr wahrscheinlich, dass der höfliche junge Commander die Antworten darauf wusste. Oder dass er, wenn dem doch so war, es zugegeben hätte.

»Danke, Commander«, sagte sie, lehnte sich in den bequemen Sitz und sah durch die Armoplastkanzel zu, wie die vom Wind gekrauste blau-weiße Wasserfläche des Vaillancourt-Meers unter ihnen hinwegzog.

Obwohl Michelle seit ihrer Gefangennahme stets mit großer Höflichkeit behandelt worden war, waren ihre Nerven angespannt, als der Flugwagen auf ein Landefeld niederging, das zu einem großen, ausgedehnten Anwesen auf einer zerklüfteten Landzunge gehörte, die ins Vaillancourt-Meer ragte. Die Brandung schlug gegen die steilen Klippen und sandte weiße Gischt hoch in die Luft, in der Seevögel – oder ihre hiesigen Entsprechungen – kreisten und auf dem starken Wind segelten. Allerdings waren es weder die Vögel noch die Brandung, die Michelle nervös machten, sondern die Stingships, die am Rand des Landefelds abgestellt waren, und die leichten Panzerfahrzeuge, die die Landzugänge des Anwesens bewachten.

Als der Flugwagen präzise aufsetzte, blickte sie durch die Kanzel hoch und entdeckte ein weiteres Stingship über dem Anwesen in der Luft, wo es wachsam auf Kontragrav schwebte. Dieses Ausmaß an offensichtlicher Absicherung hätte sie selbst dann nervös gemacht, sagte sie sich, wenn sie keine Kriegsgefangene gewesen wäre.

»Wenn Sie mir bitte folgen wollen, Admiral«, murmelte der Commander, als die Einstiegsluke sich öffnete und die Rampe hinausfuhr.

»Und Master Steward Billingsley?« Mit Freude stellte sie fest, dass ihr die Nervosität wenigstens nicht an der Stimme anzumerken war.

»Wie ich es verstanden habe, Ma'am, werden Sie hier wahrscheinlich zumindest den Abend verbringen, und Master Steward Billingsley wird zu Ihrem Quartier gebracht, wo er alles herrichten kann, bis Sie dort sind. Wäre Ihnen das so recht, Ma'am?«

Ihm gelang es, die Frage so zu stellen, als hätte sie tatsächlich eine Wahl, und Michelle lächelte matt.

»Das wäre mir sehr recht, Commander. Vielen Dank«, sagte sie ernst.

»Keine Ursache, Admiral. Hier entlang bitte.«

Er wies graziös auf das Hauptgebäude des Anwesens, und sie nickte.

»Gehen Sie voran, Commander.«

Der Commander führte sie über einen gepflegten Rasen zu einer altmodischen, unmotorisierten Flügeltür – die ein offenbar tüchtiger Posten bewachte, der Zivilkleidung anstatt Uniform trug, und dann durch einen kurzen Korridor. Vor einer weiteren Flügeltür blieb er stehen – sie bestand aus einem exotischen, handpolierten Holz, das ohne Zweifel auf Haven geschlagen worden war – und klopfte sanft an.

»Ja?«, fragte eine Stimme von der anderen Seite.

»Admiral Henke ist jetzt da«, sagte der Commander.

»Dann bitten Sie sie herein«, antwortete die Stimme.

Thomas Theisman gehörte die Stimme nicht. Sie war weiblich, und obwohl die geschlossene Tür sie dämpfte, klang sie vage vertraut. Dann öffnete sich die Tür, Michelle trat hindurch, und sah sich Präsidentin Eloise Pritchart gegenüber.

Vor Überraschung zögerte Michelle einen Augenblick, doch dann fasste sie sich und betrat den Raum. Mindestens einen weiteren Leibwächter in Zivilkleidung entdeckte Michelle, eine Frau diesmal, und angesichts von Pritcharts Anwesenheit ergaben die Sicherheitskräfte überall auf dem Anwesen durchaus Sinn. Michelle lief dieser Gedanke noch durch den Hinterkopf, dann streckte Pritchart die Hand zum Gruß aus, und Thomas Theisman erhob sich von einem Sessel hinter der stehenden Präsidentin.

»Madame Präsidentin«, murmelte Michelle und gestattete sich einen überraschten Blick, als sie die dargebotene Hand ergriff.

»Die kleine Täuschung tut mir leid, Admiral«, sagte Pritchart mit charmantem Lächeln. »Sie richtete sich weniger gegen Sie als vielmehr gegen andere, die sich vielleicht wundern, wo Sie sind oder mit wem Sie reden. Offen gesagt war sie *wahrscheinlich* überhaupt nicht nötig. Unter den gegebenen Umständen bin ich aber lieber etwas zu vorsichtig als zu achtlos.«

»Sie vergeben mir gewiss, wenn ich entgegne, dass das alles gehörig geheimnisvoll klingt, Madame Präsidentin.«

»Das glaube ich sofort.« Pritchart lächelte wieder, gab Michelles Hand frei und wies einladend auf bequem aussehende Sessel, die dem gegenüberstanden, von dem sich Theisman gerade erhoben hatte. »Bitte nehmen Sie Platz. Ich werde versuchen, den Schleier des Geheimnisses wenigstens ein kleines Stück zu lüften.«

Michelle gehorchte dem höflichen Befehl. Der Sessel war tatsächlich so bequem, wie er aussah, und sie lehnte sich zurück und sah zwischen Theisman und Pritchart hin und her. Die Präsidentin erwiderte ihren Blick kurz, dann drehte sie den Kopf und sah die Leibwächterin an, die hinter ihr stand.

»Schalten Sie die Rekorder ab, Sheila.«

»Madame Präsidentin, die Rekorder sind bereits ...«, begann die Leibwächterin, doch Pritchart schüttelte lächelnd den Kopf.

»Sheila«, schalt sie, »ich weiß ganz genau, dass Ihr persönlicher Rekorder noch eingeschaltet ist.« Die Leibwächterin sah sie an, und die Präsidentin drohte ihr schelmisch mit dem Finger. »Ich halte Sie keineswegs für eine Spionin, Sheila«, sagte sie trocken, »aber ich weiß, dass es bei der Wachabteilung Standardvorgehensweise ist, alles mitzuschneiden, was in meinem Beisein vorgeht, damit es eine Aufzeichnung gibt, falls ich von einem verirrten Mikrometeoriten erschlagen werde oder eine tollwütige Möwe es schafft, an meinen unermüdlichen Wächtern vorbeizukommen, und sich auf mich stürzt. Im aktuellen Fall allerdings lassen wir das bleiben.«

»Jawohl, Ma'am«, sagte die Leibwächterin nach einem Augenblick mit deutlichem Widerstreben. Sie berührte eine Stelle an ihrem Revers, dann legte sie die Hände auf den Rücken und nahm eine Haltung ein, die beim Militär »Rührt-Euch-Stellung« genannt worden wäre.

»Danke, Sheila.« Pritchart wandte sich wieder Michelle zu.

»Wenn es Ihr Ziel war, meine volle Aufmerksamkeit zu erlangen, so haben Sie es erreicht, Madame Präsidentin«, sagte Michelle trocken.

»Das war nicht der Zweck der Übung, aber ich werde mich nicht über die Wirkung beklagen«, antwortete Pritchart.

»Darf ich dann fragen, worum es geht?«

»Gewiss, aber ich fürchte, die Sache ist ein wenig kompliziert.«

»Irgendwie überrascht es mich nicht sehr, das zu hören, Madame Präsidentin.«

»Nein, das habe ich auch nicht angenommen.« Pritchart lehnte sich in ihren Sessel zurück, und mit ihren topasfarbenen Augen musterte sie Michelle aufmerksam einige Sekunden lang, als ordnete sie ihre Gedanken. Dann gab sie sich einen leichten Ruck.

»Ich hoffe, Sie erinnern sich noch an unser Gespräch in Ihrem Krankenzimmer, Admiral«, begann sie. »Damals habe ich gesagt, dass mir der Gedanke gefallen würde, eine Möglichkeit zur Beendigung der Kämpfe zu finden, ohne dass die eine Seite dazu die andere Seite auslöschen muss.«

Als sie innehielt, nickte Michelle.

»Ich halte es zumindest für möglich, dass uns das gelingt. Oder dass wenigstens eine Chance dafür besteht«, fuhr die Präsidentin leise fort.

»Wie bitte?« Michelle lehnte sich vor; plötzlich waren ihre Augen ganz schmal.

»Admiral Henke, wir haben Berichte über Ereignisse im Talbott-Sternhaufen erhalten.« Michelles Gesicht verriet, wie sehr Pritcharts anscheinender Themenwechsel sie verwirrte, und die Präsidentin schüttelte den Kopf. »Hören Sie mir zu, Admiral. Ich versichere Ihnen, es ist wichtig.«

»Selbstverständlich, Madame Präsidentin, wenn Sie es sagen«, erwiderte Michelle ein wenig zweifelnd.

»Wie gesagt, wir haben Berichte über bestimmte Vorfälle im Talbott-Sternhaufen erhalten«, nahm Pritchart den Faden wieder auf. »Ich fürchte, dass es nicht gerade angenehme Neuigkeiten sind, aus Ihrer Sicht jedenfalls, Admiral. Vor Ihrer Gefangennahme waren Sie gewiss besser als wir darüber informiert, dass sich auf zwei oder drei Planeten im Sternhaufen sogenannte ›Widerstandsgruppen‹ formiert haben. Wir haben selbstverständlich unser Bestes getan, um die Situation zu überwachen, denn offensichtlich nutzt uns alles, was Aufmerksamkeit und Ressourcen des Sternenkönigreichs von uns ablenkt. Allerdings genoss dieser Einsatz nicht die gleiche Priorität wie andere nachrichtendienstlichen Aktivitäten, und wir haben bei Weitem kein komplettes Lagebild. In den letzten Tagen haben sich unsere Prioritäten allerdings dramatisch verschoben.«

»Und was wäre dafür der Grund ...?«, forderte Michelle die Präsidentin gehorsam zum Weitersprechen auf, als Pritchart schwieg.

»Der Grund, Admiral, ist Folgender: Nach den Informationsquellen, die wir unterhalten, hat einer Ihrer Sternenschiffkommandanten Beweise entdeckt, die seiner Meinung nach belegen, dass diese ›Widerstandsbewegungen‹ von jemandem außerhalb des Sternhaufens versorgt und manipuliert worden sind. Offenbar hält er die Republik Monica für den Urheber dieser Manipulation und hat ungenehmigt eine Präventivoperation gegen Monica begonnen, um ihre Einmischung zu verhindern.«

Michelle starrte Pritchart an, unfähig, ihr Erstaunen zu verbergen.

»Obwohl unsere Informationen so unvollständig sind«, fuhr Pritchart fort, »treten einige Tatsachen deutlich zutage. Darunter natürlich, dass Monica schon seit langer Zeit als verlängerter Arm des solarischen Office of Frontier Security dient, was sehr darauf hinweist, dass das OFS auch in die Vorgänge im Talbott-Sternhaufen verwickelt ist. Vorausgesetzt natürlich, dass die Vermutungen Ihres Captains sich als zutreffend erweisen. Die zweite Tatsache besteht, wie ich fürchte, darin, dass bei einem Präventivschlag gegen Monica Ihr Sternenkönigreich sich durchaus auf eine bewaffnete Auseinandersetzung mit der Navy der Solaren Liga gefasst machen könnte.«

Die Präsidentin verstummte, schlug die Beine über und lehnte sich zurück, den Kopf zur Seite geneigt. Ganz offensichtlich wollte sie Michelle Zeit geben, den schlimmsten anfänglichen Schock zu überwinden und zu erfassen, was sie gerade gehört hatte. Michelle zwang sich, nicht zu schlucken, als ihr die Konsequenzen klar wurden. Sie vermochte sich nicht vorzustellen, welche Beweiskette einen auch nur halbwegs geistig gesunden Captain der Royal Manticoran Navy zu einem Unternehmen bewegen sollte, die sich ohne Weiteres in eine direkte Konfrontation mit der stärksten Flottenmacht in der Geschichte der Menschheit entwickeln konnte.

Na ja, zumindest der größten, sagte eine starrsinnige leise Stimme in ihrem Hinterkopf. *Die Berichte des ONI beharren darauf, dass die SLN noch immer keine neuartigen Kompensatoren hat, kein Überlichtcom, keine brauchbaren Raketengondeln oder gar Gondelleger, und – vor allem – keine Mehrstufenraketen. Was die Liga allerdings* hat, *das sind etwa zwotausendeinhundert Superdreadnoughts im aktiven Dienst, eine Reserveflotte von wenigstens zwo- bis dreifacher Größe und die umfassendste industrielle und technologische Infrastruktur, die es gibt ... und ungefähr zwotausend voll entwickelte Sonnensysteme. Und natürlich kann sie den gesamten Rand ausbeuten.*

Michelle wusste, dass einige der ... enthusiastischen taktischen Denker innerhalb der RMN schon seit Jahren anführten, dass durch die Fortschritte in der Militärtechnik, die das Sternenkönigreich in dem mehr als ein halbes Jahrhundert anhaltenden Rüstungswettlauf mit Haven erzielt hatte, die gesamte Liga-Navy hoffnungslos überholt sei. Sie selbst war weniger davon überzeugt als diese Enthusiasten, dass Manticores klarer Vorsprung auf vielen Gebieten einen Vorsprung in *allen* Bereichen bedeutete. Dennoch zweifelte sie keine Sekunde, dass jeder manticoranische Kampfverband jede vergleichbare solarische Streitmacht zusammenschießen konnte, ohne dass irgendjemand an Bord in Schweiß ausbrach. Im Gegensatz zu den Enthusiasten bezweifelte sie allerdings sehr (milde ausgedrückt), dass sämtliche taktischen Vorteile Manticores zusammengenommen den gewaltigen strategischen *Nachteil* ausgleichen konnten, der sich aus dem Unterschied zwischen der manticoranischen und der solarischen Bevölkerungszahl sowie ihren jeweiligen Ressourcen und Industriebasen ergab.

Und die Technologie der Sollys ist grundsätzlich auch nicht zu verachten. Wir haben vielleicht einen leichten Vorsprung, den wir dem Druck verdanken, den die Gefahr des Krieges mit Haven seit wenigstens fünfzig Jahren auf alle Forschungsgebiete ausübt, aber selbst wenn, dann ist er hauchdünn. Und wenn die solarische Navy einmal aufwacht und Lunte riecht, hat die Liga sehr viele Wissenschaftler und Ingenieure, die sich an die Arbeit setzen, um die Lücke zu schließen. Ganz zu schweigen von der Schiffbaukapazität, wenn sie sich je organisiert. Übrigens sind auch die Systemabwehrverbände etlicher Mitgliedssysteme der Liga schon seit Langem erheblich innovativer als das höhere Offizierskorps der SLN. Was sie sich ausgedacht haben, lässt sich überhaupt nicht mutmaßen, oder wie lange es dauert, bis sie ihrerseits kleine Überraschungen für uns entwickelt haben, nachdem wir der SLN erst einmal eins auf die Nase gegeben haben. Und einige dieser Systemabwehrverbände sind verdammt noch mal fast so groß – oder größer – als unsere gesamte Navy vor dem Flottenausbau durch Onkel Roger.

Sie bemerkte, wie sie das Gleichgewicht wiedererlangte, nachdem der Schock über Pritcharts Neuigkeiten ein wenig nachzulassen begonnen hatte. Dennoch, welcher Irre …

»Verzeihen Sie, Madame Präsidentin«, sagte sie schließlich, »Sie erwähnten, dass einer unserer Kommandanten in die Angelegenheit verwickelt sei. Wissen Sie zufällig, welcher Captain?«

»Thomas?« Pritchart sah Theisman an, eine Augenbraue hochgezogen, und der Kriegsminister lächelte ein wenig scharf.

»Nach unseren Berichten, Admiral, werden Sie den Namen wahrscheinlich ebenso wiedererkennen wie ich. Der Mann heißt Terekhov – Aivars Terekhov.«

Gegen ihren Willen riss Michelle die Augen erneut auf. Sie war Aivars Aleksowitsch Terekhov nie begegnet, doch seinen Namen kannte sie. Und sie war nicht überrascht, dass es dem havenitischen Kriegsminister genauso ging; nicht nach Terekhovs Leistungen in der Schlacht von Hyacinth und der persönlichen Entschuldigung Theismans wegen der Gräueltaten, die die Systemsicherheit an Terekhovs Überlebenden nach der Gefangennahme verübt hatte. Wie aber konnte sich ein Offizier von Terekhovs Können und Erfahrung darin verrennen, aktive Feindseligkeiten mit der Solaren Liga heraufzubeschwören?

»Ich glaube, angesichts der Tatsache, dass es Captain Terekhov ist«, fuhr Theisman fort, als hätte er ihre Gedanken gelesen, »müssen wir erstens annehmen, dass er seine Beweise als absolut stichhaltig betrachtet, und zwotens, dass er zu dem Schluss gekommen sein muss, nur eine schnelle, entscheidende Aktion – die vermutlich im Keim ersticken soll, was geplant ist – könnte Schlimmeres verhüten. Natürlich aus Ihrer Perspektive gesehen.«

Ach, vielen Dank für diese kleine Einschränkung, Herr Minister!, dachte Michelle gereizt.

Pritchart bedachte Theisman mit einem gemäßigt vernichtenden Blick, als wollte sie ihn für die Taktlosigkeit seines letzten Satzes tadeln. Oder, überlegte Michelle, sie wollte, dass ihr »Gast« *glaubte,* sie tadele den Kriegsminister, während seine Bemerkung sorgsam geplant gewesen war. Nichts von diesen Gedanken stellte allerdings in irgendeiner Weise den Wahrheitsgehalt seiner Bemerkung infrage, vorausgesetzt, man sagte ihr überhaupt die Wahrheit. Ließ man die ungeklärten Fragen, was die diplomatische Kommunikation vor Kriegsausbruch anging, einmal beiseite, konnte sich Michelle nicht vorstellen, was sie sich davon versprechen sollten, eine Kriegsgefangene zu belügen.

»Darf ich fragen, weshalb Sie mir das alles eigentlich sagen?«, fragte sie nach einigen Sekunden.

»Weil ich möchte, dass Sie sich genau im Klaren sind, wie

ernst die strategische Position des Sternenkönigreichs gerade geworden ist, Admiral«, sagte Pritchart leise und sah sie an. Michelle stellte innerlich die Stacheln auf, doch Pritchart fuhr im gleichen ruhigen Ton fort: »Admiral Henke, ich vermute sehr, dass ein Offizier Ihres Dienstalters, der direkt unter der Herzogin Harrington gedient hat und enge Familienbande zur Königin besitzt, Zugriff auf die Geheimberichte hat, in denen unsere derzeitige zahlenmäßige Überlegenheit dargelegt wird. Mir ist durchaus klar, dass die Manticoranische Allianz uns technisch weiterhin entscheidend überlegen ist, und ich müsste lügen, wenn ich behaupten würde, Thomas und ich seien uns sicher, dass unsere zahlenmäßige Überlegenheit ausreicht, um Ihre technische Überlegenheit auszugleichen. Das glauben wir zwar, oder wir halten es bald für möglich; beide hatten wir jedoch zu viele persönliche und außerordentlich unangenehme Erfahrungen mit der ... – sagen wir, der Unverwüstlichkeit Ihrer Navy.

Doch jetzt ist ein neuer Faktor in die Gleichung gekommen. Weder Sie noch ich können im Moment sagen, welche Folgen – langfristig oder kurzfristig – Captain Terekhovs Aktion zeitigen wird. Angesichts des allgemeinen Arroganzquotienten der Solaren Liga, was ›Neobarbaren‹ wie das Sternenkönigreich und die Republik angeht, halte ich es durchaus für möglich, dass lokale Liga-Gouverneure und -Admirale reagieren werden, ohne zu bedenken, wie vernichtend die technische Überlegenheit Ihrer Navy sich auf *sie selbst* auswirken könnte. Mit anderen Worten, die Möglichkeit, dass Manticore sich in eine letztendlich tödliche Konfrontation mit der Liga verstrickt, ist meiner Einschätzung nach sehr reell.«

»Und«, sagte Michelle, sehr bemüht, ihre Verbitterung zu unterdrücken, »angesichts des großen Ablenkungspotenzials von alldem haben Sie die Berechnung Ihrer Erfolgsaussichten aufgrund Ihrer zahlenmäßigen Überlegenheit gewiss nach oben korrigiert, Madame Präsidentin.«

»Um ganz offen zu sein, Admiral«, antwortete Theisman, »bestand die erste Reaktion meiner Auswerter im Neuen Oktagon allein in der Frage, ob wir die Offensive sofort beginnen oder noch ein wenig abwarten sollten in der Hoffnung, dass eine Verschlechterung der Lage im Talbott-Sternhaufen Sie zwingt, sich an unserer Front weiter zu schwächen, und dann erst zuzuschlagen.«

Er sah ihr offen in die Augen, und sie konnte es ihm nicht verübeln. An seiner Stelle hätte sie genau die gleichen Überlegungen angestellt.

»Das war der erste Gedanke der Auswerter«, sagte Pritchart. »Und ich fürchte, auch meiner. Ich habe zu viele Jahre unter dem alten Regime als Volkskommissarin der Volksflotte verbracht, um nicht in diesen Bahnen zu denken. Doch dann kam mir eine andere Idee ... Lady Gold Peak.«

Der plötzliche Wechsel der Anredeform traf Michelle unvorbereitet. Sie rückte zurück, schob sich tief in die physisch behagliche Umarmung ihres Sessels, während sie sich fragte, was das zu bedeuten hatte.

»Und diese Idee wäre, Madame Präsidentin ...?«, fragte sie mit Argwohn in der Stimme.

»Mylady, in Ihrem Krankenzimmer war ich vollkommen offen zu Ihnen. Ich möchte diesen Krieg beenden, und ich würde es aufrichtig vorziehen, wenn es sich bewerkstelligen ließe, ohne mehr Menschen zu töten – auf beiden Seiten – als unbedingt erforderlich. Und weil mir das so viel lieber wäre, habe ich Ihnen einen Vorschlag zu machen.«

»Was für einen Vorschlag?«, fragte Michelle und betrachtete Pritcharts Gesicht aus zusammengekniffenen Augen.

»Wie ich Ihnen bereits sagte, haben wir in Betracht gezogen, Gefangenenaustausche vorzuschlagen. Ich möchte Ihnen anbieten, dass ich Sie freilasse, damit Sie ins Sternenkönigreich zurückkehren können, wenn Sie bereit sind, uns Ihr Wort zu geben, so lange nicht aktiv an Operationen gegen die Republik teilzunehmen, bis Sie ordnungsgemäß gegen einen unserer Offiziere in manticoranischem Gewahrsam ausgetauscht sind.«

»Warum?«, fragte Michelle rau.

»Weil ich, offen gesagt, eine Botschafterin brauche, der Ihre Königin vielleicht wirklich zuhört. Jemanden, die ihr nahe genug ist, um eine Botschaft zu übermitteln, die sich die Queen wenigstens anhört, auch wenn sie von mir stammt.«

»Und worin würde diese Botschaft bestehen?«

Michelle wappnete sich. Das Temperament ihrer Cousine Elizabeth war zu recht berühmt ... oder eher berüchtigt. In vielerlei Hinsicht war es eine ihrer Stärken – ein Teil dessen, was sie zu dem machte, was sie war, ein Teil dessen, was ihr bei den Baumkatzen den Namen »Seele-aus-Stahl« erworben hatte. Gleichzeitig war es, in Michelles Augen wenigstens, ihre größte Schwäche. Michelle machte sich nur geringe Illusionen, wie Elisabeth III. von Manticore reagieren würde, wenn die Republik Haven ihr unter die Nase rieb, dass ihre Lage soeben hoffnungslos geworden und es an der Zeit sei, sich Gedanken über die Kapitulation zu machen.

»Diese Nachricht wäre, Mylady, dass ich als Staatsoberhaupt der Republik formell ein Gipfeltreffen vorschlage. Ein Treffen an einem neutralen Ort, den sie auswählt, bei dem wir beide über mögliche Wege zur Beendigung des gegenwärtigen Konflikts zwischen unseren Sternnationen sprechen können; wenn sie es wünscht, können auch die Umstände und der Inhalt unserer diplomatischen Vorkriegskorrespondenz Thema sein. Zusätzlich bin ich bereit, jede andere Angelegenheit zu diskutieren, die sie auf die Tagesordnung setzen möchte. Von dem Augenblick an, an dem Sie aufbrechen, um der Queen unsere

Botschaft zu überbringen, werden offensive Aktionen der Flotte eingestellt und unter keinen Umständen wieder aufgenommen, ehe die Antwort Ihrer Königin mich in Nouveau Paris erreicht.«

Irgendwie gelang es Michelle, Haltung zu bewahren; der Mund stand ihr nicht offen, doch ein sehr leichtes Funkeln in den bezwingenden Augen der Präsidentin deuteten ihr an, dass sie lieber nicht erwägen sollte, sich auf eine Laufbahn als Diplomatin oder Glücksspielerin zu verlegen.

»Mir ist klar, dass dieser Vorschlag recht überraschend kommt, Mylady«, fuhr Pritchart stark untertreibend fort. »Allerdings bleibt Ihnen meiner Ansicht nach keine Wahl, als zuzustimmen, Königin Elisabeth meine Botschaft zu übermitteln, und zwar aus einer Vielzahl von Gründen.«

»O ja, ich glaube, das kann man als gegeben ansehen, Madame Präsidentin«, erwiderte Michelle trocken.

»Das habe ich mir auch gesagt.« Pritchart lächelte matt, und nach einem Blick auf Theisman sah sie Michelle wieder in die Augen.

»Im Großen und Ganzen genießt Ihre Majestät völlige Freiheit, jeden zu den Treffen mitzubringen, für den sie sich entscheidet. Ich hoffe, dass wir in der Lage sein werden, bei den direkten Gesprächen den Beraterstab auf eine handhabbare Anzahl zu reduzieren. Was die Berater angeht, die sie mitbringt, haben wir allerdings eine sehr konkrete Bitte.«

»Und die wäre, Madame Präsidentin?«, fragte Michelle mit einem Hauch von Vorsicht.

»Wir möchten uns ausbitten, dass die Herzogin Harrington anwesend ist.«

Michelle blinzelte. Sie konnte nichts dagegen tun, aber immerhin gelang es ihr – irgendwie – zu verhindern, dass ihr Blick zu Theisman schoss, um nach seiner Reaktion auf die Worte seiner Präsidentin zu schauen. In diesem Augenblick wünschte sich Michelle Henke brennend, sie wäre eine Baumkatze und könnte in Eloise Pritcharts Kopf sehen. Aus ihrem Gespräch mit Theisman war eindeutig hervorgegangen, dass die Republik Haven – oder zumindest ihre Geheimdienste – schon vor einiger Zeit auf die Berichte in den manticoranischen Medien über die Katzen und ihre jüngst bestätigten Fähigkeiten aufmerksam geworden war. Die Haveniten wussten ferner, dass selbst dann, wenn Elizabeth einverstanden war, ihren Ariel zu Hause zu lassen, Honor eindeutig niemals ohne Nimitz anreisen würde. Theisman konnte persönlich bezeugen, wie tief die Verbindung zwischen Honor und Nimitz ging. Daher lud Pritchart sehenden Auges jemanden mit einem lebendigen Lügendetektor zu ihren Gesprächen mit der Monarchin der Sternnation ein, mit der sich die ihre gegenwärtig im Kriegszustand befand. Es sei denn natürlich, Michelle hätte voraussetzen wollen, dass jemand von Pritcharts offenkundiger Tüchtigkeit und mit einem Berater wie Thomas Theisman irgendwie nicht begriff, was sie gerade getan hatte.

»Wenn die Königin Ihren Vorschlag annimmt, Madame Präsidentin«, sagte Michelle, »dann kann ich mir nicht vorstellen, dass sie einen Vorbehalt hätte, die Herzogin von Harrington in ihre Delegation aufzunehmen. Was das angeht, aber ich spreche hier nur meine eigene Meinung aus, glaube ich, dass Ihrer Hoheit einzigartiger Status sowohl im Sternenkönigreich als auch auf Grayson sie zur idealen Teilnehmerin eines solchen Gipfeltreffens macht.«

»Und Sie glauben, Ihre Majestät wird meinen Vorschlag annehmen, Admiral Gold Peak?«

»Darüber, Madame Präsidentin«, erwiderte Michelle offen, »möchte ich nicht einmal spekulieren.«

FÜNF

Das Gesicht, das Aivars Terekhov aus dem Spiegel ansah, war schmaler und hohlwangiger als das, an das er sich erinnerte. Es erinnerte ihn an das Gesicht, das er gesehen hatte, nachdem er als heimkehrender Kriegsgefangener nach Manticore repatriiert worden war. Die zurückliegenden Monate mochten vielleicht nicht so schlimm gewesen sein wie dieser Albtraum, aber trotzdem hatten sie – besonders die letzten anderthalb Monate seit dem Aufbruch von Montana – ihre Spuren hinterlassen, und seine blauen Augen musterten ihr eigenes Spiegelbild, als könnten sie dort ein Vorzeichen auf die Zukunft finden.

Wonach er aber auch suchte, er fand es nicht ... wieder nicht. Seine Nasenflügel blähten sich, als er mit beißender Belustigung über seine eigenen Gedanken schnaubte, und er spritzte sich kaltes Wasser ins Gesicht. Dann straffte er seinen Rücken, trocknete sich das Gesicht ab und griff nach dem frischen Uniformhemd, das Chief Steward Joanna Agnelli ihm hingelegt hatte. Als er es überzog, spürte er die sinnliche Wärme, mit der es ihm über die Haut glitt, dann verschloss er es und betrachtete sich ein letztes Mal im Spiegel.

Keine Veränderung, dachte er. *Diesmal nur ein Mann mit Hemd.*

Doch der Mann im Spiegel war nicht einfach »nur ein Mann mit Hemd«, und Terekhov wusste es. Er war wieder *Captain* Terekhov, Kommandant des Schweren Kreuzers Ihrer Majestät *Hexapuma.*

Wenigstens vorerst, rief er sich ins Gedächtnis und sah zu, wie im Spiegel seine Lippen sich kurz zu einem Ausdruck krümmten, der fast als Lächeln durchgehen konnte.

Er wandte sich von dem Spiegel ab und trat aus seinem privaten Waschraum in sein Schlafzimmer. Die Tür zu seinem

Arbeitszimmer stand einen Spalt weit offen, und er konnte Commander Ginger Lewis, seinen diensttuenden Ersten Offizier, und Lieutenant Commander Amal Nagchaudhuri sehen, den Signaloffizier der *Hexapuma*, die auf ihn warteten. Er hielt noch einen Augenblick inne, dann holte er tief Luft, vergewisserte sich, dass er sein »zuversichtliches Kommandantengesicht« aufgesetzt hatte, und trat hinaus.

»Guten Morgen«, sagte er und winkte ihnen, Platz zu behalten, als sie sich erheben wollten.

»Guten Morgen, Sir«, antwortete Lewis für beide.

»Ich nehme an, Sie haben schon gefrühstückt?«

»Jawohl, Sir.«

»Nun, ich leider nicht, und Joanna wird unleidlich, wenn ich nichts esse. Falls es Sie nicht stört, kaue ich als gehorsamer kleiner Captain etwas, während wir die Morgenberichte durchgehen.«

»Ich werde mich hüten, mich zwischen Chief Agnelli und ihre Ansichten zu stellen, wie Kommandanten richtig zu ernähren sind, Sir«, sagte Lewis grinsend. Nagchaudhuri lächelte ebenfalls, obwohl nicht jeder diensttuende Erste Offizier sich dabei wohlgefühlt hätte, Scherze zu machen, die man so auslegen konnte, dass sie auf Kosten des Kommandanten gingen, und Terekhov lachte leise.

»Wie ich sehe, sind Sie eine weise Frau«, stellte er fest und setzte sich an seinen Schreibtisch. Das Terminal war heruntergeklappt und gab ihm eine Fläche zum Arbeiten oder – in seinem Fall – für etwas anderes, und Chief Steward Agnelli erschien so schnell und leise, als hätte der Captain eine Lampe gerieben, um sie herbeizubeschwören.

Mit flinker Effizienz, die Terekhov stets an einen Bühnenzauberer denken ließ, der sein Publikum verwirren will, warf Agnelli ein weißes Leinentuch über den Tisch, stellte einen Teller mit einer Schale voll kaltem Müsli und Obst genau in die

Mitte, daneben eine kleine Karaffe mit Milch, einen Teller mit dampfenden Muffins, eine Butterdose, ein schlankes Glas mit gekühltem Tomatensaft, eine Kaffeetasse und eine dampfende Kanne. Zur Krönung legte sie Besteck und eine schneeweiße Serviette aus. Einen Augenblick lang musterte sie ihr Werk, dann rückte sie das Besteck zurecht.

»Summen Sie nach mir, wenn Sie fertig sind, Sir«, sagte sie und zog sich zurück.

Terekhov ertappte sich, wie er wieder nach dem Rauchwölkchen Ausschau hielt, in das sich sein freundlicher Hausgeist aufgelöst hatte. Dann schüttelte er den Kopf, griff nach der Milch und goss sie über das Müsli.

»Bei allem schuldigen Respekt, Sir, das sieht mir nach keinem besonders üppigen Frühstück aus«, stellte Lewis fest.

»Vielleicht nicht«, räumte Terekhov ein, dann sah er sie scharf an. »Andererseits esse ich gewöhnlich nicht mehr zum Frühstück, Ginger. Und ich falle nicht gerade vom Fleische, falls Sie subtil danach fragen wollten.«

»Ja, das wollte ich wohl.«

Wenn Lewis nun Verlegenheit empfand, so ließ sie es sich nicht anmerken, und Terekhov schüttelte den Kopf. Ginger Lewis sah aus wie eine jüngere Version seiner Frau Sinead, deren Porträt hinter dem weiblichen Commander an der Wand hing. Sie war sogar genauso selbstbewusst wie Sinead. Manchmal kam es Terekhov geradezu so vor, als *kanalisierte* sie Sinead zu ihm.

»Nun, dann betrachten Sie die Antwort als nicht ganz so subtil«, sagte er, und sein Tonfall machte deutlich, dass er ihr keinen Rüffel erteilte. »Und während ich meine bescheidene – aber gesunde, *sehr* gesunde – Mahlzeit verzehre, können Sie beide schon anfangen und mir sagen, was ich wissen möchte.«

»Jawohl, Sir.«

Lewis zog ihren Minicomp hervor und rief die erste von mehreren Notizen auf, die sie zusammengestellt hatte.

»Erstens«, sagte sie, »die Krankenliste. Lieutenant Sarkozy hat noch immer siebenundzwanzig Patienten im Lazarett, aber sie erwartet, im Laufe des Tages drei davon entlassen zu können. Damit sind ... acht von unseren Leuten und zwölf von der *Warlock* und der *Aria* wieder dienstfähig. Sie sagt ferner, dass Lajos in den nächsten zwo oder drei Tagen wieder Dienst tun kann.«

»Gut«, sagte Terekhov. Surgeon Lieutenant Ruth Sarkozy war vor der brutalen Schlacht von Monica die Schiffsärztin von HMS *Vigilant* gewesen. Die *Vigilant* gehörte zu den sechs Schiffen, die Terekhov in dem Gefecht verloren hatte, und Sarkozy war eine der Überlebenden, was sich aus einer ganzen Reihe von Gründen als günstig erwiesen hatte. Surgeon Commander Lajos Orban, der Schiffsarzt der *Hexapuma*, war zum Beispiel unter den zweiunddreißig Verwundeten an Bord von Terekhovs Schiff gewesen. Sarkozy hatte sich als überragender Ersatz für ihn erwiesen – ein Punkt, der von Terekhov in den Entwürfen seiner Gefechtsberichte herausgestrichen worden war –, aber wie viele seiner Überlebenden spürte sie offensichtlich die Last, die sich einstellt, wenn man die Arbeit zu vieler Leute tut. Sie musste sogar noch erleichterter sein als sonst jemand, dass Orban sich so weit erholt hatte, dass er das Lazarett verlassen konnte! Zum Glück waren seine Wunden zwar schrecklich, aber weniger ernst, als es beim ersten Eindruck aussah. Mithilfe von Schnellheilung hatte Sarkozy ihn nach nicht einmal einer Woche wieder auf die Beine gebracht (wenngleich auf sehr wacklige), womit er weitaus besser dastand als Leute wie Naomi Kaplan, der Taktische Offizier der *Hexapuma*, die nach wie vor nur zeitweise ins Bewusstsein fand.

Und Lajos hatte noch erheblich mehr Glück gehabt als die vierundsiebzig Besatzungsmitglieder der *Hexapuma*, die im Gefecht getötet worden waren.

»Ansten wird noch eine ganze Weile lang nicht wieder auf den Beinen sein«, fuhr Lewis fort. »Natürlich behauptet er, er könnte ›schon morgen‹ wieder den Dienst antreten. Allen anderslautenden Gerüchten zum Trotz bin ich nicht so machtgierig, dass ich länger als unbedingt notwendig diensttuender Eins-O bleiben will, aber irgendwie fürchte ich, dass es noch eine Weile dauern wird. Lieutenant Sarkozy hat ihm erlaubt, das Lazarett zu verlassen und in seiner eigenen Koje zu liegen, aber ich glaube, das war nur, weil sie das Krankenbett braucht. Und weil er sie sonst wahrscheinlich in den Wahnsinn getrieben hätte.« Ihre Lippen zuckten. »Er ist nicht gerade ... der bravste Patient in der Geschichte der Milchstraße.«

Terekhov hatte gerade von seinem Tomatensaft getrunken, und sein unwillkürliches belustigtes Schnauben wäre beinahe zu einer Garderobenkatastrophe geworden. Zum Glück konnte er das Glas noch rechtzeitig senken, ohne sich den ganzen Tomatensaft über das Uniformhemd zu sprühen.

Ansten FitzGerald den »nicht gerade bravsten Patienten« zu nennen bildete eines der schönsten Beispiele für schwere Untertreibung, die ihm in letzter Zeit untergekommen waren. Der Erste Offizier der *Hexapuma* war vom Grundmuster seiner Persönlichkeit her unfähig, seiner Pflicht auch nur einen Augenblick länger fernzubleiben als unbedingt nötig. Er gehörte zu jenen Menschen, die angesichts eines physischen Traumas mit großem Groll entdeckten, dass ihr Körper ohne Wenn und Aber eine gewisse Erholungszeit *verlangte*, in der er sich wieder funktionstüchtig machte.

»Zum Teil liegt das daran«, sagte Terekhov so ernst er konnte, während er sich mit der Serviette die Lippen abtupfte, »dass Ansten weiß, wie knapp an Personal wir sind. Wir alle. Und natürlich«, er senkte die Serviette und grinste schief, »hat er so viel starrsinnige Hartnäckigkeit, dass es für drei beliebige andere Personen ausreichen würde.«

»Soll ich das als Hinweis auffassen, dass Sie nicht wünschen, dass ich ihm heute Nachmittag seinen Job zurückgebe, Sir?«

»Offen gesagt würde mir nichts größere Freude bereiten, als das zu veranlassen«, erwiderte Terekhov. »Glauben Sie mir, Ginger, ich weiß genau, dass Sie im Technischen Leitstand schon genug zu tun haben, ohne sich auch noch einen zwoten Job aufbürden zu müssen. Trotzdem schirre ich Ansten erst wieder an, wenn Sarkozy – oder Lajos – mir sagen, dass ich es tun kann, ganz gleich, was er selber darüber denkt.«

»Ich will nicht so tun, als wäre ich nicht gern wieder auf Vollzeit Leitende«, sagte Lewis, »aber ich gebe Ihnen recht, was Ansten betrifft. Soll ich es ihm vorsichtig beibringen, Sir, oder sagen Sie es ihm selbst?«

»Die feige Seite in mir möchte es Ihnen überlassen. Leider habe ich so eine vage Erinnerung, dass man mir auf Saganami Island erklärt hat, es gebe bestimmte Pflichten, die ein kommandierender Offizier nicht auf Untergebene abwälzen darf. Ich nehme an, darunter fällt auch die Konfrontation mit Ansten.«

»Ich bewundere Ihren Mut, Sir.«

»Das sollten Sie auch«, sagte Terekhov mit gebührender Bescheidenheit, dann wandte er sich Nagchaudhuri zu.

»Etwas Neues von den Monicanern heute Morgen, Amal?«

»Nein, Sir.« Der hochgewachsene, fast albinobleiche Signaloffizier verzog das Gesicht. »Sie haben Ihre Forderung wiederholt, dass wir das System streng nach Zeitplan verlassen, aber das ist auch alles. Bisher.«

»Nichts weiter über eine aus ›medizinischen Gründen‹ notwendige Evakuierung von Zivilisten aus Eroica, mit der sie uns gestern gekommen sind?«

»Nein, Sir. Wenigstens noch nicht. Immerhin ist es in Estelle noch früh am Tag.«

Terekhov grinste in säuerlicher Belustigung, auch wenn es nicht sonderlich komisch war.

Für ihn bestand kein Zweifel daran, dass er der bestgehasste Mann im ganzen Monica-System war, und das aus gutem Grund. Er und die zehn Kampfschiffe unter seinem Befehl hatten in etwa fünfundsiebzig Prozent der Monica System Navy getötet oder verwundet. Außerdem hatten sie die Flottenhauptwerft der Monicaner vernichtet, mehrere Tausend Werftarbeiter getötet und dabei die Infrastrukturinvestitionen von zwanzig oder dreißig Jahren ausgelöscht. Ganz zu schweigen, dass sie zwölf der vierzehn solarischen Schlachtkreuzer vernichtet oder dauerhaft gefechtsuntüchtig geschossen hatten, mit denen Monica ausgestattet war. Terekhov war sich noch immer nicht ganz sicher, wie diese Schiffe sich in die komplizierten Pläne fügten, die irgendjemand ausgeheckt hatte, um den Anschluss des Talbott-Sternhaufens an das Sternenkönigreich von Manticore zu sabotieren. Das Beweismaterial, das er bislang in den Trümmern von Eroica Station hatte sammeln können, unterstrich nur, dass diese Pläne auf einen Sponsor mit sehr tiefen Taschen schließen ließen ... und mit sehr wenigen Skrupeln, Menschen scharenweise umzubringen.

Im Augenblick allerdings waren Terekhov und Roberto Tyler, der Präsident der Republik Monica, mit wichtigeren, wenngleich unterschiedlichen Dingen beschäftigt. Aivars Terekhov hatte sechzig Prozent seines eilends zusammengestellten Geschwaders verloren, und mehr als drei Viertel seiner Leute, während sie besagte Schiffe und den militärischen Teil von Eroica Station vernichteten. Seine vier überlebenden Schiffe waren allesamt schwer beschädigt. Nur zwei von ihnen waren noch hyperraumtüchtig, und diese beiden boten weitaus zu wenig Lebenserhaltungskapazität für alle seine Überlebenden. Folglich hätte er nicht einmal dann aus Monica abziehen können, wenn er es gewollt hätte. Das allerdings wollte er auch gar nicht, denn damit hätte er zugelassen, dass Tyler und seine Leute jeden unbequemen Beweis verschwinden ließen, ehe von Manticore jemand eintraf, der die Angelegenheit umfassender und systematischer untersuchte, als Terekhovs Möglichkeiten es gestatteten.

Bislang bestand kein Grund zu glauben, Tyler könnte vermuten, dass die Hälfte der manticoranischen Invasoren zu schwer beschädigt war, um sich zurückziehen zu können. Und zum Glück gab es keine Anzeichen, er könnte beabsichtigen, Terekhov zu zwingen, seine Drohung in die Tat umzusetzen, was die verbliebenen beiden Schlachtkreuzer der solarischen *Indefatigable*-Klasse betraf. Diese beiden Schiffe lagen auf zivilen Anschleppen auf der anderen Seite der ausgedehnten Eroica Station. Terekhov hatte es abgelehnt, beim ersten Angriff auf sie zu schießen, weil dies eine entsetzliche Anzahl ziviler Opfer gefordert hätte. Doch als die überlebenden Schiffe der Monican Navy seine Kapitulation forderten und ihm ansonsten die Vernichtung androhten, hatte er mit einem eigenen Ultimatum geantwortet.

Wenn seine Schiffe angegriffen wurden, würde er die beiden verbleibenden Schlachtkreuzer mit einem nuklearen Sättigungsbombardement vernichten – und keine vorherige Evakuierung von Zivilisten von Eroica Station dulden.

Es war durchaus möglich, dass einige Angehörige der Regierung Tyler glaubten, dass er bluffe. Wenn dem so war, so zeigte der Präsident sich nicht willens, ihn zu zwingen, Farbe zu bekennen. Das war für alle Beteiligten nur gut so, denn wenn Terekhov eines nicht tat, dann war es bluffen.

»Glauben Sie, es ist etwas dran an diesen behaupteten medizinischen Notfällen, Sir?« Lewis' Frage holte Terekhov aus seinen Gedanken, und er riss sich zusammen und schüttelte leicht den Kopf.

»Ich möchte die Möglichkeit nicht völlig abtun. Wenn es ein echter Notfall ist, dann kommt er zeitlich sehr gelegen, nicht wahr?«

»Jawohl, Sir.« Lewis rieb sich kurz die Nasenspitze, dann zuckte sie mit den Schultern. »Das Einzige, was mir ein wenig komisch vorkommt, ist die Tatsache, dass er so lange gewartet hat, bis er es versucht.«

»Nun, das Argument mit zur Neige gehenden Lebensmitteln hat er bereits benutzt, die ausfallenden Lebenserhaltungssysteme ebenfalls, und auch die beschädigte Energieversorgung, Ginger«, warf Nagchaudhuri ein. »Da fällt einem doch das alte Märchen von dem Jungen ein, der einmal zu oft blinden Alarm geschlagen hat.«

»Allerdings«, stimmte Terekhov zu. »Andererseits ist es diesmal insofern anders, als wir diesmal seine Behauptungen nicht so leicht verifizieren – oder widerlegen – können wie bei den anderen.«

Nagchaudhuri nickte, und Terekhov beschäftigte sich damit, Butter auf einen warmen Muffin zu streichen, während er nachdachte.

Die meisten sogenannten Notfälle der Monicaner hatten sich recht einfach erledigen lassen. Obwohl die Bordsensoren der *Hexapuma* schwer beschädigt waren, besaß Terekhov noch immer mehr als genügend leistungsfähige Aufklärungsdrohnen, die alles im Auge behielten, was im Monica-System vor sich ging. Die gleichen Drohnen überwachten die noch existierenden Teile von Eroica Station und widerlegten Tylers Behauptungen von Spannungsspitzen oder Atemluftverlusten, die Kollateralschäden der Bombardierung des militärischen Teils der Raumstation seien. Ob wirklich eine Seuche unter den Bewohnern der Station ausgebrochen war, ließ sich auf diese Weise jedoch nicht klären.

»Ich glaube, wir müssen einige dieser so gelegen erkrankten

Monicaner untersuchen«, sagte er schließlich. »Da kommt es uns wirklich zupass, dass Lajos wieder dienstfähig ist.«

»Bei allem schuldigen Respekt, Sir, ich bin nicht dafür, den Monicanern eigene Geiseln zuzuschanzen«, sagte Lewis mit mehr Widerstandsgeist als normal. »Sobald wir –«

»Nur keine Sorge, Ginger.«

Terekhovs Stimme war ein wenig undeutlich, weil er gerade einen Bissen gebutterten Muffin im Mund hatte. Er zerkaute ihn, schluckte und räusperte sich.

»Keine Sorge«, wiederholte er deutlicher und schüttelte den Kopf. »Ich werde auf keinen Fall Lieutenant Sarkozy oder Lajos nach Eroica Station schicken. Wenn die Monicaner bereit sind, einige ihrer Todkranken in ein Shuttle zu stecken und zu uns zu bringen, dann untersuchen wir sie hier. Falls sie ablehnen, nehme ich es als Beweis, dass sie wissen, dass wir ihre Vorspiegelungen durchschauen.«

Lewis nickte. »Jawohl, Sir.«

»Anderes Thema: Was meldet Commander Lignos über die Feuerleitung der *Aegis?*«

»Es gibt immerhin Fortschritte, Sir«, sagte Lewis und sah in eine andere Notiz. »Die Werftheinis zu Hause würden niemals grünes Licht dafür geben, aber indem die Bausteine mit der *Aria* getauscht werden, müsste Commander Lignos wenigstens den vorderen Lidar wieder zum Laufen bekommen. Damit bleibt allerdings noch immer ...«

»Also hat Tyler die kostenfreie Behandlung seiner todkranken Bürger abgelehnt, was?«, fragte Bernardus Van Dort trocken. Terekhov und er saßen am Vormittag des gleichen Tages im Kommandantenbesprechungsraum, die Sessel zurückgekippt, Kaffeetassen in der Hand, und Terekhov schnaubte.

»Das könnte man so sagen.« Er schüttelte den Kopf.

»Manchmal wünschte ich, ich hätte Sie nicht davon abgehalten, sich als persönlicher Vertreter Baronin Medusas auszuweisen. Wenn ich das gelassen hätte, dann würde dieser ganze diplomatische Mist auf Ihrem Tisch landen, und nicht auf meinem.«

»Wenn Sie finden …«, begann Van Dort, doch Terekhov schüttelte den Kopf mit Nachdruck.

»Vergessen Sie es. Ich habe nicht all die Jahre im Dienst des Foreign Office verbracht, ohne ein wenig darüber zu lernen, wie man dieses Spiel spielt, Bernardus! In dem Augenblick, in dem Sie als offiziell akkreditierter Vertreter Medusas das Wort ergreifen, kann sich Ihre Majestät nicht mehr darauf zurückziehen, dass es die Tat eines einzigen fehlgeleiteten Offiziers ist, für die sie jede Verantwortung von sich weisen kann. Wir können uns nicht erlauben, Tyler und seinen Schranzen irgendeine Grundlage zu bieten, auf der er infrage stellen kann, dass ich allein und unabhängig von jedem Befehl einer höheren Stelle gehandelt habe. Zumal das ja auch so gewesen ist!«

Van Dort öffnete den Mund und schloss ihn wieder. So ungern er es zugab, Terekhov hatte recht. Van Dort besaß eigene Erfahrung aus seiner Zeit in der Politik seines Heimatsystems Rembrandt, den Jahrzehnten seiner Arbeit als Gründungsvorstand des systemübergreifenden Handelsbundes von Rembrandt und seinen Bemühungen, die Volksabstimmung für den Anschluss des gesamten Talbott-Sternhaufens in die Wege zu leiten, und alle diese Erfahrungen führten ihn zu demselben Schluss.

Gefallen musste ihm das deshalb noch lange nicht.

Er nippte an seinem Kaffee und genoss den starken, aromatischen Geschmack. Dabei hoffte er, dass Terekhov nicht bemerkte, wie besorgt er geworden war. Nicht wegen der politischen und militärischen Lage im Monica-System, obwohl beides hinreichende Rechtfertigung für zwei bis drei T-Jahre anhaltender Besorgnis gegeben hätte, sondern wegen Terekhov. Der Kommandant war der Klebstoff, der das ganze Geschwader zusammenhielt, und die Last des Kommandos drückte ihn nieder wie ein Gravitationsfeld von zwei oder drei Gravos. Sie verging auch nicht. Sie war immer da, belastete ihn stets, und weder seine Offiziere noch Van Dort konnten etwas tun, was diesen konstanten, zermürbenden Druck linderte, so sehr sie es auch wünschten. Allein das Wissen, dass sie nichts ausrichten konnten, konnte sie freilich von dem Versuch nicht abhalten.

»Was ist mit Bourmonts Schiffen?«, fragte er schließlich.

Gregoire Bourmont war der Chef des Admiralstabs der monicanischen Navy. Er war derjenige, der nach der Schlacht von Monica Terekhovs Kapitulation verlangt hatte, und nach dem Ton der wenigen Nachrichten zu urteilen, die seither zwischen beiden Seiten ausgetauscht worden waren, machte ihn seine fortgesetzte Unfähigkeit, diese Kapitulation zu erzwingen, nur noch feindseliger.

Es sei denn natürlich, es ist alles geschauspielert, erinnerte sich Van Dort. *Aivars ist schließlich nicht der Einzige, der weiß, was »glaubwürdige Bestreitbarkeit« ist. Wenn Tyler die Partie des säbelrasselnden militärischen Hardliners von Bourmont spielen lässt, dann kann* er *die Rolle des beschwichtigenden Staatsmanns übernehmen. Oder es immerhin versuchen. Und wenn am Ende irgendetwas schiefgeht, kann er immer versuchen, die Folgen abzuwenden, indem er Bourmont als Bauernopfer absägt und den »Hitzkopf« bestraft, der die Dinge weiter getrieben hat, als seine zivilen Vorgesetzten es jemals genehmigt hatten.*

»Alle seine Schiffe – die es noch gibt – befinden sich nach wie vor in der Kreisbahn um Monica«, sagte Terekhov. »Allem Anschein nach haben sie vor, dort zu bleiben.«

»Hat es weitere Starts aus dem System gegeben?« Van Dort

klang beinahe schmerzlich neutral, doch Terekhov schnaubte erneut, und diesmal schroffer als zuvor.

»Nein«, antwortete er. »Natürlich ist das kein großer Trost, wenn man bedenkt, wie viele Schiffe eindeutig das System verlassen haben, ehe ich Admiral Bourmont meine kleine erläuternde Note übermittelt habe.«

Van Dort nickte. Das war der eigentliche Quell der Sorge, die an den Nerven aller Überlebenden von Terekhovs angeschlagenem Geschwader nagte. In Wahrheit brauchte Terekhov gar nicht mehr drohen, Eroica Station nuklear zu beschießen. Die *Hexapuma*, der Leichte Kreuzer *Aegis* und der ältere (und sogar noch schwerer beschädigte) Schwere Kreuzer der *Star-Knight*-Klasse *Warlock* hatten ihre Feuerleitsysteme soweit wiederherstellen können, um mehrere Dutzend der neuen manticoranischen »flach gepackten« Raketengondeln steuern zu können, und das Munitionsschiff *Volcano* hatte dem Geschwader über zweihundert davon geliefert. Mit diesen, mit Mehrstufenraketen bestückten Gondeln hätte Terekhov Bourmonts verbliebene Flotte ausradieren können, ehe die Einheiten auch nur auf eigene Schussdistanz an seine Schiffe herankamen.

Leider mochte es sein, dass dies Bourmont nicht klar war. Oder dass er es nicht glaubte, allem zum Trotz, was ähnliche Raketenbehälter auf Eroica Station angerichtet hatten. Dass außerhalb der Raumstation offenbar niemand die Ortungsdaten aus der Eröffnungsphase des Gefechts gesehen hatte, war in diesem Fall sogar nachteilig für Terekhov. Bourmont besaß schlichtweg nicht sämtliches Datenmaterial über die Fähigkeiten des manticoranischen Geschwaders, wusste nicht, was es wie getan hatte. Im Gegenteil, es sah sehr danach aus, als wären die Einzigen, die wirklich gesehen hatten, wozu es in der Lage war, entweder tot oder unter der winzigen Handvoll Überlebender, die Terekhovs Beiboote nach dem Gefecht zwischen den Trümmern des militärischen Stationsteils und in den Wracks zweier Schlachtkreuzer aufgelesen hatten.

Persönlich war Van Dort zu dem Schluss gekommen, dass Terekhov *wahrscheinlich* nicht den zivilen Teil der Station nuklear beschießen würde, ganz gleich, was geschah. Oder zumindest nicht mehr. Bei seiner Reichweite und Zielgenauigkeit würde er sich stattdessen eher damit begnügen, Bourmonts Kreuzer und Zerstörer zu vernichten. Im Grunde war die Drohung gegen die Zivilisten auf Eroica Station zur Methode Terekhovs geworden, der Notwendigkeit auszuweichen, noch mehr uniformiertes Personal der monicanischen Navy zu töten, weil sie Bourmont davon abhielt, ihn genau dazu zu zwingen.

Natürlich ist das so, Bernardus, sagte sich der zum Staatsmann gewordene Geschäftsmann. *Und ein Grund, weshalb du gern daran glauben willst, ist der, dass du einfach nicht annehmen möchtest, dein Freund Aivars wäre tatsächlich fähig, so viele Zivilisten umzubringen.*

In Wahrheit allerdings waren Bourmont und die gesamte überlebende monicanische Navy nie die eigentliche Bedrohung gewesen. Nein, die *wirkliche* Bedrohung, die sich nicht nur gegen Terekhovs Geschwader, sondern das gesamte Sternenkönigreich von Manticore richtete, bestand in jener Handvoll Schiffe, die nach dem kurzen, brutalen Gefecht in den Hyperraum entkommen waren. Was die Republik Monica zu einer realistischen Bedrohung der Anschlussbestrebungen gemacht hatte, war ihr Status als Klientin des solarischen Office of Frontier Security. Weder Van Dort noch irgendjemand in Terekhovs Geschwader kannte den Inhalt der offiziellen Übereinkünfte, die Monicas Beziehung zur Grenzsicherheit bestimmten. Allerdings war es mehr als wahrscheinlich, dass diese Vereinbarung eine Klausel zur »gegenseitigen Verteidigung«, enthielt. Wenn dem so war und eines dieser fliehenden Sternenschiffe Kurs auf Meyers genommen hatte, wo der zuständige Kommissar der Grenzsicherheit residierte, so konnte in diesem Augenblick durchaus ein *solarisches* Geschwader – oder sogar ein kleiner Kampfverband – nach Monica unterwegs sein.

Und kein solarischer Flaggoffizier, besonders keiner, der dem OFS untersteht, wird viele Tränen über den Tod von ein paar Hundert – oder auch ein paar Tausend – »Neobarbaren« vergießen, dachte Van Dort düster. *Nicht einmal, wenn besagte »Neobarbaren« Bürger der Sternnation sind, die er unterstützen soll. Schließlich kann man kein Omelett backen, ohne ein paar Eier aufzuschlagen. Und irgendwelche wilden Gerüchte über manticoranische »Superraketen« wird er auch nicht glauben. Wenn also eine Abordnung der Grenzflotte auftaucht, wird Aivars entweder doch noch kapitulieren müssen ... oder offenen Krieg mit der Solaren Liga beginnen.*

»Also ist die Lage im Grunde unverändert«, sagte er, und Terekhov nickte.

»Wir haben alle schwangeren Arbeiterinnen von Eroica auf den Planeten zurückkehren lassen«, sagte er und verzog das Gesicht. »Ich kann nicht nachvollziehen, was diese Leute sich dabei gedacht haben, sie überhaupt dort arbeiten zu lassen! Im Sternenkönigreich enthält jeder Vertrag über außeratmosphärische Arbeiten obligatorische Klauseln, durch die verhindert wird, dass Föten einem Strahlungsrisiko wie dem an Bord einer Raumstation ausgesetzt werden.«

»Auf Rembrandt ist es genauso«, sagte Van Dort. »Aber viele Sternnationen hier draußen, besonders die ärmeren, glauben anscheinend, sie könnten sich diesen Luxus nicht leisten.«

»*Luxus!*« Terekhov schnaubte. »Damit meinen Sie, dass man keine Schadensersatzregelungen gegen die örtlichen Arbeitgeber durchsetzt, nicht wahr? Schließlich steigen dann die Versicherungsbeiträge, was? Und wenn sie nicht haftbar sind, warum sollte sich dann jemand um eine Kleinigkeit sorgen, wie was aus ihren Arbeitern und deren Kindern wird?«

Van Dort begnügte sich mit einem zustimmenden Nicken, obwohl Terekhovs Vehemenz ihn beunruhigte. Nicht etwa, dass er anderer Meinung war als der Kommandant, aber die ungezügelte Wut – der Hass – in Terekhovs blauen Augen war himmelweit von der gewohnten kühlen Selbstbeherrschung des Manticoraners entfernt, und Van Dort wollte nicht einmal daran denken, was geschehen würde, sollte Aivars Terekhov einen plötzlichen Zusammenbruch erleiden.

Aber so weit kommt es nicht, versicherte er sich. *Die Art, wie du dich sorgst, ist vermutlich eher ein Anzeichen für den Druck, unter dem du selbst stehst, sei doch ehrlich. Von allen Menschen, denen du je begegnet bist, ist Aivars doch einer der unwahrscheinlichsten Kandidaten für einen Zusammenbruch. Eigentlich machst du dir um ihn doch solche Sorgen, weil du ihn so sehr magst, stimmt's?*

»Na, sie nach unten gehen zu lassen müsste uns eigentlich ein kleines bisschen gute Presse verschaffen«, stellte er fest.

»Ach, seien Sie doch nicht albern, Bernardus.« Terekhov winkte mit dem Kaffeebecher. »Sie wissen so gut wie ich, wie das präsentiert wird. Präsident Tylers unermüdliche Anstrengungen zum Besten seines Volkes haben wenigstens einen Teilerfolg errungen, als er den herzlosen manticoranischen Tyrannen und Mörder Terekhov bewegen konnte, diesen armen, schwangeren Frauen die Rückkehr auf den Planeten zu gestatten – Frauen, die die niederträchtigen Mantys erbarmungslos all den Gefahren in einer Raumstation ausgesetzt haben. Ähnlich skrupellos verhielten sie sich auch bei den anderen Personen in der Station, hilflose Zivilisten, die sie mit ihrer barbarischen Androhung eines Massakers zu Geiseln machten.« Er schüttelte den Kopf. »Wenn es da unten so etwas wie ›gute Presse‹ gibt, dann werden Tyler und sein Klüngel schon dafür sorgen, dass sie sich ganz auf *ihn* konzentriert.«

»Nachdem er die Hand derart tief in den Müllvernichter gesteckt hat, braucht er wahrscheinlich alle gute Presse, die er bekommen kann!«, antwortete Van Dort.

»Vorausgesetzt, er hört jemals auf, das unschuldige Opfer zu spielen, und gibt zu, was er getan hat. Aber damit scheint es ihm nicht so besonders eilig zu sein.«

»Nein, aber –«

»Verzeihung, Sir.«

Die Männer drehten den Kopf zur Luke des Besprechungsraums, als sie die jugendliche Stimme hörten. Midshipwoman Helen Zilwicki, eine der Raumkadettinnen der *Hexapuma*, sah sie an, und Terekhov zog eine Braue hoch.

»Und welcher ›Sir‹ genau soll Ihnen verzeihen, Ms. Zilwicki?«, erkundigte er sich in mildem Ton. In aller Regel hätte außer Frage gestanden, wen eine Midshipwoman unter seinem Befehl ansprach, doch Helen war, zusätzlich zu ihren anderen Aufgaben, Van Dort als persönliche Helferin zugeteilt, seit er an Bord gekommen war.

»Entschuldigen Sie, Sir.« Helen lächelte flüchtig, aber aufrichtig. »Ich meinte Sie, Captain«, sagte sie, und ihr Lächeln verschwand so schnell, wie es gekommen war. »OPZ hat gerade einen Hyperabdruck registriert, Sir. Einen großen.«

SECHS

Die Brücke der *Hexapuma* war voll besetzt, als Terekhov eintrat. Durch die zahlreichen Verwundeten war das Schiff knapp an dringend benötigten Offizieren, doch andererseits waren die Schäden am Hilfskontrollraum, der »Ersatzbrücke«, zu schwer gewesen, um mit Bordmitteln repariert zu werden. Infolgedessen konnte keine taktische Ersatzcrew das Schiff übernehmen, sollte der eigentlichen Brücke etwas zustoßen, doch andererseits bestand dadurch kein Bedarf an einem kompletten Satz Offiziere, was den Druck auf die Überlebenden ein wenig linderte. Und Ginger Lewis konnte ihre gewohnte Gefechtsstation im Maschinenleitstand besetzen, statt als diensttuender Eins-O den Hilfskontrollraum zu übernehmen.

Midshipwoman Zilwicki machte einen Bogen um Terekhov und ging eilig zu ihrer Station bei der Raketenabwehr. Dort setzte sie sich gleich neben Lieutenant Abigail Hearns, die auf Grayson geborene (und außerordentlich jugendlich aussehende) junge Frau, die Naomi Kaplan als Taktischen Offizier der *Hexapuma* vertrat.

Ich möchte wissen, ob jemals ein anderer Schwerer Kreuzer in der ganzen Navy Ihrer Majestät ein derart junges Pärchen an der taktischen Sektion gehabt hat, fragte sich Terekhov beiläufig. *Zusammen können sie nicht älter sein als fünfundvierzig T-Jahre.*

Vielleicht nicht, überlegte er weiter, aber nach allem, was dieses jugendlich wirkende Pärchen während der Schlacht von Monica geleistet hatte, empfand er keinerlei Bedenken mehr, sich auf die beiden zu verlassen.

»Identifikation?«, fragte er.

»Noch keine, Sir«, antwortete Abigail, ohne von ihren Displays aufzusehen, während ihre langen, schlanken Finger über die Konsole spielten und die Verfeinerung der Daten steuerten. »Wer immer das ist, hat sich für eine fast polare Annäherung entschieden, und wir haben keinerlei Drohnen in Position, um ihn uns näher anzusehen. Wir gruppieren gerade um, aber das dauert noch.«

»Verstanden.«

Terekhov ging zum Kommandosessel, setzte sich und fuhr die Displays aus. Warum jemand von so weit oberhalb der Ekliptik in ein Sonnensystem eindrang, konnte mehrere Gründe haben, doch von einem schweren Astrogationsfehler abgesehen traten nur sehr wenige dieser Gründe bei Handelsschiffen auf. In allen Sonnensystemen lagen die allermeisten Bestimmungsorte eines Handelsschiffes in der Ebene der Ekliptik. Die Normalraumflugzeit war am kürzesten, wenn man in dieser Ebene und auf der Seite des Systems, auf der auch der Bestimmungsort lag, aus dem Hyperraum transistierte. Außerdem setzte eine Transition weiter ober- oder unterhalb der Ekliptik eines Sonnensystems den Hypergenerator und die Alpha-Emitter des Schiffes einer größeren Abnutzung aus, was zu höheren Wartungskosten und früherem Austausch führte. Für Kampfschiffe galt das natürlich genauso – aber Wartungskosten traten gegenüber taktischen Erfordernissen stets ins zweite Glied.

Ein Kampfschiff oder ein ganzes Geschwader davon wählte ein polares Eindringen in erster Linie dann, wenn es hässlichen kleinen Überraschungen aus dem Wege gehen wollte, die ein Verteidiger vielleicht längs der konventionellen Annäherungsvektoren ausgelegt hatte. Der Umstand, dass man so auch eine bessere Sensorerfassung des gesamten Sonnensystems erhielt (oder wenigstens der gesamten Ekliptik), war auch nicht zu verachten. Ein Verteidiger konnte sich noch immer auf der abgewandten Seite der Sonne verbergen oder im Ortungsschatten eines Planeten oder eines größeren Mondes. Aber das war schwerer gegenüber jemandem, der vom Nord- oder Südpol ins System blickte.

»Sir«, meldete Abigail nach einigen angespannten Augenblicken, »OPZ ist eine Zählung der Hyperabdrücke gelungen. Zehn insgesamt. Nach bester Schätzung liegen fünf davon im Bereich ab vier Millionen Tonnen.«

»Danke.« Terekhov sprach mit ruhiger, fast geistesabwesender Stimme, während er seine Wiederholdisplays musterte, und niemand brauchte zu wissen, wie schwer es ihm fiel, sich so zu halten.

Wenn die Operationszentrale richtig lag mit ihrer Schätzung, dann fielen fünf der unbekannten Schiffe in die Tonnage von Wallschiffen. Waren es tatsächlich Großkampfschiffe, dann konnte ihre Ankunft für HMS *Hexapuma* und den Rest des Geschwaders nichts als schlechte Neuigkeiten bedeuten, denn im ganzen Talbott-Sternhaufen gab es keine fünf *manticoranischen* Wallschiffe. Wenn also fünf davon hier auftauchten, mussten sie zu jemand anderem gehören – der Solaren Liga zum Beispiel.

Aber wenn ich es recht bedenke, was zum Teufel machen solarische *Wallschiffe hier draußen? Hier ist das Reich der Grenzflotte, nicht der Schlachtflotte, also sollte es in dieser Gegend nichts Größeres geben als Schlachtkreuzer. Andererseits hat kein einziges der hiesigen Systeme etwas von der Größe eines Dreadnoughts oder Superdreadnoughts im Bestand. Also ...*

»Machen Sie das Geschwader gefechtsklar, Mr. Nagchaudhuri«, sagte er.

»Aye, aye, Sir«, antwortete der Signaloffizier und gab den Befehl (den Terekhov für mit ziemlicher Sicherheit überflüssig hielt) an die anderen drei Schiffe des malträtierten »Geschwaders«.

Das Gute, das man selbst an dieser Situation noch finden konnte, bestand darin, dass die rings um seine Schiffe ausgesetzten Raketengondeln allesamt Typ 23 enthielten, nicht die Typ 16, die normalerweise in den Magazinen der *Hexapuma* lagerten. Die Lasergefechtsköpfe der Typ 16 entfalteten größere Vernichtungskraft als irgendetwas, das von einer Einheit unterhalb Großkampfschiffgröße abgefeuert werden konnte. Trotzdem waren sie nicht darauf ausgelegt, die Panzerung von Superdreadnoughts zu durchdringen. Sie konnten eine Menge oberflächliche Schäden anrichten, womöglich sogar die Sensoren der großen Schiffe lahmlegen oder die verwundbaren Emitter ihrer Impellerringe zerfetzen, doch so gut sie waren, sie besaßen zu wenig Durchschlagskraft, um ein Wallschiff tatsächlich *aufzuhalten.*

Mit dem Typ 23 war das etwas ganz anderes, dachte er grimmig. Noch immer waren zu viele Steuerkanäle ausgefallen, um mehr als ein paar Dutzend Gondeln gleichzeitig zu leiten, und ganz gewiss kam er nicht einmal in die Nähe der Tausende von Raketen umfassenden Salven, die die Manticoranische Allianz und die Republik Haven mittlerweile gewohnheitsmäßig aufeinander abfeuerten! Dennoch konnte er mit einem einzigen Start fast vierhundert Offensivlenkwaffen auf den Weg bringen, und falls es sich tatsächlich um solarische Dreadnoughts oder Superdreadnoughts handelte, dann stand ihnen eine außerordentlich unangenehme Überraschung bevor, sobald drei schwerbeschädigte Kreuzer und ein einzelner Zerstörer von weit außerhalb der eigenen Angriffsreichweite mit derart vielen Großkampfschiffsraketen das Feuer eröffneten.

Und was, wenn es Sollys sind?, höhnte die Stimme in seinem Kopf. *Selbst wenn du alle fünf mit dem ersten Feuerschlag vernichtest, was dann? Toll! Mit schallendem Triumph hättest du den Krieg gegen die Sollys begonnen. Das wird dir gewiss ein Trost sein, wenn zwo- oder dreitausend Wallschiffe mit Blutlust in den Augen Kurs auf Manticore nehmen.*

Wenigstens blieben ihm vier oder fünf Stunden, ehe er irgendwelche unwiderruflichen Entscheidungen treffen musste. Nicht dass …

»Sir, wir werden angerufen!«, sagte Nagchaudhuri plötzlich und fuhr mit dem Sessel zu seinem Kommandanten herum. »Überlichtschnell, Sir!«

Terekhov richtete sich ruckartig auf. Wenn die Unbekannten mithilfe von Gravimpulsen überlichtschnelle Signale sendeten, konnten sie gar keine Solarier sein! Nein, wenn sie überlichtschnell sendeten, konnten sie vielmehr niemand anderes sein als …

»Auf mein Display«, sagte er.

»Jawohl, Sir!«, antwortete Nagchaudhuri mit einem breiten Grinsen und gab einen Befehl ein.

Auf dem kleinen Combildschirm neben Terekhovs Knie erschien ein Gesicht. Es zeigte einen dunklen Teint, eine kräftige Nase, ein kräftiges Kinn und schütteres Haar, und Terekhov riss erstaunt die Augen auf, als er es sah.

»Hier spricht Admiral Khumalo«, sagte der Besitzer des Gesichtes. »Ich nähere mich Monica mit Verstärkung. Wenn Captain Terekhov zur Verfügung steht, möchte ich ihn sofort sprechen.«

»*Zur Verfügung*«, dachte Terekhov mit einem leicht irren Grinsen, als die ersten Vorboten einer fast unfassbaren Erleichterung ihn durchfuhren. *Na,* das *nenne ich mal eine Wortwahl! Er glaubt wahrscheinlich, es wäre schlecht für die Moral, wenn er sagt: »falls er noch lebt«.*

»Stellen Sie mich durch, Amal«, sagte er.

»Aye, aye, Sir.« Nagchaudhuri gab einen weiteren Befehl ein. »Mikro live, Sir.«

»Hier Terekhov, Admiral Khumalo«, sagte Terekhov in seinen Comaufzeichner. »Schön, Sie zu sehen, Sir.«

Die *Hexapuma* und Khumalos Flaggschiff waren achtunddreißig Lichtminuten voneinander entfernt, und selbst mit Gravimpulssendern bedeutete die Distanz eine Übertragungsverzögerung von siebenundzwanzig Sekunden. Terekhov wartete geduldig vierundfünfzig Sekunden lang, dann sah Khumalo ihn direkt an.

»Da habe ich keine Zweifel, Captain«, sagte er. »Darf ich davon ausgehen, dass ein Grund besteht, weshalb Ihre Schiffe liegen, wo sie liegen?«

»Jawohl, Sir, es besteht ein Grund. Wir hielten es für erforderlich, in der Nähe von Eroica Station zu bleiben, um das Beweismaterial im Auge zu behalten, und dem gegenwärtigen Präsidenten Tyler ein Argument zu liefern, von jeder hastigen Aktion seitens seiner überlebenden Navy abzusehen.«

»*Überlebenden* Navy?«, wiederholte Khumalo fast eine Minute später. »Wie es scheint, hatten Sie hier einiges zu tun, Captain Terekhov.« Sein Lächeln war unverkennbar auf der Winterseite angesiedelt.

Terekhov dachte über eine Antwort nach, dann besann er sich eines Besseren und saß einfach abwartend da.

»Darf ich annehmen, dass Ihre Berichte über diesen ... Vorfall bereits geschrieben sind?«, fragte Khumalo nach einigen weiteren Augenblick.

»Jawohl, Sir. Das sind sie.«

»Gut. Dann übermitteln Sie sie mir bitte jetzt. Ich dürfte genügend Zeit haben, sie zu lesen, denn mein Astrogator sagt mir, dass wir noch siebeneinhalb Stunden brauchen, um Ihre derzeitige Position zu erreichen. Bis dahin machen Sie sich bitte bereit, an Bord der *Hercules* zu kommen.«

»Zu Befehl, Sir.«

»Dann sehen wir uns, wenn die Übertragungslücke keine Rolle mehr spielt, Captain. Khumalo Ende.«

Sieben Stunden und fünfundvierzig Minuten später löste sich Aivars Terekhovs Pinasse auf Düsenschub aus dem Beiboothangar der *Hexapuma,* rotierte auf Gyroskopen, orientierte sich und beschleunigte in Richtung von HMS *Hercules*. Der Flug war so kurz, dass es sich nicht lohnte, die Impeller des Beiboots hochzufahren, und Terekhov saß in seinem Sessel und beobachtete auf dem Bildschirm im vorderen Schott, wie der Superdreadnought immer größer wurde.

Khumalo musste innerhalb weniger Stunden nach Ankunft von Terekhovs Depesche, die ihn über seine Pläne unterrichtete, aus dem Spindle-System aufgebrochen sein. Terekhov war offen erstaunt, dass der Konteradmiral so prompt und entschieden reagiert hatte. Eindeutig hatte er nicht ein einziges weiteres Schiff angefordert und auf sein Eintreffen gewartet; er musste jeder hyperraumtüchtigen Einheit im Sonnensystem befohlen haben, zu seinem Flaggschiff aufzuschließen, und war unverzüglich nach Monica aufgebrochen.

Seine eilig zusammengetrommelte Streitmacht wirkte noch unausgewogener, als Terekhovs »Geschwader« es gewesen war. Außer der *Hercules* – die trotz ihrer beeindruckenden Tonnage eines von nur zwei oder drei völlig veralteten Schiffen der *Samothrace*-Klasse war, die noch im Dienst standen und auf fernen Stationen letztlich als Depotschiffe verwendet wurden – bestand der Verband aus den Leichten Kreuzern *Devastation* und *Intrepid* und den drei Zerstörern *Victorious, Ironside* und *Domino*. Außer der *Victorious* war keines von ihnen weniger als zwanzig T-Jahre alt, doch selbst damit waren sie beträchtlich moderner und tödlicher als alles, was Monica aufzubieten hatte, ehe es plötzlich und aus geheimnisvoller Quelle moderne Schlachtkreuzer erhielt.

Die anderen vier Schiffe mit Hyperabdrücken im Bereich von Superdreadnoughts gehörten zu den Munitionstendern *Petard* und *Holocaust* sowie den Werkstattschiffen *Ericsson* und *White*. Terekhov war froh über jedes einzelne, eingedenk des Zustands seines Kommandos, aber besonders über die Werkstattschiffe.

Nicht dass es viel länger »mein Kommando« bleiben wird, überlegte er, während die Pinasse sich der *Hercules* näherte.

Terekhovs Berichte waren allesamt Minuten nach seinem Gespräch mit Khumalo im Rafferverfahren zur *Hercules* gesendet worden, doch bis jetzt hatte der Konteradmiral kein weiteres Wort mit ihm gesprochen. Unter den gegebenen Umständen fand Terekhov dies mehr als nur ein bisschen Unheil verkündend. Khumalo konnte aus mehreren Gründen so überhastet nach Monica aufgebrochen sein, und einer davon drängte sich Terekhov förmlich auf: Angesichts der mangelnden Kampferfahrung des Admirals und seiner allgemeinen Vorschriftengläubigkeit mochte es ihm durchaus ein Bedürfnis sein, Terekhov zu zügeln, ehe er das Sternenkönigreich noch mehr in Schwierigkeiten brachte. Terekhov hätte es ihm nicht einmal verübelt, wenn das tatsächlich der Grund gewesen wäre. Augustus Khumalo war nicht wegen seiner brillanten Gefechtsführung und seiner Fähigkeit, abseits von ausgetretenen Bahnen zu denken, in den Talbott-Sternhaufen entsandt worden. Die Regierung High Ridge hatte ihm das Kommando wegen seiner Beziehungen innerhalb des Bundes der Konservativen zugeschanzt – und weil in High Ridges Kabinett sich niemand auch nur hätte träumen lassen, dass Talbott zu einem Brandherd werden könnte. Man hatte einen verlässlichen Verwalter für einen ausgesprochen zweitrangigen Posten gebraucht, keinen Krieger, und Khumalo war dafür erste Wahl gewesen.

Und die Wahrheit lautete, dass Terekhov jede beliebige Zahl absolut guter stichhaltiger Gründe erkannte, warum Khumalo sich von Terekhovs Aktionen distanzieren sollte, und das nicht nur im Hinblick auf die eigene Karriere. Die Verschwörung aufzuhalten, die von der Quelle jener Schlachtkreuzer in Gang gesetzt worden war, war zweifellos lebenswichtig, aber genauso unumgänglich war es, einen offenen Konflikt mit der Solaren Liga zu vermeiden. Allein deshalb hatte sich Terekhov in eine

Lage manövriert, in der er vom Sternenkönigreich ohne Weiteres geopfert werden konnte, um die Solarier zu besänftigen. Falls Khumalo über die politische Weitsicht verfügte, die Terekhov ihm zutraute, würde der Admiral gewiss die Vorteile erkennen, die sich ergaben, wenn er Terekhovs Aktionen auf der Stelle verurteilte. Khumalo konnte trotzdem bleiben, wo er war, und den aktuellen Zustand im Monica-System aufrechterhalten, bis eine kampfstärkere Entsatzstreitmacht eintraf, die zweifellos von Manticore aus unterwegs war, um die Lage zu stabilisieren. Und eine Stabilisierung musste erfolgen, auch wenn die Situation weder von Khumalo noch vom Sternenkönigreich herbeigewünscht worden war. Im Anschluss konnte eine unparteiische Untersuchung der Frage auf den Grund gehen, was eigentlich tatsächlich geschehen war. Sollte es so weit kommen, dass die Königin und die Regierung Grantville sich entschieden, Terekhov *nicht* zu verurteilen, konnte Khumalo die Missbilligung seiner Handlungen noch immer zurückziehen.

Und neben dieser völlig verständlichen, logischen Staatsräson, dachte Terekhov mit einem Grinsen, *muss er persönlich stinksauer sein, dass ich ihn in diese Situation gebracht habe, ganz gleich, aus wie guten Gründen! Ich weiß jedenfalls, dass ich an seiner Stelle vor Wut im Dreieck springen würde.*

Er blickte auf das Zeitdisplay, das in der Ecke des Bildschirms lief, und zwang sich zu Gleichmut. Noch achtzehn Minuten, und er hatte Gelegenheit, Konteradmiral Augustus Khumalos Reaktion aus erster Hand zu erleben.

Das würde sicher interessant.

Der vordere Beiboothangar von HMS *Hercules* war um einiges größer als der der *Hexapuma*, und er kam Terekhov eigentümlich still vor, während er von seiner Pinasse durch die Personenröhre glitt. Dann schwang er sich in die Schwerkraft des Beiboothangars, die vorschriftsgemäß ein Gravo betrug.

»*Hexapuma* trifft ein!«, meldeten die Hangarlautsprecher, und die Seite nahm Haltung an, als Terekhov genau vor der auf das Deck gemalten Linie landete.

»Bitte um Erlaubnis, an Bord zu kommen, Ma'am«, sagte er zu dem Hangaroffizier vom Dienst.

»Erlaubnis erteilt, Sir«, antwortete der jugendlich aussehende weibliche Lieutenant, erwiderte seinen Gruß und trat einen Schritt zur Seite, sodass Terekhov vor Captain Victoria Saunders stand, der Kommandantin der *Hercules*.

»Captain«, sagte Terekhov und salutierte vor ihr.

»Willkommen an Bord, Captain Terekhov«, erwiderte Saunders und erwiderte die Höflichkeit. Die Kommandantin mit dem kastanienbraunen Haar war gute fünfzehn T-Jahre älter als Terekhov, und ihr Gesichtsausdruck verriet nur wenig darüber, was sie empfand. Ihr forscher, sphinxianischer Einschlag mochte etwas deutlicher als gewöhnlich zu hören sein, aber ihr Händedruck war fest.

»Vielen Dank, Ma'am.« Terekhov war ungewohnt deutlich des weißen Baretts gewahr, das Saunders als Kommandantin eines hyperraumtüchtigen Schiffes der Royal Manticoran Navy kennzeichnete. Sein eigenes weißes Barett hatte er ordentlich unter eine Schulterklappe geschoben, da die Höflichkeit es verbot, es an Bord des Schiffes eines anderen Captains zu tragen, und er fragte sich, ob ihm das deshalb so auffiel, weil eine gute Wahrscheinlichkeit bestand, dass er es niemals wieder tragen durfte.

»Wenn Sie mich begleiten wollen, Captain«, fuhr Saunders fort, »Admiral Khumalo erwartet Sie in seinem Arbeitszimmer.«

»Gern, Ma'am.«

Terekhov ging neben Saunders, während die Kommandantin der *Hercules* ihn durch das Schiff führte. Saunders bemühte sich nicht sonderlich um ein Gespräch, wofür Terekhov dankbar war. Vorzugeben, es handele sich um einen normalen Höflichkeitsbesuch des einen Kommandanten bei der anderen, hatte keinen Sinn, und es zu versuchen hätte sein Nervenkostüm nur unnötig strapaziert.

Es war eigenartig, überlegte er, während er Saunders in die Liftkabine folgte und sie den Bestimmungscode eingab. Diesen Moment hatte er sich seit Monaten ausgemalt – und jetzt war er gekommen. Seine Bauchmuskeln waren angespannt, und er schien übernatürlich genau jeden Luftzug, jeden feinen Kratzer auf dem Bedienungsfeld des Lifts wahrzunehmen. Dass Khumalo eingetroffen war, ehe eine solarische Reaktion erfolgte, bedeutete für Terekhov eine unbeschreibliche Erleichterung, und er empfand Gewissensbisse, weil Khumalos höherer Rang bedeutete, dass von jetzt an alles, was geschah, in der Verantwortung des Konteradmirals lag, und er darüber fast genauso erleichtert war. Doch Khumalos Ankunft bedeutete auch, dass für Terekhov der Tag des Gerichts gekommen war. Die Folgen seiner Aktionen schlossen zu ihm auf, und er war sich selbst gegenüber viel zu ehrlich, als dass er nicht zugegeben hätte, dass diese Aussicht ihm eine andere Art von Furcht einjagte, als sich der monicanischen Navy zu stellen. Dieser Furcht fehlten die spitzen, schartigen Stiche und die nackte Angst vor dem feindlichen Beschuss, doch in vielerlei Hinsicht machte sie das noch schlimmer. Im Gefecht besaß man wenigstens die Illusion, dass das Schicksal von den eigenen Entscheidungen abhinge, den eigenen Maßnahmen. Nun aber bestimmten sein Schicksal einzig und allein die Entscheidungen und Maßnahmen anderer, und darauf hatte er nicht den geringsten Einfluss.

Doch trotz der Furcht empfand er ... Zufriedenheit. Das war das Merkwürdige daran. Er fühlte sich nicht etwa *glücklich,* er glaubte keineswegs, dass er keine Reue empfinden würde, wenn sich herausstellte, dass seine Laufbahn vorüber war. Er wusste aber mit einer Sicherheit, die keinen Raum für Zweifel ließ, dass er nur mit den Entscheidungen und Maßnahmen, die er getroffen hatte, der Mann hatte bleiben können, den Sinead Terekhov liebte.

Und daneben, so wurde ihm klar, waren alle anderen Folgen, die das Universum für ihn bereithielt, zweitrangig.

Die Aufzugkabine brachte sie an ihr Ziel, und Terekhov folgte Saunders einen Gang entlang zu einer Luke, neben der ein Marineinfanterist Wache stand, wie die Tradition es vorsah.

»Captain Saunders und Captain Terekhov wünschen den Admiral zu sprechen«, sagte Saunders zu dem Marine.

»Jawohl, Ma'am. Danke, Ma'am«, antwortete der Corporal, als habe er nicht längst genau gewusst, wer die beiden Raumoffiziere waren. Er drückte auf die Intercomtaste am Schott. »Captain Saunders und Captain Terekhov wünschen den Admiral zu sprechen«, meldete er.

Die Tür fuhr augenblicklich auf, und Captain Loretta Shoupe, Augustus Khumalos Stabschefin, sah sie an.

»Kommen Sie herein«, bat sie und trat zurück, um ihnen den Weg freizumachen, dann führte Shoupe sie durch einen wahrhaft gewaltigen Salon in das nur unwesentlich kleinere Arbeitszimmer, in dem Khumalo sie erwartete.

Der Admiral behielt Platz an seinem Schreibtisch, als das Trio der Captains eintrat.

»Setzen Sie sich«, sagte er, ehe irgendwelche formellen militärischen Höflichkeiten ausgetauscht werden konnten, und Terekhov und die beiden Frauen nahm auf drei Sesseln Platz.

Khumalo lehnte sich zurück und sah Terekhov nachdenklich an. Mehrere Sekunden verstrichen, dann schüttelte er langsam den Kopf.

»Was soll ich nur mit Ihnen anstellen, Captain Terekhov?«, fragte er schließlich, noch immer den Kopf schüttelnd. Terekhov setzte zu einer Antwort an, doch Khumalo winkte ab, bevor er etwas sagen konnte.

»Das war mehr eine rhetorische Frage, Captain«, sagte er. »Sie fasst mein gegenwärtiges Dilemma allerdings recht sauber zusammen, nicht wahr? Ich bezweifle, ob selbst jemand mit Ihrer offenbar außerordentlich regen Fantasie wirklich in der Lage ist sich auszumalen, wie Baronin Medusa und meine Wenigkeit reagiert haben, als die *Ericsson* uns Ihr ... *Schreiben* überbrachte. Besonders Mr. O'Shaughnessy schien recht ... verstört zu sein über Ihre Schlussfolgerungen und geplanten Maßnahmen.«

Terekhov erinnerte sich, dass Gregor O'Shaughnessy, der leitende zivile Geheimdienstexperte Baronin Medusas, nicht zu den unkritischsten Bewunderern des Militärs zählte.

»Offen gesagt fand ich es trotz vergangener Meinungsverschiedenheit ein wenig schwierig, nicht mit Mr. O'Shaughnessys Reaktion zu sympathisieren«, fuhr Khumalo fort. »Schauen wir einmal ... Zuerst dieser kleine Akt der Piraterie im Montana-System, wo Sie die *Copenhagen* stahlen – von niemand Geringerem als Heinrich Kalokainos –, um sie hier im Monica-System als vorgeschobenen Aufklärer einzusetzen. Kalokainos hatte nie viel für das Sternenkönigreich übrig, und er hat ein paar solarische Abgeordnete und, weit wichtiger, Grenzsicherheitsbeamte in der Tasche, was ich einem Offizier mit einer Vorgeschichte im Foreign Office wahrscheinlich nicht eigens auseinanderzusetzen brauche. Dann verleiteten Sie President Suttles dazu, die gesamte Crew der *Copenhagen* einzusperren, damit Sie das Schiff an sich bringen konnten. Irgendwie bezweifle ich, dass die Grenzsicherheit von *seinem* Verhalten besonders angetan sein wird, wenn die Nachricht dieser kleinen Eskapade Kommissar Verrochio erreicht, und für Montana könnte sie noch immer unangenehme Folgen haben.

Vergessen Sie auch nicht die Art, mit der Sie meine Aufstellung völlig über den Haufen geworfen haben, indem Sie jedes Schiff der Südpatrouille an sich rissen, die *eigentlich* die gesamte Flanke von Talbott schützen sollte. Oder dass Sie mich – der ich, wenn ich mich recht entsinne, Ihr Vorgesetzter bin, wenigstens pro forma – vorsätzlich auf eine Weise über Ihre Pläne informierten, die es mir völlig unmöglich machte, Sie von Ihrem Vorhaben abzubringen.

Was mich auf die Folgen Ihres Vorgehens bringt.«

Er lächelte gepresst.

»Ihrem Bericht zufolge haben Sie ein ganzes Dutzend Schlachtkreuzer solarischen Baumusters im Dienst eines solarischen Klientenstaates vernichtet, ohne einen Befehl dazu zu haben und ohne dass eine offizielle Erklärung von Feindseligkeiten zwischen dem Sternenkönigreich und fraglichem Klientenstaat besteht. Im Zuge dieser Vernichtung haben Sie mehrere Tausend monicanische Militärangehörige und eine noch unbestimmte – aber zweifellos hohe – Anzahl solarischer und monicanischer Werfttechniker, von denen ohne Zweifel sehr viele Zivilisten waren, getötet. Sie haben sechs Kampfschiffe Ihrer Majestät verloren, zusammen mit über sechzig Prozent ihrer Besatzungen, und an den lediglich vier verbliebenen Überlebenden Ihrer Streitmacht schwere Schäden erlitten. Und Ihrem eigenen Bericht und den recht lautstarken Beschwerden President Tylers, die ich bereits erhalten habe, zufolge gaben Sie sich damit nicht zufrieden, sondern drohten mit der Vernichtung der zivilen Teile von Eroica Station – und damit der Tötung sämtlicher Zivilisten an Bord dieser Bereiche –, um die monicanische Navy auf Abstand zu halten und die Entfernung von Besatzungsmitgliedern und möglichem Belastungsmaterial aus den beiden verbleibenden Schlachtkreuzern zu verhindern.«

Er schaukelte mit dem Sessel leicht von einer Seite auf die andere, musterte Terekhov einige Sekunden lang und zog schließlich eine Braue hoch.

»Erscheint Ihnen das als hinreichend genaue Zusammenfassung Ihrer energischen Aktivitäten im Laufe der vergangenen zwo bis drei T-Monate, Captain?«

»Jawohl, Sir«, hörte Terekhov sich mit unverhältnismäßig fester Stimme antworten.

»Und können Sie mir irgendwelche ... Erklärungen oder Rechtfertigungen für Ihre Maßnahmen liefern, die in Ihren Berichten noch nicht enthalten sind?«

»Nein, Sir«, sagte Terekhov und sah dem Admiral offen in die Augen.

»Nun.«

Khumalo musterte wortlos vielleicht noch zehn Sekunden lang sein Gesicht, dann zuckte er die Achseln.

»Ich kann nicht behaupten, dass mich Ihre Antwort sehr überrascht, Captain«, sagte er. »Ich bin davon ausgegangen, dass Sie vielleicht gern anwesend wären, während ich meine offizielle Antwort auf President Tylers Forderungen aufzeichne, ich möge Ihre Maßnahmen verurteilen, Sie des Kommandos entheben, Sie bis zum wohlverdienten Kriegsgerichtsverfahren in Arrest setzen, mich bei der souveränen Republik Monica entschuldigen und zustimmen, die gesamte Angelegenheit der ›unvoreingenommenen‹ Untersuchung und Bewertung durch das Office of Frontier Security zu unterwerfen.«

Terekhov fragte sich, ob der Admiral diesmal mit einer Antwort rechnete. Angesichts der Umstände erschien es Terekhov nicht unbedingt als klügstes Verhalten, etwas zu erwidern, selbst wenn Khumalo es erwartete.

Khumalo lächelte erneut gepresst, als Terekhov schwieg, dann drückte er eine Taste an seinem Tischrechner.

»Signalabteilung«, sagte eine Stimme. »Lieutenant Masters.«

»Hier spricht der Admiral, Lieutenant. Ich möchte eine Nachricht an President Roberto Tyler aufzeichnen.«

»Jawohl, Sir. Einen Augenblick bitte.« Kurz herrschte Stille, dann sagte Masters: »Mikro live, Admiral. Bitte sprechen Sie.«

Khumalo blickte in den Aufzeichner seines Terminals. »President Tyler, ich möchte mich entschuldigen, dass ich nicht umgehender antworte. Wie Sie wissen, beträgt die Signalverzögerung nach Eroica Station im Augenblick über vierzig Minuten. In Anbetracht dieser unvermeidlichen Verzögerung in unserer Kommunikation hielt ich es für klüger, direkt mit Captain Terekhov zu reden und mir seine Sicht der unglücklichen Ereignisse im Monica-System persönlich darlegen zu lassen, ehe ich wieder mit Ihnen spreche.«

Meine *Sicht der Ereignisse, was?*, dachte Terekhov und schnaubte innerlich.

»Selbstverständlich bin ich tief betroffen über den Verlust an Menschenleben, sowohl auf manticoranischer als auch auf monicanischer Seite«, fuhr Khumalo ernst fort. »Die Vernichtung so vieler Schiffe, der große Schaden am öffentlichen Eigentum der Republik machen mir ebenfalls Gedanken. Und ich muss Sie informieren, dass Captain Terekhov in seinen offiziellen Berichten selbst zugibt, dass seine Maßnahmen von keiner überordneten Stelle genehmigt worden sind.«

Mit ernster Miene schüttelte der Admiral den Kopf.

»Ich habe sorgsam Ihr Ersuchen in Betracht gezogen, seine Maßnahmen zu verurteilen, ihn seines Kommandos zu entheben, Ihre Regierung offiziell um Entschuldigung zu bitten und die gesamte tragische Angelegenheit der Untersuchung und Bewertung durch das Office of Frontier Security zu unterwerfen. Und ich bin sicher, dass meine Königin nur wenig mehr verlangen könnte als eine rasche und gerechte Auflösung der zahllosen Fragen, Anschuldigungen, Behauptungen und Gegenbehauptungen, die die Ereignisse hier im Monica-System aufwerfen.«

Khumalos Blick zuckte zur Seite auf Terekhovs maskenhaftes, regloses Gesicht und richtete sich dann wieder auf den Aufzeichner.

»Obwohl das alles der Wahrheit entspricht, Mr. President«, fuhr er fort, »bin ich dennoch der Ansicht, dass meine Königin noch entschiedener von Ihnen und Ihrer Regierung eine Erklärung verlangen würde, wieso Sie unmittelbar Bemühungen unterstützt haben, Terroristenorganisationen zu bilden, anzuleiten, aufzustacheln und mit Waffen zu versorgen, damit sie Attentate, Morde und Vernichtungsschläge gegen die Bürger anderer souveräner Sternnationen verüben, die Mitgliedschaft im Sternenkönigreich von Manticore beantragt haben. Ich bin weiterhin der Ansicht, sie würde anführen, dass meine erste Pflicht im Schutze dieser Bürger vor weiteren Anschlägen bestehe, und darüber hinaus im Ermitteln derjenigen, die die Verantwortlichen für die bereits ausgeführten Anschläge mit etlichen Tonnen moderner *solarischer* Waffen versorgt haben, die Captain Terekhov im Split-System sicherstellen konnte. Darüber hinaus fürchte ich, dass Ihre Majestät wohl kaum auf die Unvoreingenommenheit einer Ermittlung durch das Office of Frontier Security der Solaren Liga vertrauen würde und alles andere als erfreut wäre, wenn die beiden verbleibenden Schlachtkreuzer, die Ihnen ganz offensichtlich von *solarischen* Interessengruppen zugespielt wurden, auf geheimnisvolle Weise verschwinden sollten, ehe diese Untersuchung zur beiderseitigen Zufriedenheit abgeschlossen werden kann.«

Terekhov merkte, wie sein Kiefer herunterklappen wollte, und er hielt ihn mit Nachdruck oben.

»Offensichtlich kann ich angesichts der großen Entfernung zu Manticore nicht mit Sicherheit wissen, was Ihre Majestät letzten Endes entscheiden wird, wenn sie diese gewichtigen Angelegenheiten abgewogen hat«, fuhr Khumalo fort. »Nach meiner Einschätzung als ranghöchster anwesender Offizier der Navy Ihrer Majestät entscheide ich jedoch, dass solange mir die Entscheidung der Königin nicht bekannt ist, meine Pflicht und Verantwortung darin bestehen, den Status quo in diesem Sonnensystem aufrechtzuerhalten, und zwar, bis die von mir angeforderte beträchtliche Verstärkung eintrifft, die ohne Zweifel Depeschen direkt von Manticore mitbringt. Sollte meine Königin mich dann anweisen, Ihren Wünschen zu folgen, werde ich das selbstverständlich mit Freuden tun. Bis dahin aber muss ich Captain Terekhovs Maßnahmen ohne Einschränkung *gutheißen*. Ich setze Sie in Kenntnis, dass ich seinen Schlussfolgerungen vorbehaltlos zustimme und die volle Absicht habe, seine Anordnungen und die militärische Position, die er seit dem unglückseligen Gefecht gegen Ihre Flotteneinheiten eingenommen hatte, beizubehalten.

Ich hoffe aufrichtig, dass die Situation so gütlich wie möglich durch die diplomatischen Repräsentanten zweier zivilisierter Sternnationen bereinigt werden kann, ohne dass es zu weiteren Verlusten an Menschenleben oder Vernichtung von Einrichtungen kommt, seien sie öffentlich oder privat. Wenn Sie sich allerdings entscheiden sollten – was ohne Zweifel Ihr Recht wäre –, die militärische Gewalt, die sich weiterhin unter Ihrem Kommando befindet, gegen eine Einheit der Royal Manticoran Navy einzusetzen, oder sollte ich irgendeinen Grund zu der Annahme haben, dass Sie Maßnahmen ergreifen, Beweismaterial auf Eroica Station zu vernichten, zu verbergen oder zu entfernen, so werde ich nicht zögern, genau so zu reagieren, wie Captain Terekhov es Ihnen bereits angekündigt hat.«

Augustus Khumalo blickte in den Aufzeichner hoch, und seine tiefe Stimme klang sehr ruhig.

»Die Wahl, Mr. President, liegt bei Ihnen. Ich bin sicher, Sie werden weise entscheiden.«

SIEBEN

Michelle Henke zwang sich, gelassen von dem Buchlesegerät aufzublicken, ohne Zeichen ihrer brennenden Ungeduld und Nervosität, als Master Steward Billingsley sich höflich in der offenen Luke räusperte.

»Ja, Chris?«

»Verzeihen Sie, wenn ich Sie störe, Ma'am«, sagte Billingsley ernst und gestattete ihr pflichtschuldig vorzugeben, dass sie keine von beiden Emotionen empfand, »aber der Kommandant bat mich, Ihnen mitzuteilen, dass wir in zwanzig Minuten den Hyperraum verlassen. Er ersucht Sie, auf das Kommandodeck zu kommen, sobald es Ihnen möglich ist.«

»Ich verstehe.« Michelle markierte die Stelle, an der sie war, dann steckte sie das Lesegerät weg und erhob sich. »Bitte informieren Sie den Kommandanten, dass ich in fünfzehn Minuten bei ihm sein werde. In der Zwischenzeit werde ich mich ein wenig frisch machen.«

»Jawohl, Ma'am.«

Billingsley verschwand, und Michelle ging zu dem winzigen Waschraum ihrer engen Kammer und grinste sich im Spiegel über dem kleinen Waschbecken schief an.

Sie wusste ganz genau, dass sie Billingsley nicht getäuscht hatte. Sie hatte es nicht einmal richtig versucht. Sie hatte nur pflichttreu die Rolle gespielt, die ihre jeweiligen Ränge ihr abverlangten, und Lieutenant Toussaint Brangeard, der Kommandant von RHNS *Comet* spielte nach den gleichen Regeln.

Und alle sind wir nervös wie die Baumkatzen, wenn sie versuchen, sich an einen Hexapuma mit einer wunden Pfote anzuschleichen. Ihr Spiegelbild entlockte ihr ein Kopfschütteln. *Ich bin verdammt sicher, dass ich nicht als Einzige an Bord bin, die wünschte, es wäre Zeit gewesen, diese Sache durch die zuständigen diplomatischen Kanäle in die Wege zu leiten, statt dieses dramatische Husarenstück anzuzetteln. Unangekündigt hereinzuplatzen ist gewiss ein Weg sicherzustellen, dass Pritcharts Nachricht zeitig genug ankommt, um noch etwas zu bewirken, aber leider nur dann, wenn wir es überleben. In Anbetracht der Umstände frage ich mich, ob Brangeard eher befürchtet, von einem unserer Vorposten aus dem All gefegt zu werden oder als der Skipper in die Geschichte einzugehen, der zugelassen hat, dass die Cousine der manticoranischen Königin – und der diplomatische Auftrag seiner eigenen Präsidentin – zusammen mit ihm zerstrahlt wurde.*

Brangeard hätte die Frage vermutlich als schwer zu beantworten empfunden. Persönlich wäre es Michelle sehr recht gewesen, wenn niemand zu Tode käme, sie selbst eingeschlossen, und die Versuchung war groß, Brangeard zu einer der Hermes-Bojen am Außenrand des Systems von Trevors Stern zu leiten. Bislang allerdings gab es noch keine Anzeichen, dass die Haveniten von dieser speziellen Anwendung der überlegenen manticoranischen Überlichtsignaltechnik wussten. Obwohl das System weiterhin auf der Geheimhaltungsliste stand, hätte sie Brangeard beinahe eingeweiht, weil sie sich sagte, die Nachricht, die sie brachte, sei wichtiger als die Geheimhaltung der Hermes-Boje. Immer vorausgesetzt, dass die Boje nach wie vor geheim war.

Am Ende hatte sie sich aus drei Gründen dagegen entschieden. Erstens war es gut möglich, dass ein unidentifizierter Hyperraumaustritt unweit einer Hermes-Boje einen übereifrigen Zerstörer- oder Kreuzerkommandanten dazu verleitete, erst zu schießen und Fragen später zu stellen. Das sollte eigentlich nicht geschehen, und weder Honor noch Theodosia Kuzak wären mit fraglichem Skipper sonderlich zufrieden. Das jedoch wäre den Geistern der Crew und der Passagiere des unbewaffneten Kurierbootes kaum ein Trost. Zweitens musste sie zugeben, dass sie sich tief in ihrem Innern noch immer davor fürchtete, die Möglichkeit einzuräumen, sie könnte mit ihrer Mission – oder genau genommen eher Pritcharts Mission – erfolgreich sein. Fast war es, als hätte sie unbewusst entschieden, dass sie nichts wagen würde, was das kapriziöse Schicksal bewegen könnte, sie für ihre Hybris zu strafen. Das war ohne Zweifel so dumm es nur ging, aber leider auch die Wahrheit. Ihr dritter Grund war der Umstand, dass die raschere Kommunikation mithilfe des Hermes-Relais wahrscheinlich gar keine so große Wirkung auf die Reaktion der Systemverteidigung auf das plötzliche Auftauchen eines unbekannten Schiffes aus dem Hyperraum hätte. Der Umstand, dass das gesamte Sonnensystem zum militärischen Sperrgebiet erklärt worden war, hätte den Verteidigern das juristische Recht gegeben, ohne Anruf zu feuern und hinterher die Leichen zu identifizieren – falls welche übrig blieben –, auch wenn Michelle ernsthaft bezweifelte, dass ein manticoranischer Geschwaderchef solch einen Befehl erteilen würde.

Hoffst du jedenfalls, sagte sie sich trocken.

Sorgfältig begutachtete sie ihre äußere Erscheinung und vergewisserte sich, dass sie so perfekt wie menschenmöglich aussah, dann holte sie tief Luft und straffte die Schultern.

Zeit, keine Zeit mehr damit zu vergeuden, so zu tun, als würde dich Chris aus dieser Kammer lassen, ohne dass du absolut *perfekt aussiehst, Mädchen. Du hast ihn Brangeard ausrichten lassen, dass du ins Cockpit kommst. Also los.*

»Guten Morgen, Admiral Gold Peak«, sagte Lieutenant Brangeard und erhob sich respektvoll, als Michelle in das winzige Kommandodeck der *Comet* trat.

»Danke, Captain«, antwortete Michelle. An den ersten Tagen hatte sie versucht, Brangeard abzugewöhnen, sie mit ihrem Titel anzusprechen, doch war ihr nicht mehr Erfolg beschieden gewesen als bei Arlo Tanner; die Gründe lagen gewiss ganz woanders.

»Sie kommen gerade rechtzeitig, Mylady«, sagte er und wies mit einem Nicken auf das Digitaldisplay am Schott, das die Zeit bis zum Hyperraumaustritt der *Comet* anzeigte. Als Michelle es anblickte, stellte es sich auf exakt vier Minuten, und sie lachte stillvergnügt in sich hinein. Brangeard hob die Brauen höflich fragend, und ihr leises Lachen wurde zu einem Schnauben.

»Ich dachte nur gerade über die Perversität des Universums nach, Captain«, sagte Michelle. »Eine recht enge Freundin von mir hat einmal etwas Ähnliches getan, nur in erheblich größerem Maßstab.«

»Ach?« Brangeard neigte kurz den Kopf zur Seite, dann schnaubte er selbst. »Sie meinen die Herzogin von Harrington, nachdem sie vom SyS-Gefängnis auf Cerberus entkommen war, Mylady?«

»Ganz genau die meine ich. Wie gesagt, sie gestaltete ihre Ankunft ein wenig extravaganter, als wir es nun tun. Zum einen war sie keine Kriegsgefangene auf Ehrenwort und stand nicht auf einem fremden Kommandodeck. Und sie hatte wenigstens ein halbes Dutzend Schlachtkreuzer, was wahrscheinlich genügend Feuerkraft bedeutete, um jeden so lange zögern zu lassen, dass sie Verbindung aufnehmen konnte.«

»Das ist wohl wahr, Mylady. Andererseits wird dank des Umstands, dass die *Comet* nur ein Kurierboot ist, wahrscheinlich niemandem der Gedanke kommen, wir stellten eine Bedrohung dar. Das sollte die Finger wenigstens so lange von den Startknöpfen halten, dass man uns fragen kann, ob wir eigentlich wissen, was wir da tun.«

»Das sage ich mir auch die ganze Zeit, Captain. Inbrünstig und oft«, entgegnete Michelle nur halb belustigt. »Selbstverständlich besteht ein weiterer kleiner Unterschied zwischen der Ankunft Ihrer Hoheit und unserer.« Brangeard sah sie an, und sie lächelte. »Damals besaß noch niemand Mehrstufenraketen. Deshalb hatte sie erheblich mehr Spielraum, ehe jemand auf Feuerentfernung an ihre Schiffe herankommen konnte.«

»Mylady, diesen kleinen Unterschied habe ich den ganzen Morgen zu vergessen versucht«, sagte Brangeard so trocken wie die Wüste. »Vielen Dank, dass Sie mich darauf aufmerksam machen.«

Michelle lachte und setzte zu einer Antwort an, doch ehe sie es konnte, läutete es leise, und die *Comet* fiel unmittelbar vor der Hypergrenze von Trevors Stern in den Normalraum.

»Skipper, außerplanmäßiger Hyperabdruck auf sechs Millionen Kilometer!«

Captain Jane Timmons, Kommandantin von HMS *Andromeda,* drehte sich mit dem Kommandosessel dem Taktischen Offizier zu. Sechs Millionen Kilometer lag innerhalb der Reichweite von Einstufenraketen!

Sie öffnete den Mund, um weitere Informationen zu verlangen, doch der Taktische Offizier lieferte sie schon selbstständig.

»Ein einziger Abdruck, Ma'am. Sehr klein. Wahrscheinlich von einem Kurierboot.«

»Bereits ein Signal?«, fragte Timmons.

»Nicht überlichtschnell, Ma'am. Und lichtschnell dauert es noch ...« – er sah auf den Zeitstempel der Erstortung – »ein paar Sekunden. Um genau zu sein ...«

»Captain«, sagte der Signaloffizier sehr langsam, »ich habe hier ein Gespräch, das Sie lieber annehmen sollten.«

»Sie müssen entschuldigen«, sagte die außerordentlich misstrauisch wirkende Frau in der Uniform eines Captains of the

List der Royal Manticoran Navy von dem kleinen Combildschirm im Kommandodeck der *Comet,* »aber da muss Ihnen doch vielleicht etwas Besseres einfallen, Captain ... Brangeard, richtig? Für diplomatischen Verkehr gibt es ordnungsgemäße Prozeduren. Prozeduren, bei denen havenitische Kurierboote nicht auf Sensorreichweite an heikle Einrichtungen herankommen. Deshalb würde ich Ihnen empfehlen, sich größere Mühe zu geben, wenn Sie mich überzeugen wollen, nicht das Feuer zu eröffnen.«

»Also gut, Captain«, sagte Michelle und trat in den Erfassungsbereich des visuellen Aufzeichners. »Wollen wir doch einmal sehen, ob ich dem Captain den Gefallen erweisen kann.«

Michelle war nicht klar gewesen, wie sehr das Überlichtcom der Manticoranischen Allianz sie verwöhnt hatte, bis sie sich gezwungen sah, die Beschränkungen einfach lichtschneller Signale auf solch winzige Distanzen zu ertragen. Sie stand da und wartete, bis ihr Bild die zwanzig Lichtsekunden zum anderen Schiff überwand, dann weitere zwanzig Sekunden, während die Antwort von der anderen Seite zur *Comet* zurückkehrte.

Am Ende, entschied sie, war es das Warten wert.

Vierzig Sekunden, nachdem sie das Wort ergriffen hatte, lief noch tieferes Misstrauen über das Gesicht auf dem Combildschirm der *Comet,* dann erblickte es Michelles tadellose *manticoranische* Uniform an jemandem, der sie von Bord eines havenitischen Schiffes ansprach. Als die Kommandantin der *Andromeda* dann jedoch an der Uniform vorbeiblickte, wich das Misstrauen etwas völlig anderem. Michelle wusste aus persönlicher Erfahrung, dass die RMN sich nicht gerade die am leichtesten zu verblüffenden Offiziere als Schlachtkreuzerkommandantinnen aussuchte, und dennoch fiel der anderen Frau die Kinnlade herunter.

Tja, dachte Michelle, *ich habe eben wirklich eine Winton-Nase. Und davon abgesehen, dass mein Teint um ungefähr zwölf Schattierungen dunkler ist als Beths, sollen wir uns ziemlich ähnlich sehen. Das hat man mir jedenfalls gesagt.*

»Wahrscheinlich ist das Vorgehen nicht ganz ordnungsgemäß«, sagte sie trocken, als dem Captain anzusehen war, dass sie Michelle erkannte, »aber ich bringe eine Nachricht von der Präsidentin der Republik Haven an Ihre Majestät.«

Michelle zwang sich, ganz still zu sitzen, als die Schubtriebwerke zündeten und die Pinasse Nummer eins der *Andromeda* in den Beiboothangar des riesenhaften Superdreadnoughts lenkten. Es fiel ihr schwer. Zu viele Gefühle, zu viele widersprüchliche Wellen aus Erleichterung, Staunen, Hoffnung und Unbehagen durchfluteten sie. Zum letzten Mal hatte sie dieses Schiff als Icon auf einem taktischen Display gesehen und gewusst, dass sie es niemals wiedersehen würde, und auch nicht den Admiral, dessen Lichtkennung es auch heute führte. Dennoch, hier war sie, wieder aufgetaucht wie der sprichwörtliche falsche Fünfziger.

Und mit solch einer ... interessanten Botschaft auch noch, dachte sie. *Trotzdem ist es nicht fair. Als Honor von den Toten zurückkehrte, war ich nicht in der Nähe. Wenigstens hatten wir damals beide Gelegenheit, unsere Gefühle in den Griff zu bekommen, ehe wir uns von Angesicht zu Angesicht gegenüberstanden.*

Die Pinasse senkte sich auf das Andruckgerüst, und die Personenröhre und die Nabelschnüre fuhren aus und verbanden sich mit den Zugangspunkten auf seinem Rumpf. Der Bordingenieur überprüfte die Lukenanzeige.

»Dichtung grün, Skipper«, meldete er. »Öffne die Luke.«

Die Luke glitt auf, und der Petty Offizier, der sie geöffnet hatte, trat beiseite und nahm Haltung an.

»Willkommen zu Hause, Admiral«, sagte er mit einem sehr breiten Lächeln, das Michelle erwiderte.

»Danke, P. O. Gervais«, sagte sie, indem sie das Namensschild an seiner Uniformbrust las. Der Maat grinste womöglich noch breiter, und Michelle nickte ihm zu und stieß sich ab in die Schwerelosigkeit der Personenröhre.

Die Entfernung vom Passagierabteil der Pinasse zu HMS Imperator betrug nur wenige Meter, aber Michelle genoss die kurze Reise durch die Nullschwerkraft. Bei der Vernichtung der *Ajax* war ihr Bein nicht einfach nur gebrochen worden. »Zerschmettert« wäre ein treffenderer Ausdruck gewesen, »pulverisiert« umriss es vielleicht sogar noch genauer. Bei der Regeneration von Knochen brach die Geschwindigkeit der Schnellheilung ohnehin stets ein. Das Bein war zwar ohne Weiteres in der Lage, ihr Gewicht wieder zu tragen, oder zumindest, solange sie es ruhig anging, doch es neigte nach wie vor zu höchst unangenehmen Schmerzen, wenn sie es zu stark belastete.

Sie erreichte das Bordende der Röhre, packte die rote Haltestange und schwang sich aus der Mikrogravitation ins interne Schwerefeld des Flaggschiffs der Achten Flotte, das beim üblichen einem Gravo lag. Sie landete ein wenig zaghaft – plötzliche Erschütterungen reizten die Nervenenden in ihrem heilenden Bein von Unbehaglichkeit zum stechenden Schmerz –, dann nahm sie Haltung an und salutierte, während die Bootsmannspfeifen schrillten.

»Schlachtkreuzergeschwader Einundachtzig kommt an Bord!«

Die Ankündigung, die nie wieder zu hören sie schon akzeptiert hatte, drang aus den Lautsprechern des Beiboothangars, und die Seite nahm Haltung an und erwiderte zackig Michelles Ehrenbezeugung.

»Bitte um Erlaubnis, an Bord zu kommen, Sir«, wandte sie

sich an den Lieutenant mit der schwarzen Armbinde des Hangaroffiziers vom Dienst.

»Erlaubnis erteilt, Admiral Henke!«

Beide Hände senkten sich nach dem militärischen Gruß, und Henke ging an dem Hangaroffizier vorbei. Sie versuchte, nicht allzu offensichtlich zu hinken, während sie sich vor die hochgewachsene, mandeläugige Frau in der Uniform eines Volladmirals stellte, auf deren Schulter eine grau-cremefarbene Baumkatze saß.

»Mike«, sagte Honor Alexander-Harrington sehr ruhig und drückte fest die Hand, die ihre Freundin ihr entgegenstreckte. »Es freut mich sehr, Sie wiederzusehen.«

»Ganz meinerseits, Hoheit.« Michelle bemühte sich um eine Stimme, die nicht schwankte, doch sie wusste, dass ihr kein voller Erfolg beschieden war. Honor drückte noch einmal etwas fester nach, dann gab sie Michelle frei und trat einen Schritt zurück.

»Sagten Sie nicht etwas von einer Nachricht?«, fragte sie.

»Jawohl, das sagte ich.«

»Soll ich Admiral Kuzak herbitten lassen?«

»Das wird wohl nicht nötig sein, Ma'am.« Michelle hatte ihre Stimme wieder in der Gewalt und blieb der umstehenden Zuschauer wegen formell.

»Dann begleiten Sie mich doch in mein Quartier.«

»Gern, Hoheit.«

Honor führte den Weg zum Liftschacht an, und Colonel Andrew LaFollet, ihr persönlicher Waffenträger, folgte ihnen wachsam in seiner grünen Harringtoner Uniform. Sonst begleitete sie niemand. Honor persönlich drückte den Knopf, dann lächelte sie matt und winkte Michelle durch die Tür, die sich vor ihr öffnete. Sie und LaFollet folgten ihr, die Tür glitt zu, und Honor streckte die Hände vor und packte Michelle bei den Unterarmen.

»Mein Gott«, sagte sie leise, »was tut es gut, dich zu sehen, Mike!«

Michelle wollte antworten, doch ehe ihr etwas angemessen Schlagfertiges einfallen wollte, zog Honor sie plötzlich in eine feste Umarmung. Michelle riss die Augen auf. Honor war nie eine Freundin beiläufiger Gefühlsbekundungen gewesen, und selbst in dieser Situation hatte Michelle nicht damit gerechnet. Außerdem, sagte sie sich im nächsten Moment, hätte sie nie erwartet, dass Honors genmanipulierte, auf Sphinx gestählte Muskeln so kräftig wären.

»Vorsicht! Vorsicht!«, keuchte sie, während sie die Umarmung erwiderte. »Das Bein reicht mir, Frau! Ich brauche nicht auch noch gequetschte Rippen!«

»Entschuldige«, sagte Honor rau, trat zurück und räusperte sich, während Nimitz auf ihrer Schulter Michelle mit einem glücklichen Schnurren begrüßte.

»Entschuldige«, wiederholte sie, »das kommt nur davon, dass ich dich für tot hielt. Und als wir dann erfuhren, dass du noch lebst, dachte ich, es dauert Monate oder sogar Jahre, bis ich dich wiedersehe.«

»Dann sind wir wegen deines kleinen Abstechers nach Cerberus wohl quitt«, erwiderte Michelle lächelnd.

»Das sind wir wohl«, stimmte Honor ihr zu und lachte leise. »Allerdings warst du wenigstens nicht lange genug tot, dass man dir schon ein komplettes Staatsbegräbnis ausrichten konnte!«

»Schade.« Michelle grinste sie an. »Das hätte ich mir gern im HD angesehen.«

»Ja, wahrscheinlich. Du warst schon immer ein klein bisschen seltsam, Mike Henke!«

»Um das zu merken, brauchst du dir nur meinen Freundeskreis anzuschauen.«

»Ganz bestimmt«, entgegnete Honor, und der Lift öffnete

sich und setzte sie im Gang vor ihrer Kajüte ab. Spencer Hawke, Honors jüngster Leibwächter, stand Posten am Eingang, und Honor blieb stehen und blickte LaFollet über die Schulter hinweg an.

»Andrew, Spencer und Sie können nicht ewig so weitermachen. Wir brauchen wenigstens einen weiteren Waffenträger hier oben, der Sie beide ab und zu mal entlastet.«

»Mylady, ich habe darüber nachgedacht, aber noch nicht die Zeit gefunden, jemanden auszusuchen«, sagte LaFollet. Er klang merkwürdig, fand Michelle; so hatte er noch nie geklungen, wenn er zu Honor sprach. Es war kein Widerspruch, er wich ihr noch nicht einmal aus – nicht ganz jedenfalls –, und doch ...

»Ich müsste nach Grayson zurück, Mylady«, fuhr LaFollet fort, »und –«

»Nein, Andrew, das brauchen Sie nicht«, unterbrach Honor ihn mit einem gemäßigt strengen Blick. »Zwei Punkte«, sagte sie leise, aber bestimmt. »Erstens, nächsten Monat kommt mein Sohn zur Welt. Zwotens«, fuhr sie fort, während sie vorgab, das schmerzliche Aufflackern in seinen grauen Augen nicht bemerkt zu haben, »ist Brigadier Hill durchaus imstande, auf Grayson eine Gruppe geeigneter Kandidaten auszuwählen und sie herzuschicken, damit Sie und ich sie uns näher ansehen können. Ich weiß, dass Ihnen vieles durch den Kopf geht, und ich weiß, dass Ihnen gewisse Aspekte der Lage nicht sehr gefallen. Trotzdem, wir müssen uns darum kümmern.«

LaFollet erwiderte vielleicht zwei Sekunden lang ihren Blick, dann seufzte er.

»Jawohl, Mylady. Mit dem Morgenshuttle sende ich die Depesche an Brigadier Hill.«

»Danke«, sagte sie, berührte ihn leicht am Arm und wandte sich wieder an Michelle.

»Ich glaube, da erwartet dich noch jemand«, sagte sie, und

die Luke glitt auf und zeigte einen über das ganze Gesicht strahlenden James MacGuiness.

»Mac«, sagte Michelle und streckte den Arm aus, und MacGuiness die Hand zu reichen. Dann entschied sie, dass das nicht genug sei, und zog ihn in eine Umarmung, die beinahe so zermalmend ausfiel wie die, mit der Honor gerade sie selbst malträtiert hatte. Der ältere Mann riss ganz kurz die Augen auf. Technisch, sagte sich Michelle, sollten Konteradmirale vielleicht nicht einfache Stewards umhalsen, doch das war ihr wirklich völlig gleichgültig. Sie kannte MacGuiness seit fast zwanzig Jahren, und er gehörte seit Langem zu Honors erweiterter Familie – wie Michelle auch. Außerdem gab es Stewards, und es gab Stewards, und an James MacGuiness war nichts, was man als »einfach« hätte bezeichnen können.

»Wenn ich das sagen darf, Admiral, es ist eine der größten Freuden meines ganzen Lebens, Sie wieder zu Hause begrüßen zu dürfen«, sagte er, als die Kraft ihrer Umarmung nachließ und er einige Zentimeter abrücken konnte. »Ja, es macht mir fast genauso viel Freude, wie jemand anderen wieder zu Hause willkommen zu heißen; einige Jahre ist das jetzt her.«

»Und wer mag das nur gewesen sein, Mac?«, fragte Michelle und machte unschuldige große Augen.

Der Steward lachte leise und schüttelte den Kopf, dann sah er zu Honor hinüber.

»Ich war so frei, einen kleinen Imbiss anzurichten, Hoheit«, sagte er zu ihr. »Sie finden ihn in Ihrem Arbeitszimmer. Sollten Sie noch etwas benötigen, summen Sie nach mir.«

»Mac, es ist mitten in der Nacht«, erwiderte Honor mit zugeneigter Verzweiflung. »Mir ist klar, dass Admiral Henke noch immer auf Nouveau Pariser Zeit eingestellt ist, aber wir sind es nicht. Also gehen Sie wieder zu Bett. Schlafen Sie gefälligst!«

»Summen Sie einfach, Hoheit«, entgegnete er mit einem leisen Lächeln und zog sich zurück.

LaFollet tat es ihm nach und ließ Honor und Michelle allein. Michelle zog eine Augenbraue hoch.

»Andrew lässt mich mit dir allein?«, fragte sie erstaunt, während Honor vor ihr ins Arbeitszimmer ging und ihr mit einer Geste einen Sessel anbot.

»Ja, das tut er«, bestätigte Honor.

»Bist du sicher, dass das klug ist?« Michelle klang völlig ernst, und Honor zog eine Braue hoch, während sie sich auf den Sessel gegenüber setzte. Nimitz glitt von der Schulter seiner Person herunter und rekelte seinen langen, sehnigen Leib hinter ihr auf der Polsterlehne.

»Ich komme gerade aus einem havenitischen Gefangenenlager«, erklärte Michelle. »Ich glaube zwar nicht, dass ihre Medikos irgendetwas anderes getan haben, als sich sehr gut um mich und alle meine Überlebenden zu kümmern, Honor, aber Tim glaubte auch nicht, dass irgendetwas mit ihm angestellt worden wäre, ehe er versuchte, dich zu töten. Und da es fast mit Sicherheit die Havies waren, die ihn programmiert haben, woher willst du dann wissen, dass sie es nicht auch ...«

Sie ließ den Satz verklingen, und Honors Nasenflügel blähten sich. Sie schnaubte nicht – wirklich –, aber ihre Körpersprache und ihr Gesichtsausdruck vermittelten den Eindruck, sie hätte es getan.

»Erstens«, sagte sie, »bist du nicht bewaffnet, es sei denn, man hätte es geschafft, irgendwo in dir eine Waffe zu verstecken, und das wäre bei den Scans an Bord der *Andromeda* bemerkt worden. Und bei allem schuldigen Respekt, ich mache mir keine allzu großen Sorgen, dass du mich mit bloßen Händen töten könntest, ehe Andrew wieder hereinkommt und mich rettet.«

Trotz ihrer aufrichtigen Sorge zuckten Michelles Lippen. Anders als sie hatte Honor Alexander-Harrington fast fünfzig Jahre lang den Coup de Vitesse trainiert. Selbst ohne den versteckten Pulser, den Honors Vater, wie Michelle wusste, in Honors künstliche linke Hand eingebaut hatte, wäre es für Honor nicht weiter schwierig gewesen, jeden Angriff Michelles mit bloßen Händen abzuwehren.

»Und zwotens«, fuhr Honor fort, »wissen Nimitz und ich jetzt, worauf wir achten müssen. Ich bin ziemlich zuversichtlich, dass wir es mindestens genauso schnell wie du bemerken würden, wenn jemand dich übernimmt, und, Mike« – sie sah Michelle direkt in die Augen – »ich werde keine weiteren Freunde töten, nur um sie aufzuhalten. Da gibt es andere Mittel. Und ich werde auch nicht das Risiko eingehen, dass Andrew es anders hält. Wenn also jemand auf dem Planeten Haven ein paar neue Zeilen in deinen Programmcode eingeschleust hat, dann kann ich nur sagen, je schneller sie ausgelöst werden, desto besser.

Außerdem« – sie grinste unvermittelt und löste damit die Spannung des Augenblicks – »kann ich nicht glauben, dass in der Republik jemand so verrückt sein sollte, mir noch mehr programmierte Attentäter auf den Hals zu hetzen, und schon gar keine Attentäterin, die gerade aus dem Gefangenenlager entlassen und mit einem Kurierboot nach Hause geschickt wurde! Ich glaube, sie müssten dort ungefähr ahnen, wie Elizabeth darauf reagieren würde.«

»Wenn du dir sicher bist«, sagte Michelle.

»Absolut«, erwiderte Honor fest und nahm die Kaffeekanne vom Tablett, das MacGuiness hingestellt hatte. Sie schenkte Michelle eine Tasse ein, goss für sich heißen, dampfenden Kakao aus einer zweiten Kanne in eine andere Tasse und lehnte sich wieder zurück.

Mehrere Minuten lang sprach keiner von ihnen. Sie saßen nur beisammen und tranken, während Honor träge an einem Sandwich knabberte – sie ergriff die Gelegenheit, ihren genmodifizierten Metabolismus mit Brennstoff zu versorgen – und

Nimitz eine Selleriestange reichte. Der Kater kaute den Leckerbissen genießerisch – und wenig sauber –, und die Knirschgeräusche wirkten in der Stille des Arbeitszimmers unnatürlich laut.

Wie eigenartig, überlegte Michelle. Die meisten Menschen an ihrer Stelle hätten wohl versucht, die Stille mit Small Talk zu füllen, oder hätten sich wenigstens immer wieder versichert, wie froh sie seien über das Wiedersehen, doch weder Honor noch sie empfanden ein Bedürfnis danach. Sie kannten einander schon viel zu lange, um Geschwätz abzusondern, nur um etwas zu sagen.

Außerdem, dachte Michelle mit einem Funken Belustigung, die sie sich nicht ansehen ließ, haben wir das schon einmal getan, nur mit vertauschten Rollen. Wir sind darin geübt!

»Also, Mike«, begann Honor schließlich, »was hat die Haveniten denn nun bewogen, dich nach Hause zu schicken?«

»Das ist eine interessante Frage.« Michelle wiegte die Tasse in beiden Händen und blickte Honor darüber hinweg an. »Ich glaube, hauptsächlich haben sie mich ausgesucht, weil ich Beths Cousine bin. Man sagte sich wohl, dass sie sich eine Nachricht eher anhört, wenn ich sie überbringe. Und ich könnte mir vorstellen, man hofft, sie dadurch, dass man mich ihr zurückgibt, dazu bewegen zu können, sich ernsthaft anzuhören, was man zu sagen hat.«

»Und das wäre? Oder handelt es sich um vertrauliche Informationen, die du mir nicht mitteilen darfst?«

»Oh, vertraulich sind sie ganz gewiss – vorerst jedenfalls«, sagte Michelle augenzwinkernd. Sie blieb ernst, obwohl sie genau wusste, dass Honor dank ihres empathischen Sinnes schmecken konnten, dass sie der Schalk ritt. »Man hat mir jedoch ausdrücklich gestattet, dich einzuweihen, weil sie auch dich betreffen.«

»Mike«, erwiderte Honor, »wenn du mir noch länger die

Brocken unter die Nase hältst und nicht mit der Sprache rausrückst, dann prügle ich es aus dir heraus. Das ist dir doch klar, oder?«

»Keine Stunde wieder bei den eigenen Leuten, und schon bekommt man Schläge angedroht.« Michelle schüttelte traurig den Kopf und duckte sich in dramatischer Geste, als Honor ansetzte, vom Sessel aufzustehen, während Nimitz auf der Rückenlehne belustigt blickte.

»Schon gut, schon gut! Ich sage ja alles!«

»Schön.« Honor lehnte sich zurück. »Aber«, fügte sie hinzu, »ich warte noch immer.«

»Tja ...« Michelle setzte sich auf. »Sehr komisch ist die Sache leider nicht, fürchte ich. Ganz einfach ausgedrückt, lässt Pritchart über mich als Botin Elizabeth vorschlagen, dass sie beide sich zu einer Gipfelkonferenz treffen, um eine Einigung auszuhandeln.«

Honors Augen flackerten. Das war das einzige Anzeichen für Überraschung, das Michelle ihr anmerkte, doch selbst diese völlige Ausdruckslosigkeit war eine Offenbarung für sich. Dann holte Honor tief Luft und neigte den Kopf zur Seite.

»Das ist ein sehr interessantes Angebot. Glaubst du, Pritchart ist es damit ernst?«

»Nun, ich glaube jedenfalls, dass sie sich definitiv mit Beth treffen will. Was das angeht, so wünschte ich, du wärst es gewesen, die mit ihr gesprochen hat.«

»Was für eine Tagesordnung schlägt sie vor?«, fragte Honor.

»Das ist eine der Seltsamkeiten an ihrem Angebot.« Michelle hob die Schultern. »Im Grunde hat sie die Frage völlig offen gelassen. Offenbar möchte sie einen Friedensvertrag erreichen, aber sie hat keine Liste mit Bedingungen vorgelegt. Anscheinend ist Pritchart bereit, alles in den Schmelztiegel zu werfen, wenn Beth einwilligt, mit ihr persönlich zu verhandeln.«

»Das ist eine beträchtliche Veränderung zum bisherigen havenitischen Standpunkt, soviel ich weiß jedenfalls«, sagte Honor nachdenklich, und Michelle zuckte wieder die Achseln.

»Ich sage es nicht gern, aber du bist wahrscheinlich in einer besseren Position, um das zu beurteilen, als ich«, gab Michelle zu und lächelte etwas verlegen. »Seit du mich eingenordet hast, gebe ich mir mehr Mühe, der Politik zu folgen, aber sie steht einfach noch immer nicht im Mittelpunkt meines Interesses.«

Honor sah sie verärgert an und schüttelte den Kopf. Michelle erwiderte den Blick letztlich reuelos, auch wenn sie zugeben musste, dass Honors Zorn durchaus gerechtfertigt war. Einen Augenblick lang glaubte sie, Honor werde ihr erneut die Leviten lesen, doch dann bedeutete die Freundin ihr nur fortzufahren.

»Tatsächlich ist es wahrscheinlich eine gute Sache, dass du dich mehr für Politik und Diplomatie interessierst als ich.«

»Wieso?«

»Weil ein spezifisches Element von Pritcharts Vorschlag die Bitte ist, dass auch du an der Konferenz teilnimmst, die sie anregt.«

»Ich?« Diesmal war Honors Erstaunen offensichtlich, und Michelle nickte.

»Du. Ich hatte den Eindruck, der Vorschlag, dich einzubinden, stammte ursprünglich von Thomas Theisman, aber ich bin mir nicht ganz sicher. Pritchart hat mir jedenfalls versichert, dass weder sie noch ein Mitglied ihrer Regierung irgendetwas mit dem Mordanschlag auf dich zu tun hatten. Und davon kannst du so viel glauben, wie du willst.«

»Wahrscheinlich musste sie das sagen, denke ich«, sagte Honor. Sie dachte angestrengt nach. Mehrere Sekunden verstrichen in Schweigen, dann neigte sie den Kopf zur Seite. »Hat sie irgendetwas von Ariel oder Nimitz gesagt?«

»Nein, hat sie nicht ... und ich glaube, das war wahrscheinlich wichtig. Die Havies wissen natürlich, dass Beth und du adoptiert seid, und man ließ keinen Zweifel, dass man ausführliche Dossiers über euch führt. Ich bin sicher, auf Haven werden alle Artikel und anderen Präsentationen über die Fähigkeiten der Baumkatzen verfolgt, seit sie sich entschlossen haben, damit an die Öffentlichkeit zu gehen.«

»Das heißt im Endeffekt, Pritchart lädt uns ein, zwo pelzige Lügendetektoren mit auf die Gipfelkonferenz zu bringen.«

Michelle nickte. »So sehe ich das auch. Es ist zwar immer noch möglich, dass Haven diese Schlüsse noch nicht gezogen hat, aber es ist wohl ziemlich unwahrscheinlich.«

»Das sehe ich auch so.« Honor blickte in die Ferne und dachte eindeutig wieder angestrengt nach. Schließlich sah sie Michelle erneut an.

»Das zeitliche Zusammentreffen ist interessant. Es sind eine Reihe von Faktoren im Spiel.«

»Ich weiß. Und Pritchart weiß es auch«, sagte Michelle. Honor hob die Brauen, und Michelle schnaubte. »Sie hat alles getan, um mir deutlich zu machen, dass Haven von der Geschichte im Talbott-Sternhaufen weiß. Pritchart wies eigens darauf hin, dass sie das Angebot eines Gipfeltreffens zu einer Zeit unterbreitet, in der sie und ihre Berater sich völlig im Klaren sind, wie wenig Spielraum wir besitzen. Ungesagt blieb, dass Haven durchaus, anstatt Gespräche vorzuschlagen, auch eine Schlachtflotte hätte entsenden können.«

»Ja, das ist wohl richtig«, stimmte Honor grimmig zu.

»Haben wir schon Neuigkeiten aus dem Sternhaufen?«, fragte Michelle. Sie konnte die Besorgnis nicht mehr unterdrücken, die sie empfand, seit Pritchart ihr von den ersten Berichten erzählt hatte.

»Nein. Und wir werden frühestens in zehn, elf Tagen von Monica hören. Das ist ein Grund, weshalb ich sagte, das zeitliche Zusammentreffen sei interessant. Für den Fall, dass wir gute Neuigkeiten hören, bin ich angewiesen worden, unsere Pläne für Operation Sanskrit zu aktualisieren – das ist der Nachfolger für die Raupenfraß-Raids. Vorläufiger Operationsbeginn zwölf Tage ab morgen. Hm ... ab heute sogar.«

»Du denkst daran, wie Saint-Just Butterblume zum Scheitern brachte, indem er High Ridge einen Waffenstillstand vorschlug«, sagte Michelle kopfschüttelnd. Die gleiche Überlegung war ihr immerhin auch schon mehrmals durch den Kopf gegangen, auch wenn dagegen sprach, dass der strategische Vorteil diesmal auf der anderen Seite lag.

»Tatsächlich überlegte ich gerade, dass Elizabeth sich auf jeden Fall daran erinnern wird«, erwiderte Honor und schüttelte den Kopf. »Wenn Haven nicht viel tiefer in unsere Sicherheitsbereiche eingedrungen ist, als ich glaube, kann es unseren operativen Zeitplan nicht kennen. Gewiss, man vermutet mit Sicherheit, dass die Achte Flotte mittlerweile in der Lage sein müsste, erneut offensiv vorzugehen – vorausgesetzt, wir wollten nach Khumalos Depesche überhaupt noch angreifen. Wenn die Haveniten richtig rechnen können, wissen sie wahrscheinlich, dass wir dieser Tage wieder von ihm hören sollten. Andererseits wurdest du fast genau am gleichen Tag losgeschickt, an dem unsere Verstärkungen aus der Homefleet ihn erreicht haben können. Mir klingt das ganz danach, als hätte Haven so rasch wie möglich gehandelt, um sich die Gelegenheit zunutze zu machen, ernsthafte Verhandlungen anzustrengen. Ich fürchte nur eben, das erinnert Elizabeth zu stark an die Situation bei Butterblume.«

»Sie ist nicht ganz vernunftbestimmt, wenn die Havies ins Spiel kommen«, stimmte Michelle ihr zu.

»Mit Grund, wie ich fürchte.« Honor seufzte, und Michelle

sah sie leicht überrascht an. Honor, das wusste sie, war eine konstante Stimme der Mäßigung im inneren Kreis um die Königin, ja, eigentlich sogar die einzige beharrliche Stimme der Mäßigung nach dem Überraschungsangriff, mit dem die Republik Haven die Feindseligkeiten wieder aufgenommen hatte. Warum also deutete sie an, dass Elizabeths feurige Unnachgiebigkeit gerechtfertigt sein könnte?

Michelle überlegte, genau diese Frage zu stellen, doch dann sah sie davon ab.

»Na, ich hoffe, diesmal gerät sie nicht wieder in Rage«, sagte sie stattdessen. »Weiß Gott habe ich sie lieb, und sie ist einer der stärksten Monarchen, die wir je hatten, aber ihr Temperament ...!«

Sie schüttelte den Kopf, und Honor verzog das Gesicht.

»Ich weiß, jeder hält sie für einen Sprengkopf mit Berührungszünder«, stimmte Honor ein wenig ungeduldig zu, »und ich will sogar zugeben, dass ich kaum jemanden kenne, der nachtragender ist als sie. Trotzdem ist sie nicht blind gegenüber ihren Pflichten als Staatsoberhaupt, weißt du!«

Michelle hob beschwichtigend beide Hände. »Vor mir brauchst du sie nicht in Schutz zu nehmen, Honor! Ich versuche nur, realistisch zu sein. Tatsache bleibt, dass Beth ein Temperament aus dem finstersten Teil der Hölle besitzt. Du weißt so gut wie ich, wie sehr sie es verabscheut, Druck nachgeben zu müssen, selbst wenn er von Leuten ausgeübt wird, bei denen sie weiß, dass sie sie nach bestem Wissen und Gewissen beraten. Und wo wir gerade von Druck sprechen, Pritchart hat mir unmissverständlich klargemacht, dass sie weiß, dass die Vorgänge im Sternhaufen der Republik die Oberhand geben, diplomatisch gesehen. Nicht nur das, Pritchart hat mir gesagt, ich soll Beth informieren, dass sie morgen in Nouveau Paris eine offizielle Erklärung verlesen lässt, mit der sie die Republik und die Galaxis von der Einladung informiert, die sie ausgesprochen hat.«

»Ach wie schön.« Honor lehnte sich zurück. »Das war ein kluger Schachzug. Und du hast recht: Elizabeth wird ihn verabscheuen. Andererseits spielt sie selbst das Spiel der interstellaren Diplomatie – und zwar recht gut. Ich glaube nicht, dass sie überrascht sein wird. Und ich bezweifle sehr, dass ein Groll, den sie empfindet, sie in ihrem Entschluss nennenswert beeinflussen wird.«

»Ich hoffe, du hast recht.« Michelle nippte an ihrem Kaffee und senkte die Tasse. »Ich hoffe, du hast recht, denn so sehr ich mir auch Mühe gebe, zynisch zu bleiben, glaube ich doch, dass es Pritchart wirklich ernst ist. Sie möchte sich aufrichtig mit Beth zusammensetzen und über den Frieden verhandeln.«

»Dann wollen wir hoffen, dass sie das schafft«, antwortete Honor leise.

ACHT

»Lieutenant Archer?«

Gervais Archer wandte sich rasch von den schillernden Beeten terrestrischer Blumen ab, die er durch das große Fenster betrachtet hatte, und sah den Master Steward mit dem noch schillernderen Bart an, der in der Tür stand.

»Ja, Master Steward?«

»Der Admiral empfängt Sie jetzt, Sir.«

»Danke.«

Archer unterdrückte den nervösen Drang, sein Barett zurechtzurücken und folgte dem Steward durch die Tür und eine geschmackvoll – und teuer – möblierte. Weniger erfolgreich versuchte er den Gedanken zu unterdrücken, wie seine Eltern und besonders seine Mutter reagiert hätten, wenn sie in dieses Landinger Stadthaus eingeladen worden wären. Und wie unwahrscheinlich es war, dass sie diese Einladung je erhielten.

Der Steward sah ihn über die Schulter an, während sie sich einer weiteren offenen Tür näherten, dann hüstelte er leise, um auf sich aufmerksam zu machen.

»Ja, Chris?«, fragte eine kehlige, fast belegt klingende tiefe Frauenstimme.

»Lieutenant Archer ist da, Ma'am.«

»Sehr gut. Seien Sie so gut und bitten Sie ihn herein.«

»Jawohl, Ma'am.«

Der bärtige Steward trat zur Seite und bedeutete Archer mit einem höflichen Nicken, an ihm vorbeizutreten. Und mit einer gewissen Beklommenheit leistete der Lieutenant der Aufforderung Folge.

Das Zimmer hinter der Tür war gleichzeitig Bibliothek und Büro. Es war ein großer Raum, und Archers Augen weiteten sich unwillkürlich ein wenig, als er die hohen Regale erblickte, die offenbar mit altmodischen gedruckten Büchern gefüllt waren. Für die meisten Menschen wäre eine solche Sammlung pure Protzerei gewesen, oder bestenfalls Schönfärberei, doch bei *diesen* Büchern war es nicht so. Er hätte nicht sagen können, woher genau er das wusste, dennoch war er sich dabei völlig sicher. Vielleicht lag es daran, dass ihre Rücken jenen leicht abgenutzten, fast matten Anblick boten, den Menschen auf Gegenständen hinterlassen, die sie tatsächlich in die Hand nehmen.

In scharfen Kontrast zu den archaischen Büchern stand das moderne, elegante Computerterminal. Die Frau, die an dieser Workstation saß, hatte Archer aufsuchen wollen, und er ging hin und nahm Haltung an.

»Lieutenant Archer, Ma'am«, sagte er.

»Das sehe ich, Lieutenant«, erwiderte sie, stand auf und reichte ihm durch das substanzlose Holodisplay, mit dem sie gearbeitet hatte, die Hand.

Er ergriff sie. Sie umschloss seine Hand fest, und er ließ Rücken und Schultern entspannen; der Händedruck war der unausgesprochene Befehl, eine bequemere Haltung einzunehmen.

»Nehmen Sie Platz«, sagte sie, und er setzte sich nur ein klein wenig zaghaft auf den angebotenen Sessel.

Sie setzte sich wieder an den Schreibtisch, schaltete das Holo ab und lehnte sich leicht zurück. Sie musterte ihn eingehend, und Archer erwiderte den Blick in der Hoffnung, nicht nervös zu wirken – denn nervös war er mit Sicherheit.

»Also«, begann sie schließlich, »Sie waren in der *Necromancer* bei Solon dabei.«

Ihr Ton machte aus der Aussage eine Frage, doch ihm war nicht klar, wie diese Frage genau gemeint war. Dennoch …

»Jawohl, Ma'am. Das war ich.«

Seine Stimme klang immerhin ruhig, bemerkte er mit einer gewissen, geradezu distanzierten Überraschung. Überraschung, weil sie sich nicht ruhig *anfühlte.* Nichts fühlte sich mehr »ruhig« an, sobald er an Solon dachte. An den kreischenden Raketenhurrikan, an die Art, wie sein Schiff unter den Einschlägen der bombengepumpten Röntgenlaser geruckt und gebebt hatte. Wenn er sich an die gellenden Alarme erinnerte, die Schreie im Intercom, das plötzliche Schweigen, wo früher Stimmen gewesen waren, die Leichen zweier seiner besten Freunde ...

»Es war ziemlich übel, nicht wahr?«

Sein Blick richtete sich wieder auf sie, und er blinzelte erstaunt. Ihn erstaunte, dass sie das Thema so offen ansprach, dem auszuweichen jeder andere stets so bemüht war. Und er war erstaunt über das Verständnis – ein Mitgefühl, entstanden aus gleicher Erfahrung, nicht aus süßlichem Beileid – in ihrer leisen Frage.

»Jawohl, Ma'am, das war es«, hörte er sich genauso leise antworten.

Michelle Henke blickte den jungen Mann vor ihrem Schreibtisch an. Sie hatte ihre Zweifel gehabt, als Honor ihr den jungen Archer als neuen Flaggleutnant vorschlug. Das lag zum Teil natürlich auch daran, dass sie sich fragte, ob sie einen neuen Flaggleutnant überhaupt benötige.

Ist es nicht ein bisschen übereilt, Gespräche mit Kandidaten zu führen, obwohl die Admiralität noch gar nicht gesagt hat, ob sie ein neues Kommando für dich finden will, Mädchen?, überlegte sie. *Andererseits gibt es gute Flaggleutnants nicht an jeder Straßenecke. Und selbst ein Admiral ohne Kommando braucht einen guten Adjutanten.*

Nein, es gab sie nicht, und sie brauchte jemanden. Und nicht viele Lieutenants erhielten die Empfehlung einer Honor Harrington, ohne jemals direkt unter ihr gedient zu haben.

»Er ist durch die Hölle gegangen, Mike«, hatte Honor gesagt und die Hand gehoben, um Nimitz die Ohren zu streicheln. »Seine Leistungen sind absolute Oberklasse, und ich weiß, dass Captain Cruickshank sehr viel von ihm hielt. Er ›schmeckt‹ sehr wie ein zwoter Tim Meares, wenn ich ehrlich bin. Aber er trägt im Augenblick sehr großen Schmerz in sich. Zum Teil ist das sicher das Schuldgefühl des Überlebenden.« Die mandelförmigen Augen hatten Michelles Blick gesucht und festgehalten. »Fast als hätte er einen Fehler begangen, indem er überlebte, als sein Schiff starb. Kommt dir das bekannt vor?«

Ja, Honor, dachte sie nun. *Ja, das tut es.*

»Nun, Lieutenant«, sagte sie, »wem so etwas passiert, bei dem hinterlässt es Spuren. Sie verschwinden auch nicht wieder. Glauben Sie mir, ich weiß es aus erster Hand. Die Frage ist nur, ob wir zulassen, dass sie verändern, wer wir sind.«

Gervais zuckte zusammen. Er war in der Erwartung hierhergekommen, er müsse die üblichen Fragen beantworten, seine Erfahrungen zusammenfassen und sein Können unter Beweis stellen. Nie hätte er damit gerechnet, einmal einem Admiral gegenüberzusitzen, dem er nie zuvor begegnet war und der über seine Erinnerungen sprach. Über das finstere Gefühl des Verlusts, die bohrende Frage, weshalb ausgerechnet *er* überlebt hatte, wo so viele andere gestorben waren.

»Uns verändern, Ma'am?«, hörte er sich fragen. »Ich bin mir nicht sicher, ob das die richtige Frage ist. Sind wir nicht das, was wir sind, als Resultat von allem, was uns verändert? Ich meine, wenn wir uns nicht verändern, dann lernen wir auch nicht, oder?«

Hoppla! Damit hätte ich nicht gerechnet, dachte Michelle. Ihr gelang es, weder zu blinzeln noch überrascht die Augen zusammenzukneifen, aber sie neigte den Sessel ein Stück nach hinten und schürzte nachdenklich die Lippen.

»Das ist ein ausgezeichnetes Argument, Lieutenant«, räumte sie ein. »Und normalerweise mache ich mich nicht solch ungenauer Sprache schuldig. Ich meinte wohl eher, dass die Frage sei, ob wir den Veränderungen gestatten, uns davon abzuhalten, zu sein, wer wir sein wollen. Ob sie verändern dürfen, was wir in unserem Leben *erreichen* wollen. Lassen wir uns von ihnen ... kleinmachen, oder akzeptieren wir die Narben und wachsen weiter?«

Sie redet nicht nur zu mir. Gervais wusste nicht, woher diese Erkenntnis kam, doch er wusste unfraglich, dass sie zutraf. *Sie redet zu sich selbst. Oder nein, das stimmt so auch nicht ganz ... Sie redet über* uns. *Über uns Überlebende. Und sie spricht zu uns* beiden *darüber.*

»Ich weiß es nicht, Ma'am«, sagte er. »Ob es mich abhält oder nicht, meine ich. Ich würde das nicht wollen. Ich glaube auch nicht, dass es das tut. Aber ich muss zugeben, manchmal ist der Schmerz so stark, dass ich mir nicht ganz sicher bin.«

Michelle nickte bedächtig. Sie brauchte nicht Honors Empathie, um die schmerzliche Ehrlichkeit hinter dieser Antwort zu erkennen, und sie respektierte den jungen Archer dafür. Tatsächlich war sie im Grunde erstaunt, dass er diese Frage vor einer völlig Fremden so offen und ehrlich erläutern konnte.

Vielleicht hat Honor ihn richtig eingeschätzt, dachte sie und lachte innerlich auf. *Wäre ja nicht das erste Mal, dass sie recht hat, oder?*

»Das ist auch für mich etwas, bei dem ich mir nicht immer so sicher bin, wie ich es gern wäre, Lieutenant«, sagte sie und belohnte Offenheit mit Aufrichtigkeit. »Und leider kenne ich nur eine Methode, um es herauszufinden. Also, sagen Sie mir, sind Sie bereit, wieder in den Sattel zu steigen?«

Der junge Mann blickte sie mehrere Sekunden lang an, dann nickte er ihr genauso langsam zu, wie sie ihm zugenickt hatte.

»Jawohl, Ma'am«, sagte er. »Das bin ich.«

»Und wären Sie interessiert, es als mein Flaggleutnant zu tun?«, fragte sie. Er setzte zu einer Antwort an, doch sie hob die Hand. »Ehe Sie die Frage beantworten, sollte Ihnen klar sein, dass ich im Moment nicht einmal weiß, ob ich ein neues Kommando erhalte. Die Ärzte haben mich noch nicht wieder dienstfähig geschrieben, und wie ich höre, gibt es in der Admiralität eine lebhafte Debatte, was genau die Bedingungen meiner Freilassung erfordern. Wenn Sie also einwilligen, mein Flaggleutnant zu werden, könnte es durchaus sein, dass wir in absehbarer Zeit gar keine Pferde bekommen.«

Archer merkte, wie seine Lippen versuchten, sich zu einem Lächeln zu krümmen. »Ma'am, das betrachte ich gar nicht als großes Problem. Ich kenne die ›Bedingungen‹ Ihrer Freilassung nicht, aber es würde mich sehr überraschen, wenn die Admiralität nicht bereit wäre, bei der Auslegung sehr ... kreativ vorzugehen, falls das nötig sein sollte, um Sie wieder auf ein Flaggdeck zu bekommen.«

»Offenbar haben Sie eine hohe Meinung von meinen Fähigkeiten, Lieutenant«, erwiderte Michelle trocken.

Sie beobachtete Archers Gesicht genau, als sie es sagte, doch sie entdeckte weder Überraschung noch Verdruss oder Kriecherei. Auch schien er nicht den Drang zu verspüren, etwas zu entgegnen, nur um zu antworten, oder zu erklären – gewiss vollkommen aufrichtig –, dass er nicht die Absicht gehabt habe, ihr zu schmeicheln. *Ein höchst selbstbeherrschter junger Mann*, dieser Lieutenant Archer, überlegte sie.

»Ich sehe in Ihrer Akte«, fuhr sie absichtlich forscher fort, »dass Sie und ich verwandt sind, Lieutenant.«

»Ach, eigentlich kann man ...«, begann er und verstummte. Zum ersten Mal, seit er in ihr Büro gekommen war, klang er aufrichtig verlegen, stellte Michelle mit sorgsam verhohlener Belustigung fest. »Was ich sagen wollte, Ma'am«, fuhr er dann fort, »ist ... dass die Verwandtschaft ... sehr entfernt ist.«

Das braucht er mir wirklich nicht zu sagen, dachte Michelle heiter und blickte auf sein flammend rotes Haar, die grünen Augen und die Stupsnase; ein krasserer Unterschied zum Winton'schen Genotyp ließ sich kaum vorstellen. Tatsächlich war der junge Archer bestenfalls ein sehr weit entfernter Cousin. Ein Umstand, der seiner Mutter anscheinend nicht bewusst gewesen war, als sie ihrem neugeborenen Sohn einen Namen gab.

»Ich verstehe.« Gegen ihren Willen zuckten ihre Lippen ganz leicht, und als sie aufblickte, sah sie etwas, womit sie keineswegs gerechnet hätte: Ein amüsiertes Funkeln hatte zumindest einige Schatten aus den grünen Augen vertrieben.

Gervais bemerkte ihr leises Lächeln und spürte, wie sein Mund es erwidern wollte. Nach all den Geschichten über die Wintons, die seine Mutter ihm erzählt hatte, als er noch ein Kind war, hätte er niemals erwartet, dass die Frau, die in der Anwartschaft auf den manticoranischen Thron an fünfter Stelle stand, so zugänglich sein könnte, so ... menschlich. Zum ersten Mal empfand er, und das überraschte ihn beinahe, dass er sich auf diese mögliche Verwendung noch in anderer als in beruflicher Hinsicht freute.

»Meine Mutter hat immer geglaubt, die Verwandtschaft wäre ein wenig enger, als mein Vater es annahm, Ma'am«, hörte er sich sagen. »So bin ich zu meinem Namen gekommen. Falls Sie es bemerkt haben, meine ich.«

Der letzte Satz kam so zurückhaltend heraus, dass Michelle diesmal laut kicherte und ihn kopfschüttelnd ansah.

»Doch, das habe ich bemerkt«, sagte sie in leicht tadelndem Ton, dann grinste sie. »Gervais Winton Erwin Neville Archer. Das ist schon was. Fast so schlimm wie Gloria Michelle Samantha Evelyn Henke. Es gibt einen Grund, weshalb meine Freunde mich Michelle oder Mike nennen, Lieutenant.«

»Das überrascht mich nicht, Ma'am«, erwiderte er, und sie lachte erneut.

»Nein, das habe ich auch nicht angenommen«, stimmte sie zu und klopfte mit dem Datenchip, der seine Personalakte enthielt, auf den Schreibtisch. »Mir ist aufgefallen, dass Sie auf der Akademie den Spitznamen ›Gwen‹ trugen – nach Ihren Initialen, wie mein scharfer Verstand sofort erkannte.«

»Jawohl, Ma'am«, gab Gervais ihr recht. »Mom hat nie begriffen, warum er mir lieber war als Gervais. Verstehen Sie mich nicht falsch – ich habe meine Mutter sehr lieb, und sie ist eine brillante Wissenschaftlerin. Eine der besten Molekularchemikerinnen des Sternenkönigreichs. Es gibt nur eben diese eine Sache, wo sie ... na ja, ›zu einer anderen Musik marschiert‹, wie mein Vater immer sagte.«

»Ich verstehe.« Michelle blickte ihn einige Sekunden an, dann traf sie eine Entscheidung. Sie erhob sich wieder und reichte ihm noch einmal die Hand.

»Nun, ›Gwen‹, da jeder Flaggleutnant gewissermaßen zur Familie seines Admirals gehört, wird unsere Beziehung wohl ein bisschen enger werden. Willkommen an Bord, Lieutenant.«

NEUN

Michelle nahm von Master Steward Billingsley ihr Barett entgegen und wollte sich schon der Tür zuwenden, vor der der Flugwagen der Admiralität wartete, als sie plötzlich innehielt.

»Und was, Master Steward, ist das?«, fragte sie.

»Ich bitte den Admiral um Verzeihung«, entgegnete Billingsley unschuldig. »Was meinen der Admiral mit ›das‹?«

»Der Admiral sprechen von diesem ›das‹«, erwiderte Michelle, und ihr Zeigefinger wies auf den breiten Kopf mit den spitzen Ohren, der erkundend um die Kante einer Tür blickte.

»Ach, *dieses* ›das‹!«

»Genau«, sagte Michelle, verschränkte die Arme und sah ihn Unheil verkündend an.

»Das ist eine Katze, Ma'am«, erklärte ihr Billingsley. »Keine Baumkatze, eine *Katze* – eine Alterdenkatze. Ein ›Maine Coon‹.«

»Ich weiß recht genau, wie eine Alterdenkatze aussieht, Chris«, sagte Michelle beißend, ohne die Arme zu lösen. »Ich glaube nicht, dass ich schon einmal eine so große gesehen habe, aber ich weiß, was sie sind. Was ich *nicht* weiß, das ist, was sie in der Stadtresidenz meiner Mutter verloren hat.«

Tatsächlich gehörten das Haus und das schmucke Grundstück nun Michelle und nicht ihrer Mutter, doch es war Caitrin Winton-Henkes *Heim*, auch wenn für Michelle der Großteil eines Flügels reserviert war, zu ihrem privaten Gebrauch, wann immer sie auf Manticore weilte.

»Nun, tatsächlich, Ma'am, gehört er mir«, sagte Billingsley mit dem Gebaren von jemandem, der sich etwas von der Seele redet.

»Und wann genau trat diese monumentale Veränderung zum Katzenvater ein?«, erkundigte sich Michelle ein klein wenig spöttisch, während der Rest des beeindruckend großen Katzenwesens sich ins Foyer schlich.

»Vorgestern«, sagte Billingsley. »Ich ... fand ihn, wie er beim Master Chief's Club herumstreunte. Er sah aus, als brauchte er ein Zuhause. Er kam direkt auf mich zu, und ich konnte ihn einfach nicht dort zurücklassen, Ma'am!«

»Ich verstehe«, sagte Michelle und blickte in seine unschuldigen großen Augen ohne Falsch. »Und hat diese ungeschlachte Gefahr für alle Mäuse, Hamster, Eichhörnchen und unvorsichtige Kleinkinder auch einen Namen?«

»Jawohl, Ma'am. Ich nenne ihn Dicey.«

»›Dicey‹«, wiederholte Michelle in resignierter Langmut. »Natürlich.«

Billingsley sah weiter drein, als könne er kein Wässerchen trüben, doch der Name war ein deutlicher Hinweis, wie sein neues Haustier tatsächlich in seinen Besitz gekommen war, dachte Michelle, während sie den riesigen Kater musterte, der ihrer Meinung nach seinen Namen vom Würfeln hatte. Sie war die erste Terrakatze, die sie je gesehen hatte, die aussah, als könnte sie Nimitz von der Masse her beinahe Paroli bieten. Insgesamt war Dicey nur gute zwanzig Zentimeter kürzer als Nimitz, und obwohl er eindeutig ein Langhaarkater war, war er bei Weitem nicht so flauschig wie eine Baumkatze, weshalb er beträchtlich kräftiger gebaut sein musste. Ein Ohr hatte eine Kerbe, die aussah, als hätte jemand ein Stück herausgebissen, und eine Narbe, die über den stämmigen Nacken lief, hatte eine sichtbare Furche ins Fell gezogen. An der linken Gesichtshälfte hatte er noch mehr davon, bemerkte Michelle. Offensichtlich war er ein Veteran, und dennoch hatte er etwas an sich, das sie unwillkürlich an Billingsley erinnerte und ihr jetzt, wo sie darüber nachdachte, klar wurde: Vielleicht konnte man es eine gewisse einnehmende Verwegenheit nennen.

Sie warf ihrem neuen Flaggleutnant einen Blick zu. Er beobachtete die Szene mit lobenswert nüchterner Miene. Allerdings bemerkte sie in Lieutenant Archers grünen Augen ein fast unterschwelliges Funkeln. Ein Funkeln, das nichts Gutes verhieß: Offensichtlich ergab sich »Gwen« bereits Billingsleys unverbesserlichem Charme.

Ganz wie ein gewisser Admiral, den du kennst?, überlegte sie.

»Ist Ihnen klar, wie viele Vorschriften das Halten eines Haustiers an Bord eines Ihrer Majestät Sternenschiffe verbieten?«, fragte sie schließlich.

»Vorschriften, Ma'am?«, wiederholte Billingsley verdutzt, als hätte er das Wort noch nie gehört.

Michelle setzte zu einer Erwiderung an, doch dann gab sie es auf. Eine kluge Frau wusste, wann sie verloren hatte, und sie hatte nicht annähernd die Zeit, die es brauchen würde, um in Billingsleys kühle Unschuld eine Bresche zu schießen. Außerdem brachte sie es nicht übers Herz.

»Solange Ihnen klar ist, dass *ich* niemandem Druck mache, damit er Ihnen erlaubt, dieses Monstrum mit in unser nächstes Schiff zu bringen«, sagte sie und versuchte dabei weiblich fest zu klingen.

»Aber gewiss, Ma'am. *Das* ist mir klar«, versicherte Billingsley ohne die geringste Spur von Triumph.

Es war ihnen gelungen, beinahe zwanzig Minuten zu früh dort zu sein.

Wohl kaum die beste Art, um es aussehen zu lassen, als buhlte ich nicht um eine neue Verwendung, hatte Michelle gedacht, als sie mit Archer in den Warteraum geführt wurde. *Andererseits ist es wahrscheinlich sowieso zu spät, um noch jemandem weiszumachen, dass ich nicht genau das tue. Außerdem* – sie sah sich in dem geräumigen Raum um – *habe ich so mehr Zeit, um den »Geruch nach neuem Flugwagen« zu genießen, oder?*

Der jüngste Ausbau von Admiralty House war keinen Monat nach Amtsantritt der Regierung High Ridge genehmigt worden. Der vorherige war – rechtzeitig und mit unterschrittenem Budget – zwar erst knapp ein T-Jahr vorher durch eine Tochtergesellschaft des Hauptmann-Kartells fertiggestellt worden, doch eine Regierung, die in ihrer Innenpolitik so fest auf das altehrwürdige, wohlerprobte Instrument baute, sich Unterstützung durch die Vergabe sinnfreier Großaufträge zu erkaufen, konnte solch einen potenziell lukrativen Weg für ... kreativen Kapitalfluss wohl kaum ungenutzt liegen lassen. Deshalb war ein weiterer Ausbau rasch genehmigt worden – während die Janacek-Admiralität die Navy verkleinerte. Bei diesem Umbau kämen weitere vierzig Stockwerke hinzu, wenn er irgendwann im Laufe der nächsten Monate beendet wurde, und Michelle wollte überhaupt nicht darüber nachdenken, wieviel er zum Geschäftsergebnis der Apex Industrial Group beigetragen hatte.

Wahrscheinlich wäre es mir egal, wenn Apex nicht einem Ekelpaket wie meinem lieben, lieben Cousin Freddy gehörte, dachte sie.

Nie hatte irgendeine Wahrscheinlichkeit bestanden, dass jemand, der High Ridge so offen und lautstark feindselig gegenüberstand wie Klaus Hauptmann, mit diesem Ausbau betraut werden könnte. Von seinen politischen Ansichten abgesehen war Hauptmann dafür bekannt, dass er Nebensächlichkeiten wie kreative Budgetüberschreitungen mit unbarmherziger Energie niederhielt, und seine Buchhalter fielen in Schreckstarre, sobald etwas nach Schmiergeld aussah oder »netten« kleinen Beziehungen zu korrupten Politikern.

Der Ehrenwerte Frederick James Winton-Travis, Vorstandsvorsitzender und Hauptanteilseigner der Apex Industrial Group war ein erheblich kleinerer Fisch als Hauptmann, aber viel eher nach dem Geschmack des High Ridge'schen Klüngels. Zum einen war er Mitglied des Bundes der Konservativen und hatte mehr als drei Millionen manticoranische Dollar in die Kriegskasse eines gewissen Michael Janvier gespült, auch bekannt als Baron High Ridge. Dagegen gab es natürlich kein Gesetz, solange die Spenden öffentlich einsehbar ausgewiesen wurden, und es bestand – leider – kein Zweifel, dass die Wahlkampfzuwendungen Winton-Travis' politische Einstellungen widerspiegelten. Sofern man davon sprechen konnte. Michelle hätte fragliche politische Einstellungen allerdings recht abstoßend gefunden. Dass die »Grunderneuerung« von Admiralty House ganz offensichtlich High Ridges Art gewesen war, die Spende zurückzuzahlen – mit beträchtlichen Zinsen – hatte der gesamten Transaktion nur einen noch abstoßenderen Geschmack verliehen, soweit es sie betraf.

Und dann auch noch verwandt zu sein mit diesem schäbigen Bastard, gestand sie sich ein. *Trotzdem, ich glaube, es würde mich gar nicht so sehr stören, wenn es nicht etwas wäre, von dem jeder* weiß, *ohne dass es irgendjemand* beweisen *könnte. Wenn wenigstens eine Chance bestände, den lieben Freddy so ein oder zwo Jahrzehnte hinter Gitter zu bringen, könnte ich die Sache erheblich philosophischer betrachten. Es ist ja nicht einmal so, dass wir den zusätzlichen Platz nicht bräuchten – wir brauchen ihn sogar dringend. Trotzdem bleibt es Schiebung, denn niemand, der an der Entscheidung über den Ausbau beteiligt war, hätte geglaubt, dass wir den zusätzlichen Platz je brauchen* könnten. *Und jedes Mal, wenn ich daran denke, wie solche Verträge zustande kommen, geht mein Blutdruck ...*

»Verzeihen Sie, Admiral.«

Michelle löste sich von den Straßen und Grünstreifen der Landinger City, zweihundert Stockwerke unter dem Crystoplastfenster, vor dem sie stand, als der Admiralitäts-Schreibersmaat sie ansprach.

»Ja, Chief?«

»Sir Lucien kann Sie jetzt empfangen, Ma'am.«

»Danke, Chief.«

Michelle gelang es, den fast überwältigenden Impuls zu bezwingen, noch ein letztes Mal tastend den Sitz der Uniform zu prüfen, und sie leckte sich auch nicht die Lippen oder flötete eine fröhliche Melodie, um ihre Nervosität zu kaschieren. Dennoch schienen ungewöhnlich große Schmetterlinge in ihrer Leibesmitte Walzer zu tanzen, als der Schreibersmaat den Knopf drückte, der die Tür zu Sir Lucien Cortez' weitläufigem Büro öffnete.

Sie nickte dankend und trat, Archer auf den Fersen, durch die Öffnung.

»Admiral Gold Peak!«

Cortez war ein recht kleiner Mann, der trotz seiner Uniform eines Admirals der Grünen Flagge in mancherlei Hinsicht eher wie ein angesehener Schullehrer oder vielleicht ein erfolgreicher Bankbürokrat aussah als wie ein Raumoffizier. Und in gewisser Weise war er auch ein Bürokrat – aber ein sehr wichtiger Bürokrat: der Fünfte Raumlord der Royal Manticoran Navy und Befehlshaber des Bureaus für Personal. Seine Aufgabe bestand darin, den niemals nachlassenden Hunger der wie irrwitzig sich vergrößernden und brutal überlasteten Flotte zu stillen, und niemand, Michelle eingeschlossen, wusste genau zu sagen, wie er das schon lange so gut schaffte. Im Vorkriegssystem, nach dem höhere Offiziere regelmäßig zwischen Flottenkommandos und Schreibtischposten wechselten, damit sie in jeder Hinsicht auf dem Laufenden blieben, wäre Cortez schon lange von seinem Posten abgelöst worden. Niemand, der bei Verstand war, hätte jedoch vorgeschlagen, ihn unter Kriegsbedingungen durch jemand anderen ersetzen zu wollen.

Cortez erhob sich und begrüßte Michelle mit einem Lächeln. Über den Schreibtisch hinweg reichte er ihr die Hand, während der andere Mann, ein Commander mit den Abzeichen des Judge Advocate's Corps, der am Couchtisch des Büros gesessen hatte, ebenfalls aufstand.

»Guten Morgen, Mylord«, antwortete Michelle auf Cortez' Begrüßung und drückte ihm fest die Hand. Dann sah sie mit erhobener Augenbraue höflich auf den Commander, und Cortez lächelte.

»Nein, Sie werden keinen Rechtsbeistand benötigen, Mylord«, versicherte er ihr. »Das ist Commander Hal Roach, und er ist tatsächlich Ihretwegen hier, aber nicht wegen etwas, das Sie getan hätten. Es sei denn natürlich, Sie haben Gründe für ein schlechtes Gewissen, von denen ich nichts ahne?«

»Mylord, mein Gewissen ist so rein wie frisch gefallener Schnee«, erwiderte sie und reichte Roach die Hand. Der Commander lächelte freundlich, während er sie ergriff. Er war ein stämmig gebauter Bursche mit dunklem Haar, und Michelle schätzte ihn auf Mitte vierzig.

»Es ist mir ein Vergnügen, Sie kennenzulernen, Mylady«, versicherte er ihr.

»Ein Anwalt und auch noch taktvoll«, stellte Michelle fest und nickte Lieutenant Archer zu. »Mylord, Commander, das ist Gervais Archer, mein Flaggleutnant.«

»Lieutenant«, sagte Cortez, begrüßte ihn mit einem weiteren Nicken und wies auf die Sessel vor seinem Schreibtisch.

»Bitte«, sagte er. »Setzen Sie sich. Beide.«

»Danke, Mylord«, murmelte Michelle und ließ sich auf den angebotenen Sessel nieder. Mit dem unfehlbaren Instinkt eines subalternen Offiziers setzte Archer sich auf einen anderen, der ein kleines Stück zurückversetzt links von Michelles Sessel stand, und Roach nahm wieder auf seinem Sessel Platz, nachdem Cortez sich ebenfalls wieder hingesetzt hatte. Der Fünfte Raumlord lehnte sich leicht zurück, neigte den Kopf zur Seite und betrachtete Michelle aus klugen, tief liegenden dunklen Augen.

»Wie ich höre, sind Sie Captain Shaw gehörig auf die Nerven gegangen, Mylady«, sagte er.

»Ich würde es kaum ›auf die Nerven gehen‹ nennen, Mylord«, erwiderte sie. »Ich habe einmal, vielleicht zwomal Kontakt mit dem Captain aufgenommen.«

Captain Terrence Shaw war Cortez' Stabschef, sodass er in BuPers derjenige war, den man ansprechen musste, wenn man etwas wollte.

»Captain Shaw nannte es anders«, erwiderte Cortez augenzwinkernd. »Andererseits, Mylady, erscheinen sieben Anrufe in acht Tagen doch ein wenig ... energisch.«

»Habe ich ihn wirklich so oft angerufen?« Michelle blinzelte, aufrichtig überrascht von der Gesamtzahl, und Cortez schnaubte.

»Jawohl, Mylady. Das haben Sie. Man sollte fast meinen, dass Sie es eilig haben, wieder ins All zu kommen. Während Ihres Genesungsurlaubs sollten Sie eigentlich Besseres zu tun haben.«

»Wahrscheinlich haben Sie recht, Mylord«, räumte Michelle ein. »Allerdings war ich so lange gar nicht fort, und es war nicht schwierig, meine Angelegenheiten zu ordnen, nachdem ich wieder zu Hause war. Und« – ein Lächeln erweichte ihren Gesichtsausdruck – »ich habe es rechtzeitig geschafft, um das mitzuerleben, was ich wirklich miterleben wollte.«

»Die Geburt von Lady Alexander-Harringtons Sohn, Mylady?«, fragte Cortez in einem um einiges sanfteren Ton.

»Ja.« Michelles Nasenflügel blähten sich, als sie sich an den Augenblick erinnerte, erneut Honors grenzenloses Glück vor sich sah und ihre eigene Freude noch einmal erlebte, die sie empfunden hatte, als sie das Ereignis mit ihrer besten Freundin durchlebte.

»Jawohl, Mylord«, wiederholte sie. »Wissen Sie, die Hochzeit habe ich verpasst – wie das ganze Sternenkönigreich –, aber wenigstens war ich zu Raouls Geburt rechtzeitig.«

»Ehe Sie begannen, BuMed zu nerven«, stellte Cortez fest. »Also, Mylady – was macht Ihr Bein?«

»Gute Fortschritte, Mylord«, antwortete sie ein wenig vorsichtig.

»BuMed stimmt Ihnen zu«, sagte er und schwang den Sessel leicht von einer Seite zur anderen. »Ihr medizinischer Bericht trägt einen sehr positiven Vermerk.« Michelle setzte an, erleichtert auszuatmen, doch in Cortez' Augen flackerte der Schalk, als er fortfuhr: »Allerdings hat Captain Montaya darauf hingewiesen, dass Sie beharrlich ... weniger als vollkommen offen waren, sagen wir einmal, was die Schmerzen angeht, die Sie nach wie vor empfinden.«

»Mylord«, begann sie, doch Cortez schüttelte den Kopf.

»Glauben Sie mir, Mylady«, sagte er mit todernstem Blick, »Montaya müsste schon etwas erheblich schwerer Wiegendes melden als den Fall von jemandem, der zu halsstarrig ist, um den ihm zustehenden Genesungsurlaub zu nehmen, ehe wir uns darüber Gedanken machten.«

»Ich bin ... erleichtert, das zu hören, Sir«, sagte Michelle offen, und Cortez schnaubte.

»Ich will annehmen, dass Sie ausdrücken wollen, erleichtert zu sein, weil wir ein Kommando für Sie haben, statt zu sagen, unser Personalmangel sei so drückend, dass wir es bei medizinischen Fragen nicht so genau nehmen, Mylady.«

Na, das ist definitiv etwas, worauf es keine gute Antwort gibt, dachte Michelle, und Cortez lachte leise.

»Verzeihen Sie mir, Mylady. Ich fürchte, dass mein Sinn für Humor im Laufe des vergangenen T-Jahres ein bisschen schräg geworden ist.«

Er gab sich einen Ruck und ließ seinen Sessel sich wieder vollkommen aufrichten.

»Der eigentliche Grund«, fuhr er fort, »weshalb ich Ihren Anrufen ausgewichen bin – und das habe ich getan, wenn ich ehrlich bin –, ist der, dass wir Schwierigkeiten hatten zu entscheiden, was wir mit Ihrer Freilassung auf Ehrenwort anfangen. Hier bei der Admiralität hat niemand ein Problem damit, dass Sie Präsidentin Pritchart Ihr Ehrenwort gegeben haben – schon gar nicht unter den gegebenen Umständen«, versicherte er ihr rasch, als sie den Mund öffnen wollte. »Uns geht es mehr darum festzulegen, welche Präzedenzen anwendbar sind. Commander Roach ist hier, um Ihnen zu erklären, was für Sie gilt.«

Er sah Roach an und hob eine Hand. »Commander?«

»Jawohl, Mylord«, erwiderte Roach und richtete seine Aufmerksamkeit auf Michelle.

»Aus recht offensichtlichen Gründen, Mylady, hat es im vergangenen Krieg keinerlei Freilassung auf Ehrenwort gegeben, und ich fürchte, wir haben nach dem Sturz des Komitees für Öffentliche Sicherheit nie geeignete Kanäle zwischen uns und der Republik eingerichtet. Diese Unterlassung hätten wir längst korrigieren müssen, seit die Systemsicherheit nicht mehr existiert. Leider scheint es, als hätte die Vorgängerregierung vor allem an andere Dinge gedacht, wenn man von Denken reden darf, und seit Baron High Ridges ... Abgang waren wir selbst auch ein wenig beschäftigt. Offen gesagt sind wir beim JAG im Kreis gelaufen, als wir zu entscheiden versuchten, wie wir Ihren Fall behandeln.«

»Nicht nur beim JAG«, fügte Cortez hinzu. »Auch das Amt für Öffentlichkeitsarbeit schwankte wegen der interstellaren Medienaufmerksamkeit für den Vorschlag eines Gipfeltreffens. In Anbetracht Ihrer engen Verwandtschaft mit Ihrer Majestät und der hektischen Publicity, die Ihre Rückkehr begleitete, ist es besonders wichtig, dass wir alles richtig machen, wie Sie gewiss verstehen.«

»Durchaus, Sir, selbstverständlich«, stimmte Michelle zu.

»Die Minderheit war der Ansicht«, erklärte Roach, als Cortez ihn mit einem Nicken zum Weitersprechen aufforderte, »der Wortlaut der Bedingungen Ihrer Freilassung mache es technisch unmöglich, Sie überhaupt wieder in aktiven Dienst zu nehmen, egal wo, ehe Sie ordnungsgemäß ausgetauscht worden sind, weil Sie auch dann, wenn Sie nicht direkt gegen Haven eingesetzt werden, einen Offizier freistellen, der kämpfen könnte. Das ist eine sehr strenge Auslegung der Übereinkunft von Deneb, die das Sternenkönigreich nie offiziell anerkannt hat. Offen gesagt gefiel diese Auslegung auch Admiral Cortez nicht besonders, und daher wurde ich in meiner Eigenschaft als stellvertretender Kommandeur am Charleston-Zentrum für Raumrecht gebeten, zusätzliche Recherchen anzustellen.«

Michelle nickte. Das Charleston-Zentrum galt als eine der obersten Autoritäten der Galaxis für interstellares Raumrecht. Der Grund, weshalb es vor einhundertsechzig T-Jahren ins Leben gerufen worden war, bestand darin, sich mit den militärischen Implikationen der gebräuchlichen Rechtspraxis zu befassen, die sich im Laufe der Diaspora-Jahrhunderte entwickelt hatte. Doch obwohl es nach wie vor ein Amt der Navy blieb, hatte die Größe der manticoranischen Handelsflotte unausweichlich dazu geführt, dass es sich auch mit zahllosen Fragen des zivilen interstellaren Verkehrs befassen musste.

»Wie jeder gute Anwalt habe ich zunächst nach Präzedenzfällen gesucht, die für meine Mandantin am günstigsten waren – je stärker und spezifischer, desto besser –, und ich fand, wonach ich suchte, in einer Entscheidung aus dem alten Krieg zwischen Greenbriar und Chanticleer. 1843 kamen sie überein, einen Disput über die Entlassung auf Offiziersehrenwort der Solaren Liga zur bindenden Schlichtung vorzulegen. Der Schlichter entschied, dass jeder auf Ehrenwort entlassene Offizier zu jeder Verwendung eingesetzt werden könne, bei der er oder sie nicht persönlich und direkt gegen den Feind agiert, der ihn oder sie freigelassen hat. Verwendungen in Stab, Logistik und Sanitätsdienst für jedwede Einheit, die direkt gegen den

Feind eingesetzt wurde, die ihn oder sie freigelassen hatte, wären widerrechtlich, aber Dienst in einem anderen astrografischen Gebiet oder gegen einen anderen Gegner wurde ausdrücklich zur legalen Verwendung auf Ehrenwort freigelassener Offiziere erklärt. Mit anderen Worten, Mylady, solange Sie nicht selber auf die Havies schießen oder jemandem dabei helfen, kann die Admiralität Sie schicken, wohin sie will.«

»Und genau das hat er uns gesagt«, warf Cortez ein, »allerdings mit erheblich mehr Einzelheiten, als er die Entscheidung verfasste, nach der wir Sie legal und ehrenhaft entweder in Silesia oder im Talbott-Sternhaufen einsetzen können, auch wenn uns das erlaubt, einen anderen Konteradmiral dort abzuziehen und an Ihrer Stelle gegen Haven kämpfen zu lassen. Offen gesagt ist das unter den Umständen auch verdammt gut so.«

»Ich verstehe, Mylord«, sagte Michelle, als er schwieg, und sie begriff wirklich.

Ihr erschien es kaum möglich, dass sie sich schon wieder fast zwei T-Monate im Sternenkönigreich befand. Die Nachricht von Captain Aivars Terekhovs phänomenalem – und kostspieligem – Sieg in der Schlacht von Monica war nur neun Tage nach ihr eingetroffen, und eine Zuckung fast unerträglicher Erleichterung hatte das gesamte Sternenkönigreich durchlaufen. Der Preis, den sein zusammengestoppeltes Geschwader gezahlt hatte, mochte zwar schmerzhaft gewesen sein, doch niemand machte sich Illusionen, was geschehen wäre, wenn er die Schlachtkreuzer, die die Republik Monica erhalten hatte, nicht vernichtet hätte. Auch zweifelte niemand daran, dass diese Schiffe von jemandem gestellt worden waren, der eindeutig nicht im Interesse des Sternenkönigreichs handelte, auch wenn die Pläne dieses Jemands in vollem Umfang noch nicht aufgedeckt waren. Wenn Michelle ehrlich war, musste sie zugeben, dass auch sie bezweifelte, ob selbst Patricia Givens je in der Lage wäre, alle Puzzlesteine besagten Planes aufzuspüren und korrekt zusammenzusetzen. Allerdings hatten die Nachrichtendienstmitarbeiter Konteradmiral Khumalos, Vizeadmiral O'Malleys und Sonderbeauftragter Dame Amandine Corvisarts bereits genügend herausgefunden, um sämtliche Verdachtsmomente Terekhovs zu bestätigen – und den Sinn seiner Maßnahmen.

Leider litt, wer nun glaubte, das Sternenkönigreich sei aus dem Schneider, wahrscheinlich an nur gelegentlichem Kontakt mit der Wirklichkeit, dachte Michelle grimmig. Gewiss, die monicanische Navy war komplett aus dem Spiel, doch andererseits war Monica nie die eigentliche Bedrohung gewesen. Die wirkliche Gefahr bestand im Status Monicas als Klientenstaat der Solaren Liga, und es war noch immer zu früh für jede Prognose, wie die Liga reagieren könnte. Die Regierung Baron Grantvilles und das Offizierskorps der Navy waren sich stets darüber im Klaren gewesen, und im Laufe des vergangenen Monats hatte sich das gleiche Bewusstsein auch bei der Frau auf der Straße durchgesetzt.

Was für eine tolle Galaxis, in der die Grenzsicherheit eine Verbrecherbande wie Manpower benutzen und es fast erreichen kann, dass wir in den Kriegszustand mit der mächtigsten Sternnation taumeln, die es gibt, dachte Michelle. *Und am schlimmsten ist, dass wir noch immer nicht sicher wissen, ob sie damit Erfolg hatten oder nicht – obwohl wir angefangen haben, jeden Steine umzudrehen, sodass jeder den Schleim darunter sehen kann. Kein Wunder, dass alles so erleichtert ist, wenn wir vielleicht wenigstens mit Haven wieder reden.*

»Ich weiß, dass Sie von Admiral Givens und ihren Leuten unterrichtet wurden«, fuhr Cortez fort. »Da man Sie auf den aktuellen Stand der grundlegenden politischen und operativen Parameter gebracht hat, werde ich mich auf die praktischen Aspekte unserer Bemannungserfordernisse und die damit direkt zusammenhängenden Probleme beschränken.

Ihnen ist vielleicht nicht bekannt, dass die erste Welle unseres Superdreadnought-Notbauprogramms im Laufe der nächsten Monate den Dienst antritt«, sagte er, und Michelle kniff die Augen zusammen. Als Cortez es bemerkte, schnaubte er. »War es Ihnen also nicht. Gut. In den Werften hat man einige gar nicht kleine Wunder gewirkt – und, um offen zu sein, einige Abkürzungen genommen, die wir in Friedenszeiten niemals akzeptiert hätten –, um die Bauzeit zu verringern, und bei den meisten Schiffen sind wir beträchtlich vor dem Zeitplan. Wir haben unser Bestes getan, um zu verbergen, in welchem Umfang das zutrifft, und wir hoffen aufrichtig, dass Haven davon noch nicht weiß. Doch um ganz ehrlich zu sein, ist das mit ein Grund, weshalb hier in der Admiralität jeder sehr erleichtert war, als Ihre Majestät dem Treffen mit Pritchart und Theisman zugestimmt hat. Wir wären natürlich alle entzückt, wenn sich auf dem Gipfel irgendeine Friedensvereinbarung ergäbe. Aber selbst wenn nichts dabei herauskommt, könnten wir, nachdem Ihre Majestät und Pritchart Torch erreicht haben, die Gespräche doch sicherlich über wenigstens zwo Monate ausdehnen. Dabei sind all die Depeschen noch nicht eingerechnet, die hin und her gesandt werden müssen, um etwas Derartiges zunächst einmal zu verabreden. Schon die physischen Reisewege dabei erkaufen uns Zeit. Zeit genug, um eine große Anzahl der neuen Wallschiffe in Dienst zu stellen. Und das, Admiral Gold Peak, wird im Verein mit den neuen Waffen und Feuerleitsystemen, die ebenfalls in Dienst kommen, bedeuten, dass der zahlenmäßige Vorteil der Republik erheblich weniger drückend sein wird, als man es in Nouveau Paris heute noch annimmt.«

Er lächelte sie gepresst an, wurde aber gleich wieder ernst und schüttelte den Kopf.

»Das alles ist natürlich gut und schön, soweit es Haven betrifft. Doch sollten wir uns im Krieg mit der Solaren Liga wiederfinden, ist es eine ganz andere Geschichte. Wie meine

Mutter mich immer gern warnte, mag jedes Unglück sein Gutes haben, ist aber vor allem erst einmal ein Unglück, und in diesem Fall ganz gewiss. Solange die Frage im Raum steht, bleibt uns keine Wahl, als trotz des Gipfels und allen Atempausen, die er uns an der havenitischen Front vielleicht verschafft, unsere Rekrutierungs-, Ausbildungs- und Bauprogramme weiter zu straffen, wo und wie wir können. Und trotz aller Fortschritte in der Automatisierung und der Reduktion des Besatzungsbedarfs werden unsere personellen Möglichkeiten durch so viele Neubauten bis ans Zerreißen beansprucht. Im Augenblick sind zum Beispiel die meisten neuen Superdreadnoughts der Fertigstellung so nahe, dass wir bereits Stammbesatzungen zusammenstellen und sie den neuen Schiffen zuteilen müssen. Zum Glück konnten wir viele Schiffe alten Stils, auf die wir nach Grendelsbane zurückgreifen mussten, wieder außer Dienst stellen, was sehr viele ausgebildete Kräfte freisetzt. Und von Janaceks und High Ridges Flottenabbau haben wir uns erholt. Dennoch fehlen uns Leute an allen Ecken und Enden, und was die leichteren Einheiten betrifft, ist die Lage sogar noch schlimmer. Wie« – er sah sie scharf und offen an – »bei den neuen Schlachtkreuzern.«

Er schwieg, und Michelle nickte. Die drängendsten Prioritäten des neuen Kriegsnotbauprogamms hatten sich auf die Fertigung so vieler Wallschiffe wie möglich konzentriert, gondellegende Superdreadnoughts wie Honors *Imperator*. Angesichts der überwältigenden Vormachtstellung der neuen »Podnoughts« konnte es nicht anders sein. Wegen ihres Vorrangs erhielten leichtere Schiffe wie Kreuzer und Zerstörer eine weit geringere Fertigungspriorität. Große Stückzahlen waren zwar projektiert und sogar auf Kiel gelegt worden, aber erst, nachdem die Bedürfnisse der Superdreadnought-Fertigungsprogramme befriedigt worden waren. Und auch erst, nachdem zusätzliche verteilte Werften, in denen sie auf Kiel gelegt werden konnten, zusammengelegt worden waren. Infolgedessen war der Bau der kleineren, leichteren Schiffe von Anfang an langsamer vonstatten gegangen.

Andererseits ging es viel schneller, einen Zerstörer oder Kreuzer zu bauen – sogar einen der neuen Schlachtkreuzer – als ein Wallschiff. Daher war Zeit gewesen, ihre Konstruktionen zu verbessern und Baumuster wie die neuen Schlachtkreuzer der *Nike*-Klasse oder Zerstörer der *Roland*-Klasse zu erarbeiten. Dadurch befanden sich trotz des späteren Baubeginns wahrhaft enorme Stückzahlen brandneuer Schiffe »unterhalb Wallgröße« bereits im Prozess der Indienststellung. Doch obwohl die weiter fortschreitende Automatisierung zur Folge hatte, dass der einst gewaltige Abstand zwischen den absoluten Zahlen an Unteroffizieren und Mannschaftsdienstgraden für Superdreadnoughts und einen »kleinen« Schlachtkreuzer gewaltig gesunken war, benötigte ein Schlachtkreuzer noch immer beinahe genauso viele *Offiziere* wie ein Superdreadnought. Und während die neuen LACs viele Sternenschiffe freisetzten, die früher einmal für Vorposten-, Patrouillen- und Piratenabwehraufgaben hatten herhalten müssen, benötigte jedes einzelne von ihnen eigene Offiziere, Unteroffiziere und Mannschaften, was den Vorrat an verfügbarem ausgebildeten Personal deutlich reduzierte.

»Wir haben Folgendes im Sinn, Mylady«, sagte Cortez und beugte sich vor und faltete die Hände über der Schreibunterlage. »Ursprünglich waren etwa zwo Drittel der neuen Kreuzer und Schlachtkreuzer für Admiral Sarnows Kommando in Silesia vorgesehen. Das war, ehe die Lage in Talbott explodierte. Wie es nun aussieht, kehren wir die Verhältnisse um und schicken zwo Drittel davon nach Talbott. Einschließlich Ihnen, Admiral.«

»Mich, Mylord?«, fragte sie, weil er schwieg, als wartete er auf ihren Kommentar.

»Sie«, bestätigte er. »Wir geben Ihnen das Einhundertsechste.«

Einen Augenblick lang begriff sie nicht recht. Dann riss sie erstaunt die Augen auf. Das konnte nicht sein Ernst sein! So lautete ihr erster Gedanke. Und ihm auf den Fersen folgte ein zweiter.

»Sir Lucien«, begann sie, »ich –«

»Diese Diskussion werden wir jetzt nicht führen, Mylady«, unterbrach Cortez sie. Michelle schloss den Mund und setzte sich zurück, und er sah sie ernst an. »Sie haben Captain Shaw wegen einer Verwendung nicht-genervt, und jetzt haben Sie eine. Diese Entscheidung hat nichts damit zu tun, dass Sie die Cousine Ihrer Majestät sind, sondern damit, dass Sie ein Offizier mit großer Erfahrung sind, gerade erst erneut Ihre Tüchtigkeit unter Beweis gestellt haben und – offen gesagt – nicht so eingesetzt werden können, wie wir Sie am liebsten einsetzen würden. Aber wenn wir Ihnen keine Superdreadnoughtdivision oder ein Superdreadnoughtgeschwader geben und Sie wieder der Achten Flotte unterstellen können, dann ist das Kommando über das Einhundertsechste nach wohlüberlegter Ansicht der Admiralität absolut das Nächstbeste, was wir mit Ihnen anstellen können.«

Michelle biss sich recht fest auf die Zunge und erinnerte sich an ein Gespräch mit Honor über das gleiche Thema. Trotz Cortez' Worten war sie alles andere als überzeugt, dass Bevorzugung bei der Entscheidung der Admiralität keine Rolle gespielt hatte. Dennoch musste sie zugeben, dass Honor nicht unrecht hatte: Dass Michelle sich seit so langer Zeit stets bemühte, auch nur den leisesten Anschein zu vermeiden, sie könnte sich auf die Günstlingswirtschaft einlassen, die in der Vorkriegszeit der Fluch des manticoranischen Offizierskorps gewesen war, konnte sie in dieser Hinsicht tatsächlich allzu empfindlich gemacht haben.

»Nachdem das gesagt ist«, fuhr Cortez fort, »möchte ich, um vollkommen ehrlich zu sein, zugeben, dass einige Faktoren in Ihren Befehlen nichts Direktes mit Ihren unter Beweis gestellten Fähigkeiten als Befehlshaberin im Gefecht zu tun haben. Nicht etwa bei der Entscheidung, Ihnen das Einhundertsechste zu geben, aber bei der Entscheidung, wohin Sie damit entsandt werden.«

Michelle kniff die Augen zusammen, als sie spürte, dass gleich der zweite Schuh fallen würde, und Cortez lächelte ein wenig schief.

»Nein, Mylady, wir schachern nicht mit Mount Royal Palace«, sagte er. »Wir haben jedoch von Anfang an gewusst, dass wir Vizeadmiral O'Malley nicht ständig im Talbott-Sternhaufen lassen können, und zwar aus mehreren Gründen, darunter, dass er an der Reihe ist, seinen dritten Stern zu erhalten. Außerdem wartet auf ihn eine Kampfgruppe von Lenkwaffen-Superdreadnoughts der *Invictus*-Klasse. Deshalb müssen wir ihn sobald wie möglich zum Lynx-Terminus zurückrufen und Admiral Blaines Abschirmverbände dem Rest seines Kampfverbands wieder anschließen. Jemand muss jedoch O'Malley im Talbott-Sternhaufen ersetzen, und wir werden die Gondel-Schlachtkreuzer abziehen, die wir von Grayson geborgt haben, als wir ihn in Marsch setzten. Wir ersetzen sie durch das Einhundertsechste, und ihn ersetzen wir durch Sie – Vizeadmiral Gold Peak.«

Michelle erstarrte auf ihrem Sessel, und Cortez' Grinsen wurde noch breiter.

»Sie waren bereits vor der Schlacht von Solon auf der Liste«, sagte er. »Der Beförderungsausschuss hatte bereits eine Entscheidung gefällt, ehe die *Ajax* verloren ging, aber der Papierkram musste noch bearbeitet werden. Dann wurde alles ein wenig komplizierter, weil Sie für tot gehalten wurden. Das haben wir in Ordnung gebracht, und einige jener Faktoren, die außer Ihren Gefechtsführungsfertigkeiten für Sie sprechen, kommen dort ins Spiel. Zum Beispiel ist beschlossen worden, Admiral Khumalo ebenfalls zu befördern. Er ist von seiner Beförderung zum Vizeadmiral bereits unterrichtet, und sein Rangdienstalter übersteigt das Ihre. Er ist also Ihr Vorgesetzter, und er bleibt Kommandeur von Talbott Station.«

Michelle hielt den Mund – nicht ohne Schwierigkeiten, und diesmal gestattete Cortez seinem Grinsen, in ein leises Lachen überzugehen. Dann wurde er wieder nüchtern.

»Verzeihen Sie, Mylady. Ich hätte nicht lachen sollen, aber Ihr Gesicht ...«

Er schüttelte den Kopf.

»Nein, Mylord, mir tut es leid«, erwiderte sie. »Ich wollte nicht –«

»Mylady, Sie sind die Einzige, die im Laufe der Jahre von Augustus Khumalo ... weniger als beeindruckt war. Um ehrlich zu sein, ehe die monicanische Situation explodierte, wurde ernsthaft erwogen, ihn von Talbott abzuziehen. Und es stimmt sicherlich, dass er stets mehr Verwalter als Gefechtsführer gewesen ist. Doch er hat großen moralischen Mut bewiesen – mehr, als ich zum Beispiel ihm je zugetraut hätte, wenn ich ehrlich sein soll, und das beschämt mich ein wenig –, als er sich rückhaltlos hinter Terekhov stellte. Seine Instinkte erwiesen sich an dieser Stelle als sehr scharf, und er ist wirklich ein sehr guter Verwaltungsfachmann. Hoffentlich wird das wichtiger sein als taktischer Scharfsinn; das hieße nämlich, dass wir einen Krieg gegen die Liga vermeiden können. Seine und Terekhovs Reaktion auf etwas, was jeder Talbotter für eine Intrige des OFS zur Annexion des gesamten Sternhaufens betrachtet, hat sie beide in Talbott außerordentlich beliebt gemacht. Sehr viele Menschen wären dort sehr unglücklich, wenn wir ihn gerade jetzt abberiefen und durch jemand anderen ersetzten.

Das ist soweit unbestritten, doch der Admiralität erschien

es dennoch angeraten, jemanden zu seinem Stellvertreter zu machen, der die Gefechtserfahrung besitzt, die ihm fehlt. Durch Ihre Verfügbarkeit – und die Tatsache, dass Sie für eine Verwendung innerhalb der Achten Flotte nicht mehr zur Verfügung stehen – sind Sie für diese Funktion genau die richtige Wahl. Und offen gesagt sollte der Umstand, dass Sie in der Thronfolge so weit oben stehen, ganz zu schweigen davon, dass Khumalo über die Wintons mit Ihnen verwandt ist, Ihnen einen weiteren Hebel bieten, um ihn zu beeinflussen. Ihre Verwandtschaft mit Ihrer Majestät sollte ferner die Unterstützung der Regierung für den Sternhaufen und seine neue Verfassung unterstreichen.«

Michelle nickte bedächtig. In gewisser Hinsicht zeigte, was Cortez gerade gesagt hatte, dass politische Erwägungen und Michelles Herkunft die Entscheidungen der Admiralität durchaus mit bestimmt hatten. Andererseits konnte sie keinem einzigen Punkt, den er angeführt hatte, widersprechen, und so wenig sie die Politik auch mochte, hatte sie doch stets gewusst, dass politische und militärische Strategie unentwirrbar miteinander verknüpft waren. Wie dieser Militärhistoriker von Alterde, den Honor so gern zitierte, es ausdrückt hatte, war das Setzen nationaler Ziele eine politische Entscheidung, und Krieg bedeutete die Verfolgung dieser politischen Ziele durch unpolitische Mittel.

»Ich weiß, dass die Vorwarnzeit nicht berühmt ist«, fuhr Cortez fort, »und ich fürchte, dass Sie nicht die Zeit haben, sich Ihren Stab selbst zusammenzustellen. Sie werden nicht einmal Gelegenheit erhalten, Ihr neues Geschwader gründlich einzuarbeiten. Nach dem letzten mir vorliegenden Bericht bin ich mir nicht einmal sicher, ob alle Ihre Schiffe die Abnahmeprüfungen abgeschlossen haben werden, wenn Sie aufbrechen müssen. Ich habe mich allerdings nach Kräften bemüht, Ihnen ein möglichst starkes Team zusammenzustellen.«

Er nahm einen Dokumentenbetrachter aus der Schreibtischschublade und reichte ihn ihr. Michelle blätterte durch die Anzeige und schürzte nachdenklich die Lippen. Viele Namen, die sie las, waren ihr neu, aber einige erkannte sie.

»Captain Lecter wurde beinahe so unerwartet wie Sie verfügbar, Mylady«, sagte Cortez. »Wenigstens ein halbes Dutzend Flaggoffiziere haben sie angefordert, aber ich fand, dass sie als Ihre Stabschefin am besten geeignet wäre.«

Michelle nickte und empfand Zustimmung und Dankbarkeit. Captain Cynthia Lecter – damals noch *Commander* Cynthia Lecter – war der beste Erste Offizier gewesen, den Michelle je gehabt hatte. Sie freute sich, dass Cynthias Beförderung durchgekommen war, und sie hatte überhaupt keine Zweifel an ihrer Befähigung als Chefin des Geschwaderstabs, von der sie, Michelle, nicht geahnt hatte, dass sie ihn erben würde.

»Ich glaube, mit Commander Adenauer haben Sie noch nicht gedient«, fuhr Cortez fort, »aber ihre Dienstakte spricht für sich selbst.«

Michelle nickte erneut. Soweit sie wusste, war sie Commander Dominica Adenauer nie begegnet, doch die knappe Zusammenfassung ihrer Gefechte, die an die Akte angehängt war, die sie von Cortez erhalten hatte, sah wirklich beeindruckend aus. Nicht jeder tüchtige Taktische Offizier erwies sich als gleich guter Operationsoffizier eines Geschwaders, aber zumindest auf den ersten Blick wirkte Adenauer vielversprechend. Und Cortez war bekannt dafür, dass er ein Händchen dafür hatte, den richtigen Offizier auf den richtigen Posten zu setzen.

»Ich glaube, mit Commander Casterlin und Lieutenant Commander Edwards werden Sie gleichfalls zufrieden sein«, fuhr der Fünfte Raumlord fort.

»Commander Casterlin kenne ich«, sagte Michelle und sah von dem Dokument auf. »Nicht so gut, wie ich gern möchte, aber was ich über ihn weiß, gefällt mir. Von Edwards habe ich allerdings noch nie gehört.«

»Er ist jung«, sagte Cathy. »Genauer gesagt wurde er erst vor zwo Monaten zum Lieutenant Commander befördert, aber ich war beeindruckt, als ich mit ihm sprach. Er hat gerade eine Dienstzeit bei BuWeaps als einer von Admiral Hemphills Assistenten hinter sich. Für den Posten des Operationsoffiziers fehlt ihm das Dienstalter, und selbst wenn es anders wäre, ist er Signalspezialist und kein Taktischer Offizier. Deshalb hat Adenauer die Operations- und Edwards die Signalabteilung. Er hat allerdings bei der Entwicklung von Lasergefechtsköpfen und den neuen Leitsystemen Hand angelegt, und ich glaube, dass Sie – und Commander Adenauer – seine Vertrautheit mit den neusten Spielzeugen des Admirals sehr nützlich finden werden.«

»Da bin ich mir sicher«, stimmte Michelle zu.

»Ich versuche noch immer, einen guten Versorgungsoffizier zu finden, und einen Eloka-Experten suche ich auch noch. Edwards' Erfahrung auf diesem Gebiet wird wahrscheinlich nützlich sein, aber wiederum ist er dafür eigentlich nicht ausgebildet. Ich hoffe, bis heute Abend beide Posten besetzen zu können. Natürlich handelt es sich in allen Fällen um Vorschläge, und wenn Sie ernste Bedenken oder Einwände gegen meine Kandidaten haben, werden wir tun, was wir können, um Ihnen entgegenzukommen. Ich fürchte aber, die Zeit ist so knapp, dass uns nicht viel Spielraum bleibt.«

»Verstanden, Mylord«, sagte Michelle fröhlicher, als ihr tatsächlich zumute war. Stets war es manticoranische Tradition gewesen, dass BuPers sich bemühte, alle vernünftigen Anforderungen eines Flaggoffiziers nach Stabsangehörigen zu erfüllen, und kein Geschwader- oder Verbandschef freute sich, wenn jemand anderer die Leute aussuchte, mit denen er eng zusammenarbeiten musste. Sie konnte nicht vorgeben, sonderlich entzückt zu sein, sich in dieser Position wiederzufinden, doch sie vermutete, dass es im Augenblick nicht wenigen anderen Flaggoffizieren ähnlich erging.

Wenn Cindy sie im Auge behält, sollte es gehen, versicherte sie sich. *Ich wünschte nur, ich hätte Adenauer wenigstens* kennengelernt. *Ihre Akte sieht sicher gut aus, soweit ich das bislang beurteilen kann, aber Papier ist geduldig. Und Edwards macht den Eindruck, als würde er sich in einer Forschungsabteilung wohler fühlen. Himmel, ich hoffe, der erste Eindruck täuscht! Casterlin ist eine gute, solide Wahl als Stabsastrogator. Zusammen mit ihm sollte Cindy eigentlich in der Lage sein, für eine ausgeglichene Zusammenarbeit zu sorgen. Und wenn es Schwierigkeiten gibt, dann muss ich eben persönlich dafür sorgen, dass sie ... weggehen.*

»Ich verstehe, Mylord«, sagte sie fester. »Ich habe allerdings noch eine Frage.«

»Bitte, Mylady.«

»Nach Ihren Worten habe ich den Eindruck, dass Sie planen, das Geschwader so bald wie möglich in Marsch zu setzen.«

»Nein, Mylady, sogar noch früher«, sagte Cortez mit angespanntem Lächeln. »Das habe ich gemeint, als ich sagte, dass Sie eventuell schon nach Talbott auslaufen müssen, ehe Ihre Schiffe ihre Abnahmeprüfungen abgeschlossen haben. Sie erinnern sich, wie ich erwähnte, dass die Werften Abkürzungen nehmen, um die Fertigung zu beschleunigen? Nun, zu den Dingen, die man heute weglässt, gehört auch die volle Bandbreite von Abnahmeprüfungen und Testfahrten.«

Zum ersten Mal seit Betreten des Büros wirklich beunruhigt, riss Michelle die Augen auf, und Cortez zuckte mit den Schultern.

»Mylady, wir sitzen in der sprichwörtlichen Zwickmühle und hatten schlichtweg keine andere Wahl, als gewisse ... Anpassungen vorzunehmen. Ich will nicht behaupten, dass irgendjemand darüber entzückt wäre, aber wir waren um Ausgleich bemüht und haben größeren Wert auf die Qualitätskontrolle im Fertigungsprozess gelegt. Bislang hatten wir noch keine größeren Baugruppenversager, aber ich will Ihnen keinen Sand in die Augen streuen und gebe zu, dass es einige kleinere bis mittelernste Probleme gegeben hat, nachdem ein Schiff die Werft verlassen hatte, die aber mit Bordmitteln gelöst werden konnten. Ich hoffe, dass das bei Ihrem Geschwader nicht der Fall sein wird, aber garantieren kann ich es nicht. Und wenn wir Sie mit den Vertretern des Herstellers an Bord losschicken müssen, dann werden wir das tun. Um nun die Frage zu beantworten, die Sie ganz gewiss als Nächstes stellen werden: Ihr Auslaufdatum ist in einer Woche ab jetzt.«

Gegen ihren Willen biss Michelle die Zähne zusammen. Cortez bemerkte es und schüttelte den Kopf.

»Es tut mir aufrichtig leid, Mylady. Mir ist durchaus klar, dass eine Woche nicht einmal ausreicht, um sich mit den Einzelheiten Ihres Personalstamms zu befassen, geschweige denn, um irgendein Gefühl für Ihre Kommandanten zu entwickeln, oder auch nur für die Angehörigen Ihres Stabes. Doch was immer auf der Haven-Seite geschieht, der Talbott-Sternhaufen ist und bleibt ein Pulverfass, das nur auf einen einzigen Funken an der falschen Stelle wartet. Ein Pulverfass, bei dem schon einmal jemand sein Möglichstes versucht hat, um es zur Explosion zu bringen, ohne dass wir die Gründe dafür kennen. Wir brauchen eine starke, dauerhafte Präsenz im Sternhaufen, und das, ehe solarische Truppenbewegungen in Reaktion auf die Ereignisse im Monica-System das Gleichgewicht verschieben. Es gibt weiß Gott genügend arrogante solarische Kommandanten und Geschwaderchefs, ohne dass wir noch herausfinden müssen, wer genau – außer Manpower – nun was wem antun wollte, bis Terekhov ihnen einen Knüppel zwischen die Beine geworfen hat. Ich hoffe, wir können alle erleichtert aufatmen, wenn wir es endlich erfahren, aber ich werde nicht darauf wetten, dass es dieses Ende nimmt. Und wenn wir eines nicht brauchen können, solange wir an diesem kleinen Problem arbeiten, dann ist das ein solarischer Commodore oder Admiral, der sich sagt, er habe genügend Kampfkraftvorteil, um etwas Dummes zu tun, das wir alle bedauern würden.«

»Ich habe verstanden, Sir«, antwortete Michelle. »Ich kann nicht sagen, dass ich mit irgendetwas davon gerechnet hätte, als ich in Ihr Büro kam, aber ich habe verstanden.«

ZEHN

Eine getarnte Tür glitt geräuschlos zur Seite, und drei Männer betraten das prächtige Büro. Sie erinnerten erstaunlich an jüngere Varianten des vierten Mannes, der bereits an dem Schreibtisch saß. Sie hatten das gleiche dunkle Haar, die gleichen dunklen Augen, die gleichen hohen Jochbeine und die gleiche kräftige Nase; und dafür gab es einen guten Grund.

Sie gingen zu den Sesseln, die in einem lockeren Halbkreis vor dem Schreibtisch standen, und setzten sich. Einer von ihnen wählte den Sessel, in dem kurz vorher eine der beiden Frauen gesessen hatte, und der ältere Mann am Schreibtisch lächelte sie mit bemerkenswert wenig Heiterkeit an.

»Nun?«, fragte Albrecht Detweiler schließlich und neigte seinen Sessel nach hinten, ohne den Blick von den Neuankömmlingen zu nehmen.

»Wie es aussieht«, sagte der eine, der auf dem zuvor benutzten Sessel Platz genommen hatte, in einer Stimme, die Albrecht Detweilers gespenstisch ähnlich klang, »sind wir in ein Luftloch gefallen.«

»Wirklich?« Albrecht zog in spöttisch gespieltem Erstaunen die Augenbrauen hoch. »Und wie bitte kommst du zu dieser Schlussfolgerung, Benjamin?«

Benjamin zeigte wenig Anzeichen der Unruhe, die Albrecht Detweilers Ironie bei den meisten Menschen, die von seiner Existenz wussten, zu wecken pflegte. Vielleicht lag es daran, dass sein Nachname ebenfalls Detweiler lautete ... wie auch der seiner beiden Begleiter.

»Das nennt man eine einleitende Bemerkung, Vater«, erwiderte er.

»Aha, ich verstehe. Wenn das so ist, warum fährst du dann nicht fort?«

Benjamin lächelte und schüttelte den Kopf, dann lehnte er sich zurück.

»Vater, du weißt so gut wie ich – besser als ich –, dass die gegenwärtige Lage zumindest zum Teil auf die gründliche Abschottung zurückzuführen ist. Meiner persönlichen Ansicht nach hätte Anisimovna vielleicht bessere Arbeit leisten können, wenn sie unsere wahren Ziele gekannt hätte, aber das kann natürlich auch daran liegen, dass ich mich schon seit Jahren dafür einsetze, mehr Angehörige des Strategischen Rates ganz ins Bild zu setzen. Wie es im Moment aussieht, meine ich, dass die Analyse, die sie und Bardasano angefertigt haben, wahrscheinlich grundsätzlich zutreffend beschreibt, was im Talbott-Sternhaufen schiefgegangen ist. Niemand hätte Vorkehrungen für diesen unwahrscheinlichen Zwischenfall treffen können, der offenbar dazu geführt hat, dass dieser Terekhov über die Verbindung zwischen der Grenzsicherheit und dem Monica-System stolperte. Und selbst wenn einkalkuliert gewesen wäre, dass er entdeckt, was immer er entdeckt hat, so hätte doch niemand ahnen können, dass er zu einem ungenehmigten Präventivschlag ausholt. Und im Gegensatz zu uns lagen Anisimovna die neuesten Abschätzungen der manticoranischen Fähigkeiten nicht vor. Seien wir ehrlich – was sie mit Monicas neuen Schlachtkreuzern angestellt haben, hat auch uns überrascht, und sie hatte viel weniger Informationen als wir. Außerdem wusste sie nicht, dass unser eigentliches Ziel war, Verrochio und der Grenzflotte einen Denkzettel zu verpassen, auch wenn es eigentlich sehr viel später geschehen sollte. Wenn Bardasano erlaubt gewesen wäre, ihr alles zu sagen, ist es denkbar – nicht wahrscheinlich, aber denkbar –, dass die beiden für diesen Fall eine Rückzugsposition erarbeitet hätten.«

Er zuckte die Achseln.

»So etwas geschieht eben manchmal. Wir erleben hier schließlich nicht unseren ersten Rückschlag. Dass Pritchart das, was geschehen ist, mit ihrem Gipfeltreffen zu ihren Gunsten wenden konnte, ist natürlich erheblich schmerzhafter, aber trotzdem haben wir schon wenigstens ein paar andere Rückschläge erlitten, die genauso ernst waren. Was diesen Rückschlag so unangenehm macht, ist der Umstand, dass wir in die Entscheidungsphase eintreten und damit unser Spielraum, um uns von Fehlern zu erholen, immer kleiner wird. Was«, fügte er fast ein wenig spitz hinzu, »ein Grund ist, noch einmal darüber nachzudenken, wie streng wir die Dinge voneinander abschotten.«

Albrecht runzelte die Stirn. Er sah nicht sehr fröhlich aus, doch es war ein nachdenkliches Stirnrunzeln, kein wütendes. Er genoss (bei denen, die überhaupt von seiner Existenz wussten) einen wohlverdienten Ruf der Skrupellosigkeit, und er hatte sorgsam darauf geachtet, sich eine ähnliche Reputation zu erwerben, was die Ausdauer seiner Geduld anging. Dieser zweite Ruf allerdings war eher nützlich als zutreffend.

»Ich verstehe, was du sagst, Ben«, erwiderte er nach kurzem Schweigen. »Gesagt hast du es schließlich weiß Gott schon oft genug!«

Ein Grinsen nahm seinem letzten Satz jeden Anschein einer Zurechtweisung, doch dann wich das Grinsen erneut der Nachdenklichkeit.

»Das Problem ist nur, dass das Prinzip der Zwiebel uns so lange gut gedient hat«, sagte er. »Ich bin nicht bereit, es nun ohne Weiteres über Bord zu werfen, zumal die Folgen sehr ernst sein könnten, wenn jemand, bei dem wir dann annehmen, er müsste eingeweiht werden, es vermasselt. Es handelt sich um eines dieser Dinge, bei denen man nicht repariert, solange die Maschine läuft.«

»Ich will auch gar nicht vorschlagen, es ›über Bord zu werfen‹, Vater. Ich meine nur … es ein wenig zurückzufahren bei den Leuten, die wichtige Operationen koordinieren und ausführen. Ich stimme mit dir überein, dass wir grundsätzlich nichts reparieren müssen, das gut läuft. Leider halte ich es für möglich, dass hier ein Defekt vorliegt – oder etwas wenigstens so unrund läuft, dass es gefährlich werden könnte«, erklärte Benjamin respektvoll, aber nachdrücklich, und Albrecht verzog das Gesicht, weil ihm der Einwand stichhaltig erschien. Immerhin war es durchaus möglich, dass Benjamin recht hatte.

Das Problem mit einer Verschwörung, die einem Mehrjahrhundertplan folgte, war nach Albrechts Dafürhalten, dass niemand, ganz gleich wie begabt für Schwindeleien und Paranoia, so lange in diesem Maßstab agieren konnte, ohne dass sich hin und wieder ein operativer Fauxpas ereignete. Deshalb hatte das Mesanische Alignment schon vor Jahrhunderten eine Methode ersonnen, die einer von Albrechts direkten Vorfahren die »Zwiebelschalenstrategie« genannt hatte.

Soweit die Galaxis allgemein wusste, war der Planet Mesa eine ausgegrenzte Welt, Heimat rücksichtsloser, unredlicher Konzerne von überall aus dem gewaltigen Volumen der Solaren Liga. Ohne Mitglied der Liga zu sein, besaß Mesa lukrative Kontakte zu vielen Ligawelten, die es und seine »geächteten« Eigentümer vor solarischer Intervention schützten. Und natürlich war der schlimmste der fraglichen geächteten Konzerne niemand anderes als Manpower Incorporated, der führende Hersteller von Gensklaven in der ganzen erforschten Galaxis, gegründet vor fast sechshundert T-Jahren von Leonard Detweiler. Es gab zwar andere, einige genauso verrufen und – nach den Maßstäben anderer Völker – »böse«, doch Manpower war eindeutig der Bannerträger für Mesas unglaublich reiche – und bis ins Mark verdorbene – Elite. Genauso eindeutig war Manpower entschlossen, seine wirtschaftlichen Interessen mit allen Mitteln zu schützen – zu jedem Preis. Sämtliche politischen Kontakte, Ziele und Strategien hatten diesem Zweck zu dienen.

Und dort kamen die »Zwiebelschalen« ins Spiel. Auch wenn Albrecht Detweiler schon oft gedacht hatte, dass es treffender wäre, Manpower mit der linken Hand eines Bühnenzauberers zu vergleichen, die mit dramatischen Bewegungen die Aufmerksamkeit des Publikums auf sich lenkt, während die Rechte die entscheidenden Griffe vornimmt, von denen das Alignment nicht wollte, dass jemand sie bemerkte.

Manpower und seine Gensklaven waren und blieben außerordentlich profitabel, doch das war heutzutage nur ein glücklicher Nebenaspekt der Existenz Manpowers. Im Grunde war Gensklaverei, wie das Alignment vorbehaltlos einräumte, schon lange keine konkurrenzfähige Methode mehr, um Arbeitskräfte zu beschaffen – allenfalls hochspezielle Umstände bildeten noch eine Ausnahme. Zum Glück entging dieser Punkt vielen seiner Kunden, und Manpowers Marketingabteilung gab sich größte Mühe, dieses Erkenntnisdefizit auszubauen, wo immer es möglich war. Und vielleicht war es ein noch glücklicherer Begleitumstand, dass andere Aspekte der Gensklaverei, besonders jene, die mit den Lastern zusammenhingen, der die Menschheit immer unterworfen gewesen war, durchaus ökonomisch sinnvoll war. Nicht nur konnten Manpowers Kunden mit menschlichen Schwächen und Gelüsten höhere Gewinne erzielen, die verschiedenen Typen von Wonnesklaven, die Manpower lieferte, waren pro Exemplar gerechnet erheblich profitabler für den Lieferkonzern. Dennoch blieb es bei der Tatsache, dass die gewaltigen Summen, die der Sklavenhandel einbrachte, zwar außerordentlich willkommen waren, der Hauptzweck von Manpower heute aber überhaupt nichts mehr mit Gewinnerzielung zu tun hatte.

Erstens boten Manpower und seine gentechnischen Forschungseinrichtungen die ideale Fassade für die Experimente und Entwicklungen, denen die eigentliche Aufmerksamkeit des Mesanischen Alignments galt. Zweitens erklärte die Notwendigkeit, Manpower zu schützen, wieso Mesa, obwohl kein Mitglied der Solaren Liga, sich so tief mit den politischen und wirtschaftlichen Strukturen der Liga verzahnt hatte. Drittens lieferten die Perversionen, denen die Gensklaverei Vorschub leistete, hervorragende »Ansatzpunkte«, über die die Besitzer Manpowers innerhalb und außerhalb der Liga Entscheidungsträger ... beeinflussen konnten. Viertens machte die Natur des Sklavenhandels Manpower – und letztlich sämtliche bedeutenden Konzerne Mesas – ganz offensichtlich zu Verbrechern, die einen instinktiven Drang hatten, das herrschende System aufrechtzuerhalten, damit sie weiter in den angenehm korrupten Tiefen im Trüben fischen konnten und niemand je auf den Gedanken kam, Mesa könnte das herrschende System ändern wollen. Und zum Fünften bot Manpower eine gebrauchsfertige – oder wenigstens plausible – Tarngeschichte für jede verdeckte Operation, die das Alignment unternahm, sollten davon Einzelheiten ans Licht kommen.

Allerdings hatte dieses ansonsten höchst zufriedenstellende Arrangement einige beklagenswerte Nachteile. Drei von ihnen traten einem sofort brennend ins Bewusstsein, wenn man daran dachte, was er gerade erst mit Aldona Anisimovna und Isabel Bardasano besprochen hatte: Beowulf, Manticore und Haven.

Ohne Zweifel wäre es wenigstens in mancher Hinsicht sinnvoller gewesen, wenn Leonard Detweiler sein großes Konzept komplett ausgearbeitet hätte, ehe er Manpower gründete. Leider konnte niemand an alles denken, und bislang war es den mesanischen Genetikern noch nicht gelungen, eine Fähigkeit zur Weissagung künstlich zu erzeugen. Außerdem war er provoziert worden. Sein Detweiler-Konsortium hatte Mesa im Jahre 1460 P. D. von Beowulf aus besiedelt, nachdem sechs T-Jahre zuvor der Wurmlochknoten im Visigoth-System entdeckt worden war. Bereits 1398 war das Mesa-System vermessen worden, doch ehe die Astrogatoren entdeckten, dass es einen der beiden sekundären Termini des Visigoth-Wurmlochknoten beherbergte, hatte es zu weit draußen im Nichts gelegen, als dass sich hier eine Zivilisation gelohnt hätte.

Das änderte sich, als die Vermessung des Visigoth-Wurmlochknotens beendet war und Detweiler die Entwicklungsrechte von den Vermessern des Systems erhielt. Der Umstand, dass der Planet Mesa trotz seines angenehmen Klimas ein Biosystem aufwies, das nur schlecht zur terrestrischen Physiologie passte, hielt den Preis niedrig, weil die zu erwartenden Terraformierungskosten als erheblich anzusehen waren. Detweiler jedoch hatte sich entschlossen, die Kolonisten durch Gentechnik zu »mesaformieren«. Diese Entscheidung schien unausweichlich, legte man Detweilers Verdammung der »unlogischen, ignoranten, gedankenlosen und hysterischen Frankenstein-Angst« vor der genetischen Modifizierung menschlicher Wesen zugrunde, die sich in den über fünfhundert T-Jahren seit dem Letzten Krieg auf Alterde und Detweilers Aufbruch nach Mesa zu beinahe instinktiver Ablehnung verfestigt hatte. Doch so unausweichlich sie gewesen sein mochte, beim medizinischen Establishment jener Zeit war seine Entscheidung nicht gut aufgenommen worden. Schlimmer noch: Weil Visigoth nur knapp sechzig Lichtjahre von Beowulf entfernt war, würden Mesa und Beowulf (obwohl sie im Normalraum durch Lichtjahrhunderte getrennt waren) immer so viel Kontakt haben, um sich gegenseitig Ärger zu machen, und Detweiler war durch Beowulfs unerbittliche Verdammung seines Glaubens daran, den Menschen durch Gentechnik zu perfektionieren, außer sich vor Zorn. Das war immerhin der Grund, weshalb er und alle Angehörigen des beowulfianischen genetischen Establishments, die seine Ansichten teilten, den Planeten überhaupt erst verlassen hatten.

Ganz eindeutig hatte Leonard mit seiner Entscheidung, das

Detweiler-Konsortium in »Manpower Incorporated« umzubenennen, dem gesamten beowulfianischen Establishment einen Stachel ins Fleisch stoßen wollen, und genau dort getroffen, wohin er zielte. Und wenn Beowulf über die Praxis des Detweiler-Konsortiums, Kolonisten rundheraus an feindliche Umwelten wie Mesa anzupassen, verärgert war, so schäumte es vor Zorn, als Manpower begann, »Kontraktarbeiter« zu produzieren, die genetisch auf bestimmte Umgebungen abgestimmt waren – oder auf bestimmte Aufgaben. Zuerst waren die »Kontraktzeiten« auf Mesa auf fünfundzwanzig T-Jahre beschränkt gewesen, doch selbst nach Ablauf dieser Zeit verweigerte man ihnen das Stimmrecht und behandelte sie allgemein als Bürger zweiter Klasse. Als sie einen immer größeren Anteil an der planetarischen Bevölkerung stellten, war die Verfassung geändert worden, und der »Kontrakt« bestand lebenslang. Technisch behaupteten Mesa und Manpower bis zum heutigen Tag, es gebe so etwas wie Sklaven überhaupt nicht, nur »Kontraktarbeiter«, doch während solch eine Unterscheidung zumindest einen nützlichen Rauchschleier für Mesas Verbündete und bezahlte Sprachrohre an Stellen wie dem solarischen Parlament bildete, war sie für die Gegner dieser Institution bedeutungslos.

Die Feindseligkeit zwischen Beowulf und Mesa war in den zurückliegenden viereinhalb Jahrhunderten unaussprechlich bitter geworden, und die gegen die Sklaverei gerichtete Cherwell-Konvention, die Beowulf ins Leben gerufen hatte, bereitete Manpower, Mesa und dem Mesan Alignment gewaltige Kopfschmerzen. Das war schade und hatte für die allgemeine Strategie des Alignments einige ernst zu nehmende Probleme aufgeworfen. Die Entschlossenheit, mit der das Sternenkönigreich von Manticore und die Republik Haven gegen Manpower vorgingen, stellte eindeutig eine langfristige Bedrohung dar. Während neben der Solaren Liga beide Sternnationen zusammengenommen kaum mehr als einen Fliegendreck darstellten, hatte ihre Abscheu vor der Gensklaverei sie zu unversöhnlichen Feinden Mesas gemacht. Die lebhafte Wirtschaft der Republik Haven und ihre konstante Expansion bereiteten dem Alignment beträchtliche Sorgen. Haven war mehr als einhundertfünfzig T-Jahre vor Mesa kolonisiert worden, und obwohl ihm der gewaltige finanzielle »Notgroschen« fehlte, den Leonard Detweiler mit nach Mesa gebracht hatte, war es dort gelungen, eine starke, sich selbst aufrechterhaltende Wirtschaft aufzubauen, die nichts anderes als immer weiter zu wachsen versprach. Und das hatte den Haven-Quadranten im Denken des Alignment zu einer langfristigen Bedrohung gemacht, besonders seit der Entdeckung des Manticoranischen Wurmlochknotens im Jahre 1585.

Der Manticoranische Wurmlochknoten und die Art, wie er den gesamten Haven-Quadranten auf Rufweite zum Sol-System brachte, verwandelten zwei bedeutungslose, abgelegene neobarbarische Sternnationen zu einer Angelegenheit, die dem Alignment größte Sorgen bereitete. Ihre Direktverbindung zur Liga lief durch das Beowulf-System, und sowohl Republik als auch Sternenkönigreich hatten die beowulfianische Haltung zur Gensklaverei völlig und ohne Abstriche übernommen.

Obwohl Manpower die tiefe Verstrickung des Sternenkönigreichs in den Handelsverkehr der Liga, die durch den Wurmlochknoten ermöglicht wurde, höchst unbequem fand, bereitete die Existenz der Republik Haven dem Alignment noch erheblich größeres Kopfzerbrechen. Immerhin hatte sich, obwohl die Republik offiziell nur aus dem Haven-System und einer Handvoll seiner ältesten Tochterkolonien bestand, ihr Einfluss auf den gesamten Haven-Quadranten ausgebreitet, sodass Nouveau Paris zum natürlichen Anführer des gesamten Raumgebiets wurde, und der Quadrant war konstant sowohl an Volumen als auch an wirtschaftlicher und industrieller Macht gewachsen. Für das Alignment bestand kein Zweifel daran, dass die Republik im offenen Konflikt unerschütterlich zur historischen beowulfianischen Position stehen würde, und sie drohte einen Machtblock zu bilden, der von weit außerhalb der mesanischen Reichweite Beowulf zu Hilfe käme. Manticore andererseits bestand aus nur einem einzigen Sonnensystem – das allerdings auf dem Wege war, außerordentlich wohlhabend zu werden – mit einer traditionell starken inneren Ablehnung territorialer Expansion. Daher hatten sich die ersten Anstrengungen des Alignments darauf konzentriert, Haven so rasch wie möglich handlungsunfähig zu machen, und Mesa hatte seine Brechstange bei bestimmten für Haven typischen Philosophien und politischen Machenschaften angesetzt.

Diese spezielle Anstrengung hatte sich sehr gelohnt – nur dass sie natürlich eine unerwünschte Nebenwirkung hervorgebracht hatte, was Manticore anging. Das Legislaturistenregime und seine Politik hatten Haven, das ein leuchtendes Beispiel gewesen war, in ein riesiges, gefräßiges, dahinschlingerndes, baufälliges Gebilde verwandelt, das sowohl von seinen Nachbarn als auch von der Mehrheit seiner unfreiwilligen Bürger verabscheut wurde und stets am Rande des Totalzusammenbruchs stand. In dieser Verfassung stellte die Volksrepublik kaum noch eine Bedrohung dar – bis sie ihren Blick auf Manticore richtete, und von da an hatten sich die Geschehnisse drastisch von den Vorgaben im strategischen Drehbuch des Alignments wegentwickelt.

Manticore hatte es abgelehnt, sich absorbieren zu lassen. Es hatte sich sogar so wirksam und erfolgreich gewehrt – und dabei sehr viele militärische Innovationen eingeführt –, dass es um Haaresbreite die Volksrepublik gestürzt hätte. Nein, es hatte die Volksrepublik sogar gestürzt – wonach nicht nur drohte, dass die alte Republik Haven wieder auferstand, sondern auch Haven und Manticore jedem möglichen Gegner gegenüber einen gewaltigen militärischen Vorteil besessen hätten. Ganz zu schweigen davon, dass das vorher gegen jede Expansion eingestellte Sternenkönigreich sich nun eifrig in ein Sternenimperium umwandelte.

Was das so verdammt ärgerlich macht, überlegte Albrecht Detweiler, *ist der Umstand, dass alles andere wunderbar läuft. In so vieler Hinsicht sollten Manticore und Haven nicht einmal die Bedeutung eines Furzes im Wind haben, wenn man ihre geringe Größe und ihre riesige Entfernung betrachtet. Leider werden sie beide nur immer größer und stärker werden, wenn wir keine Gegenmaßnahmen ergreifen. Das Wurmlochnetz schenkt Manticore darüber hinaus die Möglichkeit, fast jeden Teil der Solaren Liga im Eiltempo zu erreichen, zumindest theoretisch. Und von uns sind sie auch gar nicht so weit entfernt. In Normalraumbegriffen ist Talbott schlimm genug, doch die gesamte manticoranische Homefleet ist von Mesa über Beowulf nur sechzig Lichtjahre – und zwei Wurmlochtransits – weit weg. Und die Mantys führen weiterhin zu den ungünstigsten Momenten neue Technik ein. Ganz zu schweigen davon, dass sie die verdammten Haveniten zwingen, ihrem Beispiel zu folgen!*

»Ich glaube nicht, dass wir die Zwiebelschale gerade jetzt aufgeben sollten«, sagte er schließlich. Benjamin wollte etwas hinzufügen, doch dann schloss er nickend den Mund. Er akzeptierte die Entscheidung seines Vaters, und Albrecht lächelte ihn an.

»Mir ist klar, dass du über unsere internen Arrangements nachdenkst, über die Art, wie wir Informationen und Operationen gegeneinander abschotten, nicht aber über die Fassade, die wir der Galaxis zeigen, Ben«, sagte er. »Und ich will auch gar nicht sagen, dass ich dir theoretisch widersprechen würde. Es ist nur eine Frage des Timings. Wir hatten schließlich immer die Absicht, den gesamten Strategischen Rat einzuweihen, lange bevor wir auf den Knopf drücken. Es mag sein, dass wir unsere Entscheidungsbäume neu überdenken und diesen Moment weiter nach vorn verlegen müssen. Das möchte ich aber nicht übereilt tun, ohne sämtliche Auswirkungen durchdacht zu haben – und ohne dass wir uns überlegt haben, welche Ratsmitglieder zusätzliche Sicherheitsrisiken darstellen könnten –, aber ich bin durchaus bereit einzuräumen, dass wir uns damit sehr ernsthaft auseinandersetzen sollten.«

»Ich bin froh, das von dir zu hören, Vater«, sagte Collin Detweiler. Als Albrecht ihn anblickte, grinste Collin ein wenig schief. »Ich glaube, Ben drückt der Schuh ein bisschen härter als uns übrigen, weil seine Arbeit vor allem auf militärischem Gebiet liegt. Aber ich muss sagen, dass auch mir die Schuhe ein bisschen eng werden.«

»Tatsächlich?«

»O ja.« Collin schüttelte den Kopf. »Ich bin froh, dass du mir erlaubt hast, Bardasano fast ganz mit hineinzunehmen. Das macht die Koordination der verdeckten Operationen erheblich einfacher und sauberer. Trotzdem ist es nicht ganz das Gleiche, wie sie leicht und effizient zu machen, und jetzt, wo wir uns auf das Hauptereignis vorbereiten, ist es höllisch unbequem, wenn die einzige Person, die ich so weit einweihen durfte, so viel Zeit Hunderte von Lichtjahren entfernt verbringen muss.«

»Ein wie ernstes Problem ist das wirklich?«, fragte Albrecht und kniff aufmerksam die Augen zusammen.

»Bisher ist es so schlimm nicht gewesen«, gab Collin zu. »Hinderlich ist es natürlich. Und wenn ich ganz ehrlich sein soll, die Notwendigkeit, mir ständig überzeugende Gründe ausdenken zu müssen, wieso wir tun, was wir tun, kann ziemlich anstrengend sein. Ich rede von internen Begründungen für die Leute, die wir unsere Pläne ausführen lassen. Man will keine Idioten bei der Planung und Ausführung schwarzer Operationen dabeihaben, und die Nicht-Idioten, die man braucht, fangen irgendwann an, sich zu wundern, weshalb man Dinge tut, die den Zielen, die man angeblich erreichen will, überhaupt nicht förderlich sind. Möglichkeiten zu finden, um das zu verhindern, verbraucht fast genauso viel Energie wie herauszufinden, was wir eigentlich wirklich tun müssen. Ganz zu schweigen davon, dass es eine ganze Reihe von Möglichkeiten schafft, Einzelheiten zu vergessen oder versehentlich auszuplaudern.«

»Daniel?« Albrecht sah den dritten jüngeren Mann an. »Wie ist deine Sicht der Dinge?«

»Von meinem Standpunkt aus spielt es keine große Rolle, Vater«, antwortete Daniel Detweiler. »Anders als Benjamin und Collin sind Everett und ich offen an unseren Forschungs- und Entwicklungsprogrammen beteiligt, und niemand stellt infrage, wie viel Geheimhaltung wir dort betreiben. Jeder weiß schließlich, dass bestimmte Aspekte der Forschung und Entwicklung ›schwarz‹ bleiben müssen, und das ist uns sehr nützlich. Wir können still und leise kleine Projekte auf den Weg bringen, wann immer uns danach ist, und niemand stellt wirklich viele Frage. Gleichzeitig muss ich Collin zustimmen, dass es auch für uns sehr hilfreich gewesen ist, Bardasano so weit hereinzuholen. Sie kümmert sich um die Sicherheit von allem, das wir wirklich gut unter Verschluss halten müssen, während wir uns um die Koordination der Programme an sich kümmern. Es würde allerdings wirklich helfen, wenn wir Leute wie Kyprianou ganz mit hineinholen dürften.«

Albrecht nickte bedächtig. Renzo Kyprianou leitete die Forschung und Entwicklung von Biowaffen und gehörte dem mesanischen Strategischen Rat an. Im Augenblick kannte allerdings nicht einmal der Strategische Rat sämtliche Pläne des Alignment.

Keine große Überraschung, überlegte er, *wenn man überlegt, dass das Alignment stets eher ein … Familienbetrieb gewesen ist.*

Seine Lippen zuckten und bildeten fast ein Lächeln bei dem Gedanken. Er fragte sich, wie viele Angehörige des Strategischen Rates begriffen, wie nahe er seinen »Söhnen« wirklich stand.

Das offizielle Aussterben der Detweiler'schen Linie war Teil der Strategie gewesen, die die Aufmerksamkeit der Galaxis – und besonders Beowulfs – von Leonard Detweilers Vorsatz, die menschliche Erbmasse allgemein zu verbessern, ablenken sollte. Die Detweilers hatten sich diesem Ziel zu lange zu unbeirrbar und wild entschlossen verschrieben, und die scheinbare – und spektakuläre – Ermordung des »letzten« Detweilers durch gierige Elemente des Vorstands von Manpower Incorporated spiegelte vor, dass die zunehmend kriminelleren Mesaner diesem hochgesteckten Ziel nicht mehr folgten. Außerdem waren Leonards Nachfahren dadurch völlig aus dem Blickfeld aller Beobachter verschwunden, aber die nützlichste Funktion war die Erklärung gewesen, wieso Mesa auf die groß angelegte Ausnutzung der Gensklaverei durch Manpower umgeschwenkt war. Die ständige, fortlaufende Verbesserung des Erbguts der Mitglieder des Alignments lag unter den Forschungs- und Entwicklungsprogrammen Manpowers verborgen und wurde als oberflächliche Verbesserung des äußeren Aussehens getarnt.

Doch was immer der Rest der Menschheit vielleicht glaubte, die Detweiler-Linie war längst nicht ausgestorben. Im Gegenteil, das Detweiler-Genom war eines der – wenn nicht sogar *das* – am weitestgehenden verbesserten Genome im ganzen Alignment. Und Albrecht Detweilers »Söhne« waren seine genetischen Klone. Zumindest Bardasano, da war er sicher, hatte das begriffen, ganz gleich, wie gut gehütet dieses Geheimnis auch sein mochte. Möglicherweise wusste auch Kyprianou Bescheid; er arbeitete sehr eng mit Daniel zusammen. Auch Jerome Sandusky hegte vielleicht einen Verdacht, doch niemand von den Dreien würde solche Mutmaßungen auch nur mit einem Wort gegenüber irgendjemandem sonst erwähnen.

»Also gut«, sagte er. »Sobald Everett, Franklin und Gervais wieder auf Mesa sind, setzen wir uns zusammen und diskutieren es. Wie gesagt, Bedenken habe ich nur wegen des Zeitpunkts. Wir wissen alle, dass wir nahe daran sind – sehr nahe –, und ich möchte nicht, dass Ungeduld in letzter Sekunde uns jetzt noch zu einer Fehlentscheidung treibt.«

»Das will niemand von uns, Vater«, stimmte Benjamin ihm zu, und die beiden anderen nickten. Sich die Zeit zu nehmen, um die Dinge zu überdenken, war stets grundlegendes Prinzip in der Operationsplanung des Alignments gewesen.

»Gut. Bis dahin allerdings: Welchen Eindruck habt ihr von Anisimovnas und Bardasanos Bericht?«

»Ich glaube, Bardasano hat wahrscheinlich den Finger genau auf das gelegt, was geschehen ist«, sagte Benjamin. Er sah Collin mit hochgezogener Augenbraue an, und sein Bruder nickte.

»Und ob sie recht hat mit ihrer Vermutung, was die Operation auffliegen ließ, ist nebensächlich«, fuhr Benjamin fort und wandte sich wieder Albrecht zu. »Wir haben Monica verloren; Verrochio wird den Schwanz einziehen, ganz wie Anisimovna es vorhergesehen hat; die gesamte Technodyne-Verbindung hat einen Kopfschuss bekommen, zumindest vorerst; und Manticore hat Pritcharts Einladung angenommen. Wenn wir das Gipfeltreffen jetzt einmal beiseite lassen, müssen wir dennoch unser Vorgehen in Talbott zumindest neu überdenken. Und wir werden eine andere Möglichkeit finden müssen, zu diesen Idioten in der Schlachtflotte durchzukommen.«

»Nun, Monica ist kein großer Verlust«, stellte Albrecht fest. »Es war nie mehr als ein Handlanger, und davon finden wir sicher genügend, wenn wir sie brauchen. Dass Verrochio derart kneift, nun ... das ist mehr als ein wenig ärgerlich. Vor allem nach unseren Investitionen in Crandall und Filareta.«

»Warum ist das ein Problem, Vater?«, fragte Daniel nach kurzem Nachdenken. Albrecht sah ihn an, und er hob die Schultern. »Ich weiß, beides war nicht billig, aber es ist doch nicht so, als müssten wir jeden Cent dreimal umdrehen.«

»Das ist nicht das Problem, Dan«, sagte Collin, ehe Albrecht antworten konnte. »Das Problem ist, dass wir jetzt, wo wir sie benutzt haben, sie wieder loswerden müssen.«

Daniel sah ihn mehrere Sekunden lang an, dann schüttelte er mit einem Seufzer aus spitzen Lippen den Kopf.

»Ich weiß, ich bin nur der Technikheini der Familie und kein Experte für verdeckte Operationen wie du und Benjamin«, erwiderte er, »aber normalerweise kann ich eurer Argumentation wenigstens folgen. Diesmal allerdings weiß ich wirklich nicht, was uns dazu zwingen sollte.«

»Collin hat recht, Daniel«, sagte Albrecht. »Wir können uns das Risiko nicht leisten, dass jemand von ihnen Fragen stellt – oder noch schlimmer, anfängt zu reden, sodass andere anfangen, Fragen zu stellen.« Er schnaubte. »Beide hatten die nötige Autorität, sich ihre Manöverszenarien selbst auszusuchen und ihre Geschwader einzusetzen, wo sie wollten, also ist das kein Problem. Nur dürfen wir nicht zulassen, dass jetzt, wo die gesamte Talbott-Operation nach hinten losgegangen ist, sich jemand wundert – oder gar offen fragt –, weshalb sich beide solch merkwürdige Positionen ausgesucht haben. Positionen, durch die zufällig ihre Verbände nahe zu Talbott und Manticore bewegt wurden, als die Situation im Monica-System sich gerade zuspitzte – fast so, als hätten sie schon vorher gewusst, dass sich etwas ereignen würde.«

»Oh«, er winkte ab, »es ist unwahrscheinlich, dass irgendjemand es bemerkt, geschweige denn Fragen stellt. Nur ist unwahrscheinlich nicht das Gleiche wie unmöglich, und ihr wisst genau, dass wir Risiken grundsätzlich eliminieren, so entfernt sie auch sein mögen, sofern es machbar ist. Das bedeutet, dass sowohl Crandall als auch Filareta einen tödlichen Unfall erleiden werden. Selbst wenn jemand ihre Geheimkonten aufspürt, ist das Geld doch über so viele Stellen geflossen, dass niemand es je mit uns in Verbindung bringen kann. Wenn sie aber ausplaudern sollten, dass ihre Manövergebiete ihnen von Manpower angetragen wurden, dann könnte es die verdammten Mantys oder Haveniten veranlassen, eigene Fragen zu stellen. Zum Beispiel, woher Manpower die Mittel hat, um so viele Figuren gleichzeitig aufs Brett zu stellen.«

»Trotzdem glaube ich nicht, dass wir sofort handeln müssen, Vater«, sagte Benjamin. Als Albrecht ihn ansah, zuckte er die Achseln. »Der Versuch, sie zu erwischen, während sie noch mit ihren Flotten unterwegs sind, wäre extrem schwierig, auch wenn alles perfekt funktionierte. Und die Chancen stehen dagegen. Viel besser wäre es, sie weitermachen und die geplanten Manöver durchführen zu lassen, bis sie nach Hause zurückkehren. Beide mögen unsere Erholungsresorts schließlich sehr. Besonders schwierig dürfte es nicht sein, sie zu einem Besuch auf Kosten des Hauses zu überreden, ein Ausdruck unseres Dankes für ihre Bemühungen, nicht wahr? Sie werden sogar eigene Vorsichtsmaßnahmen treffen, um jede Verbindung zu uns zu tarnen, ehe sie unsere Großzügigkeit in Anspruch nehmen. Und wenn es so weit ist, kann Collin leise und diskret alles Nötige tun.«

»Oder Bardasano«, stimmte Collin zu.

»Und nach wie vor besteht die entfernte Möglichkeit, dass wir Verrochio doch noch bewegen können, den bewaffneten Zwischenfall zu liefern, den wir brauchen«, fügte Benjamin hinzu. Er bemerkte Albrechts Gesichtsausdruck und lachte leise. »Ich habe nicht gesagt, dass ich es für wahrscheinlich hielte, Vater. Offen gesagt fällt mir im Augenblick nichts ein, was diese Wirkung haben könnte. Aber wenn es zufällig doch zu einem Zwischenfall kommt, brauchen wir Crandall und Filareta an Ort und Stelle, um ihn auszunutzen. Und du sagst ja selbst immer, dass man kein Werkzeug wegwerfen soll, ehe man sicher weiß, dass es zu einer Gefahr geworden ist.«

»Das sehe ich ein«, bestätigte Albrecht. »Aber wo wir gerade davon sprechen, Gefahren zu beseitigen, Collin, was hältst du von Webster und Rattengift?«

»Ich stehe hinter deiner Entscheidung, Vater. Bardasanos Vorschlag, beide Operationen zu kombinieren, zeigt deutlich, wieso es so sinnvoll ist, sie so weit hineingeholt zu haben. Ich kann nicht wissen, ob es sich wirklich so auswirkt, wie wir alle hoffen, aber ich sehe keine andere Möglichkeit, innerhalb dieses kurzen Zeitraums das Gipfeltreffen noch abzuwenden. Und offen gesagt fällt mir nichts ein, was uns in größere Gefahr bringen könnte, als dass Elizabeth und Pritchart an einem Tisch sitzen und langsam begreifen, dass jemand sie beide manipuliert hat. Ich habe nur in einer Hinsicht Bedenken, nämlich dabei, wie offensichtlich wir die Verbindung zu Haven gestalten wollen.«

»Nun, wie Benjamin und du halte ich Anisimovnas und Bardasanos Analyse, wie sehr uns Botschafter Webster auf Alterde schadet, für hinreichend genau«, erwiderte Albrecht mehr als nur ein wenig verstimmt. »Und offen gesagt habe ich mich darüber geärgert. Ich weiß – ich weiß! Das sollte ich nicht. Aber ich tat es, und wenn ich ehrlich sein soll, tat es ganz gut, ein wenig Dampf abzulassen. Auch wenn wir die Mantys als ›Neobarbaren‹ bezeichnen, so befriedigend das auch sein mag, es sollte nicht die Art und Weise bestimmen, in der wir sie sehen. Dennoch bin ich der Ansicht, es sollte unverkennbar deutlich sein, dass Haven hinter dem Anschlag steckt.«

»Da bin ich deiner Meinung«, sagte Collin. »Aber lass mich darüber nachdenken. Ich rufe Bardasano her und bespreche mich mit ihr. Wahrscheinlich brauchen wir etwas grell ins Auge Springendes, um die Aufmerksamkeit der Mantys auf Haven zu richten. Normalerweise wären sie ohnehin geneigt, das zu tun, denn schließlich liegen sie mit der Republik im Krieg, und auf Haven war es lange üblich, Probleme durch Mordanschläge zu beseitigen. Aber ganz wie du bin ich etwas besorgt, dass sie es jetzt, wo die Operation dort aus dem Ruder gelaufen ist, mit Monica statt mit Haven in Verbindung bringen könnten. Wenn man die Zielperson berücksichtigt, könnte Rattengift die Mantys durchaus veranlassen, in Richtung Manpower zu denken. Und ganz egal, wie widerstrebend Elizabeth zugestimmt hat, sich mit Pritchart zusammenzusetzen – sie hat zugestimmt. Logischerweise sollten sie sich dann doch fragen, warum jemand auf Pritcharts Seite so etwas versuchen sollte. Wenn man all das bedenkt, brauchen wir vermutlich doch etwas, was sehr deutlich in Havens Richtung zeigt. Andererseits hätten wir sie zwar gern dumm, sie sind es aber nicht. Insbesondere Givens ist alles andere als auf den Kopf gefallen, und in den letzten beiden Jahrzehnten hat sie selbst etliche sehr hübsche Desinformationsoperationen in die Tat umgesetzt, und wahrscheinlich rechnet sie sogar damit, dass jemand so etwas auch bei ihr versuchen könnte. Wenn wir also eine direkte Verbindung zu Haven auslegen, dann muss es so aussehen, als hätte Haven sein Bestes getan, um die Spur auszulöschen oder zu verbergen.«

»Die taktischen Entscheidungen überlasse ich euch«, sagte Albrecht. Einige Sekunden saß er ruhig da und dachte offenbar angestrengt nach, dann zuckte er mit den Schultern.

»Ich nehme an, das war es für heute Nachmittag. Aber du und Daniel, ihr solltet mich in den nächsten Tagen über den aktuellen Stand der Spinne und von Oyster Bay informieren, Benjamin.«

»Wird gemacht. Ich kann dir jetzt schon sagen, dass wir noch immer ein gutes Stück davon entfernt sind, Oyster Harbor zu aktivieren, Vater. Wir haben nur etwa dreißig Haie, und sie sollten nie mehr als Prototypen sein, Ausbildungsschiffe, um das Konzept zu verdeutlichen. Für ihre Größe können sie einiges, aber Wallschiffe sind sie mit Sicherheit nicht! Der Zeitplan sieht nicht einmal vor, dass wir die ersten echten Offensivschiffe innerhalb der nächsten drei bis vier T-Monate auf Kiel legen.«

»Ach, das weiß ich. Ich möchte nur ein besseres Gefühl dafür, wie weit wir in der Herstellung wirklich sind. Aber wie Collin ja schon sagte, es ist durchaus möglich, dass es uns nicht gelingt, Pritcharts Gipfeltreffen zu vereiteln. Wenn dieser Fall eintritt, und die verdammten Sollys über ihre eigenen Füße stolpern, müssen wir die Sache vielleicht früher in die Hand nehmen, als wir es wollten. Und wenn es so aussieht, als würde das geschehen, muss ich wissen, wo wir stehen, damit ich den zeitlichen Ablauf planen kann.«

ELF

»Willkommen an Bord, Admiral«, sagte Captain of the List Victoria Armstrong, als Michelle über die Linie auf dem Deck trat, die die offizielle Grenze zwischen Ihrer Majestät Raumstation *Hephaistos* und HMS *Artemis* bildete, welches soeben zu ihrem Flaggschiff geworden war.

Die übergroße Personenröhre, die Beiboothangar Zwo des Schlachtkreuzers mit der Raumstation verband, war überfüllt gewesen, als Michelle eintraf. Erstaunlich, wie rasch sich das geändert hatte, als die Ansage jeden informierte, dass sie durch die Röhre komme. Der Strom in und aus der Röhre war beinahe sofort zum Stillstand gekommen, und wer sie nicht rechtzeitig hatte verlassen können, drückte sich an die Wandung, während Michelle sie im Zentrum durchquerte, dicht gefolgt von Gervais Archer und Chris Billingsley.

Ist doch schön, der Admiral zu sein, dachte sie bei sich, und bemühte sich um ein angemessen ernstes Gesicht. Die Versuchung zu lachen war allerdings abrupt entschwunden, als sie aus der Röhre trat und die Bootsmannspfeifen zu schrillen begannen. Sie gehörten zu den Ehrenbezeigungen und Formalitäten der uralten Zeremonie des Anbordkommens, und sie spürte, wie sie sich unter einer Mischung aus Vorfreude, Aufregung und Nervosität anspannte. Nun aber streckte sie die Rechte aus und umfasste die Hand, die Armstrong ihr bot.

»Danke, Captain«, sagte sie zu ihrer brandneuen Flaggkommandantin – der sie im ganzen Leben noch nie begegnet war.

Armstrong war recht hochgewachsen und stand in der Größe irgendwo zwischen Michelle und Honor. Sie hatte ein energisches Gesicht, dunkelgrüne Augen und kastanienbraunes Haar. Für ihren Rang war sie jung, selbst nach einem halben

T-Jahrhundert des Flottenausbaus und über zwanzig Jahren Krieg – sie war knapp über fünfundzwanzig T-Jahre jünger als Michelle –, und niemand hätte sie für schön gehalten, oder auch nur sonderlich ansehnlich. Doch aus ihrem Gesicht sprachen Charakter und Intelligenz, und der Blick der grünen Augen war lebhaft.

»Wie Sie sehen können, Mylady«, fuhr die Flaggkommandantin fort und wies mit der Hand auf die hektische Betriebsamkeit und das scheinbare Chaos im Hangar, »sind wir ein klein wenig beschäftigt.« Sie musste die Stimme erheben, um in dem Lärm gehört zu werden, der wieder aufflammte, kaum dass die offizielle Begrüßung des neuen Admiral vorüber war. »Genauer gesagt, die Werftheinis krabbeln hier noch über alle Decks, fürchte ich«, sagte sie lächelnd.

»Das kann ich sehen«, erwiderte Michelle. »Gibt es ein bestimmtes Problem?«

»Probleme haben wir tonnenweise«, antwortete Armstrong fröhlich. »Aber wenn Sie fragen wollten, ob es ein Problem gibt, das unser Auslaufen verzögern wird, dann ist die Antwort nein. Wenigstens bin ich mir ziemlich sicher, dass die Antwort nein ist. Die Schiffstechnik hat das meiste unter Dach und Fach, und ich bin zuversichtlich, dass dieses Schiff sich bewegt, wenn wir aufs Gas treten. Bei einigen anderen Systemen habe ich meine Zweifel, aber so oder so, wir halten den Zeitplan ein, Mylady. Ich habe *Hephaistos* schon gewarnt, dass ich die Werftheinis notfalls mitnehme, wenn ich auslaufe.«

»Ich verstehe.« Michelle schüttelte lächelnd den Kopf. Ihr erster Verdacht, Armstrong könnte sie auf die Werftarbeiter aufmerksam machen, um zu erklären, weshalb es nicht ihr Fehler sei, wenn sie nicht rechtzeitig auslaufen konnten, war offensichtlich fehl am Platze gewesen.

»Das Beste wäre, Mylady«, fuhr Armstrong fort, »sich in den Lift zu setzen, damit Sie aus diesem Irrenhaus rauskommen.

Sobald die Türen zu sind und wir wieder unser eigenes Wort verstehen können, sagen Sie mir, wohin Sie wollen. Captain Lecter und Commander Adenauer sind im Augenblick auf dem Flaggdeck. Von Cindy – Captain Lecter, meine ich – soll ich Ihnen ausrichten, ihr sei klar, dass Sie in diesem Lärm nichts getan bekommen, daher wartet sie auf Ihr Kommando. Wenn Sie Captain Lecter und Commander Adenauer – und mich natürlich – lieber in Ihrem Arbeitszimmer statt auf dem Flaggdeck sprechen wollen, können sie bei unserem Eintreffen dort sein.«

»Ich würde gern meine Kajüte sehen«, gab Michelle zu, »aber noch mehr das Flaggdeck.« Über ihre Schulter hinweg zeigte sie auf Chris Billingsley, der respektvolle drei Schritte hinter ihr neben Lieutenant Archer stand. »Wenn Sie Master Steward Billingsley jemanden zuteilen können, der ihm den Weg zu unserem Quartier zeigt, dann würde ich lieber hoch aufs Flaggdeck gehen. Auf die Art und Weise stehe ich ihm nicht im Weg, während er sich überschlägt und alles genau so herrichtet, wie er es haben will.«

Armstrong blickte den Steward an und zog eine Braue hoch, als sie den übergroßen Tiertragekasten in seiner rechten Hand entdeckte. Dann zuckte sie die Achseln, lachte leise und nickte.

»Gern, Mylady. Hätten Sie etwas dagegen, wenn ich auch meinen Eins-O und den Taktischen Offizier dorthin bestelle?«

»Im Gegenteil, ich wollte Sie gerade bitten, die beiden ebenfalls dazuzubitten.«

»Gut. Nun, Admiral, soweit ich weiß, sind die Lifttüren irgendwo hinter diesem Haufen Ersatzteile.«

Nachdem die Lifttüren sich hinter ihnen geschlossen hatten, war es in der Tat viel ruhiger, und Michelles Nasenflügel bebten, als sie den Geruch nach neuem Schiff einatmete. Er war mit nichts zu vergleichen. Die Lebenserhaltungssysteme an Bord der Kampfschiffe der Navy filterten mühelos und außerordentlich effizient alle unangenehmen Aromen aus, die in der geschlossenen Umgebung eines Sternenschiffs entstanden. Trotzdem bestand ein Unterschied zwischen Luft, die unaufdringlich sauber roch, und Luft, die jenes undefinierbare Parfüm der Neuheit enthielt. Ehe Michelles Onkel Roger als Reaktion auf den rücksichtslosen Expansionskurs der Volksrepublik Haven seinen Flottenausbau begonnen hatte, rochen manche Raumfahrer ihre gesamte Laufbahn lang diesen Duft nur ein einziges Mal, und manche sogar niemals.

Michelle hingegen wusste schon gar nicht mehr, wie oft sie diesen Duft gerochen hatte. Vielleicht war es nur eine Kleinigkeit, doch eine Kleinigkeit dieser Art, die die gewaltigen Investitionen an Geld, Rohstoffen, Industrieleistung und ausgebildeten Personen in die richtige Perspektive rückte. Auf seine Größe bezogen mochte das Sternenkönigreich von Manticore die reichste politische Körperschaft in der gesamten Galaxis sein, aber der Gedanke an das angehäufte Defizit, das diese großen Anstrengungen um zu überleben mit sich brachten, behagte Michelle überhaupt nicht.

Immer noch billiger als ein neues Königreich, Mike, dachte sie und gab sich innerlich einen Klaps. *Und nur du bist so verkorkst, dass du innerhalb von null Komma drei Sekunden von »Himmel, riecht das Schiff nicht wundervoll!« dazu übergehst, dir Sorgen um die Staatsverschuldung zu machen. Was du brauchst, ist eine eigene Baumkatze. Jemanden wie Nimitz, der dir in den Hintern tritt – oder ins Ohr beißt oder so was –, wenn du mit solchem Blödsinn anfängst.*

»Trotz aller Werftheinis und lose herumliegender Bauteile sieht sie nach einem hübschen Schiff aus, Captain«, sagte sie zu Armstrong.

»Oh, das ist sie. Das ist sie wirklich!«, stimmte Armstrong zu.

»Und ich musste bloß drei Morde in Auftrag geben, damit ich sie sicher bekam«, fügte sie unbekümmert hinzu.

»Nur drei?«

»Naja, es gab noch einen Bewerber«, sagte Armstrong nachdenklich. »Aber er hat sich versetzen lassen, nachdem ich ihm klargemacht hatte, was den anderen drei zugestoßen war. Taktvoll natürlich.«

»Aber sicher.«

Michelle unterdrückte ein leises Lachen, auch wenn es ihr schwerfiel. Nicht viele Captains hätten so fröhlich mit einem Vizeadmiral geflachst, den sie nie zuvor gesehen hatten. Schon gar nicht mit einem Vizeadmiral, deren Flaggkommandant sie gerade geworden waren. Armstrong war da offenbar anders, und das verriet einiges über sie. Entweder war sie eine Possenreißerin, oder sie war von ihrem Können derart überzeugt, dass sie sich gab, wie sie wollte, und die Würfel fallen ließ, wie sie eben fielen.

Wie eine Possenreißerin kam sie Michelle ehrlich gesagt nicht vor.

Nein, sie kommt mir eher vor wie der Michelle-Henke-Typ, gestand sie sich ein. *Himmel. Ich möchte wissen, ob das Geschwader zwei von uns überlebt.*

»Ah, da sind wir«, sagte Armstrong, als der Lift anhielt und die Tür sich öffnete.

Auf dem kurzen Gang zwischen Liftschacht und der gepanzerten Luke, die das Flaggdeck der *Artemis* schützte, kamen sie an zwei weiteren Werftarbeitern vorbei, und Michelle unterdrückte ein Kopfschütteln. Vieles, was getan wurde, schien unter der Überschrift »kosmetisch« zu stehen – das Abschließen von Kabelkanälen in den Schotten, Anstriche, Anbringen von Leuchtkörpern und Ähnliches –, aber sie bezweifelte, ob sie so fröhlich gewesen wäre wie Armstrong, wäre sie Kommandantin eines Schiffes gewesen, das in weniger als einer Woche in ein potenzielles Kriegsgebiet auslaufen sollte und in dem es dennoch von Werftarbeitern nur so wimmelte.

Dieser Gedanke führte sie an die Luke, und Michelle umschloss die geräumige, schwach beleuchtete Kühle ihres Flaggdecks.

Vier Personen erwarteten sie, und alle vier nahmen Haltung an, als sie eintrat.

»Regel Nummer eins«, sagte sie freundlich. »Solange wir nicht einen ausländischen Potentaten beeindrucken oder irgendeinen Reporter überzeugen wollen, dass wir uns unseren fürstlichen Sold wirklich verdienen, haben wir alle Besseres zu tun, als unsere Zeit mit Verbeugungen und Kratzfüßen ob meiner erlauchten Gegenwart zu verschwenden.«

»Jawohl, Mylady«, sagte eine schlanke Blondine, die über zehn Zentimeter kleiner war als Michelle.

»Regel Nummer zwo«, fuhr Michelle fort und schüttelte der kleineren Frau die Hand. »Es heißt ›Ma'am‹ und nicht ›Mylady‹, es sei denn, vorher erwähnter ausländischer Potentat oder Reporter ist anwesend.«

»Aye, aye, Ma'am«, sagte die andere Frau.

»Und ich freue mich, Sie zu sehen, Cindy«, sagte Michelle zu ihr.

»Danke, Ma'am. Allerdings«, fügte Captain Junior-Grade Cynthia Lecter hinzu, »nach dem, was bei Solon geschah, hätte ich nicht gedacht, dass ich Sie so bald wiedersehe.«

»Damit sind wir schon zu zweit«, stimmte Michelle ihr zu. »Das«, fuhr sie fort, indem sie Archer nach vorn winkte, »ist Gwen Archer, mein Flaggleutnant.« Sie grinste, als Lecter bei dem Vornamen eine Augenbraue kräuselte. »Lassen Sie sich von seinem unschuldigen Gesicht nicht täuschen. Er hat als vierzehnter seiner Klasse in Taktik abgeschlossen und hat gerade einen Einsatz in der Taktischen Abteilung eines Schweren Kreuzers hinter sich.«

Sie entschied sich dagegen zu erklären, wie und wann dieser Einsatz geendet hatte. Cindy verstand sich mehr als gut genug auf ihre Arbeit, um so etwas selbst herauszufinden – und auch den Grund für Archers Spitznamen –, ohne dass es ihr auf dem Präsentierteller gereicht wurde. Die Übung täte ihr außerdem gut.

Lecter schien es nicht sonderlich zu stören, dass Michelle die Informationen für sich behielt. Sie nickte nur und lächelte Archer an, der ihr Lächeln erwiderte. Michelle sah an ihrer Stabschefin vorbei auf einen beträchtlich größeren, dunkelhaarigen weiblichen Commander.

»Und Sie müssen Commander Adenauer sein«, sagte sie.

»Jawohl, Ma'am«, bestätigte Adenauer und schüttelte Michelle die Hand. Adenauer stammte ganz offensichtlich von Sphinx, und ihre Sprechweise erinnerte Michelle stark an Honors Akzent. Allerdings sprach Adenauer beträchtlich tiefer als selbst Michelle mit ihrer Altstimme; gar kein Vergleich mit Honors Sopran.

»Ich hoffe, Sie verübeln mir nicht, wenn ich es erwähne, Commander«, sagte Michelle, »aber Ihr Akzent klingt schrecklich vertraut.«

»Wahrscheinlich, weil ich dreißig Kilometer von Twin Forks entfernt aufwuchs, Ma'am«, erwiderte Adenauer grinsend. »Von Herzogin Harrington auf der anderen Seite der Stadt. Trotzdem ist sie meine Cousine ... äh ... fünften Grades, glaube ich. Irgendetwas in der Art. Ich müsste meine Mutter fragen, um es genauer sagen zu können, aber so gut wie jeder, der in Duvalier zur Welt kommt, ist auf die eine oder andere Weise mit allen anderen verwandt.«

Michelle nickte. »Ich verstehe. Nun, ich kenne die Eltern Ihrer Hoheit, und wenn die ganze Familie so tüchtig ist, dann sollten wir gut miteinander auskommen, Commander.«

»Mit dem ›Salamander‹ verwandt zu sein ist tatsächlich so

etwas wie eine karmische Belastung, Ma'am«, sagte Adenauer. »Besonders, wenn man Taktischer Offizier ist.«

»Ach ja?« Michelle lachte leise. »Nun, ihr Taktischer oder Erster Offizier zu sein auch. Und beide Positionen hatte ich in den dunklen Schattenreichen meiner Jugend zufällig inne.«

»Wo wir schon von Taktischen Offizieren sprechen«, warf Armstrong ein, »darf ich Wilton Diego vorstellen, meinen Taktischen Offizier?«

»Commander Diego.« Als Michelle ihm die Hand reichte, hoffte sie, dass er den scharfen, stechenden Schmerz nicht bemerkt hatte, den sie in dem Augenblick empfand, in dem Armstrong ihn vorstellte. Es war nicht Diegos Schuld, dass sein Nachname sie an ihren letzten Flaggkommandanten erinnerte, an Captain Diego Mikhailov.

Zum Glück war der stämmige, breitschultrige Commander so hellhäutig wie Lecter und so rothaarig wie Archer. Er sah Mikhailov nicht im Geringsten ähnlich, und wenn er ihr leichtes Zucken bemerkt hatte, so zeigte er es nicht.

»Admiral«, sagte er und erwiderte fest ihren Griff.

»Ich bin sicher, Sie freuen sich schon – Sie und der Captain –, die Werftheinis endlich loszuwerden, Commander«, sagte sie.

»Da haben Sie ganz recht, Ml... – ich meine, Ma'am«, erwiderte Diego mit Inbrunst. »Die Taktische Abteilung ist sogar in recht gutem Zustand. Wenn nicht dauernd in den unpassendsten Augenblicken jemand durch müsste, wäre ich allerdings erheblich froher. Irgendwie nimmt es einer Simulation doch die Schärfe, wenn so ein Werftheini im entscheidenden Moment den Strom abstellt, weil er ein Heizelement in den Luftfiltern austauschen muss.«

»Das kenne ich«, sagte Michelle mit sorgsam bemessenem Mitgefühl.

»Und das«, fuhr Armstrong fort und winkte den vierten und letzten Offizier vor, »ist Ron Larson, mein Eins-O.«

»Commander Larson.«

Larsons Händedruck war so fest wie der Armstrongs, obwohl die Flaggkommandantin ihn um einen halben Kopf überragte. Er war dunkelhaarig wie Adenauer, doch seine Augen zeigten ein merkwürdiges Schiefergrau und kein Braun, und er trug einen üppigen, aber sauber gestutzten Bart, der ihm etwas vage Piratenhaftes verlieh. Er hatte etwas an sich, das Michelle an Michael Oversteegen erinnerte, doch sie konnte nicht genau sagen was. Hoffentlich hatte er nicht Oversteegens fröhliche, unauslöschliche Arroganz. Michelle hatte Oversteegen eigentlich immer leiden können und schätzte ihn für seine Tüchtigkeit, aber *alles* an ihm mochte sie nicht.

»Admiral Gold Peak«, antwortete Larson, während ihr dieser Gedanke noch durch den Kopf ging. Augenblicklich wurde offensichtlich, dass die Ähnlichkeit zu Oversteegen jedenfalls nicht in dessen aristokratischem Selbstbewusstsein bestand. Nicht mit diesem schnarrenden Einschlag des gryphonischen Highlanders. Er war stark genug, um damit Holz zu sägen.

»Lassen Sie mich raten«, sagte sie neckend. »Commander Adenauer wuchs fünfzig Kilometer von der Herzogin Harrington auf, und Sie wuchsen fünfzig Kilometer davon entfernt auf, was einmal das Herzogtum Harrington werden sollte, habe ich recht?«

»Nein, Ma'am«, sagte Larson kopfschüttelnd und lächelte selbst. »Tatsächlich wurde ich auf der anderen Seite des Planeten geboren und dort aufgezogen. Man könnte natürlich anführen, dass es ein ziemlich kleiner Planet ist.«

»Fast Nachbarn also«, stimmte Michelle ihm zu. Dann ließ sie seine Hand los, trat einen Schritt zurück und blickte die anderen Offiziere an.

»In ein paar Minuten«, sagte sie, »möchte ich die große Tour haben, die für zehn Dollar. In meinem letzten Geschwader hatte ich zwar Michael Oversteegen und das Typschiff *Nike,* wenigstens kurz, also bin ich mit der Klasse vertraut, aber bestimmt hat die *Artemis* ihre ganz eigenen brandneuen Schikanen, und die möchte ich alle sehen. Zuerst aber will ich ein paar Dinge über unseren Auftrag sagen, wie ich ihn gegenwärtig verstehe.«

Das Lächeln ihrer Offiziere wich nüchternen, konzentrierten Mienen, und Michelle nickte innerlich anerkennend, als sie genauso schnell umschalteten wie sie.

»Ich habe morgen früh in der Admiralität eine weitere Besprechung mit Admiral Givens' Leuten«, fuhr sie fort. »Cindy, Sie und Captain Armstrong begleiten mich bitte dahin. Übermorgen habe ich eine weitere Besprechung, diesmal mit Admiral Hemphill bei BuWeaps.«

»Jawohl, Ma'am«, stimmte Lecter zu, und Armstrong nickte.

»Ich erwarte keine größeren Überraschungen«, sagte Michelle. »Anderseits bin ich trotzdem das eine oder andere Mal schon überrascht worden. Genauer gesagt, bin ich ein-, zwomal richtig in den Hintern gebissen worden, wenn ich ehrlich sein soll. Vorausgesetzt, dass es diesmal nicht dazu kommt, sind die grundsätzlichen Randbedingungen unserer Befehle durchaus klar. Ich bin sicher, wir alle hoffen, dass das Gipfeltreffen zwischen Ihrer Majestät und Präsidentin Pritchart etwas nützt. Uns darauf verlassen können wir leider nicht. Und ebenso schade ist es, dass wir nicht hier sein werden, während es geschieht – falls es geschieht. Vielmehr sind wir fort im Talbott-Quadranten, zeigen Flagge und stellen allgemein sicher, dass keine böswilligen Seelen uns noch mehr Ärger bereiten.

Ich bin zuversichtlich, dass Sie alle Schritte unternommen haben, um sich über das Geschehen in Talbott auf dem Laufenden zu halten. Im Lichte der dortigen innenpolitischen Veränderungen müssen wir uns wohl alle daran gewöhnen, den neuen Namen zu benutzen, wenn wir vom Sternhaufen sprechen, – der Quadrant –, aber der neue Name allein ändert noch nichts an den widerwärtigen Verhältnissen in der Region, fürchte ich. Ehe der Rest des Stabes hier ist und wir unsere Einsatzbefehle erhalten, können wir nicht mit der detaillierten Planung beginnen. Trotzdem habe ich vor langer Zeit gelernt, dass die Wahrscheinlichkeit, dass jemand eine Idee hat, die einem selbst noch nicht gekommen ist, mit der Anzahl der Personen steigt, die über das Problem nachdenken. Also, ich möchte, dass Sie über Folgendes nachdenken:

Militärisch besteht unsere oberste Pflicht darin, die physische Integrität des Quadranten und das Leben, die Personen und den Besitz Ihrer Majestät neuer Untertanen zu schützen. Und, Ladys und Gentlemen, unsere Pflicht ist, diese Dinge gegen *jede* Bedrohung zu beschützen, gleichgültig, von wem – oder woher – sie kommt. Und falls es jemand noch nicht verstanden hat, will ich deutlich sagen, dass darin ausdrücklich auch die Solare Liga eingeschlossen ist.«

Sie sah nacheinander jedem in die Augen, und das Lächeln hatte die Flaggbrücke vollends verlassen.

»Admiral Caparelli, Earl White Haven und Baron Grantville haben es mir eindeutig klar gemacht«, fuhr sie fort. »Niemand wünscht Kampfhandlungen gegen die Liga. Krieg mit den Sollys wäre weiß Gott das Letzte, was wir brauchen könnten. Doch der Verfassungskonvent im Spindle-System hat das neue Grundgesetz des Sternhaufens ratifiziert und alle Zusatzartikel berücksichtigt, die Ihre Majestät verlangte. Das heißt, dass die Bürger, die von dieser Versammlung vertreten werden, nun manticoranische Bürger sind, und sie werden von Ihrer Majestät Navy als solche verteidigt.«

Sie hielt inne, damit es auf alle wirken konnte, und hob die Schultern.

»Unsere zwote militärische Pflicht besteht darin, Unterstützung zu leisten, wenn diese von Vizeadmiral Khumalo, Baronin Medusa oder einer planetaren Regierung im Quadranten angefordert wird. Trotz der Ratifizierung gibt es starke Anzeichen, dass die Terrorkampagne im Split-System weitergeht. Die Zahl der Terroristen ist stark dezimiert, und sie haben an Bedeutung verloren, aber es sind einige sehr zornige Menschen darunter. Jetzt, wo die Verfassung durch das Parlament ratifiziert ist, sind die Terroristen – besonders ihre Führung und der zentrale Kader – wahrscheinlich noch zorniger als damals, und Menschen, die bereits früher zu den Waffen gegriffen haben, werden sich nun kaum besser benehmen. Andererseits erwarte ich, dass bei den Personen außerhalb der Kader sehr viel Wut verblassen wird, sobald die neuen Bürgerrechtsparagrafen der Verfassung bei der Basis ankommen. Und offen gesagt rechne ich vor allem damit, dass der wirtschaftliche Aufschwung, den der gesamte Quadrant in der sehr nahen Zukunft erleben wird, die Unterstützung für Nordbrandt und ihre FAK in allen Teilen der Zivilbevölkerung zerstören wird, die noch bereit waren, sie als Freiheitskämpfer zu betrachten und nicht als kaltblütige Mörder. Das allerdings wird einige Zeit dauern, und ich bin sicher, Ihre Majestät wäre es ganz recht, wenn wir es einrichten könnten, dass nur so viele ihrer neuen Untertanen von diesen Idioten ermordet werden, wie wir wirklich nicht verhindern können.

Unsere dritte Pflicht wird unsere Rolle als vorderste Feuerwehr von Baronin Medusa und Vizeadmiral Khumalo sein. Die gute Neuigkeit ist, dass wir eine ständige Zunahme von leichten im Sternhaufen stationierten Einheiten erleben werden. Bereits jetzt ist geplant, so viele LACs als Vorhut einzusetzen, dass wenigstens ein Geschwader in jedem System des Quadranten einen grundlegenden Schutz vor Piraterie liefert und den örtlichen Zoll verstärkt, denn wir rechnen mit einem deutlichen Anstieg des Schiffsverkehrs im gesamten Raumgebiet.

Bis all das angelaufen ist, wird noch Zeit vergehen, da LAC-Träger vorrangig für die Achte Flotte und zur Systemverteidigung in Heimatnähe gebraucht werden. Aber sobald die Schiffe freigesetzt werden können, kommt der Plan ins Rollen. Bis es so weit ist, obliegt es unseren verfügbaren Sternenschiffen, die am meisten gefährdeten Systeme zu schützen.

Dies wird fast mit Sicherheit zu einer gewissen unausweichlichen Verzettelung unserer Kräfte führen, doch das lässt sich in unmittelbarer Zukunft nicht ändern. Trotz aller Erfahrung der Navy in Handelsschutz und Systemverteidigung sind wir niemals zuvor für die Sicherheit einer einzelnen Sternnation verantwortlich gewesen, die sich über ein derart großes Raumvolumen erstreckt, und deshalb werden wir improvisieren müssen. Damit sind wir auf absehbare Zeit stärker beansprucht als sonst jemand, aber wenigstens weiß das jeder, und die Admiralität ist deshalb sehr bemüht, uns das nötige Rüstzeug zur Verfügung zu stellen ... und deshalb rechnen wir mit wenigstens zwei vollen Flottillen der neuen Zerstörer der *Roland*-Klasse und zusätzliche *Saganami-Cs* und *Nikes*. Die *Agamemnons* gehen an die Homefleet, die Dritte Flotte und – besonders – die Achte, aber wir bekommen dafür zum Ausgleich die *Nikes*.«

Sie hielt inne, als Adenauer die Hand hob.

»Ja, Dominica?

»Das klingt, als wollten Sie sagen, dass alle *Agamemnons* hier an der Front bleiben, Ma'am.«

»Genau das will ich sagen«, gab Michelle ihr recht. »Die *Nikes* sind von vornherein für die Rolle ausgelegt, in der wir sie einsetzen werden. Wir sind größer als die *Agamemnons*, wir haben größere Besatzungen und mehr Marines. Und wir sind keine Gondelleger. Im Gegensatz zu uns können die *Agamemnons* ihre Gondeln mit allem bis hinauf zu Typ 23 bestücken, während wir auf Typ 16 beschränkt sind.«

Adenauer nickte, doch ihr war anzumerken, dass sie nicht

genau wusste, weshalb das nun besonders wichtig sein sollte, bedachte man die traditionelle Rolle des Schlachtkreuzers und seine taktische Doktrin. Andererseits wusste Commander Adenauer noch weniger über ein Feuerleitsystem namens Apollo, als der damalige Konteradmiral Michelle Henke vor der Schlacht von Solon gewusst hatte – und beträchtlich weniger, als Vizeadmiral Henke in etwa zwei Tagen zu erfahren hoffte.

Und jetzt ist nicht der richtige Zeitpunkt, um ihr davon zu erzählen, dachte Michelle.

»Ich bin mir sicher, ein weiterer Aspekt in den Überlegungen der Admiralität ist die Tatsache, dass die Haveniten eigene Mehrstufenraketen besitzen, während das bei den Sollys nicht der Fall ist – zumindest, soweit unsere nachrichtendienstlichen Quellen es sagen können. Die neuen Modifikationen der Lasergefechtsköpfe verleihen dem Typ 16 eine weitaus höhere Durchschlagskraft, und sollten wir uns in einer Gefechtssituation mit solarischen Schiffen wiederfinden, besitzt der Typ 16 eine höhere Reichweite als alles, was der Gegner dabeihaben wird. Was leider nicht der Fall ist, sobald Haven mitmischt.«

Adenauer nickte erneut, nachdrücklicher diesmal, und Michelle zuckte die Achseln.

»Solange die gegenwärtige Planung sich nicht ändert – und so was passiert ja weiß Gott oft genug –, bekommen wir innerhalb der nächsten Monate wenigstens zwo, wahrscheinlich drei Geschwader *Nikes* in den Sternhaufen. Und immer vorausgesetzt, dass die aktuelle Planung nicht geändert wird, werden diese Geschwader zu einer neuen Flotte zusammengefasst, der Zehnten Flotte. Soweit ich weiß, wird Vizeadmiral Khumalo der Kommandeur von Talbott Station bleiben, der der gesamte Sternhaufen zugeordnet wird. Die Zehnte Flotte wird ihre primäre Komponente zur Raumkriegsführung sein, und die *Arte-*

mis wird zum Flaggschiff der Zehnten Flotte, sobald sie offiziell aktiviert ist.«

Cynthia Lecter riss die Augen auf, und Michelle unterdrückte ein leises Lachen, als sie ihr Gesicht sah. Michelle hatte allerdings beträchtlich fassungsloser ausgesehen, als Cortez und Erster Raumlord Caparelli ihr diese kleine Überraschung präsentiert hatten.

Mit einem Sprung von der Kriegsgefangenen zur Flottenchefin, dachte sie. *Was wäre das Leben ohne die kleinen Überraschungen, die uns immer auf Trab halten?*

»Das ist ... äh, das erste Mal, dass ich das höre, Ma'am«, sagte Captain Armstrong schließlich, und Michelle schnaubte leise.

»Ich sagte schon, Pläne können sich ändern, Captain«, betonte sie. »Von diesem Vorbehalt einmal abgesehen, muss ich allerdings auch sagen, dass Admiral Caparelli und Admiral Cortez mir recht deutlich sagten, dass sie bei diesem Plan mit keiner Änderung rechnen. Der Grund, weshalb ich es an dieser Stelle erwähnte, ist, dass wir uns frühzeitig daran gewöhnen müssen, über Geschwadergrenzen hinauszudenken. Aus einer Vielzahl von Gründen denken wir im Moment innerhalb dieser Grenzen, aber wir sollten alle nicht vergessen, was in ferner Zukunft auf uns wartet. Nicht nur wegen der Auswirkungen auf unsere Pflichten. Wann immer wir mit den Talbottern zu tun haben – und auch mit Sollys in der Nachbarschaft –, sollte es in dem Bewusstsein geschehen, dass Sie innerhalb sehr kurzer Zeit Stab und Flaggkommandantin nicht eines einzelnen Schlachtkreuzergeschwaders sein werden, sondern einer ganzen Flotte. Wir müssen sorgfältig darauf achten, wie wir unsere Beziehungen zu den Talbottern gestalten, und wir müssen von Anfang an sowohl fest als auch wachsam sein, sobald wir es mit Sollys zu tun haben.«

Es wurde nüchtern genickt.

»Zusätzlich zu den rein militärischen Dimensionen unserer

Pflichten im Talbott-Quadranten«, fuhr sie fort, »gibt es die diplomatischen Aspekte. Im Augenblick sind unsere militärischen und diplomatischen Pflichten leider recht ... innig verwoben, könnte man sagen. Nicht nur das, sondern der gesamte Quadrant befindet sich in einem Übergangszustand. Wir werden an Einsätzen beteiligt sein, die letztendlich diplomatischer Natur sind, und das obwohl offiziell alle ratifizierenden Sonnensysteme nun Mitgliedssysteme des Sternenimperiums von Manticore sind.«

Sie fragte sich einen Augenblick lang, ob der letzte Halbsatz in den Ohren der anderen genauso bizarr klangen, wie sie ihr erschienen.

»Es wird einige Zeit dauern, bis sie sich an ihre neuen Beziehungen untereinander und zu uns gewöhnt haben«, fuhr sie fort. »Während das geschieht, werden wir viel in der Rolle eines Schiedsrichters fungieren, der Dispute zwischen unabhängigen Körperschaften schlichtet. Gleichzeitig allerdings müssen wir auf eine Weise agieren, die eindeutig belegt, dass der Anschluss, soweit es uns betrifft, ein abgeschlossener Prozess ist. Und es ist genauso wichtig, dass wir diese Tatsache den Sonnensystemen – und ihren Raumstreitkräften – demonstrieren, die die neue Verfassung nicht ratifiziert haben. Ich denke insbesondere an Systeme wie New Tuscany, aber das Gleiche gilt für das Office of Frontier Security und die Solare Liga allgemein.«

»Und in unserer üppigen Freizeit erledigen wir die Kleinigkeiten, die Raumstreitkräfte nun einmal erledigen: Piraten jagen, den Sklavenhandel unterbinden und allgemein jedem ins Handwerk pfuschen, der mit Mesa zu tun hat, Sternenkarten aktualisieren, Navigationshindernisse vermessen, Schiffen in Not helfen, Katastrophenhilfe leisen und alles andere, was sich so ergibt.

Irgendwelche Fragen?«

Die anderen fünf Offiziere sahen einander forschend an, dann richteten sie ihre Blicke wieder auf Michelle.

»Ich glaube, es ist alles klar, Ma'am«, sagte Armstrong. »Bitte beachten Sie, dass ich nicht sagte, dass es leicht klinge – nur klar«, fügte sie hinzu.

»Ach, Sie dürfen mir glauben, Captain, jede Hoffnung, die ich vielleicht gehegt habe, dass die Admiralität in ihrer Herzensgüte versuchen könnte, für eine erst jüngst freigelassene Kriegsgefangene eine einfache, unkomplizierte Aufgabe zu finden, ist gleich bei der ersten Vorbesprechung mit Admiral Givens einen frühen Tod gestorben. Ich bin mir sicher, dass nach der morgigen Besprechung Ihnen allen die Dimension unserer Aufgabe genauso bewusst sein wird wie mir. Wissen Sie, mit den vielen neuen Schiffen zu spielen, die wir bekommen, das wird sicher Spaß machen. Leider bin ich mir noch einer anderen Sache gewiss: Unser Geld werden wir alle uns diesmal wirklich verdienen müssen.«

ZWÖLF

Michelle Henke lehnte sich in ihren bequemen Sitz neben Gervais Archer zurück, während ihre Pinasse sich aus dem Beiboothangar Eins von HMS *Artemis* löste, auf Kreiseln und Manöverdüsen rollte und ihre Nase auf den Planeten Manticore richtete. Dann gab das Beiboot Schub mit den Hauptdüsen. Eine andere Möglichkeit als die Benutzung von Reaktionsantrieben bestand nicht, da die *Artemis* noch immer durch das komplizierte Geflecht von Personen- und Ausrüstungsröhren mit HMSS *Hephaistos* verbunden war und die gültigen Verkehrsbestimmungen auch Beibooten den Betrieb von Impellern verbot, bis sich fragliches Beiboot wenigstens fünfhundert Kilometer von der Raumstation entfernt hatte. Fünfhundert Kilometer war ein Mehrfaches vom Gefährdungsradius eines Pinassenimpellers, doch niemand war bereit, beim wichtigsten orbitalen Industriekomplex des Sternenkönigreichs irgendwelche Risiken einzugehen. Was das anging, waren aufkommende Beiboote (und erst recht größere Schiffe) verpflichtet, schon bei zehntausend Kilometern Entfernung auf Schubtriebwerke umzuschalten.

Michelle konnte sich noch an eine Zeit erinnern, als *Hephaistos* gerade mal zwanzig Kilometer lang war, aber diese Tage waren längst vorüber. Die plumpe, unregelmäßig geformte Ansammlung von Frachtumschlagplattformen, Personalsektionen, schweren Fabrikmodulen und Raumschiffwerften drängte sich um das zentrale Rückgrat der Station, die Hauptachse, die mittlerweile über einhundertzehn Kilometer lang war. Heutzutage lebten und arbeiteten an Bord der Station, ohne Raumschiffbesatzungen und andere Gäste zu rechnen, mehr als eine Dreiviertelmillion Menschen, und das hektische Tempo seiner Betriebsamkeit musste man erlebt haben, um den Erzählungen zu glauben. *Vulcan* in der Umlaufbahn um Sphinx war beinahe so groß und genauso geschäftig, und *Weyland*, die kleinste Raumstation des Sternenkönigreichs, umkreiste Gryphon. In der Tat war sie die rührigste von allen Dreien, denn dort wurden vor allem streng geheime Forschungen und Entwicklung durchgeführt.

Diese drei Raumstationen waren das Herz und die Seele der Industrie im Doppelsternsystem Manticore. Die Rohstoffgewinnungsschiffe, die in den Asteroidengürteln von Manticore A und B kreuzten, und die Raumhochöfen und -raffinierien, die die Erze verhütteten, waren über das gewaltige Volumen des Systems verteilt, aber die Raumstationen beherbergten die Produktionsstraßen, die Fabrikationszentren und die hoch spezialisierten Arbeitskräfte, die sie bedienten. Allein der Gedanke, was ein Impellerkeil mit seiner ungeheuren Gravitationswirkung dort anrichten konnte, bot Anlass genug für den einen oder anderen Albtraum. Michelle war es zwar gar nicht recht, wie die Verkehrsbestimmungen ihre Flugzeit verlängerten, doch sie hätte sich niemals darüber beschwert und hatte bemerkenswert wenig Mitgefühl für jemanden, der darüber jammerte.

Von dieser Sorte gab es natürlich auch welche. Die gab es immer, und einige von ihnen trugen sogar die gleiche Uniform wie Michelle und hätten eigentlich verdammt gut wissen müssen, wieso diese Beschränkungen galten. Die meisten allerdings waren Zivilisten, und sie hatte schon mehr als eine hochgestellte Führungskraft über die Anflugbestimmungen von *Hephaistos* und die neuen Anflugbestimmungen für den Planeten allgemein fluchen gehört.

Idioten, dachte sie und sah aus dem Fenster, als die fusionsbetriebenen Schubmotoren die Pinasse mit konstanten (wenngleich lahmen) neunzig Gravos manticorewärts beschleunigten. *Es braucht nur einen Irren wie einen dieser masadanischen*

Fanatiker, von denen Ruth über Erewhon angegriffen wurde, um ein Shuttle mit aktivem Impeller auf Rammentfernung an die Station heranzubringen! Und, fiel ihr zu ihrem Unbehagen ein, und sie blickte kurz auf den jungen Lieutenant neben ihr, *wie sollen wir, bis wir herausgefunden haben, wie zum Teufel Haven Tim Meares zum Attentäter machen konnte, sicher sein, dass sie es nicht auch bei einem Shuttlepiloten schaffen? Das bedeutet, dass der arme Hundesohn am Steuer noch nicht mal ein Freiwilliger zu sein braucht. Wahrscheinlich würde er nicht einmal merken, was er tut, ehe es zu spät ist!*

Kaum hatte sie den Gedankengang beendet, als sie eine der schwachen optischen Verzerrungen entdeckte, wie sie durch einen Impellerkeil hervorgerufen wurden, der erheblich größer war als der einer Pinasse. Ja, er musste mindestens Superdreadnought-Ausmaße haben ... und er konnte nicht mehr als zweihundert Kilometer von der Gefährdungsgrenze der Station entfernt sein. Michelle erstarrte und entspannte sich fast genauso schnell wieder, als sie das zweite Schiff erblickte, das sich konstant – und rasch – hinter der Impellerquelle von *Hephaistos* entfernte, und begriff, worum es sich bei ihr handeln musste.

Na, für jede Regel muss es wohl ein paar Ausnahmen geben, überlegte sie. *Trotzdem mussten sogar die Schlepper ein paar neue Verordnungen über sich ergehen lassen, seit Haven versucht hat, Honor umzubringen.*

Die Schlepper des Astrolotsendienstes waren die einzigen Schiffe, die sich unter Impeller einer Raumstation so weit nähern durften. Von den Kriegsschiffen Ihrer Majestät Navy abgesehen waren sie außerdem die einzigen Einheiten, die unter Impeller in eine planetarische Umlaufbahn eintreten oder sie verlassen durften. Handelsschiffe unter manticoranischer Flagge mit manticoranischer Besatzung durften sich mit gültiger ALD-Zertifizierung unter Impellerkraft den Planeten Manticore, Sphinx und Gryphon bis auf zehntausend Kilometer nähern. Auch sie waren verpflichtet, ihre Annäherungsgeschwindigkeit auf maximal fünfzigtausend Kilometer pro Sekunde zu senken, ehe sie einen Abstand von zwei Lichtminuten zum Planeten erreichten, und niemandem war es gestattet, beim Verlassen der Umlaufbahn den Impellerantrieb zu benutzen, ehe er nicht wenigstens zehntausend Kilometer von seinem Parkorbit entfernt war. Keinerlei Handelsschiffe einer fremden Macht – nicht einmal die so enger Verbündeter wie Grayson – war es gestattet, eine Entfernung von zweieinhalb Lichtminuten zu unterschreiten, ohne zuvor auf Reaktionsantrieb gegangen zu sein, und seit dem Attentatsversuch auf Honor hatte es absolut keine Ausnahmen von dieser Regel mehr gegeben.

Das hat zu etlichen wütenden Streitgesprächen zwischen dem ALD und einigen »Stammgästen« auf der Route Manticore–Grayson geführt, dachte Michelle. *Mehr auf unserer Seite als auf der anderen, nach allem, was Admiral Grimm gesagt hat.*

Admiral Stephania Grimm war die derzeitige Leiterin des Wurmlochknoten-ALD. Sie war ehemaliger Navyoffizier, und ihr jüngerer Bruder hatte mit Michelle vor viel zu vielen Jahren an Bord des alten Dreadnoughts *Perseus* gedient. Drei oder vier Wochen nach ihrer Rückkehr von Haven war Michelle ihr auf einer Dinnerparty begegnet, und unvermeidlich hatten sie sich in einer Ecke wiedergefunden und über berufliche Dinge gesprochen.

Grimm musste sich zwar nicht annähernd so viel anhören wie die Planetarische Verkehrsleitung, aber zum Ausgleich hatte sie ein um ein mehrfaches höheres Verkehrsaufkommen im Auge zu behalten. Für eine Sternnation, deren erheblicher Reichtum so sehr auf ihrer Handelsflotte beruhte, befanden sich selbst im Frieden gewöhnlich bemerkenswert wenige hyperraumtüchtige Schiffe in der Nähe Manticores oder Sphinx'. Fracht, die ins Manticore-System geschafft oder aus ihm hinaus verschifft werden sollte, wurde viel praktischer auf den riesigen Lager- und Transferplattformen am Wurmlochknoten umgeschlagen. Das sparte selbst Schiffen Zeit und Geld, die den Wurmlochknoten gar nicht benutzten – und von diesen Schiffen mit nahe gelegenen Bestimmungsorten gab es viele –, denn die Einrichtungen dort waren die größten, effizientesten und leistungsfähigsten ihrer Art in der gesamten besiedelten Galaxis. Die Schiffe und Frachtshuttles, die zwischen dem Wurmlochknoten und den Planeten des Manticore-Systems verkehrten, waren zwar weit kleiner als die Kolosse, die von Stern zu Stern reisten, doch sie boten für die meisten Ladungen eine durchaus kostengünstige Möglichkeit, das letzte Wegstück zu ihren Bestimmungsorten zurückzulegen.

Diese Frachtschlepper beschwerten sich, wie Grimm berichtet hatte, am lautesten über die neuen Verordnungen des ALD und seine »Allüren«. Immerhin hatten die Shuttlepiloten und vor allem die Astrogatoren und Rudergänger an Bord eines größeren Kurzstreckenfrachters, ehe sie für die Annäherung an Planeten zertifiziert wurden, Dutzende von Prüfungen abzulegen und Hintergrundchecks, medizinische und psychiatrische Untersuchungen über sich ergehen zu lassen, die allesamt in regelmäßigen Abständen wiederholt werden mussten. In Anbetracht dessen waren einige wirklich ärgerlich, dass man ihnen plötzlich nicht mehr so weit vertraute, sie diese Annäherungen unter Impellerkraft machen zu lassen. Und einigen Eignern dieser Raumfahrzeuge gefiel es gar nicht, wie die neu eingeführte Bedingung, dass ständig zwei für die Planetenannäherung zertifizierte Piloten auf der Brücke zu sein hatten, ihre Fixkosten erhöhte.

Na ja, damit kann ich leben, dachte Michelle. *Manchmal glaube ich, sie vergessen einfach, wie verflucht gefährlich ein Impellerschiff ist. Vielleicht liegt's daran, dass sie selbst so viel Zeit im Raum verbringen, dass es für sie nur noch Routine ist, aber sie sollten sich ab und zu ins Gedächtnis rufen, dass man, wenn man es darauf anlegt, selbst ein ziemlich kleines Schiff in einen Dinosaurierkiller verwandeln kann.*

Sie erschauerte innerlich bei dem Gedanken, was ein nur hunderttausend Tonnen massender Kurzstreckenfrachter anrichten könnte, wenn er mit zwanzig- oder dreißigtausend Sekundenkilometern zum Beispiel auf Manticore aufprallen würde. Eine Zehn-Teratonnen-Explosion würde die Grundstückspreise sofort ins Bodenlose taumeln lassen. Michelle war keine Historikerin, ganz anders als Honor, aber Admiral Grimm, die die Bedrohungsanalysen und Reaktionsempfehlungen des ALD kannte, hatte gesagt, dass ein Einschlag wie dieser etwa der sechzehnfachen Vernichtungskraft des Meteoriten entsprach, dem die Dinosaurier Alterdes zum Opfer gefallen sein sollten. Jedem vom ALD für die Planetenannäherung zertifizierten Piloten wurde vom ersten Tag seiner Ausbildung an eingebläut, wie gefährlich ein Schiff sein konnte, und deshalb sollten die Idioten, die ständig über die neuen Bestimmungen maulten, eigentlich am besten wissen, wieso diese – einschließlich der »Zweimannregel« – verabschiedet worden waren.

Besonders nach dem, was mit Tim Meares geschehen war.

Ich wünschte, ich wüsste mehr – Teufel, ich wünschte, wir wüssten überhaupt etwas! – darüber, wie sie ihn umgedreht haben. Und nicht nur deswegen, weil ich ihn so gut leiden konnte, überlegte Michelle bei Weitem nicht zum ersten Mal, blickte wieder zu dem jungen Mann neben ihr und erinnerte sich an all den jugendlichen Eifer von *Honors* ermordetem vielversprechenden Flaggleutnant. *Und ich wünschte, wir wüssten, ob die gleiche Programmierung ihn nicht auch zu etwas anderem hätte verleiten können – zum Beispiel, eine Pinasse mit ein paar Tausend Kps ins Stadtzentrum von Landing zu lenken. Doch bis wir Antworten auf diese beiden Fragen haben, wird wohl niemandem erlaubt, unter Impellerkraft in den Orbit um Manticore einzutreten oder ihn zu verlassen. Das heißt, niemandem außer Navyschiffen und Schleppern.*

Schlepper hatte es freilich noch nie genug gegeben, und die Situation war nun noch schlimmer geworden. Traditionell standen jeder Raumstation im Manticore-System drei Bereitschaftsschlepper zur Verfügung. Tatsächlich besaß jede Station sieben davon – genug, dass drei einsatzbereit waren, drei als Notersatz zur Verfügung standen und einer gewartet oder überholt werden konnte. Trotz der Abnutzung, den es an ihren Impellern verursachte, waren die Impelleremitter der drei Bereitschaftsschlepper grundsätzlich »heiß«, klar zum sofortigen Einsatz. Und trotz ihrer relativ geringen Größe erzeugten die Schlepper überragend starke Keile, und sie verfügten über gigantische Traktorstrahler. Wenn es sein musste, konnte einer von ihnen mühelos die Masse von zwei oder sogar drei Superdreadnoughts bewegen, die ohne Antrieb waren. Der Grund, weshalb ihre Emitter immer heiß waren, war der, dass eine ihrer Aufgaben darin bestand, die Raumstationen zu bewachen. Auch ohne mithilfe esoterischer Gedankenkontrolle absichtlich eine Kollision herbeizuführen, konnte es immer zu Unfällen kommen, wenn Schiffe unter Schub manövrierten, um an der Station anzudocken. Wann immer sich ein Schiff *Hephaistos, Vulcan* oder *Weyland* näherte, stand einer der Bereitschaftsschlepper klar einzugreifen. Und zufällig in Richtung der Station treibenden Weltraummüll beseitigten sie auf der Stelle.

Nur die erfahrensten Kapitäne und Rudergänger durften die Schlepper des ALD befehligen, und sie wandten aus Gründen, die Michelle als selbstredend ansah, stets die »Zweimannregel« an. In letzter Zeit, bei den vielen neuen Beschränkungen, war der Bedarf für ihre Dienste astronomisch gestiegen.

Michelle zuckte innerlich zusammen, als sie das schlechte

Wortspiel bemerkte, das sie gemacht hatte, doch der Gedanke wurde dadurch nicht falsch. Grimm zufolge brauchten ihre Entsprechungen bei der Planetaren Verkehrsleitung mindestens anderthalbmal so viele Schlepper, wie sie augenblicklich im Bestand hatten. Immerhin wurden trotz des Drucks durch die Kampfschifffertigung wenigstens einige unverzichtbare Hilfsfahrzeuge auf Kiel gelegt, und acht neue Schlepper sollten im Laufe der nächsten beiden T-Monate neu in Dienst gestellt werden. Schlecht war nur, dass trotz der neuen Einheiten die große Anzahl der Schiffe, die die Bauwerften um Manticore in den nächsten Monaten verlassen würden, unweigerlich dazu führte, dass der Bedarf an Schleppern immer weiter anstieg.

Zum Glück bin ich nicht hier, wenn es losgeht. Trotzdem wünschte ich wirklich, wir würden endlich herausfinden, was sie mit Tim angestellt haben.

»Zwanzig Minuten bis zur Landung, Mylady«, informierte sie der Bordmechaniker, und sie blickte auf und nickte.

»Vielen Dank, P. O.«

»Admiral Gold Peak!«

Admiral Sonja Hemphill streckte lächelnd die Hand aus, als Michelle und Gervais Archer in den Konferenzsaal in der Admiralität geführt wurden. Hemphill – die es irgendwie geschafft hatte, überlegte Michelle verärgert, mit ihrem Familiennamen angesprochen zu werden, obwohl sie die Baronie Low Delhi geerbt hatte – war Vierter Raumlord der Royal Manticoran Navy.

Mancher einer, und Michelle hatte dazugehört, war erstaunt gewesen (um es milde auszudrücken), als der Erste Lord der Admiralität, Hamish Alexander-Harrington (damals noch Hamish *Alexander*), Hemphill auf ihren gegenwärtigen Posten berufen hatte. Jahrzehntelang waren Alexander-Harrington, der Earl von White Haven, und Hemphill bittere Gegner gewesen. White Haven war der Bannerträger und Wortführer der »historischen Schule« gewesen, die anführte, dass technische Fortschritte nur die relative Bedeutung strategischer und taktischer Realitäten verschieben konnte, die für sich genommen unverändert blieben. Daher liege die hohe Kunst der Strategie und des Flottenkommandos in dem Verständnis dieser Realitäten und in ihrer möglichst effektiven Anwendung mit den verfügbaren Werkzeugen, aber nicht in der Suche nach einer technischen Spielerei, die sie wie durch Zauberkraft verschwinden ließe.

Hemphill war, obwohl sie im Rangdienstalter weit unter White Haven stand, die Anführerin der *Jeune École*. Diese »Neue Schule« hatte argumentiert, das Plateau in der Militärtechnik der letzten zwei Jahrhunderte – die »Stagnation« nannten sie es lieber – habe in Strategie und taktischem Denken ebenfalls zu einer Stagnation geführt. Die Antwort, so weit es die *Jeune École* betraf, lag darin, dem Muster zu folgen, das sich durch die Einführung des Lasergefechtskopfs ergeben hatte, und die technische Stagnation zu durchbrechen; danach müssten Strategie und Taktik neu strukturiert werden. Oder vielleicht wurden konventionelle Taktik – und Strategie – auch vollkommen irrelevant.

Der Krieg zwischen den Anhängern der beiden Schulen war … heftig geführt worden. Gelegentlich war er auch höchst persönlich geworden und womöglich ein klein wenig unprofessionell. Im Lichte der Tatsache, dass von der richtigen Antwort wahrscheinlich das Überleben des Sternenkönigreichs abhing, überraschte es wenig, dass die Gemüter sich erhitzt hatten, sagte sich Michelle. Und für sein Temperament war White Haven schon in der Navy bekannt, ehe dieser Kampf begann. Hemphill andererseits war auch nicht die strahlende

Unschuld gewesen, und obwohl die Alexanders und die Hemphills seit Generationen in den gleichen gesellschaftlichen Kreisen verkehrten, hatten alle Gastgeberinnen in Landing eine Zeit lang sehr darauf geachtet, nicht beide zur gleichen Party einzuladen.

Am Ende hatte sich herausgestellt, dass beide Seiten recht hatten … und unrecht zugleich. Hemphills an Besessenheit grenzende Überzeugung, das Heil sei in neuen Waffen, Kommunikations- und Leitsystemen zu suchen, mochte manchem das Gefühl gegeben haben, »gerade von einem Fluglaster überfahren worden zu sein, ohne körperliche Verletzungen davongetragen zu haben«, wie einer ihrer Zeitgenossen es ausgedrückt hatte. Doch ihre Früchte waren das Überlichtcom, die neuen Raketengondeln, die neuen LACs, Geisterreiter und letzten Endes die Mehrstufenlenkwaffe und der Podnought. Doch bei aller Zunahme der Tödlichkeit, die dieses neue Gerät möglich machte, waren die taktischen und strategischen Zwänge, denen militärische Befehlshaber unterlagen, nicht einfach über Nacht verschwunden. Gleichzeitig hatte die historische Schule allerdings zugeben müssen, dass die neue Technik die Randbedingungen dieser Zwänge grundlegend veränderte, und zwar in einem solchen Ausmaß, dass radikal neue taktische Paradigmen nötig machte.

Und es schien, dass White Haven und Hemphill im Laufe dieses Prozesses gelernt hatten, einander wieder zu tolerieren, oder wenigstens anzuerkennen, dass beide wesentliche Beiträge zu leisten hatten.

Wahrscheinlich ist es gar nicht schlecht, dass Hamish Erster Lord und nicht Erster Raum*lord geworden ist,* dachte Michelle ironisch, als sie Hemphill die angebotene Hand schüttelte. *Er ist heute der* politische *Kopf der Admiralität. Ich weiß, dass er es hasst, dass es ihm vorkommt, als wäre er ausgeschlossen – im Ruhestand sogar –, doch hat es zur Folge, dass die beiden viel weniger aufeinander losgehen als* *im anderen Fall. Und der Vorschlag, sie zum Kopf von BuWeaps zu machen, stammte von ihm, nicht von Tom Caparelli oder Pat Givens. Vielleicht wird er unter Honors Einfluss wirklich ein bisschen milder. Möglich, dass irgendwo anders in der Galaxis etwas noch Unwahrscheinlicheres geschehen ist. Vielleicht.*

»Ich freue mich, dass Sie es geschafft haben«, fuhr Hemphill fort und führte Michelle um den Konferenztisch zu einem wartenden Sessel. »Ich fürchtete schon, Sie könnten es nicht einrichten, weil Ihr Abmarsch so knapp bevorsteht.«

Archer folgte ihr, in der Hand den kleinen Kasten mit dem Minicomputer. Michelle war mehr als wenig überrascht gewesen, als weder Commander Hennessy, Hemphills Stabschef, noch Hemphills Schreibersmaat Einwände gegen den Computer erhoben hatten. Zu den Pflichten eines Flaggleutnants gehörte es, die Konferenzen seines Admirals zu protokollieren und das Protokoll mit Anmerkungen zu versehen, doch das Thema dieser Besprechung unterlag einer dermaßen hohen Geheimhaltungsstufe, dass Michelle halb angenommen hatte, sie dürfte mit sich selber nicht darüber sprechen, geschweige denn Notizen machen.

Offenbar hatte sie sich geirrt.

»Ich bin froh, dass mir die Zeit bleibt, Ma'am«, sagte Michelle und schüttelte mit einem leicht schiefen Lächeln den Kopf. »Zum Glück hat sich herausgestellt, dass ich einen ziemlich tüchtigen Stab habe, und so konnte ich hier und da eine Stunde einsparen, statt mich persönlich um alle Probleme meines Geschwaders zu kümmern. Mittlerweile knüppeln meine Leute eigenständig die Hexapumas nieder, sobald sie aus dem Gebüsch springen.«

Hemphill erwiderte das Lächeln und bedeutete Michelle, Platz zu nehmen, dann setzte sie sich in ihren Sessel am Kopf des Konferenztisches. Lieutenant Archer wartete, bis beide Flaggoffiziere saßen, dann erst setzte er sich, und Hemphill zuckte nicht einmal mit der Wimper, als der Lieutenant seinen Minicomputer herausnahm und ihn auf Aufzeichnung stellte.

»Das freut mich zu hören«, sagte Hemphill zu Michelle, ohne auch nur in Archers Richtung zu blicken. »Wie ich höre, ist Bill Edwards bei Ihnen gelandet?«

Michelle nickte. »Jawohl, das stimmt. Admiral Cortez sagte, ich hätte Glück, ihn zu bekommen, und ich bin zu dem Schluss gelangt, dass Sir Lucien – wie üblich – recht hat.«

»Gut!« Hemphill lächelte noch beträchtlich breiter, lehnte sich in ihren Sessel zurück und drehte ihn etwas, sodass er leicht im Winkel zu dem runden Tisch stand und sie Michelle direkt ansehen konnte.

»Bill ist ein guter Mann, ein sehr guter«, sagte sie. »Ich wollte ihn wirklich hier behalten, aber ich konnte es nicht rechtfertigen. Genauer gesagt konnte ich nicht rechtfertigen, ihm das anzutun. Er ist bei BuWeaps gewesen, seit er Ensign war – ursprünglich als Vizeadmiral Adcocks Flaggleutnant –, und er war weit überfällig für einen Wechsel. Ja, er ist sogar an dem Punkt, wo er eine Bordverwendung in seiner Akte zwo-eins-null braucht, damit er nicht permanent am Boden eingesetzt wird. Außerdem weiß ich, wie dringend er schon seit Jahren ins All möchte, auch wenn er deswegen nicht den ganzen Tag nur rumgeheult hat. Und wie gesagt, er ist immer bei allem sehr gut gewesen, egal, worum ich ihn gebeten habe.«

»Das war auch mein Eindruck von ihm«, stimmte Michelle zu, doch sie betrachtete Hemphills Gesicht dabei ein wenig eingehender als zuvor. In den hektischen letzten drei Tagen schien sich ihre anfängliche Besorgnis bestätigt zu haben, Edwards sei mehr ein Techniker als ein Gefechtsoffizier. In vielerlei Hinsicht war er gut, da man in der Signalabteilung erheblich weniger taktische Entscheidungen zu treffen hatte als anderswo, und Edwards' überragende Kompetenz, was Gerät und Verwaltung anging, stand völlig außer Frage. Dennoch hatte Michelle den einen oder anderen Vorbehalt.

»Ich glaube manchmal, Bill wäre in einer taktischen Laufbahn glücklicher gewesen«, fuhr Hemphill fort, und Michelle war sehr überrascht. »Ich glaube, er hätte sich dort sogar recht gut geschlagen. Nur, während er dort ganz gut gewesen wäre, hat er auf der Entwicklungsseite Außerordentliches geleistet. Was die Theorie angeht, ist er etlichen meiner Leute weit unterlegen, und ich glaube nicht, dass er in der Forschung jemals glücklich würde. Aber wo es um Entwicklung geht, hat er ein unleugbares Talent, mögliche Anwendungen zu erkennen und zu sehen, was er die ›Schützensicht‹ auf das nennt, was wir tun müssen. Er hat tatsächlich sogar sehr viel von dem geleistet, worüber wir heute sprechen. Und das«, sie schüttelte den Kopf und grinste plötzlich schief, »erklärt ohne Zweifel, weshalb man ihn und das neue Gerät in genau entgegengesetzte Richtungen schickt!«

»Mir war nicht klar, dass er direkt mit der Entwicklung von Apollo befasst war«, sagte Michelle. »Er hat nicht mit der Wimper gezuckt, als ich ein- oder zwomal ein bisschen zu dicht dran war, dem Stab davon zu erzählen.«

»Das hätte er nie getan«, versicherte ihr Hemphill. »Eines weiß Bill ganz sicher: wie und wann man die Klappe hält.«

»Das habe ich gerade gemerkt, Ma'am.«

Hemphill zuckte mit den Schultern. »Nun, ich weiß, dass Bill nicht gerade aussieht wie der klassische Krieger, Admiral. Wenigstens nicht, bis man ihn richtig kennenlernt. Und wie gesagt, er versteht die Klappe zu halten, was bedeutet, dass er nicht versuchen wird, sein Image zu verbessern, indem er andeutet, was für tolle Sachen er in seiner Zeit hier bei BuWeaps für die taktische Gemeinde der Flotte ausgeklügelt hat. Aber er hat in seiner Zeit hier ganz ehrlich ein paar wirklich tolle Einfälle gehabt, und das ist der Grund, weshalb ich es Ihnen gegenüber erwähne. Ich bin sicher, er wäre wütend, sollte er herausfinden, dass ich etwas gesagt habe, aber ...«

Mit einem weiteren Schulterzucken ließ sie ihre Stimme verebben, und Michelle nickte wieder. So sehr sie das Schützlingsspiel auch verachtete, sie hatte kein Problem, wenn jemand wie Hemphill sicherstellte, dass der Admiral, unter dem der bewährte Untergebene nun diente, erfuhr, welch hohe Meinung sie von ihm hatte. Das war Lichtjahre entfernt von dem eigennützigen Kuhhandelsystem, unter dem die RMN vor dem Krieg so gelitten hatte.

»Ich werde dieses Gespräch nicht erwähnen, Ma'am«, versicherte sie Hemphill. »Aber ich bin froh, dass sie mich informiert haben.«

»Gut«, sagte Hemphill wieder, dann richtete sie sich leicht auf, als schaltete sie innerlich in einen anderen Gang.

»Sagen Sie, Admiral Gold Peak, wie viel wissen Sie bereits über Apollo?«

»Wirklich sehr wenig«, antwortete Michelle. »Als eine von Herzogin Harringtons Geschwaderkommandeurinnen wurde ich – sehr allgemein – eingewiesen, was die Technikleute zu erreichen versuchten, aber das war auch schon alles. Gerade genug, um mich sehr nervös zu machen, ich könnte mich verplappern, während ich Havens ... Gast war.«

Hemphill schnaubte, als sie Michelles ironischen Ton hörte, und schüttelte den Kopf.

»Ich hätte mir wahrscheinlich an Ihrer Stelle die gleichen Gedanken gemacht«, sagte sie. »Andererseits, wenn wir heute fertig sind, dann wissen Sie mit Sicherheit so viel, dass es sich richtig lohnt, nervös zu werden bei dem Gedanken, man könnte etwas ausplaudern.«

»Oh, vielen Dank, Ma'am«, sagte Michelle, und nun lachte Hemphill laut auf.

»Im Ernst, Ma'am«, fuhr Michelle nach einem Augenblick

fort, »ich bin mir nicht ganz sicher, ob es wirklich eine gute Idee ist, mich zu diesem Zeitpunkt ausführlich in Apollo einzuweisen. Verstehen Sie es nicht falsch, ich bin furchtbar neugierig. Aber wie Commander Edwards bewegen sich Apollo und ich in genau entgegengesetzte Richtungen. Muss ich wirklich irgendwelche Details davon kennen?«

»Eine ausgezeichnete Frage«, räumte Hemphill ein. »Und um ehrlich zu sein, ich würde die ganze Sache am liebsten in einem kleinen dunklen Koffer irgendwohin wegschließen – am besten unter mein Bett –, bis wir Apollo wirklich einsetzen. Die Tests, die wir ausgeführt haben, ergeben klar, dass wir in unseren ersten Prognosen die taktischen Auswirkungen unterschätzt haben, und ich hatte mehr als nur ein paar Albträume, dass das Geheimnis publik wird. Doch tatsächlich ist Methode in unserem scheinbaren Wahnsinn, Sie vollständig mit den Möglichkeiten des Systems vertraut zu machen.«

»Wirklich?« Michelle versuchte, nicht zweifelnd zu klingen, aber sie vermutete, dass ihr kein vollständiger Erfolg beschieden war.

»Angesichts der Möglichkeiten, die das Gipfeltreffen zwischen Ihrer Majestät und Pritchart bietet, ist es zumindest denkbar, dass es zu einem Waffenstillstand und vielleicht sogar einem langfristigen Friedensabkommen mit Haven kommt«, eröffnete Hemphill. »In diesem Fall brauchen wir Apollo nicht gegen die Republik einzusetzen. Doch es ist durchaus möglich, dass wir es im Talbott-Quadranten brauchen, wenn die Lage dort so hässlich wird, wie es noch immer zu befürchten steht. Und Sie, Admiral Gold Peak, sind als Kommandeurin der Zehnten Flotte vorgesehen. Wir hier in der Admiralität sind daher folgender Ansicht: Wenn wir plötzlich feststellen, dass wir Apollo-taugliche Schiffe nach Talbott verlegen können, wäre es sehr schön, wenn die Flottenchefin, von der sie eingesetzt werden sollen, sich mit den Möglichkeiten des Systems bereits auskennt.«

Michelle hatte die Augen zusammengekniffen, während Hemphill sprach. Diese Möglichkeit hatte sie nicht bedacht, weil die geplante Aufstellung der Zehnten Flotte überhaupt keine Wallschiffe vorsah. Ihr zugegebenermaßen unvollständiges Wissen über Apollo legte nahe, dass es nur von mit »Schlüsselloch« ausgerüsteten Wallschiffen benutzt werden konnte. Die *Nikes* und die *Agamemnons* zweiten Baumusters waren beide Schlüsselloch-tauglich, doch ihre Plattformen waren beide kleiner als die von Superdreadnoughts, und Michelle hatte bisher den Eindruck, dass nur Wallschiffe groß genug waren, um die umgerüsteten, überlichtcomtauglichen Schlüsselloch-Plattformen zu tragen, die das neue System erforderte. Da sie keine Wallschiffe besitzen würde, war für sie die logische Folge gewesen, dass sie Apollo nicht einsetzen könnte. Nun jedoch begriff sie und nickte.

»In dieser Richtung hatte ich noch nicht darüber nachgedacht«, gab sie zu. »Sollte Commander Edwards für meinen Stab zur Verfügung gestanden haben, weil diese Möglichkeit besteht?«

»Sie ... spielte eine Rolle«, erwiderte Hemphill.

»Und habe ich die Genehmigung, auch meinen Stab umfassend einzuweisen?«

»Die werden Sie erhalten«, sagte Hemphill fest und verzog das Gesicht. »Sie werden sich mit Apollos Fähigkeiten und taktischen Möglichkeiten vertraut machen müssen. Dazu müssen Sie ein wenig mit diesen Fähigkeiten spielen, sie zumindest im Simulator durchzuexerzieren. Das können Sie nicht, ohne Ihren Stab, Ihre Flaggkommandantin und deren Taktische Abteilung voll einzubeziehen. Und wenn natürlich« – sie warf einen Blick in Archers Richtung – »ein Admiral samt Stab etwas erfahren, weiß der Flaggleutnant vermutlich zuerst davon.«

Archer hob den Kopf und sah Hemphill kurz an, doch sie lachte nur leise und schüttelte den Kopf.

»Keine Sorge, Lieutenant. Sie tun genau, was Sie tun sollen – vorausgesetzt, der Minicomputer ist so sicher, wie ich annehme. Und er wird keineswegs die einzige elektronische Aufzeichnung über Apollo an Bord der *Artemis* sein.« Sie sah Michelle wieder an. »Ehe Ihr Geschwader ausläuft, Admiral, laden wir Ihnen die gleichen Simulationen hoch, die Herzogin Harrington mit der Achten Flotte benutzt.«

»Gut«, sagte Michelle und versuchte nicht einmal, ihre Erleichterung zu verbergen. »Nach dem wenigen, was ich schon weiß, vermute ich allerdings, dass es ein bisschen frustrierend sein wird, mit den Simulationen spielen zu dürfen, ohne das Gerät tatsächlich zu besitzen. Ich muss schon zugeben, Admiral – Sie lassen sich ein paar wirklich nette Spielereien einfallen.«

»Man tut, was man kann, Mylady.« Hemphill winkte bescheiden ab, doch Michelle konnte sehen, dass das Kompliment sie freute. Das war durchaus in Ordnung, denn diese »netten Spielereien« Hemphills waren einer der Hauptgründe, weshalb es noch eine Royal Manticoran Navy und ein Sternenkönigreich gab, dem sie dienen konnte.

»Es wird Zeit«, sagte Hemphill mit einem Blick auf ihr Chrono und gab einen kurzen Befehl in die Konsole des Konferenztisches. Der in die Tischplatte eingebaute Holobildner erwachte zum Leben und projizierte die Bilder von etwa einem Dutzend Offizieren der Navy, die das Kommandodeck eines Taktiksimulators bemannten. Der Captain Senior-Grade auf dem Kommandosessel sah auf, als er bemerkte, dass die elektronische Konferenzverbindung aufgebaut war.

»Guten Morgen, Captain Halstead«, sagte Hemphill.

»Guten Morgen, Ma'am.«

»Das ist Vizeadmiral Gold Peak, Captain«, fuhr Hemphill fort. »Sie bekommt heute Apollo von innen zu sehen.«

»So hatte ich es verstanden, Ma'am«, sagte er und blickte Henke respektvoll an. »Guten Morgen, Ma'am.«

»Captain«, sagte Michelle mit einem Nicken.

»Ich glaube, Captain«, sagte Hemphill, »wir sollten mit einer allgemeinen Beschreibung der Fähigkeiten Apollos beginnen. Sobald wir das getan haben, können wir eine Reihe von Simulationen mit dem Admiral durchgehen.«

»Selbstverständlich, Admiral.« Halstead drehte den Kommandosessel, sodass sein Holobild Michelle direkt anblickte.

»Im Grunde, Admiral Gold Peak«, begann er, »ist Apollo eine neue Stufe bei der Feuerleitung von Lenkwaffen, eine logische Fortführung anderer Fortschritte, die wir bereits erzielt haben. Es verbindet die existierende Geisterreiter-Technik mit den Schlüsselloch-Plattformen und der Mehrstufenrakete, indem sie die Gravimpulstransceiver neuster Generation benutzt. Auf drei Lichtminuten beträgt die Übertragungsverzögerung nur drei Sekunden pro Strecke, und wie sich herausgestellt hat, können wir erheblich größere Bandbreiten zur Verfügung stellen, als wir noch vor sieben Monaten angenommen haben. Ja, wir haben genug davon, um Eloka-Drohnen auf dem Flug umzuprogrammieren und neue Angriffsprofile einzugeben. Das gibt uns die Möglichkeit zur reaktiven Eloka- und Zielauswahl, gesteuert von der vollen Computerrechenleistung eines Wallschiffs und mit einem kürzeren Steuerzyklus als die Bordsysteme, die versuchen, es abzuwehren.«

Gegen ihren Willen zog Michelle die Augenbrauen hoch. Im Gegensatz zu Bill Edwards war sie ein ausgebildeter, erfahrener Taktischer Offizier, und die Möglichkeiten, die Halstead anzudeuten schien ...

»Unsere ersten Prognosen beruhten auf unserer Überzeugung, die neuen Transceiver in jede Mehrstufenrakete einbauen zu müssen«, fuhr Halstead fort. »Ursprünglich sahen wir keine andere Möglichkeit, und jede Mehrstufenrakete wäre auf diese Art und Weise eine individuelle Einheit gewesen, unabhängig von allen anderen Lenkwaffen, was uns die größte taktische Flexibilität zu bieten schien und bedeutet hätte, dass wir sie aus Standard-Mehrstufenraketenwerfern und den Gondeln Typ 15 und 17 abfeuern könnten. Unabhängige Transceiver in jeder Rakete unterzubringen hätte wegen des Raumbedarfs aber leider erfordert, eine komplette Antriebsstufe zu entfernen. Das Ergebnis hätte sich noch immer sehen lassen können, legt man die verbesserte Treffergenauigkeit und Durchdringungsfähigkeit zugrunde, mit der wir rechneten, aber das Entwicklungsteam war der Ansicht, dass wir damit zu viel Reichweite verschenkten.«

»Das war einer von Bills Gedanken, Admiral«, warf Hemphill leise ein.

»Als wir nach Möglichkeiten suchten, dieses Dilemma zu lösen«, fuhr Halstead fort, »wurde rasch deutlich, dass wir uns entscheiden mussten, entweder die Raketenstufe wegzunehmen wie ursprünglich geplant, oder eine spezialisierte Lenkwaffe hinzuzufügen. Eine Rakete, deren einzige Funktion wäre, die Überlichtverbindung zwischen dem feuernden Schiff und den Offensivlenkwaffen aufrechtzuerhalten. Diese Möglichkeit hatte eine Reihe von Nachteilen, aber dadurch konnten wir die volle Reichweite der Mehrstufenraketen beibehalten, der existierende Typ 23 brauchte dazu kaum modifiziert zu werden. Und zur Überraschung einiger Angehöriger unseres Teams *erhöhte* der Einsatz einer dezidierten Leit-und-Steuerungsrakete die taktische Flexibilität enorm. Wir konnten einen beträchtlich leistungsstärkeren Transceiver mit höherer Reichweite unterbringen, und wir konnten weitaus bessere Datenverarbeitung und einen KI-Kern hinzufügen. Die Typ 23 werden von der Leit-und-Steuerungsrakete – der eigentlichen Apollo-Lenkwaffe – unter Verwendung der normalen lichtschnellen Kommunikationsgeräte kontrolliert, die von maximaler Empfindlichkeit auf maximale Bandbreite umgestellt wurden. Die interne Künstliche Intelligenz steuert die ihr unterworfenen

Offensivvögelchen, während sie gleichzeitig die Daten sammelt und auswertet, die von deren Bordsensoren stammen. Den analysierten Output sämtlicher ihr unterworfener Raketen sendet sie an das feuernde Schiff, und dessen taktische Abteilung erhält eine Sicht aus großer Nähe und in Echtzeit auf die taktische Umgebung.

Auf der Kommandoseite funktioniert es genauso. Das feuernde Schiff sagt der Apollo-Rakete basierend auf den Sensordaten, die es erhalten hat, was zu tun ist, und die Bord-KI entscheidet, wie sie ihren Typ 23 sagt, was sie ausführen sollen. Das ist der eigentliche Grund, weshalb unsere effektive Bandbreite so hoch geworden ist; wir versuchen nicht mehr, Hunderte oder sogar Tausende von Lenkwaffen einzeln anzusteuern. Stattdessen vertrauen wir auf ein verteiltes Netzwerk aus Steuerknoten, von denen jeder für sich sehr viel besser zu denken vermag als jede Rakete, die es bisher gegeben hat. Und wenn die Überlichtverbindung aus irgendeinem Grund zusammenbricht, geht die Apollo in einen autonomen Modus auf der Grundlage der Angriffsprofile, die sie vor dem Start erhalten hat, und der jüngsten erhaltenen Anweisungen. Die KI ist sogar in der Lage, völlig neue Zielansprache- und Durchdringungsbefehle zu erzeugen. Sie werden nie so gut sein wie jene, die die taktische Abteilung des Wallschiffs geben kann, wenn die Verbindung noch besteht. Trotzdem rechnen wir mit einer Zunahme der Zielanfluggenauigkeit auf extreme Reichweite von zwoundvierzig Prozent verglichen mit jeder Vorgängerrakete oder auch einer Typ 23 mit lediglich lichtschnellen Telemetrieverbindungen. Das gilt sogar dann, wenn die Apollo-Rakete auf sich allein gestellt operiert.«

Michelle nickte mit aufmerksamem Blick, und Halstead berührte einen Knopf an der Armlehne des Kommandosessels. Eine Seitenschnittzeichnung zweier großer – und einer sehr großen – Lenkwaffe erschien über dem Konferenztisch zwischen Michelle und dem Simulator-Kommandodeck, und Halstead wies mit einem blinkenden Cursor auf eine von ihnen.

»Die Apollo selbst ist beinahe völlig neu konstruiert, aber, wie Sie sehen, sind die nötigen Modifikationen an der Typ 23 relativ geringfügig und lassen sich leicht und ohne Bruch in den Produktionsablauf einfügen.«

Der Cursor fuhr zu der größten Rakete.

»Das ist die Systemverteidigungsvariante, die im Moment Typ 23-D genannt wird, auch wenn sie wahrscheinlich bald die Bezeichnung Typ 25 erhält. Sie ist im Wesentlichen eine verlängerte Typ 23, die einen vierten Impellerantrieb und längere Laserstäbe mit stärkerem Gravfokus enthält, um die Ausbeute an gerichteter Strahlung zu erhöhen. Von den Gravgeneratoren und Laserstäben abgesehen werden nur Komponenten von der Stange verbaut, weshalb die Produktion kein Problem sein sollte, auch wenn im Augenblick das von Schiffen eingesetzte System Priorität genießt.

Bei der Apollo-Rakete an sich – wir haben die Variante für den Schiffseinsatz als Typ 23-E bezeichnet, teilweise als Versuch, jeden, der davon hört, zu überzeugen, dass es nur eine verbessere Offensivlenkwaffe sei – ist die Sache ein wenig komplizierter.« Er lenkte den Cursor auf die dritte Rakete. »Wie gesagt ist sie eine Neukonstruktion, und es gibt einige Engpässe bei der Massenfertigung. Die Systemverteidigungsvariante – die Typ 23-F – ist eine weitere Neukonstruktion. Von den Antrieben und der Fusionsflasche abgesehen mussten wir in beiden Fällen mit einem leeren Blatt Papier anfangen, und es war nicht einfach, den neuen Transceiver unterzubringen. Wir haben die Schwierigkeiten gemeistert, aber bei der Massenfertigung stehen wir trotzdem noch ganz am Anfang. Die 23-F hinkt der 23-E hinterher, vor allem deshalb, weil wir die Empfindlichkeit des Transceivers wegen der größeren Einsatzentfernungen, die wir erwarten, noch weiter hochgekurbelt haben, was wiederum den Raumbedarf deutlich erhöhte. Leider kommt auch das E-Modell langsamer aus der Produktion, als uns lieb wäre. Wenn Sie bedenken, dass die ursprünglichen Schlüsselloch-Steuerplattformen auf den Schlüsselloch-Zwo-Standard aufgerüstet werden müssen, sehen Sie leicht, dass wir dieses Gerät nicht über Nacht in flottenweite Anwendung bringen können. Andererseits ...«

DREIZEHN

»Wir haben Freigabe zum Ablegen, Ma'am«, meldete Captain Lecter.

Michelle nickte so gleichmütig sie konnte und fragte sich, ob sie ihre Erleichterung besser verbarg als Cindy.

Na los, gib es zu – wenigstens vor dir selbst. Du hast nicht geglaubt, dass du es doch noch zum Termin schaffen würdest, oder?

Natürlich habe ich das, erwiderte sie sich beißend. *Jetzt halt die Klappe und verschwinde!*

»Also schön«, sagte sie laut und berührte einen Knopf auf der Armlehne ihres Flaggdeck-Kommandosessels. Fast augenblicklich erschien auf dem kleinen Combildschirm das Gesicht Captain Armstrongs.

»*Hephaistos* Control sagt, wir können aufbrechen, Captain.«

»Hat man zufällig etwas über fehlendes Personal gesagt, Ma'am?«, erkundigte sich Armstrong in unschuldigem Ton.

»Nein, das hat man nicht. Wieso? Gibt es da etwas, wovon ich wissen sollte?«

»Oh, nein, Admiral. Gar nichts.«

»Ich bin erleichtert, das zu hören. Nun, ich glaube, Admiral Blaine erwartet uns am Lynx-Terminus.«

»Jawohl, Ma'am.« Armstrongs Gesicht wurde deutlich ernster, und sie nickte. »Ich kümmere mich darum.«

»Gut. Dann machen Sie mal. Henke aus.«

Sie berührte wieder den Knopf, und das Display wurde dunkel. Michelle drehte den Kommandosessel, genoss noch einmal den großartigen Anblick des geräumigen Flaggdecks der *Artemis* und richtete ihre Aufmerksamkeit auf den gewaltigen taktischen Plot. Normalerweise zeigte er eine schematische Darstellung des Raumes um das Schiff, übersät mit Lichtkennungen der taktischen Icons, doch im Augenblick war er auf visuelle Beobachtung durch die Optik auf dem Rumpf des riesigen Schlachtkreuzers konfiguriert, und Michelle sah zu, wie die Bugschubdüsen der *Artemis* zum Leben erwachten. Sie spürte die leichte Vibration, die sich auf zweieinhalb Millionen Tonnen Stahl, Panzerung und Waffen übertrug, und das große Schiff begann sich sanft und langsam von den Andockarmen zu lösen.

Der Augenblick, in dem ein Sternenschiff tatsächlich seinen ersten Einsatz beginnt, ist immer etwas Besonderes. Michelle bezweifelte, ob sie jemals in der Lage wäre, diese Besonderheit jemandem zu beschreiben, der sie nicht selbst erlebt hatte, doch für jemanden, der einmal dabei gewesen war, gab es fortan nichts Vergleichbares. Das Gefühl des Neuen, dieses Gefühl, bei der Geburt eines lebendigen Geschöpfes dabei zu sein, zuzusehen, wie die neueste Kriegerin des Sternenkönigreichs ihren allerersten Schritt machte. Einem Kielplatteneigner brauchte es nicht erklärt werden: Ganz gleich, welches Schicksal das Schiff letzten Endes erwartete, man war Teil davon. Und man wusste, dass der Ruf des Schiffes, zum Guten oder zum Schlechten, aus den Taten und dem Verhalten seiner allerersten Crew entstehen würde.

Und doch, dieser Augenblick war für Michelle Henke anders. Die *Artemis* war zwar ihr Flaggschiff, aber sie *gehörte* nicht ihr. Sie gehörte Victoria Armstrong und ihrer Besatzung, nicht dem Admiral, der zufällig an diesem Schiff seine Flagge hisste.

Sie erinnerte sich an etwas, das ihre Mutter einmal gesagt hatte: »Wem viel gegeben ist, dem wird auch viel genommen.« Es war eigenartig, wie sehr sich dieser Ausspruch bewahrheitet hatte, seit Michelle in den Admiralsrang aufgestiegen war. Dass sie Admiral werden wollte, hatte sie schon in der Akademie gewusst. Dass sie ihre Talente auf das Kommando über ein Geschwader, einen Kampfverband oder vielleicht sogar eine ganze Flotte anwenden, sich selbst daran erproben wollte. Doch damals hatte sie nicht geahnt, was sie aufgeben müsste, um den Admiralsrang zu erhalten. Nie war ihr klar gewesen, wie sehr es schmerzen würde zu begreifen, dass sie nie wieder selbst ein Schiff der Königin kommandieren würde. Nie wieder das weiße Barett der Sternenschiffkommandanten zu tragen.

Ach, hör schon auf mit der Gefühlsduselei!, ermahnte sie sich, als sich der Abstand zwischen dem Bug der *Artemis* und der Raumstation immer mehr weitete. *Als Nächstes fragst du sie wohl noch, ob sie das Geschwader zurücknehmen!*

Sie schnaubte amüsiert und lehnte sich in den Kommandosessel zurück, als einer der wartenden Schlepper aufkam.

Die Schubdüsen der *Artemis* erloschen, und das Schiff vibrierte wieder – nur war es diesmal eine leicht andere Vibration; die Traktorstrahler des Schleppers hatten sie erfasst. Einen Augenblick lang geschah nichts, dann begann der Schlachtkreuzer wieder zu beschleunigen, mit viel höherem Wert, aber bei Weitem nicht so hoch, wie er unter eigener Kraft hätte beschleunigen können, hätte man es ihm gestattet, so dicht an der Station den Impellerkeil zu benutzen. Und auch der Schlepper hätte ihn schneller bewegen können, wären da nicht kleine Nebensächlichkeiten gewesen wie das Leben der Crew. Ohne Impellerkeil gab es keine praktische Schwerkraftsenke für den Trägheitskompensator, und so beschränkte die protoplasmatische Besatzung das Schiff auf Beschleunigungswerte, die von den internen Gravplatten ausgeglichen werden konnten. Hätten sie es ausreizen wollen und das Geschwader für Hochbeschleunigung klargemacht, so hätten sie mindestens einhundert Gravos aushalten können, doch dazu bestand wirklich kein Grund. Niemand hatte es derart eilig, und kein modernes Sternenschiff war darauf ausgelegt, über einen längeren Zeitraum hohe Beschleunigungen auszuhalten. Den Schiffen an sich hätte es wenig ausgemacht, doch ihre Besatzungen sahen das eindeutig anders.

Wenigstens waren die Artemis, *die* Romulus *und die* Theseus *die letzten Schiffe, die noch an einer Station dockten, also brauchst du dir um Schlepperverfügbarkeit schon mal nicht den Kopf zu zerbrechen,* erinnerte sich Michelle.

Sie klopfte auf eine Taste an ihrer Armlehne, und das W-Display fuhr aus dem Sesselsockel aus. Es konfigurierte sich auf das taktische Standardformat, und Michelle beobachtete, wie die Icons, die für die drei Schlachtkreuzer standen, sich beständig von dem purpurnen Anker fortbewegten, einem Symbol, das seit Generationen für Raumstationen wie *Hephaistos* benutzt wurde. HMS *Stevedore*, der Schlepper, der alle drei Schlachtkreuzer zog, zeigte sich als purpurne Pfeilspitze, die genau auf die fünf Icons des übrigen Geschwaders wies, welche unter eigener Kraft darauf warteten, dass die drei letzten Begleiter zu ihnen aufschlossen.

Michelle wusste nicht, ob die Admiralität nun beabsichtigte, den von der Janacek-Admiralität verabschiedeten Geschwader-Reorganisationsplan vollständig zu verwerfen. Die Sechs-Schiffe-Geschwader, die Janacek eingeführt hatte, waren nicht ohne Vorteile, so sehr es Michelle auch widerstrebte zuzugeben, dass irgendetwas, das dieser Dilettant verbrochen hatte, irgendwelche Vorzüge aufweisen könnte. Zum Glück für ihren Blutdruck, aber leider nicht zum Glück des Sternenkönigreichs kam es nicht oft vor, dass sie sich dazu gezwungen sah. Doch während die kleineren Geschwader zumindest ein wenig zusätzliche taktische Flexibilität boten, erforderten sie zugleich fünfundzwanzig Prozent mehr Admirale – und Geschwaderstäbe – für die gleiche Anzahl von Schiffen. Bei sich hegte Michelle den Verdacht, dass das von Janacek und seiner Clique bewusst so angelegt worden war: Immerhin entstanden dadurch eine ganze Menge neue Flaggoffiziersstellen, auf die Janacek seine Speichellecker setzen konnte, obwohl er gleichzeitig die Flotte verkleinerte. Diejenigen seiner Kumpane, die nicht von den Haveniten im Rahmen von Unternehmen Donnerkeil getötet worden waren (jedes Unglück brachte eben doch sein Gutes mit sich), hatte die Admiralität White Haven erbarmungslos auf Halbsold gesetzt, und daraus ergab sich wiederum ein kleines Problem: In einer Raumstreitkraft, die mit solcher Geschwindigkeit und in solchem Ausmaß expandierte wie die gegenwärtige Royal Manticoran Navy, waren die benötigten fähigen Flaggoffiziere so leicht nicht zu finden. So wie auch die hoch automatisierten Neukonstruktionen nach wie vor vollständige Brücken- und Ingenieursoffizierscrews benötigten, brauchten Admiräle noch immer Stäbe, und es waren schlichtweg nicht genügend erfahrene Stabsoffiziere verfügbar. Michelle zum Beispiel fehlte ein Stabsnachrichtenoffizier. Für den Moment erledigte Cynthia Lecter dessen Aufgaben neben ihrer Funktion als Stabschefin, was ihr gegenüber nicht fair war. Andererseits hatte sie bereits eine Dienstzeit beim ONI hinter sich und kannte sich daher mit beiden Posten aus. Und dass Gervais Archer sich als überraschend tüchtiger Zwoter Nachrichtenoffizier erwies, schadete auch nicht.

Ohne Zweifel gab es noch andere Gründe für die neue Denke der Admiralität White Haven, doch alles in allem erklärten sie, wieso das Schlachtkreuzergeschwader 106 aus acht und nicht aus sechs Schiffen bestand. Und wenn Michelle ganz offen war, interessierten sie die anderen Gründe überhaupt nicht. Sie war viel zu sehr damit beschäftigt, sich im Besitze zweier zusätzlicher Schlachtkreuzer zu sonnen.

Nicht dass die meisten Navys sie als »Schlachtkreuzer« betrachten würden, überlegte sie. Mit zweieinhalb Millionen Tonnen näherten sich die neuen Schiffe der *Nike*-Klasse den alten Schlachtschiffen an, die seit fünfzig oder sechzig T-Jahren niemand mehr fertigte, und einige Raumstreitkräfte – *darunter die Sollys,* dachte sie gereizt – definierten Schiffstypen noch immer nach Tonnagebereichen, die schon vor dem ersten Havenkrieg überholt gewesen waren. Doch obwohl die *Nikes* fast anderthalbmal so groß waren wie ihre tote *Ajax*, vermochte die *Artemis* bei Maximalschub mit fast siebenhundert Gravos zu beschleunigen. Und in ihren Magazinen drängten sich über sechstausend Zweistufenraketen Typ 16.

Mir ist es egal, wie groß sie ist, sie ist und bleibt ein Schlachtkreuzer, dachte Michelle. *Es ist die Funktion, die Doktrin, die zählt, und nicht die Tonnage. Nach diesem Maßstab ist sie jedenfalls ein Schlachtkreuzer. Einer aus den dunkelsten Tiefen der Hölle vielleicht, aber immer noch ein Schlachtkreuzer. Und ich habe* acht *Stück davon.*

Durchaus denkbar, gestand sie sich ein, während sie auf dem Plot beobachtete, wie die Schlepper ihr neues Kommando von *Hephaistos* fortzogen, dass der Admiralsrang hier und da einen kleinen Ausgleich bot.

»Wir werden angerufen, Ma'am«, meldete Lieutenant Commander Edwards.

»Na, das nenne ich pünktlich«, stellte Michelle trocken fest. Die *Artemis* hatte soeben den Lynx-Terminus verlassen und war nun etwas über sechshundert Lichtjahre vom Doppelsternsystem Manticore entfernt. Genauer gesagt, hatte sie gerade erst ihre Warshawski-Segel zu einem Normalraum-Impellerkeil rekonfiguriert, aber noch keines der anderen Schiffe hatte den Transit durch den Wurmlochknoten bislang hinter sich.

Edwards beantwortete ihren Kommentar nur mit einem Lächeln und grinste zurück, dann zuckte sie philosophisch die Achseln.

»Machen Sie weiter, Bill.«

»Jawohl, Ma'am.«

Edwards gab den Befehl ein, der den Transponder der *Artemis* aktivierte und sie für die fast fertiggestellten Forts und die beiden Wallschiffgeschwader der Homefleet, die hier stationiert waren, identifizierte.

»Bestätigt, Ma'am«, sagte er kurz darauf.

»Gut«, sagte Michelle. Und es war gut, dass der Schutzverband offensichtlich auf Zack war, sagte sie sich. Gewiss, dass ein feindlicher Verband von Manticore her durch das Wurmloch kam, war sehr unwahrscheinlich. Und wenn es geschah, wäre das Sternenkönigreich am Ende, und es spielte wirklich keine Rolle mehr, wie aufmerksam jemand im Talbott-Quadranten Wache hielt. Dennoch, Wachsamkeit war ein Geisteszustand, und wer erst einmal bei einem Aspekt seiner Pflichten nachlässig wurde, bei dem musste man damit rechnen, dass die Nachlässigkeit sich auch auf seine anderen Pflichten ausbreitete. Nicht dass irgendein manticoranischer Admiral so etwas einreißen ließe nach der Abreibung, die Thomas Theisman der RMN während Unternehmen Donnerkeil verpasst hatte.

Oder wir sollten es wenigstens nicht einreißen lassen, dachte sie grimmig, dann sammelte sie sich. *Zeit, an unsere Manieren zu denken.*

»Rufen Sie bitte die *Lysander,* Bill«, sagte sie und durchquerte die Brücke zu ihrem Kommandosessel. Gervais Archer sah von seiner Brückenstation neben ihrem Sessel auf, als sie sich setzte. »Meine Empfehlungen an Vizeadmiral Blaine«, fuhr sie fort, »und erkundigen Sie sich, ob es ihm passt, mit mir zu sprechen.«

»Aye, aye, Ma'am«, antwortete Edwards, als hätte er nicht gewusst, dass sie genau das sagen würde – und als bestünde auch nur die entfernteste Möglichkeit, dass es Vizeadmiral Blaine nicht passen könnte, mit einem neu eingetroffenen Flaggoffizier zu sprechen, dessen Geschwader seinen Amtsbezirk durchquerte.

»Admiral Blaine für Sie, Ma'am«, sagte Edwards ein paar Minuten später.

»Auf mein Display, bitte.«

»Jawohl, Ma'am.«

Vizeadmiral Jessup Blaine war ein recht großer Mann mit nichtssagendem Gesicht, schütterem Haar und dichtem Bart. Der Bart war zwar sauber gestutzt, doch der Kontrast zwischen ihm und seinem weit lichteren Schädel gab ihm ein vage schräges, zerzaustes Aussehen, und Michelle fragte sich, weshalb er ihn sich stehen ließ.

»Willkommen am Lynx-Terminus, Mylady.« Blaines Stimme war tiefer und viel weicher moduliert, als sie es seinem Erscheinungsbild nach vermutet hätte.

»Danke, Admiral«, antwortete sie.

»Ich freue mich, Sie zu sehen«, fuhr Blaine fort. »Aus einer Reihe von Gründen, aber um ehrlich zu sein ist aus meiner Sicht der Wichtigste, dass Ihre Ankunft bedeuten dürfte, dass Quentin O'Malley bald von Monica zurückkehrt.«

Der kommt gleich auf den Punkt, dachte Michelle.

»Wir schicken Ihn so bald zu Ihnen, wie es geht, Admiral«, versicherte sie ihm.

»Nicht dass ich aus all den anderen Gründen nicht froh wäre, Sie zu sehen, Mylady«, sagte Blaine und lächelte knapp. »Nur ist es so, dass ich technisch eine der Reservegruppen für das Heimatsystem führe, und Quentin soll mich abschirmen. Ich hätte ihn wirklich gern zurück, damit ich ein wenig mehr Flankenschutz hier bei Lynx habe, bis die Forts in Betrieb sind. Und wenn es so sehr schiefgeht, dass man mich nach Manticore zurückruft, dann werde ich wohl alle Abschirmung brauchen, die ich kriegen kann.«

»Ich verstehe«, versicherte Michelle ihm, und sie begriff durchaus. »Andererseits sollten nach meiner letzten Lageaktualisierung in der Admiralität in Kürze zusätzliche Kräfte hierher verlegt werden.«

»Keinen Augenblick zu früh.«

Die Inbrunst von Blaines Beifall war nicht zu überhören, und Michelle lächelte matt. Sie bezweifelte, dass man Blaines Namen einfach aus dem Hut gezogen hatte, als man beschloss, Verstärkung nach Talbott zu entsenden, und das bedeutete, dass hinter diesem nichtssagenden Äußeren ein sehr tüchtiger Offizier stecken musste. Doch selbst der tüchtigste Offizier musste hin und wieder einen Augenblick der ... Einsamkeit empfinden, wenn er sich an einem abgelegenen Terminus des Manticoranischen Wurmlochknotens wiederfand und jederzeit mit einem Angriff der Solaren Liga rechnen musste. Kein Wunder, dass Blaine so viele freundliche Gesichter sehen wollte wie irgend möglich.

»Kennen Sie Konteradmiral Oversteegen, Admiral?«, fragte sie.

»Michael Oversteegen?« Blaine runzelte die Stirn. »Als ich zuletzt von ihm hörte, war er Captain.« Er klang ein wenig kläglich, und Michelle lachte leise.

»Und ich war bis vor einer Woche Konteradmiral«, erwiderte sie. »Ich fürchte, viele von uns werden rasch die Treppe hochfallen; es kommen so viele Neubauten aus den Werften. Aber worauf ich hinauswollte, Sir, ist, dass man Michael das Einhundertachte gegeben hat. Und vorausgesetzt, er kann den Abreiseplan einhalten, sollte er mir in etwa zwo Monaten folgen. Und die erste Flottille *Rolands* wird ebenfalls bald klargemacht. Vielleicht hat man damit sogar schon angefangen.«

»Das, Mylady, ist eine sehr gute Neuigkeit«, sagte Blaine offen. »Hoffentlich hält der Waffenstillstand lange genug, dass alle diese Neubauten in Dienst gestellt werden können.«

»Hoffen wir das Beste, Sir.«

»Richtig. Hoffen wir das Beste.« Blaine schien sich bewusst zusammenzureißen und lächelte. »Anscheinend habe ich meine Manieren völlig vergessen. Hätten Sie und Ihre Kommandanten Zeit, zum Abendessen zu mir zu kommen, Mylady?«

»Ich fürchte nein«, antwortete Michelle mit aufrichtigem Bedauern. Wie Honor hielt sie den persönlichen Kontakt von Angesicht zu Angesicht für den besten Weg, Offizieren, die zusammenarbeiten mussten, das gute Gefühle zu geben, dass sie einander wirklich kannten.

»Ich stehe unter dem Befehl, mich so rasch wie irgend möglich ins Spindle-System zu begeben, Sir«, fuhr sie fort. »Die *Artemis* hat nach wie vor über ein Dutzend Werftfachleute von *Hephaistos* an Bord, die hier und dort noch nachjustieren. Und Captain Duchovny von der *Horatius* hat noch mehr von ihnen!«

»Und die Stationskommandantin hat Sie gehen lassen, ohne das Feuer zu eröffnen?«, erkundigte sich Blaine mit einem Unterton, der fast an ein stilles Lachen denken ließ.

»Ich glaube, das wäre nicht der Fall gewesen ohne Admiral D'Orville, der mir mit schussklaren Energiebatterien beigestanden hat«, erwiderte Michelle.

»Das kann ich mir sogar sehr gut vorstellen. Im Laufe der Jahre habe ich meine eigenen Erfahrungen mit den Werftheinis gemacht, Mylady. Ich könnte Ihnen einiges erzählen!«

»Das könnten wir alle, Sir.«

»Stimmt.« Blaine lächelte sie an, dann holte er Luft, als bereite er sich auf den Abschluss des Gesprächs vor. »Nun, dann wollen wir Sie nicht aufhalten, Mylady. Richten Sie Admiral Khumalo meinen Gruß aus, wenn Sie Spindle erreichen.«

»Das werde ich tun, Sir.«

»Vielen Dank, Mylady. Und damit wünsche ich Ihnen eine geschwinde Reise und lasse Sie ziehen. Blaine aus.«

Das Display wurde dunkel, und Michelle blickte wieder auf den taktischen Plot.

Während sie mit Blaine gesprochen hatte, waren die Schwesterschiffe der *Artemis* aus der 1. Division von BatCruRon 106 – die *Penelope*, die *Romulus* und die *Horatius* – ihr durch den Terminus gefolgt. Nun sah sie, wie Filipa Alcoforados *Theseus*, das Flaggschiff von Commodore Shulamit Onassis, die die 2. Division des Geschwaders befehligte, aus der unsichtbaren Fehlstelle des Raumes heraustrat und mit leuchtend blauen Segeln Transitenergie abstrahlte.

Nicht mehr lange, dachte sie und blickte Commander Sterling Casterlin an. Wie sie Cortez gesagt hatte, kannte sie Casterlin bereits, obwohl sie bis jetzt nie zusammen gedient hatten. Einmal wären sie beinahe gleichzeitig auf der alten *Bryan Knight* gewesen, doch sie hatte das Schiff verlassen, als er an Bord kam. Seinen Cousin Commodore Jake Casterlin kannte sie besser, und bei allem, was sie bisher von Sterling mitbekommen hatte, hätte sie jederzeit gewettet, dass Jakes Sympathien für die Freiheitspartei den weit konservativeren Sterling in den Wahnsinn trieben.

Vielleicht irrte sie sich, doch es kam ihr so vor, als müsste schon einiges passieren, ehe Commander Casterlin in seinem Gleichmut erschüttert wurde. Er war spät an Bord gekommen, ohne es zu verantworten zu haben, doch er hatte nicht einmal mit der Wimper gezuckt, als er hörte, dass ihm bis zum Aufbruch keine vierzig Stunden blieben, um sich »vertraut« zu machen mit einer vollkommen neuen Abteilung an Bord eines vollkommen neuen Schiffes unter einem vollkommen neuen Vizeadmiral, ehe es in einen möglichen Kampfeinsatz ging. In Anbetracht der Umstände hatte er bemerkenswerten Aplomb bewiesen, fand sie.

»Anscheinend brechen wir bald auf«, sagte sie.

»Jawohl, Ma'am«, antwortete er, ohne sich etwas anmerken zu lassen. »Ich habe soeben unseren Kompasskurs an Commander Bouchard weitergeleitet.«

»Gut«, antwortete sie.

Er sah sie über die Schulter hinweg an, und sie lächelte. Sie hatte gewusst, dass sie ihn nicht ohne vorbereiteten Kurs erwischen würde, doch er war ihr sogar noch einen Schritt zuvorgekommen und hatte den Kurs bereits an Jerod Bouchard weitergeben, den Astrogator der *Artemis*, ehe sie danach fragte.

»Ich glaube, er hatte bereits annähernd den gleichen Kurs ausgearbeitet, Ma'am«, fügte Casterlin hinzu.

»Nein, tatsächlich?« Michelle machte in unschuldigem Erstaunen große Augen und lachte stillvergnügt in sich hinein, als Casterlin den Kopf schüttelte.

Die *Daedalus* und die *Jason* waren der *Theseus* mittlerweile durch den Wurmlochknoten gefolgt. Nun fehlte nur noch die *Perseus* unter Captain Esmerelda Dunne, und sie konnten sich auf den Weg machen. Michelle freute sich auf die Reise. Vom Lynx-Terminus bis zum Spindle-System waren es sechzehn Tage, und da Spindle der Schauplatz des Verfassungskonvents gewesen war, diente es nun – zumindest vorübergehend – als Hauptsystem des Talbott-Quadranten. Folglich würde sie dort Baronin Medusa und Vizeadmiral Khumalo finden. Nachdem sie mit ihnen gesprochen hatte, könnte sie endlich an einer realistischen Vorstellung arbeiten, was sie zu tun hätte und wie und womit sie es ausführen würde. Unter normalen Umständen wäre sie durch ihren Wunsch, sofort durchzustarten, ungeduldig und ruhelos gewesen, doch diesmal war es anders. Die sechzehn Reisetage wären ihren Kommandanten ohne Zweifel sehr willkommen, auch wenn sie dank der relativistischen Effekte auf nur zehn Tage zusammenschmolzen. Trotz allem war es zusätzliche Zeit, die Schiffe technisch in volle Bereitschaft zu versetzen. Und natürlich die Besatzungen derart zu drillen, dass sie wenigstens annäherungsweise dem Standard entsprachen, den man an Bord eines Schiffes der Königin voraussetzte.

»Erinnern Sie mich, Captain Conner und Commodore Onassis einzuladen, heute Abend mit mir zu speisen, Gwen«, sagte sie.

»Jawohl, Ma'am«, antwortete Archer. »Sollten wir nicht Commander Houseman und Commander McIver ebenfalls einladen?«

»Auszeichnete Idee, Gwen«, lobte Michelle ihn lächelnd. »Dann setzen Sie bitte auch Captain Armstrong, Captain Lecter, Commander Adenauer, Commander Dallas und Commander Diego auf die Gästeliste. Und Sie können ihnen andeuten – inoffiziell natürlich –, dass wir über Übungspläne sprechen werden.«

»Jawohl, Ma'am.« Archer machte sich eine Notiz, und Michelle bedachte ihn mit einem Lächeln. Der junge Mann fand sich noch besser in seine Aufgabe, als sie es je zu hoffen gewagt hätte, und es sah ganz danach aus, als verschwänden wenigstens einige Gespenster von Solon aus seinen Augen. Sie hoffte es jedenfalls. Es war offensichtlich, dass die Natur ihn zu einem fröhlichen extrovertierten Menschen bestimmt hatte, und sie freute sich zu sehen, wie er die ... Düsterkeit ablegte, die ihn bei ihrem ersten Treffen noch so sehr beherrscht hatte.

Außerdem besaß er eine rasche Auffassungsgabe. Sein Vorschlag, dass Conner und Onassis ihre Stabschefs mitbringen sollten, war ausgezeichnet und genau die Art von Mitdenken, die ein guter Flaggleutnant für seinen Admiral leisten sollte. Wahrscheinlich spiegelten sich darin auch seine Erfahrungen an Bord der *Necromancer* wider. Offensichtlich war sich Gervais der ungeschliffenen Kanten des Geschwaders bewusst und erkannte die Notwendigkeit, sie ein wenig glatt zu feilen.

Bei dem Gedanken blähten sich ihre Nasenflügel. Diese rauen Kanten waren genauso wenig die Schuld ihrer Flaggkommandantin, wie es die ihre war. *Niemand* war daran schuld. Dennoch war sich Michelle auf unangenehme Weise bewusst, wie wenig ihr Kommando einem Gefecht gewachsen wäre, und genau deshalb freute sie sich auf diese zehn Tage voller Übungen. *Harter Übungen,* dachte sie – so anspruchsvoll, wie sie und ihre Kommandanten sie nur gestalten konnten. In Anbetracht der Lage, der sie in sehr naher Zukunft gegenüberstehen könnten, war es an der Zeit, dass sie und ihre Offiziere herausfanden, wo es hakte, sich überlegten, was man dagegen unternehmen konnte, und es angingen.

Und je früher, desto besser, dachte sie grimmig. *Je früher, desto besser.*

Der Wert für die Entfernung bis zum Ziel auf der Seitenleiste im taktischen Display war geradezu absurd hoch.

Die Lenkwaffensalve war achtundsechzig Kilometer von der *Artemis* entfernt und kam mit einer aktuellen Geschwindigkeit von 150.029 Kilometer pro Sekunde näher. Viereinhalb Minuten lang waren die Raketen im freien Fall unterwegs gewesen, nachdem die zweite Antriebsstufe ausgebrannt war, und sie waren noch immer dreiundneunzig Sekunden – fast vierzehn Millionen Kilometer – von ihrem Ziel entfernt, und das bei halber Lichtgeschwindigkeit.

Und noch immer waren den Offensivraketen keine Ziele zugeordnet.

Michelle Henke saß still dabei und spielte Schiedsrichter. Dominica Adenauer, Wilton Diego und Victoria Armstrong arbeiteten mit der Simulation. Ihr kam es schlichtweg falsch vor, so weit draußen Offensivraketen zu haben, und sie obendrein ohne bereits in ihren kybernetischen Gehirnen verankerte Ziele dort umherirren zu lassen. Dennoch war das, was sie sah, nur eine logische Konsequenz aus den Eigenarten der neuen Technik.

Admiral Hemphill, so viel war Michelle mittlerweile klar, hatte Bill Edwards vollkommen richtig eingeschätzt. Des »Signaloffiziers« intime Kenntnis des gesamten Projekts Apollo hatte sich als unschätzbar wertvoll erwiesen, während sie und ihr Stab die Potenziale der neuen Waffen ergründeten. Genauer gesagt, hatten Adenauer und er Stunde um Stunde im angeregten Gespräch verbracht, Skizzen und Formeln auf Servietten gekritzelt (oder jeder anderen Unterlage, die so unvorsichtig war, sich anzubieten) und die Simulationssoftware immer weiter ausgereizt. Michelle war erleichtert. Einige Taktikspezialisten hätten einen »einfachen« Signaloffizier mit seinen Vorschlägen rundheraus abblitzen lassen, ganz egal, wo er zuletzt gedient hatte. Adenauer jedoch war selbstsicher genug, um Anregungen zu schätzen zu wissen, egal woher sie kamen, und im Laufe der letzten sechs Tage Schiffszeit hatten sie und Edwards nicht nur ein solides Arbeitsverhältnis, sondern auch eine zugeneigte Freundschaft entwickelt. Und die Früchte ihrer Anstrengungen traten bereits jetzt zutage. Michelle glaubte sogar, dass den beiden einige Aspekte aufgefallen waren, die BuWeaps schlichtweg übersehen hatte.

»Erreichen Punkt Alpha«, meldete Diego gelassen.

»Verstanden«, antwortete Adenauer.

Das Abfeuern und die Verwaltung der Lenkwaffen war Diegos Aufgabe als Taktischer Offizier der *Artemis*, aber die Verwaltung und Verteilung der massierten Feuerkraft des Geschwaders oblag dem Operationsoffizier. Normalerweise hätte Adenauer die von Michelle formulierten Angriffskriterien an Diego weitergeleitet und allgemeine Offensivprofile erstellt, ehe die erste Rakete ihren Werfer verließ. Diego hätte von dort ab übernommen, einzelnen Zielen bestimmte Raketen zugewiesen und – in Absprache mit Lieutenant Isaiah Maslov, dem Offizier für Elektronische Kampfführung der *Artemis* – in den von Adenauer vorgegebenen Angriffs-, Eloka- und Durchdringungsprofilen untergebracht.

Doch heute probierten sie eine ganz andere Möglichkeit aus, eine Möglichkeit, die bisher keinem Geschwaderkommandeur jemals offengestanden hatte. Für die heutige Simulation war HMS *Artemis* von einem Schlachtkreuzer zu einem Lenkwaffen-Superdreadnought der *Invictus*-Klasse »befördert« worden. Sämtliche anderen Einheiten des Geschwaders hatten eine ähnliche Umwandlung erfahren, und statt der sechzig Typ-16-Raketen, die jedes Schiff mit einer einzelnen Doppelbreitseite feuern konnte, setzte jedes von ihnen nun sechs Lenkwaffenbehälter mit Typ 23 aus. Normalerweise hätte jedes Schiff dazu eine Gruppe von »Flachpack«-Raketengondeln Typ 17 mit zehn Typ 23 verwendet, doch diesmal setzten sie die Gondel Typ 17 Modifikation D aus, die nur acht Typ 23 enthielt – und eine einzelne Typ 23-E.

Statt sechzig Typ 16 alle achtzehn Sekunden mit maximaler Reichweite unter Antrieb (ohne Intervall im freien Fall) von nur knapp über siebenundzwanzig Millionen Kilometern und Lasergefechtsköpfen von »Kreuzergröße« feuerten sie alle zwölf Sekunden achtundvierzig Offensiv- und dezidierte Eloka-Raketen Typ 23.

Das bedeutete einen hinreichend starken Zuwachs der Feuerkraft, sagte sich Michelle trocken, doch die Methode, die sie mit Adenauer – und Edwards – für die heutige Übung ersonnen hatte, baute ihn noch weiter aus.

Einer der wichtigsten Vorteile der Manticoranischen Allianz bestand in Geisterreiter, der hoch entwickelten – und ständig verbesserten – Familie von überlichtschnell angebundenen Aufklärungs- und Eloka-Drohnen. Auf einer Kugelschale rings um ein Schiff, ein Geschwader oder einen Kampfverband angeordnet, verliehen sie den Befehlshabern der Allianz einen Lageüberblick, der sich mit nichts vergleichen ließ, und ihre Aufklärungsplattformen konnten ihre Daten in Echtzeit oder Beinahe-Echtzeit übermitteln, wozu niemand, nicht einmal die Republik Haven, fähig war.

Dennoch gab es noch immer Nachteile. Nach wie vor war es

möglich, die Impelleremissionen einer potenziell feindlichen Streitmacht zu orten, ohne dass eine Aufklärungsplattform in Position stand, um herauszufinden, wer die Neuankömmlinge waren. Selbst wenn ein Taktischer Offizier sehr guten Grund zu der Annahme hatte, fragliche Neuankömmlinge könnten böse Absichten hegen, musste er trotzdem eine Aufklärungsdrohne dorthin dirigieren. Erst wenn diese den Bogey-Verband aus relativ kurzem Abstand betrachten konnte, war man sich wirklich sicher. Oder, was das betraf, war man sich sicher, dass man wirklich Sternenschiffe geortet hatte und keine Eloka-Drohnen, die nur so taten, als wären sie Sternenschiffe. Und allgemein galt es als gute Idee, solche Informationen in der Hand zu haben, ehe man eine Salve Offensivraketen auf etwas abfeuerte, was sich hinterher durchaus als neutraler Handelsschiffkonvoi herausstellen konnte.

In einem von Adenauers und Edwards' Brainstormings mit Michelle hatte Edwards allerdings auf eine neue Möglichkeit hingewiesen, die durch Apollo praktikabel wurde. So schnell die Geisterreiter-Plattformen auch sein mochten, sie waren erheblich langsamer als eine Mehrstufenrakete. Das mussten sie auch, da gute Tarnung und lange Ausdauer vollkommen unvereinbar waren mit den gewaltigen Beschleunigungswerten, die der Impellerkeil einer Offensivrakete in seinem kurzen, unglaublich ungetarnten Leben erzeugte. Doch Apollo war darauf ausgelegt, die Ortungsdaten der ihm unterworfenen Offensivraketen zu kombinieren und auszuwerten – und diese Analyse dem feuernden Schiff mit Überlichtgeschwindigkeit zu übermitteln. Michelle und Adenauer hatten augenblicklich begriffen, was Edwards meinte, und waren darauf eingegangen; diese Simulation heute diente dem Zweck, ihre Idee zu testen. Adenauer hatte dazu eine einzelne Apollo-Gondel dreißig Sekunden vor einer kompletten Geschwadersalve abgefeuert. Die Raketen aus dieser Gondel waren nun eine Flugminute von den »unbekannten Impellerkeilen« entfernt, die zweiundachtzig Millionen Kilometer von der *Artemis* trennten.

»Werfe die Hüllen jetzt ab«, meldete Diego, als die Raketen aus der ersten Gondel Punkt Alpha erreichten.

»Verstanden«, bestätigte Adenauer.

Das Hüllenabwurf-Manöver war den Raketen vor dem Start einprogrammiert worden. Im Gegensatz zu früheren Offensivraketen waren die Typ 23 in einer Apollo-Gondel mit Schutzhüllen ausgestattet, die ihre Sensoren vor der Partikelerosion ausgedehnter ballistischer Flugprofile bei relativistischen Geschwindigkeiten abschirmen sollten. Die meisten Raketen hatten Derartiges nicht nötig, da ihre Impellerkeile für Partikelabschirmung sorgten. Auch nachdem der Impellerkeil erloschen war, konnten sie einen eigenen Partikelschild aufbauen – jedenfalls kurzzeitig –, solange sie Bordenergie besaßen, doch dieser Schild war erheblich weniger wirksam als bei einem Sternenschiff. In der Regel spielte das jedoch keine Rolle, da die Freifallphasen eines Standard-Angriffsprofils bestenfalls kurz ausfielen. Mit Apollo jedoch waren plötzlich Angriffe über sehr große Entfernungen durchführbar, die lange Freiflugintervalle einschlossen. Diese Möglichkeit wäre jedoch nur von begrenztem Wert gewesen, hätte die Partikelerosion die Raketen geblendet, ehe sie dazu kamen, ihre Ziele zu erkennen.

Nun wurden die Hüllen durch den Abwurfbefehl entfernt, und die Sensoren, die von ihnen geschützt worden waren, schalteten sich ein. Die Raketen waren natürlich 72.998.260 Kilometer von der *Artemis* entfernt. Das waren mehr als vier Lichtminuten, was in der alten Zeit (vor fünf bis sechs T-Jahren) bedeutet hätte, dass jede ihrer Sendungen über vier Minuten lang zur *Artemis* unterwegs gewesen wäre.

Mit dem überlichtschnellen Gravimpuls-Sender des Typs 23-E dauerte es jedoch kaum vier Sekunden.

Auf dem Display vor Adenauer blühten plötzlich Icons auf, als die Apollo der ersten Raketengondel treu meldete, was ihre Brut sehen konnte, nun, da sie die Augen geöffnet hatten. Die Lichtkennungen von drei feindlichen Superdreadnoughts, abgeschirmt von drei Leichten Kreuzern und einem Quartett Zerstörer brannte scharf und klar im Plot, und einen Augenblick lang tat der Taktische Offizier rein gar nichts. Adenauer saß nur da und starrte ausdruckslos auf das Display. Doch Michelle kannte Adenauer mittlerweile besser, allein durch die letzten sechs Tage. Sie wusste, dass Adenauer, wenn sie sich konzentrierte, fast in einen Dämmerzustand zu verfallen schien. Der Commander sah überhaupt nicht mehr auf den Plot, sondern ... absorbierte ihn. Und plötzlich erwachten Adenauers Hände auf der Konsole zum Leben.

Die Raketen in der Angriffssalve waren vor dem Start mit Dutzenden möglichen Offensiv- und Eloka-Profilen bestückt worden. Adenauers fliegende Finger sendeten eine Reihe von Befehlen, die bestimmte programmierte Optionen aktivierten. Ein Kommando wählte die Superdreadnoughts als Ziele der Offensivraketen aus. Ein weiteres wies die Blender und die Drachenzähne innerhalb der Salve an, wann und in welcher Reihenfolge sie ihre Eloka-Systeme hochfahren sollten. Ein dritter Befehl sagte den Offensivraketen, wann ihre letzte Antriebsstufe aktiv zu werden und welches Durchdringungsprofil sie zu benutzen hatten, wenn sie in die Raketenabwehrzone des feindlichen Verbands eintraten. Und ein vierter legte fest, wann und wie die Typ 23 E übernehmen und ihre Befehle restrukturieren sollten, falls der Feind überraschenderweise etwas tat, das außerhalb der Parameter der ausgewählten Angriffsmuster lag.

Diese Befehle einzugeben dauerte fünfundzwanzig Sekunden, in denen die Offensivraketen weitere knappe dreieinhalb Millionen Kilometer zurücklegten. Keine vier Sekunden brauchten Adenauers Befehle, um von der *Artemis* die Apollos zu erreichen. Die Apollo-KIs benötigten weitere zwölf Sekunden, um ihre Anweisungen zu empfangen, dreimal zu überprüfen und als gültig zu bestätigen, während die Offensivraketen gleichzeitig ihre Hüllen abwarfen. Fünfundvierzig Sekunden, nachdem die Raketen der ersten Gondel ihre Hüllen abgeworfen hatten, öffnete die Folgesalve die Augen, blickte nach vorn und entdeckte ihre Ziele zweieinviertel Millionen Kilometer voraus. Die Lenkwaffen befanden sich 4,4 Lichtminuten von der *Artemis* entfernt – doch ihre Zielanweisungen waren keine sechzig Sekunden alt, und die Computersysteme, die die Berichte von der Apollo aus der ersten Gondel weiter verfeinert und analysiert hatten, gehörten zu einem *Superdreadnought* und nicht zu einer Rakete.

Die Feuerleitung der simulierten Ziele hatte nur eine relativ ungenaue Vorstellung, wo sie nach den Offensivraketen suchen sollte, bis diese plötzlich den Antrieb der dritten Stufe einschalteten. Als sie für den Freifallteil ihres Fluges abschalteten, waren sie noch so weit entfernt, dass die Bordsensoren der Bogeys nicht in der Lage waren, sie genau zu lokalisieren. Die Zielschiffe wussten immerhin so viel, dass sie ihre Positionen mit nur wenigen Prozent Fehlertoleranz zu bestimmen vermochten, doch bei dieser Geschwindigkeit auf einem derart gewaltigen »Schlachtfeld« machten schon kleine Abweichungen eine präzise Zielaufschaltung unmöglich. Eine präzise Zielaufschaltung war jedoch unverzichtbar, wenn eine Antirakete eine Offensivlenkwaffe über diese großen Entfernungen hinweg treffen sollte.

Die Verteidiger entdeckten die Typ 23 deutlich, als die letzten Stufen der Offensivraketen sich unversehens einschalteten, doch da war es schon zu spät. Für einen Antiraketenstart auf große Entfernung war keine Zeit mehr, und selbst die Kurzstrecken-Antiraketen hatten nur hastig zusammengestrickte

Ziellösungen. Erschwerend kam hinzu, dass die Eloka-Drohnen, die den Angriff unterstützten, sich zum für die Verteidigung ungünstigsten Moment einschalteten. Die rudimentären Sensoren der Antiraketen waren völlig überfordert, und den Raketenabwehroffizieren blieb keine Zeit, die manticoranischen Eloka-Muster zu analysieren. Nahbereichsabwehrcluster feuerten im verzweifelten letzten Versuch, die Mehrstufenraketen zu stoppen, die auf die Superdreadnoughts eindrangen, doch es kamen einfach zu viele Lenkwaffen ein und näherten sich zu rasch, und die Annäherung im freien Fall hatte den Verteidigern zu viel Ortungszeit geraubt. Viele Typ 23 wurden kurz vor ihrem Ziel vernichtet, aber nicht genügend von ihnen.

Die Bilddarstellung auf Adenauers Plot erstarrte abrupt, als die Offensivraketen und ihre Apollos in die Ziele krachten, von den Abwehrwaffen vernichtet wurden oder sich selbst zerstörten, wenn sie das Ende ihrer programmierten Flugbahn erreichten. Einen, zwei Augenblick lang blieb das Display so, dann jedoch erwachte es wieder zum Leben. Wie die Ladung einer einzelnen Gondel der Angriffswelle vorausgeeilt war, so folgte ihr noch eine weitere. Ihre Raketen hatten die Hüllen im gleichen Augenblick abgeworfen wie die Offensivraketen, und Michelle sah selbst jetzt noch fast ungläubig zu, wie die Ergebnisse des ersten Schlages die *Artemis* in weniger als fünf Sekunden erreichten.

Einer der Superdreadnoughts war offensichtlich gefechtsuntüchtig. Sein Impellerkeil war unten, und er verlor Atemluft und Wrackteile, und auf dem Plot waren deutlich und klar die Transponder von Rettungskapseln zu erkennen, in denen die Crew das Schiff verlassen hatte. Auch eines der Schwesterschiffe befand sich in ernsten Schwierigkeiten. Nach der Impellersignatur gab es schwere Schäden an den aktiven Ortungsgeräten, die zur effizienten Nahbereichs-Raketenabwehr unverzichtbar waren. Der dritte Superdreadnought schien glimpflicher davongekommen zu sein, doch auch er zeigte beträchtliche Schäden, und eine zweite, genauso schwere Angriffswelle war bereits zu ihm unterwegs.

Mein Gott, dachte Michelle im Stillen. *Mein Gott, es funktioniert wirklich. Es funktioniert nicht nur, ich wette sogar, wir haben erst begonnen, an der Oberfläche dessen zu kratzen, was das heißt. Hemphill sagte ja, Apollo sei ein Kampfkraftvervielfacher, und Himmel, hatte sie recht!*

Sie sah zu, wie die zweite Salve auf ihre Opfer niederging, und obwohl es nur eine Simulation war, erschauerte sie bei dem Gedanken, wie man sich fühlen musste, wenn man dieser Welle der Vernichtung entgegenblickte.

Herr im Himmel, wenn Haven davon wüsste, würde es um einen Friedensvertrag betteln!, dachte sie erschüttert.

Sie erinnerte sich an etwas, das White Haven nach Unternehmen Butterblume gesagt hatte, der Offensive, die Oscar Saint-Justs Volksrepublik in die Knie gezwungen hatte: »Ich fühlte mich dabei ... schmutzig. Es war, als hätte ich Hühnerküken ersäuft«, hatte er gesagt, und zum ersten Mal begriff Michelle Henke in vollem Umfang, was er damit gemeint hatte.

VIERZEHN

Augustus Khumalo war grauer, als Michelle ihn in Erinnerung hatte.

Er war eine Art entfernter Cousin von ihr, aber sie besaß nur eine höchst vage Vorstellung, wie genau und über wen sie miteinander verwandt waren, und begegnet war sie ihm bei einem halben Dutzend Gelegenheiten nur im Vorübergehen. Heute sprach sie zum allerersten Mal mit ihm. Nachdem sie seiner Stabschefin, Captain Loretta Shoupe, in sein Arbeitszimmer an Bord von HMS *Hercules* gefolgt war, sah sie ihm in die Augen und suchte nach einem Anzeichen für den Mut, den er an den Tag gelegt hatte, als Aivars Terekhovs Nachricht eingeschlagen hatte wie ein Bombe.

Sie sah keine. Das war vielleicht nicht überraschend. Michelle hatte schon längst festgestellt, dass Männer, die wie Krieger aussahen, sich oft als Elvis Santinos oder Pavel Youngs erwiesen, während die nach außen unansehnlich wirkenden Menschen regelmäßig Nerven aus Stahl an den Tag legten.

Ich möchte nur wissen, ob ich nun so genau hinsehe, weil ich mich schuldig fühle für die Art, wie ich ihn in der Vergangenheit stets abgetan habe?

»Vizeadmiral Gold Peak, Sir«, verkündete Shoupe leise.

»Willkommen im Spindle-System, Mylady.« Khumalo reichte ihr eine große, recht fleischige Hand, und Michelle drückte sie fest. Der Kommandeur von Talbott Station war ein großer Mann mit mächtigen Schultern, der in der Leibesmitte ein wenig breit zu werden begann. Sein Teint war erheblich heller als bei Michelle – tatsächlich war er beinahe so hell wie die Königin –, doch das Winton-Kinn ließ sich nicht übersehen. Michelle kannte es gut; sie hatte es selbst, wenn auch zum Glück in einer etwas zierlicheren Variante.

»Danke, Sir«, erwiderte sie und wies auf die beiden Offiziere, die sie begleiteten. »Captain Armstrong, meine Flaggkommandantin, Sir, und Lieutenant Archer, mein Flaggleutnant.«

»Captain«, sagte Khumalo, reichte Armstrong die Hand und nickte dann Gervais Archer zu. »Lieutenant.«

»Admiral«, sagte Armstrong, während sie seine Hand schüttelte, und Archer erwiderte Khumalos Nicken mit einer respektvollen angedeuteten Verbeugung.

»Bitte sehr«, sagte Khumalo und wies auf die Sessel, die in einem bequemen, zum Gespräch einladenden Halbkreis vor seinem Schreibtisch standen. »Nehmen Sie Platz. Ich bin sicher, wir haben viel zu besprechen.«

Das, überlegte Michelle, während sie sich in einen der angewiesenen Sessel niederließ, war unzweifelhaft eine der größten Untertreibungen, die sie in letzter Zeit gehört hatte.

Archer wartete, bis alle Vorgesetzten Platz genommen hatten, dann erst setzte er sich. Michelle beobachtete aus dem Augenwinkel, wie ihr Flaggleutnant den Minicomputer im Kasten berührte und Shoupe fragend anblickte. Mit einem Nicken gab die Stabschefin ihr Einverständnis, und Archer nahm den Minicomputer heraus und schaltete ihn auf Aufzeichnung.

»Heute Abend speisen wir mit Baronin Medusa und Mr. Van Dort, Mylady«, begann Khumalo. »Bei dieser Gelegenheit werden sie und Mr. O'Shaughnessy – und Commander Chandler, mein Nachrichtenoffizier – genauso gespannt sein wie ich zu hören, was Sie uns über die Lage zu Hause und dieses vorgeschlagene Gipfeltreffen zwischen Ihrer Majestät und Pritchart erzählen können. Und ich bin auch sehr zuversichtlich, dass die Baronin und Mr. O'Shaughnessy Sie recht detailliert in die politische Seite der Vorfälle hier im Sternhaufen einweisen werden. Im Quadranten, meine ich.«

Seine Lippen zuckten ärgerlich, aber nur kurz, als er sich

verbesserte, und Michelle musste lächeln. Ohne Zweifel mussten sich alle Beteiligten an die neue Bezeichnung noch gewöhnen, doch wie sie zu ihrem Stab bereits gesagt hatte, war es wichtig. Worte besaßen ihre ganz eigene Macht, und immer daran zu denken, die richtige Bezeichnung zu benutzen, trug dazu bei, jedem Einwohner des Talbott-Quadranten zu versichern, die richtige Entscheidung getroffen zu haben, als man das Sternenkönigreich um den Anschluss ersuchte.

Natürlich hatten die Leute es sich alles ein wenig anders vorgestellt als es dann tatsächlich gekommen war. Nicht dass sich jemand in Talbott über das Endergebnis beschweren würde – jedenfalls nicht diejenigen, die den Anschluss von vornherein für eine gute Sache gehalten hatten. Einige hier, zum Beispiel die irre Nordbrandt auf Kornati, dachten offenbar anders, und Michelle zweifelte nicht daran, dass die Talbotter, die sich weiterhin beklagten, mit dem »Endergebnis« zutiefst unzufrieden waren.

Die gesamte Debatte über den Anschluss hatte jedoch auch für das Sternenkönigreich ernste innenpolitische Fragen aufgeworfen, und die Antworten auf diese Fragen bestimmten wie es weiterging. Der erste Vorschlag war nicht von Manticore gekommen, und mehr als ein Parlamentsabgeordneter hielt den Anschluss für eine entsetzliche Idee. Michelle hatte damals in vielen Punkten jenen zugestimmt, die die Idee ablehnten. Obwohl sie immer der Meinung gewesen war, dass die Vorteile schwerer wogen als ihre Vorbehalte, blieben ihr dennoch große Bedenken, was einige Aspekte des Antrages anging.

Das Sternenkönigreich von Manticore existierte seit vierhundertfünfzig Jahren, in denen es gewachsen war und seine eigene Identität und galaktische Stellung entwickelt hatte. Zumal für eine Sternnation mit so kleiner Bevölkerung genoss es einen unglaublichen Reichtum, und genau die Bevölkerungszahl war der springende Punkt: Für eine Multi-Sonnensystem-Sternnation war sie *klein*. Außerdem war es politisch stabil mit einem System rechtsstaatlicher Prägung – trotz gelegentlicher dunkler Punkte wie der katastrophalen Regierung High Ridge und schier unglaublich heftigen politischen Grabenkämpfen. Manticoraner waren genauso wenig Kandidaten für die Heiligsprechung wie andere, und es gab jene – wie High Ridge, Janacek, Cousin Freddy oder die Earls von North Hollow –, die rücksichtslos bereit waren, das Gesetz zu umgehen und sogar offen zu brechen, um ihre Ziele zu erreichen. Doch wenn sie gefasst wurden, waren sie vor dem Gesetz genauso haftbar wie jeder andere, und das Sternenkönigreich erhob, was seine Regierung anging, sowohl die Transparenz als auch die Verantwortlichkeit zu hohen Gütern. Gleiches galt für ordnungsgemäße, rechtsgetreue Machtwechsel selbst zwischen den bittersten politischen Feinden durch den Wahlprozess, und es verfügte über eine hochgebildete, politisch aktive Wählerschaft.

Darum hatte Michelle der Gedanke so bestürzt, mehr als ein Dutzend Sonnensysteme zusätzlich aufzunehmen, deren Durchschnittsbevölkerung die des Doppelsternsystems Manticore zumindest erreichte. Vor allem, wie arm – und (zumindest nach manticoranischen Standards) schlecht ausgebildet – alle diese potenziellen Neubürger waren. Einige Manticoraner waren schon unruhig geworden, als San Martin, die besiedelte Welt von Trevors Stern, dem Sternenkönigreich angeschlossen wurde, und San Martin war trotz seiner Jahre als Havens »Protektorat« unter der Volksrepublik ein ganz anderer Fall. Seine Bevölkerung entsprach noch immer den Maßstäben einer Sternnation ersten Ranges mit brauchbarer Erziehung und medizinischem und industriellem Standard, und es war schon immer Manticores astrografischer direkter Nachbar gewesen. Manticoraner und San Martinos kannten einander seit langer, langer Zeit; sie wussten, wie jeweils des anderen Regierung und Gesellschaft funktionierte, und teilten mehr Gemeinsamkeiten, als Gegensätze bestanden. Doch der Talbott-Sternhaufen war typisch für den Rand, jenen weiten Gürtel aus dünn besiedelten, wirtschaftlich desolaten und technisch rückständigen Sonnensystemen, die die langsam, aber unaufhaltsam expandierende Sphäre der Solaren Liga umgab.

Wie viele Einwohner des Sternenkönigreichs hatte Michelle der Gedanke beunruhigt, dass so viele Wähler ohne jede Erfahrung mit den politischen Traditionen Manticores hinzukommen sollten. Einige dieser beunruhigten Seelen hatten sich nicht entblödet, die Talbotter »Neobarbaren« zu nennen, was Michelle bei allen eigenen Bedenken für ausgesprochen ironisch hielt, bedachte man, dass die Solarier dieses Schimpfwort auf genau die Bürger des Sternenkönigreichs anwendeten, die es nun für jemand anderen benutzten. Doch selbst jene, die nie daran gedacht hätten, dieses Wort auszusprechen, und die bereit waren anzunehmen, dass ihre neuen Mitbürger die besten denkbaren Absichten hatten, mussten sich fragen, ob diese Neubürger genug Zeit hätten, die Bedienungsanleitung zu lesen und zu verstehen, ehe sie versuchten, sich hinters Steuer des Flugwagens zu setzen. Und natürlich bestand stets die Sorge – in Michelles Augen durchaus zu recht – welches Ziel ein Haufen Wähler, die außerhalb der manticoranischen Tradition standen, wohl für alle wählen könnten.

Auch auf der Talbotter Seite hatte es Bedenken gegeben, und das nicht nur von Personen wie Nordbrandt oder etwa einem Stephen Westman, obwohl Letzterer nach allem, was Michelle nun zu Ohren gekommen war, wohl inzwischen seine Meinung geändert hatte. Eine der größten Ängste der Talbotter schien die Furcht vor dem Verlust der eigenen Identität zu sein, doch was viele – insbesondere in den Machteliten des Sternhaufens – eigentlich damit meinten, war die Sorge, die Kontrolle einzubüßen.

Am Ende jedoch hatte der Verfassungskonvent auf dem Planeten Flax im Spindle-System einen Weg ausgearbeitet, der so gut wie jeden zufriedenstellte. Es wirklich allen recht zu machen war natürlich unmöglich, und einige der lokalen Potentaten – wie die Oligarchen von New Tuscany – hatten sich am Ende gegen einen Anschluss entschieden und sich geweigert, die neue Verfassung zu ratifizieren. Wenn man es ganz ehrlich betrachtete, war es unwahrscheinlich, dass jeder mit den neuen Vereinbarungen völlig zufrieden war, doch war andererseits nicht genau das die Definition eines erfolgreichen politischen Kompromisses?

Sicher, dachte sie. *Und das ist ein Grund, weshalb ich die Politik nie gemocht habe. Trotzdem, in diesem Fall muss ich zugeben, dass der Kompromiss so aussieht, als könnte er tatsächlich funktionieren.*

Im Großen und Ganzen lieferte die nun ratifizierte Verfassung die Schablone, die man auch bei zukünftigen Anschlüssen verwenden würde. Zum Beispiel müsste auch die politische Zukunft der Sonnensysteme in der manticoranischen Einflusssphäre der nunmehr ehemaligen Silesianischen Konföderation irgendwann gelöst werden, und wie es aussah, würde Talbott auch für diese Lösung als Fallbeispiel dienen. Vorausgesetzt natürlich, dass die Lösung sich im Falle Talbotts als gangbar erwies.

Statt all jene Sonnensysteme und alle Wähler dem Sternenkönigreich direkt zuzuschlagen, hatte der Verfassungskonvent von Flax anerkannt, dass die Entfernung zwischen den Planeten des Sternhaufens – ganz zu schweigen von der Distanz zwischen dem Sternhaufen und dem Doppelsternsystem Manticore – eine solche enge, fugenlose Integration unmöglich machte. Daher hatte der Konvent ein föderales Modell für das neue »Sternenimperium von Manticore« vorgeschlagen.

Der Talbott-Quadrant bildete eine politische Einheit, die aus den sechzehn Sonnensystemen des Sternhaufens bestand, die die vorgeschlagene Verfassung ratifiziert hatten. Es sollte dort ein eigenes lokales Parlament geben, und nach einigem Gerangel hatte man sich geeinigt, dass der Sitz dieses Parlaments die planetare Hauptstadt Thimble des Planeten Flax sein würde. Und sobald es zu Parlamentswahlen kam, sollte auf Betreiben der Regierung Premierminister Grantvilles (und Königin Elisabeth III.) dem Quadranten das Stimmrecht auf Grundlage der gleichen Bedingungen gewährt werden wie dem Sternenkönigreich, was vielleicht ein wenig mit der Entscheidung New Tuscanys zu tun hatte, nach Hause zu gehen und mit seinen eigenen Murmeln zu spielen.

Der Quadrant und das Sternenkönigreich (das manche Leute bereits das »Alte Sternenkönigreich« zu nennen begannen, obwohl Trevors Stern und das Lynx-System kaum Gründungsmitglieder des ursprünglichen Sternenkönigreichs gewesen waren) wären beide Teile einer neuen politischen Einheit namens Sternenimperium von Manticore. Beide würden Königin Elisabeth III. als Kaiserin anerkennen, und beide würden Vertreter in ein neues Imperiales Parlament entsenden, das auf dem Planeten Manticore tagen würde. Als direkter Vertreter der Kaiserin und Vizekönig des Quadranten würde ein imperialer Gouverneur ernannt werden (und es hatte nie einen Zweifel gegeben, wer das sein würde). Die Streitkräfte, die Wirtschaftspolitik und die Außenpolitik des Imperiums würden unter der neuen kaiserlichen Regierung vereint werden. Die imperiale Währung wäre der existierende manticoranische Dollar, innere Handelsschranken würden abgeschafft, und die Bürger des Talbott-Quadranten und des Sternenkönigreichs sollten sowohl örtliche als auch imperiale Steuern zahlen. Die grundlegenden Bürgerrechte des Sternenkönigreichs würden auf jeden Bürger des Talbott-Quadranten ausgeweitet, wobei die Mitgliedswelten des Quadranten die Freiheit besaßen, weitere, rein örtliche Bürgerrechte auszusprechen, wenn sie es wollten. Das neue imperiale Gerichtswesen würde sich auf die existierende Rechtsverfassung Manticores gründen, und seine Richter kämen, wenigstens zu Beginn, aus dem Sternenkönigreich. Allerdings enthielt die neue Verfassung ausdrückliche Vorschriften, Richter von außerhalb des Alten Sternenkönigreichs sobald als möglich einzubeziehen. Örtliche Verfassungstraditionen sollten innerhalb des Quadranten toleriert werden, solange sie nicht imperialen Artikeln widersprachen. Jeder Bürger des Quadranten und des Alten Sternenkönigreichs sollte die Bürgerschaft des Imperiums erhalten.

Obwohl das Sternenkönigreich von Manticore abgesehen von äußersten Notfällen jede progressive Besteuerung stets gescheut hatte, stimme das Alte Sternenkönigreich zu (wenn auch nicht ohne ein gewisses Maß an Protest), dass die imperiale Besteuerung auf föderaler Ebene progressiv sein sollte – das heißt, der Satz an imperialer Steuer, den jede Untereinheit des Imperiums zu leisten hatte, sollte nach dem Anteil dieser Untereinheit am Bruttosozialprodukt des Imperiums bemessen werden. Jedem war klar, dass diese Bestimmung dazu führte, dass das Alte Sternenkönigreich für die absehbare Zukunft den Löwenanteil am Steuereinkommen des Imperiums stellte. Im Austausch gegen diesen Artikel hatte das Sternenkönigreich allerdings durchgesetzt, dass die Anzahl an Repräsentanten des Quadranten im Imperialen Parlament nur allmählich zunahm.

Für die ersten fünfzehn Jahre sollte das Sternenkönigreich fünfundsiebzig Prozent der imperialen Parlamentsangehörigen wählen, alle anderen Untereinheiten wählten die übrigen fünfundzwanzig Prozent. In den darauffolgenden fünfzehn Jahren würde das Sternenkönigreich sechzig Prozent der Parlamentsabgeordneten wählen, in den fünfundzwanzig Jahren danach fünfzig Prozent. Nach dieser Zeit sollte die Mitgliedschaft im Imperialen Unterhaus proportional zur Bevölkerung jeder Untereinheit sein. Dem lag die Theorie zugrunde, dass fünfundfünfzig T-Jahre Dominanz des im Sternenkönigreich etablierten politischen Systems den Bürgern des Quadranten die nötige Zeit geben würde, die Gebrauchsanweisungen zu verstehen. Außerdem erhielten sie dadurch Zeit, das gewaltige Industriepotenzial und die enorme Wirtschaftskraft des Quadranten zu entwickeln. Gleichzeitig garantierte das allmähliche Hereinwachsen des Quadranten (und wahrscheinlich auch der silesianischen Systeme, wenn sie an die Reihe kamen) in die volle parlamentarische Vertretung den Bürgern des Alten Sternenkönigreichs, dass Manticore nicht unversehens in eine völlig bizarre Richtung davonlief. Und dass die Imperiale Verfassung jeder anerkannten Untereinheit des Imperiums lokale Autonomie garantierte, sollte die individuellen Identitäten der einzelnen Welten und Gesellschaften erhalten, die beschlossen hatten, sich im Rahmen des Imperiums zu vereinen.

Da zu den grundlegenden Bürgerrechten des Sternenkönigreichs der Zugang zu Prolong-Therapien gehörte, bedeuteten die fünfundfünfzig T-Jahre Wartezeit bis zur vollgültigen Vertretung im Imperialen Parlament für die meisten Einwohner des Talbott-Sternhaufens nicht ganz die Härte, die sie einmal gewesen wäre. Gewiss, einige Mitgliedssysteme traf es schwerer als andere (und das hatte im Verfassungskonvent manchen Kuhhandel nötig gemacht), weil ihre schwächlichen Ökonomien das Prolong bislang noch nicht verfügbar hatten machen können. Das bedeutete, dass keiner ihrer Bürger über fünfundzwanzig T-Jahren es je erhalten würde – und dass ein beträchtlicher Anteil ihrer gegenwärtigen Wählerschaft selbst bei moderner medizinischer Versorgung an Altersschwäche sterben würde, ehe der Quadrant volle Vertretung erhielt. Keine Einigung konnte jedoch perfekt sein, und das Sternenkönigreich hatte zugesagt, diese Systeme ganz oben auf die

Liste für das Erhalten von Prolong-Behandlungen zu setzen. Gleichzeitig verpflichtete sich der Verfassungskonvent zu umfassenden Finanzhilfen, um die Wirtschaft dieser Systeme so schnell wie möglich auf den Standard ihrer Nachbarn zu heben.

Dank dieser Vereinbarungen, die einige Opfer jener »ergrauenden« Wähler ausgleichen sollten, waren die meisten bereit, die Einigung als so fair wie nur möglich zu bezeichnen. Zumindest bot sie einen Zeitplan für einen vernunftbestimmten, von Ordnung geprägten Übergang. Und nun da der Sicherheitsschirm der Royal Manticoran Navy sowohl in Talbott als auch in Silesia Piraterie, Instabilität und Blutvergießen unterbinden würde, war die Bedeutung, weitere Sonnensysteme anzuschließen – und die Bevölkerung und die Rohstoffe mit ihnen –, um Manticores wirtschaftliche, industrielle und militärische Kraft zu stärken, mittlerweile fast allen manticoranischen Strategen klar. Im Lichte dessen erschien es jedem Beteiligten recht offensichtlich, dass die gewaltigen Vorteile der neuen Situation alle Nachteile bei Weitem überwogen.

Zumindest kann man das hoffen, dachte Michelle. *Obwohl, wenn man sich ansieht, wie die Sollys sich gerade anführen, dann kann man es wohl jedem nachsehen, wenn er sich fragt, wie zwingend diese Logik tatsächlich ist.*

»Allein aus der Perspektive der Flotte gesehen, Mylady«, sagte Khumalo und riss Michelle aus ihren Gedanken über die politischen Folgen der Schöpfung eines brandneuen Imperiums, »freue ich mich, Sie zu sehen.« Er lächelte mehr als nur ein wenig schief. »Ich erinnere mich noch, wie Captain Terekhov sich bei mir im Talbott-Sternhaufen meldete – kaum zu fassen, dass das erst acht T-Monate her sein soll! Ich beklagte mich, wie wenige Schiffe der Königin in den Sternhaufen abgestellt seien. Um ehrlich zu sein, ich wünschte, wir hätten etwas weniger Traumatisches als die Schlacht von Monica gefunden, um die Admiralität zu mehr Großzügigkeit zu animieren.«

»Ich möchte jetzt nicht von Handwerk und Klappern sprechen, Sir«, erwiderte Michelle mit gleichem Lächeln. »Trotzdem glaube ich, Sie können es als gegeben annehmen, dass die ›Großzügigkeit‹ in den nächsten Monaten ungeahnte Höhen erreichen wird. Besonders, wenn bei dem Gipfeltreffen irgendetwas herauskommt.«

»Nach den neusten Depeschen der Admiralität dürfte das so sein«, stimmte Khumalo ihr zu. »Und offen gesagt, auch ohne die Lage bezüglich der Liga und dem OFS könnte ich jedes Schiff, das man mir schickt, sehr gut gebrauchen. Ich halte es für wichtig, in jedem einzelnen Mitgliedssystem des Quadranten so rasch wie möglich Flottenpräsenz zu zeigen. Die neuen Untertanen Ihrer Majestät haben das Recht, auf den Schutz durch ihre Navy zu zählen, und bis die örtlichen Strafverfolgungsbehörden in das neue System integriert sind und wir abrufbereite Einheiten der Marines oder der Army zur Verfügung stellen können, die ihnen lokal bei Problemen imperialer Natur helfen, muss sich eben die Navy um all das alleine kümmern. Ganz zu schweigen von Katastrophenhilfe, Unterstützung der Schifffahrt und all den anderen Aufgaben, die wir ständig verrichten.«

»Dagegen kann ich gewiss keinen Einwand erheben, Sir«, sagte Michelle nüchtern. »Dennoch neige ich zu der Vermutung, dass ich in meiner Position als Kommandeurin der Zehnten Flotte, sobald sie erst einmal besteht, ständig zetern und klagen werde über die ständige Verzettelung, die Sie und Baronin Medusa von mir verlangen. Ich weiß, es ist unumstößlich meine Pflicht, genau das zu tun, was Sie gerade beschrieben haben, aber ich fürchte, dass meine Aufmerksamkeit zumindest für die absehbare Zukunft auf das OFS und die Solare Liga eingeschossen sein wird.«

»Oh, das nehme ich als gegeben hin, Mylady«, erwiderte Khumalo mit aufrichtiger Heiterkeit. »So kommt es immer. Ich würde sogar sagen, dass etwas ganz und gar nicht stimmt, wenn Sie weder jammern noch wehklagen! Was natürlich noch lange nicht heißt, dass die Baronin und ich uns von Ihnen irgendetwas ausreden lassen werden.«

»Irgendwie finde ich das deprimierend leicht zu glauben«, erwiderte Michelle, und Khumalo lachte leise. Auch dieses Lachen, registrierte Michelle, klang sehr aufrichtig.

Was immer in den vergangenen acht Monaten geschehen sein mochte, überlegte sie, Augustus Khumalo hatte offenbar seinen Platz gefunden. Sämtliche Berichte aus dem Quadranten betonten, wie sich die allgemeine Ansicht über Khumalo nach der Schlacht von Monica geändert hatte. Soweit Michelle es sagen konnte, schienen die meisten Talbotter anzunehmen, dass Khumalo und Terekhov nur deshalb nicht ständig über Swimmingpools wandelten, weil sie sich die Schuhe nicht nass machen wollten. Man musste ihm allerdings zugute halten, dass Khumalos selbstsicheres Auftreten keinesfalls daher kam, dass ihm die allgemeine Lobhudelei zu Kopfe gestiegen wäre. Eher erschien es Michelle, als hätten seine Leistungen ihn ebenso erstaunt wie viele andere Menschen. Und infolgedessen war er in das volle Ausmaß seiner Pflichten hineingewachsen.

Das könnte natürlich auch nur meine Art sein vorzugeben, dass er in sie hineinwachsen musste, *statt einfach zuzugeben, dass wir seine Fähigkeiten von Anfang an unterschätzt haben.*

»Im Augenblick, Sir«, fuhr sie fort, »gilt meine größte Sorge der Bereitschaft meiner Einheiten. Die Werften in der Heimat geben sich so große Mühe, dass –«

»Es besteht keine Notwendigkeit für Rechtfertigungen, Mylady«, unterbrach Khumalo sie. »Ich bin auf dem Laufenden. Ich weiß, dass alle Ihre Schlachtkreuzer überhastet in Dienst gestellt wurden, und ich weiß auch, wie kurzfristig Sie diese heiße Kartoffel überreicht bekamen. Ich bin überhaupt nicht überrascht, wenn Sie Bereitschaftsprobleme haben, und wir werden versuchen, Ihnen so viel Zeit wie möglich zu verschaffen, damit Sie sich damit befassen können. Und natürlich alle Hilfe, die wir bieten können. Apropos, gibt es etwas, das wir tun können, um Ihnen bei Ihren gegenwärtigen Problemen zu helfen?«

»Im Augenblick wohl nicht«, sagte Michelle. »Wir sind mit fast achtzig Werftheinis von *Hephaistos* ausgelaufen, und in den letzten beiden Wochen haben sie die meisten Technikprobleme beseitigt. Ein paar kleine Fehler konnten wir mit Bordmitteln nicht beheben, aber ich bin sicher, dass Ihre Werkstattschiffe sie rasch und leicht in den Griff bekommen. Was uns jedoch niemand abnehmen kann, ist, den Zusammenhalt und den Ausbildungsstand unserer Leute auf Flottenstandardniveau zu bringen.«

»Wie schlimm ist es?« In Khumalos Frage lagen weder Ungeduld noch Verurteilung, nur Verständnis, und Michelle spürte, wie sie sich für ihn noch mehr erwärmte.

»Offen gesagt, nicht gut, Sir«, sagte sie freiheraus. »Und es ist nicht die Schuld meiner Kommandanten. Wir hatten einfach noch keine Zeit, uns um die Probleme zu kümmern, die man normalerweise routinemäßig während der Einarbeitung beseitigt. Bei den Offizieren haben wir einige Schwachstellen – mehr als mir recht ist, wenn ich ehrlich bin –, und das kommt von den Schwierigkeiten, die Admiral Cortez hat, Besatzungen zusammenzustellen. Viele unserer Mannschaftsdienstgrade sind erheblich grüner als mir lieb ist. Andererseits habe ich gerade eine Dienstzeit bei der Achten Flotte hinter mir und bin von dort wahrscheinlich ein wenig verwöhnt, was Ausbildungsstand und Erfahrung angeht. Ich glaube nicht, dass wir Probleme haben, die sich nicht durch ein paar Wochen – oder einen T-Monat, wenn ich ihn bekommen kann – guten, harten Drill beseitigen ließen. Dadurch und vielleicht durch einige wohldurchdachte Versetzungen.«

»Einen Monat können wir Ihnen wahrscheinlich geben«, sagte Khumalo mit einem Seitenblick auf Shoupe. »Ich bin mir aber nicht sicher, ob sehr viel mehr möglich wäre. Sowohl Admiral Blaine als auch Admiral O'Malley stehen unter Druck, ihre Schiffe so bald wie möglich am Lynx-Terminus zu konzentrieren, und zwar aus Gründen, die Sie bestimmt mindestens so gut verstehen wie ich. Das setzt uns unter eigenen Druck, O'Malley an der ›Südgrenze‹ abzulösen. Im Moment steht er noch im Monica-System, aber wir haben ein Unterstützungsgeschwader nach Tillerman abgestellt. Das ist nah genug zu Monica – und zu Meyers –, um die Sollys im Auge zu behalten, ohne ihnen allzu offensichtlich auf die Füße zu treten. Sobald unsere beschädigten Einheiten im Monica-System so weit repariert sind, um in die Heimat aufzubrechen – was vermutlich noch sechs bis acht T-Wochen dauert –, und Botschafterin Corvisart die ... Friedensverhandlungen abschließt, nehmen wir unsere Kräfte nach Tillerman zurück.«

»Was den Monat angeht, bin ich mir sicher, Sir«, beantwortete Captain Shoupe seine unausgesprochene Frage. »Und ich glaube, wir könnten sogar noch ein paar Wochen mehr zusammenklauben. Wie Sie sagten, dauert es noch wenigstens einen oder zwo Monate, ehe Admiral O'Malley sich von Monica zurückziehen kann.«

»Sollten wir darüber nachdenken, mein Geschwader – oder zumindest einen Teil davon – nach Monica zu verlegen, um O'Malley zu unterstützen, Sir?«, fragte Michelle.

»Als Machtdemonstration den Sollys gegenüber, meinen Sie?« Khumalo zog eine Braue hoch, und Michelle nickte. »Ich glaube, das ist im Augenblick nicht geboten, Mylady«, sagte er. »Offen gesagt, wenn zwo Geschwader moderner Schlachtkreuzer die Solarier nicht abhalten, an Aggression zu denken, dann hätten auch drei Geschwader nicht die beabsichtigte Wirkung. Leider ist es nämlich durchaus denkbar, dass auch ein Dutzend

Geschwader – es sei denn, es wären Wallschiffe – einige der Idioten, die wir dort draußen entdeckt haben, nicht abschrecken würden. Selbst Sollys sollten allmählich auf den Trichter kommen, dass sie sich mit Ihrer Majestät Navy nicht eins zu eins anlegen sollten, aber mein Geld darauf verwetten würde ich nicht.« Er verzog das Gesicht. »Man sollte meinen, dass Terekhov ihnen mit dem, was er im Monica-System getan hat, zumindest ein bisschen Verstand eingebläut hätte, aber ich bin schon zu dem Schluss gekommen, dass ihre Schädel besser gepanzert sind als ihre Wallschiffe.«

Er sah zutiefst angeekelt aus, und bei Captain Shoupe war dieser Ausdruck womöglich noch stärker.

»Ist es wirklich so schlimm, Sir?«

»Es ist wahrscheinlich sogar noch *schlimmer*, Mylady«, knurrte Khumalo. »Ich bezweifle nicht, dass Sie im Laufe der Jahre eigene Begegnungen mit der Arroganz der Liga hatten. Ich kenne keinen Offizier im Flottendienst, der sie nicht hatte. Doch seit Talbott um Aufnahme ins Sternenkönigreich ersucht hat, sind wir für die Liga zu ... sagen wir, zu einem größeren Reizthema geworden.« Er winkte ab. »Es zweifelt wohl niemand daran, dass die Grenzsicherheit Talbott für einen Sternhaufen unter vielen gehalten hat, den sie schlucken kann, wann immer ihr danach ist. Stattdessen kreuzten wir auf, und das hat sie wirklich sehr verärgert. Dadurch führen die Sollys sich jetzt umso mehr auf wie arrogante Nervensägen.«

»Sie haben Botschafterin Corvisart erwähnt, Sir«, warf Captain Armstrong ruhig ein. »Als wir das Sternenkönigreich verließen, trafen die ersten Berichte ihrer Untersuchungen gerade erst ein. Ich darf wohl annehmen, dass sie in der Zwischenzeit noch tiefer gegraben hat?«

»O ja, Captain.« Khumalo lächelte angespannt und zeigte dabei die Zähne. »Ich glaube, das können Sie so sagen. Und je tiefer sie eindringt, desto mehr stinkt es.«

»War das OFS direkt beteiligt, Sir?«, fragte Michelle.

Khumalo schnaubte. »Aber selbstverständlich, Mylady. Um das zu wissen, brauchen wir keine ›Untersuchung‹! Es zu beweisen – besonders zur Zufriedenheit des bekanntermaßen und unbedingt unparteiischen Rechtssystems der Liga –, ist natürlich ein ganz anderes Paar Schuhe.« Die Ironie in seiner Stimme hätte einen ganzen Wald aus sphinxianischen Pfostenholzbäumen verdorren können. »Im Rand geschieht nichts – jedenfalls nichts, was irgendeine Auswirkung auf die Liga haben könnte –, ohne dass die Grenzsicherheit involviert wäre. In diesem Fall beginnt es allerdings danach auszusehen, als wäre das OFS gar nicht der eigentliche Spieler gewesen.«

»Nicht, Sir?« Michelle klang überrascht, und Khumalo lächelte erneut, als er sie hörte.

»Es sieht immer weniger danach aus«, bekräftigte er. »Um genau zu sein, weisen die meisten Anzeichen, darunter auch die Aussage President Tylers, darauf hin, dass Manpower die treibende Kraft gewesen ist.«

Michelle machte große Augen, und Khumalo zuckte die Achseln.

»Commander Chandler und Mr. O'Shaughnessy können Ihnen weitaus mehr Einzelheiten vorlegen als ich, Mylady. Doch laut Botschafterin Corvisart und ihren Ermittlern vor Ort waren in unserer ursprünglichen Theorie, dass Manpower und Jessyk Combine vom OFS als Handlanger benutzt wurden, die Tatsachen auf den Kopf gestellt. Wir wussten von Anfang an, dass Kommissar Verrochio sehr ... sorgenfreie Beziehungen zu Manpower und weiteren mesanischen ›Konzernen‹ unterhält. Wir nahmen an – offenbar fälschlicherweise –, dass er diese Beziehungen benutzte, damit Manpower als sein jederzeit dementierbarer Kontakt zu Nordbrandt und den anderen Terrorbewegungen im Quadranten fungiert. Was Corvisart derzeit ans Licht bringt, lässt es allerdings genau umgekehrt erscheinen.«

»*Manpower* wollte die Kontrolle über den Lynx-Terminus?« Michelle schüttelte den Kopf. »Ich kann verstehen, wieso es uns von seinem Heimatsystem so weit fern halten will wie möglich. Schließlich haben wir nie ein Geheimnis daraus gemacht, wie wir zum Sklavenhandel stehen. Aber soviel ich weiß, war das Ziel der Operation doch, Monica als Strohmann der Grenzsicherheit die Kontrolle über den Sternhaufen und den Lynx-Terminus zu verschaffen. Das wäre für Manpower bereits besser als die Situation, wie sie im Moment ist, aber andersherum klingt das doch sehr ehrgeizig für einen Haufen Verbrecher.«

»›Ehrgeizig‹ ist noch stark untertrieben, Mylady. Manpower hat in der Vergangenheit schon mehrmals hoch gepokert, aber ohne Weiteres fällt mir keine mesanische Unternehmung ein, die so riskant und ›ehrgeizig‹ gewesen wäre wie diese. Dennoch, es sieht immer mehr danach aus. Und aus einem bestimmten Blickwinkel erscheint es sogar als völlig logische Fortsetzung von Manpowers normalem operativen Verhalten. Man hätte uns nicht nur sechshundert Lichtjahre weit von seinem Hauptsitz weggeschoben, es gäbe auch ganz neue Ansatzpunkte für Manpower, bei Tyler und im Monica-System. Ich bin sicher, es wäre ein beträchtlicher Gewinn dabei erzielt worden, auf lange Sicht jedenfalls, weil Manpower dadurch die Macht besessen hätte, den Verkehr durch den Terminus zu beeinflussen. Und dabei haben sie nicht einmal die Schlachtkreuzer gestellt, die hier aufkreuzten. Die kamen nämlich von Technodyne.«

»Ist das bestätigt, Sir?«

Khumalo nickte. »Das ist es. Wie es scheint, wurden die Schlachtkreuzer offiziell von der Schiffsliste der Solarier gestrichen, um Platz für die Neubauten der *Nevada*-Klasse zu schaffen, und Technodyne witterte eine Möglichkeit, zusätzlichen Profit mit ihnen zu machen. Wir haben elektronische Aufzeichnungen gefunden, aus denen recht deutlich hervorgeht, dass Technodyne den Gerüchten über unser neues Gerät zumindest einige Aufmerksamkeit geschenkt hat. Wie es scheint, erwartete man, einen genauen Blick auf unsere Technik werfen zu können, nachdem die unvollendeten Terminus-Forts sich Tyler ergeben hätten. Und wahrscheinlich war Technodyne ein Anteil an dem Profit versprochen worden, den Manpower sich von Jessyks Manipulation des Terminus-Verkehr versprach.«

Michelle nickte bedächtig. Was Khumalo gerade gesagt hatte, leuchtete durchaus ein, doch an den Gedanken musste man sich erst noch gewöhnen.

Trotzdem, es hängt wirklich alles zusammen, überlegte sie. *Und dem Sternenkönigreich unangenehm aufzufallen ist für Manpower wirklich nicht so riskant wie für jemand anderen. Schließlich befinden wir uns wegen des Sklavenhandels letztlich ohnehin im Krieg mit dem Laden. Aus Manpowers Sicht ist es wahrscheinlich nur eine Frage, wie viel übler es noch kommen kann. Und so gesehen spricht für diese Verbrecher einiges dafür, selbst ein beträchtliches Risiko einzugehen, wenn sie dadurch verhindern können, dass unsere Grenze plötzlich um sechshundert Lichtjahre näherrückt.*

»Nun, wer immer das Kommando wirklich hatte, und was auch tatsächlich beabsichtigt wurde«, fuhr Khumalo fort, »ich bin sicher, dass Botschafterin Corvisart noch einiges aufdecken wird, was unser guter Freund Kommissar Verrochio lieber unter den Teppich kehren würde. Doch Monica und die Solare Liga sind nicht unsere einzigen Sorgen, Mylady.«

Er lehnte sich mit aufmerksamem Gesicht in seinen Sessel zurück.

»Wie Captain Terekhov während seines kurzen Aufenthalts bei uns entdeckte, ehe er sich nach Monica davonmachte« – Khumalo lächelte schief –, »zieht der neuerdings erwachende Handelsschiffverkehr über den Lynx-Terminus in den Quadranten leider auch Piraten an. Denen müssen wir klar machen, dass es in Talbott für sie ungesund ist. Das wird natürlich leichter, wenn endlich die Leichten Angriffsboote hier ankommen, die jeder mir ständig verspricht. Zwo Staffeln LACs halten jeden Piraten, den ich mir vorstellen kann, zuverlässig von jedem beliebigen Sonnensystem fern, das sie patrouillieren. Und wenn wir jedem neuen Mitgliedssystem ein eigenes LAC-Geschwader angliedern, dann begreifen sie schnell, dass es uns ernst damit ist, sie in ein quadrantenweites Sicherheitskonzept zu integrieren.

Gleichzeitig gibt es aber Bedrohungen, die von LACs allein nicht abgeschreckt werden, und wir müssen unsere anderen möglichen Brennpunkte im Auge zu behalten, ob es sich nun um das OFS handelt oder eine der Ein-System-Sternnationen in der Umgebung. Ihre Majestät hat uns eindeutig beauftragt, die Einheimischen zu überzeugen, dass das Sternenimperium ein guter Nachbar sein wird. Ich glaube, sie hat recht, wenn sie annimmt, dass im Laufe der Zeit noch mehr hiesige Sonnensysteme eine gute Sache erkennen, wenn sie sie sehen, und um Aufnahme in den Quadranten ersuchen. Das ist aber noch Zukunftsmusik. Im Augenblick ist es unsere Aufgabe, ihnen klarzumachen, dass wir zwar gern bereit sind, ihnen bei der Bewältigung gemeinsamer Probleme zu helfen – der Piraterie etwa –, dass wir diese Hilfe aber nicht als Fuß in der Tür missbrauchen werden, um sie umso leichter zu schlucken.

Und dann sind da natürlich noch unsere guten Freunde auf New Tuscany.«

»Wenn ich Admiral Givens richtig verstanden habe, war New Tuscany nicht gerade erfreut über unseren Zuzug«, sagte Michelle.

»Nein, das ist man dort nicht. Und dass Joachim Alquezars Verfassungsunionspartei im neuen Parlament des Quadranten über eine klare Mehrheit verfügt, macht sie auch nicht glücklicher. Andrieaux Yvernau hasst ihn auf den Tod, und umgekehrt ist es genauso. Der einzige Mensch im ganzen Sternhaufen, den Yvernau noch mehr hasst als Alquezar, ist Bernardus Van Dort – und Alquezars erste Amtshandlung als Premierminister bestand darin, Van Dort zum Sonderminister ohne Geschäftsbereich zu ernennen – kaum dass er an Bord der *Hercules* von Monica zurückgekehrt war.«

»Ich muss zugeben, dass ich mich mehr als nur ein wenig wundere, wie Yvernau politisch überleben konnte, nachdem der Konvent seine Position so vollständig verworfen hatte, Sir«, merkte Michelle vorsichtig an. Vorsichtig wagte sie sich in die politischen Gewässer, von denen sie sich sonst so sorgsam fernhielt.

»Man kann nicht sagen, dass er unversehrt davonkam, Mylady«, antwortete Khumalo. »Er wurde natürlich nicht so übel zugerichtet wie Tonkovic, aber er hat wahrscheinlich in zwanzig bis dreißig T-Jahren gesammelte politische Gefälligkeiten einlösen müssen, um seine Stellung zu Hause zu retten.«

Shoupe rührte sich auf ihrem Sessel, und Khumalo sah sie an.

»Das Gesicht kenne ich doch, Loretta. Ich darf annehmen, dass Sie anderer Meinung sind?«

»Nicht ganz, Sir«, erwiderte seine Stabschefin. »Ich glaube aber, O'Shaughnessy hat recht: Der eigentliche Grund, weshalb Yvernaus politische Laufbahn nicht vor die Wand fuhr, ist der, dass eine Mehrheit seiner Freunde und Nachbarn in der Heimat mit ihm einer Meinung sind.«

Shoupe sah Michelle an.

»Es ist offensichtlich, dass Yvernau und alle, die wie er denken, zu dem Schluss gekommen sind, dass die Bürgerrechtsartikel der neuen Verfassung dem Selbstbedienungsladen, in den sie New Tuscany umfunktioniert haben, ein Ende bereiten würde. Sie sind nicht bereit, das geschehen zu lassen, deshalb haben sie gegen den Anschluss votiert. Doch einer der Gründe dafür bestand darin, dass sie sich ausgerechnet haben, vom allgemeinen wirtschaftlichen Aufschwung im Sternhaufen allein durch die Nähe genauso profitieren zu können. Unsere Gegenwart schützt sie vor der Grenzsicherheit, ob wir das wollen oder nicht.«

»Ich weiß, dass Yvernau so denkt, und ich nehme an, ich kann O'Shaughnessys Ansicht, dass eine Menge seiner Mitoligarchen genauso denken, nicht widersprechen«, sagte Khumalo. Für Michelle war offensichtlich, dass er die Lage regelmäßig mit Shoupe besprach, und dass sie einen unterschiedlichen Standpunkt vertreten konnte, ohne dass er sie deshalb zur Schnecke machte, warf ein gutes Licht auf ihr Arbeitsverhältnis.

»Aber selbst wenn Yvernau und einige andere das denken«, fuhr der Vizeadmiral fort, »ist es doch nicht die Meinung aller. Einige dort sind stinksauer, dass der Konvent nicht so entschieden hat, wie Yvernau es von Anfang an wollte. Recht viele davon geben ebenso sehr uns – oder zumindest der Baronin Medusa – wie Alquezar und Van Dort die Schuld. Und für viele andere wiegt die Gefahr, die das Beispiel des Quadranten und des Sternenimperiums darstellt, sämtliche Handelsvorteile und den Schutz gegen das OFS auf. Nordbrandts Terrorfeldzug gegen die Oligarchen auf Kornati versetzt diese Gestalten natürlich in Todesangst. Sie sehen nur, dass ihre eigene Unterklasse genau beobachtet, wie es ihren Gegenstücken hier im Quadranten ergeht. Und das wird nicht gerade die Bemühungen der Oligarchen unterstützen, auf der ganzen Sache schön den Deckel draufzuhalten.«

»Was genau bedeutet das für uns, Sir?«, fragte Michelle, und er schnaubte.

»Wenn ich die Antwort darauf wüsste, bräuchte ich nicht mehr für mein Geld zu arbeiten, ich würde einfach rumsitzen und traumwandlerisch auf die Gewinner beim Luftwagenrennen setzen! Ich weiß, dass die Baronin, Mr. O'Shaughnessy, Premierminister Alquezar und Mr. Van Dort – die sich allesamt besser auf politische Analysen verstehen als ich – alle sehr angestrengt über die Frage nachdenken, und ich glaube, sie haben noch keine Antwort gefunden. Mir geht nur nicht aus dem Kopf, dass Yvernau und seinesgleichen so dumm waren, sich die Nasen abzuschneiden, um ihre Gesichter zu ärgern, als sie den Konvent nicht dazu bringen konnten, nach ihrer Pfeife zu tanzen. Ich fürchte, bei jemandem, der so dumm ist, bin ich nicht bereit, von der Hand zu weisen, dass er irgendetwas Blödes tut, was es auch sei, und auf der Liste ihrer Lieblingszeitgenossen stehen wir nicht sehr weit oben. Deshalb werde ich den Verdacht nicht los, dass sie sich nach Kräften bemühen, etwas zu finden, womit sie uns Ärger bereiten können. Die einzige echte Frage ist, wie viel sie dabei zu riskieren bereit sind. Wie weit sie uns wirklich treiben wollen, um zu beweisen, dass sie vor uns keine Angst haben.«

Michelle nickte wieder. Wenn sie einer der Chefgauner einer der hiesigen Kleptokratien gewesen wäre, hätte sie alles in ihrer Macht Stehende getan, um Manticore nicht auf sich aufmerksam zu machen, ob es sich nun um das Alte Sternenkönigreich oder das neu gebildete Sternenimperium handelte. Zuallerletzt aber hätte sie riskiert, es zu einer permanent wirksamen unangenehmen Reaktion aufzustacheln. Andererseits war sie aber kein Chefgauner, und selbst wenn sie es gewesen wäre, hätte sie sich für zu klug gehalten, um Andrieaux Yvernaus politischer Strategie anzuhängen. Daher konnte sie überhaupt nicht sagen, wie stichhaltig Khumalos Bedenken waren.

»Selbst wenn meine Sorgen sich als völlig gegenstandslos erweisen sollten«, fuhr der Kommandeur von Talbott Station fort, »und, um ehrlich zu sein, nichts würde mir größere Befriedigung verschaffen, als genau das geschehen zu sehen, so bleibt New Tuscany dennoch eines der möglicherweise heiklen Punkte. Das Verschwinden der verschiedenen Schutzzölle und anderer Handelsbarrieren im Quadranten wird deutliche Auswirkungen auf den lokalen Schiffsverkehr haben, und New Tuscany ist dabei vermutlich einer der großen Spieler, zumindest nach hiesigen Maßstäben. Wir müssen vorsichtig sein, wie wir Handelsschiffe behandeln, die auf New Tuscany registriert sind, und ich wäre nicht überrascht, wenn es alle Arten von Zollstreitigkeiten gäbe. Daher benötigen wir zumindest eine gewisse Flottenpräsenz in der Nachbarschaft von New Tuscany, Marian, Scarlet und Pequod.«

»Jawohl, Sir«, stimmte Michelle zu.

Khumalo wollte weitersprechen, doch Shoupe räusperte sich leise. Er sah sie an, und sie klopfte mit der Fingerspitze auf ihr Chrono.

»Verstanden, Loretta«, sagte er lächelnd und wandte sich wieder Michelle zu.

»Woran Captain Shoupe mich gerade taktvoll erinnert hat, ist das Diner mit Baronin Medusa, das ich erwähnte. Sie erwartet uns in drei Stunden in Thimble, und ich könnte mir vorstellen, dass Sie und Captain Armstrong zur *Artemis* zurückkehren möchten, um sich vorzubereiten. Formale Galauniform, fürchte ich, da Premierminister Alquezar ebenfalls anwesend sein wird. Die Baronin hat mich gebeten, die Einladung auf alle Ihre Kommandanten und deren Ressortoffiziere auszudehnen.«

»Das sind ganz schön viele Personen, Sir«, antwortete Michelle zögernd, und er lachte leise.

»Glauben Sie mir, Mylady, Baronin Medusa weiß das. Sie hat in ihrer Residenz einen recht großen Bankettsaal, und ich glaube, sie sieht es als Gelegenheit, den Premierminister und verschiedene andere wichtige lokale Politiker mit Ihren Leuten bekannt zu machen. Sie betrachtet es als ersten Schritt, ihr Vertrauen in uns zu stärken, und ich glaube, ich verstehe ihren Standpunkt gut.«

»Das leuchtet mir ebenfalls ein, Sir. Solange Sie diesen großen Bankettsaal hat, in den wir alle hineinpassen.«

»Ich denke, das schaffen wir, Admiral Gold Peak«, versicherte Khumalo ihr.

FÜNFZEHN

»Und das, Admiral Gold Peak, ist Premierminister Alquezar«, sagte Lady Dame Estelle Matsuko, Baronin von Medusa und Ihrer Majestät Elisabeth III. Kaiserliche Gouverneurin des Talbott-Quadranten. »Herr Premierminister, Gräfin Gold Peak.«

»Willkommen im Quadranten, Gräfin«, sagte der rothaarige, unglaublich hochgewachsene und schlanke Alquezar und schüttelte Michelle lächelnd die Hand. Obwohl seine Physis von einer Heimatwelt mit niedriger Schwerkraft geformt worden war, hatte er einen festen, kräftigen Händedruck. Über ihre Schulter hinweg sah er Khumalo an, und sein Lächeln wurde spitzbübisch. »Es gehört zu meinen Gewohnheiten, neu eingetroffene Offiziere Ihrer Majestät Navy nach ihren Eindrücken vom politischen Charakter des Sternhaufens zu fragen.«

Khumalo erwiderte das Lächeln kopfschüttelnd, und Baronin Medusa lachte stillvergnügt in sich hinein.

»Na, na, Joachim! Hören Sie schon auf«, ermahnte sie ihn. »Sie haben versprochen, sich heute Abend zu benehmen.«

»Das stimmt.« Alquezar nickte ernst. »Andererseits *bin* ich Politiker.«

»Und die Sorte Politiker, die für den schlechten Ruf des ganzes Standes verantwortlich zeichnet«, sagte ein anderer Mann. Michelle erkannte ihn aus den Zeitungen. Er war kleiner als Alquezar – der wenigstens zwei Meter groß sein musste –, aber noch immer beträchtlich größer als Michelle. Außerdem hatte er helles Haar und blaue Augen, und sein Standardenglisch sprach er mit einem völlig anderen Akzent als der Premierminister.

»Aber natürlich, Bernardus«, erwiderte Alquezar. »Jetzt, wo ich die Macht endlich in der Hand halte, kann mein Größenwahn endlich an die Oberfläche treten, oder?«

»Nur wenn du gern von Meuchelmördern durch Thimble gejagt werden möchtest«, antwortete der Hellhaarige. »Glaub mir – ungefähr ein Dutzend kann ich auftreiben, wenn es wirklich sein muss.«

»Admiral Gold Peak, gestatten Sie mir, Ihnen Sonderminister Bernardus Van Dort vorzustellen.« Medusas Stimme hatte einen leichten Unterton toleranter Resignation angenommen, während sie dem Neuankömmling kopfschüttelnd zuwinkte.

»Es freut mich sehr, Sie kennenzulernen, Mr. Van Dort«, sagte Michelle mit ruhiger Aufrichtigkeit und schüttelte ihm fest die Hand. »Nach allem, was ich über Sie gelesen und gehört habe, wäre nichts von alledem« – mit der freien Hand machte sie eine Gebärde, die den luxuriösen Bankettsaal und auch alles außerhalb seiner Mauern einschloss – »ohne Sie jemals zustande gekommen.«

»So weit würde ich nicht gehen, Admiral«, begann Van Dort. »Es gab –«

»Ich würde so weit gehen, Admiral«, unterbrach ihn Alquezar, Miene und Stimme vollkommen ernst.

»Und ich auch«, bekräftigte Medusa. Van Dort wirkte mehr als ein bisschen verlegen, doch es war offensichtlich, dass die anderen ihm keine Ruhe lassen würden, wenn er weiter protestierte, und so schüttelte er nur den Kopf.

»Sie müssen heute Abend noch mehr Leute kennenlernen, Mylady«, sagte Medusa zu Michelle. »Ich glaube, Commodore Lazlo ist hier irgendwo. Er ist der Oberkommandierende der Spindle System Navy, und ich bin sicher, er hat einiges mit Ihnen zu besprechen. Außerdem wartet wenigstens ein halbes Dutzend höherrangige Angehörige der politischen Kreise des Quadranten auf Sie.«

»Aber gern, Madam Governor«, murmelte Michelle und versuchte zufrieden auszusehen.

Einwände hätten keinen Sinn gehabt, das hatte sie in dem

Augenblick begriffen, in dem Khumalo ihr von dem Bankett erzählte. Sie wusste durchaus, welche Überlegung dahinterstand, auch wenn ihr die Schlussfolgerungen nicht gefielen. Sie war nicht nur der Beweis, dass die neue Kaiserin des Quadranten den Schutz ihrer neuen Untertanen ernst nahm, sie stand auch einfach zu hoch in der königlichen – und jetzt kaiserlichen – Thronfolge, als dass sie sich an Bord eines Schiffes verstecken konnte. Und da sie es nicht umgehen konnte, konnte sie nur so tun, als amüsierte sie sich tatsächlich.

In Van Dorts Augen glaubte sie ein Funkeln von Mitgefühl zu entdecken, als Medusa sie weggeleitete, doch der Sonderminister verbeugte sich nur mit einem gemurmelten freundlichen Wort und überließ sie ihrem Schicksal.

»Und das, Lieutenant Archer, ist Helga Boltitz«, sagte Paul Van Scheldt. Gervais Archer drehte sich um und stand vor einer der attraktivsten Frauen, die er je gesehen hatte.

»Ms. Boltitz«, sagte er, reichte ihr die Hand und lächelte, was ihm nicht gerade sonderlich schwerfiel.

»Lieutenant Archer«, erwiderte sie und ergriff seine Rechte zu einem kurzen, eindeutig formellen Händedruck. In ihren blauen Augen, bemerkte er, war kein Lächeln zu sehen, und ihre Stimme mit dem herben, kantigen Einschlag klang unmissverständlich kühl. Ja, »frostig« wäre vielleicht sogar das bessere Wort gewesen.

»Helga ist Minister Krietzmanns persönliche Beraterin«, erklärte Van Scheldt. Gervais konnte diese Offenbarung nur wenig überraschen, denn ihm war die Ähnlichkeit zwischen ihrem Akzent und dem Krietzmanns aufgefallen, doch in Van Scheldts Stimme lag ein nicht allzu tief verborgener Funke maliziösen Entzückens, als er in seinem glatten, urbanen Einschlag hinzufügte: »Sie ist von Dresden.«

»Ich verstehe.« Gervais gab sich alle Mühe, sich nicht anmerken zu lassen, dass er Van Scheldts Belustigung registriert hatte.

Der sanfte, dunkelhaarige Rembrandter war Joachim Alquezars Terminsekretär. Der Premierminister hatte ihn mit einer Handbewegung losgeschickt, er solle Gervais den »anderen jungen Leuten« vorstellen. Doch wenn sich Gervais nicht sehr irrte, war Van Scheldt von seiner Aufgabe alles andere als begeistert. Der Rembrandter war trotz seines jugendlichen Aussehens wenigstens zehn oder fünfzehn T-Jahre älter als Gervais, und seine Persönlichkeit wies eine gewisse Schärfe auf, eine Art Herablassung, als wüsste er, dass er allen von geringerer Abstammung oder Vermögen unausweichlich von Natur aus überlegen sei. Diesen Persönlichkeitstyp hatte Gervais in der Heimat schon zu oft erleben müssen, und richtig interessant wurde es meist erst, wenn derjenige feststellen musste, dass Gervais immerhin entfernt mit der manticoranischen Königin verwandt war. Die Menschen, die in diese Kategorie gehörten, zeigten dann regelmäßig einen widerlichen Drang, etwas zu tun, das sein Vater stets als »einschleimen« abgetan hatte, sobald sie begriffen, dass eine Gelegenheit dazu existierte. Gervais hatte im Laufe der letzten Jahre einige farbigere Bezeichnungen ersonnen, doch er musste zugeben, dass Sir Roger Archers Ausdruck es noch immer am genausten traf.

Zum Glück schien Van Scheldt diesen Zusammenhang noch nicht hergestellt zu haben. Damit blieb für Gervais die Frage, auf wessen Kosten genau der Terminsekretär sich nun zu amüsieren beschlossen habe – Gervais' oder Ms. Boltitz'?

»Ich könnte mir vorstellen, dass Sie und der Lieutenant einander oft sehen werden, Helga«, fuhr Van Scheldt fort und lächelte Boltitz an. »Er ist Admiral Gold Peaks Flaggleutnant.«

»Das hatte ich so verstanden«, erwiderte Boltitz, und ihr Ton, bemerkte Gervais, wurde noch frostiger, als sie sich dem

Rembrandter zuwandte. Dann sah sie Gervais wieder an. »Ich bin mir sicher, dass wir gut zusammenarbeiten werden, Lieutenant.« Ihr Ton verriet allerdings, dass sie das genaue Gegenteil erwartete. »Im Moment jedoch müssen Sie mich entschuldigen, ich werde woanders erwartet.«

Sie bedachte Gervais und Van Scheldt mit einem eher brüsken knappen Nicken, dann kehrte sie ihnen den Rücken zu und bahnte sich zielstrebig einen Weg durch die Gästescharen. Sie bewegte sich mit einer natürlichen, instinktiven Anmut, doch für Gervais war es offensichtlich, dass ihr der gesellschaftliche Schliff fehlte, den Van Scheldt aus jeder Pore verströmte.

Oder es wenigstens *glaubte.*

»Meine Güte«, stellte der Rembrandter fest. »Das lief ja nicht sehr gut, was, Lieutenant?«

»Nein, wirklich nicht«, stimmte Gervais zu. Er musterte den Terminsekretär nachdenklich und zog eine Augenbraue hoch. »Besteht dafür ein bestimmter Grund?«

Einen Moment lang schien die Direktheit seiner Frage Van Scheldt die Fassung zu rauben. Dann stieß er grinsend ein amüsiertes Schnauben aus.

»Helga mag niemanden, den sie als ›Oligarchen‹ ansieht«, erklärte er. »Ich fürchte, sie und ich haben deshalb von vornherein auf dem falschen Fuß angefangen. Verstehen Sie mich nicht falsch – sie ist in ihrem Beruf sehr gut. Sehr intelligent, sehr engagiert. Vielleicht ein wenig zu verbissen, glaube ich manchmal, aber wahrscheinlich ist sie gerade deswegen so effizient. Außerdem ist sie sehr ... fromm könnte man es wohl nennen. Und trotz ihrer Stelle im Kriegsministerium vermute ich, dass sie mit dem Herzen nicht hinter dem Anschluss steht.«

»Ich verstehe.« Gervais blickte mit dem gleichen nachdenklichen Ausdruck in die Richtung, in der Boltitz verschwunden war. Persönlich sympathisierte er mit ihr stärker als mit Van Scheldt. Immerhin hatte der Terminsekretär mit ihm auch nicht gerade auf dem richtigen Fuß angefangen, ob es ihm nun klar war oder nicht.

»Ich sollte es ihr wohl wirklich nicht verübeln«, seufzte Van Scheldt. »Schließlich stammt sie nicht gerade aus der Oberklasse auf Dresden. Wenn ich es mir recht überlege, bin ich nicht einmal sicher, ob Dresden eine Oberklasse *hat.* Wenn doch, dann verachtet Helga sie vermutlich genauso sehr, wie sie automatisch jeden verabscheut, der von Rembrandt stammt.«

Ich möchte wissen, ob dir klar ist, wie sehr du jetzt gerade herumgiftest?, dachte Gervais. *Und womit genau hat Ms. Boltitz deinen Zorn auf sich gelenkt? Nach allem, was ich bisher von dir gesehen habe, brauchte es dafür wahrscheinlich nicht viel. Andererseits kann man immer hoffen, dass es etwas war, das dich hübsch in aller Öffentlichkeit gedemütigt hat.*

»Das ist schade«, sagte er laut und wandte sich wieder seinen Pflichten zu, als Van Scheldt jemand anderen entdeckte, der dem Flaggleutnant des neuen manticoranischen Admirals vorgestellt werden musste.

»Ms. Boltitz?«

Helga Boltitz zuckte überrascht zusammen und sah hastig von dem Armbandchrono auf, das sie hoffnungsvoll gemustert hatte. Leider war es noch nicht wie von Zauberhand auf eine Uhrzeit vorgeschnellt, die ihr zu gehen erlaubte, doch das war nicht der Grund für ihre Überraschung.

»Ja, Lieutenant ... Archer, richtig?«, fragte sie. Sie versuchte es taktvoll zu tun – wirklich –, aber sie wusste, dass es sich nicht so anhören würde.

»Richtig«, antwortete der rothaarige junge Mann mit den

grünen Augen. Das einzelne Wort kam mit einer kultivierten, aristokratischen Gewandtheit heraus, der selbst dieser Kretin von Van Scheldt nicht das Wasser hätte reichen können, überlegte sie. Trotz ihrer angeborenen Abscheu vor dem Reichtum und der Arroganz, aus der diese Gewandtheit entstand, musste Helga zugeben, dass sie eine gewisse Schönheit aufwies.

»Was kann ich für Sie tun, Lieutenant?«, fragte sie ein wenig ungehalten, und sein gebildeter Tonfall machte ihr ihren eigenen groben Einschlag umso bewusster. Dresdener waren nicht gerade für die Schönheit ihrer Sprechweise bekannt, erinnerte sie sich düster.

»Nun«, sagte der Manticoraner, »ich habe mich gefragt, ob Sie mir erklären könnten, was dieser Vollidiot Van Scheldt getan hat, um Sie dermaßen zu ... verärgern.«

»Wie bitte?« Helga merkte, wie sie gegen ihren Willen die Augen aufriss.

»Na ja«, sagte Gervais, »es war recht offensichtlich, dass Sie nicht gerade entzückt waren, ihn zu sehen. Und weil das, was immer Sie gegen ihn haben, auch auf mich überzuschlagen schien, hielt ich es für eine gute Idee, herauszufinden, was es ist. Er mag ja ein Esel sein, aber er hatte recht, als er sagte, dass wir uns oft sehen werden, und ich möchte Sie nicht aus Unwissenheit auf die gleiche Art beleidigen.«

Helga blinzelte, dann stellte sie fest, dass sie das Gewicht auf die Fersen verlagerte und den Kopf leicht zur Seite neigte, während sie Archer anblickte – ihn zum ersten Mal richtig anblickte.

Was sie sah, war ein hochgewachsener junger Mann, der einen guten Viertelmeter größer war als sie mit ihren einhundertzweiundsechzig Zentimetern, obwohl er nicht im Entferntesten die Größe Alquezars oder eines anderen Bewohners von San Miguel erreichte. Er war mehr für Schnelligkeit als brutale Kraft gebaut – er sah aus, als könnte er einen passablen Flügelstürmer abgeben –, und sein Gesicht wirkte angenehm durchschnittlich. Doch an seinen grünen Augen war etwas ...

»Ich muss schon sagen, so einen Eröffnungszug habe ich noch nicht erlebt, Lieutenant«, sagte sie schließlich.

»Ich könnte mir vorstellen, dass in den nächsten Jahren sowohl hier im Quadranten als auch in meiner Heimat viele Leute alle möglichen Dinge erleben werden, die bisher unerhört waren«, erwiderte er. »Aber davon abgesehen finde ich wirklich, dass wir die Angelegenheit klären sollten, oder was meinen Sie?«

»Ganz gleich, wie wenig ich Mr. Van Scheldt mag, es hat keine Auswirkungen auf unsere Arbeit. Das gestatte ich nicht«, erwiderte sie ein wenig scharf.

»Wahrscheinlich nicht. Andererseits ist er nur ein Terminsekretär, und ich bin der Flaggleutnant des zwothöchsten Raumoffiziers im Quadranten«, entgegnete Gervais. »Ich würde sagen, dass wir beide uns deshalb häufiger über den Weg laufen werden, als Sie ihm begegnen. Und das bringt mich wieder zu meiner Frage zurück.«

»Und wenn ich Ihnen erwidern würde, dass meine persönliche Beziehung zu Mr. Van Scheldt – oder der Mangel daran – Sie nichts angeht?«, fragte Helga kein bisschen freundlicher, als sie sein musste.

»Dann würde ich Ihnen zustimmen, dass Sie völlig recht haben«, erwiderte Gervais ruhig. »Und dann würde ich hinzufügen, dass es für mich in rein beruflicher Hinsicht wichtig sei zu erfahren, wie er Sie beleidigt hat, damit ich nicht in das gleiche Fettnäpfchen trete. Allerdings muss ich sagen, dass mir selbst nach dieser kurzen Bekanntschaft mit ihm spontan wenigstens ein Dutzend verschiedene Möglichkeiten einfallen, wie er das bewerkstelligt haben könnte. Um ganz offen zu sein, Ms. Boltitz, mir ist es egal, welche persönliche Beziehung Sie zu ihm oder sonst jemandem unterhalten. Ich mache mir nur Gedanken über die möglichen Auswirkungen auf unsere berufliche Zusammenarbeit.«

Und davon kannst du mir glauben, soviel du willst, Lady, dachte er. *Nicht dass es keinen wahren Kern hätte, aber ...*

»Ich verstehe.«

Helga musterte Lieutenant Archer nachdenklich. Er war natürlich ein Prolong-Empfänger – nach dem Reichtum und Privileg zu urteilen, den seine Sprechweise verriet, wenigstens zweiter Generation –, was bedeutete, dass er sehr wahrscheinlich ein gutes Stück älter war, als sie ursprünglich angenommen hatte. Es gab zu wenig Dresdener, die Prolong erhalten hatten, als dass ihr Volk sich besonders gut darauf verstanden hätte, das Alter von Prolong-Empfängern zu bestimmen, erinnerte sie sich bitter. Doch trotz seiner selbstsicheren, kultivierten Art, die Van Scheldts Gebaren als das provinzielle Gehabe entlarvte, das es war, stand in seinen Augen noch immer dieses leichte Funkeln. Und obwohl er belustigt klang, war sein Ton weder herablassend noch abschätzig. Es war eher, als lade er sie ein, sich ihm in seiner Heiterkeit über Van Scheldt anzuschließen, als dass er sie verspottete.

Na, sicher. Mach nur, Helga: Glaub ihm, dass es so ist, und du wirst schon sehen, was du davon hast!, dachte sie.

Dennoch, er hatte nicht unrecht, wenn er sagte, dass sie wahrscheinlich oft zusammenarbeiten müssten, oder zumindest in räumlicher Nähe. Und Minister Krietzmann würde es ihr trotz seiner eigenen tiefen Abneigung gegenüber Oligarchen nicht danken, wenn sie mehr Reibung mit den Mantys erzeugte, als unbedingt erforderlich war.

»Nun, Lieutenant Archer«, hörte sie sich sagen, »ich bezweifle, dass Sie so unangenehm sein könnten wie Mr. Van Scheldt. Ich hoffe es jedenfalls nicht, weil ich nicht sehe, wie jemand so werden kann, ohne vorsätzlich daran zu arbeiten.«

»Ich habe durchaus den Eindruck«, vertraute Gervais ihr an,

»dass er genau das getan hat – daran gearbeitet, meine ich.« Er sah, wie sie die blauen Augen staunend leicht aufriss, und lächelte sie matt an. »Solche Typen haben wir zu Hause auch«, fügte er hinzu.

»Wirklich?« Helga war etwas überrascht von dem kühlen Unterton ihrer Stimme, doch sie konnte nichts dagegen tun, »Das bezweifle ich aber, Lieutenant. Solche ›Typen‹, wie Sie es ausdrücken, hatten auf Dresden ein wenig größere Auswirkungen, als ich es mir bei Ihnen vorstellen kann.«

Gervais gelang es, nicht erstaunt zu stutzen oder die Augenbrauen hochzuziehen, doch die Schroffheit, die plötzliche, unverkennbare Wut in ihrer Antwort verblüffte ihn mehr als nur ein wenig.

Hier geht es nicht nur darum, dass Van Scheldt ein Arschloch ist, begriff er. *Ich weiß nicht, was eigentlich los ist, aber es steckt mehr dahinter. Und was mache ich jetzt, wo ich so hübsch nonchalant in dieses Minenfeld gelaufen bin?*

Er sah sie mehrere Sekunden lang an und bemerkte dabei, dass hinter der Wut in ihren Augen eine tiefere Düsterkeit stand. Eine Düsterkeit, die durch eine Erinnerung dorthin gekommen war, durch eine persönliche Erfahrung. Er war sich nun sicher, dass Helga keineswegs eine Frau war, die sich leicht einem Vorurteil unterwarf oder ihm gestattete, ihr Leben zu bestimmen. Wenn das stimmte, dann musste mehr hinter der Bitterkeit stecken, diesem Schatten des Schmerzes, als nur die beiläufige Arroganz und amüsierte Bosheit einer Drohne wie Van Scheldt.

»Das will ich gar nicht bestreiten«, sagte er schließlich. »Ich habe mir Mühe gegeben, mich so gut über Talbott zu informieren, wie ich konnte, seit Lady Gold Peak mich als ihren Flaggleutnant ausgesucht hat und wir erfuhren, dass wir hierher müssen. Trotzdem will ich nicht behaupten, dass ich wirklich gerne sehr viel darüber wüsste, wie es hier in der Vergangenheit zuging. Ich arbeite daran, doch es gibt da furchtbar viel zu lernen, und ich hatte bisher einfach nicht die Zeit, mich wirklich darin zu verbeißen. Für mich ist offensichtlich, dass Sie und Van Scheldt füreinander sind wie Hund und Katze, aber ich hatte angenommen, dass er persönlich etwas getan haben musste, mit dem er Sie beleidigt hat. Schließlich ist er weiß Gott genau die Sorte Esel, die so etwas tun kann, ohne es zu bemerken! Aber was Sie gerade gesagt haben verrät mir, dass mehr dahinter steckt. Ich möchte nicht schnodderig sein, und wenn Sie lieber nicht darüber reden wollen, dann akzeptiere ich das. Aber wenn es etwas ist, das ich wissen und worüber meine Vorgesetzte informiert sein sollte, damit wir nicht unbeabsichtigt das Gleiche tun, wüsste ich es wirklich zu schätzen, wenn Sie meinen Horizont, was den Quadranten angeht, ein bisschen erweitern könnten.«

Mein Gott, ich glaube, das ist ihm wirklich ernst!, dachte Helga. Sie blickte ihn mehrere Herzschläge lang an, die Stirn ganz leicht gerunzelt, und spürte, wie die Entscheidung fiel.

Er möchte wissen, wieso ich empfinde, was ich empfinde? Möchte verstehen, wieso wir nicht alle auf der Straße tanzen, nur weil ein neuer Haufen Oligarchen glaubt, uns ausbeuten zu können? Also gut. Ich sage es ihm.

»Na schön, Lieutenant. Sie wollen wissen, wieso Van Scheldt und ich einander nicht ausstehen können? Na, dann passen Sie mal auf.« Sie verschränkte die Arme, baute sich, eine Hüfte vorgeschoben, vor ihm auf, und sah mit funkelnden blauen Augen zu ihm hoch. »Ich bin sechsundzwanzig T-Jahre alt und habe meine ersten Prolong-Behandlungen erst erhalten, als ich vergangenes Jahr meine Stelle bei Minister Krietzmann antrat. Wäre ich drei T-Monate älter gewesen, wäre ich für die Erstgenerationsbehandlung schon zu alt gewesen – genau wie meine Eltern. Wie meine beiden älteren Brüder und meine drei älteren Schwestern. Genau wie alle meine Cousins und

Cousinen bis auf sechs und alle meine Tanten und Onkel. Aber nicht Mr. Van Scheldt. O nein! Er ist von Rembrandt! Er bekam die Behandlung, weil er dort geboren ist und weil seine Eltern sind, wer sie sind – weil er von diesem Planeten kommt; und ganz genau so läuft es bei Ihnen, Lieutenant. Und das Gleiche gilt für seine Eltern und alle seine Geschwister. Genau wie sie anständige medizinische Versorgung und eine ausgewogene Ernährung bekamen.«

Ihre Augen funkelten nicht mehr, sie brannten, und ihre Stimme klang viel rauer, als je durch ihren Akzent hätte erklärt werden können.

»Wir auf Dresden mögen die Grenzsicherheit genauso wenig wie irgendjemand sonst im Sternhaufen. Und sicher, nach allem, was wir über Manticore gehört haben, bekommen wir von Ihrem Sternenkönigreich ein besseres Geschäft, als es beim OFS je denkbar wäre. Aber wir wissen genau, wie es ist, ignoriert zu werden, Lieutenant Archer, und bei uns auf Dresden macht man sich keine Illusionen. Ich bezweifle, dass das Sternenkönigreich uns so ausbeuten wird, wie die Grenzsicherheit, die Liga und der Handelsbund Rembrandt es getan haben, aber die meisten von uns sehen die ›ökonomischen Anreize‹, die der Konvent uns versprochen hat, mit sehr großen Vorbehalten. Wir wollen gern glauben, dass es wenigstens einigen unserer Nachbarn ernst war, aber wir sind nicht so blöd, dass wir an Altruismus glauben oder an die Zahnfee. Und falls jemand von uns doch dazu neigen sollte, gibt es im Sternhaufen genügend Paul Van Scheldts, um uns eines Besseren zu belehren. Sie müssen wissen, dass seine Familie schon vor dem Anschluss sehr viel auf Dresden investiert hatte. Sie ist Mehrheitseigentümer von drei unserer großen Baufirmen, und sie könnte sich durchaus mehr um die Menschen kümmern, die für sie arbeiten. Sie könnte sich Gedanken machen um die Arbeitsunfälle, um die langfristigen Gesundheitsschäden oder darum, den Familien ihrer Beschäftigten – wenigstens den Kindern, um Gottes willen! – Zugang zu Prolong zu verschaffen!«

Die Tiefe ihres Zorn überflutete Gervais mit einer reinen, verzehrenden Energie, und er musste alle Kraft zusammennehmen, um nicht vor ihr zurückzuzucken. Kein Wunder, dass Van Scheldt so wenig Mühe hatte, sie an einem wunden Punkt zu treffen.

Und dass er es offenbar so sehr genießt, zeigt deutlich, dass er ein viel größerer Mistkerl ist, als ich zuerst dachte. In seiner Freizeit zupft er wahrscheinlich Fliegen die Flügel aus.

»Es tut mir leid, das zu hören, besonders das über Ihre Familie«, sagte Archer leise. »Und Sie haben recht – das kann ich mir eigentlich gar nicht vorstellen, und erlebt habe ich es auch nicht. Meine Geschwister und meine Eltern, sogar meine Großeltern, sind Prolong-Empfänger. Ich kann mir nicht vorstellen, wie ich reagieren würde, wenn ich es bekommen hätte und keiner von ihnen. Wenn ich wüsste, dass ich sie alle verlieren würde, ehe ich auch nur in die ›mittleren Jahre‹ gekommen wäre.« Er schüttelte den Kopf mit düsterem Blick. »Aber ich kann verstehen, warum so ein Arschloch wie Van Scheldt Ihnen zusetzt. Und obwohl ich wirklich nicht behaupten könnte, ihn zu kennen, brauche ich ihn auch gar nicht zu kennen, um zu merken, wie er so etwas genießt. Was zusammengenommen mit dem, was Sie gerade über die Beteiligung seiner Familie an der Wirtschaft Ihres Planeten gesagt haben, ihn als noch krankeren Bastard dastehen lässt, als ich zunächst dachte.«

Helga zuckte bei dem harten, kalten Abscheu – der Verachtung – in seiner Stimme zusammen. Bei Personen wie Van Scheldt hatte sie schon viel Verachtung erlebt, doch diesmal war es anders. Sie richtete sich nicht gegen Menschen, die der Sprecher »von Natur aus unterlegen« dünkte, und sie war weder kleingeistig noch herabsetzend. Vor allem war sie aus Zorn entstanden, nicht aus Arroganz. Aus Empörung, nicht aus Hochmut.

Oder wenigstens klang es so. Dresden hatte jedoch auf die harte Tour gelernt, dass der äußere Anschein trügen konnte, warnte sie sich.

»Wirklich?«, fragte sie.

»Wirklich«, antwortete er und war selbst verwundert über die eiserne Sicherheit in seiner Stimme.

Im Hinterkopf fragte er sich, was er da eigentlich tat, wenn er Begriffe wie »kranker Bastard« benutzte, um jemanden, den er kaum kannte, jemandem zu beschreiben, mit dem er kaum ein Wort gewechselt hatte. Dennoch, es traf zu. Er hatte den selbstgefälligen Sadismus erkannt, den jemand brauchte, um es zu genießen, wenn er ein Opfer der ausbeuterischen Gier und Unterlassung seiner eigenen Familie verhöhnte.

»Ich möchte Ihnen gerne glauben«, sagte sie schließlich langsam. Ihr Dresdener Akzent war so rau wie immer, und doch wirkte die Rauheit jetzt eigentümlich geglättet, fand Gervais. Oder vielleicht war das Wort, nach dem er suchte, eher »besänftigt«. »Das möchte ich wirklich. Aber wir auf Dresden sind damit schon hereingefallen. Ich glaube, wir haben viel zu lange gebraucht, um zu begreifen, dass wir gar nichts hätten glauben dürfen. In den letzten beiden Generationen haben wir eine Menge geleistet, aber nur, weil Menschen wie Minister Krietzmann begriffen haben, dass wir es selbst tun müssen. Weil ihnen klar ist, dass es niemand auch nur ein bisschen kümmert, was aus uns wird.

Verstehen Sie mich nicht falsch.« Sie schüttelte den Kopf, und ihre Stimme hatte sich beruhigt, als bekäme sie ihre Leidenschaft allmählich in den Griff. »Es besteht kein Grund, weshalb jemand, der nicht von Dresden kommt, uns Freifahrkarten schenken sollte. Uns ist das klar. Wohltätigkeit beginnt zu Hause, heißt es, und Dresden ist unser Zuhause und nicht das von Rembrandt oder San Miguel oder von Manticore. Mir geht es weniger darum, dass niemand kam und uns kostenlos Kliniken und Schulen hingestellt hat, sondern dass wir mit Zähnen und Klauen darum kämpfen mussten, von dem Gewinn unserer eigenen Arbeit, unserer eigenen Industrie – wir hatten schließlich nur ein paar veraltete Anlagen – soviel behalten zu dürfen, dass wir eigene Kliniken und Schulen bauen konnten.

Als der Handelsbund Rembrandt schließlich zu uns kam, hatten wir das begriffen, und eine unserer Bedingungen für Geschäfte mit uns war, dass sie im eigenen Haus aufräumten, was Leute wie die Van Scheldts betraf – ihnen mussten wenigstens Grenzen gesetzt werden, damit sie sich nicht mehr alles erlauben konnten. Und wir haben es wohl Mr. Van Dort zu verdanken, dass der Handelsbund genau das getan hat. Natürlich war das Ausmaß der Grenzen, die er festlegen konnte, durch den Einfluss der eigenen Oligarchen begrenzt, die bereits auf Dresden investiert hatten, aber trotzdem konnte er vieles durchsetzen. Das ist wahrscheinlich einer der Gründe, weshalb Van Scheldt es derart auf mich abgesehen hat, denn seine Familie hat am meisten eingebüßt – weil sie es vorher am schlimmsten getrieben hat. Aber selbst mit Van Dort auf unserer Seite – und ich glaube, das ist er wirklich« – sie klang fast, als wünschte sie, das Gegenteil wäre wahr, fand Gervais – »sind wir noch weit von unserem Ziel entfernt. Es ist schwer, auf eigenen Beinen zu stehen, wenn der Teppich jemand anderem gehört und er ihn einem dauernd unter den Füßen wegzieht.«

Der Hintergrundlärm des Festes wirkte fern wie das Geräusch der Brandung an einem weit abgelegenen Strand. Er war kein Teil von Gervais' Welt mehr – oder Helgas, begriff er. Das Lärmen war nur ein Rahmen, etwas, das ihr intensives Gespräch einschloss und mit seiner im schroffen Gegensatz stehenden Banalität die ungeschminkte Aufrichtigkeit von Helgas Stimme unterstrich.

»Das ist etwas, das nie wieder geschehen wird«, sagte er leise. »Nicht solange wir hier sind. Ihre Majestät lässt so etwas nicht zu – nicht einmal einen Herzschlag lang.«

»Ich hoffe, Sie verzeihen mir, wenn ich sage, dass Dresden auch dieses Versprechen mit Vorsicht genießt, Lieutenant.« Ihre Stimme klang tonloser, zwar nicht weniger leidenschaftlich, aber geprägt von etwas, das schlimmer war als Zorn: Sie war tonlos von der Bitterkeit der Erfahrung, von einer Desillusionierung, die so tief ging und so stark war, dass sie sich nicht dem Risiko des Optimismus entblößen konnte – es nicht zu tun wagte.

Er spürte einen Stich raschen, grimmigen eigenen Zorns – Zorn, der sich auf Helga richtete, weil sie es wagte, das Sternenkönigreich von Manticore vorschnell zu verurteilen. Weil sie es wagte, *ihn* vorschnell zu verurteilen, nur weil er das Glück gehabt hatte, auf einer reicheren, weniger gequälten Welt geboren worden zu sein als sie. Wer war sie denn, dass sie ihm mit solchem Misstrauen begegnete? Solcher Verbitterung und Wut, die Folgen der Taten anderer waren? Er hatte ihr nichts als die einfache Wahrheit gesagt, und sie hatte sie zurückgewiesen. Es war, als hätte sie ihm ins Gesicht gesagt, dass er lüge.

Doch im gleichen Moment, in dem er das dachte, und selbst, als der Zorn in ihm auffuhr, wusste er, dass seine Reaktion mindestens genauso irrational – und unfair – war wie alles, was sie vielleicht empfand.

»Offensichtlich habe ich sogar noch mehr über den Talbott-Quadranten zu lernen, als ich dachte«, sagte er schließlich. »Ja, im Augenblick komme ich mir sogar ziemlich dumm vor, weil mir nicht klar gewesen ist, dass es so sein würde.« Er schüttelte den Kopf. »Mal so eben rasch sechzehn bewohnte Sonnensysteme umkrempeln zu wollen, muss sich eigentlich als Übung in

Vergeblichkeit entpuppen, oder? Wahrscheinlich ist niemand ganz immun gegen die Vorstellung, dass alle anderen genauso sind wie man selbst, auch wenn man es eigentlich besser wissen müsste.«

Sie sah ihn mit leichter Verwirrung an, und er grinste schief.

»Ich verspreche, dass ich mir ab sofort bei meinen Hausaufgaben mehr Mühe geben werde, Ms. Boltitz. Ich weiß, dass Lady Gold Peak das Gleiche tun wird, und ohne Zweifel arbeitet Baronin Medusa schon die ganze Zeit, seit sie hierhergekommen ist, daran. Doch während ich das tue, wollen Sie nicht ein paar Hausaufgaben über das Sternenkönigreich machen? Ich will gar nicht behaupten, dass Manticore nicht seine eigenen Warzen hätte, denn das ist nun einmal so. Und ich nehme es Ihnen überhaupt nicht übel, wenn Sie die Versprechen des Sternenkönigreichs mit ... wie sagten Sie es? – mit Vorsicht genießen? ... aber wenn Königin Elisabeth jemandem ihr Wort gibt, dann hält sie es. Wir halten es für sie.«

»Das klingt gut. Und ich möchte es wirklich glauben«, erwiderte sie. »Ich bezweifle, dass Sie sich vorstellen können, wie sehr ich es glauben möchte. Und wenn irgendein Teil von mir anders empfinden würde, dann wäre ich nicht hier und würde nicht mit Minister Krietzmann zusammenarbeiten, um es in die Tat umzusetzen. Nur, wenn man oft genug getreten worden ist, dann ist es schwer, jemandem zu vertrauen, den man nicht einmal kennt. Besonders dann nicht, wenn er die größten und schwersten Stiefel trägt, die man je im Leben gesehen hat.«

»Auch das will ich versuchen, im Gedächtnis zu behalten«, versicherte er ihr. »Glauben Sie, Sie könnten mir – uns – wenigstens das Prinzip ›im Zweifel für den Angeklagten‹ zugestehen?« Er lächelte sie an. »Wenigstens für kurze Zeit, nur lang genug, um zu prüfen, ob wir unsere Versprechen halten?«

Helga betrachtete dieses Lächeln, und die Freundlichkeit dahinter, die Einfühlsamkeit und die Anteilnahme – die *persönliche* Anteilnahme – faszinierten sie. Er meinte, was er sagte, begriff sie und fragte sich, wie er nur so naiv sein konnte. Wie konnte er nur einen Augenblick lang glauben, dass die Oligarchen, die eine Wirtschaftsmacht wie das Sternenkönigreich von Manticore manipulierten, sich auch nur im Geringsten um politische »Versprechungen« scheren würden, die jemand anders abgegeben hatte?

Und doch glaubte er es. Er mochte sich irren – er irrte sich fast mit Sicherheit –, aber er log nicht. In diesen grünen Augen stand vieles, was sie nicht begriff, aber Falschheit fand sich darin nicht. Und deshalb empfand sie gegen ihren Willen eine schwache Hoffnung. Sie spürte, wie sie zu glauben wagte, dass er sich vielleicht, nur vielleicht nicht irrte.

Bittere Erfahrung und zur Selbsterhaltung unverzichtbarer Zynismus erhoben sich sofort, entsetzt über den Gedanken, solch eine Bresche in der Abwehr zu öffnen. Sie wollte rasch etwas hinzufügen, um ihm klarzumachen, dass sie sämtliche falschen Hoffnungen zurückwies, die er ihr antrug. Dennoch war es nicht das, was sie aussprach.

»Also gut, Lieutenant«, hörte sie sich vielmehr sagen. »Ich mache meine ›Hausaufgaben‹ und Sie die Ihren. Und am Ende des Tages sehen wir dann, wer recht hatte. Aber« – sie bemerkte, dass sie tatsächlich leicht lächelte – »ob Sie es glauben oder nicht, ich hoffe, dass Sie mit Ihren Ansichten recht behalten.«

SECHZEHN

Für Michelles Geschmack zu viele Stunden später fand sie sich in einem hübschen Arbeitszimmer sitzend wieder, wo sie ausgezeichneten hiesigen Cognac aus einem großen, tulpenförmigen Schwenker trank. Sie war gründlich erschöpft und fühlte sich vollgestopft, wie es allzu oft nach Staatsbanketten vorkam – und sie stets Honor Harrington um ihren genetisch beschleunigten Stoffwechsel beneiden ließ. Gleichzeitig war ihr, als hätte sie etwas geleistet. So wenig sie offizielle politische Diners auch mochte, sie war recht überzeugt, dass sie diesmal ihren Teil erfolgreich bewältigt hätte.

Sie war nicht allein. Am Schreibtisch saß Baronin Medusa, rechts von der Gouverneurin Gregor O'Shaughnessy. Medusas leitender Geheimdienstmitarbeiter war schmächtig und gut zehn Zentimeter kleiner als Augustus Khumalo und hatte schütteres graues Haar. Khumalo, Alquezar, Van Dort und der Kriegsminister des Quadranten, Henri Krietzmann, saßen mit Michelle in einem Halbkreis vor dem Schreibtisch. Krietzmann war ein kleiner, stämmiger, massig wirkender Mann mit braunem Haar und grauen Augen. Seine linke Hand war von einem lange zurückliegenden Unfall verkrüppelt, und obwohl er, wie Michelle wusste, die jüngste Person im Raum war, sah er am ältesten aus, denn in seiner Jugend hatte Prolong auf seiner Heimatwelt Dresden nicht zur Verfügung gestanden. Selbst heute war es nicht allgemein so zugänglich, wie es eigentlich sein sollte.

Medusa lehnte sich in den Sessel zurück, und Michelle hatte den starken Verdacht, die Baronin hätte gerade unter dem Schreibtisch die Schuhe abgestreift. »Nun«, begann sie, »ich bin froh, dass wir es hinter uns haben. Wenigstens für heute Abend.«

»Das sind wir wahrscheinlich alle«, stimmte Alquezar zu und führte sein Glas anerkennend unter der Nase hin und her.

»Ich nicht«, verkündete Krietzmann. Er und Van Dort hielten im Gegensatz zu allen anderen im Arbeitszimmer große beschlagene Gläser mit Bier in der Hand, statt ein eher verweichlichtes Getränk wie Cognac zu bevorzugen. »Ich mag solche Abende.«

»Ja, aber nur, weil du dir darin gefällst, Leute wie Samiha Lababibi zu verärgern, indem du den ungeschliffenen Barbaren spielst«, erwiderte Alquezar ernst.

»Unsinn. Samiha kommt in letzter Zeit wunderbar mit mir zurecht«, erwiderte Krietzmann. »Nun gibt es natürlich ein paar andere Mitglieder der politischen Kaste ...«

Er ließ seine Stimme provokant verklingen, und Van Dort schnaubte. Dann sah er an Krietzmann vorbei Michelle an.

»Unser Henri hat ein gewisses perverses Vergnügen daran, uns Oligarchen zu ärgern, Mylady«, erklärte er. »Sogar die, bei denen er widerwillig einräumen muss, dass sie auf der Seite der Engel stehen. Deshalb wurde er ins Kriegsministerium abgeschoben, wo er nicht so viel mit anderen Politikerin zu tun hat.«

»Schön wär's«, brummte Krietzmann. Dann verzog er den Mund zu einem Lächeln. »Samiha und ich kommen wirklich zurecht«, sagte er ernster. »Sie ist nicht von der schlimmsten Sorte, wissen Sie. Ich muss zugeben, ich war ein wenig überrascht, als sie als Präsidentin des Spindle-Systems zurücktrat, um Finanzministerin zu werden. Es schien ein schrecklich großer Rückschritt, was das Prestige angeht. Doch offenbar ist sie die richtige Frau für den Job, und anders als einige unserer Kollegen scheint sie aufrichtig nichts dagegen zu haben, mit einem ehemaligen Fabrikarbeiter von Dresden zusammenzuarbeiten.«

»Richtig«, sagte Alquezar und sah ihn an. »Ich weiß selbst, dass sie kein übler Mensch ist. Das ist mit ein Grund, weshalb ich sie gebeten habe, das Finanzministerium zu übernehmen. Leider« – er wandte sich Michelle zu – »ist sie heute Abend nicht auf dem Planeten. Sie führt bei einer Art Wirtschaftsgipfel auf Rembrandt den Vorsitz.«

»Ich könnte mir vorstellen, dass es die Ausnahme und nicht die Regel ist, wenn Sie alle Ihre Minister hier im Spindle-System zusammenhaben, Premierminister«, stellte Michelle fest.

»Das ist leider nichts als die Wahrheit«, stimmte Alquezar ihr zu.

»Tatsächlich«, warf Medusa ein, »ist die Bildung der neuen Regierung insgesamt viel glatter und effizienter abgelaufen, als den meisten Beteiligten offenbar klar ist. Ich betrachte das Ganze aus einer umfassenderen Perspektive als Sie alle, Joachim. Glauben Sie mir, Sie schlagen sich wirklich gut.«

»Bislang jedenfalls«, brummte Van Dort.

»Die Dinge können sich immer ändern«, räumte Medusa sachlich ein. »Im Augenblick habe ich das deutliche Gefühl, dass Sie die meisten Stolperfallen schon hinter sich haben, und die Systeme des Quadranten zeigen ein bemerkenswertes Maß an gegenseitiger Toleranz und innerem Zusammenhalt. Vergessen Sie nicht, wie wenig einige dieser Systeme gemeinsam hatten – abgesehen von der astrografischen Position und der Bedrohung durch das OFS –, ehe das Anschlussbegehren aufkam. Das war sicher ein Faktor, während der Anschluss organisiert wurde, und ich denke, wir erinnern uns alle besser daran, als uns lieb ist. Mittlerweile gibt es erheblich weniger Zank, als ich je erwartet hätte, nachdem ich die Gladiatorenkämpfe auf dem Konvent verfolgen musste!«

»Da können Sie sich bei den Sollys bedanken, fürchte ich«, sagte Alquezar.

»Das könnte ich wahrscheinlich ... wenn ich ihnen für irgendetwas danken wollte«, erwiderte Krietzmann mit kalter, beißender Bitterkeit.

»Trotzdem ist eine ganze Menge Wahres daran, Henri«, sagte Van Dort ruhig. »Was im Monica-System passiert ist – und was auf Montana und Kornati ablief –, hat jeden daran erinnert, dass es das OFS noch gibt. Und die meisten denken, dass Verrochio und Hongbo zu gern noch einen weiteren Versuch unternehmen würden, den Sternhaufen an sich zu bringen.«

»Halten Sie das wirklich für wahrscheinlich, Minister Van Dort?«, fragte Michelle.

»Nennen Sie mich bitte Bernardus, Mylady«, erwiderte er und verzog das Gesicht. »Und um Ihre Frage zu beantworten, ja, hier im Quadranten gibt es etliche Leute, die das für sehr wahrscheinlich halten, sobald Verrochio sich einen neuen Schlachtplan hat einfallen lassen.«

»Selbst nachdem er sich diesmal die Finger so übel verbrannt hat ... Bernardus?«

»Vielleicht gerade, weil er sich die Finger verbrannt hat.« Van Dort zuckte die Achseln. »Erstens wissen wir nicht, wie viel man ihm wirklich anhängen kann – wenn überhaupt etwas –, wenn Botschafterin Corvisarts Untersuchung im Monica-System erst abgeschlossen ist. Ich will nicht sagen, dass ich bezweifele, dass etwas hängen bleibt; wir wissen nur nicht, wie schlimm es wird. Zweitens ist er nicht gerade für seine verzeihende Art bekannt. Selbst wenn es ihm gelingt, sich ohne offizielle Sanktionen herauszuwinden, steht er ohne Zweifel gedemütigt da vor den einzigen Leuten, an deren Meinung ihm etwas liegt – seinen Kollegen bei der Grenzsicherheit. Ich bin mir ziemlich sicher, dass seine Stellung in der Hierarchie des OFS ernsten Schaden genommen hat, und er wird nach einer Gelegenheit suchen, seinen Status und seine Machtbasis wiederzuerlangen. Wenn Sie noch sein Temperament einrechnen und den Umstand, dass er sich auf jeden Fall rächen wollen wird, kann man, glaube ich, recht sicher davon ausgehen, dass er die erste Möglichkeit, uns zu schaden, mit beiden Händen ergreifen wird.«

»Auf Manticore nimmt man an, dass er höchstwahrscheinlich den Kopf einzieht und auf Schadensbegrenzung aus sein wird«, erwiderte Michelle.

»Das überrascht mich nicht.« Van Dort schüttelte den Kopf. »Das wäre schließlich das Klügste, was er tun könnte. Nachdem er derart mit den Fingern in der Keksdose erwischt wurde, braucht er nicht noch die ganze Hand hineinzustoßen, während die komplette Galaxis zusieht. Das ist für jeden offensichtlich, und man sollte hoffen, dass das auch für ihn gilt. Wahrscheinlich ist es so. Dennoch sollte man nie die Fähigkeit des Menschen unterschätzen, das Offensichtliche zu ignorieren, sobald er emotional engagiert ist. Das gilt besonders, wenn das fragliche menschliche Wesen im Grunde dumm ist, aber oberflächlich clever, und dabei so unfassbar überheblich wie Lorcan Verrochio. In einem Winkel seines Verstandes – sofern davon die Rede sein kann – muss er denken: Wenn er nur den Lynx-Terminus in die Hände bekommt, steht er besser da als vor dem Monica-Desaster. Denn schließlich könnte er damit beweisen, dass es ihm nach dieser Katastrophe gelingt, sich an die neue Situation anzupassen und Hemmnisse zu überwinden, nicht wahr? Ich habe den starken Verdacht, dass ohne Hongbo Junyan, der ihn davon abhält, gutes Geld dem schlechten hinterherzuwerfen, Verrochio Aivars' Angriff auf Monica vielleicht anders ausgesehen hätte. Womöglich hätte er ein Geschwader der Grenzflotte hereinschickt mit dem Befehl, alles zu tun, was getan werden muss, um ›die Souveränität Monicas wiederherzustellen‹.«

»Und deshalb ist es so wichtig, diese Grenze stark abzuriegeln«, merkte Baronin Medusa an. »Ich weiß, dass Sie und Admiral Khumalo darüber bereits gesprochen haben, Mylady. Und ich weiß, dass er und ich uns grundsätzlich einig sind, wie wir unsere Flotteneinheiten am sinnvollsten einsetzen. Aber da Sie gerade beide zugleich in Thimble sind, und dazu der Premierminister und Mr. Krietzmann, ist die Gelegenheit einfach zu günstig, um sie auszulassen. Ich möchte, dass wir uns alle mit der grundlegenden strategischen Situation auseinandersetzen, und dann möchte ich mir anhören, was jeder Einzelne von Ihnen dazu zu sagen hat.«

»Das halte ich für eine ausgezeichnete Idee, Madam Governor«, sagte Krietzmann und beugte sich vor. »Doch Teil unserer ›grundlegenden strategischen Situation‹ sind die Auswirkungen der strategischen Lage im Alten Sternenkönigreich. Ich denke vor allem an das Gipfeltreffen zwischen Ihrer Majestät und Präsidentin Pritchart. Wie wahrscheinlich ist es, dass es zu ernst gemeinten Friedensgesprächen führt? Und mit einem wie langen Waffenstillstand können wir rechnen?«

»Das sind zwo ausgezeichnete Fragen, Mr. Krietzmann«, sagte Michelle. »Leider lautet die Antwort auf die erste, dass niemand es weiß. Beide Seiten haben offensichtliche Gründe, nicht mehr auf den anderen schießen zu wollen, wenn es irgend geht. Doch gleichzeitig scheinen sich beide Seiten in eine Ecke manövriert zu haben, was die Kriegsschuldfrage angeht. Ich sehe nicht, wie irgendein Friedensgespräch Erfolg haben soll, wenn wir nicht einmal einig werden, wer denn nun vor Kriegsausbruch wessen diplomatische Korrespondenz verfälscht hat. Die Initiative kam von der havenitischen Seite. Wenn das bedeutet, dass Haven bereit ist, echte Zugeständnisse zu machen, einen aufrichtigen Versuch, die Verantwortung für die Fälschungen zuzuordnen und einzugestehen, dann halte ich die Chancen ›ernst gemeinter Friedensgespräche‹ für wenigstens ganz gut.

Davon abgesehen würde ich schätzen, dass der Waffenstillstand wenigstens mehrere Monate lang anhalten wird. So lange sind die nötigen Depeschen, um das Treffen anzuberaumen, hin und her unterwegs. Dann müssen Beth – Ihre Majestät, meine ich – und Pritchart nach Torch gelangen, um dort den Gipfel abzuhalten. Für Pritchart ist es nur in einer Richtung eine Reise von über einem Monat, und ich bezweifle, dass eine der beiden Seiten aufgeben wird, ohne wenigstens einen oder zwo Monate lang versucht zu haben, der anderen Seite – und der Galaxis als Ganzes – weiszumachen, dass man sein absolut Bestes tue, um all das Blutvergießen zu beenden, ganz gleich, wie unvernünftig die anderen sich verhalten. Dann kommt Pritcharts Heimreise. Alles in allem würde ich sagen, dass fünf T-Monate nicht völlig weit hergeholt sind.«

»Ungefähr zu diesem Ergebnis sind Gregor und ich auch gekommen«, sagte Baronin Medusa nickend.

»Und wenn der Waffenstillstand so lange andauert, was bedeutet das für uns in Talbott?«, fragte Krietzmann.

»Hauptsächlich, Henri«, antwortete Khumalo, »dass der Großteil des Kriegsnotbauprogramms in Dienst gestellt werden kann. Und das wiederum heißt, dass die Pläne der Admiralität, unsere Flottenpräsenz im Quadranten zu erhöhen, ohne Komplikationen durch unerwartete Nachfrage von der Hauptfront vonstatten gehen könnten. Was wiederum zur Folge hätte, dass die Schiffe von Vizeadmiral Gold Peaks neuer Flotte mehr oder minder nach Zeitplan zu uns kämen und wir schon innerhalb des nächsten Monats erleben sollten, dass die ersten LAC-Staffeln einsatzbereit sind.«

»Wirklich?« Krietzmann sah drein, als fürchtete er sich ein wenig, ihr zu glauben. Offensichtlich dachte er aber nicht, dass Khumalo ihn belügen könnte. Eher war es, als finde er es schwierig zu glauben, das Universum könnte erlauben, dass etwas derart glattging.

»Wirklich«, versicherte Khumalo ihm. »Auf lange Sicht glaube ich, dass für den Quadranten die LACs noch nützlicher sein werden als die Zehnte Flotte. Ich bezweifle, dass irgendein Solly bei der Grenzsicherheit oder der Grenzflotte sie als Bedrohung ansehen würde; also bedeuten sie für jemanden wie Verrochio keinerlei Abschreckung. Dafür ist die Zehnte Flotte da. Aber sobald wir erst einmal zwo, drei LAC-Staffeln in jedem Sonnensystem des Quadranten stationiert haben, machen wir dort der Piraterie den Garaus. Und um ehrlich zu sein, die LACs bieten den besten Weg, um die Leute der lokalen Systemraumstreitkräfte allmählich in die RMN zu überführen.«

»Da bin ich gewiss mit Ihnen einer Meinung«, sagte Van Dort. »Kein Pirat, der bei Verstand ist, wird mit einem modernen manticoranischen LAC die Klingen kreuzen wollen. Oder zumindest nicht, wenn sich herumgesprochen hat, was den ersten paar Piraten zugestoßen ist, die es versucht haben. Die LAC-Staffeln und ihre Besatzungen werden außerdem von den Einheimischen als ihr ›Eigentum‹ betrachtet werden, wie es bei hyperraumtüchtigen Schiffen niemals der Fall sein kann. Sie werden zur örtlichen Polizei, nicht die Navy, die hin und wieder in der Gegend aufkreuzt und nachschaut, was los ist. Und lokales Personal in ihre Besatzungen zu holen ist der beste Weg, unsere Leute allmählich auf den Ausbildungsstand einer modernen Raumstreitkraft zu bringen.«

»Genau das ist der Gedanke der Admiralität, Sir«, stimmte Michelle ihm zu. »Es ist zwar noch immer nicht das Gleiche, wie in der Heimat die systematische Grundausbildung zu durchlaufen, aber wir haben dabei auch mehr einen Orientierungseinsatz im Sinn. Jedes LAC-Detachement wird eigene Übungssimulatoren mitführen und örtliches Personal darin schulen, sodass unsere Leute dessen allgemeinen Ausbildungsstand und Basiskenntnisse – was nicht unbedingt das Gleiche ist –

bewerten können. Am Ende wird BuPers ermitteln, welche Ergänzungsausbildung für Talbotter erforderlich ist, denn die Admiralität und der Premierminister haben bereits deutlich gemacht, dass Talbotter in die RMN übernommen werden und dort auf keinen Fall irgendeinen Status als Soldaten zwoter Klasse innehaben werden. Daher müssen ihre Grundkenntnisse auf manticoranischen Standard gebracht werden. Auf keinen Fall werden wir versuchen, mit rein mechanischem Training oder einer bloßen Schulung am zu bedienenden Gerät auszukommen, wie die alte havenitische Volksflotte es bei Wehrpflichtigen getan hat. Deshalb werden viele von ihnen zusätzliche Kurse absolvieren müssen, zumindest, bis das Schulsystem im Quadranten manticoranischen Standards genügt, aber das lässt sich nicht vermeiden, und ich denke, dass jemand, der ernsthaft in den Flottendienst übernommen werden möchte, diese Anstrengung auf sich nehmen wird. Diese Vorbedingungen bilden wahrscheinlich einen Darwin'schen Filter, durch den wir die besten Leute abschöpfen können.

Bis es so weit ist, werden die LAC-Staffeln eine tiefengestaffelte Abwehr gegen die Sorte ... risikoscheuen Gesindels bilden, die berufsmäßig Piraterie betreibt. Und offen gesagt gibt es aus meiner Sicht noch einen anderen Vorteil, der mit dem zusammenhängt, was Sie gerade über Kommissar Verrochio gesagt haben: Je schneller die LACs im Einsatz sind und sich um dieses Pack kümmern, desto eher kann ich meine Kräfte konzentrieren und so weit vorschieben, dass Mr. Verrochio auf keinen Fall auf den Gedanken kommt, unsere Plätzchen anzufassen.«

Michelle Henke frottierte ihr Haar zu Ende, schlang sich das Handtuch um den Hals und nahm vor ihrem Schlafzimmerterminal Platz. Das weiche Futter ihres traurig abgewetzt aussehenden Trainingsanzugs von der Akademie fühlte sich auf ihrer frisch geduschten Haut sündig warm und sinnlich an, und grinsend blickte sie auf ihre Füße. Ihr erstes Paar flauschiger, knallpurpurner Baumkatzenpantoffeln hatte Honor ihr vor etlichen Jahren als Scherz zu Weihnachten geschenkt. Michelle hatte ebenso im Scherz begonnen, sie zu tragen, und das dann beibehalten, weil sie zwar völlig würdelos, aber sehr bequem waren. Das Originalpaar war mit der *Ajax* verloren gegangen, doch sie hatte sich die Zeit genommen, ein Ersatzpaar zu kaufen, ehe sie mit ihrem neuen Geschwader auslief, und nun waren sie endlich hinreichend eingelaufen.

Chris Billingsley hatte ihr eine Kanne heißen Kaffee auf einem Tablett stehen lassen, dazu einen einzigen Doughnut mit Zuckerguss, und sie verzog gequält das Gesicht, als sie ihn sah. Anders als Honor hatte Michelle festgestellt, dass sie die Anzahl Kalorien, die sie zu sich nahm, unbedingt im Auge behalten musste. Die Mehrheit der Raumoffiziere ging einer mehr oder minder sitzenden Lebensweise nach, solange sie an Bord eines Schiffes waren. Andere – wie Honor – neigten zum Fanatismus, was die körperliche Fitness betraf. Michelle gehörte zu jenen, die den Mittelweg wählten, und trainierte genug, um *halbwegs* fit zu bleiben, überschlug sich aber nicht deswegen. Und da jede überschüssige Kalorie direkt in ihr Hinterteil umgeleitet zu werden schien und sie es immer schwieriger fand, so viel zu trainieren, wie notwendig war, blieb ihr keine andere Wahl, als sehr genau zu überlegen, was sie aß.

Billingsley hatte eine kleine Weile gebraucht, um das zu begreifen, doch dann hatte er sich sehr rasch darauf eingestellt. Und Michelle war dankbar zu entdecken, dass der Schmerz über den Verlust von Clarissa Arbuckle nachließ, je weiter das Schicksal der *Ajax* in die Vergangenheit rückte. Ganz verschwinden würde er nie, doch wie die meisten Raumoffiziere ihrer Generation hatte Michelle zu viel Erfahrung im Umgang mit dem Verlust von Menschen, die ihr teuer waren. In diesem Fall hatte die Tatsache, dass Billingsley sich so sehr von Clarissa unterschied, den Prozess beschleunigt, und darüber war sie froh. Er verdiente es, als eigenständige Person gesehen zu werden, ohne sich mit dem Gespenst seiner Vorgängerin messen zu müssen. Und als eigenständige Person war er eine erfreulich tüchtige Naturkraft, die sich von ihrer Vorgesetzten nichts sagen ließ, wo es um ihr Wohlergehen und ihre Ernährung ging. Seine Art, sie zum Gehorsam zu bringen, schloss tadelnde Blicke, tiefes Seufzen und eine Technik ein, die Michelle bei sich »gluckenhaftes Schuldigmachen« nannte, und die sich von Clarissas immer höflicher Beharrlichkeit unterschied, aber mit Sicherheit eines war: wirksam.

Bei dem Gedanken lachte sie leise, goss sich einen Kaffee ein, gestattete sich einen einzigen (kleinen) Anfangsbissen vom Doughnut und fuhr das Terminal hoch. Sie wollte gerade den Brief an ihre Mutter öffnen, den sie am Abend vorher begonnen hatte, als etwas Großes, Warmes, Seidiges genießerisch an ihrem Knöchel vorbeistrich. Als sie nach unten sah, blickte sie direkt in Diceys große, grüne Augen. Er blinzelte, dann fuhr sein Blick auf den Doughnut und richtete sich wieder auf ihr Gesicht.

»Denk nicht einmal daran, du abscheuliche Kreatur«, sagte sie ernst. »Auch du bekommst nicht genug Bewegung, um so viele Kalorien verschlingen zu dürfen. Außerdem bin ich ziemlich sicher, dass Doughnuts für Katzen ungesund sind.«

Dicey sah mehrere Sekunden lang flehend zu ihr hoch und tat sein Bestes, um wie ein kleines, verhungerndes Kätzchen auszusehen. Ihm war jedoch kein messbarer Erfolg beschieden, und Michelle schob den Teller demonstrativ ein Stück von ihm fort. Schließlich gab er mit traurigem Seufzen auf, wandte sich ab, schlug mit dem Schweif nach ihr und verdrückte sich, um zu schauen, ob er irgendwo anders seine dringend benötigte Speise herbekam.

Michelle sah ihm hinterher, dann schüttelte sie den Kopf, öffnete die Datei und las den Brief durch. Sie trank den aromatischen, schwarzen Kaffee, während sie überarbeitete, was sie zuvor geschrieben hatte, und genoss nach der Süße des Doughnuts seinen herben Geschmack.

Dass das Geschwader erst eine T-Woche im Spindle-System war, erschien kaum glaubhaft. Den unerbittlichen Übungen zum Trotz, mit denen Michelle und Victoria Armstrong ihre Leute auf der Reise vom Lynx-Terminus hierher geschunden hatten, wirkten jene subjektiven zehn Tage geradezu schläfrig. Oder auch nicht. Vielleicht galt das nur für Michelle und ihren Stab. Der Übungsstundenplan für das Geschwader hatte nicht nachgelassen – wenn überhaupt, hatte er sich intensiviert. Aber während der Rest ihrer Leute sich damit plagte, befassten sich Michelle, Cynthia Lecter, Augustus Khumalo und Loretta Shoupe, unterstützt von Henri Krietzmann und seinen höherrangigen Experten, mit einer intensiven Analyse der Ressourcen des Quadranten und seiner Bedürfnisse, während sie gleichzeitig versuchten, die effizientesten Dislozierungspläne zu erstellen.

Als wichtigste Schlussfolgerung hatten sie ziehen können, dass es Michelles Schiffen bis zu dem Zeitpunkt, an dem weitere Sternenschiffe der Zehnten Flotte und die ersten LAC-Staffeln eintrafen, physikalisch unmöglich war, überall dort zu sein, wo sie gebraucht wurden. Deshalb sollte sie Spindle am übernächsten Tag verlassen und sich mit der 1. Division des Geschwaders nach Tillerman verlegen. Das brächte sie in die Lage, dem Monica-System einen »Höflichkeitsbesuch« abzustatten, sobald die *Hexapuma* und die *Warlock* ihre Reparaturen beendet hatten und O'Malley begann, seine zur Homefleet gehörigen Schlachtkreuzer aus dem System abzuziehen. Währenddessen würde Commodore Onassis ihre 2. Division aufteilen, und die Schiffe würden die Sonnensysteme des Quadranten einzeln als sichtbare Garantie der manticoranischen Flottenpräsenz durchqueren. Was leider auch schon alles war, was Michelle ihnen bieten konnte, bis die übrigen dem Quadranten zugewiesenen Einheiten tatsächlich auftauchten.

Und natürlich machen wir mit den Übungen weiter. Kein Wunder, dass meine Leute mich alle so sehr lieben!

Sie erreichte das Ende ihrer letzten Aufzeichnung, in der sie von der Dinnerparty der Baronin Medusa und dem Gespräch danach berichtet hatte, und setzte sich aufrecht, als sie das Mikrofon einschaltete.

»Deshalb bin ich sicher, dass Honor und du euch die Oberarme zerrt, vor lauter gegenseitigem auf den Rücken klopfen und ›Wir haben es dir ja gesagt!‹ in zweistimmigem Kanon über meine Abneigung vor der Politik.« Sie schüttelte lächelnd den Kopf. »Ich wusste, dass ich mich nicht völlig heraushalten konnte, nachdem die Admiralität entschieden hatte, mich hierher zu schicken, aber ich kann nicht behaupten, dass ich damit gerechnet hätte, gleich so tief hineinzugeraten. Gleichzeitig muss ich zugeben, dass es wirklich aufregend ist. Die Leute sind alle mit Elan dabei, Mom. Sicher, es gibt noch immer Opposition und Unzufriedenheit, aber für mich sieht es aus, als ließen sie nach. Jemanden wie diese Irre Nordbrandt wird nichts zu Verstand bringen, aber ich glaube, jeder mit einem funktionstüchtigen Gehirn begreift, dass jeder Beteiligte sein Bestes gibt, um alles so gut und gerecht zu machen wie möglich. Diese Menschen sind genauso wenig Heilige wie unsere Politikos im Manticore-System, versteh mich da nicht falsch. Ich glaube aber, die meisten sind sich deutlich bewusst, dass sie etwas erschaffen, das größer ist als jeder Einzelne von ihnen. Sie wissen, dass sie in die Geschichtsbücher kommen, und ich glaube, die meisten von ihnen möchten vor der Nachwelt lieber gut dastehen.

Allerdings bin ich nicht besonders glücklich mit dem, was man von New Tuscany hört.« Sie verzog das Gesicht. »Jeder hat mich gewarnt, dass die New Tuscanier ein Problem darstellen, aber mir wäre es lieber gewesen, wenn alles sich geirrt hätte. Leider sieht es nicht danach aus. Und wenn ich ganz offen bin, werde ich einfach nicht schlau aus den Leuten. Sie sind diejenigen, die beschlossen haben, sich dem Quadranten nicht anzuschließen, aber wenn man ihre Wirtschaftsrepräsentanten hört, könnte man meinen, das Gegenteil wäre der Fall. Erst gestern war einer von ihnen den ganzen Nachmittag lang bei Ministerin Lababibi und beschwerte sich darüber, dass Investitionen auf New Tuscany nicht mit Steuererleichterungen gefördert werden, wie sie Beth für Anlagen im Quadranten anbietet.« Michelle schüttelte den Kopf. »Offenbar hielt der Kerl ihr Vorträge darüber, wie ›unfair‹ und ›diskriminierend‹ dass sei! Wenn das die Art ist, wie ›Politik‹ funktioniert, Mom, dann möchte ich mich damit wirklich nicht noch eingehender befassen müssen!

Aber ein anderes Thema: Ich wünschte, du könntest die hiesige Küche ausprobieren. Thimble liegt direkt an der Küste, und die Meeresfrüchte hier sind unglaublich. Sie haben etwas, das sie ›Hummer‹ nennen, auch wenn sie überhaupt nicht wie unsere aussehen – oder wie die von Alterde –, und sie grillen sie, dann servieren sie sie mit sautierten Pilzen und Paprikastreifen, garniert mit Zitronensauce und Knoblauchbutter auf einem Bett aus einer hiesigen Getreidesorte. Köstlich! Wenn ich Honor wäre, könnte ich davon so viel essen, wie ich nur wollte. Trotzdem …«

Sie verstummte, als an der Ecke ihres Terminals ein rotes Licht aufblinkte. Sie sah es mehrere Herzschläge lang an, dann drückte sie eine Taste, und Bill Edwards' Gesicht erschien vor ihr.

»Ja, Bill?«

»Ich störe Sie nur ungern, Ma'am, aber hier ist ein dringender Prioritätsanruf für Sie.«

»Von wem?«, fragte Michelle stirnrunzelnd.

»Ein Konferenzgespräch, Ma'am – von Admiral Khumalo und Baronin Medusa.«

Michelle riss unwillkürlich die Augen auf. In Thimble war es jetzt eine oder zwei Stunden nach Mitternacht, und Khumalos Stab stimmte seine Arbeitsstunden auf das Personal der Gouverneurin ab. Wieso also wollten beide sie zu dieser Stunde noch sprechen?

Die Antwort auf diese Frage wird mir nicht gefallen, dachte sie.

»Wurde um visuelle Verbindung gebeten?«, fragte sie Edwards und fuhr sich mit einer Hand über das kurze, noch immer feuchte Haar. Sie fragte sich, wie sie so ruhig klingen konnte.

»Nein, Ma'am. Die Gouverneurin ist selbst nicht visuell und hat ausdrücklich gesagt, dass es ausreichen würde, wenn auch Sie nur per Audio teilnehmen.«

»Gut.« Michelle ließ ein Lächeln aufblitzen. »Chris würde mich umbringen, wenn ich mich bei einer Konferenz mit einem anderen Flaggoffizier und einer kaiserlichen Gouverneurin im Trainingsanzug sehen ließe. Oder er würde mich mit seinem tödlichen tadelnden Blick bedenken! Stellen Sie mich bitte durch, Bill.«

»Jawohl, Ma'am.«

Edwards' Gesicht verschwand und wurde fast augenblicklich durch einen geteilten Bildschirm ersetzt. Ein Segment zeigte Augustus Khumalos Gesicht, während das andere ein Hintergrundbild mit Baronin Medusas Wappenschild zeigte. Khumalo trug Uniform, hatte die Jacke jedoch abgelegt, und Michelle wusste, dass beide statt ihrer den Schild mit den gekreuzten Pfeilen der *Artemis* sahen, darüber die beiden Sterne ihres Dienstgrads.

»Guten Abend, Admiral. Guten Abend, Madam Governor«, sagte sie.

»Guten Morgen meinen Sie wohl, Mylady?«, erwiderte Khumalo mit angespanntem Lächeln.

»Ja, wahrscheinlich schon. Auch wenn wir an Bord noch immer Manticore-Zeit haben.« Michelle erwiderte das Lächeln und räusperte sich. »Ich muss mich allerdings fragen, weshalb Sie beide mich so spät an Ihrem Tag anrufen, Sir.«

»Technisch mussten wir es wohl nicht«, antwortete Baronin Medusas Stimme. »Aber der Grund, weshalb wir nicht bis morgen warten wollten, ist wohl, dass das Elend Gesellschaft liebt.«

»Das klingt nicht gut«, sagte Michelle vorsichtig.

»Vor zwanzig Minuten hat uns ein Kurierboot erreicht, das den Lynx-Terminus durchquert hat, Mylady«, begann Khumalo. »Es brachte eine dringende Depesche. Wie es scheint, wurde Admiral Webster vor drei T-Wochen auf Alterde ermordet.«

Michelle atmete zischend ein. Im ersten Augenblick war ihr, als hätte Khumalo aus dem Terminal gegriffen und sie ins Gesicht geschlagen, so scharf war der Schock, so völlig unerwartet. Und dem Schock auf den Fersen folgte die Trauer. Die Familien Webster und Henke standen einander nahe – Michelles Tante väterlicherseits war mit dem gegenwärtigen Herzog von New Texas verheiratet –, und James Bowie Webster war seit ihren Kindertagen ihr Nennonkel gewesen. Er hatte sie aktiv zu einer Flottenlaufbahn ermutigt, und obwohl er so viel älter war, blieb ihr Verhältnis nach Michelles Abschluss von Saganami Island eng und herzlich, auch wenn sie wegen ihrer unterschiedlichen Pflichten und Einsatzorte hauptsächlich brieflich Kontakt hielten. Und jetzt ...

Sie blinzelte mit brennenden Augen und schüttelte heftig den Kopf. Sie hatte keine Zeit, über die persönlichen Aspekte nachzudenken.

»Wie ist es passiert?«, fragte sie tonlos.

»Das wird noch ermittelt.« Khumalo sah aus, als hätte er den Mund voll saurer Persimonen. »Bisher steht nur eindeutig fest, dass er aus kurzer Entfernung auf einem öffentlichen Gehsteig erschossen wurde – vor dem Opernhaus! –, und zwar von niemand anderem als dem Chauffeur des havenitischen Botschafters in der Liga.«

»Mein Gott!« Michelle starrte Khumalos Bild an.

»Allerdings«, sagte Medusa. »Gregor und ich gehen die offizielle Depesche und die beiliegenden Berichte gerade durch. Nach allem, was ich bisher gesehen habe, muss ich mich fragen, ob das nicht eine weitere Anwendung des Verfahrens war, das sie bei dem Mordanschlag auf Herzogin Harrington angewandt haben.«

»Darf ich fragen, wieso, Governor?« Michelles Stimme war schärfer geworden, als sie an Tim Meares und seinen Tod dachte.

»Weil der Mörder ihn vor wenigstens einem halben Dutzend Überwachungskameras, mindestens zwei oder drei Polizisten und Admiral Websters Leibwächter erschossen hat. Wenn das kein Selbstmordattentat ist, dann weiß ich nicht mehr.«

»Aber warum sollten die Haveniten den Admiral ermorden wollen?« Michelle fand, dass ihre Stimme sich wehleidig anhörte.

»Ich habe nicht die geringste Ahnung, weshalb sie es getan haben sollten«, sagte Medusa.

»Ich auch nicht«, stimmte Khumalo zu, und Michelle setzte sich zurück und dachte angestrengt nach.

James Webster hatte zu den populärsten Offizieren der Navy gehört; er war beliebt gewesen sowohl bei den Leuten, die unter ihm dienten, als auch in der manticoranischen Öffentlichkeit. Als ehemaliger Erster Raumlord hatte er entscheidend zum Aufbrechen der verbrecherisch dummen, politisch veranlassten starren Strukturen beigetragen, die beinahe zu Honor Harrngtons Tod bei Basilisk Station geführt hätten. Und im ganzen ersten Havenkrieg hatte er die Homefleet kommandiert. In den letzten beiden T-Jahren war er der Botschafter des Sternenkönigreichs in der Solaren Liga gewesen, und nach allem, was Michelle zu Ohren gekommen war, hatte er diese Aufgabe genauso gut ausgeführt wie alle anderen auch.

»Das ergibt keinen Sinn«, sagte sie schließlich. »Admiral Webster war ein Botschafter, er diente nicht als Offizier. Und Alterde ist denkbar weit von Haven entfernt.«

»Das meine ich auch«, stimmte Medusa ihr zu. »Wenn ich jemanden suchen sollte, der hinter dieser Geschichte steckt – ohne die ins Auge springende Verbindung zu Haven –, würde *ich* Manpower als Erstes verdächtigen.«

»Manpower?« Michelle kniff die Augen zusammen.

»Sie müssten außerordentlich dumm sein – oder verrückt –, um so etwas mitten in Chicago zu versuchen«, wandte Khumalo ein. »Allerdings«, fuhr er fast wider Willen fort, »wenn es jemanden in der Galaxis gibt, dem Webster auf den Pelz gerückt ist, dann ist es Manpower. Nun, Manpower, Jessyk Combine und Technodyne. In den Medien der Liga hat er ihnen die Hölle heißgemacht, als sie versuchten, gegen uns zu verdrehen, was in Monica geschehen ist, und ich habe den Eindruck, dass es sich für sie danach nicht gerade zum Besseren entwickelt hat. Es ist zumindest entfernt möglich, dass sie es leid waren, wie er ihnen zugesetzt hat, und beschlossen, etwas dagegen zu unternehmen. Zwar dumm, besonders auf lange Sicht, aber möglich. Immerhin hat Manpower gelegentlich schon andere Dummheiten begangen – den Überfall auf Catherine Montaignes Landhaus zum Beispiel, oder die ganze Geschichte mit der Entführung von Zilwickis Tochter auf Alterde.«

»Das ist auch mein Gedanke«, stimmte die Gouverneurin zu. »Und Sie haben vollkommen recht, ihn zu töten wäre für einen geächteten Haufen wie Manpower eine wirkliche Dummheit. Es sei denn natürlich, man wäre vollkommen sicher, dass niemand jemals in der Lage wäre zu beweisen, dass Manpower etwas damit zu tun hatte.«

»Aber …«, begann Michelle und verstummte wieder.

»Aber was, Mylady?«, fragte Medusa.

»Aber von Haven wäre es ein genauso dummer Zug«, sagte Michelle. »Besonders die Verwendung des eigenen Botschafterchauffeurs! Warum sollte jemand, dem zur Verfügung steht, womit sie auch immer Lieutenant Meares zu dem Attentat auf Ihre Hoheit zwangen, den Chauffeur des eigenen Botschafters einsetzen? Wenn man eine Möglichkeit besitzt, Attentäter zu erschaffen, zu denen man absolut keine Beziehung hat, welchen Sinn soll es dann haben, sich ein großes grelles Holoschild um den Hals zu hängen, auf dem steht: ›Wir waren es!‹?«

»Das ist eine dieser interessanten Fragen, nicht wahr?«, entgegnete Medusa. »Und offen gesagt einer der Gründe, weshalb mein Verdacht in Richtung Manpower tendiert. Nur dass bisher die Einzigen, die diese spezielle Möglichkeit demonstriert haben, die Haveniten waren.«

»Vielleicht hat es jemand getan, um uns in den Wahnsinn zu treiben, während wir die ganze verdammte Sache immer wieder überdenken!«, sagte Khumalo rau.

»Nein, Augustus. So verrückt es auch aussieht, die Täter hatten einen guten Grund dafür«, widersprach Medusa. »Ein Grund, von dem sie meinten, er rechtfertige all die Risiken, die es mit sich bringt, mitten in der solarischen Hauptstadt einen akkreditierten Botschafter zu ermorden. Im Augenblick kann ich mir nicht vorstellen, worin dieser Grund bestehen soll, aber er existiert.«

»Gibt es in den Berichten von zu Hause Theorien, was dieser ›Grund‹ sein könnte, Madam Governor?«, fragte Michelle.

»Tatsächlich, die gibt es«, erwiderte Medusa mit schwerer Stimme. »Mehrere sogar – von denen sich die meisten gegenseitig ausschließen. Ich persönlich finde keine davon besonders überzeugend, aber im Augenblick ist es wohl leider so, dass sich in der Heimat der Verdacht auf Haven konzentriert, nicht auf Manpower. Und die oberflächliche Beweislage gegen Haven ist erdrückend. Das muss ich zugeben. Besonders da, wie ich schon sagte, Haven bereits gezeigt hat, dass es über Möglichkeiten verfügt, jemandem zu zwingen, einen Selbstmordanschlag auszuführen. Das weist direkt nach Nouveau Paris.«

»Und was sollte das Motiv der Haveniten sein?«

»Darüber herrscht einige Uneinigkeit. Ich mochte nicht versuchen, allzu viel zwischen den Zeilen zu lesen – nicht so weit von Landing entfernt. Offiziell vertritt das Sternenkönigreich die Position, dass das Attentat von ›unbekannten Kräften‹ initiiert wurde. Ich weiß allerdings nicht, inwieweit diese Position innerhalb der Regierung wirklich vertreten wird. Wenn ich raten müsste, würde ich aufgrund dessen, was ich bisher gesehen habe und was ich über die beteiligten Persönlichkeiten weiß, vermuten, dass trotz der offiziellen Position ein starker Verdacht besteht, dass Haven verantwortlich ist. Über das Wieso kann ich, abgesehen von dem Beweismaterial, das die solarische Polizei bisher zusammengetragen hat, nichts sagen. Besonders sozusagen am Vorabend des von Pritchart selbst vorgeschlagenen Gipfels wäre es mir ein Rätsel, wieso Haven das getan haben sollte.«

»Es sei denn, die Havies hätten zum Ziel, den Gipfel zu verhindern«, sagte Khumalo bedächtig.

»Das sehe ich nicht so, Sir«, warf Michelle rasch ein. »Pritchart und Theisman wollen beide, dass dieser Gipfel stattfindet. Ich war bei ihnen; ich habe ihre Gesichter gesehen. Ich bin mir dabei völlig sicher.«

»Selbst angenommen – was ich gern tun möchte –, dass Sie sie richtig einschätzen, Admiral«, sagte Medusa, »wissen Sie doch nur, dass beide den Gipfel wollten, als sie mit Ihnen sprachen. Es ist durchaus möglich, dass etwas, von dem wir nichts wissen, sie umgestimmt hat. ›Um den Gipfel zum Scheitern zu bringen‹, das ist sogar eine der ›Theorien‹, nach denen Sie gefragt haben.«

»Aber wenn das alles ist, was sie wollten, warum dann nicht einfach den Vorschlag zurückziehen?«

»Diplomatie ist ein Spiel der Wahrnehmungen«, erklärte die Gouverneurin. »Es können politische Überlegungen innerer oder interstellarer Natur bestehen, wegen derer sie nicht willens sind, den Gipfel abzusagen, den sie selbst vorgeschlagen haben. Bei dem Attentat könnte es sich um den Versuch handeln, Manticore zu bewegen, den Gipfel abzusagen. Ich will nicht behaupten, dass das aus unserer Sicht sonderlich einleuchtet, aber leider können wir von hier aus nicht in Pritcharts Kopf sehen, und daher wissen wir nicht, was sie gedacht hat und was nicht. Immer vorausgesetzt, dass wirklich Haven den Anschlag verübt hat.«

»Oder zumindest die Regierung Pritchart«, sagte Michelle langsam.

»Sie halten es für möglich, dass es eine ungenehmigte Operation war?«, fragte Khumalo stirnrunzelnd.

»Das halte ich für denkbar«, antwortete Michelle noch immer bedächtig, die Augen nachdenklich zu schmalen Schlitzen geschlossen. »Ich weiß, dass die Volksrepublik in der Vergangenheit sehr gern zum Attentat gegriffen hat.« Sie biss die Zähne zusammen, als sie an den Mord an ihrem Vater und ihrem Bruder dachte. »Und ich weiß, dass Pritchart eine Widerstandskämpferin war, von der es hieß, sie persönlich habe mehrere Attentate ausgeführt. Ich glaube aber nicht, dass sie irgendetwas getan hätte, das ihr Treffen mit Elizabeth gefährdet. Dazu war sie zu ernst, als sie mir gegenüber die Einladung aussprach. Das heißt aber leider nicht, dass innerhalb der havenitischen Regierung oder ihren Geheimdienstorganisationen niemand sitzen könnte, der sich nostalgisch nach der ›guten alten Zeit‹ sehnt und nicht will, dass der Krieg endet, und den Mord ohne Pritcharts Genehmigung befohlen hat.«

»Tatsächlich«, sagte Medusa nachdenklich, »leuchtet das stärker ein als irgendetwas, was mir bisher als Erklärung in den Sinn gekommen ist, weshalb Haven dahinter stecken könnte.«

»Vielleicht.« Khumalo war eindeutig der Ansicht, »weil sie Havies sind« sei eine ausreichende Erklärung für alles, was Haven vielleicht tun könnte. Und das, überlegte Michelle, fasste vermutlich die Haltung der Mehrheit der Manticoraner zusammen. Nach so vielen Kriegsjahren, nach der verfälschten diplomatischen Korrespondenz, nach dem »Angriff aus Hinterhalt« namens Unternehmen Donnerkeil gab es nur sehr wenig, was die durchschnittliche Frau auf der Straße den machiavellistischen, boshaften Havies nicht zutraute.

»Wie auch immer«, fuhr Khumalo fort, »für mich ist es offensichtlich, dass diese Entwicklung ernste Auswirkungen auf unsere Dislozierung haben wird. Herauszufinden, worin diese Auswirkungen bestehen werden, wird allerdings nicht leicht. Das Einzige, was ich sagen kann, ist Folgendes, Mylady: Bis sich diese Sache wieder beruhigt, bleibt Ihr Geschwader komplett im Spindle-System. Es lässt sich überhaupt nicht mehr sagen, wohin wir springen müssen, wenn der Gipfel auf Torch aus dem Ruder läuft, und falls etwas geschieht, möchte ich nicht gezwungen sein, Depeschenboote in alle Richtungen schicken zu müssen, um Sie zurückzubeordern.«

»Zu Befehl, Sir.«

»Gut.« Khumalos Nasenflügel bebten, als er tief einatmete,

dann nickte er knapp. »Wenn Sie einverstanden sind, Baronin, würde ich sagen, dass wir die Angelegenheit wahrscheinlich so gründlich besprochen haben, wie es zu diesem Zeitpunkt möglich ist. Darf ich daher vorschlagen, dass wir wenigstens ein paar Stunden Schlaf bekommen, ehe wir wieder aufstehen und uns erneut den Kopf darüber zerbrechen?«

SIEBZEHN

»Hallo, Helga«, sagte Gervais Archer und grinste von Helga Boltitz' Combildschirm. In seinen grünen Augen lag mehr als ein bisschen Sorge, doch das Grinsen wirkte bemerkenswert echt. »Hätten Sie Zeit, mit mir zu Mittag zu essen?«

»Hallo, Gwen. Und wie geht es Ihnen? Sehr gut, danke, Helga. Und Ihnen?«, erwiderte Helga. »Gut, danke, Gwen«, fuhr sie fort. »Und was verschafft mir das Vergnügen dieses Anrufs? Nun, Helga, ich hatte mich gefragt, ob Sie schon Pläne fürs Mittagessen haben?« Sie verstummte und sah ihn mit erhobener Augenbraue an. »Wäre es möglich, Lieutenant Archer, dass Ihnen davon etwas entfernt bekannt vorkommt?«

»Schon möglich«, erwiderte er ohne sichtbare Reue und noch immer grinsend. »Aber die Frage bleibt bestehen.«

Helga seufzte und schüttelte den Kopf.

»Für jemanden aus einem kraftlosen, überzivilisierten Sternenkönigreich lassen Ihre gesellschaftlichen Umgangsformen ziemlich zu wünschen übrig, Lieutenant«, sagte sie streng.

»Nun, soviel ich weiß, ist das ein Erkennungsmerkmal des Adels«, erklärte er ihr und hob ganz leicht die Nase. »Wir sind von solch guter Geburt, dass die ermüdenden kleinen Regeln, denen jeder andere unterworfen ist, für uns keine Bedeutung haben.«

Helga lachte. Noch immer fand sie es überraschend, dass sie irgendetwas an Oligarchen – oder noch schlimmer, unverhohlenen Aristokraten – auch nur ansatzweise komisch finden könnte, besonders, wenn man bedachte, was gerade alles vor sich ging. Doch in den letzten zehn Tagen hatte sich ihre Meinung über wenigstens einen manticoranischen Aristokraten beträchtlich geändert.

Gervais Archer hatte ihr Konzept eines Oligarchen auf den

Kopf gestellt. Nun, das war vielleicht ein wenig zu positiv ausgedrückt, zumindest, was Oligarchen im Allgemeinen betraf. Noch waren furchtbar viele Beweise nötig, ehe Helga Boltitz und der Rest von Dresden sich überzeugen ließen, dass die Beteuerungen des selbstlosen Patriotismus, die man neuerdings hier in Talbott – oder auch im Manticore-System – in außerordentlich wohlhabenden Ecken vernahm, aufrichtig waren. Zwar hatte Gervais sie nicht zu einem plötzlichen Bewusstseinswandel animiert, durch den sie begriffen hätte, dass sie Menschen wie Paul Van Scheldt ihr ganzes Leben lang falsch eingeschätzt hatte. Immerhin aber hatte er sie doch überzeugen können, dass zumindest einige manticoranische Aristokraten mit den Oligarchen des Talbott-Sternhaufens überhaupt nicht zu vergleichen waren. Natürlich hatte sie mittlerweile auch einräumen müssen, dass nicht alle Oligarchen aus dem Talbott-Sternhaufen sich wie die typischen Oligarchen aus dem Talbott-Sternhaufen verhielten. Auch wenn sie sich mit Händen und Füßen dagegen gewehrt hatte. Trotzdem hatte sie es zugeben müssen, zumindest in der Abgeschiedenheit ihrer eigenen Gedanken.

Das Universum wäre so viel angenehmer, wenn man seine vorgefassten Meinungen nie infrage stellen müsste, überlegte sie.

Leider – oder vielleicht auch zum Glück – konnten die Vorurteile nicht immer bestehen bleiben.

Sie hatte bereits hinnehmen müssen, dass jemand wie Premierminister Alquezar oder Bernardus Van Dort ganz anders war als ein *Wurmfresser* wie Van Scheldt. Da hatte Henri Krietzmann recht gehabt. Sie begriffen zwar noch immer nicht, was jemand wie Helga oder Krietzmann hatten erleiden müssen, aber wenigstens wussten sie, dass sie es nicht verstanden, und gaben sich Mühe. Und so gern sie an dem Glauben festgehalten hätte, dass Van Dorts Beweggründe für die Anschlusskampagne rein selbstsüchtiger Natur waren, nachdem sie beobachtet hatte, wie er mit Krietzmann und anderen Angehörigen der neu gewählten Regierung Alquezar zusammenarbeitete, war ihr doch nichts anderes übrig geblieben, als ihm das Gegenteil zuzugestehen.

Nicht dass es nicht genügend Rembrandter gäbe, die ganz wie Van Scheldt sind, dachte sie wütend. *Und auch hier im Spindle-System finden sie mehr als genug Gesinnungsgenossen.*

Und dann war da Lieutenant Gervais Winton Erwin Neville Archer. Obwohl er es bestritt, gehörte er dem manticoranischen Adel an. Sie wusste es, weil sie es eigens im *Clarke's Peerage* nachgeschlagen hatte. Die Archers waren eine sehr alte manticoranische Familie aus der ersten Siedlerwelle, und Sir Roger Mackley Archer, Gervais' Vater, war nicht nur unermesslich reich (jedenfalls nach Dresdener Standards), sondern auch vierter Anwärter auf die Baronie Eastwood. Givens war außerdem ein entfernter Verwandter Königin Elisabeths III. von Manticore (Helga hatte es fast unmöglich gefunden, die komplizierten genealogischen Tabellen zu entschlüsseln, die den genauen Verwandtschaftsgrad beschrieben, aber sie nahm an, die passende Umschreibung lautete wahrscheinlich »sehr entfernt«). Für jemanden aus den Elendsvierteln von Schulberg qualifizierte ihn das als Aristokraten. Und in dem Universum, das ihr einmal so herrlich vertraut gewesen war, hätte er sich dessen genauso deutlich bewusst sein müssen, wie sie es war.

Wenn dem so war, dann verbarg er es bemerkenswert gut.

Er war jünger, als sie zuerst angenommen hatte, nur vier T-Jahre älter als sie, und sie fragte sich manchmal, ob er sein gewaltiges Selbstbewusstsein nicht doch dem Umstand verdankte, dass er sich tief drinnen genau der Vorteile bewusst war, die ihm dank seiner Abstammung zustanden. In der Regel kam sie jedoch zu dem Schluss, dass er eben so und nicht anders war. Er machte praktisch kein Aufheben um sich, und sein unbeschwerter Spott über aristokratische Stereotypen schien vollkommen echt.

Und im Gegensatz zu gewissen Kretins namens Van Scheldt schuftet er sich den Buckel krumm.

Bei dem Gedanken spannte sich ihr Mund ganz leicht an.

»Darf ich annehmen, dass für Ihre Frage nach einem Lunchtermin ein offizieller Anlass besteht?«, fragte sie ihn, und sein Lächeln verschwand.

»Ich fürchte ja«, gab er zu. »Nicht dass ich«, fügte er mit wieder aufkeimendem Humor hinzu, »je so taktlos wäre, so etwas zuzugeben, ohne dass man mich dazu zwingt.« Der heitere Funke erlosch wieder, und er hob die Schultern. »Leider muss ich sagen, dass ich mit Ihnen ein paar Einzelheiten der Termine von morgen besprechen möchte. Weil ich weiß, dass Sie genauso beschäftigt sind wie ich, und da ich sehr bezweifele, dass Sie heute schon eine Pause gemacht haben, dachte ich, wir könnten vielleicht bei einem hübschen Lunch im Sigourney's darüber sprechen. Ich lade Sie ein ... es sei denn natürlich, Sie können es dem Minister auf die Rechnung setzen und ersparen einem armen Flaggleutnant die grimmige Notwendigkeit, seine Spesenabrechnungen zu rechtfertigen.«

»Was für Termindetails?«, fragte sie und kniff nachdenklich die Augen zusammen. »Morgen ist es schon furchtbar eng, Gwen. Ich glaube nicht, dass der Reiseplan des Ministers noch viel Spielraum hat.«

»Das ist der Grund, weshalb ich fürchte, dass es eine Weile dauern könnte, bis wir herausgefunden haben, wie wir das noch reinquetschen.« Sein kläglicher Ton zeigte, dass ihm bewusst war, wie wenig Zeit Krietzmann hatte.

»Und ist das auch der Grund, weshalb Sie das mit mir besprechen wollen und nicht mit Mr. Haftner?«, erkundigte sie sich scharfsinnig.

»Autsch!« Er zuckte zusammen und hob beide Hände dramatisch an die Brust. »Wie können Sie so etwas auch nur denken?«

»Weil andernfalls, in Anbetracht dessen, wie beschäftigt Mr. Krietzmann ist, Ihre Captain Lecter ein klein wenig zusätzliche Feuerkraft eingesetzt hätte, indem sie das Thema direkt mit Mr. Haftner bespricht, statt ihn durch Sie zu umgehen und von der Flanke her anzugreifen. So beschreiben Militärs wie Sie dieses spezielle Manöver doch, oder? Umgehen und von der Flanke angreifen?«

»Militärs wie ich?« Er schnaubte. »Für eine Zivilistin schlagen Sie sich gar nicht schlecht. Und ich kann genauso gut zugeben, dass Sie recht haben.« Er zuckte mit den Schultern, und sein Gesicht verdüsterte sich und wurde ernster. »Captain Lecter glaubt nicht, dass Mr. Haftner besonders erfreut über ein offizielles Ersuchen um eine Stunde von des Ministers kostbarer Zeit wäre.«

»Eine *Stunde?*« Helgas Bestürzung war nicht im Mindesten gespielt.

»Ich weiß. Ich weiß!« Gervais schüttelte den Kopf. »Das ist ein dicker Brocken Zeit, und um es noch schlimmer zu machen, wir wollen nicht, dass diese Stunde aktenkundig ist. Offen gesagt ist das noch ein Grund, Haftner zu umgehen.«

Helga lehnte sich zurück. Abednego Haftner war Henri Krietzmanns auf Spindle geborener Stabschef im Kriegsministerium, ein großer, schmal gebauter, dunkelhaariger Mann mit großer Nase und noch größerem Pflichtgefühl. Er war außerdem ein Workaholic und trachtete nach Helgas Ansicht ständig danach, seinen Einflussbereich auszuweiten. Soweit sie sagen könnte, lag dies nicht an persönlichem Ehrgeiz, sondern seinem fast fanatischen Streben nach Effizienz. In den meisten Aspekten war er ein außerordentlich fähiger Verwalter, doch offenbar fiel es ihm schwer, Zugang zu Krietzmann zu delegieren, und war nicht bereit, seine sauber eingefahrenen Prozeduren durch irgendetwas stören zu lassen.

Das war tatsächlich seine einzige, unleugbare Schwäche: Er war nicht gerade flexibel und verstand es nicht zu improvisieren, was nur seine Aversion gegen Menschen verstärkte, die auf Ad-hoc-Basis handelten. Unter normalen Umständen wurde dies durch sein unglaubliches Auge für Einzelheiten, seine enzyklopädische Erfassung von allem, was innerhalb des Ministeriums vorging, und seine persönliche Integrität mehr als ausgeglichen. Leider nur waren im Moment die Umstände nicht normal, und selbst in den radikal veränderten Bedingungen nach dem Webster-Attentat bestand er auf seinen Bemühungen, dem, was er Chaos nannte, seine Ordnung aufzuerlegen.

Dieser Mangel an Flexibilität hatte ihn schon mehr als einmal in Konflikt mit Helga als Krietzmanns persönlicher Assistentin gebracht, und sie vermutete, dass dergleichen in der unmittelbar vorhersehbaren Zukunft noch öfter geschehen würde. Keine zwei T-Tage war es her, seit die Nachricht von der Ermordung Websters auf Spindle eingeschlagen hatte wie eine Bombe, und die gesamte Regierung – von Baronin Medusa und dem Premierminister bis nach unten – bemühte sich noch um Anpassung. Das Gleiche galt für das Militär, und damit hing Gervais' Anfrage offenbar zusammen. Allerdings ließ sein Wunsch, ein Treffen mit Krietzmann zu arrangieren, das nicht in den Akten des Kriegsministeriums geführt wurde, bei Helga gleich mehrere Alarmglocken schrillen.

»Können Sie mir wenigstens genau sagen, weswegen Sie so viel Zeit verlangen?«, fragte sie schließlich.

»Das würde ich Ihnen lieber beim Mittagessen erzählen«, erwiderte er, Gesicht und Tonfall vollkommen ernst. Sie sah ihn noch einen Augenblick lang an, dann seufzte sie erneut.

»Also gut, Gwen«, lenkte sie ein. »Sie haben gewonnen.«

»Danke, dass Sie kommen konnten«, sagte Gervais und rückte Helga den Stuhl zurecht.

Er wartete, bis sie saß, dann nahm er auf der anderen Seite des kleinen Tisches Platz und hob einen Finger, um den nächsten Kellner auf sich aufmerksam zu machen. Der ließ sich herab, ihre Gegenwart wahrzunehmen, und trat mit gemessener Würde an ihren Tisch.

»Bitte, Lieutenant?« Seine Stimme war wohlmoduliert und zeigte genau die richtige Mischung aus Ehrerbietung gegenüber jemanden aus dem Alten Sternenkönigreich und dem Hochmut, der ein Markenzeichen des Sigourney's war. »Darf ich Ihnen die Speisekarte bringen?«

»Nicht nötig«, sagte Gervais und sah Helga augenzwinkernd an. »Bringen Sie uns einfach einen gemischten Salat – Vinaigrette – und das Steak von der Hochrippe – für mich englisch, für die Dame medium – mit Kartoffelpüree, grünen Bohnen, sautierten Pilzen und zwei Kelsenbrau vom Fass.«

Der Ober zuckte sichtlich zusammen, als Gervais fröhlich die gesamte elegante Prosa, in die das Restaurant für seine Speisekarten investiert hatte, versenkte.

»Wenn ich den Cheviot '06 empfehlen darf«, begann er reflexartig den Versuch, wenigstens etwas zu retten. »Ein sehr guter Pinot Noir. Oder den Karakul 1894, ein wirklich respektabler Cabernet Sauvignon, wenn Ihnen das lieber ist. Oder …«

Gervais schüttelte nachdrücklich den Kopf.

»Das Kelsenbrau ist genau das Richtige«, widersprach er ernst. »Eigentlich mag ich Wein überhaupt nicht.«

Der Ober schloss kurz die Augen, dann atmete er tief durch.

»Wie Sie wünschen, Lieutenant«, sagte er und entfernte sich schwankend zur Küche.

»Sie, Lieutenant Archer, sind kein netter Mensch«, sagte Helga. »Er hoffte so sehr, jemanden von Manticore mit der Kultur seines Schuppens zu beeindrucken.«

»Ich weiß.« Gervais' Kopfschütteln drückte vielleicht einen Anflug von Zerknirschung aus. »Ich konnte einfach nicht anders. Wahrscheinlich habe ich zu viel Zeit mit dem hiesigen Pöbel verbracht.«

»Ach?« Sie neigte den Kopf zur Seite und musterte ihn forschend. »Und ich darf annehmen, Sie haben an ganz bestimmte Mitglieder des ›hiesigen Pöbels‹ gedacht?«

»Niemals käme mir so ein Gedanke.« Er grinste. »Dennoch, es war jemand von Dresden, glaube ich, der mich auf den Laden aufmerksam gemacht hat. Sie sagte irgendetwas in dem Sinne, dass das Essen recht gut sei, auch wenn das Personal ein ungeheures Ego mit sich herumschleppe.«

Helga lachte leise und sah ihn kopfschüttelnd an. Nicht dass er falsch gelegen hätte. Im Gegenteil, er hatte recht schnell gemerkt, dass sie gern beobachtete, wie das ach so propere Servicepersonal auf ihren Dresdener Kreissägenakzent reagierte. Natürlich war das Essen wirklich großartig, und trotz des Entsetzens, das der Kellner über Gervais' Bestellung gezeigt hatte, war das Sigourney's eines der wenigen hochklassigen Restaurants in Thimble, die Kelsenbrau vom Fass anboten. Das dunkle, süffige Bier stammte aus der gleichen Gegend von Dresden wie sie, und sie hatte sich sehr (wenn auch diskret) über Gervais' begeisterte Reaktion darauf gefreut.

»Warum nur kommt es mir so vor, als hätten Sie diesen speziellen Treffpunkt als Bestechung ausgesucht?«, fragte sie.

»Immerhin teilweise richtig«, gab er zu. »Aber nur teilweise. Die Sache ist die, der Admiral hat mich heute Morgen mit mehreren Aufträgen auf den Boden geschickt. Ich bin seit dem hiesigen Tagesanbruch ein sehr beschäftigter und fleißiger Flaggleutnant und fand, ich habe mir ein anständiges Mittagessen verdient, ein nettes Glas Bier und angenehme Gesellschaft.«

»Ich verstehe.«

Helga blickte mit leiser Erleichterung auf, als ein weit rangniedrigerer Angehöriger des Servicepersonals an ihren Tisch kam und eine Karaffe Eiswasser brachte. Sie beobachtete, wie der junge Mann ihnen einschenkte, und murmelte einen Dank, dann trank sie einen Schluck aus ihrem Glas, während er wegging. Sie ließ sich Zeit, ehe sie es hinstellte und ihre Aufmerksamkeit wieder auf Gervais richtete.

»Nun, in dem Fall sollten wir uns doch dem Geschäft zuwenden, damit wir es erledigt haben, wenn der Salat kommt?«

»Wahrscheinlich keine schlechte Idee«, stimmte er zu und sah sich beiläufig im Speisesaal um.

Bei der Auswahl des Restaurants spielte noch ein weiterer Faktor eine Rolle, begriff Helga. Obwohl das Sigourney's ein öffentlicher Raum war, war es zugleich außerordentlich diskret. Mehrere Tische – wie zufällig auch der, an dem sie im Augenblick saßen – standen mehr als halb eingeschlossen in kleinen Nischen an der Rückwand. Was zusammen mit der Beleuchtung, dem Hintergrundgeräusch und dem kleinen, effizienten manticoranischen Antispion, den – als Aktenkoffer getarnt, sodass sie ihn nicht gleich erkannt hatte – Gervais unauffällig zwischen ihnen und der offenen Seite der Nische abgestellt hatte, es außerordentlich erschwerte, sie zu belauschen.

Und wenn ihn jemand beobachtet, hat er nur ein gutes Mittagessen mit einem leicht zu beeindruckenden Mädchen von Dresden, dachte sie trocken.

»Die Sache ist die«, fuhr er leise fort, »dass der Admiral gern Minister Krietzmann zu einem bescheidenen Treffen an Bord des Flaggschiffs einladen würde. Ein rein gesellschaftliches Ereignis, verstehen Sie. Mein Eindruck ist, dass auch Admiral Khumalo, Gregor O'Shaughnessy und Sonderminister Van Dort auf der Gästeliste stehen. Und ich glaube, dass auch Ms. Moorehead kommen wird.«

Trotz ihres vorherigen Misstrauens sog Helga überrascht Luft ein. Gregor O'Shaughnessy war der leitende Geheimdienstbeamte der Baronin Medusa und gleichzeitig ihr Stabschef. Und Sybil Moorehead war Premierminister Alquezars Stabschefin. Dieses Treffen versprach interessant zu werden.

»Ein ›gesellschaftliches Ereignis‹«, wiederholte sie sehr langsam.

»Richtig.« Gervais sah ihr offen in die Augen. Dann blähten sich seine Nasenflügel leicht, und er zuckte die Achseln. »Kurz gesagt«, fuhr er mit etwas leiserer Stimme fort, »möchten Admiral Gold Peak und Mr. O'Shaughnessy einige ... persönliche Einschätzungen des Admirals besprechen, was die wahrscheinliche Reaktion der Königin auf den Mord an Admiral Webster angeht.«

Helga riss die Augen auf. *Persönliche Einschätzungen?*

Im Grunde war sie darüber gar nicht besonders überrascht. Admiral Gold Peak schien sich für jemanden an fünfter Stelle in der königlichen – und jetzt kaiserlichen – Thronfolge ihrer eigenen Wichtigkeit bemerkenswert unbewusst zu sein. Besonders hier in Thimble hatte sie einige Aristokraten und Wichtigtuer der spindelianischen Gesellschaft, das war schmerzhaft unverkennbar, mit ihrer unaufdringlichen Tüchtigkeit und leichten Zugänglichkeit tief enttäuscht. Ihre geschäftsmäßige, nüchterne Art, ihre Pflicht zu erfüllen, bewirkte zusammen mit einem beinahe beiläufigen Verhalten im Gespräch, dass sogar Menschen mit Hintergründen wie Helga sich in ihrer Gesellschaft bemerkenswert wohlfühlten. Und dass sie die Fünfte in der Thronfolge war, hatte zur Folge, dass selbst der steifste Oligarch es nicht wagen konnte, offen Anstoß zu nehmen an ihrer fröhlichen Gleichgültigkeit gegenüber den eisernen Regeln angemessenen gesellschaftlichen Benehmens – oder der vorgeblichen Bedeutung besagter Oligarchen.

Einen informellen »gesellschaftlichen Anlass« als Tarnung

für etwas beträchtlich Wichtigeres zu benutzen sähe ihr ähnlich. Das war Helgas erster Gedanke. Doch dann wunderte sie sich, welche Art »persönliche Einschätzung« die Cousine ersten Grades der Königin wohl bieten könne und weshalb es nötig sei, solchen Aufwand zu treiben, um zu kaschieren, dass sie es tat?

Und dass O'Shaughnessy dabei ist, und Khumalo, macht es nur noch interessanter, dachte sie. *Wenn sie beide anwesend sind – ganz zu schweigen von Van Dort und der Stabschefin des Premierministers –, dann wird es wohl auch eine Art Strategiesitzung ...*

»Wo soll dieses Treffen stattfinden? Und welche Uhrzeit hat Lady Gold Peak im Sinn?«, fragte sie.

»Sie dachte daran, alle an Bord ihres Flaggschiffs willkommen zu heißen«, antwortete Gervais. »Etwa neunzehn Uhr Ortszeit, wenn Mr. Krietzmann es einrichten kann.«

»Das ist kein großer Vorlauf«, erwiderte Helga in massivem Understatement.

»Das weiß ich. Aber ...« Gervais sah ihr direkt in die Augen. »Der Admiral wüsste es wirklich sehr zu schätzen, wenn er die Zeit finden könnte.«

»Ich verstehe.«

Helga sah ihn mehrere Sekunden lang an und blickte auf, als ihr Salat kam. Dazu wurde das Bier serviert. Die höfliche Unterbrechung durch den Kellner verschaffte ihr Zeit zum Nachdenken, und sie schwieg, bis er sich von der Nische entfernt hatte. Dann hob sie ihr Bierglas, trank einen Schluck und setzte es wieder ab.

»Ich kann Ihnen natürlich nichts versprechen, ehe ich wieder zurück im Ministerium bin und Mr. Krietzmann gefragt habe. Aber ich denke, dass er wahrscheinlich mit Freuden teilnimmt.«

Tatsächlich wäre Henri Krietzmann mit größter Wahrscheinlichkeit gar nicht erfreut, überlegte sie. Das hing ganz davon ab, welche »Einschätzung« Lady Gold Peak mit ihm teilen wollte.

»Gut. Rufen Sie mich an, wenn Sie mit ihm reden konnten?«

»Natürlich.«

»Danke«, sagte er und lächelte sie mit stiller Aufrichtigkeit an. »Und als Belohnung, dass wir so gute kleine Arbeitsbienen gewesen sind und das Ganze organisieren, sind Sie und ich ebenfalls eingeladen. Ich bin sicher, es wird genug Laufburschendienste geben, um uns beschäftigt zu halten, aber vielleicht können wir uns ein paar Augenblicke stehlen, um ein wenig Spaß zu haben.«

»Wirklich?« Helga erwiderte sein Lächeln. »Das würde mir gefallen«, sagte sie mit einem Ernst, der sie selbst ein wenig erstaunte.

ACHTZEHN

»Na ja, wenigstens erfahren wir diesmal nicht mitten in der Nacht davon«, stellte Cindy Lecter mürrisch fest.

»Sie geben sich aber schrecklich Mühe, allem eine gute Seite abzugewinnen, Cindy«, erwiderte Michelle, und Lecter brachte ein mattes Lächeln hervor.

»Das liegt daran, weil es so schrecklich schwer ist, diesmal eine zu finden, Ma'am.«

Da hat Cindy recht, überlegte Michelle. Sie lehnte sich im Sessel nach hinten, schloss die Augen und kniff sich müde in den Nasenrücken, während sie über die Depeschen nachdachte, die dieses Treffen erforderlich machten. Erstaunlich, wie rasch – und drastisch – sich innerhalb von kaum drei T-Tagen alles ändern konnte. Die Erinnerung an die erste Dinnerparty, auf der sie mit Admiral Khumalo, Baronin Medusa und Premierminister Alquezar für die Zukunft geplant hatte, verspottete sie heute, und sie fragte sich, welche Überraschungen das Schicksal noch in petto hatte.

Wenigstens gibt es einen kleinen Moment von »Ich hab's dir gleich gesagt«, nicht wahr, Michelle? Natürlich hast du genauso wenig wie jeder andere damit *gerechnet, aber wenigstens bekommst du ein Fleißkärtchen, weil du jeden gewarnt hast, dass Beth … es nicht gut aufnehmen würde, wenn noch etwas anderes schiefging.*

Sie schüttelte den Kopf und erinnerte sich an das »kleine Beisammensein« am Vorabend.

Wenn ich abergläubisch wäre, würde ich mich fragen, ob ich es irgendwie provoziert habe, dachte sie. *Eine dieser »Wenn-ich-es-ausspreche-geschieht-es«-Geschichten. Man müsste nur von der Kleinigkeit absehen, dass es in Wirklichkeit alles schon vor über einen T-Monat passiert ist.*

Die Ermordung James Websters war schon schlimm genug,

doch diese allerneuste Nachricht – die Nachricht von dem Anschlag auf Königin Berry – war noch schlimmer, viel schlimmer. Ohne den Opfermut und die rasche Reaktion von Berrys Leibwache wäre auch der Preis an Menschenleben unermesslich höher gewesen, als es tatsächlich der Fall war. Einschließlich Michelles eigener Cousine, Prinzessin Ruth.

Und es muss wieder einer dieser programmierten Attentäter gewesen sein, dachte sie grimmig. *Das ist die einzige mögliche Antwort. Dieser arme Hundesohn Tyler hatte keinen Grund, Berry töten zu wollen – oder Ruth. Und ich kann mir nichts Selbstmörderischeres vorstellen, als ein Neurotoxinaerosol in der eigenen Aktentasche zu tragen! Wie zum Teufel bekommen sie diese Leute dazu, so etwas zu tun? Und wieso?*

So ungern sie es auch zugab, der Anschlag auf Honor hatte strategisch und taktisch einen Sinn ergeben. Honor wurde weithin als beste Flottenkommandeurin der Manticoranischen Allianz geschätzt, und die Kräfte unter ihrem Kommando hatten der Republik die größten Schäden seit der Wiederaufnahme der Feindseligkeiten zugefügt. So verachtenswert Michelle Mordanschläge auch fand – aus höchst persönlichen Gründen, wie sie gern einräumte –, jeder militärische Befehlshaber konnte von der Gegenseite als legitimes Ziel angesehen werden. Die Technik, die die Republik benutzt hatte, hätte unausweichlich zum Tod eines weiteren jungen Offiziers und einem halben Dutzend Mitgliedern der Brückenbesatzung geführt, während die Vernichtung von Honors Flaggschiff immerhin Tausende von Menschenleben gekostet hätte. Daher gab es vielleicht sogar ein moralisches Argument, das für den Mordanschlag sprach, wenn er einem gestattete, dem Gegner bei minimal möglichen Verlusten einen möglicherweise entscheidenden Schaden zuzufügen.

Aber so etwas …!

Sie ließ den Nasenrücken los, öffnete die Augen und blickte zur Decke des Flaggbrückenbesprechungsraums.

Was ihr vor allem nicht aus dem Kopf ging, war keineswegs, dass Haven um Haaresbreite ein weiteres Mitglied ihrer Familie ermordet hätte. Nein, ihr stand ständig vor Augen, dass die Republik Haven und das Sternenkönigreich von Manticore immer die beiden Sternnationen gewesen waren, die sich Manpower und der Gensklaverei am entschiedensten in den Weg gestellt hatten – übertroffen nur von Beowulf. Und nicht nur das, das Königreich von Torch verdankte seine Existenz dem Umstand, dass das Sternenkönigreich und die Republik gemeinsam die Gründung finanziert hatten – nur deshalb saß Königin Berry auf dem Thron, und Ruth war ihre Meisterspionin in Ausbildung. Die Unterstützung für Torch war die einzige verbliebene gemeinsame außenpolitische Anstrengung, der Grund, weshalb Elizabeth Winton diesen Planeten als Tagungsort für Pritcharts Gipfelkonferenz ausgesucht hatte. Was könnte die Republik Haven nur veranlasst haben, Torch nun plötzlich enthaupten zu wollen? Es ergab nicht den geringsten Sinn.

Doch, das ergibt Sinn, Mädchen, sagte eine Ecke ihres Verstandes. *Es kann sehr wohl Sinn ergeben, nur warum sie es wollen sollten, ist eine ganz andere Frage.*

Die Nachricht von den Toten auf Torch – und trotz allem belief sich ihre Zahl auf beinahe dreihundert – hatte Manticore kaum zwei T-Tage nach dem Bericht über die Ermordung Websters erreicht. Rechnete man die Reisezeiten ein, waren beide Anschläge am gleichen T-Tag geschehen. Michelle glaubte aus irgendeinem Grunde nicht, dass es sich bei dieser engen zeitlichen Abstimmung um einen Zufall handelte, was der Theorie, der Elizabeth anhing, durchaus Rückhalt verschaffte. Beide Anschläge waren mithilfe der gleichen Technik ausgeführt worden – der gleichen noch unbekannten Technik –, was im Verein mit dem Timing deutlich darauf hinwies, dass beide von den gleichen Hintermännern geplant und ausgeführt worden waren. Soweit Michelle sehen konnte, gab es, wenn man nach Motiven suchte, nur zwei wahrscheinliche Kandidaten.

Wie Baronin Medusa in Websters Fall betont hatte, wäre Manpower der Hauptverdächtige gewesen, hätte nicht die Ähnlichkeit zur Technik beim Anschlag auf Honor bestanden, so dumm es auch sein mochte, solch ein Attentat mitten in Chicago auszuführen. Die gleiche Logik galt doppelt oder sogar dreifach, was den Anschlag auf Torch betraf. Niemand in der ganzen Galaxis besaß ein einleuchtenderes Motiv, Torch zu destabilisieren. Doch Manpower und in einem geringeren Ausmaß die anderen geächteten Konzerne Mesas, die mit Manpower verbündet waren, hatten offensichtlich alle Motive dazu, die man sich ausdenken konnte. Der Gedanke an ein unabhängiges Sonnensystem, das fast ausschließlich von Ex-Gensklaven bewohnt wurde und dessen Regierung heftig von den »reformierten« Terroristen der Anti-Sklaverei-Organisation Audubon Ballroom beeinflusst, wenn nicht sogar dominiert wurde, musste Manpower und jeden verbündeten Konzern schlecht schlafen lassen. Hinzu kam, dass der Planet Torch Manpower mit Gewalt weggenommen worden war (wobei mehrere Hundert höherrangige Angestellte massakriert wurden, die meisten auf besonders grausame Weise), und die Gründe Manpowers, Berry töten zu wollen – und Ruth, und jeden auf dem Planeten, den sie erwischten –, sprang einem förmlich ins Gesicht.

Eine mögliche Erklärung bestand folglich darin, beide Anschläge Manpower zuzuordnen. Nur dass leider die Einzigen, die zuvor die gleiche Technik angewendet hatten, die Haveniten waren. Was immer Pritchart gesagt haben mochte, niemand sonst hatte irgendein Motiv für das Attentat auf Honor. Ganz gewiss hatte Manpower zu diesem Zeitpunkt keinen Grund, es auf sie abgesehen zu haben. Im Gegenteil, soweit Michelle es sehen konnte, besaß Manpower eher jeden Grund, sie *nicht* zu töten. Manpower war ebenso ein Gegner Havens wie Manticores – ob sie nun einzeln oder zusammen standen – und umgekehrt bekämpften Haven und Manticore den Sklavenkonzern. Der Gedanke, jemanden zu beseitigen, der Haven gerade solche Schäden zufügte, konnte dem Vorstand von Manpower kaum gefallen haben.

Und das führte, so ungern Michelle es zugab, zu Elizabeth' Theorie.

Sei fair, mahnte sie sich. *Es ist nicht nur Beths Theorie, und das weißt du genau. Ja, ihr Temperament ist im Spiel, aber Willie Alexander und viele andere hoch bezahlte, sehr mächtige Figuren im Außenministerium und in den Geheimdiensten stimmen ihr zu.*

Am beängstigendsten an dieser Analyse war nach Michelles Meinung die Möglichkeit, dass die Republik tatsächlich mindestens ein plausibles Motiv haben könnte, die eigene Konferenz zu torpedieren. Angesichts des Disputs über die Ursachen des laufenden Krieges konnten Pritchart und ihre Berater kaum die Operationen in einer Weise wieder eröffnen, die offen Friedensgespräche sabotierten, die sie selbst eingeleitet hatte. Wenn also eine Andeutung über die beschleunigten Bauprogramme des Sternenkönigreichs oder – weit schlimmer – ein Hinweis auf die Existenz von Apollo nach Nouveau Paris gelangt war, nachdem Pritchart das Gipfeltreffen vorgeschlagen hatte, und Pritchart und Theisman den Schluss gezogen hatten, dass diese neue Bedrohung ihnen keine andere Wahl ließ, als einen entscheidenden Militärsieg anzustreben, ehe diese Schiffe oder diese neuen Waffen die Waage zu ihren Ungunsten verschoben, dann war es durchaus denkbar, dass sie entzückt wären, sollte Beth die Friedenskonferenz platzen lassen.

Und falls diese Überlegung hinter der Operation stand, so besaß, wer immer sie geplant hatte, einen verstörenden Einblick in Beths Psychologie. Das Timing und die Technik waren geradezu perfekt, wenn man Elizabeth Winton in einen weißglühenden Zornesausbruch stürzen wollte. In Anbetracht der Tatsache, dass das vorherige havenitische Regime bereits versucht hatte, sie zu ermorden, und dabei ihr Onkel und ihr Cousin – bei denen es sich um Michelles Vater und Bruder handelte – sowie ihr hoch geschätzter Premierminister getötet worden waren, wäre es albern gewesen, eine andere Reaktion zu erwartet. Hinzu kam, dass dieser Anschlag von Oscar Saint-Just geplant und veranlasst worden war, der auf diese Weise eine politische Strategie auflegen wollte, weil ihm eine brauchbare militärische fehlte. Daher erschien Michelle die Theorie, Pritchart – oder ein abtrünniges Element ihrer Sicherheitsdienste, rief sie sich fast verzweifelt ins Gedächtnis – könnte sich bewusst für eine Variation des gleichen Themas entschieden haben, um aus einem nur ihr bekannten Grund das Gipfeltreffen zu verhindern, bei Weitem nicht so verrückt, wie es ihr lieb gewesen wäre. Tatsächlich wollte ihr keine andere Hypothese einfallen, wieso jemand diese beiden Mordanschläge in dieser Art am gleichen verdammten Tag ausgeführt haben sollte.

Und Beth und ihre Berater haben auch recht, wenn sie auf den Personenkreis hinweisen, der von dem Gipfel wusste, dachte sie düster. *Wenn jemand ihn tatsächlich sabotieren wollte, müsste er zunächst einmal davon wissen, und wer könnte es rechtzeitig herausgefunden haben, um solch einen Plan in die Tat umzusetzen? Manpower ist dafür einfach zu weit entfernt. Man kann keine Kurierboote zwischen Mesa und Torch – oder Nouveau Paris! – schnell genug hin und her schicken, um zu erfahren, was geschehen war, einen Plan zu formulieren und die Hinrichtungsbefehle innerhalb des bestehenden Zeitrahmens auszugeben. Selbst wenn die Mesaner den Wurmlochknoten und den Terminus von Trevors Stern unter einer Tarnung benutzt hätten, wären sie einfach zu weit außerhalb des Kommando- und Kontrollbereichs gewesen … aber für die beiden Kriegsparteien sieht es ganz anders aus! Und selbst wenn du annimmst, dass jemand anders davon wusste und die nötige Zeit besaß, um den Plan in Gang zu setzen, wel-*

ches Motiv sollte dieser Andere denn gehabt haben, ein Gipfeltreffen wie dieses zu sabotieren?

Nun, wenn der Drahtzieher der Operation dieses Ergebnis gewünscht hatte, so durfte er zufrieden sein. Mit dem Kurierboot, das die Nachricht von dem Anschlag auf Torch brachte, war auch eine Kopie von Elizabeths in weißglühendem Zorn verfasster Brandschrift an Eloise Pritchart eingetroffen – der wenig diplomatischen Note, die Pritchart informierte, dass das Sternenkönigreich von Manticore die Kampfhandlungen auf der Stelle wieder aufnehmen würde. Als Teil der Dislozierungsänderungen, die dies zur Folge hatte, waren Vizeadmiral Blaine und Vizeadmiral O'Malley angewiesen worden, ihre Homefleet-Verbände so schnell wie möglich am Lynx-Terminus zu konzentrieren.

Und damit waren die vorläufigen Pläne, die sie mit Khumalo, Medusa und Krietzmann ausgearbeitet hatte, vollends über den Haufen geworfen.

Zumindest hatten sie am Vorabend einige Möglichkeiten besprochen – darunter den Fall, dass das Sternenkönigreich von der Friedenskonferenz Abstand nahm –, ohne offizielle Aufmerksamkeit darauf zu lenken. Ohne dass einem von ihnen die Möglichkeit gefallen hätte, wusste Michelle daher, wie die Regierung und Vizeadmiral Khumalo reagieren würden.

»Also gut.«

Sie richtete ihren Sessel wieder auf und schwenkte zu Lecter, Commodore Shulamit Onassis und Captain Jerome Conner herum. Conner war der Kommandeur von BatCruDiv 106.1, der 1. Division des Schlachtkreuzergeschwaders 106. Gervais Archer saß still dabei und machte wie immer Notizen, und Onassis hatte ihre Stabschefin mitgebracht, Lieutenant Commander Dabney McIver, die wie Ron Larson aus den Highlands auf Gryphon stammte. Conner wurde von seinem Ersten Offizier begleitet, Commander Frazier Houseman.

Houseman hatte für Michelle eine beträchtliche Überraschung bedeutet, und sie freute sich schon auf das erste Mal, wenn er Konteradmiral Oversteegen gegenüberstand. Oder sogar Honor! Houseman war ein Cousin ersten Grades von *Reginald* Houseman, einem Mitglied der politischen Kreise Manticores. Wahrscheinlich war er derjenige, der Honor Harrington am meisten von allen verabscheute ... und da Pavel Young tot war, beruhte dies auf Gegenseitigkeit. Freilich wäre bei der Frage, wer unter den Politikos sie am meisten hasste, die Konkurrenz hart gewesen, doch Houseman trat durch die einzigartige Auszeichnung hervor, das einzige überlebende Mitglied der manticoranischen politischen Kreise zu sein, das von Honor Harrington niedergeschlagen worden war, sodass er auf seinen reichen, feigen Hintern fiel.

Und er konnte sich rühmen, von der Navy im Allgemeinen fast genauso sehr verabscheut zu werden wie von Honor.

Nach jenem peinlichen kleinen Zwischenfall bei Jelzins Stern hatte seine Karriere und damit auch sein Einfluss einen steilen Sturzflug angetreten, wenngleich es heute noch Angehörige seiner Freiheitspartei gab (sofern sie ihr katastrophales Bündnis mit dem Bund der Konservativen in der Regierung High Ridge überlebt hatten), die ihn weiterhin als Opfer des bekanntermaßen brutalen und arglistigen Verhaltens des »Salamanders« hinstellten. Ihre Reihen hatten sich allerdings merklich ausgedünnt. Das mochte etwas damit zu tun haben, dass Houseman die ihm angebotene Position des Zweiten Lords in der Janacek-Admiralität angenommen hatte. Damals war es ihm vermutlich als recht gute Idee erschienen, da es ihn wieder in die erste Reihe der politischen Macht im Sternenkönigreich zurückgeholt und ihm endlich erlaubt hatte, etwas gegen den »aufgeblähten und grotesk überteuerten Apparat« der Royal Manticoran Navy zu unternehmen, über den er sich schon seit Jahrzehnten ereiferte.

Dummerweise war er damit persönlich und direkt verantwortlich, den vorsätzlichen Abbau der Navy geplant und veranlasst zu haben. Anders als Janacek, der sich das Leben genommen hatte, als mit Beginn des jetzigen Krieges der gewaltige Umfang seines Versagens offensichtlich geworden war, hatte sich Houseman für eine weniger drastische Möglichkeit entschieden und sein Amt in Schande niedergelegt. Und während die Ermittlungen zu Anklagen wegen Korruption, diversen Amtsvergehen, Bestechlichkeit und einem halben Dutzend weiteren Verbrechen gegen den Baron von High Ridge, ein Dutzend seiner persönlichen Assistenten, elf hochrangige Mitglieder des Bundes der Konservativen im Oberhaus (darunter der gegenwärtige Earl von North Hollow), zwei Peers in der Freiheitspartei, drei parteilose Peers, siebzehn Mitglieder der progressiven Fraktion im Unterhaus und mehr als zwei Dutzend prominente Vertreter der manticoranischen Geschäftswelt geführt hatten, schien es, als hätte sich Reginald Houseman zumindest keiner offenen Verstöße gegen das Gesetz schuldig gemacht.

Deswegen hatte er sich in die sichereren, wenn auch weniger prestigeträchtigen (und weniger lukrativen) Gefilde der akademischen Welt zurückziehen können. Seine Schwester Jacqueline war niemals offiziell mit der Regierung High Ridge verbunden gewesen, doch ihre langjährige Stellung als eine der inoffiziellen Finanzberater der Gräfin von New Kiev führte dazu, dass sie beim Zusammenbruch der Regierung immerhin von den Trümmern gestreift wurde. Zum Glück für New Kiev (und Jacqueline) war die Gräfin wahrscheinlich das einzige Mitglied von High Ridges Kabinett und innerem Kreis gewesen, das nicht persönlich in eine seiner verbrecherischen Machenschaften verwickelt war.

Michelle fiel es allerdings schwer zu glauben, dass die Gräfin von den Vorgängen nichts gewusst haben sollte. Und damit war sie auch nicht die Einzige gewesen. Dieser Punkt war in den Nachrichtensendungen und Zeitungen des Sternenkönigreichs recht breit ausgewalzt worden und hatte ohne Zweifel zu der Entscheidung der zerfallenden Freiheitspartei geführt, »mit Bedauern ihre Niederlegung aller Parteiämter« in unziemlicher Hast anzunehmen. Ob New Kiev nun im Bilde gewesen war oder nicht, nach Michelles Ansicht hätte sie wissen *müssen*, was in der Regierung High Ridge vor sich ging, doch es schien wirklich, als wäre ihr Hauptvergehen (zumindest rechtlich gesehen) politische Dummheit im Endstadium gewesen. Endstadium im Sinne des Wortes: Auf ihren Rücktritt als Parteivorsitzende der Freiheitler war ihr fast völliger Rückzug aus dem Oberhaus gefolgt, und es schien offensichtlich, dass ihre politische Laufbahn beendet war. Allerdings versank alsbald auch New Kievs Freiheitspartei, die von ihrem aristokratischen Flügel dominiert wurde, trotz der Geschwindigkeit, mit der sie die Gräfin fallen ließ und sich von den »Exzessen« High Ridges zu distanzieren suchte, im Großen und Ganzen zur Bedeutungslosigkeit. Die neue Freiheitspartei, die unter Führung der Ehrenwerten Catherine Montaigne, der ehemaligen Gräfin of the Tor, aufgestiegen war, stellte etwas ganz anderes – etwas Kräftigeres und weniger Gedrechseltes – dar als alles, zu dem New Kiev je gehört hatte, und ihre Stärke beruhte zum größten Teil auf Montaignes Fraktion im Unterhaus.

Persönlich waren Michelle die »Freiheitler« Montaignes weitaus lieber als die »Freiheitler« New Kiev'scher Prägung, und zwar schon immer.

Doch Jacqueline Houseman pflegte Beziehungen ausschließlich zur aristokratischen Alten Garde, und der Fall dieser Alten Garde hatte ihre Verbindungen in politische Kreise so gut wie durchtrennt. Dieser Gedanke brach Michelle Henke nicht gerade das Herz.

Andererseits war Frazier Houseman der einzige Sohn von

Reginald und Jacqueline Housemans Onkel Jasper. Frazier sah leider Reginald Houseman so ähnlich, wie Michael Oversteegen einer jüngeren Ausgabe seines Onkels glich … Michael Janviers, der auch als Baron High Ridge bekannt gewesen war. Dass Michael den Onkel, dessen Namen er trug, verabscheute und der Ansicht war, dass der Großteil der Spitzenpolitiker im Bund der Konservativen nicht einmal die Intelligenz einer Kohlrübe aufbrachte, bedeutete noch lange nicht, dass er die konservativ-aristokratische Sicht seiner Familie auf das Universum nicht teilte. Oversteegen war beträchtlich intelligenter als die meisten Mitglieder des Bundes der Konservativen und besaß (in Michelles Augen) erheblich größere Integrität, ganz zu schweigen von einem starken Sinn des *Noblesse oblige*, doch all das machte ihn dennoch nicht zum Vorkämpfer des Egalitarismus. Und dass Frazier seinen Cousin verabscheute und irgendwann einmal angemerkt hatte, dass, wenn Reginalds und Jacquelines Gehirne aus spaltbarem Material bestanden hätten, sie zusammengedrückt nicht einmal genügend Energie entwickeln würden, um einer Mücke die Nase wegzusprengen, hieß bei Weitem noch nicht, dass er die liberale und aristokratische Sicht seiner Familie auf das Universum nicht teilte. Und das würde ohne Zweifel dazu führen, dass beide sich in einer politischen Diskussion verhielten wie Öl und Wasser.

Zum Glück – und das war der Grund für Michelles Überraschung – war Frazier Houseman allem Anschein nach ein ebenso tüchtiger Offizier Ihrer Majestät Navy wie Michael Oversteegen. Ob ihre beiderseitige Professionalität die unausweichliche politische Antipathie zwischen ihnen überwog, war natürlich eine ganz andere Frage.

Du hast Besseres zu tun, als über Housemans Herkunft nachzusinnen, schalt sie sich. *Außerdem, wenn du die Anzahl von Vollidioten nimmst, die deinen eigenen Stammbaum im Laufe der Jahrhunderte so bevölkert haben, solltest du ein bisschen vorsichtiger sein, wenn es darum geht, den ersten Stein zu werfen – auch wenn du es nur innerhalb deines Kopfes tust.*

»Ich glaube nicht, dass unser erster Dislozierungsplan noch funktioniert, Shulamit«, begann sie.

»Ich wünschte, ich könnte Ihnen widersprechen, Ma'am«, sagte Onassis mürrisch. Der Commodore war eine kleine, nicht sonderlich schwere, aber mit üppigen Kurven ausgestattete Brünette mit einem Teint, den man auf Alterde als »mediterran« bezeichnet hätte. Trotz des nachdenklichen, unfrohen Stirnrunzelns, das sie im Augenblick trug, war sie recht attraktiv.

»Gleichzeitig aber, Admiral«, wandte Conner ein, »macht es Admiral O'Malleys Abzug noch wichtiger, so schnell wie möglich jemanden zu seinem Ersatz in die Region von Monica zu entsenden.«

»Da stimme ich Ihnen zu, Jerome«, sagte Michelle nickend. »Ich bin sogar der Meinung, Sie und ich müssen den Aufbruch der Ersten Division vorverlegen. Ich glaube mittlerweile, dass wir Monica so schnell wie möglich einen ›Antrittsbesuch‹ abstatten müssen, und danach richten wir uns – oder wenigstens zwo unserer Schiffe – permanent im Tillerman-System ein. Die größte Änderung wird bei unseren Plänen für Shulamit erforderlich sein.«

Sie richtete ihren Blick wieder auf Onassis.

»Statt Ihre Division aufzuspalten und sie auszusenden, um Präsenz in den diversen Sonnensystemen des Quadranten zu zeigen, fürchte ich, dass wir Sie hier im Spindle-System brauchen, und zwar konzentriert.«

»Mit in der Kreisbahn geparkten Schiffen werde ich nicht viel erreichen, Ma'am«, wandte Onassis ein.

»Vielleicht nicht. Doch ob Sie nun aktiv etwas erreichen oder nicht, Sie werden etwas tun, was soeben lebenswichtig geworden ist: Sie halten sich Admiral Khumalo als kampfstarke, konzentrierte Streitmacht zur Verfügung. Ich muss nach Monica – für alle Fälle. Gleichzeitig benötigt Admiral Khumalo jedoch eine kampfstarke Flotteneinheit als Feuerwehr, falls irgendwo etwas schiefgeht, während ich fort bin. Und Sie sind zur Buße für Ihre Sünden nur der zwothöchste Offizier dieses Geschwaders. Das heißt, Sie ziehen den Kürzeren. Verstanden?«

»Verstanden, Ma'am.« Onassis lächelte knapp und verdrossen. »Ich sagte, ich wünschte, Ihnen widersprechen zu können, und das tue ich immer noch. Es zu wünschen, meine ich. Nur leider kann ich Ihnen nicht widersprechen.«

»Ich weiß, dass Sie lieber etwas … Aktiveres täten«, sagte Michelle mitfühlend. »Leider aber dienen auch die, die im Orbit warten, und das ist das, was Sie vorerst tun müssen. Sobald Konteradmiral Oversteegen eintrifft, kann ich diese Aufgabe hoffentlich ihm übertragen. Schließlich« – sie lächelte verschmitzt – »ist er dann der zwothöchste Offizier der Zehnten Flotte. Damit ist er ideal, um hier in einer zentralen Position zurückzubleiben, wann immer ich einen guten Grund finde, anderswo zu sein, nicht wahr?«

Onassis grinste, und Captain Lecter unterdrückte ein Auflachen. Dann jedoch wurde Michelles Gesicht wieder nüchtern.

»Ich hoffe wirklich, dass aus der Heimat nicht noch mehr Überraschungen eintreffen, solange ich fort bin, Shulamit. Das bedeutet nicht unbedingt, dass es nicht dazu kommt. Falls doch, erwarte ich von Ihnen, dass Sie Admiral Khumalo und Baronin Medusa Ihre Gedanken und Einschätzungen zur Verfügung stellen. Sind wir uns da ebenfalls klar?«

»Jawohl, Ma'am.« Onassis nickte, und Michelle erwiderte das Nicken mit Bedacht nicht. Deutlicher konnte sie Onassis nicht sagen, dass sie trotz ihres zunehmenden Respekts vor Admiral Khumalo noch immer Zweifel hegte, was sein rein militärisches Verständnis anging. Sie ging halb davon aus, dass diese Zweifel in nicht allzu ferner Zukunft eines natürlichen Todes sterben würden, doch bis es so weit war, gehörte es zu ihren Pflichten sicherzustellen, dass er die bestmögliche Beratung erhielt, die sie ihm verschaffen konnte, ob persönlich oder über Vertreter.

Also gut«, sagte sie mit einem Blick auf die Zeitanzeige. »Es wird Zeit fürs Mittagessen. Ich habe Vicki und die anderen Kommandanten und ihre Eins-Os gebeten, sich zu uns zu gesellen, und ich plane ein Arbeitsessen. Außerdem möchte ich allen sagen, wie zufrieden ich mit dem Bereitschaftszustand bin, den wir mittlerweile erreicht haben. Vor uns liegt noch immer ein weiter Weg, aber wir sind erheblich besser geworden, und ich erwarte, dass die Fortschritte weitergehen. Außerdem bin ich mir deutlich bewusst, dass ich jedem in dieser Abteilung Dank schulde für den glücklichen Ablauf der Dinge. Daher betrachten Sie sich bitte alle als auf die Schulter geklopft.«

Ihre Untergebenen lächelten sie an, sie lächelte zurück, dann legte sie beide Hände flach auf die Tischplatte und erhob sich.

»Und jetzt gerade ist mir, als hätte ich einen Cobb Salad meinen Namen rufen hören. Daher ist es nur höflich, wenn ich nun hineingehe und mich von ihm finden lasse.«

NEUNZEHN

Aivars Aleksowitsch Terekhov schwang sich im heulenden Zwitschern der Bootsmannspfeifen aus der Personenröhre seiner Pinasse in den Beiboothangar von HMS *Black Rose.* Er ließ die Haltestange los, landete genau vor der Deckslinie und salutierte vor dem Hangaroffizier vom Dienst, während der Hangarlautsprecher verkündete: »*Hexapuma* trifft ein!«

»Bitte um Erlaubnis, an Bord zu kommen, Ma'am«, sagte er zu dem Hangaroffizier vom Dienst.

»Erlaubnis erteilt, Sir«, antwortete der weibliche Lieutenant. Captain Vincenzo Terwilliger, der Kommandant der *Black Rose,* wartete schon und begrüßte Terekhov mit Handschlag.

»Willkommen an Bord, Aivars.«

»Danke, Sir«, sagte Terekhov zu seinem alten Freund, dann drückte er die Hand eines kleinen, schlanken Mannes in der Uniform eines manticoranischen Vizeadmirals.

»Captain Terekhov«, sagte Vizeadmiral O'Malley gelassen.

»Admiral.«

Terekhov ließ O'Malleys Hand los und warf einen Blick in den Beiboothangar des Schlachtkreuzers. Er hatte »Schwarze Rose« immer für einen ungewöhnlich poetischen Namen für ein manticoranisches Kampfschiff gehalten, aber dennoch gefiel er ihm gut. Und der Grund, weshalb O'Malleys Flaggschiff ihn trug, war der, dass *Black Rose* – wie der Name von Terekhovs Schwerem Kreuzer – auf der Ehrenliste der RMN stand, der Liste der Schiffsnamen, die ständig in Gebrauch zu halten waren. Vielleicht war das ein Grund, weshalb er beschlossen hatte, an Bord zu kommen und sich von O'Malley und Terwilliger persönlich zu verabschieden, statt ihnen – und dem Monica-System – per Com auf Wiedersehen zu sagen.

Seine Gedanken wanderten zu den drei Monaten, in denen

zuerst Khumalos Werkstattschiffe und dann, nachdem O'Malley eingetroffen war und Khumalo nach Spindle zurückkehren konnte, die Werkstattschiffe aus O'Malleys Unterstützungsgeschwader die *Hexapuma* und die *Warlock* so weit repariert hatten, dass sie die Rückreise nach Manticore aus eigener Kraft antreten konnten. Insgesamt war er vier T-Monate lang im Monica-System gewesen, und es erschien ihm wie ein ganzes Lebensalter.

Tatsächlich ist es für allzu viele andere Menschen ein Lebensalter gewesen, oder zumindest der Abschluss des Lebensalters, dachte er grimmig. Erneut erinnerte er sich an die entsetzlichen Verluste, die sein improvisiertes »Geschwader« erlitten hatte. *Wir haben unsere Aufgabe erfüllt, aber bei Gott, es hat mehr gekostet, als ich mir je hätte träumen lassen. Selbst nach Hyacinth.*

»Also sind Sie endlich klar, Captain«, stellte O'Malley fest und holte damit Terekhov in die Gegenwart zurück. Terekhov nickte.

»Jawohl, Sir.«

»Ich kann mir vorstellen, dass Sie froh sind, nach Hause zu kommen.«

»Jawohl, Sir. Sehr froh. Die *Ericsson* und die anderen Werkstattschiffe haben bemerkenswerte Arbeit geleistet, aber trotzdem könnten wir eine richtige Werft gebrauchen.«

Gelinde ausgedrückt, dachte er. Im Gegensatz zur älteren und noch schwerer beschädigten *Warlock* würde die *Hexapuma* die Dienste der Werft auch in Anspruch nehmen. Terekhov wagte gar nicht daran zu denken, wie lange es dennoch dauern würde, bis sie wieder voll einsatzklar war, aber wenigstens käme sie zurück. Der *Warlock* stand ein anderes Schicksal bevor. Noch war es nicht offiziell – es würde nicht offiziell sein, ehe sie zu Hause an einer Raumstation begutachtet worden war –, und sie verdiente für das, was sie im Monica-System geleistet und gegeben hatte, etwas Besseres. Aber sie war einfach zu alt, zu klein und zu überholt, um die Kosten einer Reparatur zu rechtfertigen.

»Nun, Captain«, sagte der Vizeadmiral und reichte ihm wieder die Hand, »ich bin sicher, die Werft macht sie rasch wieder heil. Wir brauchen die *Hexapuma* – und Sie – wieder im Dienst. Ich wünsche Ihnen eine glückliche Fahrt, Captain.«

»Danke, Sir.«

Terekhov schüttelte ihm die Hand, trat zurück und salutierte. Die Pfeifen jaulten erneut auf, die Seite nahm wieder Haltung an, und er schwang sich zurück in die Personenröhre.

Rasch durchschwamm er den Schlauch, nickte dem Bordmechaniker zu und nahm in seinem Sessel Platz, als die Nabelschnüre sich schon lösten. Während die Pinasse mithilfe ihrer Bugdüsen aus den Andockarmen zurücksetzte, ging Terekhov gedanklich seinen kurzen Besuch an Bord des Flaggschiffs durch und fragte sich erneut, warum er ihn persönlich unternommen hatte. Er bezweifelte, dass er diese Frage jemals wirklich beantworten könnte, doch seine innerliche Befriedigung – sein Gefühl des Abschlusses – sagte ihm, dass er die richtige Entscheidung getroffen hatte.

Mit nachdenklich gerunzelter Stirn blickte er aus dem Seitenfenster, während die Pinasse den Sicherheitsabstand von der *Black Rose* erreichte und unter Impellerkraft beschleunigend auf die wartende *Hexapuma* zuraste. Die beiden Schiffe lagen auf ihren Parkumlaufbahnen sehr nahe beieinander, getrennt nur durch den dreifachen Durchmesser des Impellerkeils des größeren Schiffes. Das war noch immer zu weit, als dass ihre unterschiedliche Größe mit dem unbewaffneten menschlichen Auge erkannt werden konnte, doch in Terekhov stieg ein vertrauter Stolz auf, als die *Hexapuma* anwuchs, während die Pinasse sich ihr näherte. Sein Schiff mochte »nur« ein Schwerer Kreuzer sein, doch sie gehörte zur *Saganami-C*-Klasse. Mit 483 000 Tonnen war sie fast halb so groß wie die *Black Rose*. Zugegeben war sie erheblich kleiner als die modernen Schlachtkreuzer der RMN, aber dennoch durfte man sie nicht unterschätzen – was sie vor vier Monaten hier im Monica-System recht eindeutig bewiesen hatte.

Doch jetzt war es, wie er zu O'Malley gesagt hatte, Zeit, sie wieder nach Hause zu bringen.

»Kommandant auf der Brücke!«, verkündete der Quartermeister der Wache, als Terekhov das Kommandodeck der *Hexapuma* betrat.

»Weitermachen«, sagte Terekhov, als die Brückenwache Anstalten machte, sich zu erheben, und nahm sich vor, mit dem betreffenden Quartermeister ein Wörtchen zu reden. Oder noch besser sollte es der I. O. tun, das würde wahrscheinlich etwas weniger bedrohlich aussehen. Immerhin war Petty Officer First Class Cheryl Clifford für ihren Rang noch jung; sie gehörte zu den Leuten, die befördert worden waren, damit sie die Posten der Gefallenen auf der *Hexapuma* besetzen konnten. Heute stand sie zum ersten Mal als Quartermeister der Brücke Wache, und es wäre nicht gut gewesen, ihr zuzusetzen – zumal ihre Ankündigung vollkommen korrekt war, sich genau ans Reglement hielt. Nur war es nicht Terekhovs bevorzugte Prozedur. Wie viele jüngere Kommandanten in manticoranischen Diensten machte er sich weniger Gedanken um Formalitäten auf der Brücke und mehr um Effektivität.

Ansten FitzGerald jedoch erhob sich trotzdem. Er hatte auf dem Kommandosessel im Zentrum der Brücke gesessen, und Terekhov ging rasch zu ihm.

Der Kommandant musste sich beherrschen, um nicht helfend die Hand auszustrecken. Naomi Kaplan war an Bord des Hochgeschwindigkeitslazarettschiffes, das am Tag nach O'Malleys Ankunft zusammen mit Augustus Khumalo aufbrach, nach

Manticore evakuiert worden. Das bedeutete ironischerweise, dass der Taktische Offizier fast mit Sicherheit früher in den Dienst zurückkehren konnte als FitzGerald. Obwohl seine Wunden weniger ernst waren, würde die Medizintechnik, die im Basingford Medical Center zur Verfügung stand, dem gewaltigen (und in letzter Zeit leider erweiterungsbedürftigen) Hospitalkomplex der Royal Manticoran Navy gleich außerhalb der Landinger City, Kaplan sehr viel rascher wieder auf die Beine bringen. »Weniger ernst« zu sein als ihr massives Schädeltrauma machte FitzGeralds Verletzung jedoch nicht zu einfachen Kratzern, und die Sanitätsoffiziere hatten ... nachdrücklich angeregt, dass er sie begleitete. Doch wie Terekhov zu Ginger Lewis gesagt hatte, war Ansten ein starrsinniger Mann. Er war fest entschlossen, an Bord seines Schiffes nach Manticore zurückzukehren, und Terekhov hatte es nicht übers Herz gebracht, seinen I. O. zu überstimmen.

Acting Ensign Aikawa Kagiyama, der neben Lieutenant Commander Nagchaudhuri Dienst als Zwoter Signaloffizier der *Hexapuma* tat, beobachtete FitzGerald aus dem Augenwinkel. Er hatte eine ausgeprägte Neigung, besorgt in Bereitschaft zu stehen, wenn es um FitzGerald ging, und hielt sich dabei für völlig unaufdringlich. Terekhov fand es rührend, doch dem Funkeln in FitzGeralds Augen nach zu urteilen fand der I. O. es eher mindestens genauso amüsant.

»Ich habe das Schiff, Mr. FitzGerald«, sagte Terekhov förmlich, trat an FitzGerald vorbei und nahm auf dem Kommandosessel Platz.

»Sie haben das Schiff, Sir«, bestätigte FitzGerald und straffte nur ganz wenig vorsichtig das Kreuz, ehe er die Hände auf dem Rücken zusammenlegte.

»Etwas von der *Black Rose,* Com?«

»Jawohl, Sir«, antwortete Nagchaudhuri. »Vizeadmiral O'Malley wünscht uns eine rasche – und ereignislose – Reise.«

»Nun, das ist sicher etwas, über das wir uns alle freuen würden«, entgegnete Terekhov trocken und sah auf Lieutenant Commander Tobias Wright, den Astrogator der *Hexapuma.*

»Darf ich annehmen, Toby, dass Sie mit Ihrer gewohnten Tüchtigkeit bereits unseren Kurs berechnet haben?«

»Leider, Sir, habe ich das diesmal nicht«, erwiderte Wright mit bekümmertem Gesicht. Der Astrogator war der jüngste unter Terekhovs Ressortoffizieren und normalerweise am reserviertesten. Wie sich herausgestellt hatte, lauerte direkt hinter der distanzierten Fassade ein lebhafter Sinn für Humor, und nach der Schlacht von Monica war er durch die Oberfläche gebrochen. Das sagte wahrscheinlich einiges über seine Persönlichkeit, dachte Terekhov.

»Ich fürchte«, fuhr Wright fort, »dass wir uns diesmal auf Ensign Zilwickis Astrogation verlassen müssen.«

»Ach du je«, sagte Terekhov. Er blickte die kräftig gebaute junge Frau an, die neben Wright saß, und schüttelte voller Zweifel den Kopf. »Darf ich denn hoffen, Ms. Zilwicki, dass Sie diesmal korrekt addiert haben?«

»Ich habe es wenigstens versucht, Sir«, erwiderte Ensign Helen Zilwicki ernst.

»Dann werden wir uns damit wohl begnügen müssen.«

Mehrere Personen lachten. Astrogation war nicht gerade Helens Lieblingsgebiet, und das wusste jeder. Mittlerweile, überlegte Terekhov, gab es bei keinem Besatzungsmitglied der *Hexapuma* noch viel, was nicht »jeder« wusste. Trotz seiner beeindruckenden Tonnage und Feuerkraft war die Gesamtbesatzung des Schweren Kreuzers kaum größer als die eines Vorkriegszerstörers, und die Besatzung der *Hexapuma* hatte zusammen einiges durchgemacht. Sie waren zudem alle Kielplatteneigner, und Terekhov wusste, dass sie wie er mittlerweile alle genau verstanden hatten, dass es kein zweites Schiff wie die *Hexapuma* geben würde. Nicht für sie, niemals.

Sein Bewusstsein dieser Tatsache schien aus ihm hinauszuströmen und sich der gesamten Brückencrew mitzuteilen. Nicht repressiv, sondern fast … tröstlich. Das Lächeln seiner Untergebenen verschwand nicht, es verblasste allmählich zu ernsteren Mienen, als überdächten ihre Besitzer nüchtern alles, was sie und ihr Schiff durchgemacht und geleistet hatten. Aivars Terekhov durchfuhr etwas, das der Liebe sehr ähnlich war, und seine Nasenflügel bebten, als er tief Luft holte.

»Also gut, Astro«, sagte er. »Gehen wir nach Hause.«

»Was haltet ihr also vom neusten kleinen Trick der Mantys?«, fragte Albrecht Detweiler mürrisch.

Er, Benjamin und Daniel ruhten unter der brütenden Sonne auf Chaiselounges, während türkisfarbene Wellen und cremeweiße Brandung auf den blendend weißen Strand schlugen, und trotz der Annehmlichkeit der Umgebung war sein Gesicht genauso düster wie seine Stimme.

»Weißt du, Vater«, erwiderte Benjamin ein wenig ausweichend mit leichtem Lächeln, »manchmal ist es schwer, dir alles recht zu machen. Wir haben erreicht, dass die Mantys und die Haveniten wieder aufeinander schießen. War das etwa nicht das, was du gewollt hast?«

»Manchmal bin ich schwer zufriedenzustellen«, versetzte Albrecht, »aber dafür bist du manchmal ein respektloser kleiner Balg, nicht wahr?«

»Ist das nicht eine meiner Funktionen?« Benjamins Lächeln wurde ein wenig breiter. »Du weißt schon, der niedere Sklave, der mit Cäsar auf dem Streitwagen fährt und ihn daran erinnert, dass er nur ein Mensch ist, während die Menge ihn bejubelt.«

»Ich möchte wissen, wie viele dieser Sklaven den Tag überlebt haben«, sann Albrecht laut.

»Wie merkwürdig, dass die Geschichtschips in dieser Hinsicht kaum Informationen liefern«, stimmte Benjamin ihm zu. Dann verblasste sein Lächeln. »Aber im Ernst, Vater, bei dieser Entfernung von Lovat ist es schwer, sich eine sinnvolle Meinung darüber zu bilden, was sie diesmal getan haben.«

Albrecht grunzte in halb zorniger Zustimmung für Benjamins Argument. Selbst für Kurierboote mit Blitzantrieb bestand eine Grenze für die Geschwindigkeit der Informationsübermittlung. Und um ehrlich zu sein, seiner Meinung nach benutzten sie den Weg über Beowulf bereits zu häufig. Er wusste, dass sich durch äußere Beobachtung ein mit Blitzantrieb ausgerüstetes Raumfahrzeug durch nichts von irgendeinem anderen Kurierboot unterscheiden ließ, doch es gefiel ihm nicht, sie zwischen Mesa und Manticore öfter als unbedingt nötig hin und her zu schicken. Beowulf hatte seinen Terminus des Manticoranischen Wurmlochknotens vom Tag seiner Entdeckung an für allen mesanischen Schiffsverkehr geschlossen und genoss dabei Manticores vollständige Unterstützung und uneingeschränkte Zustimmung. Kein einziges Kurierboot auf der Beowulf-Strecke war natürlich auf Mesa registriert, aber es bestand immer die Gefahr, dass der beowulfianische oder manticoranische Geheimdienst durch einen unglücklichen Zufall imstande war, die Täuschung zu durchschauen. So extrem unwahrscheinlich es auch war, das Alignment hatte im Laufe der Jahrzehnte gelernt, sich respektvoll sowohl vor den beowulfianischen als auch vor den manticoranischen Aufklärern zu hüten.

Trotzdem, es besteht kaum eine Wahl, sagte er sich. *Von Beowulf sind es über das Visigoth-Wurmloch nur sechzig Lichtjahre. Das bedeutet fünf Tage Reise für ein Blitzboot. Diesen Vorteil können wir in der heutigen Zeit keinesfalls ungenutzt lassen, daher denke ich, ich muss einfach hoffen, dass die Räder halten.*

Wäre er ein Mann gewesen, der an Gott glaubte, so hätte Albrecht Detweiler einige Augenblicke im inbrünstigen Gebet darum verbracht, dass die fraglichen Räder fest mit dem Fahrzeug verbunden blieben. Da er nicht solch ein Mann war, schüttelte er nur den Kopf.

»Was wir wissen ist, dass Harrington einen versuchten havenitischen Hinterhalt zusammengeschossen hat«, sagte er.

»Ja, so viel wissen wir«, stimmte Benjamin zu. »Aber wir haben keine harten Zahlen über die Kampfstärke beider Seiten. Wir glauben, dass Harrington zahlenmäßig beträchtlich unterlegen war, aber es ist ja nun auch nicht so, dass die Pressemitteilungen der Mantys detaillierte Stärkeangaben über die Achte Flotte enthielten, nicht wahr? Und trotz Collins und Bardasanos größter Anstrengungen haben wir noch immer niemanden weit genug oben in der manticoranischen Navy, der uns diese Informationen zukommen lassen könnte.«

»Das ist alles sicher wahr, Ben«, sagte Daniel. »Andererseits gibt es ein paar Indizien. Zum Beispiel klingt es so, als hätten sie es geschafft, die Zielgenauigkeit ihrer Mehrstufenraketen teuflisch zu erhöhen. Und ich bin geneigt zu glauben – bitte, ich hatte noch keine Gelegenheit zu einer tief gehenden Analyse der Informationen, die uns vorliegen –, dass auch die havenitische Raketenabwehr in ihrer Wirksamkeit weiter herabgesetzt wurde. Wenn Harrington nicht in erheblich größerem Umfang verstärkt wurde, als unsere zugegeben beschränkten Quellen es vermuten lassen, dann ist die von Manticore verlautbarte Zahl vernichteter Einheiten entsetzlich hoch verglichen mit der Anzahl Schiffe, die es bei dieser Operation eingesetzt haben kann.«

»Dem müsste ich zustimmen«, räumte Benjamin ein. »Hast du oder haben deine Leute irgendeine Ahnung, wie ihnen das gelungen sein könnte?«

So wie Everett Detweiler der höchste Direktor aller biowissenschaftlichen Forschung und Entwicklung des Alignments war, leitete Daniel sämtliche nicht-biowissenschaftliche Forschung und Entwicklung, sodass er normalerweise sehr eng mit Benjamin zusammenarbeitete.

»Ich kann nur spekulieren«, antwortete Daniel mit einem Blick auf seinem Bruder, und Benjamin nickte zur Bestätigung des Vorbehalts. »Nachdem ich das gesagt habe«, fuhr Daniel fort, »würde ich meinen, als klinge das doch sehr nach einer weiteren Anwendung ihrer verdammten Überlichttechnik.«

Er verzog düster das Gesicht. Er war sich zwar recht sicher, dass seine Forscher endlich ergründet hatten, was Manticore eigentlich tat, doch die Erzeugung von Gravimpuls über die Alphamauer des Hyperraums zu duplizieren war alles andere als simpel. Bis man wusste, wie die Manticoraner es zuwege brachten, war noch viel Forschung nötig, und noch mehr, um ihre Technik nachbauen zu können, denn das Alignment war im Gegensatz zur Republik Haven nicht in der Lage gewesen, auch nur ein funktionstüchtiges Exemplar dieser Technik in die Hände zu bekommen.

Und auch die verfluchten Havies schaffen es nicht einmal ansatzweise so gut wie die Mantys ... na, noch nicht, erinnerte er sich.

»Wenn ich richtig vermute, wäre es die nächste logische Erweiterung dessen, was sie sich schon erarbeitet haben, und das in mehrerlei Hinsicht«, sagte er. »Wir wissen, dass sie überlichtschnelle Aufklärungsdrohnen besitzen, also gibt es theoretisch keinen Grund, weshalb sie nicht irgendwann das gleiche Gerät in etwas stopfen sollten, das so groß ist wie eine Mehrstufenrakete.«

»Hör doch auf, Daniel!«, protestierte Benjamin. »Zwischen einer Aufklärungsdrohne und einer dieser Riesenraketen besteht immer noch ein höllischer Größenunterschied! Und die meisten Raketen, die ich kenne, sind mit anderen unverzichtbaren Geräten bereits so voll, wie es nur geht. Wo sollen sie diesen verdammten Überlichtsender denn unterbringen?«

»Ich sagte, es sei *theoretisch* möglich«, erwiderte Daniel in mildem Ton. »*Wir* könnten es nicht schaffen, da bin ich mir sicher, selbst wenn wir genau wüssten, wie sie es zuwege bringen. Noch nicht jedenfalls. Aber das ist der wesentliche Punkt Ben: *noch* nicht. Die Mantys benutzen dieses Ding seit über zwanzig T-Jahren, und vor allem haben sie es erfunden. Das bedeutet, sie wissen besser als irgendjemand sonst damit umzugehen, und aus dem Gerät, das sie einsetzen, geht hervor, dass sie Volumen- und Massebeschränkungen immer besser in den Griff bekommen – und die Bandbreite vergrößern. Wenn ich raten sollte, würde ich sagen, dass sie wahrscheinlich irgendwie einen Überlichttransceiver in eine Standard-Mehrstufenrakete gezwängt haben. Wenn sie eine ihrer Drohnen genügend nahe am Ziel platzieren können – und wir wissen, dass ihre Stealth-Systeme mindestens so gut sind wie unsere, wenn nicht sogar besser –, dann hätten sie eine effiziente überlichtschnelle Leitungs- und Steuerschleife. Damit lässt sich nicht nur die gestiegene Treffgenauigkeit erklären, sondern auch der offensichtliche Einbruch in der Effizienz der havenitischen Abwehr. So nahe an der Echtzeitanpassung der Angriffsprofile und der Durchdringungs-Eloka an die Gegebenheiten ist niemand mehr gewesen, seit die Mantys angefangen haben, die Raketenreichweiten immer weiter zu erhöhen.«

»Klingt das für dich vernünftig, Ben?«, fragte Albrecht, nachdem er lange nachgedacht hatte, und Benjamin nickte. Seinem Gesichtsausdruck war zu entnehmen, dass ihm die Hypothese seines Bruders nicht sehr gefiel, aber er nickte.

»Wenn Dan recht hat, dann stehen wir vor einer größeren – einer *weiteren* größeren – Verschiebung im Gleichgewicht der militärischen Möglichkeiten, Vater«, sagte er. »Vorausgesetzt, meine Experten liegen mit ihrer Einschätzung der relativen Schiffsstärken beider Seiten nicht völlig daneben, glaube ich nicht, dass für Haven eine Chance besteht, eine genügend große zahlenmäßige Übermacht zu erlangen, um Manticore besiegen zu können. Jedenfalls nicht, wenn die Mantys ihre Geschwader allgemein mit diesem System ausrüsten können. Sobald das geschehen ist und ihre neuen Bauprogramme Schiffe ausliefern, werden sie etwas tun, wogegen White Havens Siegeszug gegen Haven im letzten Krieg aussieht wie eine Rauferei bei einem Kinderpicknick.«

»Und selbst wenn die Republik irgendwie überlebt, heißt das nur, dass sie diese Möglichkeit der Gefechtsführung ebenfalls entwickeln wird – oder zumindest ein grobes Gegenstück«, stellte Albrecht mürrisch fest.

»Ich würde sagen, das ist die logische Folge, Vater«, stimmte Daniel zu. »Haven befindet sich schon jetzt an zweiter Stelle hinter Manticore. Das Bildungssystem der Republik war miserabel, aber man arbeitet daran. Das Problem dort bestand, wenn man fair ist, nicht etwa darin, dass es keinen harten Kern aus tüchtigen Lehrern und Wissenschaftlern gegeben hätte. Das Problem waren die Legislaturisten, die das Bildungssystem mit politischer Indoktrination lähmten und es mit Vorschriften verwässerten, die verlangten, allen Studenten ein »gutes Gefühl« zu geben, ganz gleich, wo ihre akademischen Leistungen wirklich lagen. Daher kommt es, dass das Verhältnis von kompetenten Forschern zu Nichtsnutzen so viel niedriger war als auf Manticore. Forschungsziele wurden danach verteilt, wer seine schützende Hand über den Wissenschaftler hielt, statt aufgrund einer unvoreingenommenen Bewertung der potenziellen Ergebnisse. Und dass so wenig Geld in die Verbesserung der grundlegenden Infrastruktur gesteckt wurde, hatte zur Folge, dass selbst den fähigen Forschern nicht die gleichen Mittel und die fortschrittliche Industriebasis zur Verfügung standen wie auf Manticore, ganz egal, wer ihre Gönner nun waren. Trotzdem hatte Haven stets einen größeren Talentpool, als man glauben wollte, wenn man sah, was sie leisteten, und wer immer ihre Forschung und Entwicklung heute leitet, macht sich diesen Pool offensichtlich optimal zunutze.

Zudem sind die Havies die Einzigen, die Zugriff auf Sensor- und Beobachtungsdaten haben, ganz zu schweigen erbeutetes Gerät untersuchen können. Und vergessen wir nicht das alte Sprichwort von dem Mann, der aufgehängt werden soll. Haven hat eine erheblich größere Motivation als selbst wir herauszufinden, was die Mantys vorhaben, oder zumindest, wie man es *kontert.* Entweder werden sie sich also einfallen lassen, wie sie selbst solche Raketen bauen können – oder etwas Ähnliches –, oder sie werden überrollt, wie Ben sagt. Und wenn Manticore die Havies nicht vollständig entwaffnet, werden sie genau das tun, was sie nach dem letzten Krieg auch getan haben, nämlich sich zurückhalten und nachdenken, bis sie herausgefunden haben, wie es geht. Bis das der Fall ist, blieben uns vielleicht noch ein paar Jahre Frist, aber das wäre alles.«

»Glaubst du nicht, dass die Mantys in Anbetracht dessen, was beim letzten Mal passiert ist, diesmal auf der vollständigen Entwaffnung Havens bestehen würden?«, fragte Albrecht.

»An ihrer Stelle würde ich es«, sagte Benjamin, ehe Daniel antworten konnte. »Aber nehmen wir einmal an, sie stellen diese Forderung. Glaubst du wirklich, dass selbst Manticore Haven letzten Endes davon abhalten könnte, irgendwo ein geheimes Wiederbewaffnungsprogramm zu beginnen? Ich rede hier nicht von kurzfristigen Entwicklungen. Trotzdem bin ich mir sicher, dass jemand, der schon einmal einen vollkommen geheimen Werftkomplex mit Forschungs- und Entwicklungseinrichtungen gebaut hat, das Ganze auch ein zweites Mal schafft. Aus unserer Sicht wäre es dennoch die bestmögliche Entwicklung, denn ich halte es nicht für sehr wahrscheinlich, dass Haven solche Pläne durchführen könnte, bevor wir bereit sind. Und ich könnte mir vorstellen, dass Manticore wahrscheinlich wenigstens einen bescheidenen Abbau seiner

Schlachtflotte akzeptieren würde, sobald Haven erst entwaffnet ist.«

»Dagegen spricht, dass ein ausgleichender Druck bestehen würde, die Flottenstärke aufrechtzuerhalten, wenn die manticoranische Expansion nach Talbott und Silesia gute Früchte trägt«, wandte Albrecht ein.

»Wahrscheinlich.« Benjamin zuckte die Achseln. »Das Problem ist, dass wir an dieser Stelle nur spekulieren können. Wir haben nicht genügend Informationen – insbesondere bei den Mantys sind wir nicht tief genug eingedrungen, um genügend Informationen zu erhalten –, und deshalb können wir keine soliden Prognosen abgeben.«

»Angenommen, Daniels Hypothese trifft zu«, sagte Albrecht. »Würde das neue Waffensystem eine Bedrohung für Oyster Bay darstellen?«

»Nein«, antwortete Benjamin sofort. »Bei Oyster Bay brauchen wir uns um Reichweite oder Feuerleitung keine Sorgen zu machen, Vater, und es gibt absolut keinen Hinweis, dass irgendjemand, auch die Mantys nicht, auch nur im Entferntesten die Möglichkeit in Erwägung gezogen hat, dass so etwas wie die Spinne machbar ist. Wenn sie nichts davon wissen, dann liegt die Wahrscheinlichkeit, dass sie Oyster Bay jemals sehen, bei so gut wie Null. Wenn sie allerdings von der Spinne erfahren sollten und Zeit hätten, eine Gegenmaßnahme zu entwickeln, dann könnte das für uns in einer Zeit anhaltender Kriegführung ein großes Problem darstellen.«

»Für uns wäre es daher am besten, wenn wir die Mantys erledigt hätten, ehe sie ihr System allgemein einsetzen können«, überlegte Albrecht laut.

»Ja, das wäre es«, stimmte Benjamin zu und sah ihn ein wenig vorsichtig an.

»Könntest du Oyster Bay beschleunigen?«

»Nicht merklich, Vater.« Benjamin schüttelte den Kopf mit

der Miene eines Mannes, der so ziemlich das hörte, was zu hören er gefürchtet hatte. »Die Spinne ist eine völlig neue Technologie. Daniel und ich glauben, alle Fehler ausgemerzt zu haben, aber wie schon gesagt, befinden wir uns noch im Stadium des Prototypen. Technisch sind die Haie wohl Kampfschiffe, aber ihre Hauptfunktion bestand immer darin, als Prüfstände und Ausbildungseinheiten zu dienen, nicht als Angriffsschiffe. Ich sehe keine Möglichkeit, von der neuen Technik so viel herzustellen, um Oyster Bay deutlich früher als geplant auszuführen.«

»Ich verstehe.« Albrechts Miene glich Benjamins, und ganz offensichtlich hatte er mit dieser Antwort gerechnet, dann zuckte er mit den Schultern. »In dem Fall glaube ich, dass diese Lovat-Geschichte umso mehr unterstreicht, wie wünschenswert es wäre, die Monica-Operation neu aufzulegen, sobald wir können – verhüllt von einem passenden neuen Schafspelz, nicht wahr?«

ZWANZIG

»Sie wollten mich sprechen, Albrecht?«

Albrecht Detweiler wandte sich von dem Panorama der zuckerweißen Strände hinter den Fenstern seines luxuriösen Büros ab, als die dunkelhaarige, heftig tätowierte Frau durch die Tür trat.

»Ja, das will ich meinen«, erwiderte er und bot ihr mit einer sparsamen Handbewegung einen der Sessel vor seinem Schreibtisch an.

Isabel Bardasano gehorchte dem wortlosen Befehl und setzte sich mit einer selbstsicheren, beinahe bedrohlichen Anmut und schlug die Beine über, während er von den Fenstern zu seinem Sessel ging. Ihr Gesichtsausdruck war aufmerksam, und er dachte nicht zum ersten Mal an die Tödlichkeit hinter ihrem ... schmuckvollen Äußeren.

Bardasano gehörte einer »Jungen Loge« Mesas an, was ihre Tätowierungen und kunstvollen Piercings erklärte. Die Jungen Logen bildeten eine »neue Generation« der mesanischen Firmenhierarchien und pflegte einen äußerst extravaganten Lebensstil, mit dem sie ihren Reichtum und ihre Macht einer zunehmend missbilligenden Galaxis unter die Nase rieb. Nur wenige Angehörige irgendeines Hauses kannte die ganze Wahrheit der mesanischen Pläne, und das aus verschiedenen Gründen. Der Wichtigste darunter bestand darin, dass der Reichtum, das Gefühl des Privilegs und die Arroganz, die hinter ihrer Extravaganz steckte, bewusst ermutigt worden waren und zwar als weiteres Indiz für die Exzesse und allgemeine Degeneration von Manpower und der verbündeten geächteten Konzerne. Jetzt, wo der Kulminationspunkt sich so rasch näherte, war es wichtiger denn je, die Aufmerksamkeit von den Bestrebungen des Alignments abzulenken, und das hatten die

Jungen Häuser ganz hervorragend bewerkstelligt. Natürlich hatte ihr Lebensstil sie zugleich erheblich verletzlicher für die Aktivitäten der Meuchelmörder des Audubon Ballroom gemacht. Das war ein unglückseliger Begleitumstand, aber alle fraglichen Genotypen waren an einem sicheren Ort konserviert, und die erzeugte Ablenkung war ihren Preis durchaus wert gewesen. Und wenn der Rest der Galaxis noch davon überzeugt werden konnte, dass Mesa im Großen und Ganzen zunehmend von hedonistischen Genussmenschen und nutzlosen Drohnen dominiert wurde, dann umso besser.

Einige dieser »hedonistischen Genussmenschen« allerdings waren alles andere als nutzlose Drohnen, und Bardasano war dafür ein hervorragendes Beispiel – tatsächlich sogar das hervorragendste. Der Bardasano-Genotyp hatte wenigstens ein halbes Dutzend Generationen lang mit seiner Intelligenz und skrupellosen Entschlossenheit auf sich aufmerksam gemacht. Leider gab es einige unbeabsichtigte nachteilige Charakterzüge, und einmal war ernsthaft erwogen worden, die letzten Iterationen der Linie auszusondern und an einem wesentlich früheren Punkt neu zu beginnen. Die positiven Züge waren jedoch so ausgeprägt gewesen, dass man stattdessen ein Abhilfeprogramm eingeleitet hatte, und Isabel bildete das gegenwärtige Beispiel für den Erfolg desselben. Zwei ihrer unmittelbaren Vorfahren hatten eliminiert werden müssen, als ihre inhärente Skrupellosigkeit dazu führte, dass sie ein wenig zu ehrgeizig und damit zur Gefahr für alle anderen wurden, doch intelligenter Ehrgeiz, angemessen gemildert, war stets nützlich, wie Bardasano selbst zeigte. Und wenn noch immer eine leichte Neigung zu sexuellen Störungen und leicht soziopathischem Verhalten bestand, so stellten beide kein ernstes Handicap dar, schon gar nicht bei jemandem, der auf dem Gebiet der verdeckten Operationen tätig war. Natürlich musste in der nächsten oder übernächsten Generation etwas daran getan werden, wenn die Bardasano-Linie den permanenten Alphastatus innerhalb des Alignments zurückerhalten wollte, und Isabel wusste das.

Unterdessen jedoch war sie höchstwahrscheinlich die beste Spezialistin für verdeckte Operationen, die das Alignment zumindest im letzten T-Jahrhundert hervorgebracht hatte. Detweiler amüsierte es, dass Leute außerhalb des innersten Kreises des Alignments oft Zweifel an Bardasanos Geisteszustand hegten, besonders, wenn es um ihre Haltung ihm gegenüber ging. Da innerhalb der besten mesanischen Linien bekannt war, dass die Bardasanos beinahe ausgesondert worden wären, stärkte ihre anscheinende Sorglosigkeit im Umgang mit ihm nur ihren Ruf, *eigenartig* zu sein, und erzeugte eine wertvolle weitere Sicherheitsstufe, wenn er oder einer seiner Söhne ihre Dienste in Anspruch nahm. Als Albrecht sie über den Schreibtisch hinweg anblickte, spielte er einmal mehr mit dem Gedanken, ihr zu offenbaren, dass in genau diesem Augenblick eine Kreuzung zwischen den Bardasano- und Detweiler-Genotypen begutachtet wurde, doch er entschied sich dagegen. Vorerst zumindest.

»Nun«, sagte er und lehnte sich leicht in den Sessel, »ich muss sagen, dass bislang die Entfernung Websters – und natürlich Unternehmen Rattengift – die beabsichtigte Wirkung zu entfalten scheinen. Abgesehen vielleicht von diesen neuen Waffen, die die Mantys offenbar entwickelt haben.«

»Bislang«, stimmte sie zu, doch in ihrem Ton fand sich ein winziger Hinweis auf einen Vorbehalt, und Detweiler wölbte die Brauen.

»Macht Ihnen etwas Sorgen?«

»Ja und nein«, antwortete Bardasano.

Er gab ihr mit einer Geste den wortlosen Befehl fortzufahren, und sie zuckte mit den Schultern.

»Bisher und kurzfristig haben wir genau die Wirkung erzielt, die wir wollten«, sagte sie. »Ich rede jetzt nicht davon, was die

Mantys bei Lovat getan haben, verstehen Sie. Das ist außerhalb meines Fachgebiets, und ich bin sicher, dass Benjamin und Daniel ihre Leute bereits rund um die Uhr daran arbeiten lassen. Wenn einer von ihnen meine Hilfe braucht, dann werden sie mir das sicher mitteilen. Doch davon einmal abgesehen sieht es so aus, als hätten wir mit den Attentaten genau das erreicht, was wir erreichen wollten. Die Mantys oder zumindest doch eine ausreichende Mehrheit von ihnen ist überzeugt, dass Haven dahinter steckt; der Gipfel ist abgesagt, und es deutet alles darauf hin, als hätten wir Elizabeths Misstrauen Pritchart gegenüber noch vertiefen können. Ich bin nicht ganz glücklich mit der Tatsache, dass wir beide Operationen in diesen relativ engen Zeitrahmen auslösen mussten. Ich improvisiere nicht gern, Albrecht. Sorgfältige Analyse und gründliche Vorbereitung haben uns zu lange zu gut gedient, als dass ich gern aus dem Augenblick handeln würde, ganz egal, was die anderen im Strategischen Rat denken mögen.«

»Argument akzeptiert«, sagte Detweiler. »Ein stichhaltiger Punkt. Benjamin, Collin und ich haben bereits in der gleichen Richtung diskutiert. Leider sind wir zu dem Schluss gelangt, dass wir immer mehr werden improvisieren müssen, nicht weniger, je näher das Endspiel rückt. Sie wissen, dass das stets Teil unserer Prognosen gewesen ist.«

»Selbstverständlich. Trotzdem macht mich das kein bisschen glücklicher, wenn uns so etwas aufgezwungen wird. Und ich möchte wirklich nicht, dass wir in eine geistige Haltung kommen, in der wir nur noch auf Ad-hoc-Basis agieren, weil wir uns dem Endspiel nähern. Die beiden Gesetze, die ich versuche, stets im Kopf zu behalten, sind das Gesetz der unbeabsichtigten Folgen und Murphys Gesetz, Albrecht. Und sehen wir der Tatsache ins Auge, Webster zu eliminieren und einen Anschlag auf ›Königin Berry‹ zu verüben hat beides ein recht bedeutsames Potenzial für unbeabsichtigte Folgen.«

»Davon gibt es gewöhnlich immer zumindest einige«, stimmte Detweiler zu. »Haben Sie in diesem Fall besondere Bedenken?«

»Nun, es gibt ein paar Dinge, die mir Sorgen machen«, gab sie zu, und er kniff die Augen zusammen. Im Laufe der Jahre hatte er gelernt, Bardasanos innerem Radar zu trauen. Sie irrte sich manchmal, aber wann immer sie Bedenken hatte, war sie bereit, sich zu exponieren und es zuzugeben, statt dass sie vorgab, alles für bestens zu halten. Und obwohl sie manchmal daneben lag, traf sie umso öfter genau ins Ziel.

»Schießen Sie los.«

»Zuallererst«, sagte Bardasano, »mache ich mir nach wie vor Sorgen, dass jemand herausfindet, wie wir es tun, und unsere Spur aufnimmt. Ich weiß, dass im Augenblick niemand auch nur ansatzweise die sprichwörtliche rauchende Waffe gefunden hat ... jedenfalls nicht, so weit wir wissen. Die Mantys verstehen sich jedoch besser auf Biowissenschaften als die Andermaner oder Haven. Vor allem aber haben sie direkten Zugang nach Beowulf.«

Detweiler biss in unwillkürlichem, beinahe pawlowschem Reflex die Zähne zusammen, als der Name fiel. Der automatische Stich der Wut, den er weckte, war geradezu instinktiv, und er rief sich nicht zum ersten Mal ins Gedächtnis, wie gefährlich es war, wenn er zuließ, dass diese Wut sein Denken beeinflusste.

»Ich habe meine Zweifel, dass selbst Beowulf die Puzzleteile so schnell zusammensetzen könnte«, sagte er schließlich. »Irgendwann gelingt es ihnen mit Sicherheit, wenn sie genügend Daten haben. Wohl besitzt man dort die Fähigkeit dazu, doch in Anbetracht dessen, wie schnell die Naniten sich abbauen, ist es extrem unwahrscheinlich, dass Beowulf schnell genug einen Leichnam untersuchen kann, um noch etwas Eindeutiges festzustellen. Sämtliche Studien Everetts und Kyprianous weisen in diese Richtung. Ganz offensichtlich müssen wir diese Möglichkeit im Hinterkopf behalten, aber wir dürfen uns von ihr nicht derart verängstigen lassen, dass wir ein Verfahren nicht mehr einsetzen, auf das wir angewiesen sind.«

»Ich sage ja nicht, dass wir das sollten, ich weise nur auf eine mögliche Gefahr hin. Und ich mache mir weniger Sorgen darüber, dass irgendein Gerichtsmediziner es auf forensischem Weg erkennt, sondern mehr, dass jemand zu dem richtigen Schluss kommt – dass es eine Biowaffe ist und wir sie entwickelt haben –, indem er den anderen Spuren nachgeht.«

»Was für andere Spuren?«, fragte Detweiler und kniff erneut die Augen zusammen.

»Unseren aktuellen Berichten nach sind Elizabeth und der Großteil von Grantvilles Regierung, ganz zu schweigen vom Manty auf der Straße, felsenfest überzeugt, dass Haven hinter den Anschlägen steckt. Die meisten scheinen Elizabeths Theorie zuzustimmen, dass Pritchart aus unbekanntem Grund zu dem Schluss gekommen sei, der von ihr selbst vorgeschlagene Gipfel wäre ein Fehler. Keiner von ihnen hat eine überzeugende Erklärung, was für ein ›unbekannter Grund‹ das sein könnte, und einige von ihnen – besonders White Haven und Harrington – scheinen nicht sehr überzeugt, dass wirklich Haven der Schuldige ist. Seit dem Zusammenbruch der Regierung High Ridge haben wir leider niemanden mehr, der uns etwas davon bestätigen könnte, aber die Quellen, die wir noch haben, weisen alle in diese Richtung. Bitte vergessen Sie aber nicht, dass es seine Zeit dauert, bis uns Informationen von unseren besten noch intakten Quellen erreichen. In diesem Fall können wir schließlich nicht einfach die Reporter danach fragen, wie es bei Meldungen über militärische Operationen wie Lovat möglich ist. Im Augenblick reden wir noch immer über sehr vorläufige Berichte, obwohl Kurierboote mit Blitzantrieb auf der Beowulf-Strecke eingesetzt wurden.«

»Verstanden. Weiter.«

»Was mich am meisten beunruhigt«, fuhr sie mit leichtem Achselzucken fort, »ist der Umstand, dass White Haven und Harrington zwei der Personen sind, auf denen Elizabeth am meisten vertrauen wird, sobald sich ihr Temperament wieder ein wenig abgekühlt hat. Ich glaube, dass beide zu klug sind, um sie im Moment allzu sehr zu bedrängen, was diese spezielle Frage angeht, aber keiner von ihnen neigt dazu, den allgemeinen Konsens zu verbreiten, wenn sie ihm nicht wirklich zustimmen. Und ungeachtet der Art, wie Elizabeth manchmal von ihren politischen Gegnern karikiert wird, ist sie eine sehr kluge Frau. Wenn also zwei Personen, deren Urteil sie traut, still aber beharrlich davon überzeugt sind, dass mehr vor sich geht, als alle anderen annehmen, dann ist es wahrscheinlich, dass sie dieser Möglichkeit gegenüber aufgeschlossener ist, als ihr selbst bewusst ist.

Außerdem gebe ich zu bedenken, dass es, was den tatsächlichen Urheber der beiden Anschläge betrifft, zwei mögliche Szenarien gibt. Die eine Erklärung ist natürlich, dass wir es waren – oder zumindest Manpower. Die andere Möglichkeit besteht darin, dass es durchaus eine havenitische Operation war, die jedoch weder von Pritchart noch einem Mitglied ihrer Regierung genehmigt wurde. Mit anderen Worten, dass sie von einem abtrünnigen Element innerhalb der Republik durchgeführt wurde, das gegen die Beendigung des Krieges ist.

Von beiden Möglichkeiten liegt die zweite wahrscheinlich näher ... und ist aus unserer Perspektive die weniger gefährliche. Gewiss, es wäre schlimm genug, wenn jemand Elizabeth und Grantville überzeugen könnte, dass Pritcharts Vorschlag aufrichtig gemeint war und finstere Elemente – wahrscheinlich Hinterlassenschaften aus den schlimmen alten Tagen unter der Systemsicherheit – beschlossen haben, den Gipfel zu sabotieren. Selbst wenn Elizabeth dadurch wieder zu Friedensgesprächen bereit wäre, gäbe es immerhin keine Spur, die zu uns führt. Und neue Friedensgespräche bahnen sich nicht über Nacht an. Ich vermute sehr, dass selbst dann, wenn jemand Elizabeth heute diese Theorie vorlegen würde – das kann natürlich schon jemand getan haben –, es dennoch Wochen und wahrscheinlich Monate dauern würde, bis der Punkt erreicht ist, an dem sich ihre Meinung ändert. Und jetzt, wo die Operationen wieder aufgenommen wurden, werden selbst dann, wenn sie sich besinnt, neue Verluste und Schäden an den Infrastrukturen dagegen wirken, so bald wieder das Einverständnis zu einem Gipfel zu bekräftigen.

Die erste Möglichkeit bereitet mir größeres Kopfzerbrechen, auch wenn ich zugeben muss, dass sie eine geringere Wahrscheinlichkeit hat, bisher jedenfalls. Im Augenblick lenkt die Überzeugung, es mit einer havenitischen Attentatstechnik zu tun zu haben, die Aufmerksamkeit von uns und sämtlichen Gründen, die wir gehabt haben könnten, um Webster oder Berry Zilwicki zu töten. Aber wenn es jemandem gelingt zu zeigen, dass es eine undetektierbare Bionanitenkomponente geben muss, die die ›Justierung‹ der Attentäter vornimmt, lautet die sofortige Folgerung, dass Haven diese Technik einsetzen mag, sie aber auf keinen Fall entwickelt haben kann. Die Republik hat einfach nicht die Kapazität, um so etwas selbst hinzubekommen, und niemand, der so klug ist wie Patricia Givens, wird auch nur eine Sekunde lang diese Möglichkeit in Betracht ziehen. Und das, Albrecht, wird eben diese kluge Person bewegen, sich zu fragen, wer die Technik denn dann entwickelt hat. Mehrere Quellen kämen infrage, aber sobald jemand in diese Richtung überlegt, tauchen ganz oben auf der Liste der Kandidaten Mesa und Beowulf auf, und ich glaube nicht, dass irgendjemand annehmen wird, diese scheinheiligen Mistkerle auf Beowulf würden so etwas weitergeben. In dem Fall fällt der Ruf Manpowers wahrscheinlich auf uns zurück. Und da die Nachrichtendienste sowohl der Mantys als auch der Haveniten wissen, dass ›Manpower‹ ehemalige Angehörige der Systemsicherheit rekrutiert, wird dort noch eine Möglichkeit durchgespielt werden: eine Verbindung zwischen uns und einem anderen SyS-Element, das sich irgendwo im Unterholz der jetzigen Republik versteckt. Und das ist einfach zu dicht an der Wahrheit, als dass ich damit besonders glücklich wäre.

Das wäre schon übel. Wenn man aber erst diesen Punkt erreicht, könnte man durchaus bereit sein, noch einen Schritt weiterzugehen. Wenn wir die Technik abtrünnigen Kräften innerhalb Havens zur Verfügung stellen, was sollte uns dann hindern, sie selbst einzusetzen? Und sobald sich jemand diese Frage stellt, werden ihm die vielen Motive einfallen, die wir für solche Anschläge hätten – die vielen Motive, von denen man aufgrund von Manpower bereits weiß, nicht die zusätzlichen, wahren Beweggründe.«

Detweiler schwang seinen Sessel einige Sekunden lang leicht von einer Seite auf die andere, überdachte, was sie gesagt hatten, und verzog das Gesicht.

»Ich kann gegen keines Ihrer Szenarien etwas anführen, Isabel. Dennoch glaube ich, dass das, was ich bereits gesagt habe, diese Fälle abdeckt: dass wir uns nicht gestatten dürfen, aus Sorge über Entwicklungen, die vielleicht nie eintreten, auf den Einsatz von notwendigen Techniken zu verzichten, wo wir sie einsetzen müssen. Und wie Sie gerade erst erklärt haben, besteht nur eine geringe Wahrscheinlichkeit, dass jemand auf uns als Drahtzieher der Anschläge kommt – oder zumindest, dass wir auf eigene Rechnung gearbeitet haben, statt dass Haven Schmutzarbeit an einen Dritten weitergegeben hat.«

»Niedrig ist aber lange nicht dasselbe wie nicht existent«, entgegnete Bardasano. »Und mich beunruhigt noch etwas anderes: Mir liegt eine unbestätigte Meldung vor, dass Anton

Zilwicki und Victor Cachat nach Trevors Stern gereist sind und Harrington an Bord ihres Flaggschiffs besucht haben.«

»Harrington?«, fragte Detweiler ein wenig schärfer und ließ den Sessel hochschnellen. »Wieso höre ich jetzt zum ersten Mal davon?«

»Weil die Meldung mit dem gleichen Blitzboot eintraf, das die Nachricht von der Absage des Gipfels durch Elizabeth Winton brachte«, antwortete sie gelassen. »Ich arbeite im Moment die Downloads noch durch, und der eigentliche Grund, aus dem ich um dieses Gespräch gebeten habe, hängt mit der Möglichkeit zusammen, dass dieses Treffen tatsächlich stattgefunden hat.«

»Bei Trevors Stern?« Detweiler sprach mit der Stimme eines Mannes, der das Gehörte zur Betonung wiederholt, nicht aus Zweifel oder Unglauben, und Bardasano nickte.

»Wie ich bereits sagte, ist es ein unbestätigter Bericht. Ich weiß im Augenblick wirklich nicht, als wie glaubwürdig ich ihn einstufen soll. Doch wenn er zutrifft, ist Zilwicki mit seiner Fregatte nach Trevors Stern gereist, mit Cachat – einem bekannten havenitischen Agenten, um Gottes willen! – an Bord. Es wäre möglich, dass ihnen der Transit durch das Wurmloch gestattet wurde – und die Annäherung an Harringtons Flotteneinheiten –, obwohl Manticore das gesamte System zum militärischen Sperrraum erklärt hat. In sämtlichen Zeitungen und Nachrichten wurde verlautbart, dass bei Sichtung eines unautorisierten Schiffes das Feuer eröffnet wird, und Schilder gleichen Inhalts kleben wahrscheinlich auf jeder Fläche der Lagerhäuser und Serviceplattformen am Terminus von Trevors Stern. Ganz zu schweigen von den Warnbojen im Außenbereich, die jedes Schiff anfunken, das dämlich genug ist, vom Terminus einen Kurs systemeinwärts zu nehmen! Es scheint, dass Harrington Cachat nicht nur empfangen, sondern ihm hinterher sogar gestattet hat, das System wieder zu verlassen.

Daraus schließe ich, dass sie dem, was immer er ihr zu sagen hatte, recht umfassend Glauben geschenkt hat. Und offen gesagt, ich kann mir nicht vorstellen, dass die beiden ihr irgendetwas gesagt haben, von dem wir gern hätten, dass sie es hört.«

Detweiler schnaubte zustimmend.

»Da haben Sie recht«, sagte er. »Andererseits bin ich mir sicher, dass Sie wenigstens eine Theorie haben, was den genauen Grund ihres Besuchs angeht. Also spielen Sie bitte die Fliege am Schott und teilen Sie mir mit, was Zilwicki und Cachat wahrscheinlich mit Harrington besprochen haben.«

»Meiner Vermutung nach wollten sie ihr vor allem klar machen, dass nicht Cachat Rattengift befohlen hatte. Oder dass zumindest weder er noch irgendeiner seiner Leute es ausgeführt hatten. Und wenn er bereit war, seinen Status als Trajans Mann im Erewhon-System offenzulegen, träte die Tatsache, dass er nicht der Drahtzieher ist, eindeutig hervor – vorausgesetzt, Harrington hat ihm geglaubt. Und leider gibt es jeden Grund anzunehmen, dass sie ihm geglaubt hat, da er persönlich mit ihr gesprochen hat.«

Detweiler bezwang ein weiteres, womöglich heftigeres Aufwallen seiner Wut. Er wusste, worauf Bardasano hinauswollte. Wilhelm Trajan war der Direktor des Auslandsgeheimdienstes FIS der Republik, den Pritchart selbst ausgesucht hatte. Er besaß nicht das eindeutige Genie für improvisierte verdeckte Operationen, das Kevin Usher zu eigen war, doch Pritchart hatte entschieden, dass sie Usher als Chef des Inlandsgeheimdienstes brauchte. Und was man über Trajan auch sagen konnte, seine Treue zur Verfassung und zu Eloise Pritchart – in genau dieser Reihenfolge – war umfassend. In seinen Bemühungen, den FIS von allen verbliebenen SyS-Elementen zu säubern, war er unermüdlich, und auf gar keinen Fall hätte er eine schwarze Operation außerhalb der offiziellen Kanäle ausgeführt. Ohne dass Cachat davon wusste, hätte Rattengift folglich durch Haven nur als schwarze Operation ausgeführt werden können, die von einer wesentlich niedrigeren Ebene ausging und völlig andere Mittel benutzte.

Das war schon schlimm genug, doch was seine Wut eigentlich entfachte, war Bardasanos indirekte Anspielung auf die noch nie genügend verdammten Baumkatzen von Sphinx. Für solch kleine, pelzige, nach außen hin liebenswerte Kreaturen hatten sie im Laufe der Jahre allzu viele verdeckte Operationen – sowohl havenitische als auch mesanische – scheitern lassen. Besonders in Zusammenarbeit mit dieser Hexe Harrington. Wenn Cachat in Hörweite an Harrington herangekommen war, hätte ihre verfluchte Baumkatze sofort gewusst, ob er die Wahrheit sagte oder nicht.

»Wann hat dieses Gespräch Ihrer ›unbestätigten Meldung‹ nach stattgefunden?«

»Etwa eine T-Woche, nachdem Elizabeth ihre Note abgefeuert hat. Der Bericht darüber stammt von einer unserer sorgfältiger geschützten Quellen, und das heißt, die Verzögerung, bis sie zu uns kam, war noch größer als sonst. Ein Grund, weshalb sie noch immer unbestätigt ist, liegt darin, dass sie gerade noch rechtzeitig für den regulären Geheimdienstbericht eingetroffen ist.«

»Also hatte Harrington, ohne dass wir etwas davon erfuhren, Zeit, nach Manticore zu reisen und alles, was sie gehört hat, Elizabeth oder Grantville mitzuteilen, ehe sie nach Lovat abrückte.«

»Richtig.« Bardasano zuckte mit den Schultern. »Offen gesagt halte ich die Wahrscheinlichkeit, dass Elizabeth oder Grantville an Havens Unschuld glauben, für recht gering, ganz egal, was Cachat mit Harrington besprochen hat. Er kann schließlich nur beteuern, dass Haven, so weit *er* weiß, nicht hinter den Anschlägen steckt, und selbst wenn er die Wahrheit sagt, so weit sie ihm bekannt ist, heißt das noch lange nicht, dass er recht hat; da können sie ihn mit Baumkatzen überprüfen, solange sie wollen. Und selbst wenn er Harrington überzeugt hat, dass er wirklich an Havens Unschuld glaubt, ist und bleibt es seine persönliche Meinung ... und es ist verdammt schwierig, ohne zusätzliches Material einen Negativbeweis anzutreten. Daher bezweifle ich sehr, dass irgendetwas von dem, was sie Harrington gesagt haben oder was sie gleich wem gegenüber wiederholt hat, die Wiederaufnahme der Kampfhandlungen verhindert. Und wie schon gesagt, sobald wieder Blut vergossen wird, erhält der Krieg seinen Schwung zurück und ist kaum erneut aufzuhalten.

Ein wenig mehr Kopfzerbrechen als das, was Zilwicki und Cachat Harrington mitgeteilt haben, bereitet mir ehrlich gesagt der Umstand, dass wir nicht wissen, wohin sie gegangen sind, nachdem sie Trevors Stern verlassen haben. Wir wissen schon lange, dass beide fähige Leute sind, und sie haben eine beeindruckende Fertigkeit gezeigt, jede Information zu analysieren, die ihnen in die Hände fällt. Zugegeben, das hat uns bisher taktisch viel stärker geschadet als strategisch, und noch – noch! – gibt es kein Anzeichen dafür, dass sie begonnen haben, die Zwiebel zu schälen. Wenn Cachat aber die Informationen aus Havens Quellen mit dem kombiniert, was Zilwicki vom Ballroom erfährt, dann würde ich sagen, dass bei diesen beiden die Wahrscheinlichkeit am größten ist, dass sie für uns unangenehme Einzelheiten miteinander in Verbindung bringen.

Besonders wenn sie sich Rattengift wirklich genau ansehen und sich die Frage stellen, wie die Operation zuwege kommen konnte, wenn Haven nicht dahintersteckt. Auf sich allein gestellt, können sie nicht auf die Organisationen zurückgreifen, die Givens oder Trajan zur Verfügung stehen, aber sie besitzen großes Können, große Motivation und viel zu viele Informationsquellen.«

»Und das Letzte, was wir brauchen können, wäre, dass diese Irren von Ballroom erfahren, dass wir sie seit fast anderthalb Jahrhunderten für unsere Zwecke benutzen«, knurrte Detweiler.

»Ich weiß nicht, ob das absolut das Letzte wäre, was wir brauchen, aber es steht definitiv auf meiner Liste der zehn Ereignisse, bei denen es uns wirklich nicht gefallen würde, wenn sie eintreten«, erwiderte Bardasano mit einem säuerlichen Lächeln, und wider Willen lachte Detweiler rau auf.

Der Fanatismus, mit dem der Audubon Ballroom Manpower und alles, was damit zusammenhing, verfolgte, war ein weiteres Element, und zwar sowohl ein unbekanntes als auch ein unfreiwilliges, in der Tarnung der wahren Aktivitäten und Ziele des Alignments. Dass einige Vorstandsmitglieder von Manpower Angehörige zumindest des äußeren Kreises des Alignments waren, hatte zur Folge, dass sie im Laufe der Jahre der eine oder andere Mordanschlag des Ballrooms schwer getroffen hatte. Die meisten jedoch, die von den rachsüchtigen Exsklaven ermordet wurden, waren nur verlockend platzierte Ablenkungen, eine äußere Schale der »Zwiebel«, die niemand wirklich vermisste. Der blutige Krieg zwischen dem »geächteten Konzern« und seinen »terroristischen« Feinden hatte das Blutvergießen ins Zentrum der Aufmerksamkeit gerückt und sie erfolgreich von dem abgelenkt, was tatsächlich vor sich ging.

Doch so nützlich der Ballroom auch sein mochte, er war und blieb ein zweischneidiges Schwert. Da nur ein winziger Prozentsatz der Manpowerangestellten wusste, dass es einen verborgenen tieferen Sinn gab, war die Wahrscheinlichkeit, dass der Ballroom je darauf aufmerksam wurde, gering. Die Möglichkeit hatte jedoch immer existiert, und niemand, der erlebt hatte, wie der Ballroom die Sicherheitsmaßnahmen Manpowers immer wieder durchbrach, hätte unterschätzt, zu welcher Bedrohung ein Jeremy X und seine mordlustigen Gefolgsleute werden konnten, wenn sie je herausfanden, was wirklich vorging, und ihre Kriterien der Zielauswahl änderten. Und wenn Zilwicki und Cachat tatsächlich auf dem Weg waren, einzelne Puzzlestücke miteinander in Verbindung zu bringen …

»Für wie wahrscheinlich halten Sie es wirklich, dass die beiden sich genügend zusammenreimen könnten, um die Dinge in diesem Stadium noch zu gefährden?«, fragte er schließlich.

»Ich bezweifle, dass jemand diese Frage wirklich beantworten kann. Jedenfalls nicht auf sinnvolle Weise«, gab Bardasano zu. »Die Möglichkeit hat allerdings immer existiert, Albrecht. Wir haben die Dinge so tief vergraben, wie es möglich war, wir haben Tarnorganisationen und Fassaden aufgebaut und alles getan, um mehrere Schichten der Täuschung zu errichten. Doch unterm Strich haben wir uns stets am meisten darauf verlassen, dass ›jeder weiß‹, was Manpower ist und was es will. Ich müsste sagen, die Chancen für Zilwicki und Cachat herauszufinden, dass das, was ›jeder weiß‹, von vorn bis hinten erfunden ist, sehr gering sind – vor allem, weil wir so viel Zeit hatten, alles an Ort und Stelle zu bringen. Möglich ist es aber schon, und ich glaube, wie gesagt, wenn jemand es schaffen kann, dann am wahrscheinlichsten diese beiden.«

»Und wir wissen nicht, wo sie im Moment sind?«

»Die Galaxis ist groß«, antwortete Bardasano. »Wir wissen, wo sie vor zwei T-Wochen waren. Ich kann unsere Leute aktivieren, nach ihnen Ausschau zu halten, und wir könnten dabei Ihre sämtlichen Manpower-Quellen einsetzen, ohne besonderen Verdacht zu wecken. Aber Sie wissen so gut wie ich, dass das letzten Endes bedeutet, am Fleck zu warten, bis sie uns vor die Flinte laufen.«

Detweiler verzog erneut das Gesicht. Leider hatte sie recht, und er wusste es.

»Gut«, sagte er. »Ich will, dass sie gefunden werden. Mir sind die Beschränkungen bewusst, mit denen wir zu tun haben, aber finden Sie sie, so schnell Sie können. Sobald Sie sie gefunden haben, beseitigen Sie sie.«

»Das ist leichter gesagt als getan. Wie der Anschlag Manpowers auf Montaignes Landsitz zeigt.«

»Das war Manpower, nicht wir«, versetzte Detweiler, und nun sah sich Bardasano gezwungen, ihrerseits zu nicken.

Eines der Probleme, Manpower als Maske zu benutzen, bestand darin, dass zu viele leitende Angestellte des Konzerns genauso wenig wie der Rest der Galaxis wussten, *dass* jemand sie benutzte. Deshalb musste man diesen hohen Tieren die Zügel locker lassen, damit sie diese unbequeme Wahrheit nicht bemerkten – und das konnte zu Operationen führen, die im Fiasko endeten, wie es etwa in Chicago geschehen war oder bei dem Überfall auf Catherine Montaignes Landsitz auf Manticore. Zum Glück wirkten sich selbst solche Vollkatastrophen nur selten direkt auf die Ziele des Alignments aus. Und ein gelegentliches Manpower-Desaster verfestigte den Eindruck der Ungeschicklichkeit, den die Galaxis von Manpower hatte.

»Wenn wir sie finden, darf nicht Manpower die Regie übernehmen und herumstümpern«, fuhr Detweiler grimmig fort. »Wir werden es tun – Sie. Und diese Geschichte bekommt allerhöchste Priorität, Isabel. Wir werden uns beide mit Benjamin zusammensetzen und es besprechen. Er hat mindestens ein paar Spinnen-Einheiten schon jetzt verfügbar – er benutzt sie zur Schulung von Besatzungen und zur Erstellung von Übungssimulationen und Systembewertungen. Nach allem, was Sie gerade sagten, könnte es sich lohnen, eine davon im Verdant-Vista-System einzusetzen. Die ganze Galaxis weiß von dieser verdammten Fregatte Zilwickis. Ich glaube, es ist an der Zeit, dafür zu sorgen, dass sie einen kleinen, nicht zu uns zurückverfolgbaren Unfall erleidet.«

Bardasano weitete leicht die Augen, und einen Augenblick schien sie zu einer Widerrede ansetzen zu wollen. Dann besann sie sich sichtlich eines Besseren. Nicht, da war sich Detweiler sicher, weil sie Angst gehabt hätte, etwas gegen ein Argument einzuwenden, das sie für falsch hielt, oder ihn darauf hinzuweisen, wenn sie glaubte, er gehe nicht zu rechtfertigende Risiken ein. Was sie stets so wertvoll gemacht hatte, war, dass sie nie eine Jasagerin gewesen war. Wenn sie ihm widersprechen wollte, dann würde sie es tun, ehe die Operation in Gang gesetzt wurde. Doch sie würde sich auch die Zeit nehmen, vorher über die Frage nachzudenken, sicher zu sein, was sie dachte, ehe sie den Mund aufmachte. Und das war ein weiterer Aspekt, der sie ihm so wertvoll machte.

Und ich bezweifle nicht, dass sie es auch mit Benjamin besprechen wird, dachte er. *Wenn sie Vorbehalte hat, wird sie zuerst mit ihm darüber reden, um eine zweite Meinung zu erhalten. Und falls sich herausstellt, dass sie einer Meinung sind, können sich die beiden gegen mich verbünden.*

Letzten Endes war dies Albrecht Detweiler nur recht. Von seiner eigenen Unfehlbarkeit war er keineswegs überzeugt.

»Also gut«, sagte er und lehnte sich mit dem Gebaren eines Mannes um, der geistig in einen anderen Gang schaltet. »Ich wollte Sie noch etwas anderes fragen. Es geht um Anisimovna.«

»Was ist mit ihr?« Bardasano klang vielleicht ein klein wenig vorsichtig. Sie neigte den Kopf zur Seite und betrachtete aufmerksam Detweilers Gesicht.

»Keine Angst, Isabel, kein Sinneswandel. Ich will nicht ankündigen, dass ich sie eliminieren lasse«, sagte er trocken.

»Ich würde nicht sagen, dass ich mir darüber Sorgen gemacht hätte«, erwiderte sie. »Ich denke nur, dass wir damit ein sehr nützliches Werkzeug verschwenden würden, und wie schon gesagt glaube ich nicht, dass etwas von dem, was in Talbott geschehen ist, ihr mehr anzulasten wäre als mir. In Anbetracht der Informationen, die ich besaß und sie nicht, ist es sogar fast mit Sicherheit mehr mein Fehler als Anisimovnas.«

Bardasano, überlegte Detweiler, war eine der ganz wenigen Personen auch innerhalb des innersten Kreises des Alignments, die ihm so etwas eingestanden hätten. Und auch das gehörte zu den Dingen, die sie wertvoll machten.

»Wie gesagt, ich habe nicht vor, sie eliminieren zu lassen«, sagte er. »Was Sie sagten, ging schon in Richtung Antwort auf die Frage, die ich stellen wollte. Nämlich: Glauben Sie, dass es schon so weit ist, sie ganz hereinzuholen? Ist sie ein hinreichend ›nützliches Werkzeug‹, um Vollmitglied des Alignments zu werden?«

»Hmh.«

Oft kam es nicht vor, dass man Bardasano zögern sah. Allerdings, so begriff Detweiler, war dies auch jetzt nicht der Fall. Es handelte sich weniger um ein Zögern als vielmehr um Überraschung.

»Vielleicht ja, glaube ich«, sagte sie schließlich langsam, die Augen nachdenklich zusammengekniffen. »Ihr Genom stammt aus einer Alphalinie, und sie weiß bereits mehr als die meisten, die keine Vollmitglieder sind. Meine einzige echte Sorge in Bezug auf ihre Vollmitgliedschaft ist untergeordneter Natur: dass sie ein für meine Begriffe ein wenig zu stark entwickeltes Überlegenheitsgefühl besitzt.«

Detweiler wölbte eine Augenbraue, und sie zuckte die Achseln.

»Das betrifft nicht nur sie, Albrecht. Ich würde sogar sagen, dass ich mir über jemanden wie Sandusky mehr Sorgen mache als über Aldona. Die Sache ist die, dass meiner Beobachtung nach nicht wenige von uns – darunter auch Vollmitglieder – eine Neigung aufweisen, automatisch anzunehmen, dass sie in jeder Konfrontation mit jedem Normalen überlegen sind. Das ist gefährlich, besonders wenn dieser ›Normale‹ jemand ist wie

Zilwicki oder Cachat – oder auch Harrington, obwohl wir angesichts ihrer Abstammung väterlicherseits nicht so ganz von einer Normalen sprechen können. Diese Tendenz jedenfalls ist etwas, wogegen ich mich selbst in Acht nehmen muss, und in Aldonas Fall wird sie wahrscheinlich durch den Umstand verschlimmert, dass sie kein Vollmitglied ist – es aber zu sein glaubt. Allein auf Grundlage dessen, was sie und andere Angehörige des Strategischen Rates, die keine Vollmitglieder sind, über unsere tatsächlichen Ziele wissen oder zu wissen glauben, könnten wir mit ihrem Überlegenheitsgefühl mehr oder weniger leben. Und sie ist gewiss intelligent genug, um zu begreifen, was wirklich vorgeht – und warum –, sobald Sie sich entscheiden, sie einzuweihen. Wenn sie also ganz hineinkommt, können wir wahrscheinlich damit rechnen, ihr in kurzer Zeit ihre ... Selbstgefälligkeit zum größten Teil auszutreiben. Darf ich fragen, weshalb die Frage zu diesem speziellen Zeitpunkt aufkommt?«

»Im Lichte der Bedeutung dessen, was bei Lovat passiert ist, überlege ich, die Monica-Operation unter Benutzung eines anderen Strohmanns wiederzubeleben«, antwortete Detweiler. »Eingedenk der Art, wie wir uns letztes Mal die Finger verbrannt haben, möchte ich, dass die Operationsleitung diesmal weiß, was wir wirklich erreichen wollen.«

»Beim letzten Mal wusste *ich*, was wir wirklich erreichen wollten«, erwiderte Bardasano.

»Ja, das wussten Sie. Doch ein durchaus nützlicher Aspekt Ihrer Tarnung ist Ihr relativ niedriger offizieller Rang außerhalb des Alignments. Deshalb trug Anisimovna beim letzten Unternehmen die Hauptverantwortung, soweit es den Strategischen Rat betraf. Das ist auch ein Grund, weshalb ich Sie nun nicht allein losschicken kann, um die Sache durchzuführen. Es gibt noch andere Gründe, darunter, dass ich Sie in der Nähe haben will, um die Lage zwischen Manticore und Haven zu beobachten. Und sich um Cachat und Zilwicki zu kümmern, wenn wir sie finden können. Ich will nicht, dass Sie außer Reichweite sind, wenn ich Sie brauche, und wir können nicht unbegrenzt viele Blitzboote kreuz und quer durch die Milchstraße schicken, ohne dass jemandem auffällt, dass wir unsere Post immer ein bisschen früher bekommen als die anderen.«

»Ich verstehe.«

Bardasano lehnte sich in ihren Sessel zurück, dachte offenbar angestrengt nach und atmete tief durch.

»In diesem Fall würde ich unbedingt empfehlen, Aldona voll einzuweihen. Aber ich würde auch vorschlagen, die Dinge sehr gut zu überdenken, ehe wir entscheiden, ob wir Monica ›wiederbeleben‹ wollen, und zwar unter Berücksichtigung der Bedenken, die ich bereits ausgedrückt habe, was das Handeln auf Ad-hoc-Basis angeht.«

»Einverstanden«, stimmte er zu. »Und ich will nicht sagen, dass ich mich schon fest für die eine oder andere Möglichkeit entschieden habe. Ich denke noch darüber nach. Aber wenn wir uns entscheiden, diesen Weg zu gehen, darf es nicht so improvisiert sein, wie es zuerst erscheinen mag, weil wir ziemlich viel Vorarbeit von der Monica-Operation einsetzen könnten. Natürlich«, er wischte mit der Hand durch die Luft, als schlage er nach einer Mücke, »machen wir es nicht wieder im Monica-System, sondern im Meyers-System, mit Crandall.«

Bardasano runzelte leicht die Stirn und nickte dann.

»Crandall benutzen, um Verrochio zu motivieren, meinen Sie?«

»Crandall benutzen, richtig. Und Verrochio. Ich denke bei Crandall allerdings mehr an eine ... Rückversicherung für Verrochio. Die Motivation liefern wir über Hongbo.«

»Sie möchten offen an Hongbo herantreten?« Bardasano klang ein wenig zweifelnd, und Detweiler schnaubte.

»Wir sind bereits ›offen‹ an Hongbo herangetreten«, erwiderte er. »Bisher hat er sich als unser ortsansässiger Dresseur für Kommissar Verrochio gut geschlagen. Er dürfte nicht besonders erstaunt sein, wenn wir noch einmal um seine Unterstützung ›bitten‹.«

»Ich habe den Eindruck, dass er ... zögern wird, so bald eine Variante Monicas auszuprobieren«, sagte sie. »Er ist klüger als Verrochio. Ich glaube, er ist sich viel deutlicher über die möglichen Konsequenzen im Klaren, wenn sie so etwas ein zweites Mal probieren und es vermasseln. Oh, er macht sich keine Sorgen um das Parlament oder die Gerichte. Er macht sich Sorgen, was seine und Verrochios Ko-Satrapen des OFS mit ihnen machen, wenn sie die Grenzsicherheit noch einmal blamieren.«

»Das kann ich verstehen«, räumte Detweiler ein. »Und natürlich ist er sich nicht bewusst, dass im Falle unseres Erfolgs seine Kommissarskollegen aus dem OFS seine geringste Sorge sein werden. Sei es, wie es will, ich zögere wirklich, unsere gesamten Vorbereitungen abzuschreiben. Besonders da wir im Anschluss Crandall und Filareta eliminieren müssten, wenn wir sie jetzt nicht benutzen.«

»Manchmal ist es einfach besser, eine Operation abzuschreiben, ganz gleich, wie viel man investiert hat«, warnte Bardasano. »Die alte Binsenweisheit vom guten Geld, das dem schlechten hinterhergeworfen wird, drängt sich hier förmlich auf. Und der Begriff der Fehlerfortpflanzung.«

»Das stimmt. Und ich habe die Absicht, die gesamte Idee mit Collin abzuklopfen, ehe wir irgendwelche vorschnellen Entscheidungen treffen. Ich möchte Sie übrigens bei diesen Gesprächen dabeihaben. Aber es geht auch nicht nur darum, unsere Investitionen wieder einzubringen. Ich bin ganz ehrlich besorgt über die langfristigen Folgen des Waffensystems, das die Mantys bei Lovat benutzt haben. Ich glaube, es ist jetzt wichtiger denn je, sie unter maximalen Druck zu setzen und zurechtzustutzen, wo wir nur können. Und da ist mir der Gedanke gekommen, dass es, wo der Gipfel vom Tisch ist und die Mantys die Kampfhandlungen gegen Haven wieder aufnehmen, nicht unfassbar schwer sein sollte, jemanden wie Verrochio zu überzeugen, dass sie von Haven zu großen Druck erhalten, als dass sie auf eine massive Drohung aus der Solaren Liga reagieren könnten.«

»Eine ›massive Drohung‹?«, wiederholte sie vorsichtig.

»Ich überlege, dass mit nur ein klein wenig Ermutigung New Tuscany ein sogar noch besseres Werkzeug abgeben könnte als Monica beim letzten Versuch. Die Grenzflotte hat bereits einen Verstärkungsverband nach Meyers abgestellt, und das reicht wahrscheinlich aus, damit Verrochio ganz von allein neuen Mut schöpft. Und zufälligerweise weiß ich, dass der kommandierende Offizier dieses Verbandes für ›Neobarbaren‹ nicht viel übrig hat. Genauer gesagt, er hält nichts von den Mantys. Das hat damit zu tun, dass er sich bei einem Zwischenfall mit einem manticoranischen Frachter schwer die Finger verbrannt hat, als er noch weit tiefer im Rang stand. Durch Franklins Kontakte zur Liga konnten wir ihn nach Meyers beordern lassen, ohne ihn je direkt ansprechen zu müssen, und daher ahnt er nichts von unserer Verbindung. Angesichts seines Hintergrunds bin ich sicher, dass er bereits recht empört ist über die wilden manticoranischen Anschuldigungen, größere Ligakonzerne – und natürlich die bösen Mesaner – seien in die Ereignisse im Monica-System verstrickt. Wenn Hongbo und Verrochio ihn auf die richtige Weise ansprechen, dann bin ich recht zuversichtlich, dass er gern etwas unternimmt, besonders, wenn die Liga von jemandem mit legitimen Interessen im Raumgebiet offiziell um Hilfe ersucht wird. Wie zum Beispiel vielleicht New Tuscany. Und eine von Verrochios herausragendsten Eigenschaften ist immer sein Temperament gewesen. Wenn Hongbo ein bisschen Wasserstoff ins Feuer pumpt, statt zu versuchen, es zu löschen, dann wird Verrochio geradezu darauf versessen sein, sich an Manticore für seine Demütigung zu rächen. Und wenn er zufällig weiß – oder erfährt –, dass unsere gute Freundin Admiral Crandall mit einem kompletten Kampfverband aus Superdreadnoughts der Schlachtflotte in seiner Nähe ist, dann könnte ihm das sein erzürntes Rückgrat bemerkenswert stärken.«

»Und Sie wollen Aldona ganz hereinholen, damit sie New Tuscany und Hongbo handhabt«, sagte Bardasano langsam. »Das bedeutet, wir können sie nicht mit irgendeinem Quatsch abspeisen, von wegen Technodyne schiele auf manticoranische Technik, oder wir wollten Manticore nur wegen der Nähe zu Mesa davon abhalten, sich den Talbott-Sternhaufen einzuverleiben.«

»Das ist es mehr oder weniger.« Detweiler zuckte mit den Schultern. »Ohne Technodyne und Levakonic als Fassade, um Monica mit Schlachtkreuzern zu versorgen, muss sie sich bewusst sein, womit wir eigentlich zuschlagen. Das aber wird jemandem, der so intelligent ist wie sie, auf jeden Fall verraten, dass wir mehr vorhaben, als sie beim letzten Mal gewusst hat. Besonders da es für sie offensichtlich sein wird, dass Crandalls Kampfverband nicht dort wäre, wenn wir nicht dafür gesorgt hätten, ehe Sie beide zum ersten Mal nach Monica reisten. Sie wird sich fragen, warum wir es ihr nicht damals erklärt haben, und ich glaube nicht, dass es lange dauern wird, bis sie einige recht akkurate Vermutungen anstellt, wie viel noch vorgeht, ohne dass sie davon weiß. Ich ziehe es vor, ihr das alles offenzulegen, statt sie gerade so viel erraten zu lassen, dass sie irgendeinen ernsten Fehler begeht, weil sie versucht, sich an das anzupassen, von dem sie vermutet, es stecke dahinter.«

»Das sollten Sie wirklich mit Collin besprechen«, sagte Bardasano. »Wenn Sie danach immer noch glauben, dass es eine gute Idee ist – und ich sage nicht, dass dem nicht so sein wird; ich kann im Augenblick nur keine Prognose stellen –, dann würde ich wirklich vorschlagen, Aldona alles zu erklären und ihr wieder die Leitung zu übertragen. Trotzdem wird sie etwas Überzeugenderes brauchen als Habgier und Bestechung, damit Hongbo auch diesmal fest hinter ihr steht.«

»In dem Fall«, sagte Detweiler mit dünnem Haifischlächeln, »ist es wahrscheinlich gut, dass wir all diese Bankbelege über die Bestechungen haben, die er im Laufe der Jahre von diesen schrecklichen Gensklavenhändlern angenommen hat, oder? Mir ist klar, dass er vielleicht trotzdem versucht, hart zu bleiben. Ich meine, schließlich würde ihm die Justiz der Liga dafür nur einen Klaps auf die Hand geben. Wenn er sich querstellt, könnte Aldona natürlich immer darauf hinweisen, was geschieht, wenn diese Informationen durch einen unglücklichen Zufall zu den Irren vom Audubon Ballroom durchsickern ...«

Er ließ seine Stimme verklingen und zuckte die Achseln, während er beide Hände mit den Flächen nach oben auf Schulterhöhe hob.

»Das würde ihn wahrscheinlich ausreichend motivieren«, stimmte Bardasano grinsend zu. »Von Zeit zu Zeit kommt einem der Ballroom wirklich gelegen.«

EINUNDZWANZIG

»Und was halten *Sie* davon?«, fragte Gregor O'Shaughnessy mit einem schiefen Lächeln.

»Wenn Sie mich nach meiner professionellen Meinung fragen, wie wir das geschafft haben, so habe ich nicht die leiseste Ahnung«, erwiderte Commander Ambrose Chandler, Augustus Khumalos Stabsnachrichtenoffizier.

Er saß an einem kleinen Tisch seinem zivilen Gegenstück im Stab Baronin Medusas gegenüber, und gemeinsam sonnten sie sich im Nachmittagslicht der Stadt Thimble, der unfasslich benannten planetaren Hauptstadt von Flax. Fingerhut und Flachs. Spindle A, die G0-Hauptkomponente des fernen Doppelsterns, zu dem Flax gehörte, leuchtete ihnen warm auf die Schultern, und das Tischtuch schlug im nach Jod duftenden Seewind hin und her. Von ihrer Terrasse blickten sie über den Hafendamm auf das schwankende Blau und Silber des Humboldt-Meeres.

»Selbst wenn Sie mir sagen dürften, wie wir es geschafft haben, würde ich es wahrscheinlich gar nicht verstehen«, erklärte O'Shaughnessy, und Chandler lachte leise. O'Shaughnessy war im zivilen Teil des manticoranischen Geheimdienstmilieus aufgestiegen und hatte die militärische Denkweise nie wirklich begriffen; er teilte auch nicht die militärische Sichtweise auf viele Probleme. Glücklicherweise war er sich dessen bewusst, und er bemühte sich – nicht immer erfolgreich – um Nachsicht, wenn er mit seinen Kollegen von der Navy zusammenarbeiten musste.

»Ich bin mehr an dem interessiert, was Sie wohl die strategischen Implikationen nennen würden«, fuhr O'Shaughnessy fort, und Chandlers Lächeln verschwand.

»Militärisch?«, fragte er.

»Militärisch und politisch.« O'Shaughnessy zuckte die Achseln. »Ich kenne mich mit der politischen Seite natürlich besser aus als mit der militärischen, aber unter den gegebenen Umständen wäre jeder zusätzliche Einblick, den ich erhalten kann, wertvoll. Ich habe das seltsame Gefühl, dass das ganze Sternenkönigreich … – verzeihen Sie, ich meine natürlich das Sternenimperium – gerade dabei ist, in das sprichwörtliche Kaninchenloch zu fallen.«

»Kaninchenloch?«, fragte Chandler und sah ihn verständnislos an, und O'Shaughnessy schüttelte den Kopf.

»Schon gut. Ein Bezug auf die Literatur Alterdes, nichts Wichtiges. Es heißt nur, dass ich im Moment ganz schön verwirrt bin.«

»Na, da sind Sie kaum allein«, erwiderte Chandler, trank von seinem Bier und lehnte sich in den Sessel zurück.

»Militärisch«, begann er ohne Umschweife, »kann Haven einpacken, falls – und bitte achten Sie auf das Wörtchen ›falls‹ – das Waffensystem, das Herzogin Harrington bei Lovat eingesetzt hat, allgemein zur Verfügung steht. Ich vermute, es handelt sich um eine Weiterentwicklung der Gravimpuls-Telemetrie, die wir bei Geisterreiter verwenden. Wie Admiral Hemphills Werkstatt es genau realisiert hat, und welche Technik verbaut wurde, das kann ich im Moment nicht sagen. Ich bin ein Spion, kein Taktischer Offizier, und im Grunde weiß ich mehr über havenitische Technik als über unsere. Den Feind kennen, Sie wissen schon. Doch schon aus den vorläufigen Berichten geht hervor, dass Herzogin Harrington über eine erheblich erhöhte Treffgenauigkeit mit Mehrstufenraketen auf äußerste Distanz verfügte, und das ist bei ihnen immer das große Problem gewesen.«

O'Shaughnessy nickte, um zu zeigen, dass er Chandlers Überlegungen zustimmte. Trotz seines Mangels an militärischer Erfahrung wäre er nicht Medusas leitender Nachrichtendienstler, ohne wenigstens ansatzweise über die gegenwärtigen Möglichkeiten der Navy im Bilde zu sein.

Erst am Vorabend waren die Depeschen, die Khumalo und Baronin Medusa über die Schlacht von Lovat informiert hatten, im Spindle-System eingetroffen. O'Shaughnessy bezweifelte nicht, dass Chandler noch immer schwer damit beschäftigt war, alles zu verarbeiten, was da drinsteckte, denn ihm selbst ging es nicht anders. Und ohne Zweifel wäre Loretta Shoupe, die – im Gegensatz zu Chandler – Taktikspezialistin war, eine bessere Quelle gewesen, hätte er sich für die Einzelheiten der Gefechtsführung interessiert. Er mochte Shoupe und beabsichtigte tatsächlich, die taktischen Aspekte der Schlacht von Lovat mit ihr zu diskutieren, aber im Augenblick benötigte er eher den großen Überblick als die Einzelheiten. Außerdem war Chandler ebenfalls Geheimdienstexperte. Er besaß wahrscheinlich ein besseres Gefühl für die Einzelheiten, die O'Shaughnessy brauchte, als Shoupe.

»Die Mehrstufenraketen und die Raketengondeln haben das Gleichgewicht zwischen Energie- und Lenkwaffenarmierung auf den Kopf gestellt«, fuhr Chandler fort, »aber wir waren nie in der Lage, uns das System voll zunutze zu machen, weil die Reichweite der Raketen die effektive Reichweite unserer Feuerleitung übertraf. Wenn Admiral Hemphill wirklich eine Möglichkeit gefunden hat, überlichtschnelle Telemetrie zu integrieren, dann ist das nun nicht mehr so, und wenn wir besagte ÜL-Telemetrie besitzen und die Havies nicht, dann sind sie genauso weit unterlegen wie damals, als Earl White Haven sie in den Hintern getreten hat. Aber dazu braucht Herzogin Harrington genügend entsprechend ausgerüstete Schiffe. Wenn sie ihr fehlen, wenn die Havies genügend Einheiten aufbringen, um ihre Treffer zu absorbieren und aufzuschließen, dann stehen wir wieder vor der Frage, ob unsere qualitative Überlegenheit ausreicht, um ihren quantitativen Vorteil zu übertreffen.«

»Hätten wir das System überhaupt eingesetzt, wenn es nicht allgemein zur Verfügung stände?«, fragte O'Shaughnessy.

»Das würde ich gern annehmen«, erwiderte Chandler recht grimmig, »aber ich bin da nicht so zuversichtlich, wie mir lieb wäre.«

»Wegen der Absage des Gipfels?«

»Richtig. Oder, um vielleicht genauer zu sein, wegen der Art, wie der Gipfel abgesagt wurde. Wenn ich annehmen könnte, dass wir ihn auf Grundlage einer nüchternen Beurteilung unseres militärischen Vorteils abgesagt hätten, wäre ich um einiges glücklicher. Aber so war es ja nicht, oder? Politische Erwägungen – die mindestens ebenso so sehr von Gefühlen bestimmt waren wie von Analyse – haben die Entscheidung der Regierung diktiert. Das bedeutet, wir könnten es hier mit einer suboptimalen militärischen Entscheidung zu tun haben, die auf politischer Notwendigkeit beruht.«

»Beruhen nicht alle militärischen Entscheidungen letztendlich auf politischen Notwendigkeiten?«, fragte O'Shaughnessy nur ein klein wenig herausfordernd, und Chandler schnaubte.

»Auf diese Diskussion lasse ich mich mit Ihnen nicht ein, Gregor! Ich habe kein Problem damit, dass Vorgehen und Ziele des Militärs innerhalb eines politischen Kontexts zu formulieren sind. Und ich bin Offizier der Queen's Navy, was bedeutet, dass ich den Sinn und die Notwendigkeit der zivilen Kontrolle des Militärs in vollem Umfang akzeptiere, und das umfasst die Unterordnung der militärischen Entscheidungsfindung unter die politische Führung. Ich sage in diesem Falle nur, dass die Entscheidung, die Kampfhandlungen wieder aufzunehmen, im Kern politischer Natur war. Admiral Caparelli und der Strategische Rat sind dafür verantwortlich, solche Entscheidungen bestmöglich auszuführen, aber das können sie nur im Rahmen der Werkzeuge, die ihnen zur Verfügung stehen. Deshalb sage ich, dass sie vielleicht entschieden haben, ein Waffensystem einzusetzen, das noch nicht serienreif ist. Oder dass es zumindest an einem früheren Punkt seiner Entwicklung eingesetzt wurde, als man es unter anderen Umständen getan hätte.«

»Zumindest teilweise, um den Haveniten weiszumachen, es hätte die Serienreife schon erreicht, meinen Sie?«

»Vielleicht. Und es könnte sein, dass ich mir darüber größere Sorgen mache als nötig«, räumte Chandler ein. »Denn auch wenn morgen alle Schiffe mit dem neuen Gerät ausgerüstet werden sollten, irgendwann einmal muss es zum ersten Mal eingesetzt werden.«

»Aber Sie glauben eigentlich nicht an die Serienreife, oder?«, fragte O'Shaughnessy scharfsinnig. »Wieso?«

»Weil wir«, beantwortete Chandler die unverblümte Frage mit gleicher Offenheit, »wenn wir dieses Ding bereits in allgemeiner Verwendung hätten, gleich nach Nouveau Paris vorgestoßen wären und nicht nach Lovat. Lovat ist ein wichtiges Ziel, aber nicht annähernd so wichtig wie die Hauptstadt der Havies. Und wenn Sie zugrunde legen, wie jeder zu Hause wegen der Ermordung Admiral Websters und des Anschlags auf Torch empfindet, würden Sie dann nicht auch annehmen, dass man es gleich auf den Enthauptungsschlag angelegt hätte, vorausgesetzt, man hätte die nötigen Mittel besessen?«

»Hm.« O'Shaughnessy runzelte die Stirn. In den vielen Monaten, die Chandler und er schon zusammenarbeiteten, hatte er einige Vorbehalte gehegt, was die Vorstellungskraft des Commanders anging. Doch was diese Analyse anging, war an dessen Fantasie nichts auszusetzen.

»Okay«, fuhr der Zivilist fort. »Angenommen, Sie haben recht. Dieses neue Leitsystem oder was es ist, gibt es im Moment nur für die Achte Flotte. Würden Sie mir zustimmen, dass wir Haven nicht verraten würden, dass wir es haben, es sei denn, wir stünden wenigstens kurz davor, es auf breiter Front einzusetzen?«

Er sah Chandler mit hochgezogener Augenbraue an, und der Commander nickte.

»Gut. Also angenommen, das System kann innerhalb der nächsten Monate allgemein eingesetzt werden. Was geschieht dann?«

»Angenommen, wir haben ein paar Monate, um es zum Einsatz zu bringen, sind die Havies Geschichte«, antwortete Chandler. »Vielleicht dauert es ein paar weitere Monate, bis der Rauch sich verzogen hat und die Kapitulationsurkunde unterzeichnet wird, aber ich wüsste nicht, was sie unter diesen Umständen noch retten sollte. Und offen gesagt sehe ich auch keine Umstände, unter denen Ihre Majestät sich mit weniger als der bedingungslosen Kapitulation begnügen würde, und Sie?«

»Kaum!« O'Shaughnessy schnaubte, doch seine Miene war besorgter als Chandlers Gesicht. Der Commander sah ihn fragend an, und er zuckte mit den Schultern.

»Ich wünschte nur, wir wüssten mehr darüber, was die Sollys tun werden«, sagte er. »Ich weiß, es sieht aus, als würden sie sich seit den Ereignissen im Monica-System zurückhalten, aber ich habe einfach dieses ... ich weiß nicht, dieses Jucken.«

»Jucken«, wiederholte Chandler nachdenklich.

»Ich weiß, Ambrose. Ich weiß! Nicht gerade ein Ausdruck, der zum Nimbus des Geheimnisvollen an unserem Beruf beiträgt. Leider fällt mir nichts Besseres ein.«

»Wieso nicht?«

»Wenn ich das wüsste, würde ich auch ein besseres Wort dafür finden«, erwiderte O'Shaughnessy gereizt. Dann seufzte er. »Ich glaube, es ist einfach der Umstand, dass diese Monica-Operation danach aussieht, als hätten Manpower und Technodyne sie eingefädelt. Nicht die Grenzsicherheit, nicht irgendein solarischer Bürokrat – sondern zwei Konzerne. Richtig?«

»Soweit schon«, bestätigte Chandler. »Ich halte es für offensichtlich, dass man sich vergewissert hat, die Grenzsicherheit – oder wenigstens Verrochio – sicher in der Tasche zu haben, ehe der Versuch gestartet wurde, aber so sieht es aus.«

»Und genau das macht mir Kopfzerbrechen«, sagte O'Shaughnessy. »Erstens: Der Umfang des Unternehmens und die ... Unverfrorenheit dessen, was sie im Sinn hatten; das kommt mir selbst für einen mesanischen Konzern ein bisschen zu groß vor. Zweitens: Betrachten Sie die Kosten. Ich bin sicher, sie hätten auf die eine oder andere Weise den Großteil ihrer Investitionen zurückbekommen, wenn der Plan funktioniert hätte, aber sie haben buchstäblich Hunderte von Milliarden investiert. Das ist selbst für jemanden wie Manpower oder Technodyne ein gewaltiges finanzielles Risiko. Und drittens, wenn ich an Manpowers Stelle gewesen wäre und lediglich den Anschluss des Talbott-Sternhaufens hätte verhindern wollen, dann hätte ich eine Möglichkeit gefunden, die erheblich weniger teuer und riskant gewesen wäre – aber wahrscheinlich genauso effektiv.«

»Wirklich?«

»Mit Sicherheit.« O'Shaughnessy schüttelte den Kopf. »Das war doch ein Fall, wo ein furchtbar riesiger, furchtbar teurer Vorschlaghammer benutzt wurde, wo es ein Zweckenhammer auch getan hätte. Vor allem, wo sie den Zweckenhammer von vornherein in der Schublade hatten! Schauen Sie sich nur an, wie allein Nordbrandt sich ausgezahlt hat. Und wenn Terekhov und Van Dort nicht förmlich über die Verbindung zu Manpower gestolpert wären – ich versuche nicht herunterzuspielen, was sie geleistet haben, aber sie sind eben wirklich nur durch Zufall darauf gestoßen –, dann würde Westman auf Montana vermutlich immer noch auf uns schießen. Die Investition von ein paar Hundert Millionen in politische Aktionskomitees und die Versorgung weiterer Irrer mit Waffen und Bomben hätte den gesamten Sternhaufen mehr oder weniger auf unabsehbare Zeit am Siedepunkt gehalten, es sei denn, wir hätten auf autoritäre Repression zurückgegriffen. Das hätte gereicht, und für Manpower wären Exponierung, Risiko und Kosten gering geblieben. Damit hätte man vielleicht sogar den Verfassungskonvent davon abhalten können, über eine annehmbare Verfassung abzustimmen, aber da bin ich mir nicht so sicher. Doch selbst wenn die Verfassung beschlossen worden wäre, hätte man vermutlich darauf zählen können, dass politische Unruhen dieser Heftigkeit uns gezwungen hätten, zu Hause zu bleiben und zu stricken, statt Mesa im eigenen Hinterhof Probleme zu bereiten. Warum also solch eine überzogene Operation? Warum so viel mehr Geld investieren und das Risiko eingehen, in den solarischen Meinungsumfragen derartige Einbußen zu erleben, wie es jetzt der Fall ist, wo die Sache aufgeflogen ist?«

»In dieser Richtung habe ich darüber noch gar nicht nachgedacht«, gab Chandler nachdenklich zu. »Wahrscheinlich hatte ich angenommen, sie handelten aus blinder Gier und ebenso sehr aus Selbstschutz – aus ihrer Sicht. Uns vollkommen aus dem Sternhaufen herauszuhalten und die Gewalt über den Lynx-Terminus zu übernehmen muss schließlich aus mesanischer Perspektive die optimale Lösung sein.«

»Da widerspreche ich nicht. Ich glaube nur einfach nicht, dass Manpower normalerweise auf diese Lösung verfallen wäre. Mit nur einer Handvoll Ausnahmen – wie etwa Torch – hat die mesanische Regierung nie irgendein besonderes Interesse gezeigt, im Spiel der interstellaren Politik mitzumischen. Und so gut wie alles, was Manpower und die anderen mesanischen Konzerne veranstalten, ist weitaus … tückischer. Sie arbeiten damit, dass sie Einfluss sammeln, durch Bestechung und Nötigung, wo jemand sich möglicherweise gegen sie wehren könnte. Die Monica-Operation sieht ihnen überhaupt nicht ähnlich, und es macht mich nervös, wenn ein etablierter Mitspieler plötzlich seine Taktik ändert. Ich habe dann das Gefühl, dass unter der Oberfläche etwas vorgeht. Etwas, das wir ans Licht bringen sollten, ehe es von selbst an die Oberfläche schwimmt und uns in den Hintern beißt.«

»Da könnten Sie recht haben«, stimmte Chandler nach kurzem Nachdenken zu. »Aber was immer sie dieses Mal im Sinn hatten, es hat nicht funktioniert.«

»Dieses Mal«, pflichtete O'Shaughnessy ihm bei. »Trotzdem wissen wir noch immer nicht, wie die Sollys auf lange Sicht reagieren werden. Und wenn sie so etwas schon einmal versucht haben, wer kann sagen, dass sie demnächst nicht mit etwas ähnlich ... Erfinderischem kommen? Das ist ein Grund, weshalb ich hoffe, dass Sie recht haben, was im Lichte der Schlacht von Lovat mit der militärischen Position der Havies geschieht. Ich mag nicht sicher sein, was Manpower und Co vorhaben, aber ich könnte gut auf Ablenkungen verzichten, falls sie beschließen, ein zweites Mal zu versuchen, uns in einen Krieg gegen die Solare Liga zu stürzen!«

»Danke, dass Sie mich so kurzfristig empfangen«, sagte Valery Ottweiler, als er in das sonnenerhellte Büro trat und die Tür sich geräuschlos hinter ihm schloss.

»Ihre Nachricht deutete an, dass es recht dringend wäre«, antwortete Vizekommissar Hongbo Junyan vom Office of Frontier Security und erhob sich, um Ottweiler die Hand zu schütteln. »Und ganz persönlich freue ich mich immer, Sie zu sehen, Valery.«

Der Vizekommissar machte sich nicht die Mühe, beim letzten Satz besonders gut zu lügen, bemerkte Ottweiler mit gewisser Belustigung. Angesichts dessen, was in Monica geschehen war, musste er einer der letzten Menschen in der Galaxis sein, die Hongbo Junyan wirklich sehen wollte. Dennoch hatte man die diplomatische Form zu wahren, auch wenn die Diplomaten auf beiden Seiten sich der vollständigen Unaufrichtigkeit aller Freundlichkeiten bewusst waren. Zu Hongbos Pech hatte er keine andere Wahl gehabt, als dem Treffen zuzustimmen. Er hatte zu lange tief in Manpowers Tasche gesteckt, um sich weigern zu können, einen diplomatischen Repräsentanten von Manpowers Heimatwelt abzuweisen, denn jeder wusste, dass es letztlich die Konzerne waren, die das Mesa-System regierten.

»Was kann ich heute Morgen für Sie tun?«, fuhr Hongbo fort und winkte seinen Gast auf einen der Sessel des Büros. Seinem Tonfall war zu entnehmen, dass er nicht bereit war, für Mesa – oder Manpower – auch nur noch einen Finger mehr zu rühren, als er unbedingt musste. Und da beide von ihnen sich dessen vollkommen bewusst waren, sah Ottweiler keinen Grund, weiter um den heißen Brei herumzuschleichen.

Zumal ich ihm wahrscheinlich sowieso den Arm ausrenken muss, bevor dieses Gespräch vorbei ist, dachte er.

»Nun«, sagte er, »ich habe soeben Anweisungen aus der Heimat erhalten.

»Wirklich?« Ottweiler war nicht überrascht, dass eine gewisse Vorsicht in Hongbos Stimme getreten war. Immerhin war der Mann nicht dumm.

»Ja. Wie es scheint, sind verschiedene einflussreiche Interessengruppen in meiner Regierung – und in der mesanischen Geschäftswelt, um ganz ehrlich zu sein – überhaupt nicht glücklich über den Ausgang dieser Sache im Monica-System.«

»Tatsächlich? Kaum vorzustellen.« Der triefende Sarkasmus in Hongbos Antwort zeigte, wie unzufrieden er mit der »Angelegenheit« war. Und er war außerdem eine Spitze gegen den, dem er für den Fehlschlag die Schuld gab.

»Bitte, Junyan.« Ottweiler schüttelte müde den Kopf. »Können wir es nicht als gegeben voraussetzen, dass niemand, der an dieser Operation beteiligt war, mit dem Ergebnis besonders glücklich ist? Alle haben sich dabei ganz schön blamiert, das darf ich Ihnen versichern.«

Er hielt Hongbos Blick einen Moment lang stand, bis der Solarier schließlich nickte.

»Danke«, sagte Ottweiler und lehnte sich zurück.

»Nachdem das gesagt ist«, fuhr er fort, »gelten dennoch die gleichen Überlegungen, die meine Regierung ursprünglich inspiriert haben, sich einzumischen. Eine manticoranische Präsenz in diesem Raumgebiet bedroht nicht nur in beträchtlichem Umfang die kommerziellen Interessen unserer Geschäftswelt, sondern auch die Sicherheit des Mesa-Systems. Sie verstehen sicher, dass das Scheitern unseres Sponsorings im Monica-System in der Heimat zu einer Neubewertung unserer Möglichkeiten und Erfordernisse geführt hat.«

»Ja, das verstehe ich gut«, sagte Hongbo. »Allerdings bin ich mir nicht sicher, ob ich auch verstehe, welche ›Möglichkeiten‹ Ihnen im Moment zur Verfügung stehen. Diese Verfassung wurde ratifiziert, das Sternenkönigreich ist offiziell zu diesem ›Sternenimperium‹ geworden, und der Rummel in der Presse zu Hause, den Sie hinnehmen mussten – und wir –, lässt uns nicht besonders viel Raum zum Manövrieren, nicht wahr?«

»Ja ... und nein«, entgegnete Ottweiler, und Hongbo erstarrte hinter seinem Schreibtisch. Diese Antwort hatte er sich am allerwenigsten gewünscht, überlegte er.

»Ehe Sie weiterreden, Valery«, sagte der Solarier, »möchte ich eines klarstellen, ja? Ich bin bereit, sehr viel für Sie und Ihre ›Regierung‹ zu tun, und für Lorcan gilt das Gleiche, aber dem, was wir tun können, sind feste Grenzen gesetzt. Besonders nach dem Monica-Zwischenfall. Und ganz frei heraus gesagt, der Mord an Webster hilft da nicht besonders.«

»Das waren wir nicht«, entgegnete Ottweiler milde. »Ich dachte, jeder wüsste, dass es die Republik Haven war.«

»Natürlich waren es die Havies«, schnaubte Hongbo. »Aber egal, wer es war, zu Hause sind die Reporter deswegen völlig aus dem Häuschen – besonders im Lichte dessen, was Webster über eure bescheidenen Bemühungen in Talbott gesagt hat. Wenn ein Schlamassel so groß und in den Nachrichten derart hochgespielt wird, dann wird sogar unsere Bevölkerung neugierig. Deshalb kann das Justizministerium es nicht auf ewig vertuschen. Die Journaille verlangt Schauprozesse, also muss die Justiz sie ihnen bieten. Zum Teufel, es sind wenigstens ein Dutzend Spitzenleute von Technodyne angeklagt worden!«

»Ja, das war ein unglücklicher Umstand«, sagte Ottweiler. »Aber weder Sie noch ich arbeiten für Technodyne, oder?«

»Nein, aber Lorcan und ich arbeiten für das Amt für Grenzsicherheit«, erwiderte Hongbo scharf, »und wir bekommen diesbezüglich reichlich Nachrichten von zu Hause. Bisher hat sich das OFS aus dem Rampenlicht halten können, und diese Wichtigtuerin von Corvisart hat es noch nicht darauf angelegt, uns hineinzuziehen. Noch nicht.«

»Natürlich hat sie das nicht.« Nun schnaubte Ottweiler. »Glauben Sie etwa, die Mantys wollen sich mit der Navy der Liga anlegen? Besonders jetzt, wo der Gipfel gescheitert ist, ehe er anfing, und sie wieder Haven im Rücken haben?«

»Selbstverständlich nicht, aber darauf wollte ich nicht hinaus.« Hongbo lehnte sich zurück und klopfte zur Betonung auf die Schreibunterlage. »Während es für Manticore ohne Zweifel sehr unglückselig wäre, sollte es in eine bewaffnete Auseinandersetzung mit der Liga geraten, käme auch derjenige in eine unangenehme Lage, der ... uns geholfen hat, diese Konfrontation herbeizuführen. Niemand beim OFS ist darauf erpicht, den Reportern – oder den Mantys – noch mehr Munition zu liefern. Schlimm genug, dass wir als unfähig dastehen, da wir so etwas vor unserer Nase haben geschehen lassen. Schließlich sind die Mantys kaum die typischen Neobarbaren. Sie haben weit bessere Verbindungen auf Alterde als die meisten anderen, was Ihnen – oh, Verzeihung, ich meinte Haven – völlig klar gewesen ist, als die Entscheidung, Webster zu eliminieren, getroffen wurde. Offen gesagt, Valery, sind Lorcan und ich ganz eindeutig angewiesen worden, die Finger von Manticore zu lassen. Und das ist, weiterhin ungeschminkt, genau das, was ich für mich bereits beschlossen hatte.«

»Tut mir leid, das zu hören«, sagte Ottweiler gelassen. »Leider lauten meine Anweisungen ein wenig anders.«

»Das ist zu schade, weil ich Ihnen da nicht helfen kann.«

»Oh doch, das können Sie.«

»Nein«, widersprach Hongbo tonlos, »das kann ich nicht. Sie wissen so gut wie ich, wie das OFS arbeitet, Valery. Gewiss, meist haben die Kommissare in ihren Sektoren weitgehend freie Hand, und jeder weiß, dass wir alle ›besondere Freunde‹ haben, die bevorzugte Behandlung genießen. Doch am Ende unterliegen wir alle der Kontrolle des Ministeriums, und ich sage Ihnen, es wurde ein Machtwort gesprochen. Keine weitere schlechte Presse, was Talbott angeht, bis sich die gegenwärtige Aufregung gelegt und sich die Bescherung aus dem Gedächtnis der Öffentlichkeit verflüchtigt hat. Angesichts der Tatsache, dass fragliche Öffentlichkeit die Aufmerksamkeitsspanne einer Fruchtfliege besitzt, sollte sich für die Absichten Ihrer Vorgesetzten keine allzu große Verzögerung ergeben, aber im Augenblick sind mir die Hände gebunden.«

Ottweiler neigte den Kopf zur Seite und bot mit nachdenklicher Miene den Anschein eines Mannes, der Hongbos Worte sorgfältig erwog. Aus Sicht des Solariers ergaben sie natürlich durchaus Sinn. Als er von der Kontrolle durch das Ministerium sprach, redete er nicht von etwas Unbedeutendem oder Vorübergehendem wie dem gegenwärtigen Solarischen Außenminister, wer immer das momentan auch sein mochte. Wovon er tatsächlich sprach, war die verkrustete Bürokratie, die in Wahrheit das solarische Außenministerium leitete, so wie ähnliche Bürokratien bei jedem anderen Aspekt der Regierung und des Militärs der Liga den Ton angaben. Und obwohl die maßgeblichen Bürokraten sich um Störungen durch ihre nominellen politischen Herren und Meister keine Gedanken zu machen brauchten, konnten die gelegentlichen Empörungsausbrüche über die Korruption der Regierung für alle Beteiligten unangenehm sein. Das war der eigentliche Grund, weshalb Governor Barregos – der sich irgendwie den Ruf erworben hatte, tüchtig und ehrlich zu sein – seit Langem nicht aus dem Maya-Sektor zurückgerufen worden war. Daher konnte es kaum überraschen, dass Hongbos Vorgesetzte und Verrochios Kommissars- und Sektorengouverneurskollegen nichts sehnlicher wünschten, als dass die Affäre so rasch wie möglich vorüberzog, damit sie alle unter ihre Steine zurückkriechen und weitermachen konnten wie bisher.

»Es tut mir leid«, wiederholte er nach einigen Sekunden, »aber ich fürchte, in diesem Fall bestehen meine Vorgesetzten auf Ihrer Mitarbeit, Junyan.«

»Haben Sie mir nicht zugehört?« Hongbo klang ein wenig verärgert. »Ich kann nichts für Sie tun!«

»Doch, das können Sie.« Ottweilers Stimme klang betont geduldig. »Ich würde nicht hier sitzen und mit Ihnen reden, wenn es anders wäre.«

»Valery –«

»Hören Sie mir nur kurz zu, Junyan«, unterbrach ihn Ottweiler, und Hongbo kniff über seinen gebieterischen Ton die Augen zusammen. Er war es nicht gewöhnt, so etwas in seinem Büro zu hören, von niemandem, und das Aufblitzen des Zorns in seinen dunklen, schmalen Augen war nicht misszuverstehen. Dennoch bezwang er seine Wut, biss die Zähne aufeinander und nickte knapp.

»Also gut«, begann der Mesaner. »Karten auf den Tisch. Die Leute, für die ich arbeite – und Sie wissen so gut wie ich, wer das ist –, sind nicht glücklich. Sie sind sogar sehr unglücklich und haben die Absicht, etwas zu unternehmen. Darum sitze ich hier, und um ehrlich zu sein, bin ich selbst ein wenig erstaunt, welche Mittel ihnen zur Verfügung stehen. Halten Sie es denn für einen Zufall, dass Admiral Byng das Kommando über den Verband der Grenzflotte erhielt, der hierher abgestellt wurde, um Ihnen nach Monica den Rücken zu stärken? Also bitte!« Er rollte mit den Augen. »Byng ist einer von diesen scheinheiligen Schlachtflottenkotzbrocken. Er hätte niemals den Befehl über einen Verband der Grenzflotte erhalten, wenn nicht jemand dafür gesorgt hätte. Und was glauben Sie wohl, wer dieser Jemand war?«

Hongbos Augen waren noch schmaler als zuvor, doch die Neugierde begann bereits, den Zorn zu ersetzen – oder wenigstens zu ergänzen.

»Dann die Kleinigkeit, dass Admiral Crandall beschlossen hat, ›Übungen‹ im McIntosh-System abzuhalten.«

»Was?« Hongbo setzte sich gerade. »Wovon reden Sie da? Niemand hat uns über Übungen bei McIntosh informiert!«

»Ich fürchte, Sie haben das Memo vielleicht nicht erhalten. Vielleicht liegt es daran, dass Crandall der Schlachtflotte angehört, nicht der Grenzflotte. Die Schlachtflotte redet nicht besonders oft mit den Bauern von der Grenzsicherheit, oder?«

»Schlachtflotte«, wiederholte Hongbo. Das Ausmaß seiner Überraschung über diese spezielle Einzelheit war offensichtlich. Sie reichte weit genug, um ihn vom Knall der Dressurpeitsche Ottweilers abzulenken, als dieser die tiefe Verachtung der Schlachtflotte für die Grenzflotten und das OFS betonte.

»Richtig«, sagte der Mesaner und schüttelte den Kopf. »Vor Monica war ich ebenfalls nicht darüber unterrichtet, doch wie es aussieht, hat Admiral Crandall sich McIntosh als Schauplatz ihrer neuesten Übungen ausgesucht.« Er zuckte die Achseln. »Ich weiß, dass es für die Schlachtflotte ein wenig ungewöhnlich ist, sich so weit in den Rand hinauszuwagen, doch offenbar wollte Crandall nicht nur die Schlachtgeschwader, sondern auch den Flottentross üben lassen. Meinen Informationen zufolge ist es über neunzig T-Jahre her, seit die Schlachtflotte mehr als ein einzelnes Geschwader an die Grenze verlegt hat, und es sind Fragen laut geworden, ob die Navy überhaupt noch über die nötige Logistik verfügt, um eigene Operationen außerhalb des etablierten Flottenbasensystems der Alten Liga zu versorgen.«

»Ich soll dem also entnehmen, dass Admiral Crandall eine größere Streitmacht üben lässt als nur ein einzelnes Geschwader?«, fragte Hongbo langsam.

»Um genau zu sein, ich glaube, sie hat in etwa einhundert Wallschiffe dabei«, sagte Ottweiler in beiläufigem Ton, und Hongbo setzte sich plötzlich auf.

»Der Gedanke, der meinen Vorgesetzten gekommen ist«, fuhr Ottweiler fort, »ist folgender: Mit drei vollständigen Schlachtkreuzergeschwadern der Grenzflotte samt Abschirmeinheiten, die bereits dem Madras-Sektor zugewiesen sind, um Ihre Einheiten zu verstärken, und einem derart starken Verband der Schlachtflotte in Abrufreichweite für Kommissar Verrochio – wäre es da nicht an der Zeit, den Schaden zu reparieren, den das Prestige der Liga durch die hässliche Entwicklung in Monica genommen hat? Ich muss Ihnen wohl nicht auseinandersetzen, wie schlecht es wäre, wenn andere Randsysteme die Grenzsicherheit nicht mehr ernst nehmen oder den falschen Eindruck erhalten würden, das OFS führe keine Strafexpeditionen mehr aus, wenn ihm jemand auf diese Art und Weise öffentlich auf die Zehen tritt. Und es wäre doch sehr schön, wenn man die aufgeregte öffentliche Meinung, über die Sie sich solche Sorgen machen, auf ein anderes Ziel umlenken könnte, oder? Ein Ziel wie ... etwa den Beweis, dass allen manticoranischen Behauptungen zum Trotz, und ganz egal, wie die manticoranischen Sprachrohre auf Alterde die Ereignisse bei Monica in den Medien umgedeutet haben, Manticore wirklich so imperialistisch und ausbeuterisch ist, wie wir es schon immer gesagt haben.«

»Und diese Zielumlenkung sollen wir wie genau bewerkstelligen?«, fragte Hongbo.

»Nach meinen neuesten Informationen hat die Regierung des New-Tuscany-Systems bereits ernste Probleme mit dem neuen Management des Talbott-Sternhaufens«, antwortete Ottweiler. »Ich rechne sogar damit, dass es nicht mehr lange dauert, bis Sie und Kommissar Verrochio eine Anfrage erhalten, wonach die Grenzsicherheit die systematische manticoranische Schikane gegen Handelsschiffe des New-Tuscany-Systems untersuchen möge.«

Hongbos Gesicht zeigte eine eigenartige Mischung aus Vorfreude und Kummer. Obwohl er längst nicht so cholerisch veranlagt war wie Verrochio, hatte er seine Demütigung nach Monica nicht gerade genossen. Und Ottweilers Argument, was den Schaden für den Ruf der Grenzsicherheit betraf, hatte ebenfalls verfangen. Das OFS hatte hart gearbeitet, damit kein Randsystem es mehr zu riskieren wagte, sich den Zorn der Grenzsicherheit zuzuziehen, und Manticore durchgehen zu lassen, was es sich im Monica-System geleistet hatte, war freilich nicht der beste Weg, diese gewünschte Wahrnehmung zu erzielen. Aus einer Vielzahl von Gründen wollte sich Hongbo daher revanchieren. Gleichzeitig hatte er jedoch nicht vergessen, wie narrensicher die Monica-Operation hätte sein sollen, und wollte auf keinen Fall erneut in die Falle tappen. Außerdem war er so klug zu begreifen – ganz wie Ottweiler auch –, dass Byngs und Crandalls Verwicklung auf beteiligte Interessengruppen hindeutete, die weitaus einflussreicher und noch rücksichtsloser waren, als er zunächst angenommen hatte.

»Ich weiß nicht, Valery.« Er schüttelte bedächtig den Kopf. »Alles, was Sie sagen, leuchtet wunderbar ein, und unter normalen Umständen wäre ich nur zu gern bereit, Ihren Vorgesetzten zu helfen. Das wissen Sie. Aber die Anweisung, die wir offiziell erhalten haben, kann man nur als brutal klar bezeichnen. Lorcan und ich haben hier herumzusitzen und brav zu sein, bis man uns etwas anderes sagt. Und selbst wenn es anders wäre, Lorcan ist fast genau so sehr eingeschüchtert wie sauer. Was die Mantys mit den monicanischen Schlachtkreuzern angestellt haben, hat ihn bis ins Mark erschüttert.«

»Das kann ich ihm nicht verdenken«, sagte Ottweiler offen. »Sie könnten ihn natürlich darauf hinweisen, dass diese Schlachtkreuzer mit Monicanern bemannt gewesen sind und nicht mit Sollys. Und dass ihnen nicht die gesamte SLN den Rücken gestärkt hat. Auf jeden Fall sind sich die Mantys dieser kleinen Unterschiede bewusst, und nachdem die Kampfhandlungen gegen Haven wieder aufgenommen wurden, können sie nicht sonderlich viel Kampfkraft hierher verlegen, selbst wenn sie so dumm wären, sich mit der SLN anzulegen. Ganz gewiss haben sie nicht genug hier, um angesichts von Crandalls Gegenwart irgendeine signifikante Bedrohung darzustellen.«

»Aber wenn sie nicht mehr über Crandalls Gegenwart wissen als wir, ehe Sie mich davon in Kenntnis gesetzt haben, dann wird sie das auch kaum abschrecken, oder? Es sei denn natürlich, jemand sorgte dafür, dass diese untergeordnete Tatsache Manticore bekannt wird.«

Er ließ Ottweilers Gesicht nicht aus den Augen, und der Mesaner zuckte mit den Schultern.

»Ich habe weder in der einen noch der anderen Hinsicht irgendwelche offiziellen Informationen«, sagte er. »Andererseits kann ich mich des starken Eindrucks nicht erwehren, dass niemand sich überschlägt, um den Mantys irgendetwas zu sagen. Dennoch, Kommissar Verrochio ist selbst ein Sektorengouverneur. Wenn er das Bedürfnis empfindet, darum zu ersuchen, würde Admiral Crandall gewiss ihre Kräfte von McIntosh nach Meyers verlegen. Als reine Vorsichtsmaßnahme, Sie verstehen.«

Hongbo nickte bedächtig, das Gesicht gespannt. Ottweiler

konnte fast sehen, wie es hinter seinen Augen arbeitete, und er fragte sich, ob der Solarier zu den gleichen Schlussfolgerungen gelangte wie er.

»Das klingt sehr tröstlich«, sagte Hongbo schließlich. »Trotzdem bleibt die Tatsache, dass Lorcan nicht einverstanden sein wird. Das ist, ehrlich gesagt, zumindest teilweise meine Schuld. Ich konnte nicht ahnen, dass so etwas bevorstehen könnte, und als wir von Alterde Anweisungen erhielten, tat ich mein Bestes, um Lorcans Temperament zu besänftigen. Das war recht anstrengend. Sie wissen ja, wie er ist. Vielleicht habe ich mir zu große Mühe gegeben. Statt Feuer und Bimsstein zu spucken, sorgt er sich jetzt, er könnte dem Schwarzen Mann von Manticore noch einen Grund geben, sich auf ihn zu stürzen. Es wird Zeit, ihn wieder in neue Bahnen zu lenken.«

»Zeit ist etwas, wovon wir nicht viel haben«, erwiderte Ottweiler. »Vertrauen Sie mir, New Tuscany wird schon bald bereit sein.«

»Sind Sie sicher? New Tuscany ist dreihundertsechzig Lichtjahre von hier entfernt. Wie können Sie sicher sein, dass sie mitspielen, wenn selbst ein Kurierboot über einen Monat lang dorthin unterwegs ist?«

»Vertrauen Sie mir«, wiederholte Ottweiler. »Der Repräsentant, den meine Vorgesetzten nach New Tuscany schicken, ist sehr überzeugend, und was die New Tuscanier für ihre Mitwirkung bekommen, ist für sie sehr verlockend. Sie werden sich für uns ein Bein ausreißen.«

»Vielleicht haben Sie recht. Vielleicht glaube ich sogar, dass Sie recht haben. Aber Lorcan wird nicht darauf anspringen, ehe er eine Bestätigung gesehen hat. Ich erwarte, dass er sich mit Händen und Füßen wehren wird.«

»Dann müssen Sie eben etwas überzeugender sein als sonst«, entgegnete Ottweiler. »Meine Vorgesetzten werden natürlich nicht vergessen, was sie Ihnen beiden schulden, wenn Sie es ermöglichen, und daher können Sie mit Gewissheit davon ausgehen, für Ihre Mühen außerordentlich gut entschädigt zu werden.«

»Da zumindest haben Sie recht. Das ändert aber nichts daran, dass ich ihn allmählich umstimmen muss.«

»Unserer Zeitfenster ist zu eng für ›allmählich‹«, sagte Ottweiler. »Auch wenn Crandall eine lange Abwesenheit als Teil ihres Logistikdrills angesetzt hat, kann sie nicht für immer auf Station bleiben. Wir müssen die Sache ins Rollen bringen, während sie noch in der Nähe ist und unserem Spiel notfalls den Rücken stärken kann. Das ist es, was unseren Zeitrahmen so eng macht, und ich bin sicher, der Kommissar wird wissen wollen, dass sie da ist, falls er sie braucht. Wie auch immer, meine Anweisungen, die Sache so schnell wie möglich ins Rollen zu bringen, sind so deutlich, wie es nur geht. Wenn Sie also glauben, Sie brauchen einen weiteren Hebel, den Sie bei ihm ansetzen können, dann erinnern Sie ihn: Meine Vorgesetzten haben Unterlagen über alle ihre Transaktionen mit ihm. Und im Gegensatz zu ihm sind sie keine Bürger der Liga und unterliegen nicht ihren Gesetzen.«

Hongbo erstarrte, und das lag nicht nur an dem eisigen Ton, der in Ottweilers Stimme getreten war. Er sah dem Mesaner in die Augen, und die unausgesprochene Warnung, die er dort las, war glasklar: Wenn es Unterlagen über die Transaktionen mit Verrochio gab, dann existierten auch welche, die ihn betrafen. Und wenn sie bereit waren, Verrochio den Wölfen vorzuwerfen, falls er seine Anweisungen nicht befolgte, dann galt für ihn das Gleiche, dann drohten ihm die gleichen gierigen Reißzähne.

Hongbo Junyan war stets klar gewesen, dass Manpower und die anderen mesanischen Konzerne gefährliche Wohltäter sein konnten. Das Risiko aufzufliegen war unter normalen Umständen jedoch beinahe nicht existent, und jeder wusste, dass jeder andere es genauso machte. So funktionierte das System, so wurde eben gearbeitet. Selbst wenn eine unglückselige persönliche Absprache einmal publik wurde, konnte man erwarten, dass der Vorfall rasch in den Kategorien »Business as usual« oder »Jeder tut es« abgelegt wurde. Man konnte darauf zählen, dass das System es schnell und leise vergessen ließ.

Doch wenn Manpower sich entschied, seine Geschäfte mit diesen Leuten publik zu machen, dann durfte man darauf zählen, dass es so laut – und wirkungsvoll – wie möglich geschah. Und nach allem, was hier schon schiefgegangen war, lechzten die Reporter förmlich nach frischen, spektakulären Beweisen für Korruption und Verschwörung. Das bedeutete, dass die Kollegen Verrochio und Hongbo freudig dem heulenden Mob überlassen würden. Ja, seine Kollegen würden das Rudel vermutlich sogar anführen und lauter brüllen als jeder andere, um die eigene Unschuld unter Beweis zu stellen.

So schlimm das wäre, es gab noch Schlimmeres: Der Audubon Ballroom hatte im Laufe der Jahre keinen Zweifel gelassen, dass Bürokraten und Verwalter, die mit Manpower konspirierten und kollaborierten, während sie eigentlich nach Kräften den Gensklavenhandel bekämpfen sollten, beim Ballroom nicht sehr beliebt waren. Deshalb hatte der Ballroom einige sehr eindrucksvolle Methoden ersonnen, wie man diesen Umstand demonstrierte. Die Methoden schlossen in der Regel herumfliegende Körperteile mit ein.

»Ich glaube nicht, dass der Kommissar sich noch allzu schwierig geben wird, wenn Sie ihn auf diese Tatsache aufmerksam machen, oder, Junyan?«, fragte Valery Ottweiler sanft.

ZWOUNDZWANZIG

Niemals hätte Anisimovna erwartet, so rasch in den Talbott-Sternhaufen zurückzukehren – und das aus mehreren Gründen.

Allein der Gedanke, in welch katastrophalem Ausmaß die Monica-Operation gescheitert war, hätte jedem eine Gänsehaut gemacht – selbst einem Abkömmling einer mesanischen Alphalinie. Sie war mehr als ein wenig erstaunt gewesen, dass Isabel Bardasano und sie den völligen Zerfall der vom Strategischen Rat so sorgsam gehegten Pläne überlebt hatten.

Doch selbst wenn sie mit ihrem unerwarteten Überleben gerechnet hätte, so hätte sie sich doch niemals vorstellen können, so schnell wieder hier zu sein. Andererseits hatte sie auch nichts vom streng geheimen »Blitzantrieb« gewusst. Sie musste sich immer vor Augen halten, dass sie – wenigstens offiziell – länger unterwegs gewesen sein sollte, als es tatsächlich der Fall gewesen war.

Und sie nahm an, dass sie genauso gut weitermachen und zugeben konnte, dass ihre Überraschung noch einen Grund hatte. Sie hätte sich nie träumen lassen, dass es möglich wäre, so rasch einen Ersatz für das fehlgeschlagene Unternehmen in Monica zu schaffen.

Natürlich wäre es gut gewesen, wenn Albrecht – und Isabel – mir beim letzten Mal gesagt hätten, was wir wirklich *erreichen wollten. Oder wie viele Ressourcen tatsächlich zur Verfügung stehen,* dachte sie, während sie mit ihrem neuen Leibwächter in dem luxuriösen, wenn auch altmodischen Aufzug zur bevorstehenden Besprechung hochfuhren. *Freilich, ganz sicher bin ich mir nicht, wie ich sie hätte einsetzen sollen, selbst wenn ich gewusst hätte, dass es sie gab. Und wahrscheinlich konnten sie mir nichts darüber sagen … nicht ohne mich auch in den Rest einzuweihen.*

Ganz erstaunlich war, wie komplett anders sie die Galaxis sah, nachdem Albrecht Detweiler ihr erklärt hatte, was wirklich vor sich ging. Sie war zum einen völlig verblüfft gewesen, als sie erfuhr, dass der gesamte mesanische Strategische Rat und all seine ausgeklügelten Pläne und Machenschaften nur einen Teil – und nicht einmal den größten Teil – der wirklichen Strategie bildeten, der sie, wenn auch unwissend, so viele Jahrzehnte gedient hatte. Gleichzeitig hatte es sie arg gewurmt zu entdecken, dass so viel von dem, was sie zu wissen geglaubt hatte, unvollständig oder sogar bewusst verfälscht gewesen war. Wie zum Beispiel die »Tatsache«, dass das Congo-Wurmloch nicht vollständig vermessen gewesen war, ehe die Ballroom-Fanatiker Mesa das System abknöpften, oder wer wirklich »ihre« Operation im Monica-System geleitet hatte. Zu entdecken, dass jemand genau so an ihren Fäden zog, wie sie stolz an den Fäden anderer gezogen hatte, war nicht sonderlich motivierend. Doch ihre Verärgerung über mangelnde Information und die mit purer Notwendigkeit begründete Abschottung des Wissens war nichts gegen den Schock darüber, was wirklich vorging. Aldona Anisimovna war beileibe kein Seelchen, das sich leicht erschüttern ließ, doch vor dem gewaltigen, allumfassenden Ausmaß der wahren Ziele und Mittel des Mesanischen Alignments empfand sie sowohl Ehrfurcht als auch ein wenig Angst.

Und ich dachte, es ginge nur um die üblichen Grabenkämpfe und politischen Einfluss, gestand sie sich ein. *Um ehrlich zu sein, ich habe die politischen Aspekte stets für reine Selbstverteidigung gehalten, ein Mittel, um unsere Geschäfte und unsere Wirtschaftsmacht zu schützen. Nie hätte ich mir träumen lassen, dass jemand in solch … großem Maßstab denken könnte.*

Oder das von den Vorarbeiten schon so vieles abgeschlossen ist.

Der Aufzug hielt. Kyrillos Taliadoros – der ihr neu zugeteilte Leibwächter aus der gleichen Gammalinie, die Albrecht Detweilers Bodyguard hervorgebracht hatte – trat zuerst durch die sich öffnenden Türen und blickte in beide Richtungen in den Korridor. Taliadoros' physische Sinne waren durch die Modifikationen an seinem Genotyp stark geschärft, und Anisimovna wusste, dass hier und da ein wenig Technik chirurgisch implantiert worden war, um ihn an seine gegenwärtige Funktion anzupassen. Sie hatte entdeckt, dass selbst die schreckenerregende Reputation von Detweilers Leibwächter noch untertrieb, wozu er fähig war, und für Taliadoros galt das Gleiche. In mancher Hinsicht war das fast so beängstigend wie beruhigend.

Andererseits, was sie in den letzten Wochen hatte geistig verdauen müssen, war ebenfalls fast so beängstigend wie beruhigend.

Sie schob den Gedanken beiseite und folgte Taliadoros aus dem Aufzug, als seine knappe Geste anzeigte, dass er mit ihrer gegenwärtigen Umgebung zufrieden war. Er nahm seine angemessen huldvolle Position hinter ihr ein, während sie durch den kleinen Korridor voranging, und die schmuckbehangene Sekretärin hinter dem Empfangstisch am anderen Ende blickte mit einem geschäftsmäßigen Lächeln auf, als sie näher kam.

Na, das ist aber eine Hübsche, dachte Anisimovna anerkennend und weidete sich an dem fließenden rabenschwarzen Haar, den klaren blauen Augen und dem nahezu perfekten Teint der jungen Frau. *Man könnte sie ohne Modifikation glatt in einer Vergnügungsproduktlinie verwenden. Natürlich ist da das kleine Muttermal. Und ich glaube, ihre linke Augenbraue könnte eine Winzigkeit höher sein als die rechte. Aber in ihrem Fall tut ihr das sogar gut. Ohne diese kleinen Makel würde sie vielleicht zu … perfekt aussehen.*

»Aldona Anisimovna«, sagte sie. »Ich glaube, President Boutin erwartet mich.«

»Das ist richtig, Ms. Anisimovna.« Die Stimme der Sekretärin hatte genau das Alttimbre, das zu ihrem bezaubernden Aussehen passte, fand Anisimovna anerkennend. »Einen Augenblick bitte.«

Sie drückte einen Knopf auf ihrem Schaltbrett.

»Ms. Anisimovna ist da, Mr. President«, sagte sie und horchte auf ihren Ohrhörer. »Jawohl, Sir«, sagte sie und sah zu Anisimovna hoch. »President Boutin freut sich, Sie zu empfangen, Ma'am.« Sie drückte einen anderen Kopf, und eine ziemlich üppig verzierte Tür glitt zur Seite. »Bitte gleich durch diese Tür, Ma'am.«

»Danke.« Anisimovna lächelte ein wenig wärmer, als sie Dienstboten normalerweise anlächelte, dann nickte sie Taliadoros zu, und beide traten durch die offene Tür.

»Verzeihen Sie, Ma'am, nur einen Moment«, sagte ein breitschultriger junger Mann, als sie in den Vorraum der luxuriösen Bürosuite traten.

»Ja?« Anisimovna sah ihn recht kühl an, und er lächelte ganz leicht entschuldigend.

»Ich fürchte, einige Implantate Ihres Leibwächters haben bei unseren Sicherheitsabtastungen Alarm ausgelöst. Es tut mir leid, aber die Sicherheitsbestimmungen verbieten es, jemanden mit unidentifizierten implantierten Geräten zum Präsidenten vorzulassen.«

»Ich verstehe.« Anisimovna musterte ihn kurz, dann wandte sie sich Taliadoros zu.

»Ich fürchte, Sie werden hier auf mich warten müssen, Kyrillos«, sagte sie.

»Ma'am, das Reglement verbietet mir –«, begann er, ganz als hätten sie diesen Augenblick nicht mehrmals geprobt.

»Ich weiß, dass es gegen die Regeln verstößt« – in ihrer Stimme mischte sich Geduld mit einem Hauch Schroffheit – »aber im Augenblick befinden wir uns als Gäste auf einem fremden Planeten. Es ist nur höflich, wenn wir uns an ihre Regeln und Gebräuche halten.«

»Das weiß ich, Ma'am, aber –«

»Diese Diskussion ist beendet, Kyrillos«, sagte sie nachdrücklich und lächelte. »Ich übernehme die volle Verantwortung, aber diesmal überstimmen die guten Manieren das Reglement. Außerdem bin ich sicher, dass das Schutzkommando des Präsidenten der Aufgabe gewachsen ist, mich im Fall der Fälle mit ihm zu schützen. Und ich rechne sowieso nicht damit, dass jemand versucht, mich mitten in einer Sitzung mit ihm zu ermorden.«

»Ja, Ma'am«, antwortete Taliadoros mit deutlichem Unwillen, und Anisimovna drehte sich dem breitschultrigen jungen Mann wieder zu.

»Ich glaube, das wäre geklärt«, sagte sie forsch.

»Jawohl, Ma'am. Danke für Ihr großes Verständnis. Wenn Sie mir bitte folgen möchten?«

Anisimovna folgte ihm durch den Vorraum. Sie war sich nicht sicher, ob die kleine Theatervorstellung wirklich nötig war, doch es konnte nicht schaden, ihren Gastgebern klarzumachen, wie wichtig sie war, denn schließlich besuchte sie New Tuscany offiziell nur als Privatperson. Natürlich reisten die meisten Privatpersonen nicht in eigenen hyperraumtüchtigen Jachten oder kamen mit persönlichen, modifizierten Leibwächtern. Und Taliadoros' Erwähnung eines »Reglements« sollte ihnen ein hübscher Hinweis darauf sein, dass sie sich vielleicht als Privatperson ausgab, es aber nicht war.

Das ist nur fair, denn ich bin es wirklich nicht, auch wenn in den nächsten beiden Stunden jeder so tun wird, als wäre ich es.

Sie trat durch eine weitere Tür in ein absolut prächtiges Büro, von dem aus man über das Zentrum von Siena blickte, der Hauptstadt des Planeten New Tuscany. Mehrere Personen erwarteten sie.

President Alain Boutin, das offizielle Staatsoberhaupt des New-Tuscany-Systems, erhob sich hinter seinem shuttlegroßen

Schreibtisch in eine höfliche Willkommenshaltung, als sie den Raum betrat. Systempremierminister Maxime Vézien, der Regierungschef, wandte sich von den mannshohen Fenstern mit einem begrüßenden Lächeln um. Alesta Cardot, die Außenministerin, und Nicholas Pélisard, der Kriegsminister, unterbrachen ihr leises Gespräch mit Honorine Huppé, der Handelsministerin. Damien Dusserre, der Sicherheitsminister New Tuscanys, stand allein bei den Bücherregalen, die eine Wand des Büros bedeckten, und sein Lächeln war erheblich kühler – und weniger professionell – als das Véziens.

Wenn ich nur Zeit für ein wenig mehr Recherche gehabt hätte, dachte Anisimovna, als sie den großen Raum zum Schreibtisch durchquerte. Auf der Reise war ihr kaum genügend Zeit geblieben, um das tief gehende Dossier über die gegenwärtige Lage auf New Tuscany zu lesen; für eine detaillierte historische Studie war erst recht keine Zeit gewesen. Zum Beispiel wusste sie nicht im Entferntesten zu sagen, weshalb ein Planet, der nach einer Region im altirdischen Italien benannt war, von Menschen bewohnt wurde, die beinahe ausnahmslos französische Namen trugen.

»Ms. Anisimovna!« Boutin reichte ihr über den Schreibtisch hinweg die Hand. Als Anisimovna sie ergriff, hob er die Hand an seine Lippen und hauchte ihr einen Handkuss auf den Handrücken. Sie bedankte sich mit einem Lächeln.

»Es ist höchst großzügig von Ihnen, mich zu empfangen, Mr. President. Besonders, da es so kurzfristig ist.«

»Mr. Metcalf hat deutlich gemacht, dass Ihr Anliegen dringend ist«, erwiderte Boutin. »Und offen gesagt, dass Sie … inoffiziell wichtige Interessen Mesas vertreten.«

»Ja, das tue ich wohl«, sagte sie mit einem launigen Lächeln. Sie wünschte nur, dass Valery Ottweiler, der mesanische Attaché, der während der Monica-Operation ihr offizieller Adjutant im Meyers-System gewesen war, ihr hier ebenfalls zur Verfügung gestanden hätte. Sie fand seine Kompetenz sowohl beeindruckend als auch beruhigend. Ottweiler war jedoch noch immer im Meyers-System, wo er eine eigene Rolle zu spielen hatte, und Jansen Metcalf, der mesanische Handelsattaché, der zum Botschafter aufgestiegen war, als New Tuscany beim Verfassungskonvent von Spindle ausstieg, sollte ebenfalls tüchtig sein. Allerdings begleitete er sie heute selbstverständlich nicht. Dass der offizielle Vertreter Mesas abwesend war – und ihren »inoffiziellen« Status im Vorfeld betont hatte –, stellte in der Tat zwei weitere kleine Hinweise dar, dass sie nicht nur für die wahren Herren Mesas sprach, sondern auch etwas sehr Wichtiges zu sagen hatte.

»Bitte gestatten Sie mir, Ihnen meine Minister bekannt zu machen«, sagte Boutin, und Anisimovna nickte beiden nacheinander freundlich zu, als der Präsident ihre Namen murmelte. Nicht dass in diesem Raum irgendjemand vorgestellt werden brauchte, da war sie sich sicher.

Als sie miteinander bekannt waren, setzte sich Anisimovna in einen bequemen Sessel, schlug die langen Beine übereinander und lehnte sich zurück. Während ihres Antrittsbesuchs bei Roberto Tyler hatte Anisimovna mit Vorbedacht ein Kleid gewählt, das ihre perfekte, üppige Figur betonte. Bei Boutin und – noch wichtiger – Vézien war es erheblich unwahrscheinlicher, dass sie sich von körperlichen Reizen beeinflussen ließen, und daher hatte sie sich für streng geschnittene, mitternachtsblaue Kleidung entschieden. Und obwohl sie keinerlei Bedenken hatte, jegliche Taktik – oder Attribute – einzusetzen, die ihrem Zweck dienten, musste sie zugeben, dass sie es sehr vorzog, nicht aufgedonnert zu sein wie eine Lustsklavin.

»Dürfen wir nun erfahren, was Sie nach New Tuscany führt, Ms. Anisimovna?«

»Um ganz offen zu sein, Mr. President, ich bin nicht zuletzt wegen der katastrophalen Vorkommnisse im Monica-System hier«, begann sie und verbarg ein Lächeln über das Entsetzen, das auf die Gesichter der New Tuscanier trat.

Damit habt ihr nicht gerechnet – dass ich freiheraus zugebe, dass wir in dieses nette kleine Desaster verwickelt waren, was?, dachte sie sarkastisch. *Na, ich habe noch ein paar Überraschungen für euch in petto.*

»Mit Sicherheit sind sie alle gut darüber informiert, was mit der Republik Monica passiert«, fuhr sie gelassen fort. »Diese bedauernswerte Entwicklung war die Folge einer Reihe von Zufällen, mit denen niemand rechnen konnte, verschärft durch ein gewisses Maß an schlampiger Ausführung auf monicanischer Seite.«

»Wir haben Berichte über diese ... Ereignisse erhalten«, bestätigte Boutin langsam. Seine Augen zuckten zur Seite auf Dusserre. »Darf ich fragen, was genau daran Sie veranlasst, mit uns zu sprechen?«

»Offen gesagt, Mr. President, haben wir kein Interesse zuzusehen, wie die Mantys ihre Kontrolle und ihren Einfluss in diesem Raumgebiet erweitern«, antwortete Anisimovna mit einer Miene, die völlige Offenheit vorgab. »Ich bin sicher, dass Sie über die lange zurückreichenden Feindseligkeiten zwischen der Geschäftswelt Mesas und dem Sternenkönigreich von Manticore informiert sind. Und wie Manticore in der Vergangenheit häufig gezeigt hat – und jüngst im Monica-System –, ist das ›Sternenkönigreich‹ nie vor der Anwendung nackter Gewalt zurückgeschreckt, um seine Ziele durchzusetzen. Für uns im Mesa-System erscheint es offensichtlich, dass ein manticoranischer Brückenkopf im Talbott-Sternhaufen fast unausweichlich zu weiterer Schikanierung Mesas und in nicht allzu ferner Zukunft möglicherweise sogar zu manticoranischen Militäraktionen gegen Mesa führen wird. Das, um ganz ehrlich zu sein, war der Grund, weshalb wir President Tyler ursprünglich angesprochen haben.

Leider hat, wie Sie ebenfalls genau wissen, der Konvent von Spindle diese neue Verfassung ratifiziert und fast den gesamten Sternhaufen somit zu einer Provinz des Sternenkönigreichs gemacht. Das bedeutet natürlich, dass das, was wir durch unsere Unterstützung für President Tyler als Maßnahme der Selbstverteidigung zu verhindern suchten, zur unumstößlichen Tatsache geworden ist.«

Mehrere Gesichter hatten sich angespannt, als sie den Verfassungskonvent erwähnte, und Anisimovna verbarg ein Lächeln katzenhafter Genugtuung, als sie es sah. Zunächst war sie völlig verblüfft gewesen, als sie hörte, dass New Tuscany es abgelehnt hatte, die neue Verfassung zu ratifizieren. Wäre sie an der Stelle der New Tuscanier gewesen, sie hätte alles getan, um unter den manticoranischen Sicherheitsschirm zu kommen und an der Springflut von Handelsaufkommen und Investitionen teilzuhaben, die über den Sternhaufen hereinbrechen würde. Nur dass New Tuscany natürlich ein anderes Problem bekommen hätte. Während ihrer kurzen Fahrt vom Raumhafen hierher hatte sie bereits festgestellt, dass Bardasanos Analyse der tuscanianischen Oligarchen und ihrer Motive genau ins Schwarze getroffen hatte. Auf New Tuscany herrschte sogar stärkere Repression, als sie es nach Bardasanos Berichten für möglich gehalten hätte. Auf der Bodenstraße hatte sie nirgendwohin sehen können, ohne uniformierte Sicherheitskräfte zu entdecken, und sie hatte eine außerordentlich hohe Anzahl außerordentlich offensichtlicher (für einen Planeten mit New Tuscanys technologischen Möglichkeiten) Überwachungskameras an Laternenpfählen und Kreuzungen entdeckt. Ohne Zweifel gab es weitere, weniger augenfällige Geräte, die die Situation überwachten, ohne sich so leicht zu verraten, doch eindeutig wollten die Sicherheitskräfte New Tuscanys nicht, dass ihnen irgendetwas entging. Außerdem sollte allen potenziellen Unruhestiftern unmissverständlich klargemacht werden, dass alles, was sie taten, auch beobachtet wurde.

Da hast du die Wahl zwischen Pest und Cholera, was, Mr. President? Ihr geistiger Ton war spöttisch, auch wenn sie nicht annahm, dass es den New Tuscanern sehr komisch vorkam. *Wenn du die Verfassung nicht ratifizierst, bleibst du im Kalten draußen stehen, was all die Investitionen und den Kapitalfluss betrifft. Aber wenn du sie ratifizierst, dann wimmelt New Tuscany plötzlich vor Mantys, und über deine »Sicherheitsmaßnahmen« wären sie nicht sehr begeistert, was?*

Aus dieser Perspektive betrachtet, leuchtete die Entscheidung der Regierung New Tuscanys, sich vom Anschluss abzukoppeln, nachdem Manticore und die anderen Delegierten aus Talbott es abgelehnt hatten, ihnen in Bezug auf die innere Sicherheit freie Hand zu geben, in gewisser Weise ein. Das Letzte, was ausbeuterische Oligarchen sich leisten konnten, waren schließlich aufrührerische Gedanken bei den Untertanen. New Tuscany würde allerdings zu seinem Verdruss bald merken, dass allein das Beispiel dessen, was im Rest des Sternhaufens vorging, das System fast unausweichlich mit solchen Gedanken »kontaminierte«. Die einzige Hoffnung der Oligarchen bestand darin, vom steigenden Handelsaufkommen und den manticoranischen Investitionen genügend abzuzweigen, um für eine bescheidene, aber echte und spürbare Verbesserung des allgemeinen Lebensstandards zu sorgen. Zwar war nach Anisimovnas Meinung die Chance, die Lage durch irgendeine Kombination von Zuckerbrot und Peitsche kontrollieren zu können, nie besonders realistisch, aber offenbar war einem hier nichts besseres eingefallen.

Wenig überraschend, denn die einzige andere Möglichkeit hätte in dem Eingeständnis bestanden, dass sie geschlagen sind. Dann hätten sie versuchen müssen, zu einer möglichst gütlichen Einigung mit den Menschen zu kommen, die sie in den letzten zwei oder drei Generationen ständig angepisst haben – in beiden Bedeutungen des Wortes, dachte sie. *Ich glaube nicht, dass ihnen die Bedingungen gefallen hätten, auf die die Gegenseite bestanden hätte.*

»Wie Sie sagen, scheint es, als wäre die Schaffung dieses ›Talbott-Quadranten‹ eine vollendete Tatsache, Ms. Anisimovna«, sagte Premierminister Vézien. Er klang mürrisch, doch sie bemerkte, dass er sie verschlagen anblickte. »Dennoch kann ich mich des Verdachts nicht erwehren, dass Sie uns kaum besuchen würden – oder so ... entgegenkommend wären, was Ihre Verwicklung in die Monica-Affäre betrifft –, wenn Sie nicht der Ansicht wären, die Situation ließe sich noch irgendwie ... bereinigen.«

»Ich sehe, Sie sind so hellsichtig, wie Sie in meinen Dossiers beschrieben wurden, Mr. Prime Minister. Ja, wir glauben tatsächlich, dass die Situation bereinigt werden kann, und das fände man hier auf New Tuscany wahrscheinlich fast genauso schön wie wir auf Mesa. Und um Ihrer nächsten Frage zuvorzukommen: ja. Ich bin hier, um über Möglichkeiten zu sprechen, wie wir uns gegenseitig dabei helfen können, diese Bereinigung herbeizuführen.«

»Verzeihen Sie, wenn ich darauf hinweise, Ms. Anisimovna«, sagte Alesta Cardot, »aber das letzte Sonnensystem, das Sie zur Erreichung dieses zweifellos lobenswerten Zieles rekrutiert haben, ist damit nicht sehr gut gefahren.«

»Und dazu kommt ein gewisser Kollateralschaden, den Ihr erster Versuch verursacht hat, wenn Sie mir die Bemerkung vergeben«, fügte Dusserre hinzu. Der Sicherheitsminister sah Anisimovna sehr offen in die Augen, und sie nickte leicht.

»Madam Minister«, sagte sie zu Cardot, »Sie haben völlig recht, was Monica angeht. Wie bereits gesagt, lag das jedoch an einem vollkommen unvorhersehbaren Zusammenkommen von Zufällen unter Umständen, deren erneutes Auftreten mehr als unwahrscheinlich ist. Und selbst wenn sie sich wiederholten – oder etwas Ähnliches einträte –, hätten sie keine spürbaren Auswirkungen auf die Strategie, die wir diesmal im Sinn haben. Und, Mr. Dusserre«, sagte sie und wandte sich dem Sicherheitsminister ganz zu, »ich fürchte, wir müssen uns schuldig bekennen, Agnes Nordbrandt und die anderen Irren mit dem Material versorgt zu haben, das sie für ihren Feldzug gegen die kornatischen Behörden brauchten. Gewiss hat das in der Folge weitere Schwierigkeiten für New Tuscany verursacht, und aus meiner Sicht hat es Alquezar und seinen Verbündeten geholfen, die Verfassungsgrundsätze durchzusetzen, die sie von vornherein bevorzugten. Das bedaure ich, aber der Fairness halber sollte ich darauf hinweisen, dass zu der Zeit, als wir Nordbrandt versorgten, unsere Ziele sich um Monica drehten und nicht um jemanden im eigentlichen Sternhaufen. Die Folgen hier auf New Tuscany waren unglückselig, aber um brutal ehrlich zu sein, New Tuscany war zu dieser Zeit in unseren Berechnungen und Gedanken vollkommen zweitrangig.«

»Nun, das nenne ich allerdings offen, Ms. Anisimovna«, sagte Cardot trocken.

»In diesem Fall, Madam Minister«, erwiderte Anisimovna, »ist Offenheit eindeutig die beste Vorgehensweise. Daher hat es auch nur wenig Sinn vorzugeben, dass ich hier etwas anderes diskutieren möchte als eine höchst pragmatische Zweckehe. Ich würde jederzeit zugeben, dass Sie hier einen wunderschönen Planeten haben. Ich habe es wirklich genossen, ihn aus der Kreisbahn und auf dem Flug nach unten zu betrachten, und das Panorama rings um den Raumhafen ist atemberaubend. Wenn ich aber behaupten würde, Mesa hätte irgendein wirkliches Interesse an Ihrer Welt, wäre ich unehrlich; uns interessiert nur die Art, wie wir uns gegenseitig unterstützen können, um eine Situation herbeizuführen, die uns beiden angenehm ist.«

»Ich verstehe.« President Boutin faltete die Hände über der

Schreibunterlage und neigte leicht den Kopf zur Seite. »Ich glaube, Sie haben vermutlich recht, dass für New Tuscany und Mesa keine Notwendigkeit besteht, so zu tun, als wären wir Busenfreunde. Gleichzeitig allerdings ist Alestas Argument, was mit Monica passiert ist, vollkommen stichhaltig. Ich bin mir sicher, dass ich für uns alle spreche, wenn ich sage, dass wir absolut kein Interesse haben, die gleichen unangenehmen Folgen zu erdulden. Und um Offenheit mit Offenheit zu vergelten, bietet Mesas große Entfernung vom Sternhaufen und die Angewohnheit Ihrer Welt ... hinter den Kulissen zu agieren, sagen wir mal, Ihnen sehr viel Schutz, der uns nicht zugänglich wäre, sollten wir uns den Zorn der Mantys zuziehen. Wie Sie bereits sagten, neigt Manticore zur Anwendung militärischer Gewalt, um seine politischen Ziele durchzusetzen, und bitte seien Sie nicht beleidigt, aber es wäre mir lieber, wenn die Royal Manticoran Navy uns nicht das Gleiche antäte wie Monica.«

»Mr. President, Offenheit wird mich wohl nie beleidigen. Ich begreife Ihre Bedenken sehr gut. Ich glaube jedoch erklären zu können, wieso das, was Monica widerfahren ist, eindeutig im New-Tuscany-System nicht geschehen wird.«

»Als Kriegsminister kann ich nur sagen – und ich bin sicher, ich spreche für uns alle –, dass ich gespannt bin auf diese Erklärung«, sagte Nicholas Pélisard, und er klang sogar noch trockener als Cardot.

»Der größte und wichtigste Unterschied zwischen dem, was wir diesmal beabsichtigen, und der Monica-Operation entsteht daraus, dass wir zu dem Schluss gekommen sind, unser Versuch, eine Beteiligung in Monica abzustreiten, sei ein entscheidender Fehler gewesen. Wir hielten uns zu sehr aus der Sache heraus und verließen uns allzu sehr darauf, dass Monica uns eine ›Fassade‹ bot, während wir dafür sorgten, dass President Tyler die Schlachtkreuzer erhielt, die er für seinen Teil des Unternehmens benötigte.«

»Der worin bestand?«, erkundigte sich Dusserre milde, und Anisimovna blickte ihn an. »Gehört haben wir mehrere mögliche Erklärungen. Ich wüsste nur zu gern, welche davon – wenn überhaupt eine – zutrifft«, fügte der Sicherheitsminister hinzu und lächelte.

Es war zynisch, sein Lächeln, doch dahinter entdeckte Anisimovna noch etwas anderes. Etwas, das nicht einmal seine reiche Erfahrung in Berechnung und Machtausübung verbergen könnte. Dusserre war ein Macher, jemand, den die Macht so unwiderstehlich anzog wie eine offene Flamme eine Motte. Anisimovna fragte sich jedoch, ob er sich der Angst bewusst war, die sie hinter seinem Lächeln entdeckte. Dem Gefühl, dass die gesamte Machtstruktur seiner Heimatwelt ins Rutschen gekommen war und unausweichlich auf den Zusammenbruch zuglitt …

Albrecht und Isabel hatten recht, dachte sie. *Diese Leute sind so verzweifelt, ihr kleines Kartenhaus zu retten, dass sie sehr empfänglich für Vorschläge sind. Was hat dieser Alterdenkönig noch gleich gesagt? Etwas von wegen »nach mir die Sintflut«? Nun, die Leute hier spüren schon das Wasser an den Fußknöcheln. Das ist gut.*

»Tylers Ziel«, sagte sie und blickte ihm direkt in die Augen, »bestand darin, die Kontrolle über den Lynx-Terminus des Manticoranischen Wurmlochknotens zu übernehmen. Kommissar Verrochio vom Office of Frontier Security war bereit, ihn zu unterstützen – natürlich völlig unparteiisch –, während die Liga für eine neue Volksabstimmung unter Aufsicht des OFS sorgte, um die Gültigkeit des ersten Plebiszits zu überprüfen, bei dem eine Mehrheit für den Anschlussantrag stimmte. Ich fürchte, der Kommissar erwartete, einer weitreichenden Wahlfälschung beim manticoranischen Plebiszit auf die Spur zu kommen.« Sie schüttelte traurig den Kopf. »Hätte sich das als korrekt erwiesen, so hätte die Grenzsicherheit keine andere Wahl gehabt, als das Ergebnis dieser verfälschten Abstimmung zugunsten des eigenständig durchgeführten Plebiszits zu verwerfen. Das hätte ohne Zweifel zur Einführung einer sternhaufenweiten Regierung unter Führung und Schutz der monicanischen Navy geführt, die von der Solaren Liga als legitime Regierung des Sternhaufens anerkannt worden wäre.«

Ihr wurde die Genugtuung zuteil, dass selbst Dusserre leicht die Augen aufriss, als sie den Umfang des ursprünglichen Planes zugab. Sie selbst hatte ihn für verwegen, aber durchführbar gehalten, als sie ihn Roberto Tyler erstmals schmackhaft machte. Natürlich war ihr damals nicht klar gewesen, welches eigentliche Ziel das Alignment verfolgte, und sie hatte absolut nicht die Absicht, dieses tatsächliche Ziel diesen Leuten zu erklären.

»Ich glaube nicht, dass New Tuscany das sehr gern gesehen hätte, Ms. Anisimovna«, sagte Honorine Huppé schließlich, und Anisimovna lachte leise.

»Das habe ich auch nicht angenommen, Madame Minister. Natürlich standen solche Erwägungen auch nicht im Vordergrund unserer Planung. Und überhaupt wäre die Unzufriedenheit New Tuscanys schließlich auch nur eine Frage des Standpunkts gewesen, nicht wahr?« Sie lächelte gewinnend, als die New Tuscanier hochfahren wollten. »Schließlich ist der Standpunkt immer anders, abhängig davon, wer unten ist und wer oben.«

Boutin hatte etwas sagen wollen. Jetzt hielt der President inne, die Miene erstarrt, und schloss langsam den Mund.

»Sollen wir das so verstehen, Ms. Anisimovna«, fragte Cardot ein wenig bissig, »dass Sie nun vorschlagen wollen, uns mit auf den Gipfel zu nehmen und uns die gleiche Aussicht zu zeigen, die Sie President Tyler angeboten haben?«

»Grob gesagt ja«, antwortete Anisimovna der Außenministerin gelassen. »Bis auf ein paar kleinere Änderungen.«

»Die worin bestehen?«, fragte Vézien.

»Statt direkt auf den Lynx-Terminus abzuzielen und seinen umstrittenen Besitz – plus natürlich die brutale Unterdrückung patriotischer Widerstandsgruppen, die sich als Reaktion auf das manipulierte Plebiszit spontan erheben – als Keil zu benutzen, damit die Grenzsicherheit zur Vermeidung weiteren Blutvergießens intervenieren kann, beabsichtigen wir nun, die manticoranische Rachsucht und imperialistische Arroganz der ganzen Galaxis vorzuführen«, sagte Anisimovna. »Vor allem sind wir uns der Art bewusst, in der Baronin Medusa und Premierminister Alquezar bereits versuchen, New Tuscany von der neuen Wirtschaftsordnung des Sternhaufens auszuschließen. Leider haben wir Grund zu der Annahme, dass dies nur der erste Schritt von Manticores Versuch sein wird, New Tuscany für seinen von Prinzipien bestimmten Widerstand gegen den unechten Verfassungskonvent zu strafen, von dem Sie Ihre Delegierten abberufen haben. Schlimmeres, so fürchten wir, steht noch bevor.«

»Was meinen Sie mit ›schlimmer‹?«, fragte Huppé, die dunklen Augen zusammengekniffen.

»Schikane gegen Ihren Schiffsverkehr, Verletzungen Ihres Hoheitsraums, solche Dinge«, antwortete Anisimovna seufzend. »Ich wäre überhaupt nicht überrascht, sollte ich entdecken, dass Ihr Handelsverkehr bereits schikaniert wird, um Sie von den Märkten des Sternhaufens zu verdrängen.«

»Und angenommen, wir könnten Ihnen Belege für solche Schikanen liefern, was würden Sie damit anfangen?«, fragte Pélisard.

»Nun, wir würden gar nichts damit tun.« Anisimovna machte unschuldige große Augen. »Aber wenn Sie diese gewichtigen Angelegenheiten Kommissar Verrochio vorlegten, würde er sich veranlasst fühlen, sie höchst ernst zu nehmen. Besonders nach dem brutalen Überfall Manticores auf die Republik Monica im tiefsten Frieden. Unter den gegebenen Umständen würde er gewiss eine beträchtliche Streitmacht nach New Tuscany entsenden, um die Angelegenheit gründlich zu untersuchen. Und sollten sich Ihre Vorwürfe der Schikane als gerechtfertigt erweisen, hätte diese beträchtliche Streitmacht Anweisungen, Sie vor weiteren Übergriffen auf Ihren Hoheitsraum zu schützen.«

»Verzeihen Sie mir, wenn ich darauf hinweise«, sagte Pélisard, »aber die Flotteneinheiten, die Kommissar Verrochio persönlich unterstehen, sind recht begrenzt. Ich fürchte, eine Handvoll Zerstörer oder auch eine oder zwei Kreuzerdivisionen würden der manticoranischen Navy gegenüber kaum eine Abschreckung bedeuten.«

»Nein, das würden sie nicht«, stimmte Anisimovna zu. »Aber ein oder zwei volle Geschwader der Grenzflotte vielleicht schon.«

Pélisard blinzelte. »Ein oder zwei Geschwader?«

»Oder sogar drei«, sagte Anisimovna gelassen. »Ich weiß zufällig, dass eine Kampfgruppe der Grenzflotte im Madras-Sektor abgestellt wurde, um Kommissar Verrochios Flottenkontingent zu verstärken. Soweit ich weiß, untersteht sie einem Admiral Byng. Und zufällig habe ich ein kurzes Dossier über ihn dabei.« Sie nahm eine Datenchiphülle aus ihrer schmalen Handtasche und legte sie auf die Kante von Boutins Schreibtisch. »Faszinierende Lektüre, wirklich. Zumindest meiner Meinung nach. Admiral Byng ist demnach ein Offizier der Liga, der manticoranische Arroganz und manticoranischen Imperialismus als das erkennt, was sie sind – die Sorte Offizier, der wenigstens geneigt ist, sich die Beschwerden einer Ein-System-Sternnation anzuhören, die vom ›Sternenkönigreich‹ schikaniert und entrechtet wird. Wenn Kommissar Verrochio – oder Sie selbst, die Regierung New Tuscanys – ihn bäten, eine Abteilung hierher abzustellen, um die Angelegenheit selbst zu untersuchen, dann würde er meiner Ansicht nach gewiss einwilligen.«

»Und falls es dabei zu einer ... Konfrontation zwischen ihm und den Mantys käme ...« Pélisards Stimme verebbte, und Anisimovna nickte.

»Dann werden die Manticoraner wahrscheinlich nachgeben«, sagte sie. »Sie waren zwar bereit, es mit solarischen Schlachtkreuzern in monicanischer Hand aufzunehmen. Aber immerhin fehlte der monicanischen Navy die Erfahrung, um sich die Schiffe voll zunutze zu machen, und die Industriekapazität, um sie zu ersetzen, wenn sie beschädigt oder vernichtet wurden. Vor Schlachtkreuzern, die von der solarischen Navy bemannt sind, werden die Mantys eher zurückschrecken. Und wenn sie so dumm sind, sich auf ein Gefecht einzulassen, macht die SLN Kleinholz aus ihnen.«

Pélisard wirkte vom letzten Satz nicht gerade überzeugt. Andererseits, dachte Anisimovna, musste ihm klar sein, welch gewaltiges Ungleichgewicht zwischen den Ressourcen der Solaren Liga und denen des Sternenkönigreichs von Manticore bestand. Letztendlich fehlten jeder anderen Sternnation die Mittel, dem Ungetüm zu widerstehen, das die Liga war. Folglich ...

Sie konnte beinahe sehen, wie die Rädchen in seinem Kopf sich drehten, während er sich durch die Auswirkungen dessen kämpfte, was sie gerade gesagt hatte. Sie konnte sogar den genauen Moment bestimmen, als er am Ende des Denkprozesses anlangte, denn er kniff plötzlich die Augen zusammen und sah Anisimovna sehr durchdringend an.

»In mancherlei Hinsicht wäre es fast schade, wenn die Mantys nachgeben würden, nicht wahr?«, bemerkte er langsam.

»Nun, das würde bedeuten, dass die Situation ... unaufgelöst bliebe«, stimmte Anisimovna ihm zu. »Manchmal ist es nötig, eine Blase anzustechen, damit das Gift heraus kann. Das ist selten eine angenehme Erfahrung, doch das macht es auf lange Sicht nicht weniger nötig. Deshalb, ja, wäre es ... suboptimal.«

»Aber wenn der örtliche manticoranische Kommandeur unbesonnen wäre«, erwiderte Pélisard noch langsamer, »und es zu einem Feuerwechsel käme, dann wäre dieser Admiral Byng, von dem Sie sprechen, geradezu gezwungen, Schritte zu unternehmen.«

»Denken Sie nicht einmal daran, Nicholas!«, wandte Dusserre scharf ein. »Ein ›Feuerwechsel‹ wäre wohl schön und gut, aber ich bin überhaupt nicht angetan von dem Gedanken, so etwas hier in unserem Sonnensystem zu haben!«

»Das kann ich Ihnen nicht verdenken, Mr. Dusserre«, erwiderte Anisimovna gelassen. »Mir wäre es auch nicht recht, wenn so etwas in meinem Sonnensystem geschähe. Wie gesagt, wäre es unwahrscheinlich, dass irgendetwas Derartiges geschieht, solange Admiral Byng zugegen ist. Ich denke – wie gewiss auch Mr. Pélisard – mehr an einen Zwischenfall woanders. Einer, der ... sagen wir, entsprechend angepasst werden könnte, um die Skrupellosigkeit und Aggression der Manticoraner zu demonstrieren. Sagen wir, dass eines Ihrer Kampfschiffe bei einem unprovozierten manticoranischen Übergriff schwer beschädigt oder sogar vernichtet wird. Der Kniff läge darin, den Zeitpunkt richtig zu wählen. Idealerweise wäre Admiral Byng bereits in der Nähe, wenn wir uns bei Kommissar Verrochio über diese Gräueltat beschweren.«

»Und dann würde er vermutlich diese Abteilung, von der Sie sprachen, sofort nach New Tuscany verlegen«, sagte Pélisard. »Mit Order, keine weitere manticoranische Aggression zu gestatten. Ja, wahrscheinlich würde er sogar direkt nach Spindle marschieren und eine Erklärung verlangen, nicht wahr?«

»Oh, ich bin mir ganz sicher, dass es so wäre.« Anisimovna lächelte. »Und ich könnte mir vorstellen, dass danach die Chance einer unangenehmen Konfrontation zwischen ihm und den Mantys erheblich gestiegen wäre. Ach, ich sollte wohl erwähnen, dass meinen Quellen zufolge ein starker Kampfverband der Schlachtflotte sich ebenfalls in diesem Teil der Galaxis befindet. Er führt Übungen im McIntosh-System aus, glaube ich.«

Im Büro President Boutins war es sehr still. Das McIntosh-System war kaum fünfzig Lichtjahre von Meyers entfernt, und Meyers trennten nur wenig über dreihundert Lichtjahre von New Tuscany. Jede Kampfgruppe, die Übungen bei McIntosh abhielt, konnte binnen zweiunddreißig T-Tagen New Tuscany erreichen.

»Dank McIntoshs Nähe zu Meyers vermute ich stark, dass Kommissar Verrochio dem Kommandierenden Admiral der Schlachtflotte dort im gleichen Moment eine Nachricht schicken würde, mit der er um Beistand ersucht, in dem er Admiral Byng – oder wenigstens ein Geschwader des Admirals – nach New Tuscany entsendet, um Ihren Vorwürfen nachzugehen. Das würde natürlich bedeuten, dass selbst in dem Fall, dass ein manticoranischer Offizier so dumm ist, auf Einheiten New Tuscanys zu feuern, Admiral Byng mehr als ausreichende Kräfte in relativer Nähe zur Verfügung stünden, die er herbeirufen könnte, um die Lage wieder zu ... stabilisieren.«

Die Stille war intensiver denn je, und als Aldona Anisimovna hineinhörte, wusste sie, dass die volle Aufmerksamkeit aller Anwesenden ihr gehörte.

DREIUNDZWANZIG

Knapp fünfundzwanzig T-Tage nach dem Aufbruch von Spindle überquerte Michelle Henkes Flaggschiff die Alpha-Mauer ins Sonnensystem von Monica. Michelle saß in ihrem Kommandosessel auf der Flaggbrücke der *Artemis*, musterte ihre Displays und fragte sich, welcher Empfang sie und ihre Schiffe wohl erwartete.

Das Kurierboot mit den Befehlen für O'Malley war vom Lynx-Terminus direkt nach Monica ausgelaufen, ohne den Umweg über Spindle zu machen. Damit hatte es gut elf Tage Reisezeit eingespart, und das Boot, das Kopien seiner Befehle nach Spindle brachte, war drei Tage vor Michelles Aufbruch eingetroffen. Wenn sie richtig gerechnet hatte, musste O'Malleys Kampfgruppe ihren Marschbefehl also vor nicht ganz zwei T-Wochen erhalten haben. Vorausgesetzt, die Reparaturen an der *Hexapuma* und der *Warlock* waren planmäßig verlaufen, so hätten die beiden Schiffe bereits vorher reiseklar sein müssen. O'Malley hätte daher seine Order befolgen und augenblicklich abziehen können, ohne sich Sorgen um ihre Sicherheit machen zu müssen. Unter der Voraussetzung, dass alles so verlaufen war, wie es sollte, würde kein einziges manticoranisches Kampfschiff Michelle im Monica-System erwarten.

Und irgendwie glaube ich nicht, dass »President Tyler« besonders froh sein wird, mich zu sehen, auch wenn wir jetzt einen »Friedensvertrag« haben, dachte sie bissig. *Vielleicht wäre es also gar keine schlechte Idee, zunächst den Raum zu sondieren, ehe es systemeinwärts geht.*

Der Planet Monica lag elf Lichtminuten innerhalb der 20,6 Lichtminuten weiten Hypergrenze seiner Sonne vom Spektraltyp G3, und die Annäherungsgeschwindigkeit von Captain Conners Division lag bei knapp zweitausend Kilometern pro

Sekunde. Unter Maximalschub, ohne Sicherheitsspielraum für den Kompensator, betrug die Maximalbeschleunigung der *Artemis* etwas über sechseinhalb Kilometer pro Sekundenquadrat, was ein Drittel mehr war als die Beschleunigung eines Vorkriegsschiffes ihrer Tonnage. Selbst mit Vollschub, den achtzig Prozent des Maximalschubs, auf den die Höchstbeschleunigung manticoranischer Kampfschiffe normalerweise begrenzt wurde, schaffte sie 5,3 Kps^2, was noch immer einen halben Kilometer pro Sekundenquadrat besser war als der Wert, den die alten Kompensatoren unter maximaler Belastung ermöglicht hätten. Angesichts der gegenwärtigen ... empfindlichen Beziehungen zur Solaren Liga hatte die Admiralität beschlossen, dass es klüger wäre, das tatsächliche Leistungsvermögen aller RMN-Einheiten nicht zur Schau zu stellen, wenn solarische Kriegsschiffe es vielleicht beobachteten. Nach den günstigsten Schätzungen des ONI kannten die Solarier viele manticoranische Leistungswerte und Möglichkeiten noch nicht. Einige Offiziere – darunter Michelle – genossen diese Bewertung mit Vorsicht, doch auch sie mussten zugeben, dass dieser Sachverhalt in Bezug auf die Solarier nicht ganz so absurd wirkte, wie wenn man über irgendeine andere Raumstreitkraft gesprochen hätte.

Für jeden, der je mit der Navy der Solaren Liga zu tun gehabt hatte, war es offensichtlich, dass die SLN an einem außerordentlich schweren Fall professionellen Tunnelblicks litt. Die Navy der Liga war in zwei Hauptgruppen unterteilt: Schlachtflotte und Grenzflotte. Von beiden war die Schlachtflotte größer und prestigeträchtiger, während die Grenzflotte den Löwenanteil der anfallenden Aufgaben erledigte. Angesichts der gewaltigen Ausdehnung, Bevölkerung und Industriekraft der Liga überraschte es kaum, dass die SLN die bei Weitem größte Flotte der Menschheitsgeschichte besaß. Zum Unglück der Liga wusste die SLN, dass sie die größte, kampfstärkste, technisch fortschrittlichste Flotte aller Zeiten war ... und wenigstens eine, möglicherweise aber sogar zwei dieser wohlbekannten Feststellungen entsprachen nicht mehr der Wahrheit.

Das maßlose Überlegenheitsgefühl der Liga, was »neobarbarische« Sternnationen anging, gehörte zwar nicht zu ihren gewinnenden Eigenschaften, bedrohte in der Regel aber nicht unmittelbar ihre Sicherheit. Sobald die Navy dem gleichen Überlegenheitsgefühl verfiel (und es mit der institutionellen Arroganz einer Streitkraft pflegte, die seit Jahrhunderten existierte und niemals eine Niederlage erlitten hatte), galt das nicht mehr. Während etliche Mitgliedssysteme der Liga aus ihren Systemverteidigungskräften, die sie lokal rekrutierten und unterhielten, Beobachter sowohl nach Manticore als auch nach Haven entsandt hatten, war von der SLN, soweit Michelle es wusste, kein einziger abgestellt worden. Schließlich gab es keinen Grund, sich Gedanken zu machen, was zwei unwichtige, neobarbarische Sternnationen an der Rückseite des Nirgendwo so trieben. Selbst wenn Manticore und Haven nicht damit ausgelastet gewesen wären, einander gegenseitig den Garaus zu machen (ohne Zweifel mit den Gegenstücken von Keulen und Feuersteinbeilen), könnten beide auch zusammen unmöglich eine Flotte bauen, die so groß wäre, dass sie die Liga bedrohte. Allein die Vorstellung, zwei solch unbedeutende sogenannte Sternnationen könnten die Technik, die die unvergleichliche Solarian League Navy einsetzte, merklich verbessert haben, war schlichtweg lächerlich.

Beim ONI bezweifelte niemand, dass die Beobachter der Systemverteidigungskräfte ihre Berichte der SLN angeboten hatten. Die Mehrheit der Experten vertrat allerdings die Ansicht, dass bei der SLN die Scheuklappen so fest saßen, dass diese Berichte still und leise abgelegt und ignoriert worden waren ... vorausgesetzt, man hatte sie nicht einfach gelöscht. Die Systemverteidigungskräfte waren schließlich nur lokale Abwehrstreitkräfte – die zweitrangige Miliz nach der erstrangigen, professionellen SLN. So jemand musste in seinen Ansichten beschränkter sein, und ohne die solide Ausbildung und die gewaltige Erfahrung der SLN neigten sie zudem zu unangemessener Schwarzseherei. Ganz zu schweigen davon fehlte ihren »Beobachtern« der solide Kern des institutionellen und beruflichen Könnens der regulären Navy, sodass es wahrscheinlicher wurde, dass sie missverstanden, was fragliche Neobarbaren sie sehen ließen – und es war sogar durchaus möglich, dass sie vorsätzlich getäuscht wurden. Selbst wenn der solarische Flottennachrichtendienst sich für ihre Aufrichtigkeit verbürgt hätte – die etablierten Analysemethoden, die auf getestete und bewährte Techniken setzten, mussten verlässlicher sein als Berichte von Leuten, die im Grunde wenig mehr waren als beobachtende Reservisten, die wahrscheinlich von den Neobarbaren an der Nase herumgeführt wurden, damit sie sahen, was sie sehen sollten.

So jedenfalls verstand das ONI die gegenwärtige Haltung und die aktuellen Entscheidungsprozesse der SLN, und dass die Solarier keine Anstrengungen unternommen, ihre Waffen und ihr Gerät zu verbessern, schien diese Deutung zu untermauern. Nicht nur Michelle zog es allerdings vor, nicht allzu sehr auf diese spezielle Annahme zu bauen. Dass kein neues Gerät eingesetzt wurde, bedeutete nicht unbedingt, dass nichts entwickelt wurde, und aller Arroganz und Herablassung zum Trotz blieb die Tatsache bestehen, dass die Liga über den größten Pool an menschlichem Talent und Reichtum aller politischen Gebilde der Menschheitsgeschichte verfügte. Wenn die SLN jemals den Kopf aus dem Sand zog, konnte sie dank dieses Talents und Reichtums rasch so furchterregend werden, wie sie bereits zu sein glaubte.

Ob nun mehr geforscht und entwickelt wurde, als bekannt war, oder nicht, die Quellen des ONI innerhalb der SLN schienen darin übereinzustimmen, dass eine gewaltige Mehrheit der solarischen Raumoffiziere den offenbar wild übertriebenen Behauptungen über manticoranische und havenitische Wehrtechnik nur sehr wenig Glauben schenkte. Auf der Grundlage von Spuren aus der Schlacht von Monica mussten die Solarier (oder wenigstens einer ihrer größeren Rüstungskonzerne) mit Raketengondeln neueren Typs zumindest experimentieren, was man zuvor für unter ihrer Würde gehalten hatte, und die Antriebe ihrer Raketen hatten sich als stärker und ausdauernder erwiesen als erwartet. Doch keine der abgefeuerten Raketen – oder genauer, an Monica gelieferten Lenkwaffen – war eine Mehrstufenrakete gewesen, die Gondeln verfügten nicht über Gravkatapulte neuester Generation, die einen wesentlichen Bestandteil der manticoranischen Baumuster darstellten, und es hatte keine Berichte über Verbesserungen bei den Beschleunigungswerten solarischer Kampfschiffe gegeben, die im Vergleich zu denen der Manticoranischen Allianz oder sogar der Republik Haven niedrig und ineffizient waren. Nachdem das Office of Naval Intelligence all das zusammengerührt und sorgsam überdacht hatte, war es zu dem Schluss gelangt, dass man von der SLN zumindest einige Verbesserungen zu erwarten habe, bei denen es sich wahrscheinlich um das Ergebnis privat finanzierter Forschung und Entwicklung von Konzernen wie Technodyne handeln würde, wesentliche Neuerungen aber zumindest kurzfristig unwahrscheinlich seien.

Aufgrund dessen hatte die Admiralität alle Kommandanten angewiesen, in Gegenwart solarischer Kriegsschiffe siebzig Prozent des Maximalschubs nicht zu überschreiten. Die Benutzung von Geisterreiter und Überlichtcom sollte so weit wie möglich vermieden werden. Außerdem durften in solarischem Hoheitsraum keine Feuerübungen mit Mehrstufenraketen abgehalten werden.

Daher betrug die maximal erlaubte Beschleunigung der

Artemis nur 4,7 Kps^2, sodass sie bis zum Parkorbit um Monica fast dreieinhalb Stunden benötigte – mehr als genug Zeit, dass Aufklärungsdrohnen, die sich die Umgebung genau ansahen, auch lichtschnell berichten konnten.

»Gut, Dominica«, begann Michelle und blickte Commander Adenauer an. »Vergewissern Sie sich, dass die Gravimpulscoms abgeschaltet sind, dann feuern Sie sie ab.«

»Aye, aye, Ma'am«, antwortete der Operationsoffizier. Sie blickte auf ihre Anzeigen und gab den Befehl ein. »Drohnen sind gestartet, Ma'am.«

»Sehr gut.«

Michelle kippte den Kommandosessel zurück und übte sich in Geduld, während die *Artemis* und die anderen Schiffe der 1. Division konstant – wenn auch langsam – in Richtung Monica beschleunigten.

»Na, was für eine schöne Bescherung«, murmelte Michelle eine Stunde später mit Blick auf die Lichtkennungen im Hauptplot.

Die Operationszentrale der *Artemis* hatte die allmählich eintrudelnden lichtschnellen Signale der Aufklärungsdrohnen analysiert, und es war offensichtlich, dass sich tatsächlich einiges geändert hatte, seit Vizeadmiral O'Malleys letztem Bericht an Vizeadmiral Khumalo. Die Abwesenheit aller manticoranischen Schiffe war kaum eine Überraschung, und obwohl Michelle den Besuch eines Schlachtkreuzergeschwaders der Grenzflotte ebenfalls nicht als Überraschung betrachten konnte, war die Anzahl der Schiffe eindeutig unangenehm.

»OPZ findet acht ihrer neuen *Nevada*-Klasse, Ma'am«, sagte Dominica Adenauer und markierte die fraglichen Icons. »Die anderen neun Schlachtkreuzer sind *Indefatigables*. Die Identifikation der Zerstörer erfolgt unter größerem Vorbehalt. OPZ glaubt, dass sie alle der *Rampart*-Klasse angehören, kann es aber nicht garantieren.« Sie verzog das Gesicht. »Die Grenzflotte hat an den *Ramparts* derart umgebaut und nachgerüstet, dass kaum zwo ihrer Emissionssignaturen übereinstimmen.«

»Ich glaube nicht, dass die Blechdosen wirklich wichtig sind«, erwiderte Michelle, ohne den Blick von den Icons zu nehmen. Dann wandte sie sich um und sah Edwards an. »Noch kein Signal von ihnen, Bill?«

»Nein, Ma'am.« Edwards' Ton hätte nicht respektvoller sein können, doch er war unbestreitbar ... geduldig, und ein Lächeln glitt über Michelles Lippen.

Ich bin wohl ein bisschen nervöser, als ich vorzugeben versuche. Wenn dort drüben jemand mit uns reden wollte, hätte Bill es mir gesagt. Vielleicht sollte ich Fragen stellen, die weniger offensichtlich nur dem Zeitvertreib dienen, wenn ich während dieser kleinen Stressmomente unerschütterlich wirken möchte?

Dennoch, sie konnte sich wohl vergeben, ein wenig angespannt zu sein, wenn sie siebzehn solarische Schlachtkreuzer in der Kreisbahn um den Planeten Monica vorfand; das mögliche Bedrohungsniveau hatte sich dadurch entscheidend erhöht. Was auch geschehen mochte, sie hatte den unangenehmen Verdacht, die Anwesenheit dieser Schiffe beweise, dass die Solare Liga doch nicht plante, still und leise den Schwanz einzuziehen.

Beschwöre keinen Ärger herauf, schalt sie sich. *Es könnte sich auch einfach um eine beruhigende Geste an ihren alten »Verbündeten« President Tyler handeln. Die Grenzsicherheit möchte schließlich nicht den Eindruck erwecken, dass sie ihre Spießgesellen beim kleinsten Anlass im Stich lässt. Sie könnten einfach nur deshalb hier sein, um Flagge zu zeigen und das Ansehen der Liga in der Gegend zu verbessern, nachdem Monica diese Abreibung kassiert hat.*

Das Problem an beiden beruhigenden Erklärungen war nur, dass man zu beiden Zwecken nicht zwei volle Geschwader Schlachtkreuzer benötigte. Und dass niemand die Ankunft ihrer eigenen vier Schiffe zur Kenntnis zu nehmen geruhte, erschien Michelle als schlechtes Zeichen. Entweder hatte man sie noch nicht bemerkt, was ... unwahrscheinlich war, oder man ignorierte sie vorsätzlich, als sei sie es nicht würdig, dass man sich mit ihr befasse. Das hätte ganz gut zu der herablassenden Arroganz gepasst, mit der die Solarier schon allzu vielen manticoranischen Offizieren begegnet waren.

Und wenn diese Schiffe ausgesandt wurden, um ein Statement abzugeben, und der kommandierende Offizier ein typischer arroganter, aufgeblasener Trottel ist, dann könnte es recht unschön werden, dachte sie.

»Möchten Sie die Schiffe anrufen, Ma'am?«, fragte Cynthia Lecter leise.

»Irgendwann muss einer von uns mit dem anderen reden«, erwiderte Michelle trocken. »Ich möchte zwar nicht so einen Kindergartenstreit anfangen, wo der verliert, der als Erster wegguckt, aber ich will verdammt sein, wenn wir das weinerliche, nervöse kleine Kind sind, das den frechen Schläger anbettelt, doch Notiz von ihm zu nehmen.«

Lecter nickte, doch in den Augen ihrer Stabschefin glaubte Michelle zumindest einen leisen Schatten von Sorge zu entdecken. Wenn sie recht hatte, überraschte es sie nicht. Zu den Aufgaben einer Stabschefin gehörte es auch, sich überlegen, wo die Vorgesetzte sich vielleicht irrte, statt die Jasagerin zu spielen.

»Wir sind noch immer zweieinhalb Stunden von der Kreisbahn entfernt«, sagte Michelle, »und sie liegen bereits im Orbit. Außerdem senden unsere Transponder, und technisch ist es noch immer monicanischer Hoheitsraum.«

Lecter nickte erneut. Nach akzeptierter interstellarer Konvention eröffnete die Flotte im Besitz eines Sonnensystems den Kontakt mit etwaigen Neuankömmlingen. Wurde der Kontakt nicht gesucht und keinen Einwand gegen die Annäherung ausgesprochen, so hieß es, dass die das System innehabende Flotte nicht plante, auf jemanden zu feuern, der ihr zu nahe kam. Und wie Michelle gerade betont hatte, war die Republik Monica kein Mitgliedssystem der Solaren Liga, wodurch alle solarischen Schiffe in monicanischem Hoheitsraum genauso Gäste waren wie die 1. Division. Ohne Zweifel war jedem klar, dass Monicas Souveränität – soweit man davon sprechen konnte –, im Augenblick nur geduldeterweise existierte, doch der Anschein musste nach wie vor gewahrt werden. Daher sollte, solange die Solarier das System nicht offiziell besetzt hatten, jeder Kontaktversuch – und jeder Einwand – von der monicanischen Verkehrsleitung kommen, und nicht von den Solariern. Oder von Manticore.

»Irgendwie glaube ich, dass uns ein interessanter Zwischenhalt bevorsteht, Ma'am«, sagte Lecter leise.

»Oh, ich glaube, darauf könnten Sie beruhigt einen Tausender wetten, Cindy.«

»Wir werden von den Monicanern angerufen, Ma'am«, sagte Captain Armstrong auf Michelles Combildschirm. »Endlich.«

Ihre Stimme war trocken wie Staub, und Michelle lachte leise, als ihre Flaggkommandantin das letzte Wort hinzufügte.

»Und was sagen sie?«, erkundigte sie sich.

»Und sie heißen uns im Monica-System willkommen, Ma'am. Nach allem, was passiert ist, als Schiffe der Königin beim letzten Mal hier eintrafen, nehme ich an, man lügt diplomatisch und mit zusammengebissenen Zähnen, aber wenigstens ist man höflich.«

»Wurden die solarischen Gäste erwähnt?«

»Eigentlich nicht. Wir wurden aber aufgefordert, eine Parkbahn mit mindestens achttausend Kilometern Abstand zum nächsten Solly einzunehmen.«

»Wahrscheinlich keine schlechte Idee, auch wenn wir nicht diese offizielle Anweisung erhalten hätten«, sagte Michelle. »Also gut, Vicki. Nur zu, parken Sie uns.«

»Jawohl, Ma'am. Armstrong aus.«

Sie nickte Michelle respektvoll zu, dann verschwand sie vom Display, und Michelle wandte sich Lecter, Edwards und Adenauer zu, die den Kommandosessel in einem weiten Halbkreis umstanden.

»So weit, so gut«, sagte sie. »Weiß Gott möchte ich nicht mehr solarische Feder zerzausen als unbedingt nötig. Dennoch, Dominica, wäre es eine gute Idee, sie genau im Auge zu behalten. Nur passiv, aber wenn eine Mücke an Bord eines dieser Schiffe mit den Flügeln schlägt, möchte ich es wissen. Und informieren Sie alle Schiffe, dass wir bis auf Weiteres auf Bereitschaftsstufe Zwo bleiben.«

»Jawohl, Ma'am.«

Adenauer zeigte eine nüchterne Miene, und Michelle konnte es ihr nicht verdenken. Bereitschaftsstufe 2 war auch als »Alle Mann auf Gefechtsstation« bekannt. Dabei waren sämtliche Maschinen- und Lebenserhaltungssysteme des Schiffes voll bemannt, was selbstverständlich war, aber außerdem noch die Operationszentrale und die Taktische Abteilung. Die passiven Sensoren waren voll bemannt; die aktiven Sensoren befanden sich in Funktionsbereitschaft. Die Lasercluster der Nahbereichsabwehr waren aktiv und unter Computersteuerung feuerbereit; die Antiraketenwerfer hatten Geschosse in den Rohren und Ersatzgeschosse auf den Ladearmen; die passiven Abwehrsysteme und die Eloka waren klar und bereit für augenblickliche Aktivierung. Die Offensivraketenwerfer waren klar und geladen; die menschliche Ersatzbedienung für die Hälfte der Energiewaffen war in die Panzerkapseln eingeschlossen, während aus ihrer Umgebung die Atemluft abgepumpt worden war, um sie vor Druckwellen zu schützen. Die andere Hälfte der Energiewaffen wurde auf Rotationsbasis klargemacht und bemannt, damit immer einige Bedienungsmannschaften ruhen konnten, und fünfundzwanzig Prozent der Wachen in allen anderen Abteilungen waren Ruhepausen erlaubt, damit Bereitschaftsstufe 2 für längere Zeiträume aufrechterhalten werden konnte.

Kurz gesagt, bis auf das Hochfahren des Impellerkeils und der Seitenschilde und das Ausrennen der Energiewaffen waren die *Artemis* und jeder einzelne andere Schlachtkreuzer in ihrer Begleitung klar, fast augenblicklich auf jeden aggressiven Akt der Solarier zu reagieren.

Natürlich ist dieses »fast augenblicklich« der springende Punkt, überlegte Michelle. *Besonders bei diesem winzigen Abstand. Mit ihren Laserclustern könnten sie uns treffen, ganz zu schweigen von den Breitseiten-Energiewaffen! Doch wenn wir Keile und Seitenschilde im Parkorbit aufrechterhielten, würde man es uns als feindseligen Akt auslegen, und das zu recht. Aber wenn nun jemand entscheidet, auf den Feuerknopf zu drücken, schießt er uns zusammen, ehe wir reagieren können. Na ja, trotzdem ist es der Gedanke, der zählt.*

»Wir werden nichts tun, was man in irgendeiner Weise als Provokation auslegen könnte, Cindy«, fuhr sie laut fort und richtete ihre Aufmerksamkeit auf die Stabschefin.

Nicht dass Lecter es nicht bereits genau gewusst hätte, doch Michelle hatte schon vor langer Zeit gelernt, dass es weit besser war, etwas absolut klarzustellen, als dann auf die harte Tour herausfinden zu müssen, dass jemand etwas doch nicht ganz so genau gewusst hatte – oder etwa gar nicht.

Als Lecter nickte, fuhr Michelle fort: »Gleichzeitig will ich uns von den Sollys keinen ›Donnerkeil‹ unterschieben zu lassen, während wir hier ahnungslos herumsitzen. Deshalb helfen Sie bitte Dominica bei der Beaufsichtigung der OPZ. Wenn wir eine Statusänderung an Bord irgendeines solarischen Schiffes auffangen, möchte ich davon hören, ehe sie es selber wissen.«

»Jawohl, Ma'am.«

»Gut. Und jetzt« – Michelle holte tief Luft und wandte sich Edwards zu – »ist es wohl Zeit, dass ich meine Pflicht tue und mich unseren Gastgebern persönlich vorstelle. Und natürlich« – sie lächelte ernst – »den anderen Gästen in dieser hübschen kleinen Ecke des Universums. Bitte geben Sie mir den monicanischen Hafenadmiral, Bill.«

»Jawohl, Ma'am.«

Das Gespräch mit Konteradmiral Jane Garcia, dem befehlshabenden Offizier der monicanischen Raumverkehrsleitung, verlief besser als Michelle erwartet hatte.

Garcia versuchte nicht einmal zu heucheln, sie sei glücklich, Michelles Schlachtkreuzer zu sehen, und das konnte Michelle ihr nicht verübeln. Als ehemalige Kriegsgefangene verstand sie besser als viele manticoranische Offiziere, wie bitter die Pille gewesen sein musste, der Vernichtung der so gut wie gesamten monicanischen Navy zusehen zu müssen. Ohne Zweifel waren zahlreiche Freunde Garcias – und sehr wahrscheinlich auch Familienmitglieder, wenn man bedachte, dass bei den meisten Sternnationen der Militärdienst sich in bestimmten Familien häufte – dabei getötet worden. Und so sehr Monica in Manticores Augen ein korruptes, heimtückisches Werkzeug der Grenzsicherheit war, war und blieb die Republik Garcias Sternnation. Die schimpfliche Kapitulation und die Art, in der Manticore später die Friedensbedingungen diktiert hatte, konnten Garcias Erbitterung nur verschlimmert haben.

Dennoch hatte sie sich korrekt und professionell benommen. Sie hatte Michelle nicht im Monica-System willkommen geheißen, sich davon abgesehen aber überraschend höflich benommen. Als Michelle sie bat, President Tyler ihre Empfehlungen auszusprechen, hatte Garcia ganz leicht die Lippen zusammengekniffen, aber dann fast unbefangen genickt und Michelle gefragt, ob eines ihrer Schiffe wartungsbedürftig sei.

Nachdem das erledigt war, hatte Michelle leider keinen weiteren Vorwand, den befehlshabenden solarischen Offizier nicht zu kontaktieren. Immerhin hatte Garcia den Namen des Sollys fallen gelassen.

»Also gut, Bill«, seufzte Michelle. »Rufen Sie Admiral Byngs Flaggschiff. Ich nehme an –«

»Einen Augenblick, Ma'am«, unterbrach Cynthia Lecter sie respektvoll.

Michelle hielt inne und sah ihre Stabschefin an, eine Augenbraue hochgezogen, und Lecter wies mit einer Kopfbewegung auf das Display an ihrer Befehlsstation.

»Ich habe mir gerade die ONI-Akten angesehen, Ma'am«, sagte sie. »Ich habe Admiral Byng eingegeben, und es sieht so aus, als hätte ich einen Volltreffer gelandet.«

»Wirklich?«

Michelle blickte überrascht auf. Das Office of Naval Intelligence gab sich größte Mühe, um die höheren Offiziere anderer Raumstreitkräfte im Auge zu behalten, doch seine Akten über die SLN waren dünner als die über etwa die Republik Haven oder das Andermanische Reich. Obschon manticoranische Handelsschiffe tief ins Ligagebiet vordrangen, besaß die solarische Navy seit ungefähr einem halben Jahrhundert eine weit geringere Priorität als nähere – und unmittelbarere – Gefahren. Hinzu kam, dass die SLN reichlich groß war. Die bei den Solariern gleiche Absolutzahl an Offizieren vertrat einen weit geringeren Anteil am gesamten Offizierskorps als bei anderen Raumstreitkräften, und deshalb war es eher unwahrscheinlich, über einen bestimmten solarischen Offizier etwas in der Datenbank zu finden.

»Ich glaube es jedenfalls«, antwortete Lecter. »Natürlich ist es möglich, dass sie mehr als einen Admiral Josef Byng haben.«

»Bei dieser riesigen Navy?« Michelle schnaubte. »Ich würde sagen, die Chancen dafür sind ziemlich groß.« Sie zuckte die Achseln. »Na, dann schicken Sie mir mal, was Sie gefunden haben.«

»Jawohl, Ma'am.«

Der Eintrag, der im nächsten Moment auf Michelles Display erschien, war überraschend lang – aus Gründen, die deprimierend klar wurden, als sie ihn durchsah.

Das Aktenfoto zeigte einen großen, aristokratisch wirkenden Mann mit kastanienbraunem Haar, das an den Schläfen gerade grau zu werden begann, und scharfen blauen Augen. Er hatte ein kräftiges Kinn und trug einen gesträubten Schnurrbart und ein säuberlich gestutztes Ziegenbärtchen. In seiner makellosen, maßgeschneiderten weißen Paradeuniform sah er jeden Zentimeter aus wie der vollendete Berufsraumoffizier.

Die biografische Zusammenfassung, die zu diesem zackigen Bild passte, war allerdings ... rein optisch weniger erfreulich.

»Hier steht, er ist ein Offizier der Schlachtflotte«, sagte Michelle, und selbst in ihren eigenen Ohren klang sie wehleidig, wie jemand, der beklagte, dass da ein Fehler geschehen sein müsse.

»Das weiß ich, Ma'am.« Lecter sah zutiefst bekümmert drein.

»Ich hoffe – oh, wie sehr ich das hoffe –, dass Sie entweder den Falschen erwischt haben oder dass es nur ein sehr unglücklicher Zufall ist«, sagte Michelle, und Lecter nickte.

In vielerlei Hinsicht war Josef Byng, dem ONI-Dossier zufolge, ein typisches Produkt der SLN. Er stammte aus einer Familie, aus der seit fast siebenhundert T-Jahren hohe Offiziere der Liga-Navy hervorgingen; er war Absolvent der Flottenakademie auf Alterde; er war sofort zur Schlachtflotte gekommen, die bei Weitem prestigeträchtiger war als die Grenzflotte. Er war ein

Prolong-Empfänger zweiter Generation und etwas über ein T-Jahrhundert alt; die letzten zweiunddreißig T-Jahre hatte er als Admiral gedient. Anders als in der Royal Manticoran Navy war es in der SLN nicht üblich, höhere Offiziere regelmäßig aus dem Flottenkommando zu nehmen, damit sie sowohl operativ als auch administrativ auf der Höhe blieben, und wie es aussah, besaß Byng (oder seine Familie) genügend Einfluss, um ihm für so gut wie seine gesamte Zeit als Flaggoffizier zumindest technisch Kommandos im Weltraum zu sichern.

In der Schlachtflotte bedeutete dies nicht so viel wie in anderen Raumstreitkräften, da ein gewaltiger Prozentsatz der solarischen Wallschiffe die Zeit in einem Zustand verbrachte, den die SLN euphemistisch als »Bereitschaftsreserve« bezeichnete. Ein Admiral konnte durchaus etliche T-Jahre mit dem Befehl über ein Geschwader Superdreadnoughts verbringen und die Seniorität ansammeln, die damit einherging – und den dazugehörigen Sold kassieren –, auch wenn seine Großkampfschiffe nichts anderes taten, als eingemottet in der Parkbahn zu liegen, ohne dass eine einzige Menschenseele an Bord war.

Im Moment interessierte Michelle aber viel mehr, dass vor neunundfünfzig T-Jahren der junge, aufstrebende Captain Josef Byng offiziell getadelt – und zweihundert Namen auf der Kapitänsliste nach unten gesetzt – worden war, weil er manticoranische Handelsschiffe schikaniert hatte.

Ihr suchender Blick verharrte an dieser Stelle, dann las sie ihn noch einmal und verzog das Gesicht. Trotz des trockenen, recht pedantischen Schreibstils des ONI-Auswerters war es nicht schwierig, zwischen den Zeilen zu lesen: Captain Byng war eindeutig einer jener solarischen Offiziere, die Neobarbaren – Manticoraner zum Beispiel – auf der Evolutionsleiter zwei oder drei Sprossen unterhalb des Schimpansen einordneten. Außerdem schien es, als sei seine reiche, aristokratische

Familie (wenngleich es auf Alterde keine Aristokratie gab – offiziell) tief in den interstellaren Handel verstrickt.

Im Sternenkönigreich von Manticore war es sehr verbreitet, dass Familien, die in der gewaltigen Handelsschifffahrt tätig waren, auch der Navy Offiziere stellten, und Michelle kannte etliche Fälle, in denen ein solcher Offizier seine Autorität im Interesse seiner Familie gebraucht oder missbraucht hatte. Wurden der RMN solche Fälle gewahr, ergriff sie in der Regel Schritte. Bei den seltenen Gelegenheiten – die bei Weitem nicht mehr so häufig auftauchten, wie es einmal üblich gewesen war –, in denen der fragliche Offizier zu gute Beziehungen besaß, als dass die Militärgerichtsbarkeit ihn zu fassen bekam, wurde er in Zukunft normalerweise für kein Kommando mehr berücksichtigt, das ihm Gelegenheit gab, seinen Verstoß zu wiederholen.

Leider verhielt es sich in der Solaren Liga anders; dort waren Vetternwirtschaft und Machtmissbrauch üblich und akzeptiert. Besonders in der Schale und dem Rand nutzten Offizier mit »auskömmlichen« Beziehungen zur örtlichen OFS-Struktur ihre Positionen routinemäßig, um ihr Nest zu polstern oder Eigeninteressen voranzutreiben. Captain Byng hatte offenbar keinen Grund gesehen, dies nicht auch zu tun, und seine Schikanen waren weit offensichtlicher gewesen als üblich. Er war so weit gegangen, drei manticoranische Frachter wegen an den Haaren herbeigezogener Schmuggeleianklagen festzusetzen, und die Besatzung eines dieser Schiffe hatte beinahe zwei T-Jahre im Gefängnis verbracht, ohne je einem Richter vorgeführt zu werden.

Das Sternenkönigreich hatte versucht, das Problem vor Ort zu lösen, ohne daraus einen größeren diplomatischen Zwischenfall zu machen, doch Byng hatte schlichtweg jedes Gespräch darüber mit den örtlichen manticoranischen Handels- und Justizattachés verweigert. Die Begriffe, in die er seine

Ablehnung kleidete, waren ... wenig diplomatisch, und beim zweiten Mal zeichnete der Justizattaché ohne Byngs Wissen das gesamte Gespräch auf. Diese Aufzeichnung wurde sodann vom manticoranischen Botschafter in der Solaren Liga dem solarischen Außenminister offiziell überbracht mit der höflichen, aber bestimmten Bitte, dass der Minister sich um die Angelegenheit kümmern möge. Und zwar bald.

Zum Unglück Captain Byngs besaß das Sternenkönigreich von Manticore erheblich mehr Einfluss als andere »Neobarbaren«, die er zu tyrannisieren pflegte. Angesichts der höflich verhüllten Drohung, dass eine Weigerung, die festgesetzten Schiffe freizugeben – und die Besatzungsmitglieder mit Entschuldigung und Schadensersatz auf freien Fuß zu setzen – zu erhöhten Wurmlochknoten-Transitgebühren für alle solarischen Handelsschiffe führen könnte, setzte sich die Liga-Bürokratie schwerfällig in Bewegung. Es dauerte noch weitere sechs T-Monate, aber am Ende ließ man die Schiffe und die gefangen gesetzten Besatzungen frei, die Liga hatte einen beträchtlichen Schadensersatz gezahlt, und Captain Byng wurde gezwungen, sich formell dafür zu entschuldigen, »seine Kompetenzen überschritten« zu haben. Dennoch war er unglaublich glimpflich davongekommen für jemanden, der durch sein Handeln – und seine Dummheit – eine ganze Sternnation blamiert hatte, fand Michelle. Man hatte ihm sogar gestattet, seine Entschuldigung schriftlich zu machen statt persönlich, und jeder manticoranische Offizier, der sich derart aufgeführt hätte, wäre ohne Zweifel aus dem Dienst der Königin entlassen worden. In Byngs Fall allerdings hatte nie irgendeine Chance bestanden, dass es so weit kam. Im Grunde war es erstaunlich, dass man ihn auf der Beförderungsliste zurückgestuft hatte.

Aus dem weiteren Verlauf seiner Akte ging hervor, dass er für diese Strafe jeden außer sich selbst verantwortlich machte. Ohne Zweifel hatte sie seine Beförderung in den Admiralsrang um mehrere T-Jahre verzögert, und es schien festzustehen, dass Manticore die ganze Schuld an seinem Unglück trug.

Michelle hätte diese Lektüre unter gleich welchen Umständen nicht erfreut, doch dass Byng hier draußen war und eine Kampfgruppe der Grenzflotte kommandierte – die ungeachtet der Tatsache, dass sie größer war als alles, was man normalerweise am Rand sah, für einen Offizier seiner Seniorität recht klein wirkte –, veranlasste sie nicht gerade zu Freudensprüngen.

Die Schlachtflotte und die Grenzflotte waren einander nicht grün. Die Schlachtflotte erhielt trotz der Tatsache, dass keines ihrer Großkampfschiffe seit über zwei T-Jahrhunderten einen Schuss im Zorn mehr abgefeuert hatte, den Löwenanteil am Etat der SLN und war bei Weitem die prestigeträchtigere Teilstreitkraft. Ihr Offizierskorps bestand fast ausschließlich aus Offizieren mit Familien wie die Byngs, sodass sie beinahe eine geschlossene Kaste darstellte. Während es in der RMN einen bemerkenswert hohen Anteil an »Mustangs« gab – Offizieren, die aus dem Mannschafts- und Unteroffiziersstand stammten –, existierte so etwas in der Schlachtflotte überhaupt nicht. Dieser Umstand trug zu einer (nach manticoranischen Standards) unglaublichen Beschränktheit des Horizonts und Interesses beim überwiegenden Teil der Schlachtflottenoffiziere bei. Sie neigten nicht nur dazu, von unfassbar weit oben auf alle nichtsolarischen Raumstreitkräfte hinabzusehen – und sogar die Verteidigungskräfte der wichtigsten solarischen Planetensysteme –, sie betrachteten sogar ihre Gegenstücke in der Grenzflotte als überschätzte Polizisten, Zollbeamte und Neobarbaren-Prügler, die es offenbar nicht geschafft hatten, bei einer echten Navy unterzukommen.

Bei der Grenzflotte andererseits galten Schlachtflottenoffiziere als überzüchtete Drohnen mit zu kleinen Gehirnen, deren veraltete Großkampfschiffe genauso überholt und nutzlos waren wie sie selbst, die aber unsägliche Finanzmittel aufsogen, die bei der Grenzflotte dringend gebraucht wurden. Persönlich wäre Michelle noch erboster darüber gewesen, dass ein guter Teil dieser Finanzmittel, die offiziell zum Unterhalt der Großkampfschiffe ausgegeben wurden, in die Taschen diverser Schlachtflottenoffiziere, ihrer Freunde und Familien flossen, aber sie nahm an, dass es unrealistisch gewesen wäre, von der Grenzflotte zu erwarten, das Gleiche zu empfinden. Schließlich waren Bereicherung durch Amtsmissbrauch und »Familieninteressen«, bei der Grenzflotte genauso sehr ein Teil der institutionellen Kultur wie bei der Schlachtflotte. Und um fair zu bleiben, wurde auch die Grenzflotte von einer quasierblichen Offizierskaste beherrscht, die ihren Gegenstücken in der Schlachtflotte die üppigeren Möglichkeiten zur Veruntreuung neidete. Dennoch gab es in den Reihen dieser Offiziere einen beträchtlich höheren Anteil an »Außenseitern« und sogar eine kleine Handvoll Mustangs.

Wer dies alles wusste, musste sich im Klaren sein, dass kein Admiral der Schlachtflotte Freude empfinden konnte, wenn er das Kommando über eine Kampfgruppe der Grenzflotte erhielt. Und keine Kampfgruppe der Grenzflotte begrüßte es, so jemanden zum Kommandeur zu haben. Unter allen Umständen, die Michelle einfallen wollten, musste ein Schlachtflottenoffizier von Byngs Rangdienstalter ein solches Kommando als Degradierung empfinden, vielleicht sogar als Beleidigung seines beruflichen Könnens, und er hätte eigentlich die Familienbeziehungen haben müssen, um so etwas zu verhindern.

Natürlich nur wenn er es hatte verhindern *wollen.*

Oh, mir gefällt das gar nicht, dachte sie. *Dieser Bastard hat bestimmt »Ich hasse Manticore« in die Unterwäsche gestickt, und das heißt, dass die Lage hier soeben um ein Vielfaches brenzliger geworden ist. Ich möchte wissen, ob das allein Byngs Idee war? Eigentlich hoffe ich das sogar. Denn wenn nicht, wenn jemand anderes die Fäden ge-*

zogen hat, damit er hier mit dieser Kampfgruppe eingesetzt wird, und er es sich hat gefallen lassen, dann können wir wohl sicher sein, dass es nicht aus einem Grund geschah, der uns gefallen wird. Andererseits bezweifele ich, dass ich etwas sagen könnte, was ihn veranlasst, uns mehr zu mögen, also mache ich am besten einfach nichts und gebe mich, wie ich immer bin, unendlich taktvoll.

»Gut«, sagte sie schließlich. »Ich sollte nun wohl lieber mit ihm reden. Geben Sie mir eine Minute, damit ich mein fröhliches Gesicht wieder aufsetzen kann, dann rufen Sie ihn an, Bill.«

VIERUNDZWANZIG

»Sir, der manticoranische Admiral ist am Com«, sagte Captain Willard MaCuill. »Eine Vizeadmiral Gold Peak. Sie möchte Sie sprechen.«

»Ach nein, wirklich?« Admiral Josef Byng lächelte sarkastisch, während er den Kommandosessel drehte, um sich seinem Stabssignaloffizier zuzuwenden. »Hat ganz schön lange dafür gebraucht, was? Ich möchte wissen, wieso.«

»Wahrscheinlich hat es so lange gedauert, bis sie sich frische Unterwäsche angezogen hatte, Sir«, erwiderte Konteradmiral Karlotte Thimár, Byngs Stabschefin, mit einem hämischen Lachen. »Ist jetzt ein bisschen anders als beim letzten Mal, als eines ihrer Schiffe hierherkam.«

»Ganz recht«, stimmte Byng zu und blickte auf das taktische Display der Flaggbrücke von SLNS *Jean Bart*.

Er beherrschte sich und verzog nicht die Lippen, während er die altmodische Instrumentierung des vollgestopften Kommandoraums musterte. Ihm war klar, dass die Grenzflotte eine geringere Priorität beim Umrüstungsprogramm »Flotte 2000« besaß, und er hatte von Anfang an gewusst, dass es unrealistisch war, Besseres zu erwarten. Dennoch versuchte er kaum, seine Gefühle zu verbergen. Dazu bestand kein Anlass, da sein gesamter Stab aus der Schlachtflotte stammte und mit ihm hierhergekommen war. Alle waren sich bewusst, dass sie eine Stufe hinunterstiegen, als sie diesen Einsatz übernahmen, doch sie taten, was sie konnten, um ihre Empfindungen zu verbergen, wann immer einer ihrer »Waffenbrüder« von der Grenzflotte zugegen war.

Nicht dass irgendjemand auf beiden Seiten dieser speziellen Trennung irgendjemand anderen besonders lange täuschen könnte.

Dennoch, obwohl es nur Schlachtkreuzer waren – und noch dazu Schlachtkreuzer der Grenzflotte – statt der Superdreadnoughtgeschwader, die er eigentlich kommandieren sollte, lag Karlotte ohne Zweifel richtig mit ihrer Einschätzung, wie die Mantys reagiert hatten, als sie sich einem Begrüßungskomitee aus siebzehn solarischen Kampfschiffen gegenübersahen. Byng bedauerte nur, dass die manticoranischen Schiffe, die zuvor das Monica-System besetzt gehalten hatten, bereits ausgelaufen waren, als sein Verband durch die Hypermauer kam. Wie gern hätte er beobachtet, wie sie auf seine Ankunft reagierten. Oder wie sie reagierten, wenn in zwei T-Wochen sein drittes Schlachtkreuzergeschwader eintraf.

Sein Blick wanderte zu den scharlachroten Icons der manticoranischen Schiffe, und diesmal verzog er tatsächlich ganz leicht die Lippe, als er die Datenkolonnen las, die von der Operationszentrale eingespeist wurden. Natürlich war es eine Operationszentrale der Grenzflotte mit einer taktischen Crew aus der Grenzflotte, sodass man ihre Analysen mit ein wenig Vorsicht genießen sollte. Dennoch, auf diese winzige Entfernung konnten sich auch Grenzflottenleute nicht mehr verrechnen. Folglich massten die »Schlachtkreuzer« auf seinem Plot pro Stück tatsächlich mehr als zwei Millionen Tonnen.

Sieht den Mantys und ihrer sogenannten Navy ähnlich, dachte er verächtlich. *Kein Wunder, dass die Weltuntergangspropheten jammern und wehklagen, wie »gefährlich« die Manty-Schiffe plötzlich wären. Teufel, wenn wir »Schlachtkreuzer« bauen würden, die doppelt so groß wären wie andere, könnten wir darin wahrscheinlich auch eine Menge Feuerkraft unterbringen! Sicher, ich wette, sie können eine Menge Schaden wegstecken, aber das ONI hat recht. Sie bauen sie einzig und allein aus dem Grund so groß, weil ihnen klar ist, dass sie sich ohne den Tonnagenvorteil mit einer echten Raumstreitkraft nicht anlegen können. Und auch die größten »Schlachtkreuzer« der Galaxis helfen ihnen nichts, wenn sie je der Schlachtflotte gegenüberstehen!*

Ehe er das Kommando über Kampfgruppe 3021 übernahm, hatte Byng pflichtgetreu sämtliche Nachrichtendienstberichte durchgearbeitet. Wenig überraschend waren die Auswerter der Grenzflotte erheblich schwarzmalerischer gewesen als sonst jemand. Die Grenzflotte besaß von je die Neigung, vor jedem Schatten Angst zu haben, vor allem deshalb, weil nur Alarmmeldungen die Buchhalter so sehr unter Druck setzten, dass zusätzliche Finanzmittel heraussprangen. Und dann musste man natürlich auch die Qualität der Offiziere berücksichtigen, von denen solche Meldungen stammten.

Dennoch hatten selbst die Berichte der Grenzflotte beinahe vernünftig geklungen im Vergleich zu den absurden Behauptungen, die einige Systemverteidigungskräfte aufstellten. Gott allein wusste, weshalb sie sich die Mühe gemacht hatten, Beobachter zu entsenden, die zusahen, wie sich zwei Haufen Neobarbaren fünfhundert Lichtjahre hinter dem Nirgendwo gegenseitig mit Vorderladern und Entermessern abschlachteten. Vielleicht erklärte das zum Teil die wilden Übertreibungen in den Berichten einiger dieser Beobachter? Nicht einmal ein Admiral einer Systemverteidigungsstreitkraft schickte einen tüchtigen Offizier so weit hinaus ins Hinterland des Nichts. Nein, er würde jemanden schicken, auf dessen Dienste man leicht verzichten konnte – und den man auch die Wochen oder Monate, die er auf der Reise verbrachte, nicht vermisste.

Natürlich bestand kein Zweifel, dass die Mantys und ihre havenitischen Tanzpartner über zumindest ein paar Verbesserungen gestolpert waren, während sie über die Tanzfläche wankten. Zum Beispiel hatten sie den Wirkungsgrad ihrer Kompensatoren offenbar in gewissem Maß erhöht, wenn auch nicht in dem Umfang, den einige »Beobachter«, behaupteten. Und so ungern er es zugab, fair war fair: Diese Fortschritte hatten die solarische Forschung und Entwicklung bewegt, in der gleichen Richtung zu forschen. In Anbetracht der Unterschiede zwischen den Kapazitäten der jeweiligen wissenschaftlichen Gemeinden konnte kein Zweifel bestehen, dass der manticoranische Vorteil – der nie so groß gewesen war, wie diese übertriebenen Berichte nahelegten – längst eingeholt war. Das verriet ihm schon der Beschleunigungswert dieser übergroßen »Schlachtkreuzer«!

Na schön, dachte er. *Bringen wir es lieber hinter uns.*

»Gut, Willard«, sagte er und wandte sich von dem Plot ab. »Stellen Sie sie durch.«

Tja, soviel zu der Hoffnung auf einen zwoten Josef Byngs auf der solarischen Offiziersliste, dachte Michelle, als das Gesicht des solarischen Admirals auf ihr Display trat.

Er hatte sich Zeit gelassen, um ihren Ruf entgegenzunehmen, aber das hatte sie wenig überrascht. Viele solarische Raumoffiziere pflegten ihre Untergebenen warten zu lassen, eine nicht allzu subtile Art, die eigene Autorität hervorzukehren.

»Ich bin Admiral Joseph Byng, Solarian League Navy«, begann der Weißuniformierte auf ihrem Display. »Mit wem habe ich das Vergnügen zu sprechen?«

Michelle gelang es, die Zähne nicht zusammenzubeißen. Auch wenn sie von der Tüchtigkeit der SLN-Offiziere nicht viel hielt, ging sie dennoch davon aus, dass Byngs Untergebene ihm wenigstens die Identität seiner Gesprächspartnerin mitgeteilt hatten. Und sie hatte mit Namen und Rang nach ihm gefragt, was aus seiner Selbstvorstellung eine vorsätzliche Beleidigung von oben herab machte.

Ich sehe schon, wie das laufen wird, dachte sie.

»Vizeadmiral Gold Peak«, erwiderte sie. »Royal Manticoran Navy«, fügte sie hilfsbereit hinzu, als bestehe die Möglichkeit, dass er die Uniform nicht erkannte, und genoss die Genugtuung zu sehen, wie er ganz leicht die Lippen aufeinander presste.

»Was kann ich heute für Sie tun … Admiral Gold Peak?«, fragte er nach einem Augenblick.

»Ich habe Sie nur gerufen, um Ihnen meine Aufwartung zu machen. Es kommt nicht oft vor, dass wir einen Admiral der Grenzflotte so weit draußen antreffen.«

Dem Funkeln in Byngs Augen nach zu urteilen schätzte er es noch weniger, als Grenzflottenoffizier bezeichnet zu werden, als Michelle erwartet hatte. Das war schön.

»Nun, es kommt auch nicht oft zu einem … Zwischenfall der Art, wie er sich hier im Monica-System zugetragen hat, Admiral Gold Peak«, erwiderte Byng schließlich. »Angesichts der lang anhaltenden freundschaftlichen Beziehungen der Republik Monica mit der Liga verstehen Sie gewiss, weshalb es als eine gute Idee erschien, jemanden von uns zu entsenden, um sich einen Eindruck aus erster Hand von den Ereignissen zu verschaffen.«

»Das verstehe ich gut«, stimmte Michelle ihm zu. »Wir hatten nach den unglückseligen Ereignissen hier das gleiche Bedürfnis.« Sie schüttelte den Kopf. »Gewiss bedauern wir alle, was geschah, nachdem Captain Terekhov herauszufinden versuchte, worin genau President Tylers Absichten bestanden. Nach unseren Untersuchungen wurden die Schlachtkreuzer, die er bei seinem geplanten Angriff auf den Lynx-Terminus einsetzen wollte, von Technodyne geliefert. Sind Ihre Leute in der Lage gewesen, in dieser Hinsicht mehr herauszufinden, Admiral?«

»Nein.« Byng entblößte die Zähne zu etwas, das nur ein Berufsdiplomat als Lächeln bezeichnet hätte. »Nein, das haben wir nicht. Tatsächlich haben wir den Informationen zufolge, die ich vor meiner Abreise erhielt, noch nicht bestätigen können, woher sie kamen.«

»Außer der Tatsache, dass sie offensichtlich aus den Beständen der SLN stammten. Ursprünglich, meine ich.« Michelle lächelte; sie hatte den Nachsatz mit sorgsam kalkulierter Verzögerung ausgesprochen, als Byng bereits anzuschwellen schien. »Natürlich endet die Verantwortung der Navy für ihre Schiffe, sobald sie ausgemustert und zur Verschrottung in Privathand gegeben werden. Und belastende Dokumente gehen leicht ... verloren, das kennen wir alle. Besonders, wenn ein Krimineller – und natürlich Zivilist – sich Mühe gibt, sie zu verlieren.«

»Ohne Zweifel. Meine eigenen Erfahrungen auf diesem Gebiet sind allerdings begrenzt. Ich bin sicher, unsere Untersuchung wird sich eingehend mit dem Aktenbestand unserer diversen Lieferanten befassen. Ohne Zweifel wird dabei auch Technodyne untersucht.«

Michelle spielte mit dem Gedanken, ihm mitzuteilen, dass bereits gegen mehrere Führungskräfte von Technodyne Anklage erhoben worden sei. Dank des Beowulf-Terminus des Manticoranischen Wurmlochknotens erreichten sie Nachrichten aus der Alten Liga viel rascher als Byng. Sie vermutete sehr, dass er zumindest gewusst haben musste, aus welcher Richtung der Wind wehte, ehe er nach Monica aufbrach, und die Möglichkeit, dass sie seinen Blutdruck bis zur Infarktschwelle steigern könnte, machte die Versuchung, ihn mit der Nase darauf zu stoßen, dass Technodyne mit der Hand in der Keksdose erwischt worden war, fast überwältigend stark.

Ruhig, Mädchen, ermahnte sie sich und unterdrückte frauenhaft ihr Verlangen.

»Ganz sicher«, antwortete sie. »Darf ich vorerst davon ausgehen, dass auch Sie in der Rolle eines Beobachters hier sind, um die Integration des Talbott-Quadranten ins Sternenimperium zu begutachten?«

»Sternenimperium?«, wiederholte Byng und hob höflich

überrascht die Augenbrauen. »So wollt ihr es also nennen?« Er winkte knapp, fast entschuldigend ab. »Ich fürchte, davon habe ich nichts gehört, ehe ich auslief.«

Sein Tonfall machte klar, was er von dem Größenwahnsinn hielt, etwas so Winziges wie Manticores neue Sternnation ein »Imperium« zu nennen, und Michelle lächelte ihn zuckersüß an.

»Na, irgendwie mussten wir es ja nennen, Admiral. Und angesichts der politischen Arrangements, auf die sich die Talbotter im Verfassungskonvent geeinigt haben, lag der Begriff auf der Hand. Natürlich sind wir noch in einem sehr frühen Stadium, nicht wahr?«

»Ja, so ist es.« Byng erwiderte ihr Lächeln, aber erheblich kühler. »Ich bin sicher, es wird interessant zuzusehen ... welchen Erfolg Ihr Experiment hat.«

»Bislang scheint es gut zu funktionieren«, sagte Michelle.

»Bislang«, stimmte er mit einem weiteren solchen Lächeln zu. »Um Ihre Frage allerdings zu beantworten: ja. Ich bin angewiesen, die Ereignisse im Talbott-Gebiet zu beobachten. Vermutlich ist Ihnen bekannt, dass sich die solarische Öffentlichkeit sehr für die Vorfälle hier interessiert. Besonders nachdem diese unangenehme Geschichte auf Kornati in die Nachrichten kam.« Er schüttelte kummervoll den Kopf. »Ich persönlich bin zuversichtlich, dass die gesamte Affäre grob übertrieben dargestellt wurde – Reporter müssen schließlich Abonnementen halten. Dennoch empfindet das Außenministerium eine gewisse Verpflichtung, Eindrücke aus erster Hand einzuholen, sowohl von hier als auch im gesamten Sternhaufen. Ich bin mir sicher, dass Sie verstehen, wieso dem so ist.«

»Oh, glauben Sie mir«, versicherte Michelle ihm mit tödlicher Freundlichkeit, »ich verstehe genau, wieso dem so ist, Admiral Byng. Und wenn ich für Ihre Majestät und Ihrer Majestät Regierung sprechen soll, so bin ich sicher, dass alle neuen Mitgliedssysteme des Sternenimperiums Ihnen jede erdenkliche Höflichkeit erweisen werden.«

»Das ist eine sehr willkommene Nachricht, Admiral.«

»Und während Sie hier sind, Admiral, wenn Ihrer Majestät Navy Sie in irgendeiner Weise unterstützen können – wenn Sie zum Beispiel gemeinsame Patrouillen zur Piraten- oder Sklavenhändlerbekämpfung einrichten möchten –, dann würde Admiral Khumalo gewiss mit Freuden unsere operative Planung mit Ihnen abstimmen.«

»Das ist sehr freundlich von Ihnen.« Byng lächelte wieder. »Natürlich hat die Liga im Gegensatz zu Ihrem neuen Sternenimperium keinerlei direkte territoriale Interessen in diesem Gebiet. Von der Sicherheit unserer Verbündeten in der Region natürlich abgesehen. Und der Sicherheit – und territorialen Unversehrtheit – der Sonnensysteme, die das Office of Frontier Security unter seinen Schutz gestellt hat. Ich glaube, um diese Verpflichtungen können wir uns mit eigenen Mitteln kümmern. Mir ist zumindest eine Bedrohung dieser Interessen nur schwer vorstellbar, derer wir nicht mit eigenen Mitteln Herr werden könnten.«

»Ohne Zweifel.« Michelle erwiderte sein Lächeln. »Nun, in diesem Fall möchte ich Sie nicht länger aufhalten, Admiral Byng. Wir werden nicht lange im Monica-System bleiben. Wir müssen uns vergewissern, dass unsere neuen Mitgliedssysteme in Sicherheit sind, und daher werden wir schon bald nach Tillerman aufbrechen. Vorher allerdings muss ich noch ein Anstandsgespräch mit President Tyler führen. Generalgouverneurin Medusa hat mich angewiesen, ihn zu informieren, dass das Sternenimperium bereit ist, jedem seiner Untertanen Regierungsbeihilfen zu gewähren, der bereit ist, hier zu investieren.« Ihr Lächeln wurde noch zuckersüßer. »Ich glaube, Baronin Medusa – und Ihre Majestät – sind der Ansicht, dass dies das Mindeste ist, was wir tun können, um Monica zu helfen, sich von den Folgen des unglücklichen Zwischenfalls zu erholen.«

»Das ist bemerkenswert großzügig von Ihrem Sternenimperium«, sagte Byng.

»Wie gesagt, ich bin sicher, jeder bedauert, was hier geschehen ist, Admiral Byng. Nach Manticores Erfahrung sorgt man am besten dafür, dass dergleichen nicht wieder geschieht, indem man dem ehemaligen Gegner eine helfende Hand reicht und ihn als Gleichgestellten behandelt.«

Byng nickte. »Ich verstehe. Nun, da es scheint, als hätten Sie noch viel zu erledigen, Admiral Gold Peak, wünsche ich Ihnen einen guten Tag.«

»Danke, Admiral. Ich hoffe, Ihre Mission hier ist erfolgreich. Henke aus.«

FÜNFUNDZWANZIG

»Nehmen Sie Platz, Matt«, bat Commander Ursula Zeiss und wies auf einen Stuhl vor ihrem Schreibtisch, als Lieutenant Maitland Askew durch die Luke in ihr Büro trat.

Askew gehorchte dem höflichen Befehl und setzte sich auf den ihm zugewiesenen Stuhl, dann beobachtete er, wie Zeiss den Knopf an ihrer Konsole drückte, der die Luke hinter ihm schloss.

Askew war achtundzwanzig T-Jahre alt, hatte sandfarbenes Haar und braune Augen und eine drahtige Figur. Seine Körpergröße lag leicht unter dem Durchschnitt – die gedrungen und kräftig gebaute Zeiss war wenigstens einen Zentimeter größer als er –, und er hatte etwas an sich, das den Eindruck vermittelte, er sei fortwährend mit den Gedanken woanders. Zeiss gehörte zu den Menschen, die es besser wussten, als von einer Gedankenverlorenheit auszugehen. Hinter den milden braunen Augen arbeitete ein konzentrierter Verstand, der nur sehr selten eine Pause machte.

Was natürlich Teil ihres gegenwärtigen Problems war, erinnerte sie sich, während sie sich zurücklehnte und ihn über den Schreibtisch hinweg nachdenklich musterte.

»Sie wollten mich sehen, Ma'am?«, stellte er fest, nachdem er ihre stille Musterung einige Zeit über sich hatte ergehen lassen, und sie schnaubte.

»Natürlich wollte ich Sie sehen. Ich möchte Sie immer sehen, oder?«

Askews Lippen zuckten leicht, als er ihren beißenden Ton hörte. Zeiss war der Taktische Offizier von SLNS *Jean Bart,* und Askew war seit nun fast zwei T-Jahren ihr Stellvertreter. Während dieser Zeit hatten sie gut zusammengearbeitet, doch es ließ sich nicht bestreiten, dass ihre Persönlichkeiten sich grundlegend voneinander unterschieden. Zeiss war eine ausgezeichnete Ausbilderin, und ihr Hauptinteresse – und ihre Stärke – lag darin, die Stärken und Schwächen des ihr unterstellten Menschenmaterials zu erkennen und sich darauf einzustellen. Askews Fähigkeit, mit Menschen umzugehen, war zwar angemessen, aber längst nicht so ausgeprägt wie bei ihr, und sein Hauptinteresse galt dem »Räderwerk«, wie er es nannte, den Aufgaben des Taktischen Offiziers. Infolgedessen überließ Zeiss ihm die technischen Fragen, während sie sich mit den anderen Belangen befasste. In der Regel funktionierte es sehr gut, aber manchmal führte der Unterschied zwischen ihren Schwerpunkten zu einer gewissen ... Reibung. Nein, eigentlich war es nicht ganz genau das Wort, nach dem Askew suchte, aber es kam der Sache näher als alles andere, was ihm einfallen wollte.

»Mir gefällt die Vorstellung, dass Sie meine Gegenwart in der Regel ertragen können, Ma'am«, sagte er. »Aber ich hatte den Eindruck, Sie wollten über etwas Bestimmtes mit mir reden.«

»Dann hatten Sie den richtigen Eindruck«, erwiderte Zeiss, richtete sich in ihrem Sessel auf und zeigte eine erheblich ernstere Miene. Einige Augenblicke lang betrachtete sie ihn, dann drehte sie ihre erhobene Hand.

»Captain Mizawa hatte gestern eine kleine Diskussion mit Captain Aberu«, sagte sie, »und wie es schien, fiel dabei Ihr Name.«

»Mein Name?«, wiederholte Askew beherrscht und runzelte die Stirn, als Zeiss nickte.

Captain Warden Mizawa, der Kommandant der *Jean Bart*, gehörte zu den besten Offizieren, unter denen Askew bisher gedient hatte. Wie Askew war er Berufsoffizier der Grenzflotte – das Gleiche galt für Zeiss – und mochte Schlachtflottenoffiziere wie Ingeborg Aberu, Admiral Byngs Operationsoffizier im Stab, nicht besonders. Dass die beiden sich bei einem Glas Bier zu einem freundlichen Plausch getroffen hatten, war also eher unwahrscheinlich. Im Verein mit Zeiss' Miene erhielt der Gedanke, dass bei einem Gespräch zwischen ihnen sein Name gefallen sein sollte, einen leicht unheilvollen Beiklang.

»Darf ich fragen, in welchem Zusammenhang, Ma'am?«, erkundigte er sich noch beherrschter.

»Wie es scheint, ist Captain Aberu keine Ihrer großen Bewunderinnen, Matt. Sind Sie ihr irgendwann einmal persönlich auf die Zehen getreten? Gibt es etwas, weshalb sie es auf Sie besonders abgesehen haben könnte?«

»Ma'am«, antwortete Askew, »ich kenne Captain Aberu nicht einmal. Abgesehen von der Dinnerparty, die Captain Mizawa gab, als der Admiral und sein Stab an Bord kamen, habe ich sie meines Wissens noch nie gesehen.«

Er fügte nicht hinzu, dass das niemals der Fall gewesen wäre, wenn sie dem Stab eines Admirals der Grenzflotte angehört hätte.

Zwischen der Schlachtflotte und der Grenzflotte herrschte selbst in den besten Momenten keine große Sympathie, und Askew war nicht immun gegen diesen institutionellen Mangel an gegenseitigem Respekt. Admiral Byng und sein Stab schienen die traditionelle Rivalität zwischen den beiden Teilraumstreitkräften allerdings auf die Spitze zu treiben. Zwischen ihnen und Captain Mizawas Offizieren war es auf der ganzen langen Reise allein zum Madras-Sektor zu so gut wie keiner gesellschaftlichen Begegnung gekommen. Offenbar hatten sie Besseres zu tun. Und sie hatten unmissverständlich – man hätte es auch schmerzhaft nennen können – deutlich gemacht, dass die einzige Funktion der nicht besonders hellen Besatzung von SLNS *Jean Bart* darin bestehe, sie durch die Galaxis zu kutschieren, damit sie endlich beginnen konnten, alles zu ordnen, was die Grenzsicherheit und das lokale Grenzflottenkontingent im Madras-Sektor irreparabel verbockt hatten. Wahrscheinlich, weil keiner davon wusste, wie er seinen Hosenschlitz wieder schloss, nachdem er austreten gegangen war.

Warum also sollte Captain Aberu, nachdem sie die gesamte Besatzung der *Jean Bart* vollkommen ignoriert hatte, nachdem sie an Bord gekommen war, mit Captain Mizawa ausgerechnet über Maitland Askew sprechen? Auf Anhieb wollte ihm kein einziger Grund einfallen, und er bezweifelte sehr, dass ihm gefallen würde, wohin das Gespräch mit Zeiss steuerte.

»Ich hatte auch nicht angenommen, dass Sie jemals die Klingen mit ihr gekreuzt haben«, sagte Zeiss, »aber offenbar haben Sie es geschafft, sie so richtig zu vergrätzen. Ich vermute, diese Kleinigkeit hier hat damit zu tun.«

Sie griff in die Schreibtischschublade, nahm ein relativ dickes Ausdruckbündel heraus und schob es ihm zu. Er nahm es auf, blickte auf den Titel der ersten Seite und sah fragend zu Zeiss auf.

»Nein«, beantwortete sie die erste stumme Frage, »ich weiß nicht, wie es Aberu in die Hände gefallen ist. Ich vermute, dass weder der Captain noch der Eins-O oder ich sehr glücklich sein werden, wenn wir es je herausfinden. Der springende Punkt allerdings ist, dass der Operationsoffizier des Admirals Ihre kleine Abhandlung offenbar gelesen hat und sie ihn außerordentlich ... wenig beeindruckt hat.«

Askew sah wieder auf die Überschrift. *Eine vorläufige Bewertung möglicher technischer Fortschritte der Royal Manticoran Navy*, hieß es, und im Feld für den verfassenden Offizier stand: *Askew, Maitland, LT.*

»Ma'am, um diesen Bericht hat der Captain mich gebeten«, begann er vorsichtig, »und er sollte nie –«

»Ich weiß selber, dass er nie in allgemeinen Umlauf gelangen sollte, Matt«, unterbrach Zeiss ihn. »Deshalb sagte ich, dass wir nicht besonders glücklich sein werden, wenn ich herausfinde, wie er in Aberus Hände gelangte. Eines weiß ich aber genau: Durch Zufall hat sie ihn nicht bekommen. Entweder hat jemand aus der Schiffsbesatzung ihn ihr gegeben, oder ...«

Der Taktische Offizier ließ die Stimme verebben, und Askew nickte. Schlimm genug, wenn jemand aus ihrer Besatzung potenziell »interessante« Informationen ohne Genehmigung an Admiral Byngs Stab weitergab. Wenn der Bericht aber in Aberus Besitz gelangt war, weil sich jemand ins Datennetz der Taktischen Abteilung gehackt hatte – oder noch schlimmer, Captain Mizawas persönliche interne Comleitungen –, so sagte es einiges Üble über die Kommandostruktur von Kampfgruppe 3201 aus.

Und wenn ich es mir recht überlege: In beiden Fällen – ob Aberu den Bericht von einem Spion oder durch einen illegalen Hack hat – ist es überhaupt kein gutes Zeichen, dass sie beschlossen hat, dem Captain zu sagen, dass *sie ihn besitzt.*

»Soll ich davon ausgehen, dass sie sich über meine Rückschlüsse beim Captain beschwert hat, Ma'am?«, fragte er nach einem Augenblick.

»Sie hat Einwände gegen Ihre Rückschlüsse, Ihre Annahmen, Ihre Schätzungen und Ihre Quellen erhoben«, erwiderte Zeiss beinahe leidenschaftslos. »Sie hat Sie als schwarzmalerisch, leichtgläubig, unwissend, unfähig und ›offenbar unverwendbar für jede Analyse irgendwelcher Bedeutung‹ charakterisiert. Letztere Formulierung ist übrigens ein Zitat. Und sie hat den Captain informiert, dass sich die gesamte Kampfgruppe in größten Schwierigkeiten befinde, wenn Ihre Leistung repräsentativ sei für das Kaliber seiner Offiziere.«

Askew schluckte. Seit acht Generationen waren Mitglieder seiner Familie im Flottendienst, und alle hatten sie der Grenzflotte angehört. Bei einem Captain – oder Admiral – der Schlachtflotte machte das freilich wenig Eindruck, und er könnte nicht einmal ansatzweise im gleichen Ausmaß auf Gönner und Familienbeziehungen zurückgreifen wie Aberu. Wenn Byng oder sein Stab entscheiden, dass an Maitland Askew ein Exempel statuiert zu werden hatte, war das Ende seiner Flottenlaufbahn fast so sicher wie das Amen in der Kirche.

»Ma'am …«, begann er, ohne im Mindesten zu wissen, wohin der Satz führen sollte. Zu seinem Glück unterbrach Zeiss ihn erneut, ehe er es herausfand.

»Sie haben genau das getan, worum der Captain und ich Sie gebeten haben, Matt«, sagte sie mit Nachdruck. »Mir ist klar, dass Ihnen das nur ein schwacher Trost ist, wenn jemand wie Aberu Sie ins Visier nimmt, aber keiner von uns hat die leiseste Absicht, Ihnen den Luftschlauch zu kappen, nur weil Aberu ein bisschen sauer ist. Nachdem das gesagt ist, muss ich allerdings zugeben, dass das, worüber sauer zu sein sie sich entschieden hat, mir erheblich größere Sorgen bereitet als das mögliche Schicksal eines meiner Untergebenen, ganz gleich, wie sehr ich ihn mag und wertschätze.«

Askew konnte nicht sagen, dass ihm der letzte Satz gefiel, aber andererseits konnte er gegen ihre Prioritäten auch nichts einwenden.

Captain Mizawa hatte den Bericht, an dem Aberu solchen Anstoß nahm, als Teil seiner Hintergrundplanung ihres derzeitigen Einsatzes in Auftrag gegeben. Askew konnte nicht sagen, wie viel vom Inhalt des Berichts Mizawa für bare Münze zu nehmen bereit war, und wusste gleichzeitig nicht einmal, wie weit er ihm selbst vertrauen sollte. Dennoch war er nun überzeugt – und wusste, Zeiss ging es genauso –, dass die offiziellen Abschätzungen der manticoranischen Möglichkeiten durch das ONI große Mängel aufwiesen … gelinde ausgedrückt.

Der Royal Manticoran Navy hatte Askew nicht viele Gedanken gewidmet, ehe die *Jean Bart* während der Nachwehen des Angriffs auf die Republik Monica in den Madras-Sektor beordert worden war. Er wusste, dass die RMN weit größer war als die meisten Neobarbarenflotten im Rand und jenseits davon. Anderes war kaum möglich, bedachte man die Größe der manticoranischen Handelsflotte, die geschützt werden musste, und den Umstand, dass Manticore und die Volksrepublik Haven seit über zwanzig T-Jahren miteinander im Krieg lagen. So viel hätte er darüber zu sagen gewusst, auf beiläufige, gleichgültige Art, denn er war bislang stets am anderen Ende der gewaltigen Kugel eingesetzt gewesen, die die Solare Liga war. Er hatte sich mit anderen Dingen befassen müssen. Auch wenn er sich der Größe der manticoranischen Navy bewusst gewesen war, hatte er doch kaum weiter darüber nachgedacht. Und wenn er an die lächerlichen Gerüchte über neue »Superwaffen« nachgedacht hätte, die während der sogenannten Havenkriege entstanden sein sollten, hätte er sie als typische wild übertriebene Propagandabehauptungen abgetan, wie man sie in solch einem abgelegenen, fernen Winkel der erforschten Galaxis erwartet. Ganz gewiss hätte er zugestimmt, dass es absurd wäre, auch nur anzudeuten, ein einzelnes Neobarbaren-Sonnensystem, so groß es im interstellaren Handel auch mitmischte, Forschung und Entwicklung betreiben könnte, mit der es die Solare Liga überholte!

Askew war es sehr schwergefallen zu akzeptieren, dass diese seine erste Annahme vielleicht ernste Defizite aufwies, doch Captain Mizawa hatte ihn aufgefordert, für alle Möglichkeiten offenzubleiben, während er das manticoranische Bedrohungspotenzial einschätzte. Genau darum hatte er sich nach Kräften bemüht, und je mehr er hinsah, desto [illegible] besorgter war Maitland Askew geworden.

Die abgesicherten Daten, die ihm zur Verfügung standen, waren schmerzlich begrenzt. Am Anfang gab es kaum Quellen, und er hatte entschieden, dass er, wenn er offen an die Sache heranging, wie Captain Mizawa es wünschte, die ONI-Berichte aussortieren musste, in denen die Möglichkeit bedrohlicher manticoranischer Durchbrüche von vornherein ausgeschlossen wurde. Folglich hatte er eigene Daten zusammengetragen, und da sie sich bereits im Hyperraum befanden, unterwegs zur neuen Einsatzstation, gab es davon herzlich wenig, bis sie das Meyers-System erreichten, das Verwaltungszentrum des Madras-Sektors. Dort konnte er in aller Ruhe mit einigen Grenzflottenoffizieren sprechen, die dauerhaft Kommissar Verrochio zugeteilt waren.

Commodore Thurgood, vor Admiral Byngs Ankunft ranghöchster Offizier im Meyers-System, war nur zu gern bereit, Askew alle ihm zur Verfügung stehenden Informationen, Analysen und Spekulationen mitzuteilen. Zuerst hatte Askew stark der Meinung zugeneigt, Thurgood könnte ein Schwarzmaler sein, doch er hatte sich dennoch mit den Dokumenten des Commodores befasst. Und je tiefer er sich darin vergrub, desto schwärzer sah er selbst.

Über den eigentlichen Angriff auf Monica gab es so gut wie keine soliden Daten. Sämtliche Sensorprotokolle waren entweder mit den militärischen Teilen von Eroica Station und den Schiffen, die die Manticoraner angriffen, vernichtet worden, oder die manticoranischen »Untersuchungskommandos« hatten sie entfernt, als sie die monicanischen Wracks durchsuchten. Doch obwohl es fast unmöglich war, harte Fakten zu erhalten, hatte Thurgood viele überlebende Monicaner vernommen und aus ihren Schilderungen einige sehr verstörende Schlussfolgerungen gezogen.

Zuerst hatte Thurgood wie die Mehrheit der solarischen Raumoffiziere das Geschehene der Unfähigkeit der Monicaner zuschreiben wollen. Die beteiligten monicanischen Flaggoffiziere hatte er persönlich gekannt – vor allem Isidor Hegedusic und Janko Horster, die beiden Admirale, die tatsächlich die Manticoraner angegriffen hatten und dabei gefallen waren. Während die höchsten Ebenen des monicanischen

Militärs genauso von Vetternwirtschaft und politischer Postenvergabe bestimmt waren wie bei anderen »Sternnationen« im Rand, hatte Thurgood die Fähigkeiten von Hegedusic und Horster durchaus zu schätzen gewusst, und er teilte Askew mit, dass die monicanische Navy einen überraschend hohen Ausbildungsstand besessen habe.

Zweitens hatte man Thurgood, obwohl es gar nicht vorgesehen gewesen war, über die Raketengondeln ins Bild gesetzt, die Technodyne Monica zur Verfügung gestellt hatte. Infolgedessen wusste er, dass die Lenkwaffen in diesen Gondeln einen beträchtlich höheren Beschleunigungsfaktor und eine erheblich längere Antriebsausdauer hatten – und damit eine wesentlich höhere Reichweite – als die Standardraketen der SLN.

Drittens hatten zehn manticoranische Kriegsschiffe, davon vier Zerstörer und nur drei so kampfstark wie ein Schwerer Kreuzer, das konzentrische Feuer aller dieser vorher ausgesetzten Raketengondeln nicht nur überlebt – wenn auch offensichtlich überrascht von Anzahl und Reichweite dieser Raketen –, sondern im Anschluss den gesamten militärischen Teil von Eroica Station vernichtet und dazu neun der vierzehn modernen Schlachtkreuzer, die Technodyne den Monicanern verschafft hatte. Als wäre das nicht genug, hatten die sechs beschädigten manticoranischen Schiffe, die das Gefecht gegen Eroica Station überstanden hatten, im offenen Kampf drei weitere moderne, voll funktionstüchtige Schlachtkreuzer zerstört. Und das war ihnen aus dem Stand gelungen, lediglich mithilfe ihrer Bordraketenwerfer und ohne von Gondeln unterstützt zu werden.

Viertens gab es zwar keine soliden Sensordaten, die erklärten, wie genau die Manticoraner es zuwege gebracht hatten, doch es war völlig klar – sowohl während des Gefechts gegen Horsters drei Schlachtkreuzer als auch danach –, dass die Manticoraner es geschafft hatten, ein systemweites Überwachungssystem einzurichten, ohne dabei bemerkt zu werden. Und während Thurgood gern zugab, dass die bekräftigenden Beweise und die Überlegungen erheblich mehr Spekulation waren, legte die Geschwindigkeit der manticoranischen Reaktion auf sowohl Horsters Angriff als auch Admiral Bourmonts spätere Manöver nahe, dass sie von ihren Aufklärungsdrohnen eventuell doch mit überlichtschnellen Signalen versorgt wurden.

Es gab noch mehr Anzeichen, doch Thurgood hatte eingeräumt, dass viele davon – wie die absurd hohen Raketenreichweiten, die einzelne Beobachter aus den Systemverteidigungskräften von der manticoranisch-havenitischen Hauptfront meldeten und die lächerlich großen Beschleunigungswerte, die manticoranischen Sternenschiffen nachgesagt wurden –, unwahrscheinlich klangen. Andererseits, hatte er ausgeführt, gebe es überhaupt keinen Weg, wie er diese unglaublichen Behauptungen überprüfen oder einordnen sollte. Er hatte es nicht ausgesprochen, doch Askew war klar, dass er, auch wenn er fragliche Aussagen weder überprüfen noch einschätzen konnte, sehr … abgeneigt war, sie von vornherein von der Hand zu weisen.

Thurgoods Haltung hatte Askew verblüfft. Seine erste Reaktion war sehr skeptisch, doch anstatt die Bedenken des Commodores einfach zurückzuweisen, folgte er Thurgoods Argumentation genau und suchte nach den Schwächen, von denen er vermutete, dass sie zu finden wären. Leider hatte er keine Schwächen gefunden. Im Gegenteil, als er pflichtgetreu nach ihnen suchte, war er mehr und mehr zu der Überzeugung gekommen, dass Thurgood hier und da nicht unrecht hatte. Tatsächlich sah es vielmehr so aus, als hätte Thurgood eigentlich immer recht.

Und das hatte er an Mizawa, Zeiss und Commander Bourget, den Ersten Offizier der *Jean Bart,* berichtet. Natürlich war er dabei ein wenig vorsichtig gewesen. Er war schließlich Offizier der SLN und sehr vertraut mit Ausflüchten und sorgsamer

Wortwahl, und seine eigene erste Reaktion auf Thurgood hatte ihn darauf vorbereitet, wie seine Vorgesetzten auf panikerfüllte Warnungen vor manticoranischen Superwaffen wahrscheinlich reagieren würden. Außerdem bestand, auch wenn die Analyse nur für Captain Mizawas interne Verwendung angefordert worden war, immer die Möglichkeit, dass es jemand anderen in die Hände fiel – und so war es ja schließlich auch gekommen. In solch einem Fall bestand immer die Gefahr, dass ein anderer Vorgesetzter weniger Verständnis aufbrachte als Captain Mizawa, wenn der junge Lieutenant Askew darin allzu alarmiert erschien.

Offenbar bin ich nicht vorsichtig genug gewesen, überlegte er grimmig.

»Soll ich Ihrer Schilderung von Captain Aberus Reaktion entnehmen, dass Admiral Byng der gleichen Meinung ist?«, fragte er.

»Ich habe nicht die leiseste Ahnung, was Admiral Byng dazu meint«, antwortete Zeiss. Sie schüttelte den Kopf und verzog das Gesicht. »Wie Captain Mizawa mir das ›Gespräch‹ beschrieben hat, kommt es mir vor, als hätte Aberu ihre eigene Meinung geäußert. Nach allem, was ich von ihr weiß, ist sie wohl einer dieser Stabsoffiziere, die es als ihre Pflicht ansehen, zu verhindern, dass offensichtlicher Unsinn auf den Schreibtisch des Admirals gelangt und ihm die Zeit stiehlt. Deshalb wäre ich nicht allzu überrascht, wenn sich herausstellen sollte, dass sie aus eigenem Antrieb diesen ›panikgeborenen Defätismus‹ eindämmen wollte, ohne je mit Admiral Byng darüber gesprochen zu haben. Leider wissen wir nicht, ob dem wirklich so ist, Matt. Ebenso ist es möglich, dass Admiral Byng sie vorgeschickt hat, damit sie dem Captain recht deutlich nahelegt, die Bedrohungsanalysen dem Kampfgruppenstab zu überlassen, ohne dass der Kommandeur damit behelligt wird.«

»Ich verstehe, Ma'am.« Askew sah sie mehrere Sekunden

lang still an, dann räusperte er sich. »Darf ich fragen, was der Captain in Bezug auf Captain Aberus Vorbehalte zu unternehmen gedenkt?«

»Er hat jedenfalls nicht vor, Sie aus der nächsten Luftschleuse zu werfen, falls Ihnen das Sorgen bereiten sollte.« Zeiss brachte ein leises Lachen hervor und wurde wieder ernst. »Natürlich muss er ein wenig vorsichtig vorgehen.«

Askew nickte düster. Captain Mizawa hatte Familienbeziehungen, die ein wenig höher reichten als die Askews, doch sie waren nichts im Vergleich damit, was Byng mobilisieren konnte. In Anbetracht dessen musste Mizawa, schon allein vor dem Hintergrund der althergebrachten Rivalität zwischen Schlachtflotte und Grenzflotte, das Terrain sehr vorsichtig wählen, ehe er sich mit Byng anlegte. Leidenschaftlich seinem Zwoten Taktischen Offizier zu Hilfe zu eilen war vermutlich nicht der beste Zug zur Förderung seiner Laufbahn, den ein Flaggkommandant machen konnte.

Und an Aberus Borniertheit würde es trotzdem nichts ändern, dachte er.

»Im Augenblick«, fuhr Zeiss fort, »möchte er, dass Sie sich so bedeckt halten wie nur möglich. Tun Sie einfach Ihren Dienst, und er und ich – und der Eins-O – halten Sie von der Flaggbrücke und dem Kampfgruppenstab so weit entfernt, wie wir können. Da wir nicht genau wissen, wie Ihr Bericht Captain Aberu in die Hände fiel, wäre es wahrscheinlich eine gute Idee, wenn Sie über seinen Inhalt kein Wort verlieren würden.«

Sie sah ihn an, und er nickte wieder. Wenn Byng – oder Aberu – einen Informanten hatten, könnte er durchaus angeklagt werden, weil er Defätismus verbreitete, wenn er über seine und Thurgoods Theorien sprach.

»Jawohl, Ma'am«, sagte er. Ein wenig wagemutiger fügte er hinzu: »Und darf ich fragen, wie der Captain auf meine Analyse reagiert hat?«

Zeiss ließ sich in ihren Sessel zurücksinken und blickte ihn mehrere Herzschläge lang aus zusammengekniffenen Augen an, dann zuckte sie mit den Schultern.

»Captain Mizawa ist – wie Commander Bourget und ich selbst – geneigt, ihre beunruhigenderen Hypothesen mit erheblichen Vorbehalten zur Kenntnis zu nehmen. Ich glaube, der Captain war von dem Kaliber Ihrer Arbeit genauso beeindruckt wie ich, aber wie Sie selbst ja ausführen, ist die Datenlage wirklich reichlich dünn, Matt. Sie und Commodore Thurgood könnten da etwas auf der Spur sein, aber ich glaube, wir alle möchten im Moment kein Urteil dazu abgeben. Ich würde sagen, Ihre Einschätzung der möglichen Gefahr wird uns alle drei mit der Lage vorsichtiger umgehen lassen, als es sonst der Fall wäre. Nur, bis wir einige dieser fehlenden Daten erlangt haben, können wir es uns nicht erlauben, in unserem Verhalten den Mantys gegenüber allzu zaghaft zu sein.« Sie sah ihn wieder offen und hart an, dann fügte sie hinzu: »Oder jedem anderem gegenüber.«

»Jawohl, Ma'am. Ich habe verstanden.«

Askew versuchte nicht mal, seine Sorge – nicht nur über die möglichen Auswirkungen auf seine Flottenkarriere – zu verbergen, doch er hatte allerdings verstanden.

»Das dachte ich mir schon, Matt«, sagte Zeiss leise. »Das dachte ich mir schon.«

SECHSUNDZWANZIG

»Natürlich machen Sie so etwas nicht beruflich, Captain«, sagte die attraktive Brünette in beinahe besänftigendem Ton. »Und ich weiß, viele Leute sind bei ihrem ersten Interview dieser Art aufgeregt. Aber ich verspreche Ihnen, ich habe das Hunderte Male gemacht, und bis jetzt ist keiner, den ich interviewt habe, gestorben.«

Der Mann in der Uniform eines Handelsflottenoffiziers, der ihr an dem kleinen Schreibtisch gegenübersaß, grinste und blickte ein wenig nervös drein. Dann nickte er.

»Ich, äh, ich versuche dran zu denken, Ms. Brulé.«

»Gut. Und vergessen Sie nicht, es braucht nicht beim ersten Mal perfekt sein. Sagen Sie uns einfach mit Ihren Worten, was passiert ist, und dann spielen wir es ab, und wenn Sie merken, dass Sie sich irgendwo versprochen haben, dann korrigieren wir es. Und wenn Sie bemerken sollten, dass Sie etwas vergessen haben, können wir es an der passenden Stelle noch einfügen. Uns geht es darum, dass die Leute erfahren, wie es war, und nicht, nie etwas falsch zu machen. Okay?«

»Jawohl, Ma'am.«

»Gut«, wiederholte die Brünette, dann sah sie unmittelbar in den wartenden Aufzeichner.

»Dies ist die Aufzeichnung eines Interviews mit Captain Tanguy Carmouche, Kapitän des auf New Tuscany registrierten Frachters *Antilope*, in dem es um Vorfälle im San-Miguel-System geht. Ich bin Anne-Louise Brulé und führe dieses Interview im Auftrag des Außenministeriums, des Handelsministeriums und des Schatzamtes. Angefertigt wird diese Aufzeichnung am 7. Juli 1921 Post Diaspora auf dem Planeten New Tuscany.«

Nachdem sie die offiziellen Sätze gesprochen hatte, wandte sie sich dem Handelsoffizier zu.

»Captain Carmouche, könnten Sie uns bitte mit eigenen Worten erklären, was genau vorgefallen ist?«

»Im San-Miguel-System, meinen Sie?«, fragte Carmouche und machte eine verlegene Miene. »Tut mir leid. Ich bin wohl wirklich ein bisschen nervös.«

Brulé lächelte ermutigend, und der Kapitän räusperte sich und straffte die Schultern und setzte sich gerade hin.

»Nun, wir sind Anfang Juni im San-Miguel-System angekommen und wollten eine Ladung abholen, die avisiert worden war, ehe der Konvent von Spindle diese Verfassung beschlossen hatte. San Miguel ist ja immer Teil des Handelsbundes von Rembrandt gewesen, und der Bund hat immer lieber seine eigenen Pötte benutzt, als fremde Schiffe zu chartern, also gab es immer mal wieder Schwierigkeiten für Skipper, die nicht zum Handelsbund gehörten, aber im Allgemeinen konnte man sich immer einigen, ohne dass es viel Ärger gab.

Aber diesmal kam, kaum dass die *Antilope* in ihrer Parkbahn lag, ein manticoranisches Zollkommando an Bord, keines von San Miguel oder dem Handelsbund. Das war ungewöhnlich, aber ich nahm zunächst an, das ist Teil des neuen politischen Systems, deshalb dachte ich mir nichts weiter dabei. Jedenfalls nicht, bis die Mantys das Schiff zu zerlegen begannen, angeblich weil sie nach ›verdächtiger Ware‹ suchten.«

Carmouches Gesicht nahm einen harten Ausdruck an, als er sich zornig erinnerte, und er zuckte ruckartig die Schultern.

»Ich war darüber nicht besonders erfreut«, sagte er. »Ich meine, ich kann verstehen, wenn sie die Schmuggelei eindämmen wollen, besonders hier draußen im Rand. Damit habe ich kein Problem. Ich weiß ja, dass unser eigener Zoll genau aufpasst auf Schiffe, die ins New-Tuscany-System kommen, besonders, wenn es keine regelmäßigen Besucher sind. Doch das kann man höflich machen, und man kann es ... nicht so höflich machen, so wie diese Drecks ...«

Er verstummte, schüttelte sich und verzog das Gesicht.

»Tut mir leid«, sagte er wieder. »Ich meine, so wie diese Leute. Ich erwarte ja nicht, dass man sich vor mir verbeugt. Ich meine, ich weiß, dass ich zur Handelsflotte gehöre, nicht zur Navy. Aber mein Gott, die *Antilope* ist mein Schiff! Ich bin den Eignern gegenüber verantwortlich, und wenn ich auch nur in der Handelsflotte bin, kann ein Skipper doch von jedem Gast an Bord seines Schiffes ein gewisses Maß an Respekt verlangen. Ist mir völlig egal, wer die sind!

Aber diese Leute haben kein bisschen Respekt an irgendjemanden an Bord der *Antilope* verschwendet. Sie waren unhöflich und beleidigend, und sie benahmen sich, wie ich finde, ausdrücklich feindselig. Sie baten um nichts, sie *verlangten*, was immer sie wollten. Sie brachten alle möglichen Scanner und Spürgeräte an Bord, und sie durchkämmten jeden Laderaum aufs Gründlichste. Wegen der Größe unserer Laderäume dauerte das Stunden, aber sie bestanden darauf. Genauso bestanden sie darauf, jeden Frachtbrief mit dem Frachtcontainer zu vergleichen – völlig egal, ob die Zollsiegel des Ursprungshafens noch intakt waren. Sie ließen uns sogar einen ganzen Stapel Container öffnen, damit sie sich den Inhalt ansehen konnten! Und sie haben ganz deutlich gemacht, dass sie uns, wenn wir nicht genau das täten, was sie verlangten, den Zugang zum Planeten sperren und jeden Frachtumschlag in der Umlaufbahn verbieten würden.«

Carmouche beugte sich vor, sein Gesicht und seine Körpersprache lebendig mit einer Mischung aus Zorn und Selbstsicherheit unter Brulés ermutigendem, ernst mitfühlendem Ausdruck.

»Nun, ich kam durch ihre ›Zollinspektion‹, ohne dass mir eine Ader platzte oder ich jemanden niederschlug, aber leicht war das nicht. Endlich hatten wir unsere Freigabe bekommen und die Kerle aus dem Schiff, da erfuhren wir, dass wir uns medizinisch untersuchen lassen müssten, ehe wir Ladung löschen oder an Bord bringen durften. Wir wollten sowieso keine Ladung löschen, und das wussten sie. Von mir ist noch nie eine medizinische Untersuchung verlangt worden, damit ich Fracht aufnehmen darf! Am Einfahrtshafen, klar. Keiner will, dass jemand eine Seuche auf eine Welt bringt. Aber wenn es keinen Kontakt zwischen einem von meinen Leuten und dem Planeten geben wird – verdammt, nicht mal zwischen meinen Leuten und einem Lagerhaus im Orbit, denn die Ladung wurde in Shuttles von San Miguel an Bord gebracht! –, dann ist so was doch völlig sinnlos. Außerdem hatten sie unsere medizinischen Akten bereits als Teil ihrer Zollinspektion überprüft!

Ich verstand es damals noch nicht, aber später wurde es klar. Da begriff ich nämlich, dass es überhaupt nicht um medizinische Vorsichtsmaßnahmen ging. Überhaupt nicht. Ganz gleich, was wir taten, sie hatten immer wieder einen neuen Reifen bereit, durch den wir springen sollten, ehe wir unsere Fracht an Bord nehmen durften. Nach der medizinischen Untersuchung bestanden sie darauf, unsere Maschinenlogs durchzugehen, um sich zu vergewissern, dass wir in den Teilen des Systems mit dichterem Verkehr keinen katastrophalen Impellerschaden erleiden würden. Und danach entschieden sie, dass sie die Abfallverwertung und -beseitigung unseres Lebenserhaltungssystems in Augenschein nehmen müssten, denn sie wollten nicht, dass wir ihnen ihr kostbares kleines Sonnensystem verdrecken!« Er schüttelte wütend den Kopf.

»Das Einzige, was ich mir zusammenreimen konnte, weil jede einzelne dieser ›Inspektionen‹ völliger Humbug war, soweit ich das sagen konnte, war, dass es ein systematischer Versuch war, uns ganz deutlich zu machen, dass die *Antilope* im San-Miguel-System nicht willkommen ist. Der Handelsbund hat seine eigenen Interessen immer geschützt, aber ich hatte den Eindruck, beim Verfassungskonvent wäre die Rede davon gewesen, dass die Mantys den freien Handel unterstützen. Na, das tun sie vielleicht, und vielleicht auch nicht, aber eines kann ich Ihnen sagen – wenn die finden, dass freier Handel eine gute Idee ist, dann finden sie jedenfalls nicht, dass das für jeden gilt! Und nachdem mir klar geworden ist, was vor sich geht, hab ich mich umgehört. Im Orbit waren noch zwo andere Schiffe, aber wir waren das Einzige von New Tuscany. Und seltsamerweise waren wir auch das Einzige, das sich diesen ganzen ›Inspektionen‹ unterziehen musste! Für mich bedeutet das, dass es vielleicht nur darum ging, dass wir diese ›Verfassung‹ nicht ratifiziert haben, und das war die Revanche. Ich weiß das natürlich nicht sicher, aber sobald ich wieder im New-Tuscany-System ankam, sprach ich mit dem Handelsministerium darüber, und ich sage Ihnen ganz offen, ich war ziemlich sauer. Anscheinend bin ich aber nicht der einzige Skipper von New Tuscany, dem so etwas passiert ist. Dieser Eindruck drängte sich auf, als sie mich baten, eine offizielle Aussage zu machen.«

Er sah Brulé an und zog eine Braue hoch, doch sie schüttelte mit einem mitfühlenden Lächeln den Kopf.

»Ich fürchte, da weiß ich nichts Genaueres drüber, Captain Carmouche«, sagte sie im Ton von jemandem, der gewöhnt ist hinzuzufügen: »Und wenn ich es wüsste, dürfte ich es Ihnen nicht sagen«, ohne es je auszusprechen.

»Na, wie auch immer«, sagte Carmouche schließlich, »das wäre es so ziemlich. Haben Sie noch Fragen, Ma'am?«

»Bei einigen Punkten möchten die Ministerien noch mehr Einzelheiten wissen, Captain«, sagte Brulé, gab etwas in ihr Memopad ein und blickte aufs Display. »Mal sehen … Also, erstens, haben Sie den Namen und den Dienstgrad des manticoranischen Offiziers, der die erste Zollinspektion befehligte?«

»Nein«, antwortete Carmouche und verzog wieder das Gesicht. »Ist mir nie gesagt worden. Wahrscheinlich hätte ich darauf bestehen sollen, aber es war das erste Mal, dass bei mir ein regulärer Navyoffizier an Bord kam, der weder Namen noch Rang genannt hat. Ich glaube, er wollte nicht, dass ich ihn kenne, falls ich formellen Protest einreichte. Natürlich wusste ich da noch gar nicht, dass ich das tun würde. Statt also zu fragen, habe ich ...«

Die sind gut, dachte Aldona Anisimovna anerkennend, während sie aus dem Kontrollraum des Studios das Interview verfolgte. Das Informationsministerium von New Tuscany hatte ein raffinierteres Händchen bewiesen, was kleine Dinge wie Propaganda und Spezialeffekte anging, als sie es bei einem Planeten auf dem Technikniveau des Randes erwartet hätte. Natürlich hatte man hier auch ein bisschen mehr Raffinesse nötig, wegen der allgemeinen Unzufriedenheit der planetaren Unterschicht.

Besonders gefiel ihr das kleine Detail mit dem Gespräch vor Beginn des Interviews und Brulés Bemühungen, Captain Carmouche zu beruhigen. Sie gehörten zwar nicht in den offiziellen Bericht ... aber sie würden ›zufällig‹ an der Rohdatei angehängt bleiben, die ihm beigefügt werden musste. Und dort würden Kommissar Verrochios Leute sie ebenso ›zufällig‹ entdecken. Dem endgültigen Bericht, der Verrochio als Teil der Beweisführung für die manticoranischen Schikanen vorgelegt werden würde, dürfte das zusätzliche Glaubwürdigkeit verleihen. Und während man sich keine besondere Mühe machen würde zu verbergen, dass Louise Brulé für das Informationsministerium arbeitete, hatte sich niemand die Mühe gemacht anzumerken, dass ›Captain Carmouche‹ tatsächlich von einem gewissen Oliver Ratté dargestellt wurde, der ebenfalls beim Informationsministerium beschäftigt war. Im Gegensatz zu Brulé, die auf New Tuscany als Nachrichtenmoderatorin bekannt war, würde Ratté anonym bleiben. Obwohl er schon in zahllosen Propagandabeiträgen aufgetreten war, hatte er dabei nie sein eigenes Gesicht gezeigt. Seine Aufgabe hatte darin bestanden, Körpersprache, Stimmnuancen und Gesichtsausdrücke zu liefern, die per Computer jedes Mal zu einem völlig unterschiedlichen Menschen umgewandelt wurden.

Das war nach wie vor die beste und einfachste Methode, um Hochqualitätsbildmaterial zu generieren, jedenfalls für jemanden, dessen Technik nicht die neuesten Spielereien kannte. Tatsächlich hinkte New Tuscany in Bezug auf Computertechnik dem Stand der Solaren Liga um wenigstens zwei Jahrhunderte hinterher. Im Laufe der Jahre hatte sich dort jedoch gezeigt, wie viel erreicht werden konnte, wenn man Technik durch Können und Übung ersetzte, und diesmal trat Ratté mit seinem eigenen Gesicht auf. An diesem kleinen Meisterstück würde es keinerlei Computermanipulation geben, und für die anderen Beiträge, an denen an New Tuscany gearbeitet wurde, galt das Gleiche. Schließlich wäre es gar nicht gut, wenn eine der manticoranischen Kontaktpersonen in der Liga diese Manipulationen aufdecken würde, indem sie die Aufzeichnung unter die Lupe nahm.

Und wenn Dusserre und seine kleinen Helfer im Sicherheitsministerium mit der planetaren Datenbank fertig sind, lässt sich nicht mehr beweisen, dass Captain Carmouche und das gute Schiffe Antilope *nie existiert haben. Nein,* dachte sie mit amüsierter Zufriedenheit, *es wird alle möglichen Beweise geben,* dass *sie existiert haben. Natürlich werden die Mantys behaupten, dass dieses Schiff nie im San-Miguel-System war, aber wem wird die Grenzsicherheit wohl glauben? Den armen, schikanierten New Tuscaniern, die um Intervention bitten, oder den fiesen Mantys, die das OFS mit allen Mitteln von der Untersuchung abhalten wollen?*

Ein netter Touch, der allerdings kaum nötig war. Nicht dass sie die Absicht hatte, den New Tuscaniern etwas davon zu sagen. Von ihrem Standpunkt aus gesehen gab es jeden erdenklichen Grund, eine undurchdringliche, tiefengestaffelte Abwehrlinie zu errichten, denn mit den Unschuldsbeteuerungen der Mantys musste man rechnen. Zumal die Manticoraner schließlich unschuldig *waren,* räumte Anisimovna ein. Doch das mesanische Alignment in der Person einer gewissen Aldona Anisimovna sah keinerlei Grund New Tuscany mit dem Wissen zu belasten, dass das alles überhaupt keine Rolle spielte. Niemand würde sich auf New Tuscany je irgendwelche Akten ansehen. Die Solare Liga hätte dazu keinerlei Bedürfnis; die Mantys wären nicht in der Position, es zu verlangen – und beide Seiten wären viel zu beschäftigt mit dem, was das Alignment wirklich wollte, als dass Akten auf New Tuscany noch irgendeine Rolle spielen würden.

Sie sah zu, wie Brulé und Ratté sich mühelos durch das gut geschriebene und sorgfältig geprobte Drehbuch arbeiten, und fragte sich, ob das Gefühl geradezu gottgleicher Macht, das sie empfand, wenn sie beobachtete, wie das gesamte New-Tuscany-System nach der Pfeife des Alignments tanzte, mit dem zu vergleichen war, was Albert Detweiler fühlte. Und wenn, ob es bei ihm die gleiche Suchtgefahr bedeutete, wie sie es bei sich bemerkt hatte? Und wenn – störte es ihn?

Ich begreife, was wir hier erreichen wollen, und wieso, dachte sie. *Ich hätte es nicht erkannt, ehe er und Isabel mir alles erklärten, aber jetzt ist es mir klar. Doch Bescheid zu wissen macht das Spiel nur noch berauschender. Es umreißt den Umfang, den Maßstab des Spieles auf eine Weise wie nichts je zuvor. Doch so ehrgeizig das sein mag, für mich ist es nach wie vor eine rein intellektuelle Sache. Das Spiel ist es, was* real *ist. Ich frage mich, ob Albrecht und die anderen es genauso sehen? Und wenn, was werden sie tun, wenn wir es schließlich geschafft haben und es kein Spiel mehr zu spielen gibt?*

»Er hat was gesagt?«

Lieutenant Commander Lewis Denton sah Ensign Rachel Monahan stirnrunzelnd an, die in dem engen Arbeitszimmer ein wenig nervös auf einem Stuhl vor seinem Schreibtisch saß. Auch wenn Denton nur Lieutenant Commander war und HMS *Reprise* nur ein etwas älterer, zunehmend veralteter Zerstörer, kommandierte er dennoch eines Ihrer Majestät Sternenschiffe, und im Augenblick schien sich Monahan nur allzu deutlich der Tatsache bewusst zu sein, dass sie an Bord eben dieses Sternenschiffes jüngster Offizier war.

Gleichzeitig war sie gewissenhaft und bot, auch wenn Denton absolut nicht die Absicht hatte, das vor irgendeiner lebenden Seele zu erwähnen, einen bemerkenswert hübschen Anblick. Zwar handelte es sich bei ihr nicht gerade um den blitzgescheitesten Subalternoffizier, mit dem Denton je zu tun gehabt hatte, aber dumm war sie noch lange nicht. Denton gehörte sogar zu jenen Offizieren, der Pflichtgefühl und gesunden Menschenverstand einer unberechenbaren oder unbekümmerten (oder, noch schlimmer, trägen) Intelligenz vorzog, und er war mit Monahans Leistungen immer zufrieden gewesen, seit sie zur Besatzung der *Reprise* gekommen war. Daher hatte er ihr immer größere Gelegenheiten gegeben, ihr Können und ihr Selbstvertrauen unter Beweis zu stellen, und bislang war sie allen Anforderungen gewachsen gewesen.

Gerade das hatte unmittelbar zu ihrer Bitte um dieses Gespräch geführt, auch wenn Denton sich nicht einmal entfernt vorstellen konnte, was sie eigentlich wollte.

»Er sagte, er würde sich offiziell über unsere ›Schikane‹ beschweren, Sir«, wiederholte Monahan.

»*Ihre* Schikane«, erwiderte Denton im Ton eines Mannes, der versucht, ein vollkommen absurdes Konzept geistig zu erfassen.

»Jawohl, Sir.«

Monahan klang mehr als ein wenig beunruhigt, und das verstand Denton sehr gut. Sehr viele Subalternoffiziere, die etwas verbockt hatten, sahen als Allererstes zu, dass sie ihre Version des Geschehenen ihren Kommandanten meldeten, ehe unangenehme Wahrheiten zu ihm vordrangen und alles noch schlimmer machten. In Monahans Fall jedoch war dieser Gedanke völlig abwegig.

»Über eine Schikane, die Sie offensichtlich nicht begangen hatten, Rachel. Wollte er das damit andeuten?«

»Jawohl, Sir.«

»Gibt es etwas, das ihn so wütend gemacht haben kann, dass er sich eine Beschwerde aus den Fingern saugt, nur um Ihnen Ärger einzubrocken?«

»Sir, mir fällt wirklich nichts ein«, antwortete sie kopfschüttelnd. »Ich habe mich genau an die Vorschriften gehalten, wie bei den anderen Inspektionen auch. Aber es war, als ob ... ich weiß es nicht genau, Sir, aber mir kam es vor, als würde er nur darauf warten, dass ich etwas tue, worüber er sich beschweren kann, und wenn ich es nicht tue, dann würde er eben trotzdem behaupten, ich hätte es getan! So etwas habe ich wirklich noch nicht erlebt, Sir.«

Sie war offensichtlich mehr verwirrt als besorgt, und Denton machte geistig ein weiteres Bestanden-Häkchen auf ihrer Beurteilung nach Ende des Einsatzes. Zwar war sie eindeutig unruhig, dass er vermuten könnte, sie wollte sich nur den Rücken decken, doch sie hatte dem Ersten Offizier die gesamte Episode gemeldet, kaum dass sie wieder an Bord gekommen war. Und der I. O. war so erstaunt – und beunruhigt – gewesen, dass er den Bericht an Denton weitergeleitet hatte, während Monahan noch in seinem Büro war. Und deshalb saß sie nun im Arbeitszimmer des Kommandanten und wiederholte ihre Schilderung der betreffenden Zollinspektion.

»Sie sind also an Bord gegangen, haben um seine Papiere

gebeten und haben sich rasch im Schiff umgesehen, richtig?«

»Jawohl, Sir.«

»Und er hat sich von Anfang an aggressiv verhalten?«

»Jawohl, Sir. Von dem Augenblick an, als ich aus der Personenröhre kam. Es war, als fehlte ihm nur der geringste Anlass, und er hätte sich auf mich gestürzt, ganz egal, wie höflich meine Leute und ich waren. Skipper, ich glaube, ich hätte ihm Komplimente über die Anstrichfarbe der Schotte machen können, und er hätte es zu einer tödlichen Beleidigung umgemünzt!«

Die junge Frau – sie war erst zweiundzwanzig T-Jahre alt – hatte so etwas eindeutig noch nie erlebt. Denton besaß andererseits ähnliche Erfahrungen, doch hatte er sie normalerweise mit solarischen Handelsfahrern gemacht, nicht mit jemandem von New Tuscany. Einige Solarier gaben sich erhebliche Mühe, manticoranische Offiziere zu provozieren, damit sie eine Grundlage für Beschwerden über Schikane hatten. Ein derartiges Verhalten erlebte der Lotsendienst in zunehmendem Maße bei solarischen Schiffen, die den Manticoranischen Wurmlochknoten benutzten. Einige Sollys konnten es einfach nicht ertragen, dass eine kleine abgelegene Sternnation solch einen großen Prozentsatz des Handelsaufkommens innerhalb der Liga dominierte. Infolgedessen trugen sie einen Groll so groß wie ein Gasriese mit sich herum, was das Sternenkönigreich betraf.

Doch die Sollys, die sich so verhielten, wussten genau, dass sie Repräsentanten der Solaren Liga waren: Sie waren mit der arroganten solarischen Selbstsicherheit gepanzert und bewaffnet, dass kein einfacher Manticoraner sie in irgendeiner Weise bestrafen konnte, wenn sie sich danebenbenahmen. Das gehörte zu den Dingen, die Denton an den Solariern am meisten hasste. Und genau das erstaunte ihn an diesem Zwischenfall, denn New Tuscany war eine Einzelsternnation und bettelarm. Was also konnte einen Handelsschiffer von New Tuscany bewegen, sich vorsätzlich mit der Royal Manticoran Navy in einem Sonnensystem anzulegen, das gerade erst zu manticoranischem Hoheitsraum geworden war?

»Sir?«

Denton riss sich aus den Gedanken und sah Monahan wieder an.

»Entschuldigen Sie, Rachel.« Er ließ ein Lächeln aufblitzen. »Ich musste an etwas denken. Haben Sie noch etwas hinzuzufügen?«

»Jawohl, Sir.«

»Schießen Sie los«, ermutigte er sie.

»Sir, es ist so ... na ja ...« Sie schien zu zögern, dann stählte sie sich sichtlich zum Sprung ins kalte Wasser.

»Sir, ich hatte dabei ein komisches Gefühl, dass er das, was er redete, überhaupt nicht zu mir sagte.«

»Wie meinen Sie das?« Denton kniff die Augen zusammen.

»Mir kam es mehr vor, als redete er über mich als zu mir«, sagte sie. Sie klang, als hätte sie Schwierigkeiten zu formulieren, worauf sie hinauswollte. »Wie ... fast wie jemand in einem Ausbildungsholo an der Akademie.«

»Als wüsste er, dass es aufgezeichnet wird«, sagte Denton langsam. »Kam es Ihnen so vor?«

»Vielleicht, Sir.« Monahan wirkte besorgter denn je. »Und er hat sich nicht nur über mich beklagt.«

»Was soll das heißen?« Denton versuchte, gelassen zu klingen, doch es fiel ihm schwer, denn irgendwo tief in ihm läuteten die Alarmglocken.

»Es soll heißen, dass er nicht einfach nur ›Sie‹ sagte, als er sich beklagte, welche Schwierigkeiten ich ihm gemacht hätte. Das sagte er schon, aber er sagte auch ›Sie alle!‹ und so etwas. Als wäre ich zu Dutzenden aufgetreten, um ihm und seiner Crew Scherereien zu machen.«

»Ich verstehe.«

Denton saß nachdenklich da. Ihm gefielen die Spekulationen nicht besonders, die in seinem Kopf herumturnten wie Hamster in einem Laufrad. Schließlich sah er den Ensign vor sich wieder an.

»Rachel, Sie haben genau das Richtige getan, als Sie Meldung machten. Weder der Eins-O noch ich haben auch nur eine Sekunde lang geglaubt, dass Sie an Bord dieses Schiffes etwas falsch gemacht haben. Ich weiß nicht, was genau für ein Problem dieser Käpt'n hatte, aber ich bin sicher, dass Sie sich so gut geführt haben wie in der Vergangenheit auch.«

»Das habe ich versucht, Sir«, sagte sie, unfähig, ihre gewaltige Erleichterung über seinen bestimmten Tonfall zu verbergen, mit dem er ihr den Rücken stärkte. »Je länger es ging, desto mehr habe ich mich gefragt, ob ich irgendetwas getan hatte, was ihn gegen mich aufbrachte!«

»Ich bezweifle sehr, dass Sie überhaupt etwas getan haben«, sagte Denton in gleichbleibendem Ton. »Leider werden Sie vielleicht das Gleiche noch einmal erleben. Weiß Gott, die meisten von uns haben das schon das eine oder andere Mal erlebt, wenn auch meistens mit Sollys und nicht mit jemandem von New Tuscany. Mir tut es leid, dass es Ihnen hier passiert ist, aber andererseits ist es vielleicht eine gute Sache, dass Sie Ihre erste Dosis schon zu diesem frühen Zeitpunkt Ihrer Laufbahn bekommen haben.«

»Jawohl, Sir«, sagte sie, und er warf ihr ein anerkennendes Lächeln zu.

»Gut«, sagte er, und sein Ton zeigte an, dass ihr Gespräch beendet war. »Ich glaube, Sie haben mir alles gesagt, was Sie wissen, also hat es keinen Sinn herumzusitzen und es immer wieder durchzukauen oder sich zu überlegen, wieso dieser Skipper ausgerechnet an dem Tag mit dem falschen Fuß zuerst aufgestanden ist. Ich möchte Sie aber bitten, einen offiziellen

Bericht einzureichen. Wenn der Mann sich tatsächlich irgendwo beschwert, möchte ich Ihre Version der Begegnung bereits aktenkundig haben. Das wird helfen, seine Aussagen zu entkräften.«

»Jawohl, Sir«, sagte sie wieder.

»Nun, warum machen Sie sich nicht gleich an die Arbeit und erledigen die Sache, während Sie die Ereignisse noch frisch vor Augen haben?«

»Jawohl, Sir.«

Monahan begriff offensichtlich, dass sie entlassen war, stand auf, nahm kurz Haltung an und ging. Denton blickte versonnen auf die geschlossene Luke, dann gab er eine Kombination in sein Comterminal.

»Brücke, Eins-O spricht«, sagte eine Stimme. »Was kann ich für Sie tun, Skipper?«

»Ich habe gerade mit Rachel gesprochen, Pete. Ich verstehe, wieso Sie sie zu mir geschickt haben.«

»Sie wirkte mehr als nur ein bisschen durcheinander«, sagte Lieutenant Peter Kolosov. »Mich hat mehr die Natur dessen, was dieser Mistkerl von New Tuscany gesagt hat, beunruhigt.«

»Mich auch. Ich möchte jetzt keine große Sache daraus machen und ihr noch größere Sorgen bereiten, und schon gar nicht, ehe sie ihren offiziellen Bericht fertig hat. Aber ich möchte, dass Sie sich mit dem Rest des Zollkommandos unterhalten, besonders mit Chief Fitzhugh. Und sprechen Sie mit den anderen Subalternoffizieren, die Zollinspektionen vornehmen. Fragen Sie sie, ob einer von ihnen ähnliche Bemerkungen gehört und uns nur nicht darauf aufmerksam gemacht hat wie Rachel. Falls jemand etwas gehört hat, will ich Zeit, Ort und Inhalt wissen.«

»Jawohl, Sir.«

Kolosov klang grimmiger als noch einen Augenblick zuvor, bemerkte Denton.

»Noch eines«, fuhr der Kommandant fort. »Ab sofort hat jedes Kommando, das an Bord irgendeines Handelsschiffes geht, Audio-und-Video-Aufzeichner dabei. Erzählen Sie das nicht jedem hier an Bord des Schiffes, denn ich möchte nicht, dass jemand vor der Kamera posiert. Suchen Sie also eine Stelle, wo Sie die Aufzeichner unauffällig unterbringen können. Wir sollten zwar keine Abstriche bei der Bildqualität machen, wo es nicht sein muss, aber mir ist der Ton wichtiger als das Bild.«

»Skipper, ich weiß nicht, ob mir gefällt, was Sie denken.«

»Na, wenn Sie nicht in die gleiche Richtung gedacht hätten, dann hätten Sie Rachel nicht so schnell zu mir geschickt, oder?«, versetzte Denton.

»Es war mehr eine ungute Ahnung als ein richtiger Verdacht, Sir.«

»Dann haben Ihnen Ihre Instinkte gerade sehr geholfen, fürchte ich«, antwortete Denton grimmig. »Ich habe keine Ahnung, was hier vielleicht vorgeht, und es ist gut möglich, dass wir beide Gespenster sehen. Aber vielleicht auch nicht. Admiral Khumalo hat betont, dass wir unsere Augen und Ohren offenhalten sollen, als er uns losschickte. Also führen Sie diese Befragungen durch, und bringen Sie die Wanzen irgendwo unter. Vielleicht können wir sie in den elektronischen Klemmbrettern der Offiziere unterbringen. Das weiß ich nicht, aber ich weiß, dass ich von jedem Besuch in einem Schiff von New Tuscany die besten Aufzeichnungen haben möchte, die wir bekommen können. Und das Gleiche gilt für unsere Inspektionen aller anderen Schiffe, als Vergleichsbasis. Verstanden?«

»Verstanden, Skipper«, antwortete Kolosov. »Mir gefällt nicht, was wir da machen, aber ich habe verstanden.«

SIEBENUNDZWANZIG

»Kein toller Vorposten, was?«, bemerkte Michelle Henke leise zu Cynthia Lecter. Ihr Gespräch mit Josef Byng lag zwölf Tage zurück, und HMS *Artemis* und die anderen drei Schiffe der 1. Division von Schlachtkreuzergeschwader 106 näherten sich abbremsend einem Rendezvous mit den Schiffen, die Augustus Khumalo abgestellt hatte, um das Tillerman-System im Auge zu behalten, nachdem er von Monica nach Spindle zurückgekehrt war.

»Nein, Ma'am«, stimmte Lecter genauso leise zu. »Andererseits hatte Admiral Khumalo nicht viel Material. Und ich glaube nicht, dass irgendjemand erwartet hätte, Vizeadmiral O'Malley könnte so ... jäh zurückgerufen werden.«

»Schön ausgedrückt, Cindy.« Michelle lächelte, obwohl ihr nicht zum Lachen zumute war, aber sie musste zugeben, dass Lecter völlig recht hatte. Und das sogar in doppelter Hinsicht.

Damit stehe ich mit einem gar nicht mal so kleinen eigenen Problemchen da, dachte sie trocken. *Niemand hat geahnt, dass die Sollys solch eine großkotzige Kampfgruppe direkt nach Monica schicken könnten, um uns auf die Nerven zu gehen. Aber jetzt wissen wir, dass es so ist ... und dass der Krieg gegen Haven weitergeht. Verstärke ich also Tillerman, indem ich zwo Schlachtkreuzer hierlasse, oder lasse ich hier alles beim Alten und nehme alles, was ich habe, mit nach Spindle zurück, damit meine Schiffe konzentriert sind?*

Dieser Frage konnte sie leider nicht ausweichen, so sehr sie es sich auch gewünscht hätte. Allein der Gedanke, ihre Kräfte aufzuteilen, konnte angesichts der möglichen Bedrohung durch die Solare Liga noch dem abgebrühtesten Flottenchef schlaflose Nächte bereiten. Einerseits hatten die drei Tage im Monica-System sie überzeugt, dass Josef Byngs unbekannter

Auftrag jedenfalls nicht vorsah, eine gewisse Michelle Henke von seinen freundlichen, pazifistischen Absichten zu überzeugen. Wenn sie das Pärchen veralteter Leichter Kreuzer und den einen Zerstörer, den Khumalo bei Tillerman hatte stationieren können, nicht verstärkte, riskierte sie, nicht nur Byng, sondern dem gesamten Talbott-Quadranten ein völlig falsches Signal zu geben. Sie konnte nicht wagen, bei irgendjemandem – und schon gar nicht bei Byng – den Eindruck zu erwecken, dass sie unwillig wäre, ernste Risiken einzugehen oder sogar zu kämpfen, um den Hoheitsraum und die Bürger des neugeborenen Sternenimperiums von Manticore zu schützen. Was das anging, hatte sie sowohl eine legale wie eine moralische Verantwortung, genau das zu tun, ganz unabhängig von der Natur der Bedrohung.

Andererseits konnte selbst ein Pärchen *Nikes* in arge Bedrängnis geraten, wenn es von sämtlichen Schlachtkreuzern Byngs gleichzeitig angegriffen wurde. Trotz der Vorteile in Reichweite und Durchschlagskraft, die Typ 16 und Typ 23 der Royal Manticoran Navy verliehen, konnte genügend wirksame Raketenabwehr diesen Vorteil weitgehend stumpf werden lassen, und niemand konnte abschätzen, wie wirksam die solarische Raketenabwehrdoktrin nun tatsächlich ausfiel. Michelle bezweifelte sehr, dass sie ausreichte, um die Waage zugunsten der solarischen Schiffe zu neigen, doch ehe sie es selbst beobachtet hatte, konnte sie sich nicht sicher sein. Und selbst wenn sich herausstellte, dass die beiden *Nikes* tatsächlich allem gewachsen waren, was Byng aufbieten konnte, konnte Byng dies vorher nicht wissen. Und selbst wenn er es wüsste, ganz gleich, wie viele Beweise ihm vorgelegt wurden, er würde es niemals zugeben – wahrscheinlich nicht einmal vor sich selbst –, ehe geschossen wurde. Michelle hatte schon genügend manticoranische Offiziere erlebt, die zu dieser Art Selbsttäuschung fähig waren, wenn es ihre Vorurteile bestätigte. Jemand wie Byng beherrschte es gewiss mühelos.

Und wenn er nicht anerkennt – oder zugibt –, dass eine Bedrohung überhaupt existiert, dann wird die »Bedrohung« ihn auch keinen Augenblick lang abschrecken, oder?, dachte sie bissig. *Abgesehen natürlich von der Möglichkeit, dass er mit einem Angriff auf unseren »zahlen- und kampfkraftmäßig unterlegenen« Vorposten eine Grenze überschreitet, die zu achten ihm ausdrücklich befohlen wurde.*

Na klar. Sicher hat er solche Befehle. Wenn du bereit bist, darauf zu setzen, Mädel, dann sei vorsichtig bei Immobiliengeschäften mit Brücken oder Zauberbohnen!

Sie verzog das Gesicht, atmete dann tief durch und blickte über die Schulter Lieutenant Commander Edwards an.

»Rufen Sie die *Devastation*, Bill. Meine Empfehlungen an Commander Cramer. Fragen Sie ihn, ob es ihm passen würde, mit mir hier an Bord der *Artemis* zu Abend zu essen, um, sagen wir, achtzehn Uhr dreißig?«

»Aye, aye, Ma'am«, antwortete der Signaloffizier, und Michelle wandte sich Gervais Archer zu.

»Sie, Gwen«, sagte sie lächelnd, »sagen Chris, dass Commander Cramer mit uns zu Abend isst. Sorgen Sie dafür, dass Captain Armstrong und Commander Dallas ebenfalls eine Einladung erhalten.«

»Jawohl, Ma'am«, antwortete Gervais ernst. Er sagte sich, dass man vielleicht anführen könnte, sein Admiral sei ein wenig voreilig, ein Dinner zu organisieren, deren Ehrengast noch gar nicht zugesagt hatte. Andererseits konnte sich Gervais nur schwer einen Commander vorstellen, der es nicht irgendwie schaffte, die Einladung eines Admirals in seinem Terminkalender unterzubringen, ganz gleich, wie beschäftigt er war.

»Ach, Bill«, sagte Michelle und blickte Edwards wieder an.

»Wenn Sie schon Einladungen versenden, dann laden Sie Captain Conner und Commander Houseman ebenfalls ein.«

Commander Wesley Cramer von Ihrer Majestät Sternenschiff *Devastation* war ein abgebrüht aussehender Offizier von einundvierzig T-Jahren (mit denen er drei T-Monate jünger war als sein Kreuzer) mit dunklem Haar und steinharten grauen Augen. Sein sauber gestutzter Schnurrbart diente vor allem dazu, eine Narbe auf seiner Oberlippe zu verbergen, eines von mehreren Souvenirs einer Laufbahn als Rugbyspieler auf Saganami Island, und es sah nicht so aus, als wäre er sonderlich sanftmütiger geworden, seit er die Akademie verlassen hatte.

Was Michelle unter den gegebenen Umständen nur recht sein konnte.

Sie musterte ihn intensiv, aber unauffällig, als Gervais Archer ihn in den prächtigen Salon führte, den BuShips ihr zur Verfügung gestellt hatte. Obwohl er Kommandant eines Schiffes der Königin und der befehlshabende Offizier im Tillerman-System war, war er dennoch jünger als alle anderen Anwesenden mit Ausnahme von Archer. Wenn er sich dieser Tatsache bewusst war, so ließ er sich davon jedenfalls nicht allzu sehr beeindrucken.

»Commander Cramer«, murmelte Gervais ihr zu, und sie reichte Cramer die Rechte.

»Commander«, sagte sie.

»Mylady«, antwortete Cramer und schüttelte fest die angebotene Hand.

»Lassen Sie mich vorstellen«, fuhr sie fort und wandte sich den anderen Gästen zu. »Captain Armstrong von der *Artemis* und ihr Eins-O, Commander Dallas. Captain Conner von der *Penelope* und sein Eins-O, Commander Houseman.«

Cramer schüttelte reihum Hände, während sie sprach, und

sie ließ ihm einen Augenblick, um aufzuholen, ehe sie sich den anwesenden Angehörigen ihres Stabes zuwandte.

»Captain Lecter, meine Stabschefin, Commander Adenauer, mein Operationsoffizier, und Lieutenant Commander Treacher, mein Versorgungsoffizier. Lieutenant Archer, meinen Flaggleutnant, haben Sie wohl schon kennengelernt.«

Cramer brauchte noch einige Augenblicke, ehe er allen die Hand geschüttelt hatte, dann nickte Michelle in Richtung des großen Tisches unter dem schneeweißen Tuch und seiner Last aus Tellern, Gläsern und funkelndem Besteck.

»Eine meiner früheren Kommandantinnen war fest davon überzeugt, dass ein gutes Essen oft die Grundlage für die effektivsten Offiziersbesprechungen ist«, sagte sie. »Was, falls jemand von Ihnen meine subtile Andeutung nicht verstanden hat, die Aufforderung ist, mit dem Essen zu beginnen.«

Admiral Gold Peak in Aktion zu beobachten war faszinierend, überlegte Gervais Archer einige Zeit später. Trotz ihrer erlauchten Herkunft durchzog eine unbestreitbare Derbheit ihre Persönlichkeit, und er fragte sich manchmal, ob sie diesen Zug nicht absichtlich entwickelt habe. Dass sie die Regeln der Etikette mühelos beherrschte und die Fähigkeit besaß, sich hinter der öffentlichen Person zu verbergen, die nur fünf Herzschläge vom Thron Manticores entfernt stand, hatte er bereits oft gesehen. Nur wenige Menschen, die sie so hatten agieren sehen, hätten je vermutet, wie sehr sie es liebte, dieser Rolle zu entfliehen, aber wer mit ihr arbeitete – oder für sie –, erfuhr bald, wie ungern sie sie spielte. Und sie brauchte niemanden in der Navy daran zu erinnern, dass die Königin ihre Cousine war. Einmal, weil es ohnehin jeder wusste, ganz gleich, wie sehr sie sich wünschte, es wäre anders. Aber vor allem, und das war wichtiger, weil sie kein aristokratisches

Gehabe brauchte, um ihre Autorität zu untermauern. Sie hatte ihr Können zu oft bewiesen, und selbst wenn nicht, fünf oder zehn Minuten in ihrer Nähe machten jedem schmerzhaft klar, welches Können sie besaß, ganz gleich, wie »zwanglos« oder »derb« sie auch aufzutreten beliebte.

Nun lehnte sie sich am Kopf der Tafel in ihren Stuhl zurück, in der Hand eine Kaffeetasse statt des Weinglases, das etliche ihrer Gäste bevorzugten, und schenkte Commander Cramer ein Lächeln, das nicht viel Heiterkeit enthielt.

»Nachdem wir Sie nun mit meiner Gastfreundschaft beeindruckt haben, Commander«, sagte sie trocken, »möchte ich vorschlagen, dass wir uns ans Werk machen.«

Cramer nickte höflich, und eine Spur echter Belustigung arbeitete sich in ihr Lächeln.

»Ich habe Ihre Berichte gelesen«, fuhr sie fort, und Gervais erinnerte sich, dass sie sie durchgearbeitet hatte, nicht nur überflogen, nachdem sie als Raffersignal die *Artemis* erreicht hatten. »Ich bin sehr zufrieden mit dem, was Sie hier geleistet haben«, fuhr sie fort. »Andererseits hat es wenig Sinn, so zu tun, als wären Sie in der Lage, einen ernsten Angriff auf Tillerman abzuwehren.«

Cramer nickte erneut, und der Admiral trank aus der Kaffeetasse.

»Unter fast allen anderen Umständen wäre ich vollkommen zufrieden damit, Tillerman in Ihrer Obhut zurückzulassen, Commander. Aber angesichts unserer jüngsten Begegnung mit so vielen solarischen Schlachtkreuzern bei Monica und angesichts der Nähe sowohl Meyers' als auch Monicas zu Tillerman glaube ich, dass Sie in diesem System etwas ... Eindrucksvolleres brauchen. Glauben Sie mir, ich freue mich keineswegs darüber, unsere Kräfte in homöopathische Dosen aufzuteilen. Wir sind viel zu dünn aufgestellt – wenigstens im Moment –, um unsere Kampfkraft derart zu verzetteln. Leider sehe ich keine andere realistische Wahl. Zumindest für die absehbare Zukunft bleibt Tillerman unser exponiertester Vorposten in einem Gebiet, wo wir bereits mit einem solarischen Klientenstaat die Klingen gekreuzt haben. Damit ist die gesamte Region ein potenzieller Unruheherd, von dem ich glaube, dass er eine Streitmacht braucht, die nicht einfach nur kampfstärker ist als die Ihre, sondern *offensichtlich* kampfstärker erscheinen muss. Kampfstark genug, damit jeder vernunftbegabte mögliche Gegner innehält. Mein Urteil in dieser Hinsicht hat absolut nichts mit Ihnen zu, irgendeinem Ihrer Untergebenen oder den anderen Schiffen unter Ihrem Kommando.«

Sie sah ihm ruhig in die Augen, ließ ihn ihre Aufrichtigkeit sehen, dann drehte sie den Kopf zu Jerome Conner.

»Ich werde über Talbott, Scarlet, Marian, Dresden und Montana nach Spindle zurückkehren – ich glaube, nach den Ereignissen im Monica-System und Vizeadmiral O'Malleys Abmarsch hat die gesamte Gegend ein wenig Beruhigung nötig –, aber Captain Conner wird als Kommandierender Offizier Tillerman übernehmen. Ich detachiere sein Schiff und die *Romulus* unter Captain Ning. Soweit sich nichts ändert, schicke ich zusätzliche Zerstörer, sobald mehr davon von Manticore eingetroffen sind. Bis dahin erwarte ich, dass die *Devastation*, die *Inspired* und die *Victorious* Piratenabwehrpatrouillen durchführen und allgemein in der Umgebung Flagge zeigen, während Captain Conners Schlachtkreuzer im System bleiben und aufpassen. Sobald wir ein paar modernere Zerstörer und vielleicht einige Schwere Kreuzer hierher verlegen können, um Sie zu ersetzen, rufe ich Ihre Schiffe nach Spindle zur wohlverdienten Ruhepause zurück.«

»Ich habe verstanden, Mylady«, erwiderte Cramer, als sie schwieg. Auf diese Weise, überlegte Gervais drückte der Admiral auf taktvolle Art aus, dass die alten, weniger brauchbaren Schiffe zu zweitrangigen Aufgaben abgezogen würden.

»Bis die dazu nötigen Schiffe im Quadranten sind«, fuhr sie nach kurzer Pause fort, »erwarte ich von Ihnen, dass Sie Captain Conner Ihre Ortskenntnis und Ihren Rat zur Verfügung stellen. Aus Ihren Berichten geht eindeutig hervor, dass Sie hier kein Moos haben ansetzen lassen, Commander. Die Zeit, die Sie verbracht haben, um Kontakte zu den hiesigen Systemregierungen zu knüpfen, Systemüberwachungssatelliten auszusetzen und Raketengondeln für Verteidigungszwecke zu positionieren, haben Sie sehr sinnvoll verwendet – darauf werde ich in meinem Bericht hinweisen, in dem ich Ihre Maßnahmen und Ihre Führung hier im Tillerman-System vorbehaltlos gutheißen werden. Sie haben viel geleistet, was Captain Conner seine Aufgaben erleichtern wird, und ich bin zuversichtlich, dass Sie während seiner Eingewöhnung ähnlich hilfreich sein werden.«

Diesmal sah man in seinen harten grauen Augen ein unverkennbares Flackern von Freude. Cramer würde nie einer jener Offiziere sein, die irgendwelche überschwänglichen Ergüsse von sich gaben – schon gar nicht vor ihren Vorgesetzten –, dachte Gervais. Doch es war eindeutig, dass er ein ernst gemeintes Lob erkannte, wenn er es hörte … und dass ihm auch klar war, wie sehr er es verdient hatte.

»Jerome«, fuhr Admiral Gold Peak fort, an Captain Conner gewandt. »Wie ich dem Commander bereits sagte, lasse ich Sie und Kwo-Lai nicht gern mit nur zwo Schlachtkreuzern hier zurück. Leider sehe ich im Augenblick keine andere Möglichkeit. Ich schicke Ihnen Verstärkung, sobald ich kann, aber bis dahin befinden Sie sich hier in einer Position, die man auch mit gutem Willen nur als exponiert bezeichnen kann. Und um ehrlich zu sein, seit ich mit diesem Esel von Byng gesprochen habe, bin ich mit dieser Situation noch unglücklicher als vorher.«

»Ich kann auch nicht behaupten, dass ich über alle Aspekte meines neuen unabhängigen Kommandos entzückt wäre,

Admiral«, erwiderte Conner mit einem matten Lächeln. »Nicht etwa, dass ich undankbar wäre für die Gelegenheit, mich auszuzeichnen.«

»Meinen Sie nicht eher, sich *noch mehr* auszuzeichnen?«, fragte der Admiral, und leises Lachen erhob sich am Tisch. Dann jedoch wurde Gold Peak wieder ernst. Sie lehnte sich vor, setzte ihre Kaffeetasse ab und faltete die Hände.

»Commander Cramer hat einen guten Anfang gemacht und Gondeln von der *Volcano* in strategische Positionen gebracht«, sagte sie nüchtern. »Andererseits hatte er nicht einmal ansatzweise die Leitkapazität, um sie sich voll zunutze zu machen. Die *Penelope* und die *Romulus* andererseits verfügen beide über Schlüsselloch. Sie können erheblich mehr Gondeln gleichzeitig steuern, als der Commander es mit einem Pärchen Leichter Kreuzer geschafft hätte, und die Gondeln der *Volcano* sind durchweg mit Typ 23 bestückt. Ich habe Jackson« – sie nickte Lieutenant Commander Jackson Treacher zu, ihrem Versorgungsoffizier – »mit Commander Badmachin sprechen lassen. Sie sagt, dass Vizeadmiral O'Malley die Raketenmagazine der *Volcano* durch seine eigenen Munitionsschiffe hat auffüllen lassen, daher haben Sie genügend Gondeln. Das bedeutet, dass Sie allem, was Sie hier draußen behelligt, die Hölle heißmachen können.«

Sie hielt inne und wartete, bis Conner genickt hatte, dann sprach sie ruhig weiter.

»Ich bin mir völlig im Klaren, dass die Admiralität es vorziehen würde, wenn wir unsere Möglichkeiten erst preisgeben, wenn wir dazu gezwungen sind. Dennoch ermächtige ich Sie ausdrücklich, zur Verteidigung dieses Sonnensystems jede Waffe unter Ausreizung aller Fähigkeiten einzusetzen, die Ihnen zur Verfügung stehen – einschließlich der Raketen Typ 23. Wenn jemand, und dieser Jemand schließt die Navy der Solaren Liga ausdrücklich ein, dieses Sonnensystem angreift, werden Sie es verteidigen, als handelte es sich um das manticoranische Heimatsystem. Meine offiziellen schriftlichen Order an Sie werden diese Punkte noch einmal herausstreichen und Sie ferner ermächtigen, tödliche Gewalt gegen jeden einzusetzen – und erneut ist die SLN ausdrücklich eingeschlossen –, der die territoriale Souveränität dieses Sonnensystems verletzt.«

Sie schwieg wieder, und Gervais bemerkte, dass er fast den Atem anhielt. Letzten Endes sagte sie Conner, dass er unbeschränkte Vollmacht habe, um zur Verteidigung Tillermans zu tun, was immer er für sinnvoll hielt. Ganz offensichtlich hätte sie das niemals getan, wenn sie nicht auf sein Urteilsvermögen vertraute, doch die Tatsache blieb bestehen, dass ihre Befehle alles abdeckten, was er tun konnte, einschließlich einen heißen Krieg mit der Solaren Liga zu beginnen, während sie die Verantwortung trug.

»Ich verstehe, Ma'am«, sagte der Captain nach einem Augenblick leise.

»Das will ich hoffen«, stimmte sie zu, lehnte sich zurück und griff wieder nach ihrer Kaffeetasse. »Allerdings sollte Ihnen auch Folgendes klar sein: Dieses Sonnensystem zu verteidigen bedeutet nicht, die Schiffe unter Ihrem Befehl zu vergeuden. Ich erwarte von Ihnen, dass Sie alle zur Verfügung stehenden Mittel einsetzen, um Ihren Auftrag zu erfüllen. Wenn es allerdings deutlich wird, dass Sie einen Angriff nicht stoppen können, dann erwarte ich von Ihnen, dass Sie sich mit Ihren Schiffen zurückziehen. Setzen Sie dem Gegner so sehr zu, wie Sie können, aber bringen Sie sie intakt heraus. Nicht nur das System, sondern auch noch die Schiffe zu verlieren, hilft niemandem, ganz egal, wie ›glorreich‹ Sie alle sterben. Hingegen wäre es sehr praktisch, wenn Sie noch da sind, sobald wir zurückkommen und die Angreifer wieder aus dem Tillerman-System werfen. Behalten Sie das bitte im Hinterkopf, ja? Vor vielen

Jahren hatte ich das Unglück, die Bekanntschaft Elvis Santinos zu machen. Die Navy braucht nicht noch einen von seiner Sorte.«

»Ich habe verstanden, Ma'am«, wiederholte Conner, und jetzt lachte sie leise.

»Das freut mich zu hören. Andererseits werde ich nicht schon morgen abrücken und Sie allein zurücklassen. Angesichts der Bedeutung von Tillerman halte ich es für eine gute Idee, President Cummings' Bekanntschaft zu machen und auch so viele Angehörige der Systemregierung kennenzulernen wie möglich. Und es schadet sicher nicht, wenn ich an passender Stelle mein Vertrauen zu Ihnen kundtue. Daher werde ich wahrscheinlich wenigstens zwo Wochen in der Gegend verbringe, ehe ich mich davonmache.«

»Jawohl, Ma'am. Ich verstehe. Und ich weiß den Gedanken zu schätzen. Ich glaube, was Sie vorhaben, wäre sehr nützlich für uns, damit wir gleich auf dem richtigen Fuß beginnen.«

»Ich bin froh, dass Sie meiner Meinung sind. Ich hielt es selbst für eine ziemlich schlaue Idee.«

Sie grinste ihn an, trank den Kaffee aus und erhob sich.

»Und jetzt, wo wir diese Details hinter uns haben, schlage ich vor, dass wir uns auf die Flaggbrücke vertagen, wo Commander Cramer uns in seine Aufstellung der Ortungssatelliten einweist. Ich möchte Ihnen gern einen Tag lassen, um sich mit der Lage vertraut zu machen, und dann ein paar Simulationen mit der *Penelope* und der *Romulus* laufen lassen, in denen das System gegen verschiedene Stufen der Bedrohung verteidigt wird.«

»Darf ich davon ausgehen, dass Sie beabsichtigen, den Gegner zu kommandieren, Ma'am?«, fragte Conner ein wenig vorsichtig.

»Ich?«, fragte Admiral Gold Peak unschuldig. »Aber nein, Jerome! Ich werde nur beraten. Vicki wird den Angriff kommandieren.« Sie nickte Captain Armstrong zu, die Conner herausfordernd angrinste. »Und damit es ein wenig interessanter wird, lassen wir Commander Cramer ein paar Einheiten der gegnerischen Streitmacht befehligen, von der Sie gesprochen haben.« Sie lächelte Conner zuckersüß an und wandte sich an Cramer, der sich offenkundig große Mühe gab, nicht ebenfalls zu grinsen. »Vielleicht halten Sie sich diese Teilung der Kommandogewalt vor Augen, während Sie Captain Conner in Ihre Sensoraufstellungen einweisen, Commander.«

»Oh, vielen Dank, Ma'am«, sagte Conner. »Vielen herzlichen Dank!«

ACHTUNDZWANZIG

»... wären wir also mit der innenpolitischen Seite fertig«, sagte Joachim Alquezar und blickte Dame Estelle Matsuko, Baronin Medusa, über den Konferenztisch an. »Ich bin nicht sehr glücklich mit der Situation im Marian-System, aber das ist doch wohl eher ein Sturm im Wasserglas. Jemand in der planetaren Regierung hat ein zu hohes Bild von sich und bekommt ständig das Gefühl, man trete ihm auf die Zehen, und deshalb klagt und zickt er herum. Niemand wird ihm das so lange durchgehen lassen, dass es zu einem echten Problem wird, aber ich fürchte, es wird kaum bei diesem einen Fall bleiben, ehe alles vorbei ist. Deshalb wäre es vielleicht keine schlechte Idee, wenn Samiha jemanden aus ihrem Ministerium hinschickt, der ihnen die Leviten liest, sodass seine eigenen Leute ihn zum Schweigen bringen.«

Alquezar, stellte Medusa erfreut fest, zeigte – noch – keine Anzeichen jener auf Formalitäten versessenen Wichtigtuerei, die sie im Laufe der Jahrzehnte bei einfach zu vielen politischen Führungspersönlichkeiten sich hatte entwickeln sehen. *Natürlich ist dafür noch immer genug Zeit,* dachte sie und mahnte sich, ihre Hoffnungen nicht zu hoch aufsteigen zu lassen.

Immerhin kann ein Pessimist nur angenehm überrascht werden, dachte sie trocken. *Aber ich muss schon sagen, bei ihm ist es erheblich unwahrscheinlicher, dass es so kommt, als bei einigen Politikern, die ich zu Hause gesehen habe! Bei vielen Politikos sogar ... Oder wie diese giftige kleine Niete von Van Scheldt ihn haben möchte.*

Nicht zum ersten Mal fragte sie sich, wieso Alquezar Van Scheldt nicht einfach feuerte. Der Mann war sicher tüchtig, aber wenn es in der gesamten Regierung Alquezar jemanden gab, dem sie nicht über den Weg traute ...

»Wie Sie sagen, Mr. Prime Minister«, sagte sie nach einem

Augenblick laut, »ist es eine innenpolitische Angelegenheit des Talbott-Quadranten und fällt damit nicht unter meine Zuständigkeit als Kaiserliche Gouverneurin, bis die Lage derart eskaliert, dass ich intervenieren und jemanden ablösen muss. Bisher erscheint es mir aber, ist diese Stufe bei Weitem nicht zu erreichen. Stimmen Sie zu, Madam Minister?«

»Oh, ganz eindeutig, Madam Governor«, erwiderte Samiha Lababibi lächelnd. »Joachim hat völlig recht mit seinen Vermutungen, was hier vorgeht, nur dass ich in diesem Fall ziemlich sicher bin, dass es kein Er ist, der das Beklagen und Rumzicken besorgt. Ich weiß sogar ziemlich genau, um wen es sich handelt, und wenn ich recht habe, ist es eine Sie. Und man tritt ihr auch eigentlich gar nicht auf die Zehen; sie hofft nur auf bessere Gelegenheiten, sich mit dem Geld aus dem Investitionsförderungsprogramm die eigenen Taschen zu füllen.« Lababibi schüttelte den Kopf. »Ich fürchte, einige haben noch immer Schwierigkeiten zu begreifen, dass nicht mehr alles so läuft wie früher. Wie Joachim sagt, wird es auch nicht der letzte Fall dieser Art sein, um den wir uns kümmern müssen. Hier im Spindle-System wüsste ich etliche Personen – leider keine Besucher auf meiner schönen Heimatwelt –, die genau der gleichen Ansicht sind und vielleicht auch so dumm, etwas Ähnliches zu versuchen.«

Und auch das ist wirklich bemerkenswert, dachte Medusa mit tiefer Befriedigung. *Während des Verfassungskonvents wäre es Lababibi nie in den Sinn gekommen, so etwas zu sagen – nicht, weil sie je selbst korrupt gewesen wäre, sondern weil sie immer Teil der obersten politischen und wirtschaftlichen Schicht im Spindle-System war, und entsprechend isoliert von der Lebenswirklichkeit anderer Menschen, die dieses Glück nicht hatten. Intellektuell mag sie mit jemandem wie Krietzmann sympathisiert haben, aber sie konnte niemals wirklich verstehen, aus welchen Verhältnissen Henri stammt. Das liegt viel zu weit außerhalb ihrer eigenen Lebenserfahrung. Ich habe mich schon gefragt, ob es ihre bequeme kleine Wahrnehmung des Universums erschüttern würde, wenn ich sie als Schatzministerin des Quadranten in die Steuerpolitik des Sternenimperiums hole. Ich wusste immer, dass sie genügend Grips dafür hat, aber klug ist nicht unbedingt das Gleiche wie weise, und ich bin froh zu sehen, dass es in diesem Fall zu funktionieren scheint.*

»In diesem Fall«, fuhr Lababibi fort, glücklicherweise der Gedanken der Gouverneurin nicht gewahr, »glaube ich jedoch, ich kann mit der Betreffenden ... vernünftig reden. Wenn ich sie als Schatzministerin des Quadranten darauf hinweise, dass die Investitionskredite allein für Privatbürger bestimmt sind und sowohl die Regierung Alquezar als auch Ihre Majestät jeden Versuch lokaler Regierungen, hier einzugreifen, mit ... sagen wir, deutlichem Missvergnügen betrachten würde, dann würde sie die Botschaft schon verstehen, glaube ich.«

»Gut.« Medusa lächelte und wurde dann etwas nüchterner. »Wie gesagt, mir erscheint es als innere Angelegenheit des Quadranten, und Sie haben völlig recht, Samiha. Das Kreditprogramm wendet sich an Privatbürger, was bedeutet, dass die Regierungen sich abgesehen von dem Aspekt der Steuererleichterung nicht einzumischen haben. Ihre Zurückweisung erteilen Sie bitte auf eine Art, die deutlich macht, dass meiner Dienststelle und mir persönlich die Vorgänge bekannt sind. Bauen Sie mich als kleine drohende Erscheinung im Hintergrund ein, aber benutzen Sie mich nicht als Totschlagargument. Die sollen ruhig ihre eigenen Schlussfolgerungen ziehen, wenn sie wollen, aber es steht mir nicht nur nicht zu, mich in eine Sache wie diese einzumischen, solange Sie oder Joachim mich nicht dazu auffordern, ich will vor allem, dass jedem klar wird, dass ich informiert bin und die Regierung des Quadranten erwachsen und in der Lage ist, eigene Entscheidungen zu fällen und jede Zurechtweisung auszuführen, die sie für nötig hält.«

Medusa erwiderte Lababibis Nicken mit einem weiteren Funken Befriedigung, wie gut die frühere Präsidentin des Split-Systems sich als Schatzministerin des Quadranten bewährte. Und diesmal nicht nur wegen ihrer Haltung, die sich stark von der »So-war-es-immer«-Sicht privilegierter Oligarchen entfernt hatte. Ihr Bewusstsein der Notwendigkeit, das richtige Gleichgewicht zwischen lokaler Entscheidung und Politik – sowie deren Durchsetzung – und der imperialen Autorität zu finden, war nach Medusas Meinung ein weiterer Pluspunkt.

Für sämtliche Beteiligten hatte die gesamte Situation noch immer etwas von einem Ungeheuer mit zwei Köpfen. Nach der neuen Verfassung war Alquezar als Premierminister das Regierungsoberhaupt des Quadranten. Damit stand ihm und dem restlichen Quadranten ein gewaltiges Maß lokaler Autonomie zu – und die Verantwortung, die damit einherging. Allerdings war der Quadrant als Ganzes dafür zuständig, sich in die politischen Vorgaben des Sternenimperiums von Manticore einzufügen, welches im Moment durch eine gewisse Baronin Medusa vertreten wurde. Obwohl sie normalerweise keine politischen und juristischen Entscheidungen der lokalen Zuständigkeit überstimmen konnte, besaß sie uneingeschränkte Autorität – und ein Vetorecht –, sobald es darum ging, solche Entscheidungen und Gesetze lückenlos in die imperialen Richtlinien auf den Gebieten einzufügen, in denen die Autorität der Kaiserin alles übertrumpfte. Obwohl die Artikel in der Verfassung des Quadranten sauber ausformuliert waren, war ihre tatsächliche Umsetzung noch längst nicht abgeschlossen, und das würde sich so bald auch nicht ändern. Bis feststand, wo die praktischen Grenzen spezifizierter Autorität und Verantwortung lagen, war noch viel Arbeit nötig, doch bisher schien sich alles in die gewünschte Richtung zu entwickeln. Zumindest alle Angehörigen der Regierung Alquezar schienen entschlossen zu sein, dass es so weiterging.

Medusas Meinung nach stellten das Investitionskreditprogramm und die Art, wie Alquezars Kabinett es anging, ein treffendes Beispiel dar.

Lange bevor der Konvent von Spindle über die Artikel der neuen Verfassung abstimmte, hatte Kaiserin Elisabeth entschieden, dass ihre neuen Untertanen nicht von den älteren ausgenommen werden sollten. Gleichzeitig war es – aus vielen Gründen – eindeutig geboten, so schnell wie möglich so viele Investitionen wie möglich in den Talbott-Sternhaufen zu bringen. Der Quadrant hatte eine große Bevölkerung und zahlreiche Sonnensysteme, aber seine rückständige Technologie musste unbedingt verbessert und erweitert werden, und vor Ort ließ sich Investitionskapital nur schwer finden. Daher hatten Elizabeth Winton und Premierminister Grantville entschieden, dass in den ersten zehn T-Jahren seines Bestehens jedes neugegründete Unternehmen im Quadranten eine Steuervergünstigung erhalten sollte, deren Prozentsatz dem Prozentsatz entsprechen sollte, in dem sich besagtes Unternehmen im Eigentum von Bürgern des Quadranten befand. Nach zehn T-Jahren würde sich für die nächsten zehn T-Jahre die Steuererleichterung um fünf Prozent pro T-Jahr verringern und im einundzwanzigsten T-Jahr komplett aufgehoben werden. Für Investoren aus dem Alten Sternenkönigreich war das ein gewaltiger Anreiz, sich Partner vor Ort zu suchen, und alles, was die Behörden zu tun hatten, bestand darin, diesen Prozentsatz der einheimischen Anteilseigner zu registrieren und die Steuererleichterungen weiterzugeben. Ausdrücklich spielten sie keinerlei Rolle dabei, fragliche Partnerschaften anzubahnen.

Einige der lokalen Oligarchen erschienen unfähig (oder nicht willens), diesen Punkt zu begreifen. Sie hatten erwartet, den Besitz der neuen Unternehmen im gleichen Maße zu kontrollieren, wie sie vor dem Anschluss die Finanzstrukturen des

Talbott-Sternhaufens dominiert hatten. Die klügeren unter ihnen hatten allerdings schon früh begriffen, dass gewaltige Veränderungen bevorstanden. Ihnen war klar, dass ihnen nichts anderes übrig blieb, als sich damit abzufinden, dass Elemente ihrer Bevölkerung, die zuvor auf dem Radar der lokalen Finanzmärkte im Grundrauschen untergegangen waren, manticoranischen Geschäftspartnern plötzlich sehr attraktiv erscheinen mussten.

Genau in diese Richtung ging die Entwicklung auch, sehr zur Zufriedenheit Elizabeth Wintons. Viele Investoren aus dem Sternenkönigreich gestatteten ihren neuen Talbotter Partnern, ihren Anteil am Unternehmen als bestimmten Prozentsatz der Steuererleichterungen zu finanzieren, was das Startkapital, das die Talbotter benötigten, enorm reduzierte. Auf diese Weise konnte jemand, der weit außerhalb der Reihen traditioneller Oligarchen stand, ein bedeutender Unternehmer werden, was die Wirtschaft des Quadranten insgesamt ausweiten und stärken würde, während gleichzeitig die Kontrolle der »alten Garde« über die Ökonomie immer mehr zurückging. Joachim Alquezar, seinem Kabinett und seiner Verfassungsunionspartei (die im neuen Parlament des Quadranten mit über achtzehn Prozent die stärkste Fraktion stellte), waren diese Zusammenhänge klar, und sie arbeiteten hart daran, den Prozess voranzutreiben.

Was Medusa wieder auf die Situation im Marian-System brachte. Offenbar hatte eine der einheimischen Oligarchinnen – und wie Lababibi glaubte Medusa, recht akkurat erraten zu können, um wen genau es sich dabei handelte – entschieden, dass sie eine »Provision« erhalten sollte, weil sie Partnerschaften zwischen manticoranischen Investoren und ihren angehenden Talbotter Geschäftsfreunden vermittelte und vorantrieb. Wörter wie Erpressung, Vorteilsnahme und Bestechung kamen Medusa jedes Mal in den Sinn, wenn sie daran dachte, fast hoffte sie, die Schuldige würde sich als weniger zugänglich für die Vernunft erweisen, als Alquezar und Lababibi es erwarteten. Sie konnte sich nicht genau erinnern, wer auf Alterde dafür gewesen war, einige Leute zu erschießen, um den anderen ein Zeichen zu geben, doch in diesem Fall wäre Estelle Matsuko bereit gewesen, die Munition aus eigener Tasche zu bezahlen.

Bildlich gesprochen natürlich.

»Also gut«, sagte Alquezar und blickte in die Runde, »hat noch jemand etwas, worum wir uns kümmern müssen, ehe wir uns vertagen?«

Noch ein Zeichen, wie neu alles ist, überlegte Medusa. Sehr lange konnte es nicht mehr dauern, da war sie sicher, dann wurden Dinge wie starre Tagesordnungen für Besprechungen zur Regel.

Im Augenblick jedoch war alles noch bemerkenswert – und angenehm – flexibel, und als sie sich räusperte, blickte Alquezar sofort zu ihr.

»Da gäbe es noch eine Sache, auf die Vizeadmiral Khumalo Sie gern aufmerksam gemacht hätte, Mr. Prime Minister«, sagte sie. »Ich möchte mich entschuldigen, sie vor der Sitzung niemandem gegenüber erwähnt zu haben, aber das Kurierboot traf nur wenige Stunden vor dem Termin ein, und der Admiral brauchte einige Zeit, um die Depeschen durchzugehen und ihren Inhalt an mich weiterzugeben.«

»Selbstverständlich, Madam Governor.« Alquezar klang nicht dramatisch, doch er hatte ihre Förmlichkeit bemerkt und übernommen. Er hob kurz eine Augenbraue, dann richtete er seine Aufmerksamkeit auf den uniformierten Offizier, der rechts von ihr saß.

»Admiral?«, fragte er.

»Vielen Dank, Mr. Prime Minister.« Augustus Khumalo hatte eine beträchtlich tiefere Stimme als Alquezar. Er nickte dem

Premierminister respektvoll zu, dann drehte er sich mit dem Sessel leicht den übrigen Personen am Konferenztisch zu.

»Baronin Medusa bezieht sich auf eine Depesche von Lieutenant Commander Denton, dem Kommandanten des Zerstörers *Reprise*«, sagte er.

»Die *Reprise?*«, wiederholte Henri Krietzmann und neigte nachdenklich den Kopf. »Das ist das Vorpostenschiff im Pequod-System, richtig, Admiral?«

»Richtig, Minister Krietzmann«, bestätigte Khumalo.

»Und Commander Dentons Depesche ist inwiefern wichtig?«, erkundigte sich Alquezar mit schmalen Augen.

»Offenbar gab es einige Reibereien mit Handelsschiffen, die auf New Tuscany registriert sind, Mr. Prime Minister.«

Khumalo schien seine Worte mit Bedacht zu wählen, überlegte Alquezar.

»Reibereien welcher Art?«, fragte der Premierminister.

»Nun, das ist das Eigentümliche daran, Sir«, erwiderte Khumalo. »Außer von Denton haben wir bisher noch keine offiziellen Informationen darüber erhalten, aber sein Bericht bietet interessante Lektüre. Offenbar kommt von New Tuscany mehr Verkehr nach Pequod, als es vor dem Anschluss je üblich war. In vielerlei Hinsicht ist das wenig überraschend, bedenkt man die relative Nähe Pequods zu New Tuscany. Selbst ein Frachter braucht von dem einen System zum anderen keine T-Woche. Wie wir alle wissen, ist Pequod dennoch nicht gerade eine Drehscheibe für den interstellaren Handel, und der meiste Handelsverkehr in das System und aus ihm heraus wurde lange vom Handelsbund dominiert.«

Alquezar nickte. Sein eigenes Heimatsystem San Miguel lag knapp einhundertdreißig Lichtjahre von New Tuscany entfernt und war das erste Sonnensystem gewesen, das sich dem Handelsbund Rembrandt angeschlossen hatte. Alquezar und seine Familie kontrollierten zwölf Prozent der stimmberechtigten Aktien des Handelsbundes. Wenn jemand die Wirklichkeit des interstellaren Handelsverkehrs im Talbott-Sternhaufen kannte, dann Joachim Alquezar.

»Ich bin mir völlig im Klaren darüber, dass die neuen politischen und finanziellen Beziehungen, die ausgearbeitet werden, im Zusammenspiel mit dem zusätzlichen Handelsverkehr, den der Lynx-Terminus anlockt, zu einer Umwälzung der Bedingungen für die lokale Schifffahrt führen werden«, fuhr Khumalo fort. »Daher ist es für die einzelnen Reedereien gewiss sinnvoll, sich umzusehen. Auf gut Glück bekommt man im Augenblick wahrscheinlich noch nicht sehr viele Frachtaufträge, aber einige gibt es schon, und Kontakte für später herzustellen ist aus einer Vielzahl von Gründen plötzlich sehr wichtig geworden.

Trotzdem kommt es mir so vor, als sähen wir mehr Schiffe von New Tuscany im Pequod-System, als diese Situation erklärt. Darüber hätte ich mir keine Sorgen gemacht – ich bezweifle sogar sehr, ob jemand aus meinem Stab es überhaupt bemerkt haben würde –, wäre da nicht Commander Dentons Bericht darüber, wie die Offiziere einiger dieser tuscanianischen Schiffe sich benehmen.«

»In welcher Hinsicht, Admiral?«, fragte Bernardus Van Dort mit sehr aufmerksamen blauen Augen.

»Sie wirken außerordentlich ... reizbar«, sagte Khumalo. »Sie nehmen rasch Anstoß. Commander Denton kam es so vor, als suchten sie tatsächlich nach Gelegenheiten dazu. Als zögen sie so etwas sogar an den Haaren herbei.«

»Erlauben Sie mir einen kurzen Einwurf, ehe Admiral Khumalo weiterspricht«, sagte Medusa. Jeder sah sie an, und sie lächelte ernst. »Gewiss mag dem einen oder anderen hier der Gedanke kommen, dass Commander Denton uns diese Beobachtungen nur deshalb berichtet, weil er den New Tuscaniern legitimen Grund gegeben hat, Anstoß zu nehmen. Weder

Admiral Khumalo noch ich halten das jedoch für gegeben. Ich kann nicht behaupten, Commander Denton persönlich zu kennen. Ich glaube, er ist mir bei wenigstens einer Gelegenheit vorgestellt worden, nachdem die *Reprise* dem Befehl Admiral Khumalos unterstellt wurde, aber um ganz ehrlich zu sein, ich erinnere mich nicht sehr gut an ihn. Ich habe mir jedoch seine Personalakte genau angesehen, nachdem Admiral Khumalo mich auf die Depesche aufmerksam gemacht hatte. Nach dieser Akte kommt er mir nicht wie der Typ Offizier vor, der Handelsschiffoffiziere zu seiner eigenen Unterhaltung schikaniert. Und eindeutig ist er nicht der Typ, der fälschlicherweise implizieren würde, dass die New Tuscanier überempfindlich wären, um sich gegen fundierte Beschwerden abzusichern, die diese wegen seines Verhaltens einreichen.«

»Governor Medusa hat vollkommen recht«, brummte Khumalo. »Ich kenne Denton natürlich besser als sie, und ich habe ihn nicht nach Pequod geschickt, weil er dumm ist. Auf keinen Fall wird er jemandem auf die Zehn treten, und selbst wenn er versucht sein sollte, aus irgendeinem Grund seinen Rücken zu decken, würde er wissen, dass manipulierte Berichte keiner genauen Untersuchung standhalten und es für ihn letzten Endes nur schlimmer machen würden. Mit anderen Worten, ich glaube nicht, dass er einen Fehler begangen hat und so dumm wäre, zu glauben, er könnte es vertuschen.«

»Wenn sowohl Sie als auch Madam Governor dieser Ansicht sind, dann bin ich bereit, Ihr Urteil zu akzeptieren«, sagte Van Dort. »Was glaubt denn Commander Denton, aus welchem Grund die New Tuscanier sich derartig verhalten?«

»Wenn Sie meinen, ob er eine Erklärung hat, weshalb die New Tuscanier so ›reizbar‹ sind, wie der Admiral es ausdrückte«, sagte Medusa, »so hat er keine. Wenn Sie aber fragen, welche Beweise für ihre Reizbarkeit er vorgelegt hat, nun, davon gibt es tatsächlich eine ganze Menge, Bernardus.«

Van Dorts Gesicht war eine einzige unausgesprochene Frage, und Medusa machte eine sparsame, einladende Geste zu Khumalo.

»Der Commander wurde durch den Bericht eines seiner Subalternoffiziere auf die Angelegenheit aufmerksam«, erklärte der Vizeadmiral an Van Dort gewandt. »Nachdem er mit seinen anderen Offizieren gesprochen hatte, die Zollinspektionen ausführten und allgemein im Pequod-System bei der Bewältigung des ausgeweiteten Schiffsverkehrs halfen, musste er feststellen, dass viele von ihnen ähnliche Erlebnisse hatten, nur dass sie zumeist nicht gemeldet wurden.«

»Und die Zollbeamten des Pequod-Systems?«, fragte Alquezar gespannt. »Gibt es von ihnen ähnliche Berichte?«

»Nein, Mr. Prime Minister, die gibt es nicht«, antwortete Khumalo. Sein Tonfall ließ erkennen, dass er die Bedeutung von Alquezars Frage erkannte. »Commander Denton hat sich eingehend bei den Pequodern erkundigt, ehe er seine Depesche nach Spindle absandte. Sie bestätigten seinen Eindruck, dass der tuscanianische Verkehr nach Pequod sehr zugenommen habe, besonders in den letzten T-Wochen vor Absenden der Depesche. Keiner von ihnen hat bei den New Tuscaniern jedoch die gleiche Empfindlichkeit erlebt.«

Alquezar nickte bedächtig mit nachdenklichem Gesicht.

»Laut Commander Dentons Erkundigungen zeigten fast alle Schiffe von New Tuscany, bei denen seine Leute in den letzten zehn Ortstagen vor Absendung seiner Depesche an Bord gingen, das gleiche Verhaltensmuster. Die Schiffsoffiziere waren streitlustig, benahmen sich, als wären sie höchst misstrauisch gegenüber den Absichten unserer Leute, kooperierten so widerwillig wie möglich auf Ersuchen um Dokumentation und Inspektion und machten insgesamt den Eindruck, als wollten sie das Flottenpersonal absichtlich provozieren und zielten auf einen Zwischenfall ab. Darüber hinaus vermutet

Commander Denton, dass sie wenigstens in einigen dieser Fälle Bordüberwachungssysteme einsetzten, um die gesamte Episode aufzuzeichnen.

Wegen dieser Verdachtsmomente richtete er es ein, heimlich mehrere unserer Inspektionen aufzuzeichnen. Ich hatte natürlich noch keine Zeit, mir diese Aufzeichnungen komplett anzusehen, aber ich konnte mehrere Ausschnitte anschauen, die er seinem offiziellen Bericht angehängt hat, und die vollständigen Dateien sind beigefügt. Im Augenblick befassen sich Commander Chandler und Captain Shoupe damit, aber wenn ich ehrlich bin, rechne ich nicht damit, dass ihr abschließendes Ergebnis meinen Eindruck ändern wird, dass nämlich Commander Denton die Lage zutreffend zusammengefasst hat. Für mich steht kaum außer Frage, dass die New Tuscanier, aus welchem Grund auch immer, vorsätzlich unser Personal – besonders unser Flottenpersonal – in einer Art provozieren, bei der ich nur annehmen kann, dass sie einen Zwischenfall irgendeiner Art verursachen soll.«

»Verzeihen Sie, Admiral«, warf Lababibi ein, »aber wenn das Ganze erst seit zwei T-Wochen, ehe der Commander es bemerkt hat, im Gange war, wie viele solcher Zwischenfälle hat es gegeben? Ich möchte Ihre Beobachtungen nicht anzweifeln, ich frage mich nur, ob wir eine genügend große Grundlage haben, um Schlussfolgerungen zu ziehen?«

»Das, Madam Secretary« – es war offensichtlich, dass Khumalo an Lababibis Frage keinerlei Anstoß nahm – »ist einer der Gründe, weshalb ich glaube, dass Commander Denton hier auf etwas Wichtiges gestoßen ist. In den zehn Tagen, ehe er seine Depesche absandte, sind sechs auf New Tuscany registrierte Handelsschiffe nach Pequod gekommen.«

»Sechs?« Bernardus Van Dort setzte sich abrupt aufrecht, und Khumalo nickte.

»Ist diese Zahl von Bedeutung, Bernardus?«, fragte Lababibi

und sah ihren Kollegen an, und Van Dort schnaubte heftig.

»Das könnte man so sagen, Samiha«, antwortete er. »Ich weiß, dass wir alle noch immer dabei sind, uns ein Gefühl für die anderen Sonnensysteme des Quadranten zu verschaffen, aber glauben Sie mir, Pequod ist nicht gleich Spindle. Als Schatzministerin ist Ihnen sicher bekannt, dass es bei Weitem nicht so sehr von Armut geplagt wird wie Nuncio, aber erheblich ärmer ist als Spindle. Wenn Henri mir verzeiht, kann ich vielleicht sagen, dass Pequod beinahe so arm ist wie Dresden vor dreißig oder vierzig T-Jahren.«

Lababibi nickte langsam und musterte Van Dort vorsichtig. Während Joachim Alquezar mit den internen Vorgängen des Handelsbunds Rembrandt aufs Genauste vertraut war, hatte Bernardus Van Dort den Handelsbund fast eigenhändig geschaffen. In vielerlei Hinsicht hatte Lababibi stets geglaubt, dass Van Dort einen weitaus besseren Schatzminister abgegeben hätte als sie selbst, denn in der gesamten Galaxis fand sich niemand, der die wirtschaftlichen Gegebenheiten des Talbott-Sternhaufens besser kannte als er. Leider war er noch immer in den Augen zu vieler eine allzu stark polarisierende Gestalt, als dass er für einen regulären Kabinettsposten infrage gekommen wäre. Und Lababibi musste zugeben, dass dies nicht ganz grundlos so war. Persönlich traute sie ihm vorbehaltlos, aber der Handelsbund war bei einfach zu vielen Bewohnern des Sternhaufens zu lange zu unbeliebt gewesen, als dass Bernardus Van Dort als Leiter des Schatzamtes akzeptiert worden wäre.

»Vielleicht haben Sie – noch – nicht ganz erfasst«, fuhr Van Dort fort, »was das im Hinblick auf den interstellaren Handel bedeutet. Ich müsste mich in unserem Zentralarchiv auf Rembrandt vergewissern, um ganz sicher zu sein, aber ich wäre überrascht, wenn Pequod vor der Entdeckung des Lynx-Terminus mehr als zwei Frachter pro T-Monat gesehen hätte. Und wenn Sie auf eine Sternenkarte sehen, bemerken Sie, dass das System keineswegs auf direkter Verbindungslinie mit Lynx liegt. Zwar ist ein allgemeiner Anstieg von Besuchen in den Sonnensystemen durch Schiffe zu erwarten, die durch den Terminus gekommen sind, und auch Pequod wird davon einiges abbekommen, aber sechs Frachter aus einem einzelnen anderen Sonnensystem in weniger als zwei T-Wochen?« Er schüttelte den Kopf. »Undenkbar. Was das angeht, ist die Handelsflotte New Tuscanys nicht sonderlich groß. Sechs hyperraumtüchtige Frachter bedeuten einen beträchtlichen Prozentsatz ihrer Gesamtflotte, und zwei Drittel der tuscanianischen Schiffe sind aus Steuergründen woanders registriert. Das ist es, weshalb es so auffällig ist, dass der Admiral Schiffe mit tuscanianischer Registrierung erwähnte, denn es existiert nur eine relativ kleine Handvoll Schiffe, deren Eigner auf New Tuscany sitzen und die dort auch registriert sind. Ich kann mir keinen denkbaren Grund vorstellen, aus dem man so viele Schiffe aus einem solch begrenzten Pool zu einem System wie Pequod schicken sollte.«

»Mir gefällt das alles gar nicht«, murmelte Krietzmann.

»Ihnen gefällt nichts, was von New Tuscany kommt, Henri«, erwiderte Lababibi ein wenig scharf. Doch dann schüttelte sie den Kopf. »Andererseits muss ich Ihnen hier zustimmen. Aber ich kann mir nicht im Entferntesten vorstellen, was hier vorgeht ... oder warum.«

»Ich auch nicht«, gab Baronin Medusa zu. »Ich glaube allerdings, dass wir angesichts der ... Spannungen zwischen der Regierung von New Tuscany und dem Quadranten seit New Tuscanys Abzug vom Verfassungskonvent diese Situation mit einer gewissen Vorsicht behandeln sollten.«

»Auch da kann ich nicht widersprechen, Madam Governor«, sagte Lababibi unglücklich. »Sie drängen weiterhin auf eine ›gerechtere‹ Verteilung manticoranischer Investitionen in der

Region, und zumindest einige Mitglieder ihrer Delegation haben mir klargemacht – als Individuen zumindest –, dass es ihnen vorkommt, als sei unsere Weigerung, sie ihnen zuzugestehen, ein wirtschaftlicher Vergeltungsschlag, weil sie sich geweigert haben, die Verfassung zu ratifizieren, und dem Sternenimperium nicht beigetreten sind.«

»Wollen Sie andeuten, dass diese Delegierten und dieser Handelsfahrer, die wie durch ein Wunder in solchen Zahlen im Pequod-System auftauchen, beide Teil einer konzertierten Aktion sein könnten?« Alquezar klang noch bedrückter als Lababibi, und sie zuckte die Achseln.

»Ich weiß es nicht«, gab sie zu. »Einerseits ist es sehr naheliegend, so etwas zu schlussfolgern. Aber wenn ich ehrlich bin, dann liegt es bei mir zum Teil auch daran, wie sehr ich New Tuscany persönlich verabscheue. Ich würde wohl sehr gerne annehmen, dass man dort etwas vorhat. Andererseits scheint der zeitliche Ablauf mir zu widersprechen. Wenn es wirklich eine konzertierte Aktion sein sollte, wie Sie es ausdrücken, Joachim, warum hat man dann so lange gewartet, ehe man Schiffe nach Pequod zu senden begann? Die Delegation ist seit dem Verfassungskonvent im Spindle-System und jammert und wehklagt über unsere ›unfairen‹ Bemühungen, von Anfang an manticoranische Investitionen im New-Tuscany-System zu verhindern.«

Sie blickte Khumalo an.

»Wie lange ist ein Kurierboot von Pequod nach Spindle unterwegs, Admiral?«, fragte sie.

»Siebzehn T-Tage, Madam Secretary.«

»Nun, wenn wir den Zeitpunkt des Auftauchens ihrer Handelsschiffe im Pequod-System nehmen und davon ausgehen, dass ihr Verhalten zehn Tage zu bemerken war, ehe Commander Denton es uns meldete, so ist das insgesamt noch immer weniger als ein T-Monat«, erwiderte Lababibi. »Über die Verfassung wurde vor mehr als sechs T-Monaten abgestimmt, und das Parlament und Ihre Majestät haben sie vor knapp fünf Monaten ratifiziert. Warum sollte New Tuscany so lange warten und dann innerhalb kürzester Zeit so viele Schiffe nach Pequod schicken, dass dieser Anstieg entsteht?«

Alquezar nickte. »Sie haben recht. Wenn es eine konzertierte Aktion zu welchem Zweck auch immer wäre, hätten ihre Schiffe Pequod schon früher angelaufen, nicht wahr? Auf eine Weise, die nicht offensichtlich gewesen wäre, wenn wir uns das Ganze näher angesehen hätten?«

»Vielleicht, vielleicht auch nicht«, entgegnete Van Dort nachdenklich. Als die anderen ihn anblickten, zuckte er mit den Schultern. »Ohne eine genauere Ahnung zu haben, was sie planen könnten, haben wir keine solide Grundlage, um ihre Taktik zu analysieren. Und offen gesagt weiß ich im Moment wirklich nicht, was New Tuscany sich von seiner Vorgehensweise versprechen könnte. Außer das Sternenimperium gegen sich aufzubringen, was ungefähr so wäre, als schneide man sich die Nase ab, um sein Gesicht zu ärgern.«

»Dem muss ich zustimmen«, sagte Medusa, »und das ist der eigentliche Grund, weshalb ich die Angelegenheit der Regierung des Quadranten zur Kenntnisnahme vorlege. Wenn mir kein Grund einfällt, weshalb jemand, von dem ich weiß, dass er mich nicht besonders gut leiden kann, etwas tut, dann macht mich das nervös.«

»Das geht mir genauso«, stimmte Alquezar zu.

»Und wo wir gerade alle schön nervös sind«, warf Krietzmann ein, »überlegen Sie sich Folgendes. Ich muss Samihas Urteil zustimmen, dass die ursprünglichen Beschwerden von Mitgliedern der Handelsdelegation New Tuscanys vermutlich nicht Teil einer zusammenhängenden Strategie gewesen sind. Oder zumindest keiner zusammenhängenden Strategie, die in direkter Verbindung mit dem steht, was gerade in Pequod vorgeht. Doch der Umstand, dass sie damals nicht Teil dieser Strategie waren, bedeutet keineswegs, dass es heute noch immer so ist. Oder dass wer immer in Pequod die Fäden zieht, nicht etwas, das ursprünglich überhaupt nicht mit seinem Vorgehen verbunden war, in seinen Plan eingefügt hat. Ich weiß, dass New Tuscany nur ein einzelnes Sonnensystem ist, das nicht einmal entfernt in der gleichen Liga spielt wie das Sternenimperium – oder sogar das Sternenkönigreich. Ein so kleiner Fisch sollte achtgeben, hier im Quadranten niemanden zu verärgern – jedenfalls, solange er seinen Realitätssinn nicht völlig verloren hat. Und ich weiß, dass ich dazu neige, überall Intrigen von Leuten wie Andrieaux Yvernau zu sehen. Das gebe ich zu, und – ohne jemanden an diesem Tisch beleidigen zu wollen – ich glaube, Dresdens Erfahrungen mit Menschen wie ihm rechtfertigen diese Neigung. In diesem Fall jedoch glaube ich nicht, dass es sich nur um einen Fall von Unterschichtenparanoia handelt. Ich glaube, die Mistkerle haben wirklich etwas vor, und so sehr ich sie hasse, glaube ich nicht, dass sie so dumm wären, uns gegen sich aufzubringen, nur weil sie uns nicht mögen. Wenn sie etwas tun, dann muss hinter ihrem Wahnsinn eine Methode stehen. Angesichts der Lage nach der Schlacht von Monica und der Tatsache, wie wenig die Integration des Quadranten ins Sternenimperium bereits vorangekommen ist, halte ich es für dringend geboten, dass wir herausfinden, was es ist.«

NEUNUNDZWANZIG

Genau ein T-Jahr, nachdem sich Midshipwoman Helen Zilwicki, Midshipman Aikawa Kagiyama und Midshipwoman Ragnhild Ravenheim an Bord gemeldet hatten, traten HMS *Hexapuma* und HMS *Warlock* aus dem Zentralen Nexus des Manticoranischen Wurmlochknotens. Die nunmehrige Ensign Helen Zilwicki versuchte geistig zu erfassen, wie gewaltig die Ereignisse in diesem Jahr wirklich gewesen waren, während sie an der Taktischen Station neben Lieutenant Senior-Grade Abigail Hearns Wache saß. Abigail war ohne jeden Zweifel zu rangniedrig, um dauerhaft Taktischer Offizier eines Schweren Kreuzers der *Saganami-C*-Klasse bleiben zu können, doch Captain Terekhov hatte sich schlichtweg geweigert, sie durch jemanden zu ersetzen, ehe die *Hexapuma* nach Manticore zurückgekehrt war.

Helen war froh. Auch darüber, dass einige andere Personen noch immer an Bord waren.

Sie blickte über ihre Schulter und verbarg ein breites Lächeln, als ihr Blick dem Blick Paulos begegnete. Ansten FitzGerald litt noch immer offensichtlich unter Schmerzen und war mehr als ein wenig zittrig. Das anzusehen war für niemanden, der den I. O. kannte und respektierte, ein Vergnügen, doch ganz gewiss wirkte es komisch, wie Aikawa Kagiyama sich im Hintergrund herumdrückte und FitzGerald aufmerksam im Auge behielt.

»Signal von der Invictus, Sir«, meldete Lieutenant Commander Nagchaudhuri von der Signalstation.

»Ja?« Terekhov drehte sich mit dem Kommandosessel dem Signaloffizier zu. HMS *Invictus* war das Flaggschiff der Homefleet und ohne Zweifel stand es auf einer Kreisbahn um den Planeten Manticore.

»Signal beginnt«, sagte Nagchaudhuri, und etwas an seinem Ton veranlasste Helen, ihn scharf anzusehen.

»›An Captain Aivars Terekhov und die Männer und Frauen von HMS *Hexapuma* und HMS *Warlock*, von Admiral der Grünen Flagge Sebastian D'Orville, Kommandeur der Homefleet. Gut gemacht.‹ Ende des Signals.«

Helen runzelte die Stirn, doch ehe sie das Signal ganz begriffen hatte, änderte sich unvermittelt das taktische Hauptdisplay. Perfekt synchronisiert aktivierten zweiundvierzig Superdreadnoughts, sechzehn LAC-Träger, zwölf Schlachtkreuzer, sechsunddreißig Leichte und Schwere Kreuzer, zweiunddreißig Zerstörer und über tausend LACs ihre Impellerkeile. Wie ein Blitzschlag, der sich von einem gemeinsamen Zentrum ausbreitet, erschienen sie auf dem Display, eine gewaltige Kugel aus Licht, die Tausende von Kilometern durchmaß, und die *Hexapuma* und die *Warlock* standen genau in ihrer Mitte.

Helen erkannte die Formation. Sie hatte sie schon gesehen, wie jeder Mann und jede Frau in Navyuniform sie einmal im Jahr sah, am Krönungstag, wenn die Homefleet vor der Königin paradierte – mit dem Flaggschiff an genau der Position, die nun die *Hexapuma* und die *Warlock* innehatten.

Noch während sie auf das Display starrte, erschien darin ein weiteres Icon: das gekrönte, goldene Icon von HMS *Duke of Cromarty*, dem Schiff, das die zerstörte *Queen Adrienne* als königliche Jacht ersetzt hatte, stand knapp außerhalb der Schwelle des Wurmlochknotens. Eines Wurmlochknotens, bemerkte Helen plötzlich, der von allen Schiffen geräumt worden war – wirklich allen Schiffen – außer denen, die zur Homefleet gehörten.

Die gewaltige Kugel nahm Fahrt in Richtung der *Cromarty* auf, glich ihre Beschleunigung exakt an die der *Hexapuma* an und hielt Formation mit dem Schweren Kreuzer und seiner einzelnen Begleiterin; dann schaltete der Impellerkeil jedes

Schiffes einmal ab und wieder ein, der traditionelle Gruß an ein Flottenflaggschiff.

»Zusätzliches Signal, Sir«, meldete Nagchaudhuri. Er hielt inne und räusperte sich, und dennoch schien seine Stimme danach ein wenig zu schwanken.

»Signal beginnt: ›Die Ehre gilt Euch.‹« Er blickte vom Display auf und sah Terekhov in die Augen.

»Signal endet, Sir«, sagte er leise.

»He, Helen!«

Helen blickte von ihrer halb gepackten Raumkiste auf, und Paulo d'Arezzo winkte ihr zu, dann wies er auf das Comgerät auf dem übergroßen Tisch im Gemeinschaftsteil des Kadettenquartiers von HMS *Hexapuma.*

»Der Skipper möchte dich sehen«, sagte er.

»Möchte *mich* sehen?«, fragte Helen vorsichtig. »Sehen wie in ›Hoffe, dass wir uns mal wiedersehen‹ oder in ›Bewegen Sie gefälligst Ihren Hintern hierher, Ms. Zilwicki?‹«

»Letzteres«, sagte Paulo lächelnd. »Wie in: ›Mr. D'Arezzo, bitten Sie Ms. Zilwicki, mich in meinem Arbeitszimmer aufzusuchen, sobald sie es einrichten kann.‹«

»Mist.« Helen setzte sich in die Hocke und überlegte, was sie verbrochen haben konnte, um in letzter Minute noch zu einem »Beratungsgespräch« bei Captain Terekhov bestellt zu werden. Ihr fiel nichts ein, doch das beruhigte sie keineswegs: Sie hatte schon längst gelernt, dass es die unerwarteten Standpauken waren, die am meisten schmerzten. Natürlich war es stets möglich, dass er sie nur rufen ließ, weil er einen richtig guten Witz gehört hatte und ihn ihr erzählen wollte, doch irgendwie kam ihr diese Möglichkeit nicht besonders wahrscheinlich vor.

»Er hat wohl nicht gesagt, weshalb er mich sprechen will?«

»Kein Wort«, antwortete Paulo mit einer Fröhlichkeit, die Helen insgeheim als ziemlich herzlos empfand.

»Toll.« Sie seufzte und stand auf.

Einen Augenblick sah sie auf die offene Kiste, dann zuckte sie philosophisch die Schultern. Paulo und sie sollten den regelmäßigen Shuttle von HMS *Hephaistos* nach Saganami Island erreichen, um die letzten Formalitäten an der Akademie hinter sich zu bringen, damit sie ihren Abschluss erhielten und sie den Rang von Ensigns, den sie diensttuend bereits trugen, als permanenten Dienstgrad erhielten. In mancher Hinsicht hatte sich Helen vor diesem Tag gefürchtet, weil die Beförderung unausweichlich auch einen neuen Einsatz nach sich zog, und dabei arbeitete sie noch immer daran, ihre Freundschaft zu dem umwerfend aussehenden – und unglaublich distanzierten – Mr. D'Arezzo in etwas Tieferes, Dauerhafteres umzuwandeln. Angesichts seines Hasses auf die Genmanipulation durch Manpower Incorporated, der er sein Aussehen verdankte, war das nicht gerade leicht, und ihr gefiel der Gedanke, ihn aus den Augen zu verlieren, ehe sie ihr Ziel erreicht hatte, gar nicht. Andererseits war sie gespannt, welche neuen Herausforderungen die Navy ihr zu bieten hatte. Doch wenn sie nicht in den nächsten zwanzig Minuten mit Packen fertig wurde, würde sie das Shuttle verpassen, und es erschien recht unwahrscheinlich, dass sie innerhalb dieses engen Zeitrahmens zum Arbeitszimmer des Kommandanten gehen konnte, herausfand, was er wollte, zurückkehrte und ihre Sachen zusammensuchte.

»Unwahrscheinlich«? Ha! Versuch's mal mit »unmöglich«, Süße, sagte sie sich bitter.

»Dann werde ich wohl das Abendshuttle nehmen müssen«, sagte sie enttäuscht zu Paulo.

»Nun, wir werden noch keiner Messe offiziell zugeteilt sein«, erwiderte er. »Ich halte dir einen Platz in der Cafeteria frei.«

»Danke. Ich bin überwältigt von deiner Großzügigkeit und Aufmerksamkeit.«

»Ich bin hochherzig und zuvorkommend«, sagte er mit einem breiten Grinsen, das nur wenige andere Menschen an ihm kannten. »Ein geborener Philanthrop, wenn ich es mir recht überlege. Ein wahrhaftes Vorbild. Ein Riese unter Menschen, ein ... Au!«

Er verstummte, als der einkommende Stiefel ihn in der Umgebung seines Nabels traf. Helen war dank natürlicher Anlagen und rigorosem Training eine ungewöhnlich kräftige junge Frau, und sie hatte den Stiefel recht sanft geschleudert – für ihre Verhältnisse. Dass Paul dieser Beschreibung zustimmte, erschien jedoch unwahrscheinlich, und er setzte sich eher abrupt.

»Und der starke stille Typ, wie ich sehe«, stellte Helen zuckersüß fest, grinste ihn an und verließ die Abteilung.

»Ensign Zilwicki zum Captain«, sagte Helen fünf Minuten später zu dem Marine, der vor Captain Terekhovs Kajüte Wache stand.

»Sie werden erwartet, Ma'am«, antwortete er und drückte auf den Klingelknopf.

»Ja, Corporal Sanders?« Helen erkannte die Stimme von Joanna Agnelli, Captain Terekhovs persönlichem Steward.

»Ms. Zilwicki ist hier«, sagte Sanders.

»Ich danke Ihnen.«

Im nächsten Moment glitt die Luke auf, und Helen trat hindurch ... dann blieb sie überrascht stehen. Im Arbeitszimmer des Kommandanten waren mehr Personen, als sie erwartet hatte.

Terekhov saß hinter seinem Schreibtisch und trank gerade aus seiner Kaffeetasse. Damit immerhin hatte Helen gerechnet. In einem der bequemen Sessel vor dem Schreibtisch saß jedoch Lieutenant Abigail Hearns, und noch drei weitere Offiziere waren anwesend. Einer davon war Commander Kaplan, und Helen war sowohl erstaunt als auch entzückt, als sie bemerkte, wie viel besser Kaplan ausschaute als bei ihrer letzten Begegnung. Die anderen beiden waren ein Commander und ein Captain Senior-Grade, die Helen nicht kannte, und sie nahm rasch Haltung an. »Sie wollten mich sprechen, Captain?«

»Rühren, Helen«, sagte Terekhov, dann lächelte er und zeigte mit der Kaffeetasse auf den Sessel neben Lieutenant Hearns. »Und setzen Sie sich«, fügte er hinzu.

»Danke, Sir.«

Helen gehorchte dem Befehl und setzte sich. Dabei hoffte sie, dass sie weniger verwundert klang, als ihr zumute war. Sie bemerkte, dass jemand neben ihr stand, und als sie aufsah, erblickte sie Agnelli mit einer weiteren Tasse samt Untertasse in der einen und der Kaffeekanne in der anderen Hand. Helen war es wenig gewohnt, mit derart hochgestellten Offizieren gemütlich in einer Runde zu sitzen und Kaffee zu trinken, doch sie wusste, dass sie das Angebot nicht ablehnen durfte – das immerhin andeutete, dass es sich zumindest teilweise um einen gesellschaftlichen Anlass handelte. Sie hielt die Tasse, während Agnelli einschenkte, dann nahm sie einen Schluck und nickte dankbar, ehe sie ihre Aufmerksamkeit wieder Terekhov zuwandte.

»Mir ist bewusst, dass es ein wenig ungewöhnlich ist«, sagte er dann, »aber das gilt auch für unsere Lage. Abigail, ich weiß, dass Sie und Helen Commander Kaplan gut kennen. Sie wissen aber vielleicht nicht – und so ging es mir bis vor ...« – er blickte auf das Zeitdisplay am Schott – »siebenundfünfzig Minuten auch –, dass sie die brandneue Kommandantin von HMS *Tristram* ist!«

Helens Blick zuckte zu der zierlichen Blondine mit dem unglaublich dunklen Teint. Kaplan sah zufällig im gleichen Moment in ihre Richtung und grinste, als sie Helens Überraschung bemerkte. Und ihren Verdruss, mit dem sie sich schalt, nicht gleich das weiße Barett der Sternenschiffkommandanten gesehen zu haben, das Kaplan sich unter die Schulterklappe geschoben hatte.

»Diese beiden anderen Gentlemen«, fuhr Terekhov fort und lenkte ihre Aufmerksamkeit von Kaplan ab, »sind Captain Frederick Carlson, Kommandant von HMS *Quentin Saint-James*, und Commander Tom Pope ... mein neuer Stabschef.«

Diesmal zog Helen vor Erstaunen beide Augenbrauen hoch. Die *Hexapuma* war noch keine zwei Tage wieder im Heimatsystem. An *Hephaistos* hatte sie erst vor drei Stunden angedockt. Der Captain hatte das Schiff noch nicht verlassen – er konnte nicht einmal Gelegenheit gehabt haben, seine Frau in die Arme zu nehmen! So schnell und drastisch konnte sich doch nichts ändern – nicht einmal in der Navy!

Jedenfalls normalerweise nicht.

»Wie Sie beide sicher bereits wissen, hat sich die Lage beträchtlich verändert, seit wir nach Talbott entsandt wurden«, sagte Terekhov, fast als hätte er ihre Gedanken gelesen, und lächelte etwas verkniffen. »Einiges davon scheint unsere Schuld zu sein, und soweit es die Admiralität betrifft, hat man entschieden, dass wir uns auch darum kümmern sollten.

Offensichtlich«, fuhr er fort, »befinden sich die Dislozierungspläne der Navy in einem Zustand, den wir, wenn wir freundlich sein wollen, als fließend bezeichnen könnten. Das Nichtzustandekommen des Gipfeltreffens mit Haven und die Entscheidung, die Kampfhandlungen wieder aufzunehmen, machen es noch unwahrscheinlicher, dass die Admiralität in der Lage ist, Wallschiffe freizusetzen und Admiral Khumalo in absehbarer Zeit zu verstärken. Gleichzeitig ist Admiral Blaine dadurch an den Lynx-Terminus gebunden, von wo er rasch ins Heimatsystem kann, falls es nötig ist. Aus diesen Gründen hat die Admiralität sich entschlossen, Talbott noch stärker als geplant mit leichteren Einheiten zu sichern.

Zusätzlich zu den Schiffen, die Vizeadmiral Gold Peak bereits zur Verfügung stehen, wird ein weiteres Geschwader *Nikes* aufgestellt. Admiral Oversteegen ist als Kommandeur vorgesehen, und sobald sämtliche Schiffe zu ihm gestoßen sind, werden das Geschwader und er von der Achten zur Zehnten Flotte versetzt. Weiterhin hat die Admiralität bereits die Überstellung eines vollen Geschwaders brandneuer *Saganami-C* und eine Flottille der neuen Zerstörer der *Roland*-Klasse nach Talbott vorbereitet. Die *Tristram*« – er nickte Kaplan zu – »ist eine dieser *Rolands*. Und ich bin, zu meiner beträchtlichen Überraschung, als Chef des Schweren Kreuzergeschwaders Vierundneunzig vorgesehen. Commander FitzGerald übernimmt die *Hexapuma*, Commander Pope wird mein Stabschef, und Captain Carlson wird mein Flaggkommandant sein.«

Helen blickte Lieutenant Hearns an, die bemerkenswert gelassen wirkte, während sich Helen im Strudel der Erklärung des Captains – nein, des Commodores – gefangen fühlte. Sie hoffte, dass sie wenigstens den Anschein erweckte, als könnte sie ihm folgen, aber sie begriff nicht, wie er dabei so ruhig bleiben konnte. Er klang, als passierte ihm so etwas jeden Tag!

»Nun werden Sie sich sicher beide fragen, wieso ich zwo so relativ niederrangige Offiziere hinzugezogen habe und ihnen alles erkläre. Tja, dafür habe ich einen Grund. Zwo sogar.

Da so viele Schiffe innerhalb so kurzer Zeit in so viele verschiedene Richtungen aufbrechen, fällt es der Admiralität ein wenig schwer, jedermanns Besatzungsbedarf zu befriedigen. Zum Beispiel wusste Commander Pope bis letzte Woche noch gar nicht, dass er jemandes Stabschef werden würde, und die Entscheidung, ihn zu *meinem* Stabschef zu machen, ist erst heute Morgen gefallen. Wie es aussieht, werden wir mit wenigstens ein, zwo unbesetzten Stellen im Stab auslaufen, aber immerhin hat BuPers mir die Erlaubnis erteilt, unter Admiral Khumalos Offizieren zu wildern, sobald wir wieder im Spindle-System sind. Commodore Chatterjee, der Kommandeur von Commander Kaplans Zerstörerflottille, geht es etwas besser, was seinen Stab angeht, aber dafür sind mehrere seiner Schiffe unterbemannt.

Und der Grund, weshalb wir Sie beide zu diesem kleinen Gespräch gebeten haben, ist, dass eine der Stellen, die ich noch besetzen muss, die des Flaggleutnants ist, und die *Tristram* braucht einen guten Taktischen Offizier.

Helen« – er sah sie direkt an –, »Sie haben sich als mein Verbindungsoffizier zu Mr. Van Dort gut bewährt. Ich bin der Ansicht, dass wir beide ein gutes Arbeitsverhältnis geschaffen haben, und Sie sind – besonders für einen Offizier Ihres jungen Alters – mit den politischen wie militärischen Gegebenheiten im Sternhaufen sehr vertraut. Im Quadranten, meine ich. Normalerweise würde die Stelle des Flaggleutnants jemand übernehmen, der ranghöher ist, als Sie es im Augenblick sind, und ich bin mir durchaus bewusst, dass Sie es an diesem Punkt Ihrer Laufbahn eigentlich vorziehen würden, irgendwo in einer Taktischen Abteilung Dienst zu tun. Ich möchte nicht, dass Sie sich bedrängt fühlen, und wenn Sie entscheiden, eine taktische Verwendung suchen zu wollen, werde ich Sie dafür ohne jede Einschränkung empfehlen. Gleichzeitig erhält man die Gelegenheit, solche Erfahrungen zu sammeln, und das so früh in der Laufbahn, nicht jeden Tag. Und leider brauche ich wegen der Zeitknappheit Ihre Entscheidung beinahe sofort – spätestens in zwölf Stunden. Und ich werde bald zu mehrstündigen Besprechungen in die Admiralität aufbrechen. Da ich mit Ihnen persönlich darüber sprechen wollte, musste ich sie hinzu bitten, ehe ich das Schiff verlasse.

Was Sie angeht, Abigail«, er wandte sich an den Lieutenant, »so hat Commander Kaplan Sie ausdrücklich als Taktischen Offizier für die *Tristram* angefordert.«

Helens Verstand hatte sein Bestes getan, um ein Eichhörnchen im Scheinwerferlicht zu imitieren, während sie versuchte, Captain – *nein, verdammt noch mal!*, ermahnte sie sich scharf – *Commodore* Terekhovs Angebot zu verdauen. Nun aber riss sie gegen ihren eigenen Willen den Kopf zu Abigail herum.

Mit einhundertneunundachtzigtausend Tonnen war die *Roland* größer als ein Leichter Kreuzer aus der Zeit vor den Mehrstufenraketen – und wie die *Hexapuma* mit Lenkwaffen Typ 16 bewaffnet. Sie und ihre Schwesterschiffe waren die Rosinen unter den Verwendungen innerhalb der Zerstörerverbände der Navy, und man bot die Taktische Abteilung einer *Roland* einem frischgebackenen Lieutenant Senior-Grade an?

»Ich bin natürlich geschmeichelt, Sir –«, begann Abigail, doch Commander Kaplan unterbrach sie.

»Mit Ihrer Erlaubnis, Sir?«, fragte sie Commodore Terekhov. Er nickte, und Kaplan wandte sich Abigail zu.

»Ehe Sie das Angebot ablehnen, weil Sie sich für zu rangniedrig für diese Stelle halten oder weil Sie denken, es wäre Zeit, zur GSN zurückzukehren, möchte ich Ihnen etwas erklären. Erstens haben Sie mehr taktische Erfahrung mit der tatsächlichen Anwendung der Typ 16 im Gefecht als irgendjemand sonst in der ganzen Navy – mehr als jemand in Ihren beiden Raumstreitkräften –, weil HKR – und ich – bei Monica so früh außer Gefecht gesetzt wurden. Während es durchaus jemanden geben könnte, der in puncto Erfahrung insgesamt mit Typ 16 Ihnen das Wasser reichen könnte, fällt mir kein anderer Offizier Ihres Ranges ein, der verantwortlich war, das gesamte Feuer eines Geschwaders – Teufel, einer ganzen leichten Kampfgruppe – in einem Durcheinander wie dort zu leiten. Es stimmt zwar, dass Sie für diese Stelle recht rangniedrig sind. Sie haben aber Ihr Können unter Beschuss bewiesen, was bei vielen taktischen Offizieren, die im Rang über Ihnen stehen, nicht der Fall ist, und Sie bringen sehr viel sehr wertvolle Erfahrung mit der Hauptbewaffnung der *Tristram* mit.

Was die Rückkehr zur GSN angeht, so ist dies die erste *Roland*-Flottille, die aufgestellt wird. Ausnahmsweise haben wir bei der Entwicklung einer neuen Klasse mal Vorsprung vor Grayson, und Hochadmiral Matthews hat ausdrücklich darum ersucht, dass graysonitisches Personal dort eingesetzt wird, um die Doktrin zu entwickeln und Erfahrung mit der neuen Klasse und ihrer Bewaffnung zu sammeln. Ich glaube, Sie wären für diese Verwendung eine außerordentlich logische Wahl. Sie wissen bereits, wie wir Mantys die Dinge erledigen, und Sie sind, sehen wir der Tatsache ins Gesicht, nach wie vor der erste auf Grayson geborene weibliche Offizier in der gesamten GSN. Als Taktischer Offizier eines Schiffes gedient und Ihre eigene Abteilung geleitet zu haben, kann Ihrer Autorität nur nutzen, wenn Sie schließlich endgültig nach Grayson zurückkehren. Und dann, es sei denn, ich vertue mich völlig, wird Hochadmiral Matthews Sie ohnehin an Bord relativ leichter Einheiten einsetzen, wo Sie und das Beispiel, das Sie geben, sichtbarer sind und die Wahrscheinlichkeit am geringsten ist, dass Sie in den Stab irgendeines Admirals abgeschoben werden und dort verschwinden, weil er nicht weiß, was er mit Ihnen anfangen soll – oder es nicht wissen will. Unter diesem Aspekt erscheint es mir als sehr nützlich, wenn in Ihrem Lebenslauf stünde, dass Sie Vertrautheit mit den neuen Zerstörern und Kreuzern – und ihrer Hauptbewaffnung – bereits unter Beweis gestellt haben.«

»Ma'am, ich weiß das Angebot wirklich zu schätzen«, antwortete Abigail, »und unter anderen Umständen wäre ich wahrscheinlich zu einem Mord bereit, um den Job zu bekommen. Aber nach außen hin würde es aussehen, als hätte man ihn mir zugeschanzt!«

»Hat man ja auch!«, erwiderte Kaplan und schnaubte über das Gesicht, das sie machte. »Abigail, so ergeht es nun mal Offizieren, die Überdurchschnittliches leisten. Oh«, sie winkte ab, »es geschieht auch aus anderen Gründen, und viele dieser anderen Gründe stinken, wenn man es sich recht überlegt. Das wissen wir weiß Gott alle! Und wahrscheinlich gibt es wenigstens ein paar, die glauben werden, dass Sie diese Verwendung erhielten, weil Sie die Tochter Ihres Vaters sind. Ich bezweifle zwar, dass irgendjemand, der den Gutsherrn Owens kennt, glauben wird, dass er seine Beziehungen hat spielen lassen, aber das wird trotzdem einige nicht davon abhalten, darüber zu jammern, dass Sie den Posten bekommen haben und sie nicht. Die meisten dieser Jammerlappen werden gar nicht erst in Betracht ziehen, dass Sie die Stelle möglicherweise erhalten haben, weil Sie besser sind als die, und deshalb muss es für diese Leute natürlich ein Fall von Vetternwirtschaft sein. Na und? So etwas passiert auch. Oder glauben Sie, es hätte nicht viele Offiziere gegeben, die sogar nach Basilisk Station glaubten, die Herzogin Harrington würde schneller befördert, als sie es verdiente, weil Leute wie Admiral Courvosier und Earl White Haven sie förderten?«

»Ich bin nicht die Herzogin Harrington!«, wandte Abigail ein. »Ich habe nicht annähernd ihre Verdienste!«

»Und damals war sie auch noch nicht ›Herzogin Harrington‹«, erwiderte Kaplan. »Das will ich ja gerade sagen. Sie hat die Gelegenheit erhalten zu leisten, was sie leistete, wegen der Fähigkeiten, die sie bereits unter Beweis gestellt hatte. Ich biete Ihnen die Stelle aus dem gleichen Grund an. Es ist überhaupt nichts Schlimmes daran, Beziehungen spielen zu lassen, wenn dadurch der richtige Offizier zur richtigen Zeit auf den richtigen Posten kommt, und wenn ich nicht glauben würde, dass hier genau das der Fall ist, hätte ich Ihnen das Angebot nicht gemacht. Das wissen Sie auch.«

Sie sah Abigail fest in die Augen, bis die Jüngere schließlich ihrem Blick auswich und Terekhov bittend anschaute.

»Das bringt Sie vielleicht ein wenig in Verlegenheit«, sagte der frisch beförderte Commodore mit einem schiefen Lächeln. »Aber zufällig stimme ich mit Commander Kaplans Einschätzung Ihrer Person und Ihrer Fähigkeiten überein. Ich glaube auch, dass sie mit den Gründen richtig liegt, weshalb Sie perfekt für diesen speziellen Posten wären. Und um ehrlich zu sein, Abigail, ich finde, Sie sollten sehr gut darüber nachdenken, ob Ihre Gründe, die Stelle abzulehnen, genauso gut sind wie Commander Kaplans Gründe, sie anzunehmen. Nicht nur aus Sicht auf Ihre Karriere: Ich finde, so könnte die Navy – alle Navys der Allianz – den maximalen Nutzen aus Ihrer Erfahrung und Ihren Talenten ziehen.«

Abigail sah ihn mehrere Sekunden lang an, dann blickte sie zu Kaplan und zwang sich zu einem Lächeln.

»Muss ich mich genauso schnell entscheiden wie Helen, Ma'am?«

»Nicht ganz.« Kaplan erwiderte das Lächeln, dann wies sie mit einer Kopfbewegung auf Terekhov. »Ich dachte mir, dass ich die Hilfe des Skippers – des Commodores, meine ich – brauchen könnte, um Ihnen den Arm auf den Rücken zu drehen, deshalb habe ich ihn gebeten, an diesem Gespräch teilzunehmen. Im Gegensatz zu Helen haben Sie ... äh, achtzehn Stunden, ehe Sie sich entscheiden müssen.«

»Toll, vielen Dank.« Abigail sah zwischen ihr und Terekhov hin und her und zuckte schließlich die Achseln. »Aber ich glaube nicht, dass ich so lange brauche«, sagte sie. »Ich habe gerade entdeckt, dass ich weder hinreichend selbstlos noch genügend besorgt bin über das, was andere Leute vielleicht von mir denken, um dieses Angebot abzulehnen. Wenn es Ihnen wirklich ernst ist, Ma'am, dann haben Sie mich! Und ... vielen Dank.«

»Erinnern Sie sich an diese Dankbarkeit, wenn ich Sie zur Schnecke mache, bis Sie bluten.« Kaplans Lächeln schlug in ein Grinsen um, und Abigail lachte leise.

»Was uns wieder auf Sie bringt, Helen«, sagte Terekhov, und Helens Blick schoss zurück zu ihm. »Wie gesagt, Sie haben ein paar Stunden, um es sich zu überlegen.«

Sie starrte ihn an, und ihre Gedanken überschlugen sich und rannten in alle sich verzweigenden möglichen Zukünfte davon, die strahlenförmig von diesem Augenblick ausgingen.

Er hatte recht. Sie hatte eine Zeit als sehr untergeordneter Offizier in der Taktischen Abteilung eines Schlachtkreuzers oder Superdreadnoughts erwartet, eine Verwendung, die ihr die Tür zum nächsten Schritt auf ihrem angestrebten Karriereweg öffnen würde. Eine Verwendung, die, wie sie selbst zugab, verglichen mit dem Einsatz der *Hexapuma* im Talbott-Sternhaufen unsagbar langweilig wäre. Dann waren da noch all die Leute, die sie in Talbott getroffen hatte, das Gefühl, persönlich etwas dazu beigetragen zu haben, dass die Integration des Quadranten ins Sternenimperium glatt verlief, ohne weiteres Blutvergießen. Natürlich würde ein kleiner Ensign – selbst als Flaggleutnant eines Commodores – kaum ein Macher auf dieser politischen Ebene sein, doch sie spürte, dass sie trotzdem dabei sein wollte.

Aber wenn sie diese Verwendung annahm, kam sie von ihrem Ziel ab, einer Laufbahn als taktischer Offizier. Sie würde gegenüber den anderen Ensigns und Junior Lieutenants an Boden verlieren, die diese langweiligen Einsätze auf sich nahmen und irgendwo tief in den Eingeweiden eines Großkampfschiffs ihren taktischen Dienst versahen.

Ach, jetzt hör aber mal auf!, schalt sie sich. *Du möchtest Karriere als Raumoffizier machen! Du hast genügend Zeit, um alles aufzuholen, was du jetzt vielleicht verpasst. Und hat Meister Tye nicht immer gesagt, dass du größere Geduld entwickeln solltest? Wenn du also eine Entschuldigung brauchst, dann lass dir etwas Besseres einfallen!*

Und das brachte sie endlich auf den wahren Grund für ihr Zögern. Dieser Grund hieß Paulo d'Arezzo. Er würde fast mit Sicherheit genau die Verwendung erhalten, mit der sie gerechnet hatte – wahrscheinlich gleich hier bei der Homefleet –, und sie hatte plötzlich entdeckt, dass sie wirklich nicht auf der anderen Seite des Talbott-Quadranten von ihm sein wollte.

Na, das ist ja noch besser als die letzte Ausrede, dachte sie verdrossen. *Oder wenigstens noch weniger logisch. Du weißt verdammt genau, dass man euch in verschiedene Schiffe packen würde, oder? Und das bedeutet, wenn ihr beide in der Homefleet seid, seht ihr euch fast genauso wenig, wie wenn er hier bleibt und du wieder im Talbott-Quadranten bist.*

Ihr schien es, als brauchten diese Gedanken ewig, um ihr durch den Kopf zu gehen, obwohl sie es besser wusste. Doch endlich verebbten sie, und sie holte tief Luft und sah Terekhov wieder an.

»Das war zwar nicht, was ich im Sinn hatte, Sir. Aber wie Abigail sagt, wenn es Ihr Ernst ist, dass Sie mich wollen, dann haben Sie mich.«

PERSONEN DER HANDLUNG

Aberu, Captain Ingeborg, SLN	Operationsoffizier, Grenzflottenkampfgruppe 3021.
Adenauer, Commander Dominica, RMN	Operationsoffizier, Schlachtkreuzergeschwader 106.
Agnelli, Chief Steward Joanna, RMN	Aivars Terekhovs persönlicher Steward.
Alcoforado, Captain Filipa, RMN	Kommandantin von HMS *Theseus*. Shulamit Onassis' Flaggkommandantin.
Alquezar, Joachim	Premierminister des Talbott-Quadranten, Vorsitzender der Verfassungsunionspartei.
Anisimovna, Aldona	Vorstandsmitglied von Manpower Inc.; leitende Agentin des Mesanischen Alignments.
Archer, Sir Roger Mackley	»Gwen« Archers Vater.
Archer, Lieutenant Gervais Winton Erwin Neville (»Gwen«), RMN	Michelle Henkes Flaggleutnant.
Armstrong, Captain Victoria (»Vicki«), RMN	Kommandantin von HMS *Artemis*; Vizeadmiral Gold Peaks Flaggkommandantin.
Askew, Lieutenant Maitland (»Matt«), SLN	untergeordneter taktischer Offizier an Bord von SLNS *Jean Bart*.
Bardasano, Isabel	nichtstimmberechtigtes Aufsichtsratsmitglied des Jessyk Combine; leitende Geheimdienstspezialistin des Mesanischen Alignments.

Billingsley, Master Steward Chris, RMN	Michelle Henkes persönlicher Steward.
Blaine, Vizeadmiral Jessup, RMN	Kommandeur von Kampfverband 302, Lynx Terminus Station.
Boltitz, Helga	Henri Krietzmanns leitende Assistentin.
Bouchard, Lieutenant Commander Jerod, RMN	Astrogator von HMS *Artemis.*
Bourget, Commander Hildegard (»Hildy«), SLN	Erster Offizier von SLNS *Jean Bart.*
Boutin, President Alain	Systempräsident von New Tuscany.
Bouvier, Captain Adelbert, RHN	Verbindungsoffizier der Republik Haven für Camp C7.
Braga, Lieutenant Commander Antonio, RMN	Stabsastrogator von Schlachtkreuzergeschwader 81.
Brangeard, Lieutenant Toussaint, RHN	Kommandant des Kurierboots RHNS *Comet.*
Brulé, Anne-Louise	Angestellte des Informationsministeriums von New Tuscany.
Byng, Admiral Josef, SLN	Kommandeur von Grenzflottenkampfgruppe 3021.
Cardot, Alesta	Außenministerin von New Tuscany.
Carlson, Captain Frederick, RMN	Kommandant von HMS *Quentin Saint-James.* Aivars Terekhovs Flaggkommandant.
Carmouche, Captain Tanguy	fiktiver tuscanianischer Handelsschiffskapitän, dargestellt von Oliver Ratté.

Casterlin, Commander Sterling, RMN	Stabsastrogator von Schlachtkreuzergeschwader 106.
Chandler, Commander Ambrose, RMN	Augustus Khumalos Stabsnachrichtenoffizier.
Chatterjee, Commodore Ray (»Bear«), RMN	Kommandeur von Zerstörerflottille 301; befehlshabender Offizier von Zerstörerdivision 301.1.
Conner, Captain Jerome, RMN	Kommandant HMS *Penelope*; befehlshabender Offizier von Schlachtkreuzerdivision 106.1.
Cortez, Admiral Sir Lucien, RMN	Fünfter Raumlord der Royal Manticoran Navy.
Cramer, Commander Wesley, RMN	Kommandant HMS von *Devastation*.
d'Arezzo, Midshipman Paulo, RMN	HMS *Hexapuma* für die Kadettenfahrt zugeteilter Offiziersanwärter.
Dallas, Commander Albert (»Al«), RMN	Erster Offizier von HMS *Artemis*.
Denton, Lieutenant Commander Lewis, RMN	Kommandant von HMS *Reprise*.
Detweiler, Albrecht	Vorstandsvorsitzender des Mesanischen Alignments.
Detweiler, Benjamin	Albrecht Detweilers Sohn; Direktor für militärische Angelegenheiten des Mesanischen Alignments.
Detweiler, Collin	Albrecht Detweilers Sohn; Direktor für nachrichtendienstliche Operationen des Mesanischen Alignments.

Detweiler, Daniel	Albrecht Detweilers Sohn; Direktor für nichtgenetische Forschung und Entwicklung des Mesanischen Alignments.
Detweiler, Everett	Albrecht Detweilers Sohn; Direktor für genetische Forschung und Entwicklung des Mesanischen Alignments.
Detweiler, Franklin	Albrecht Detweilers Sohn; Direktor für politische Strategie des Mesanischen Alignments.
Detweiler, Gervais	Albrecht Detweilers Sohn; Direktor für äußere Angelegenheiten des Mesanischen Alignments.
Diego, Commander Wilton, RMN	Taktischer Offizier von HMS *Artemis.*
Dusserre, Damien	Sicherheitsminister von New Tuscany.
Edwards, Lieutenant Commander William (»Bill«), RMN	Stabsignaloffizier von Schlachtkreuzergeschwader 106.
Filareta, Flottenadmiral Massimo, SLN	Kommandeur von Kampfverband 891.
FitzGerald, Commander Ansten, RMN	Erster Offizier von HMS *Hexapuma.*
Garcia, Konteradmiral Jane, RMSN	Leiterin der Monica Traffic Control.
Gold Peak, Admiral	siehe Michelle Henke.
Gold Peak, Gräfin	siehe Michelle Henke.

Gutierrez, Lieutenant Mateo, Gutsgarde von Owens	Abigail Hearns' persönlicher Waffenträger.
Haftner, Abednego	Henri Krietzmanns Stabschef.
Halstead, Captain Raymond, RMN	Projektoffizier von Projekt Apollo.
Harrison, Commander Dwayne, RMN	Taktischer Offizier von Schlachtkreuzer HMS *Ajax*.
Hearns, Lieutenant Abigail, GSN	Miss Owens'. 2.Taktischer Offizier von HMS *Hexapuma*.
Hemphill, Admiral Sonja, RMN	Vierter Raumlord der Royal Manticoran Navy.
Henke, Konteradmiral Gloria Michelle Samantha Evelyn, RMN, Gräfin Gold Peak	Cousine ersten Grades von Elizabeth Winton; Fünfte in der Thronfolge des Sternenkönigreichs von Manticore; Kommandeur von BatCruRon 81.
Hennessy, Lieutenant Commander Coleman, RMN	Sonja Hemphills Stabschef.
Hongbo, Vizekommissar Junyan	Lorcan Verrochios Stellvertreter, Madras-Sektor.
Horn, Commander Alexandra (»Alex«), RMN	Erster Offizier von HMS *Ajax*.
Houseman, Commander Frazier, RMN	Erster Offizier von HMS *Penelope*.
Huppé, Honorine	Handelsministerin von New Tuscany.
Kaplan, Commander Naomi, RMN	Taktischer Offizier von HMS *Hexapuma*.
Khumalo, Vizeadmiral Augustus, RMN	Kommandierender Offizier von Talbott Station.

Kolosov, Lieutenant Peter, RMN	Erster Offizier von HMS *Reprise.*
Krietzmann, Henri	Kriegsminister des Talbott-Quadranten.
Lababibi, Samiha	ehemalige Präsidentin des Spindle-Systems; Schatzministerin des Talbott-Quadranten.
Lecter, Captain (Junior-Grade) Cynthia, RMN	Stabschefin von Schlachtkreuzergeschwader 106.
Lewis, Commander Ginger, RMN	Leitende Ingenieurin von HMS *Hexapuma.*
Low Delhi, Baronin	siehe Admiral Sonja Hemphill.
MaGuire, Master Chief Alice, RMN	Bosun von HMS *Ajax.*
Manfredi, Commander Oliver, RMN	Stabschef von Schlachtkreuzergeschwader 81.
Matsuko, Dame Estelle	Baronin Medusa, Kaiserliche Gouverneurin des Talbott-Quadranten.
Medusa, Baronin	siehe Dame Estelle Matsuko.
Metcalf, Jansen	mesanischer Botschafter auf New Tuscany.
Mikhailov, Captain Diego, RMN	Kommandant von HMS *Ajax.*
Mizawa, Captain Warden, SLN	Kommandant von SLNS *Jean Bart;* Josef Byngs Flaggkommandant.
Monahan, Ensign Rachel, RMN	Midshipwoman, zur Kadettenfahrt HMS *Reprise* zugeteilt.
Nagchaudhuri, Lieutenant Commander Amal, RMN	Signaloffizier von HMS *Hexapuma.*

O'Malley, Vizeadmiral Quentin, RMN	Kommandeur von Kampfgruppe 302.1.
O'Shaughnessy, Gregor	Dame Estelle Matsukos leitender Nachrichtendienstler.
Onassis, Commodore Shulamit, RMN	befehlshabender Offizier von Schlachtkreuzerdivision 106.2.
Orban, Surgeon Lieutenant Commander Lajos, RMN	Schiffsarzt von HMS *Hexapuma.*
Ottweiler, Valery	ranghoher mesanischer Diplomat.
Oversteegen, Konteradmiral Michael, RMN	designierter Kommandeur von Schlachtkreuzergeschwader 108.
Pélisard, Nicholas	Kriegsminister von New Tuscany.
Pope, Commander Tom, RMN	Stabschef des Schweren Kreuzergeschwaders 94.
Ratté, Oliver	Mitarbeiter des Informationsministeriums von New Tuscany.
Redmont, Admiral Pierre, RHN	Kommandeur von »Bandit-Zwo«, bei der Schlacht von Solon.
Roach, Captain Hal, RMN	stellvertretender Kommandeur am Charleston-Zentrum für Raumrecht.
Sarkozy, Surgeon Lieutenant Ruth, RMN	Schiffsärztin von HMS *Vigilant,* nach der Schlacht von Monica nach HMS *Hexapuma* versetzt.
Sarnow, Admiral Mark, RMN	Oberkommandierender der manticoranischen Flottenkräfte in der ehemaligen Silesianischen Konföderation.
Saunders, Captain Victoria, RMN	Kommandantin von HMS *Hercules.*

Shaw, Captain Terrence, RMN	Sir Lucien Cortez' Stabschef.
Shoupe, Captain Loretta, RMN	Augustus Khumalos' Stabschefin.
Stackpole, Lieutenant Commander John, RMN	Operationsoffizier von Schlachtkreuzergeschwader 81.
Sybil Moorehead	Joachim Alquezars Stabschefin.
Taliadoros, Kyrillos	Aldona Anisimovnas genmanipulierter Leibwächter.
Terekhov, Captain Aivars, RMN	Kommandant von HMS Hexapuma.
Terwilliger, Captain Vincenzo, RMN	Kommandant von HMS *Black Rose;* Quentin O'Malleys Flaggkommandant.
Thimár, Konteradmiral Karlotte, SLN	Stabschefin von Grenzflottenkampfgruppe 3021.
Thurgood, Commodore Francis, SLN	Kommandeur des Grenzflottendetachements Madras-Sektor.
Tigh, Lieutenant Commander William, RMN	Leitender Ingenieur von HMS *Ajax*.
Treacher, Lieutenant Commander Jackson, RMN	Versorgungsoffizier von Schlachtkreuzergeschwader 106.
Turner, Commodore Arlo, RMN	stellvertretender Leiter des Kriegsgefangenenlagers Camp C7, Haven.
Turner, Captain Jedidiah, RMN	Kommandant von HMS *Jason*.
Tyler, President Roberto	Präsident der Republic Monica.
Van Dort, Bernardus	Gründer und ehemaliger Vorstandsvorsitzender des Handelsbundes Rembrandt. Sonder-

	minister ohne Geschäftsbereich in der Regierung Alquezar.
Van Scheldt, Paul	Joachim Alquezars Terminsekretär.
Verrochio, Kommissar Lorcan	Grenzsicherheitsadministrator des Madras-Sektors.
Vézien, Prime Minister Maxime	Premierminister von New Tuscany.
Winton-Travis, der Ehrenwerte Frederick Roger	Vorstandsvorsitzender der Apex Industrial Group; Cousin Elisabeths III.; Mitglied des Bundes der Konservativen.
Wright, Lieutenant Commander Tobias, RMN	Astrogator von HMS *Hexapuma.*
Zeiss, Commander Ursula, SLN	Taktischer Offizier von SLNS *Jean Bart.*
Zilwicki, Midshipwoman Helen, RMN	HMS *Hexapuma* zur Kadettenfahrt zugeteilte Offiziersanwärterin. Diensttuender Ensign.